LA ESPERANZA DE SU MADRE

FRANCINE RIVERS

Tyndale House Publishers, Inc., Carol Stream, Illinois

Visite la apasionante página de Tyndale en Internet: www.tyndaleespanol.com.

Entérese de lo último de Francine Rivers: www.francinerivers.com.

TYNDALE y el logotipo de la pluma son marcas registradas de Tyndale House Publish

TYNDALE and Tyndale's quill logo are registered trademarks of Tyndale House Publish

La esperanza de su madre

© 2010 por Francine Rivers. Todos los derechos reservados.

Ilustración de la portada © 2010 por Robert Papp. Todos los derechos reservados.

Imágenes interiores © por Duncan Walker e iStockphoto. Todos los derechos reservados.

Las fotografías interiores de la familia de la autora fueron tomadas de la colección familiar
y usadas con permiso.

Fotografía de la autora © 2003 por Phil Fewsmith. Todos los derechos reservados.

Diseño: Beth Sparkman

Edición del inglés: Kathryn S. Olson

Traducción al español: Mayra Urízar de Ramírez

Edición del español: Adriana Powell y Omar Cabral

Publicado en asociación con la agencia literaria de Browne and Miller Literary Associates, LLC
410 Michigan Avenue, Suite 460, Chicago, IL 60605.

Esta novela es una obra de ficción. Los nombres, personajes, lugares e incidentes son productos
imaginación de la autora o son usados de manera ficticia. Cualquier semejanza con actuales situ
lugares, organizaciones o personas vivientes o fallecidas es accidental y fuera de la intención de l
o de la casa editorial.

Originalmente publicado en inglés en 2010 como *Her Mother's Hope* por Tyndale House Publish
con ISBN 978-1-4143-1863-9.

Library of Congress Cataloging-in-Publication Data

Rivers, Francine, date.
   [Her mother's hope. Spanish]
   La esperanza de su madre / Francine Rivers.
      p. cm. — (El legado de Marta ; 1)
   ISBN 978-1-4143-1865-3 (sc)
    1. Mothers and daughters—Fiction.   2. Self-actualization (Psychology) in women—Fiction.
PS3568.I83165H4718 2010
813'.54—dc22   2010

Impreso en los Estados Unidos de América

Printed in the United States of America

16   15   14   13   12   11   10

7   6   5   4   3   2   1

Para Shannon y Andrea

Reconocimientos

La mayor parte de la novela que está a punto de leer es pura ficción, aunque hay partes de mi historia familiar que se han entrelazado. El manuscrito fue cambiando de forma durante los últimos dos años y finalmente se transformó en una saga. Muchas personas me han ayudado en el proceso de escribir las historias de Marta e Hildemara en este primer volumen, y de Carolyn y May Flower Dawn en el segundo. Quiero agradecer a cada una de ellas.

Ante todo, mi esposo, Rick, ha soportado la tempestad con este volumen, escuchando cada variación de las historias a medida que los personajes tomaban forma en mi imaginación y siendo mi primer editor.

Cada familia necesita de un historiador, y mi hermano, Everett, desempeñó ese papel a la perfección. Me envió cientos de fotos familiares que me ayudaron a desarrollar la historia. También tuve la ayuda inestimable de mi prima Maureen Rosiere, quien describió detalladamente la plantación de almendras y las viñas de nuestros abuelos, un marco que usé en esta novela. Tanto mi esposo como mi hermano me compartieron sus experiencias de Vietnam.

Kitty Briggs, Shannon Coibion (nuestra hija) y Holly Harder compartieron sus experiencias como esposas de militares. Holly me ha ayudado constantemente. ¡No conozco a ninguna otra persona en el planeta que pueda encontrar información en Internet tan rápidamente! Cuando me topaba con alguna pared, Holly la derrumbaba. ¡Gracias, Holly!

El hijo de Holly, el teniente del Ejército de los Estados Unidos Daniel Harder, me dio información acerca de los programas de ingeniería y ROTC en Cal Poly. Ahora está en servicio activo. Oramos por él.

Ila Vorderbrueggen, enfermera y amiga personal de mi madre, me ayudó a completar la información sobre la atención prolongada a pacientes del Sanatorio Arroyo del Valle. He disfrutado nuestra correspondencia.

Kurt Thiel y Robert Schwinn respondieron preguntas acerca de InterVarsity Christian Fellowship. ¡Sigan con su buen trabajo, caballeros!

Joppy Wissink, guía de turismo de Globus, cambió el itinerario de un bus para que Rick y yo tuviéramos la oportunidad de caminar por el pueblo natal de mi abuela en Steffisburg, Suiza.

Durante el transcurso de este proyecto, he tenido compañeros creativos cuando los he necesitado. Colleen Phillips planteó preguntas y me estimuló desde el principio. Robin Lee Hatcher y Sunni Jeffers participaron con ideas y preguntas cuando no sabía adónde ir. Mi agente, Danielle Egan-Miller, y su socia, Joanna MacKenzie, me ayudaron a ver cómo reestructurar la novela para presentar la historia que yo quería contar.

También quiero agradecer a Karen Watson de Tyndale House Publishers, por su comprensión y apoyo alentador. Me ayudó a ver mis personajes de una manera más clara. Por supuesto, todo escritor necesita de un buen editor. Me siento bendecida con alguien que es una de las mejores, Kathy Olson. Ella hace que el trabajo de revisión sea emocionante, desafiante y no desagradable.

Finalmente, agradezco al Señor por mi madre y mi abuela. Sus vidas y los diarios de Mamá fueron la primera inspiración para escribir sobre la relación entre madre e hija. Ambas fueron esforzadas mujeres de fe. Las dos murieron hace algunos años, pero me aferro a la promesa de que todavía están muy vivas y, sin duda, disfrutando de su compañía mutua. Algún día las veré otra vez.

Marta

Por lo general, a Marta le encantaban los domingos. Era el único día en que Papá cerraba la sastrería y Mamá descansaba. La familia se vestía con su mejor ropa y caminaba a la iglesia: Papá y Mamá adelante; Hermann, el hermano mayor de Marta, detrás de ellos; y Marta y su hermana menor, Elise, cerraban la marcha. Casi siempre se les unían otras familias en el camino. Marta buscaba con afán a su mejor amiga, Rosie Gilgan, que bajaba corriendo la colina para ir juntas el resto del camino hacia la antigua iglesia de estilo románico, con sus arcos tapiados y la torre blanca del reloj.

Hoy, Marta estaba cabizbaja y deseaba poder salir corriendo y esconderse entre los pinos y alisos mientras los pobladores se reunían para el servicio. Podría sentarse sobre su árbol caído favorito y preguntarle a Dios por qué Papá la despreciaba tanto y parecía estar tan dispuesto a hacerla sufrir. No se habría quejado hoy si Papá le hubiera dicho que se quedara en casa, que trabajara sola en la sastrería y que no pusiera un pie al otro lado de la puerta por una semana, aunque los moretones tardarían más que eso en desaparecer.

A pesar de las evidencias de la paliza que le había dado, Papá insistió en que todos fueran al servicio. Ella llevaba un gorro tejido y mantenía la cabeza baja, con la esperanza de que nadie se diera cuenta. No era la primera vez que portaba las marcas de su ira. Cuando la gente se acercaba, Marta se cubría con la bufanda de lana o volteaba para otro lado.

Cuando llegaron al cementerio de la iglesia, Papá hizo que Mamá, Elise y Hermann fueran adelante. Agarró a Marta del brazo y le dijo al oído:

—Te sentarás atrás.

—La gente querrá saber por qué.

—Y yo les diré la verdad. Te estoy castigando por desafiarme. —Dolía tener sus dedos clavados, pero ella rehusó emitir cualquier sonido de dolor—. Mantén la cabeza gacha. Nadie quiere ver tu fea cara. —La soltó y entró.

Tragándose las lágrimas, Marta entró sola y se ubicó en la última fila de las sillas de respaldo recto.

Vio a su padre alcanzar a Mamá. Cuando él volteó hacia atrás, ella agachó rápidamente la cabeza y sólo la volvió a levantar cuando él ya se había sentado. Su hermana, Elise, miró por encima de su hombro, con una cara demasiado pálida y tensa para una niña. Mamá se le acercó y le susurró, por lo que Elise volteó hacia el frente otra vez. Hermann se sentó entre Mamá y Papá moviendo la cabeza de izquierda a derecha. Sin duda buscaba a sus amigos y desaparecería tan pronto como terminara el servicio.

Rosie pasó y se sentó cerca del frente. Los Gilgan tenían ocho hijos y ocupaban toda una fila. Rosie echó un vistazo hacia donde estaban el padre y la madre de Marta, y luego hacia atrás. Marta se escondía detrás de Herr Becker, quien estaba sentado adelante de ella. Esperó un rato y volvió a mirar por sobre el hombro del panadero.

El murmullo se acabó cuando el ministro se paró frente al púlpito. Comenzó el servicio con una oración. Junto a los demás, Marta hizo la oración de confesión y escuchó la declaración que el ministro hizo de la misericordia y el perdón de Dios. A medida que se leían el credo y las Escrituras, Marta dejaba que su mente vagara como la nieve que volaba por los prados alpinos, por encima de Steffisburg. Se imaginó extendiendo sus brazos como alas y dejando que los remolinos la elevaran y la llevaran a donde Dios quisiera.

¿Y dónde sería eso? se preguntaba.

El ministro elevaba la voz cuando predicaba. Siempre decía lo mismo, pero usaba palabras distintas, diferentes ejemplos de la Biblia. *"Esfuércense más. La fe sin obras es muerta. No sean autocomplacientes. Los que le dan la espalda a Dios están destinados al infierno."*

¿Era Dios como Papá, que nunca estaba satisfecho sin importar cuánto se esforzara ella? Papá creía en Dios, pero ¿cuándo le había demostrado misericordia a ella? Y si él creía que Dios había creado a todos, entonces ¿qué derecho tenía Papá de quejarse por su altura, por lo delgada que era, por lo blanco de su piel, por lo grande de sus manos y sus pies? Su padre la insultó por haber aprobado los exámenes de la escuela "¡y hacer que Hermann pareciera un tonto!"

Intentó defenderse. Pero debía haberse dado cuenta de que no convenía hacerlo.

—Hermann no se esfuerza. Prefiere andar de caminatas por las montañas en lugar de estudiar.

Papá fue tras ella. Mamá trató de interponerse pero él la apartó de un empujón.

—¿Crees que puedes hablarme así y salirte con la tuya? —Marta levantó un brazo para protegerse, pero no le sirvió de nada.

—¡Johann, no! —gritó Mamá.

Todavía agarrando el brazo de Marta, se volteó hacia donde estaba Mamá.

—¡No me digas . . . !

—¿Cuántas veces tenemos que poner la otra mejilla, Papá? —Algo candente le subió a Marta por dentro cuando él amenazó a Mamá.

Fue entonces cuando la golpeó con el puño. La soltó abruptamente y la miró mientras ella cayó al piso. "Me obligó a hacerlo. ¡La escuchaste! ¡Un padre no puede tolerar la insolencia en su propia casa!"

Marta no se dio cuenta de que se había desmayado hasta que Mamá le retiró el pelo de la cara.

—No te muevas, Marta. Elise fue a buscar un paño húmedo. —Marta pudo oír que Elise lloraba—. Papá fue a ver al curtidor. No volverá pronto. —Mamá tomó el paño que le dio Elise. Marta contenía la respiración cuando Mamá tocaba ligeramente su labio partido—. No deberías provocar a tu padre.

—Entonces yo tengo la culpa.

—No dije eso.

—Aprobé los exámenes con las mejores calificaciones y me golpean por eso. ¿Dónde está Hermann? ¿Paseando por algún sendero en la montaña?

Mamá le acarició la mejilla.

—Tienes que perdonar a tu padre. Perdió los estribos. No sabía lo que estaba haciendo.

Mamá siempre lo excusaba, así como Papá excusaba a Hermann. Nadie la excusaba a ella.

"Perdona," dijo Mamá. *"Setenta veces siete. ¡Perdona!"*

Marta hizo una mueca con la boca cuando el ministro habló de Dios el Padre. En lugar de eso, ella deseaba que Dios fuera como Mamá.

Cuando el servicio terminó, Marta esperó hasta que Papá le hiciera señas para que se uniera a la familia. Con la cabeza gacha, se puso al lado de Elise.

"¡Johann Schneider!"

Papá se volteó al oír la voz de Herr Gilgan. Se estrecharon las manos y hablaron. Hermann aprovechó la distracción para unirse a unos amigos que se dirigían a la colina. Mamá tomó a Elise de la mano cuando Frau Gilgan se unió a ellas.

—¿Dónde has estado toda la semana? —dijo Rosie suavemente y Marta se volvió para mirarla. Rosie se quedó con la boca abierta—. Ay, Marta —dijo lamentándose—. ¿Otra vez? ¿Cuál fue el motivo ahora?

—La escuela.

—¡Pero aprobaste los exámenes!

—Hermann no.

—Pero eso no es justo.

Marta levantó un hombro y le sonrió a Rosie con tristeza.

—De nada sirve decírselo. —Rosie nunca lo entendería. *Su* padre la adoraba. Herr Gilgan adoraba a todos sus hijos. Todos trabajaban juntos en la administración del *Hotel Edelweiss,* y se alentaban unos a otros en todo. Bromeaban con buen humor, pero nunca se burlaban ni despreciaban a nadie. Si alguno de ellos tenía alguna dificultad, los demás se unían con amor para ayudarlo.

A veces Marta envidiaba a su amiga. Todos los miembros de la familia Gilgan terminarían la escuela. Los varones prestarían servicio dos años en el Ejército Suizo y luego irían a la universidad en Berna o en Zúrich. Rosie y sus hermanas aprenderían alta cocina y el arte de dirigir un establecimiento que albergaría hasta treinta forasteros. Aprendería francés, inglés e italiano. Si Rosie tuviera más aspiraciones, su padre no se las negaría simplemente porque fuera una niña. La enviaría a la universidad junto con sus hermanos.

"Ya estuviste lo suficiente en la escuela," había dicho Papá cuando volvió del curtidor. "Ya tienes la edad suficiente para que hagas tu parte para ayudar en el sostén de la familia."

Suplicarle que la dejara ir a la escuela un año más no había servido de nada.

A Marta se le llenaron los ojos de lágrimas.

—Papá dijo que es suficiente con que pueda leer, escribir y hacer las cuentas.

—Pero apenas tienes doce años, y si alguien de nuestra clase debería ir a la universidad, esa eres tú.

—No habrá universidad para mí. Papá dijo que yo ya terminé con la escuela.

—Pero ¿por qué?

—Papá dice que demasiada escuela llena de tonterías la cabeza de una niña. —Con *tonterías* Papá quería decir ambición. Y Marta ardía con ambiciones. Había esperado que la educación suficiente le diera más opciones en cuanto a qué hacer con su vida. Papá decía que la escuela la había subido demasiado y necesitaba bajar a donde pertenecía.

Rosie tomó la mano de Marta.

—Tal vez cambie de opinión y te deje volver a la escuela. Estoy segura de que Herr Scholz querrá hablar con él sobre eso.

Herr Scholz podría intentarlo, pero su padre no le prestaría atención. Cuando decidía algo, ni una avalancha podría cambiarlo.

—No servirá de nada, Rosie.

—¿Y qué vas a hacer ahora?

—Papá piensa ponerme a trabajar.

"*¡Marta!*"

Marta saltó al oír el rugido de la voz de Papá. Con el ceño fruncido, bruscamente le hizo señas para que se acercara. Rosie no le soltó la mano mientras se unían a sus familias.

Frau Gilgan miró fijamente a Marta.

—¿Qué le pasó a tu cara? —Le lanzó una mirada de enojo a Papá.

Papá también la miró.

—Se cayó de las escaleras. —Papá le dio a Marta una mirada de advertencia—. Siempre ha sido torpe. Mire esas manos y pies tan grandes.

Los ojos oscuros de Frau Gilgan echaron chispas.

—Ya crecerá y le armonizarán. —Su esposo le puso la mano debajo del codo.

Mamá le ofreció su mano a Marta.

—Vamos. Elise tiene frío. Tenemos que ir a casa. —Elise se acurrucó a un costado de Mamá, sin mirar a nadie.

Rosie abrazó a Marta y le susurró: "¡Voy a pedirle a Papá que te contrate!"

Marta no se atrevía a esperar que su padre aceptara; él sabía cuánto disfrutaría trabajar con los Gilgan.

Papá salió y no volvió a casa hasta tarde esa noche. Olía a cerveza y parecía muy complacido consigo mismo. "¡Marta!" Dio un golpe con su mano en la mesa. "Te he encontrado trabajo."

Trabajaría todas las mañanas para los Becker en la panadería. "Tienes que estar allí a las cuatro de la mañana." Además pasaría tres tardes a la semana trabajando con los Zimmer. El doctor pensaba que a su esposa le alegraría liberarse un poco del cuidado de su irritable bebé. "Y Frau Fuchs dice que le puedes ser útil encargándote de sus colmenas. Se está poniendo más frío y pronto estará lista para cosechar la miel. Trabajarás en las noches por el tiempo que ella te necesite." Inclinó su silla hacia atrás. "Y trabajarás en el *Hotel Edelweiss* dos días a la semana."

La miró a los ojos.

—No creas que volverás a tomar el té con galletas con tu amiguita. Estarás allí para trabajar. ¿Lo entiendes?

—Sí, Papá. —Marta juntó las manos adelante y trató de no demostrar su agrado.

—Y no pidas nada, de ninguno de ellos. Herr Becker pagará con pan, Frau Fuchs con miel, a su tiempo. Y en cuanto a los demás, ellos se arreglarán conmigo, no contigo.

El calor se esparció por las extremidades de Marta y le subió al cuello y a las mejillas; ardía como lava debajo de la tierra pálida.

—¿Y yo no voy a recibir nada, Papá? ¿Nada en absoluto?

—Recibes un techo sobre la cabeza y comida en el plato. Recibes ropa para cubrirte. Mientras vivas en mi casa, todo lo que hagas me pertenece legítimamente. —Giró la cabeza—. ¡Anna! —gritó a Mamá—. ¿Ya terminaste el vestido de Frau Keller?

—Estoy trabajando en eso, Johann.

Con el ceño fruncido, Papá volvió a gritar:

—¡Ella espera que lo entregues al final de la semana! ¡Si no lo tienes listo entonces, hará tratos con otra modista! —Papá hizo una seña con la cabeza—. Ve a ayudar a tu madre.

Marta se acercó a Mamá, junto a la chimenea. Había una caja de hilos de colores sobre la mesa que tenía a su lado, y tela de lana negra, parcialmente bordada, sobre sus rodillas. Tosió fuertemente sobre un pañuelo, lo dobló y lo metió en el bolsillo de su delantal antes de volver a la costura. Cualquiera podría ver por su palidez y los círculos oscuros alrededor de sus ojos que Mamá se sentía mal nuevamente. Tenía pulmones débiles. Esa noche, sus labios tenían un tenue matiz azulado. "Ayuda a tu hermana, Marta. Le está comenzando otro dolor de cabeza."

Elise había pasado toda la tarde con su dechado, frunciendo el ceño con cada puntada en una dolorosa concentración. Marta la había ayudado hasta la llegada de Papá. Como lo único que Elise podía hacer bien era coser el dobladillo, Mamá y Marta tenían que hacer el trabajo delicado del bordado. Al igual que Hermann, Elise tenía problemas en la escuela, pero no por las mismas razones. A los diez años, Elise apenas podía leer y escribir. Sin embargo, todos pasaban por alto lo que le faltaba intelectualmente y en aptitudes, gracias a su delicada y excepcional belleza. El mayor gusto de Mamá era cuando cada mañana cepillaba y trenzaba el pelo rubio claro de Elise, que le llegaba a la cintura. Tenía una perfecta piel blanca, como el alabastro, y unos grandes y angelicales ojos azules. Papá no le pedía nada y se enorgullecía de su belleza; a veces actuaba como si poseyera una pieza de arte de gran valor.

Marta se preocupaba por su hermana. Papá podría tener razón en cuanto a los pretendientes, pero no entendía los temores profundamente arraigados de Elise. Dependía de Mamá casi desesperadamente y se ponía histérica cuando Papá tenía uno de sus arrebatos, aunque nunca le había puesto una mano encima. Papá estaría atento para encontrar algún hombre de dinero y posición para Elise.

Marta oraba todas las noches para que Dios bendijera a su hermana con un esposo que la apreciara y protegiera . . . ¡y que fuera lo suficientemente adinerado como para que contratara a otras personas que cocinaran, limpiaran y le criaran los hijos! Elise nunca podría cumplir con esas responsabilidades.

Marta levantó un banquillo y lo puso al lado de la silla de su madre.

—Frau Keller siempre quiere las cosas hechas para ayer.

—Es una buena cliente. —Mamá puso una parte de la falda cuidadosamente sobre las rodillas de Marta para que pudieran trabajar juntas.

—*Buena* no es una palabra que yo usaría, Mamá. Esa mujer es una tirana.

—No es malo saber qué es lo que quieres.

—Si estás dispuesta a pagar por ello. —Marta sintió que echaba chispas. Sí, Papá le pediría a Frau Keller que pagara por el trabajo adicional, pero Frau Keller se rehusaría. Si Papá presionaba, Frau Keller se indignaría "por esa clase de trato" y amenazaría con llevar su negocio "a alguien que apreciara más mi generosidad." Le recordaría a Papá que pedía seis vestidos al año, y que debería estar agradecido por su trabajo en esa época tan difícil. Papá se disculparía encarecidamente y luego agregaría lo que pudiera a la cantidad que Herr Keller le debía por los trajes que Papá le había hecho. Y Papá frecuentemente tenía que esperar seis meses aunque fuera por un pago parcial. No era de extrañar que los Keller fueran ricos. Se aferraban a su dinero como los líquenes a la roca—. Si yo fuera Papá, exigiría una parte del dinero antes de comenzar el trabajo, y el pago total antes de que cualquier prenda saliera de la sastrería.

Mamá se rió suavemente.

—Tanto fuego para una niña de doce años.

Marta se preguntaba cómo Mamá podría terminar la falda a tiempo. Enhebró una aguja con hilo rosa y se puso a trabajar en los pétalos de una flor.

—Papá me ha conseguido trabajo, Mamá.

Mamá suspiró.

—Lo sé, *Liebling*. —Rápidamente sacó el pañuelo del bolsillo de su delantal para taparse la boca. Cuando pasó el espasmo, luchó por recobrar el aliento mientras volvía a meter el pañuelo en su escondite.

—Tu tos está empeorando.

—Lo sé. Es por los años que trabajé en la fábrica de cigarros. Mejoraré en el verano. —En el verano Mamá podía sentarse afuera a trabajar, en lugar de sentarse al lado de una chimenea con humo.

—Nunca se te quita por completo, Mamá. Deberías ver al doctor.

—Quizás cuando Marta trabajara con Frau Zimmer podría hablar con el doctor de lo que pudiera hacerse para ayudar a Mamá.

—No nos preocupemos por eso ahora. ¡Frau Keller tiene que recibir su vestido!

❄ ❄ ❄

Marta se acostumbró rápidamente a su horario de trabajo. Se levantaba cuando todavía estaba oscuro, se vestía rápidamente y subía la calle hacia la panadería. Cuando Frau Becker le abría la puerta, la habitación olía al pan fresco que se estaba horneando. Marta entraba a la cocina y picaba nueces para el *Nusstorten* en tanto que Frau Becker batía la masa para el *Schokoladenkuchen*.

"Hoy haremos *Magenbrot*," anunció Herr Becker mientras extendía una larga serpiente de masa y la cortaba en pedazos pequeños. "Marta, sumerge esos en la mantequilla y cúbrelos con la canela y las pasas, y después colócalos en los moldes para pastel."

Marta trabajaba rápidamente, consciente de que los dos Becker la miraban. Frau Becker echó la masa oscura en moldes de pastel y le dio a Marta la cuchara de madera. "Adelante, puedes lamerla hasta que quede limpia."

Herr Becker se rió.

—Mira que la niña sí se puede sonreír, Fanny. —Golpeó a la masa—. Aprendes rápido, Marta. —Le guiñó el ojo a su esposa—. Tendremos que enseñarle a hacer las roscas de reyes esta Navidad. *¿Ja?*

—Y *Lebkuchen*. —Frau Becker le guiñó el ojo a Marta. A Mamá le encantaba el pan de jengibre con especias—. Y *Marzipan*. —Frau Becker tomó la cuchara y la lanzó al fregadero—. Te enseñaré a hacer *Butterplätzchen*. —Puso mantequilla, harina y azúcar en la mesa de trabajo—. Y mañana te enseñaré a hacer galletas de anís.

Cuando la panadería se abrió al público, Frau Becker le dio a Marta dos hogazas para el desayuno como pago. "Eres una buena trabajadora."

Marta llevó el pan a Mamá y se sirvió un tazón de *Müsli*. Después de hacer sus tareas y de almorzar temprano, se dirigió por el camino de la escuela hacia la casa del doctor.

Frau Zimmer se veía afligida cuando abrió la puerta.

"¡Aquí está! ¡Toma!" Lanzó el bebé que gritaba a los brazos de Marta y agarró su chal. "Voy a visitar a una amiga." Se escabulló rodeando a Marta y se fue sin mirar atrás.

Marta entró y cerró la puerta para que la gente no escuchara al bebé llorando. Se paseó, cantando himnos. Como eso no tranquilizó al pequeño Evrard, trató de mecerlo. Revisó el pañal. Finalmente, exasperada, lo puso en la alfombra. "Adelante, grita todo lo que quieras."

El bebé dejó de llorar y se puso boca abajo. Arqueó la espalda y extendió sus brazos y dio patadas con los pies. Marta se rió. "Solamente querías un poco de libertad, ¿verdad?" Recogió los juguetes que estaban esparcidos y los tiró en frente de él. Pataleó aún más fuerte y balbuceó con alegría. Daba gritos y abría y cerraba sus manos. "¡Alcánzalo! No te lo voy a dar." Logró deslizarse unos cuantos centímetros y agarró un sonajero. Marta aplaudió. "¡Muy bien, Evrard!" El bebé se puso boca arriba.

Cuando el pequeño Evrard se cansó, Marta lo levantó y lo meció para que se durmiera. Frau Zimmer llegó una hora después y se veía renovada. Se detuvo y escuchó; parecía alarmada.

—¿Está bien? —Corrió hacia la cuna y lo miró—. ¡Está dormido! Nunca duerme en la tarde. ¿Qué hiciste?

—Lo dejé jugar en la alfombra. Trató de gatear.

La tarde siguiente, Marta subió la montaña hacia el *Hotel Edelweiss*, donde Frau Gilgan la puso a trabajar quitando la ropa de las camas y haciéndolas nuevamente con sábanas y edredones limpios en las camas de plumas. Los mulló para llenarlos de aire, los alisó en el extremo de la cama y después bajó con la ropa sucia a la lavandería. Frau Gilgan trabajó con ella y compartió historias divertidas de huéspedes anteriores. "Claro, hay quienes no están contentos con nada de lo que haces y otros que se quiebran las piernas esquiando."

Dos de las hermanas mayores de Rosie se encargaban de las tinas y mantenían grandes ollas de agua hirviendo en la estufa. A Marta le dolían los brazos por revolver la ropa de cama; levantar las sábanas y edredones, darles vuelta una y otra vez; desplegarlos; y volver a revolver. Kristen, la mayor, enganchó una sábana y la jaló hacia arriba, retorciéndola y formando lazos apretados, y dejó que el chorro de agua cayera de nuevo en el lavadero. Luego sacudió la sábana en una tina de agua hirviendo para enjuagar.

Había copos de nieve en las ventanas, pero a Marta le goteaba el sudor en la cara. Se lo secó con su manga.

—¡Ay! —Frau Gilgan llegó y levantó sus manos, fuertes y cuadradas, rojizas y con callos por años de lavar—. Déjame ver tus manos, Marta.

—Frau Gilgan volteó las manos de Marta con las palmas hacia arriba y cloqueó con la lengua—. Ampollas. No debí ponerte a trabajar tan duro en tu primer día, pero tú no te quejaste. Tus manos estarán tan lastimadas que no podrás hacer ni una puntada.

—Pero todavía falta un montón de sábanas.

Frau Gilgan puso sus puños en sus amplias caderas y se rió.

—*Ja*, por eso es que tengo hijas. —Puso su brazo sobre Marta—. Ve arriba. Rosie ya habrá vuelto de la escuela. Querrá tomar el té contigo antes de que te vayas. Y si tienes tiempo, ella necesita ayuda con geografía.

Marta dijo que le encantaría.

Rosie saltó de su silla.

—¡Marta! Olvidé que empezabas a trabajar hoy. ¡Me alegra tanto que estés aquí! Te extrañé en la escuela. No es lo mismo sin ti. Nadie responde las preguntas difíciles de Herr Scholz.

—Tu madre dice que necesitas ayuda con geografía.

—Ay, no. Ahora no. Tengo tanto que contarte. Vamos a caminar.

Marta sabía que tendría que escuchar de las últimas travesuras de Arik Brechtwald. Rosie estaba enamorada de él desde el día en que la había rescatado de un arroyo. No valía la pena recordarle que Arik había ocasionado la caída, desafiándola a cruzar el Zulg. Ya había llegado a la mitad cuando se resbaló en una piedra y se deslizó por una pequeña caída de agua antes de que Arik pudiera agarrarla. La sacó y la cargó hasta la orilla. Desde entonces, Arik había sido el príncipe azul de Rosie.

La nieve caía suavemente desde las nubes, engrosando el manto blanco sobre Steffisburg. El humo salía como dedos fantasmales de las chimeneas y se disipaba con el aire frío de la tarde. En tanto que Rosie seguía hablando alegremente, Marta caminaba tristemente a su lado. Blancos cúmulos cubrían los prados alpinos, que en unos cuantos meses se pondrían verdes, con salpicaduras de flores rojas, amarillas y azules, que tentaban y nutrían a las abejas de Frau Fuchs. Rosie quitó la nieve de un tronco y se sentó donde pudieran ver el *Hotel Edelweiss* y Steffisburg abajo. Si el día hubiera estado más despejado, podrían haber visto *Schloss Thun* y el *Thunersee* como una placa de vidrio gris.

Hoy, las nubes bajas hacían que el sol se viera como una pelota blanca y borrosa, lista para rebotar por las montañas más allá de Interlaken.

El aliento de Marta se convertía en vapor. Le brotaban lágrimas mientras oía a Rosie divagar acerca de Arik. A su amiga no le preocupaba nada más en el mundo que saber si Arik gustaba de ella. Apretando los labios, Marta trató de no sentirse celosa. Tal vez Papá tenía razón. Ella y Rosie serían amigas solamente por poco tiempo más, y luego sus situaciones distintas construirían un muro entre ambas. Marta trabajaba para los Gilgan ahora. No era la amiga que llegaba a visitar, que tomaba el té o que se sentaba y platicaba, mientras la madre de Rosie ponía galletas de anís en una bandeja de plata y chocolate caliente en finas tazas de porcelana. Todo estaba a punto de cambiar, y Marta no podía soportarlo.

Ahora que Papá la había sacado de la escuela, solamente estaría preparada para ser una criada o cuidar el bebé problemático de alguien. Podría ayudar a Mamá a coser vestidos, pero Mamá ganaba muy poco dinero si se tomaba en cuenta las horas que trabajaba para mujeres como Frau Keller, que esperaba perfección por una miseria. Y Mamá nunca veía un solo franco de lo que hacía. Papá controlaba la billetera y se quejaba amargamente de lo poco que tenían, aunque siempre lograba tener suficiente para cerveza.

Rosie puso su brazo sobre el hombro de Marta.

—No estés tan triste.

Marta se levantó abruptamente y se apartó.

—Herr Scholz me iba a enseñar francés. Podría haber seguido con el latín. Si supiera siquiera un idioma más, podría encontrar un trabajo decente algún día, en una bonita tienda en Interlaken. Si mi padre se sale con la suya, nunca seré más que una criada. —Tan pronto como las palabras amargas salieron, se llenó de vergüenza. ¿Cómo podía decirle esas cosas a Rosie?—. No quiero ser malagradecida con tus padres. Tu madre fue tan amable conmigo hoy. . . .

—Te quieren como a una hija.

—Porque tú me has querido como una hermana.

—Eso no va a cambiar porque ya no estés en la escuela. Yo quisiera dejarla. Preferiría estar en casa y ayudar a mi madre que esforzarme por llenar mi cabeza de datos.

—Ay, Rosie. —Marta se cubrió la cara—. Yo daría cualquier cosa por seguir, por lo menos hasta la secundaria.

—Yo podría darte libros.

—No tengo tiempo ahora. Papá se ha encargado de eso. —Marta miró las montañas cubiertas de nubes; parecían paredes de una cárcel. Su padre trataba de mantenerla presa. Ella era más fuerte y más saludable que Mamá. Podía aprender más rápidamente que Hermann o Elise. Hermann iría a la universidad. Elise se casaría. Marta se quedaría en casa. Después de todo, alguien tendría que hacer el trabajo cuando Mamá ya no pudiera hacerlo.

—Tengo que irme a casa. Tengo que ayudar a Mamá.

Cuando bajaban la montaña, Rosie tomó a Marta de la mano.

—Quizás cuando Hermann entre a la secundaria, tu padre te permita volver a la escuela.

—Hermann volverá a fallar. No tiene cabeza para los libros. —Por lo menos, la próxima vez Papá no podría echarle la culpa a ella.

MARTA PASÓ DOS años trabajando para los Becker, los Zimmer y los Gilgan. Durante los inviernos también trabajó para Frau Fuchs, ahumando a las abejas hasta que se atontaran para poder vaciar las colmenas. Marta subía la manivela para que la miel corriera de los panales. Después de muchos días de duro trabajo, Frau Fuchs le pagó con miel, solamente dos tarros pequeños. Cuándo Papá los vio, se enfureció y lanzó uno contra la pared.

Por lo menos Mamá y Elise apreciaban las hogazas de pan fresco que Marta llevaba a casa de la panadería, y a veces llevaba galletas. Para Navidad, los Becker le dieron *Marzipan* y *Schokoladenkuchen*. El doctor Zimmer iba a ver a Mamá alguna que otra semana, aunque Papá prefería francos en su bolsillo a las cataplasmas y elixires que el doctor le daba a Mamá. Durante toda la primavera y el verano, Frau Zimmer le pagaba con vegetales frescos y flores de su jardín. Mamá no tenía que comprar nada en el mercado.

Sólo los Gilgan pagaban con francos, pero Marta nunca vio ni uno de ellos.

—Herr Gilgan dice que eres lo suficientemente lista como para que pongas a funcionar tu propio hotel algún día. —Papá se rió en son de burla mientras metía pan en un poco de queso caliente—. Ya que eres tan inteligente, puedes asegurarte de que Hermann apruebe los exámenes la próxima vez.

—¿Y cómo puedo hacerlo, Papá? —Marta se enfureció—. Hermann tiene que querer aprender.

Se le puso la cara roja de cólera.

—Escúchala, Hermann. Cree que eres tonto y que no puedes aprender. Piensa que es mejor que tú.

—¡Yo no dije que era mejor! —Marta empujó su silla hacia atrás—. ¡Simplemente tenía más interés!

Papá se puso de pie, amenazante.

—Haz que Hermann se interese y quizás vuelva a enviarte a la escuela. Si él falla otra vez, ¡te las verás conmigo! —Se extendió por encima de la mesa y de un tirón la volvió a sentar en su silla—. ¿Me entiendes?

A Marta se le llenaron los ojos con lágrimas de enojo.

—Te entiendo, Papá. —Lo entendía demasiado bien.

Él tomó su abrigo y salió por la puerta. Elise no levantó la cabeza, y Mamá no preguntó a dónde iba.

"Lo siento, Marta." Hermann habló con tristeza, al otro lado de la mesa.

❄ ❄ ❄

Marta trabajó en vano con Hermann todas las noches.

—¡Todo es tan aburrido! —Hermann se quejó—. Y está muy agradable allá afuera.

Marta le dio un manotazo en la nuca. —Eso no es nada comparado con lo que me pasará a mí si no te concentras.

Él empujó su silla hacia atrás.

—Tan pronto como tenga la edad suficiente, renunciaré y me iré al Ejército.

Ella se dirigió a Mamá.

—Por favor, habla con él, Mamá. A mí no me escucha. —Si Mamá le suplicaba a Hermann quizás lo intentaría con más ahínco—. ¿Qué esperanza tengo de volver a la escuela si este tonto rehúsa usar el cerebro que Dios le dio?

Las cataplasmas y elixires del doctor Zimmer habían hecho poco para la tos de Mamá. Se veía demacrada y pálida; la ropa le quedaba floja en su delgada constitución. Los huesos de sus muñecas se veían tan frágiles como las alas de los pájaros.

—No hay nada que yo pueda hacer, Marta. No puedes transformar un perro en gato.

Marta se dejó caer en una silla y puso la cabeza entre sus manos.

—No tengo esperanzas porque él no tiene remedio.

Mamá dejó su aguja en una puntada de bordado y extendió su mano para ponerla sobre la mano de Marta.

—Estás aprendiendo cosas nuevas todos los días con los Becker y los Gilgan. Debes esperar y ver lo que Dios hará.

Suspirando, Marta enhebró una aguja para ayudar a Mamá.

—Cada franco que gano se usará para pagar los gastos escolares de Hermann. Y a él no le importa, Mamá. Para nada. —Se le quebró la voz—. ¡No es justo!

—Dios también tiene planes para ti, Marta.

—Es Papá el que hace los planes. —Metió la aguja en la lana.

—Dios nos dice que confiemos y obedezcamos.

—¿Entonces tengo que someterme al que me desprecia y aplasta cualquier esperanza que tengo?

—Dios no te desprecia.

—Me refería a Papá.

Mamá no discrepó con ella. Marta se detuvo y vio cómo los dedos delgados de su madre metían y sacaban la aguja en la lana negra. Un delicado *edelweiss* blanco comenzó a tomar forma. Después de amarrar y cortar con tijera el hilo blanco, Mamá siguió con hilo amarillo, e hizo nudos franceses en el centro de la flor. Cuando terminó, le sonrió a Marta.

—Puedes alegrarte con un trabajo bien hecho.

Marta sintió que se le retorcía el pecho por el dolor.

—Yo no soy como tú, Mamá. Tú ves el mundo con ojos distintos.

Mamá encontraba bendiciones en todo, porque las buscaba diligentemente. ¿Cuántas veces había visto Marta a Mamá recostada en el mostrador de la cocina, agachada por el cansancio, con el sudor que le brotaba de la frente, mientras miraba por la ventana a los pinzones de la montaña revoloteando de rama a rama en el tilo? Alguna palabra suave de Papá causaría una tierna sonrisa. A pesar de su crueldad, de su egoísmo, Mamá encontraba en él algo que amar. A veces Marta veía una mirada de lástima en la cara de su madre cuando miraba a Papá.

—¿Sabes qué es lo que quieres?

—Hacer algo con mi vida. Ser alguien más que la criada de otro. —Los ojos se le pusieron calientes y arenosos—. Sé que era demasiado soñar con ir a la universidad, Mamá, pero me habría gustado terminar la secundaria.

—¿Y qué me dices de ahora?

—¿Ahora? Me gustaría aprender francés. Me habría gustado aprender inglés e italiano también. —Metió su aguja en la lana negra—. Cualquiera que puede hablar varios idiomas encontrará un buen trabajo. —Jaló el hilo tan rápidamente que se le enredó—. Pero nunca tendré . . .

—Detente, Marta. —Mamá extendió su mano y la tocó suavemente—. Lo estás empeorando.

Marta dio vuelta la lana y jaló los hilos para aflojarlos.

—¿Y si surgiera una oportunidad para que aprendieras más . . . ? —Mamá la miró con actitud interrogante.

—Encontraría un buen trabajo y ahorraría dinero hasta que tuviera suficiente para comprar un chalet.

—Tú quieres un lugar como el *Hotel Edelweiss*, ¿verdad? —Mamá comenzó con otra flor.

—Nunca soñaré con algo tan grande como eso. Me conformaría con una casa de huéspedes. —Se rió sombríamente—. ¡Me conformaría con trabajar en una bonita tienda en Interlaken, vendiendo *Dirndln* a los turistas! —Jaló bruscamente el hilo—. Pero eso no es probable, ¿verdad? ¿De qué sirve soñar? —Hizo a un lado la lana y se levantó. Se ahogaría si se quedaba sentada un minuto más.

—Tal vez Dios te puso ese sueño en la cabeza.

—¿Y para qué?

—Para enseñarte paciencia.

—Ay, Mamá . . . —Marta gruñó—. ¿Acaso no demuestro paciencia al enseñarle a ese hermano tan testarudo que tengo? ¿No he tenido paciencia esperando que Papá cambiara de parecer y me dejara regresar a la escuela? ¡Ya pasaron dos años, Mamá! Hice todo lo que me pidió que hiciera. ¡Tengo catorce años! Rosie ya no me pide que la ayude. ¡Cada año me pongo más estúpida! ¿De qué sirve la paciencia si nunca cambia nada?

—Tonterías. Ven y siéntate, *Bärchen*. —Mamá puso a un lado su trabajo y tomó firmemente las manos de Marta—. Mira lo que has ganado por medio de los Becker, de Frau Fuchs, Frau Zimmer y de los Gilgan. Has aprendido a hacer pan, a cuidar abejas y niños, y has visto lo que se necesita para dirigir un buen hotel. ¿No te muestra eso que Dios te está preparando . . . ?

Apretó las manos cuando Marta abrió la boca para protestar.

—Silencio, Marta, y escúchame. Escucha cuidadosamente. No importa lo que tu padre planifique, ni cuáles pudieran ser sus motivos. Dios prevalecerá. Dios usará todo para sus buenos propósitos, si tú lo amas y confías en él.

Marta se estremeció. Vio algo en la expresión de su madre que la alertó.

—Papá ha hecho planes para mí, ¿verdad? ¿Qué planes, Mamá?

Los ojos azules de Mamá se humedecieron.

—Tienes que encontrar el beneficio en cada situación.

Marta retiró sus manos de las de Mamá.

—Dime, Mamá.

—No puedo. Tu padre tiene que explicártelo. —Volvió a su costura y no dijo nada más.

Papá presentó sus planes para Marta la mañana siguiente.

—Te alegrará saber que te voy a enviar a la escuela. Te habría enviado antes, pero el *Haushaltungsschule Bern* solamente acepta chicas mayores de catorce años. El conde y la condesa Saintonge son los instructores. ¡Realeza! ¡Deberías estar contenta! Me han asegurado que cualquier chica que se gradúa de su escuela de educación para el hogar no tendrá ningún problema para encontrar un buen trabajo. Estarás en Berna seis meses. Puedes devolverme el dinero cuando vuelvas a casa y encuentres trabajo.

—¿Devolverte el dinero?

La mirada de su padre se endureció.

—La matrícula me costó 120 francos y otros 30 francos para libros. Deberías estar contenta. Querías ir a la escuela. —Su voz se puso áspera—. ¡Pues irás!

—Esa no es la clase de escuela que tenía en mente, Papá. —¡Y él lo sabía bien!

—Ya que eres tan inteligente, veamos cómo aprovechas al máximo la oportunidad que te estoy dando. Es mi forma de agradecerte porque

Hermann salió bien en sus exámenes. ¿Y quién sabe? Si te va lo suficientemente bien en Berna ¡podrías terminar trabajando en *Schloss Thun*! —La
idea parecía agradarle—. ¡Será algo de lo cual alardear! Te irás dentro de
tres días.

—Pero ¿qué pasará con los Becker, Papá? ¿Y con los Zimmer y los
Gilgan?

—Les conté ayer que te iba a enviar a la escuela. Dijeron que te desea-
ban lo mejor.

¡Escuela! Marta echaba chispas. Más parecía la preparación para ser una
mejor criada.

Mamá estaba sentada en silencio al extremo de la mesa, con las manos
en su regazo. Enojada, Marta la miró. ¿Cómo podía Mamá mostrarse tan
serena? Recordó la súplica de Mamá. *"Encontrar el beneficio . . . Cuenta tus
bendiciones. . . ."*

Estaría lejos de casa por primera vez. Viviría en Berna. No tendría que
ver a Papá ni escuchar sus quejas constantes.

—Gracias, Papá. Lo espero con ansias.

Elise lloriqueó suavemente y salió corriendo de la mesa.

—¿Y ahora qué le pasa a esta niña? —dijo Papá entre dientes.

—Marta se va de la casa, Johann.

—¡Ella volverá! —Meneó su mano con exasperación—. No es como si
se fuera para siempre. Solamente se irá por seis meses y entonces volverá
para siempre.

A Marta se le erizó el pelo de la nuca. *Para siempre.*

Tan pronto como Papá salió de la mesa, Mamá le pidió a Marta que
fuera a buscar a Elise. "Probablemente está por el arroyo. Sabes cuánto le
gusta escuchar el agua."

Marta la encontró donde el arroyo se unía con el Zulg. Se sentó junto
a ella.

—Tengo que irme en algún momento, Elise.

Elise puso sus rodillas en su pecho y miró hacia las ondas que relucían
abajo.

—Pero Berna está tan lejos. —Sus ojos azules se llenaron de lágrimas—.
¿Quieres irte?

—Preferiría ir a la universidad, pero tendré que conformarme con la
escuela de educación para el hogar.

—¿Y qué haré sin ti? —Las lágrimas corrían por las pálidas mejillas de Elise.

—Lo que siempre haces. —Marta le limpió las lágrimas—. Ayudar a Mamá.

—Pero estaré sola en nuestra habitación en la noche. Sabes que le tengo miedo a la oscuridad.

—Deja que la gata duerma contigo.

Elise comenzó a llorar.

—¿Por qué las cosas no pueden quedarse como están? ¿Por qué Papá no puede dejar que te quedes aquí?

—Las cosas no pueden quedar como están. —Puso un rizo rubio detrás de la oreja de Elise—. Algún día te casarás, Elise. Tendrás un esposo que te ame. Tendrás tu propio hogar. Tendrás hijos. —Le sonrió con tristeza—. Cuando te vayas, Elise, ¿dónde estaré yo? —Papá decía que ningún hombre querría a una chica tan poco agraciada y de mal carácter.

Elise parpadeó, como un niño que despierta sólo para encontrar otra pesadilla.

—Yo pensaba que siempre estarías aquí.

En Steffisburg, en la sastrería de Papá, bajo el control de Papá, haciendo lo que le antojara a Papá.

—Eso es lo que Papá piensa. ¿Es eso lo que quieres para mí, Elise?

—¿No te da miedo irte? —Las lágrimas corrían en sus blancas mejillas—. Yo quiero quedarme en casa con Mamá.

—No irás a ninguna parte, Elise. —Marta se acostó en el césped de primavera y se puso un brazo sobre la cabeza—. Y yo solamente estaré fuera seis meses.

Elise se acostó y puso su cabeza en el hombro de Marta.

—Quisiera que te quedaras aquí y que no te fueras.

Marta abrazó a su hermana y miró hacia el cielo que oscurecía.

—Cada vez que pienses en mí, Elise, ora. Ora porque yo aprenda algo útil. Ora porque aprenda en Berna algo más que ser la criada de otra persona.

❄ ❄ ❄

Marta fue a agradecer a los Becker y a los Zimmer y a despedirse. Y fue a ver a los Gilgan el día antes de irse. Frau Gilgan le sirvió té y galletas. Herr

Gilgan le dio veinte francos. "Esto es para ti, Marta." Le cerró la mano con el dinero adentro. Marta no podía hablar por el nudo que sentía en la garganta.

Frau Gilgan sugirió que Marta y Rosie hicieran una agradable caminata por la pradera. Rosie la tomó de la mano.

—Mamá piensa que no volverás. Ella cree que encontrarás trabajo en Berna y te quedarás allá, que tendré que esperar hasta que nuestra familia vaya allá para volver a verte. —Los Gilgan iban cada tanto a comprar cosas para el hotel. A veces, Rosie y sus hermanas volvían con vestidos confeccionados de una de las tiendas de la *Marktgasse*.

Cuando se sentaron en su tronco favorito, Rosie levantó su delantal blanco y buscó en el bolsillo profundo de su falda.

—Tengo algo para ti.

—¡Un libro! —Marta lo tomó con placer. Como no encontró título en el lomo, lo abrió—. Páginas en blanco.

—Para que puedas escribir todas tus aventuras. —Rosie sonrió ampliamente—. Espero que me dejes leerlo cuando te vea. Quiero saber de todos los muchachos guapos de la ciudad que conozcas, de los lugares que veas, todas las cosas maravillosas que vas a hacer.

Conteniendo las lágrimas, Marta pasó las manos por el cuero fino.

—Nunca he tenido algo tan precioso.

—Quisiera irme contigo. Hay tanto que ver y hacer. ¡Cómo nos divertiríamos! Cuando hayas terminado la escuela, un guapo aristócrata te contratará, se enamorará de ti y . . .

—No seas tonta. Nadie querrá casarse conmigo.

Rosie tomó la mano de Marta y entrelazó sus dedos con los de ella.

—Tal vez no seas tan bella como Elise, pero tienes cualidades excelentes. Todos lo piensan. Mis padres creen que podrías hacer cualquier cosa que te propusieras.

—¿Les hablaste de mi sueño? —Marta retiró su mano.

—En un momento de debilidad y, sí, mírame con el ceño fruncido, pero no me arrepiento de haberlo hecho. ¿Por qué crees que Mamá te habló tanto de lo que se requiere para dirigir un hotel?

Cuando bajaban la colina hacia Steffisburg, Rosie volvió a tomar a Marta de la mano.

—Prométeme que me escribirás y me lo contarás todo.

Marta entrelazó sus dedos con los de Rosie.

—Sólo si prometes contestarme y no llenar todas las líneas babeando por Arik Brechtwald.

Las dos se rieron.

3

Al día siguiente, Mamá la despertó antes del amanecer. Papá le dio a
Marta apenas lo suficiente para comprar un boleto de ida en tren a Berna.

—Te enviaré lo suficiente para que vuelvas a casa cuando te gradúes.
—Le entregó la carta de aceptación, el comprobante de pago de la matrícula y un mapa de Berna, con la dirección de la escuela de educación para
el hogar—. Será mejor que te vayas ahora. El tren se va de Thun en dos
horas.

—Pensé que tal vez irías conmigo.

—¿Por qué? Puedes hacerlo sola. —Entró a la sastrería para comenzar
a trabajar.

—No te preocupes tanto.

—Nunca viajé en tren, Mamá.

Mamá le sonrió en tono de broma. —Va más rápido que un carruaje.
—La abrazó con fuerza y le dio el morral que había empacado con una
falda extra, dos blusas, ropa interior, un cepillo para el cabello y artículos
de tocador.

Marta trató de no demostrar lo nerviosa que estaba por irse sola.
Estaba agradecida de que Elise no se hubiera despertado, porque si su
hermana hubiera comenzado a llorar, Marta habría cedido también a
las lágrimas. Besó la fría mejilla de Mamá y le dio las gracias.

—¡Adiós, Papá! —gritó.

—¡Será mejor que te apures! —le contestó.

Mamá salió con ella. Sacó una pequeña bolsa de su bolsillo y se la dio a Marta.

—Unos cuantos francos para papel, sobres y sellos postales. —Tomó en sus manos la cara de Marta y la besó dos veces, luego le susurró al oído—. Y cómprate una taza de chocolate. Después busca la Fuente de Sansón. Era mi favorita. —Abrazó a Marta y caminó con ella un poco—. Cuando te levantes todas las mañanas, sabrás que estoy orando por ti. Y cada noche, cuando vayas a la cama, también estaré orando. —Si Dios escuchaba a alguien en la familia, era a Mamá, quien lo amaba tanto—. Y todo lo que hagas, Marta, hazlo como para el Señor.

—Lo haré, Mamá.

Mamá dejó que se fuera. Cuando Marta se dio vuelta, vio lágrimas en los ojos de su madre. Se veía tan frágil. —No te olvides de nosotros.

—Nunca. —Marta quería regresar corriendo y aferrarse a ella.

—Ahora, vete. —Mamá agitó la mano.

Temerosa de perder el valor, Marta se alejó rápidamente y comenzó a caminar por la calle con paso enérgico.

Mientras más se alejaba, sentía más emoción. Corrió parte del camino y llegó a la estación del tren precisamente cuando abría la oficina de boletos. Le saltó el corazón cuando el tren llegó. Miró qué hacían los demás pasajeros, entonces le entregó el boleto al conductor antes de abordar. Se dirigió hacia la fila angosta y pasó cerca de un hombre que tenía un traje de confección, que revisaba papeles en su maletín. Otro estaba sentado dos filas detrás de él, leyendo un libro. Una mujer dijo a sus tres hijos que dejaran de molestar.

Marta tomó un asiento cerca de la parte de atrás. Puso su morral entre los pies y miró por la ventana. Saltó del susto cuando el tren traqueteó. Se agarró del asiento del frente y esperó, tratando de reprimir el pánico. ¿Qué tan rápido podía moverse este tren? ¿Saltaría de los rieles? ¿Podría llegar a la puerta y bajarse antes de que el tren se fuera de la estación? El pensamiento de lo que diría y haría Papá si se apareciera por la puerta la detuvo. Miró a los demás pasajeros y vio que nadie parecía estar alarmado por el traqueteo y el chirrido, ni por el silbido tan fuerte. Se recostó en el respaldo y vio pasar Thun por su ventana.

A medida que el tren aumentaba velocidad, su corazón también. Cada minuto la alejaba más de Mamá, Rosie y Elise. Cuando le brotaban lágrimas, silenciosas y calientes, se las limpiaba.

El río Aar corría al lado de los rieles del tren. Miraba por la ventana mientras pasaba por las montañas sobre las que se esparcían las amplias casas de las granjas, con sus techos inclinados casi hasta el suelo. El tren paraba en cada pueblo y ella miraba hacia un lado y otro para ver todas las plazas y mercados que podía. Vio antiguos puentes cubiertos que todavía no habían sido reemplazados por los de piedra. Cada aldea tenía una torre con reloj, aunque no tuviera una estación de tren.

Las ruedas hacían triquitraque mientras el tren iba a toda velocidad hacia Berna. Cuando empezó a ver las afueras de la ciudad, Marta recogió su morral y lo mantuvo sobre sus rodillas. Pudo ver los grandes edificios de piedra y un puente sobre el verde Aar, el río que bordeaba la antigua ciudad. Las casas sobresalían por encima del río al otro lado. Miró su mapa y volvió a mirar por la ventana; no estaba segura de qué dirección tenía que tomar para encontrar la escuela de los Saintonge. Tendría que pedir indicaciones.

Cuando el tren se detuvo en la estación, Marta siguió a los demás y bajó. Sentía como si estuviera en una de las colmenas de Frau Fuchs por el movimiento constante, la agitación de los cuerpos y el murmullo de las voces. Los conductores gritaban números de trenes. El humo siseaba. Alguien tropezó con ella y rápidamente se disculpó, apresurándose para alcanzar su tren. Marta divisó a un hombre alto con uniforme negro y gorra roja y se dirigió hacia él. Cuando le mostró su mapa, él le señaló la ruta que debía tomar y le dijo cuánto tiempo tardaría en recorrer la corta distancia. "Puede tomar el tranvía."

Marta decidió caminar. Quería ver algo de la ciudad, y quién sabía cuántos días pasarían antes de tener tiempo libre para hacer lo que quisiera. ¿Tendría la escuela clases el sábado? No lo sabía. Con su morral al hombro, se apresuró desde la estación y caminó por una calle de adoquín, mirando arriba, hacia los altos edificios de piedra con banderas que ondeaban. Se detuvo para ver las figuras animadas de la torre del reloj cuando daban la hora. Pasó por plazas y deambuló por las galerías entrecruzadas, bordeadas de cafeterías, joyerías, tiendas de ropa, pastelerías y negocios que exhibían chocolates en las vitrinas.

A medida que el sol se escondía, Marta se apresuró hacia el puente que cruzaba el río Aar. Trepó la colina y encontró el nombre de la calle que había en el membrete de la carta. Cuando encontró la dirección, se sentía cansada pero tonificada. Nada le decía que había llegado al lugar correcto, y la casa que tenía enfrente parecía una espléndida mansión y no una escuela.

Una mujer con vestido negro, delantal blanco y cofia abrió la puerta.

Marta le hizo una reverencia torpe.

—Soy Marta Schneider, de Steffisburg. —Le entregó sus documentos.

—Nunca le hagas reverencias al personal —dijo la mujer al tomar los papeles. Los miró y le hizo un gesto para que entrara—. Bienvenida al *Haushaltungsschule Bern*.

Cerró la puerta cuando Marta entró.

—Me llamo Frau Yoder. Eres la última en llegar, Fräulein Schneider. Te ves cansada. No caminaste hasta aquí, ¿verdad?

—Desde la estación del tren. —Marta se quedó con la boca abierta al ver las amplias escaleras y las paredes con retratos en marcos dorados, las alfombras finamente tejidas, las estatuillas de porcelana. ¿Era esto una escuela de educación para el hogar?

—La mayoría de la gente utiliza el transporte.

—Quería ver un poco de la ciudad. —Marta miró hacia el techo, que estaba pintado con ángeles—. No estaba segura de cuándo tendría un día libre para ver los lugares de interés.

—Tendrás los domingos para ti. Ven. Te daré un recorrido de orientación. La parte de abajo tiene el salón, la sala de estar, las oficinas del conde y el jardín de invierno de la condesa. La cocina está al otro lado, junto al comedor. El segundo piso tiene un salón de baile y varias habitaciones grandes. El tercer piso tiene la mayoría de las habitaciones para visitas. Tú y las demás chicas estarán en el dormitorio del cuarto piso. El salón de clases también está allí.

Frau Yoder caminaba con la cabeza en alto, con las manos juntas enfrente. Extendía su mano cuando identificaba cada habitación y le daba a Marta unos cuantos segundos para echarle un vistazo a los lujosos interiores.

—La condesa recibe invitados en este salón. Hizo que se pintaran las paredes de amarillo real después de visitar el *Schloss Schönbrunn* de Viena el año pasado. —Levantó una mano antes de volver a juntarlas adelante—. Ese es el retrato de la condesa, encima de la chimenea. Es encantadora, ¿verdad?

Una joven mujer con ojos oscuros y pelo negro, largo y suelto sobre los hombros descubiertos parecía que la observaba desde arriba. La condesa tenía un collar de diamantes y esmeraldas en su alto y delgado cuello, y su vestido parecía el de alguien de un libro de historia que Marta había leído.

—Se parece a María Antonieta.

—Esperemos que no termine de la misma forma.

Qué cosa tan extraña decir, y especialmente con un tono tan mordaz. Frau Yoder continuó. Marta la seguía y cada vez se sentía más curiosa.

—¿El conde y la condesa imparten las clases?

—Hablarán contigo ocasionalmente, pero yo estoy a cargo de la enseñanza.

—Saintonge. ¿Son franceses?

—No es cortés preguntar, Fräulein.

Marta se sonrojó. —Ah. —*¿Y por qué no?*, quería preguntar, pero Frau Yoder siguió hacia un pasillo. Marta se sentía como un patito que corría detrás de su madre, que se contorneaba al andar—. ¿Cuántas estudiantes más hay?

—Siete.

—¿Sólo siete?

Frau Yoder se detuvo y miró a Marta por encima del hombro.

—Solamente se acepta a las más prometedoras. —Inspeccionó a Marta—. Tu abrigo es hecho a la medida, ¿verdad?

Ella misma lo había hecho, pero no quiso decírselo a la mujer.

—Mi madre es modista y mi padre es sastre.

Frau Yoder se acercó inclinándose y vio el bordado.

—Un bello trabajo. —Le sonrió a Marta—. Me sorprende que tus padres te hayan enviado aquí. Ven. —Frau Yoder se volvió a distanciar—. Quiero mostrarte el resto de la casa. Si tienes hambre, hay sopa de repollo y pan en la cocina. El conde y la condesa salieron esta noche. Los conocerás mañana a las diez, en el salón de arriba. Sin embargo, espero que estés allí a las ocho para recibir instrucciones.

La curiosidad de Marta aumentó más aún al ver por primera vez a la condesa Saintonge, de pie en el pasillo sin alfombras, frente a la puerta del salón de clases. Era demasiado joven como para ser directora de cualquier lugar, y su ropa no era para nada modesta. Sus cejas enmarcaban unos vivaces ojos negros. Abrió su boca con una risa silenciosa que dejó ver sus blancos dientes pequeños y rectos. Dijo algo en un susurro y apareció un hombre. Él tenía el pelo gris, ojos pálidos y una cara delgada y angular. ¡Parecía lo suficientemente viejo como para ser el padre de la dama! Cuando se inclinó, Marta pensó que se proponía besar a la condesa Saintonge allí mismo, en el pasillo. El conde dijo algo en voz baja y se marchó. La condesa se mostró algo molesta, pero levantó la cabeza y entró a la habitación con aire de dignidad. "Buenos días, alumnas."

Inmediatamente, todas se pusieron de pie e hicieron una reverencia como se les había instruido.

"Condesa." Frau Yoder hizo una reverencia con gracia. Cada chica hizo otra reverencia cuando se mencionaba su nombre.

La condesa unió sus manos delicadamente a la altura de su cintura y comenzó a hablar de la buena reputación del *Haushaltungsschule Bern* y de los deslumbrantes reportes que ella y el conde recibían de empleadores satisfechos. "Escogemos solamente las mejores." Marta se asombró por eso, después de pasar la noche con las demás, la mayoría de las cuales tenía menos educación que ella. *¿Somos las mejores?*

"A las que logren superar los primeros tres meses les tomaremos las medidas para uno de nuestros uniformes." Cuando la condesa levantó una mano, Frau Yoder hizo un giro lento, y mostró la falda de lana negra que le llegaba al tobillo, la blanca blusa camisera de cuello alto, mangas largas y puños, un largo delantal blanco con las letras *HB* bordadas en el bolsillo derecho y una cofia blanca adornada con encaje. "Sólo las que se gradúan reciben el honor de usar nuestro uniforme."

Mientras la condesa seguía hablando, Marta examinaba el vestido de lino traslúcido con sus pequeños pliegues, sus inserciones de encaje, las blancas flores y hojas bordadas y las espirales de *passementerie*. Sabía las horas que se requerían para hacer ese vestido, y el precio.

—Fräulein Schneider, ponte de pie.

Marta se levantó, preguntándose por qué la condesa la había distinguido entre las demás.

—Espero que pongas atención cuando hablo.

—Sí, señora.

—Sí, *condesa*. Y la próxima vez que te levantes harás una reverencia, y harás otra reverencia después de hablar.

Marta sintió que una corriente de calor inundaba sus mejillas. ¡Ciento cincuenta francos para aprender a ser tratada como una esclava! Ciento cincuenta francos que Papá esperaría que le devolviera, ya fuera que terminara el curso o no. Apretando los dientes, Marta hizo una reverencia.

—Sí, condesa. —Volvió a hacer la reverencia.

Los ojos oscuros de la condesa Saintonge la examinaron fríamente.

—¿Escuchaste algo de lo que dije o tengo que repetirlo otra vez?

Marta se volvió a inclinar.

—Sí, condesa, lo escuché. —Comenzó a decirle palabra por palabra hasta que la condesa levantó una de esas manos delicadas para detenerla. Le hizo una leve señal con la cabeza para que se sentara. Marta se quedó de pie. La condesa inclinó su cabeza más bajo esta vez. Marta se quedó mirándola. Las mejillas de la condesa se pusieron rosadas.

—¿Por qué estás todavía de pie, Fräulein Schneider?

Marta se agachó más lentamente esta vez y unas cuantas pulgadas más abajo.

—Esperaba su orden, condesa Saintonge. —Escuchó los movimientos nerviosos de las chicas que la rodeaban. Con otra reverencia, Marta tomó asiento.

Cuando terminó la clase, la condesa Saintonge le dijo que se quedara.

—Marta Schneider, de Steffisburg, ¿correcto? ¿Qué hace tu padre?

—Mi padre es sastre y mi madre, modista.

—¡Ah! —Sonrió—. Por eso es que estabas mirando. . . . —Miró la blusa camisera de Marta y la falda negra—. ¿Tú hiciste lo que llevas puesto?

Preguntándose por el cambio de conducta de la mujer, Marta hizo una reverencia solamente por precaución.

—Sí, condesa.

La condesa sonrió con una mueca rara, de complacencia.

—Maravilloso. Tú puedes hacer los uniformes.

Marta se puso rígida.

—¿Y voy a tener tiempo libre?

—La mayoría de tus noches serán libres.

Sus noches podrían ser libres, pero su tiempo tenía un precio.

—Si tiene los materiales, podemos discutir la paga.

Los ojos oscuros de la condesa se abrieron con sorpresa.

—¿Y cuánto pedirías?

Marta hizo un rápido cálculo mental y mencionó una suma elevada por los uniformes.

—¡Eso es excesivo! —La condesa dijo un precio más bajo.

Marta lo elevó.

—Y si se espera que yo proporcione los materiales, necesitaré el dinero por adelantado, y que se me pague el resto antes de que entregue los uniformes.

—Te han hecho trampa, ¿verdad?

—A mí no, pero a mi padre y a mi madre sí.

—¿Por eso es que no confías en mí?

—Esto es un negocio, condesa.

Los ojos de la condesa se iluminaron divertidos. Después de varias rondas, acordó un precio levemente más alto del que Marta había determinado como justo. Cuando todo se arregló entre ellas, la condesa se rió.

—Fräulein Schneider, no eres como cualquiera de las chicas que hemos tenido aquí. —Sacudió la cabeza, con los ojos resplandecientes—. Dudo que alguna vez seas una buena criada.

Marta le escribió a Rosie y recibió una rápida respuesta.

¿Qué quieres decir con que dudas de que la condesa Saintonge sea una condesa?

Las cartas volaban de acá para allá con la velocidad de los trenes.

La condesa suena como alemana un día y como francesa al día siguiente. Oí que C y C hablaban en inglés en el salón ayer, aunque dejaron de hacerlo lo suficientemente rápido cuando me vieron en la puerta. ¿Actores quizás? Frau Yoder dice que no es cortés preguntar. ¡Hasta podrían ser suizos! Pienso seguir el buen consejo de Mamá de aprender todo lo que pueda. . . .

Quizás solamente sean muy buenos con los idiomas y han absorbido los acentos adecuados. . . .

¿Te conté que C y C tienen fiestas todos los viernes y frecuentemente tienen invitados el fin de semana? C y C dicen que todo está planificado para entrenarnos. Si eso es cierto, entonces soy la hija de un fabricante de quesos. No he dicho nada de mis sospechas en las cartas que he escrito a mi casa, pero te lo diré. ¡Esta mansión es lo suficientemente grande como para necesitar ocho criadas a tiempo completo para mantenerla limpia y ordenada! C y C nos han enseñado a limpiar ventanas, pisos y candelabros. Frau Yoder nos ha enseñado a encerar y pulir pasamanos y pisos. Sacudimos las estatuillas, quitamos el polvo de las cortinas, limpiamos las alfombras. Cambiamos las camas. Este lugar se convierte en un hotel desde el viernes en la noche hasta el sábado en la tarde. ¿Cómo no admirar tal audacia? ¡C y C encontraron la manera de hacer que las chicas criadas pagaran por el privilegio de mantener la mansión!

¿Estás escribiendo todo esto en tu diario?

Estoy guardando el diario para cosas mejores.

Solo había llenado una página, con recetas de los productos de los Becker que mejor se vendían.

❄ ❄ ❄

Marta no trabajaba los domingos. Bajaba la colina, cruzaba el puente y se dirigía a la antigua ciudad para asistir al servicio en la *Berner Münster*, la catedral gótica más famosa de Suiza. Le encantaba permanecer por largo tiempo en el portal, examinando las figuras esculpidas y pintadas. Los diablos verdes de bocas rojas caían al infierno, en tanto que los ángeles blancos y dorados volaban al cielo. Después de la iglesia, Marta caminaba por la *Marktgasse*, con sus galerías con tiendas animadas por los clientes. Compraba chocolate y pasteles, se sentaba cerca de la Fuente de Sansón y pensaba en Mamá y Elise. Iba a ver el *Bundeshaus* y el *Rathaus*. Compraba zanahorias y alimentaba a los osos pardos en el *Bärengraben*, junto con una docena de otros visitantes en Berna que habían llegado a ver las mascotas de la ciudad. Le gustaba comprar una taza de chocolate y pararse debajo de la puerta occidental y la torre del reloj, esperando el espectáculo cuando diera la hora. Al término de dos meses, Marta conocía cada calle de adoquín y todas las fuentes de la antigua ciudad.

Mamá y Elise enviaban una carta una vez por semana. Nada cambiaba. Mamá estaba haciendo otro vestido para Frau Keller. Elise cosía el ruedo. Papá trabajaba en la sastrería. Todos estaban bien.

Te extrañamos, Marta, y contamos los días para que vengas a casa. . . .

Cada domingo, antes de subir la colina hacia la escuela, Marta se sentaba cerca de la fuente que representaba a Sansón rompiendo la mandíbula de un león, y le escribía a Mamá y a Elise. Les contaba lo que estaba aprendiendo acerca de dirigir una casa, sin mencionar sus sospechas de los supuestos conde y condesa. Describía la ciudad.

Me encanta Berna. Pararme en la Marktgasse es como estar dentro de una de las colmenas de Frau Fuchs. . . .

Rosie sugirió que se quedara.

¿Has pensado en vivir en Berna? ¡Piensa en vivir en Zúrich! ¡Adonde vayas tienes que escribir y contarme todo!

Cerca del final de su curso de seis meses, escribió Papá.

Espero que vuelvas a casa tan pronto como recibas tu certificado.
Pide una recomendación al conde y a la condesa.

Envió francos suficientes para comprar un boleto de ida a Steffisburg y un aviso. En *Schloss Thun* había una vacante para una criada.

El día de la graduación del *Haushaltungsschule Bern*, Marta recibió un elegante diploma, una carta de recomendación firmada por el conde y la condesa Saintonge y un uniforme con las letras *HB* bordadas con seda negra en el bolsillo del delantal blanco. También tenía los francos que se había ganado, dentro del monedero que Mamá le había dado. Abordó el primer tren para irse a casa. Cuando llegó a Thun, fue directamente al castillo y pidió hablar con el ama de llaves.

Cuando Frau Schmidt entró a la oficina, Marta tuvo una reacción instintiva de aversión hacia la mujer, quien miró a Marta de arriba abajo con desdeño.

—¿Quería verme, Fräulein?

Marta le entregó sus documentos. La mujer se puso unas gafas de metal para leerlos.

—Usted nos servirá. —Le devolvió los documentos a Marta—. Puede comenzar de inmediato.

—¿Cuánto ofrece como pago?

Frau Schmidt la miró ofendida. Se quitó las gafas y los metió en un pequeño estuche que tenía en una cadena alrededor del cuello.

—Veinte francos.

—¿A la semana?

—Al mes.

Marta olvidó todas las lecciones que Frau Yoder le había enseñado sobre diplomacia.

—¡Alguien sin preparación que lava trastos recibe más de veinte francos al mes!

Frau Schmidt carraspeó ruidosamente.

—¡Todos entienden el gran honor que es trabajar en *Schloss Thun*, Fräulein!

—Imagino que tan grande como trabajar en el *Haushaltungsschule Bern*. —Volvió a meter sus documentos en su morral—. No cabe duda por qué el puesto está todavía vacante. ¡Sólo una tonta lo aceptaría!

Cuando Marta llegó a casa, antes de que Mamá pudiera alcanzarla, Elise dio un grito de alegría y corrió a sus brazos. Mientras Marta abrazaba a Elise, vio los cambios que habían ocurrido en Mamá durante los seis meses que había estado en Berna. Consternada, hizo a Elise a un lado. Mamá le dio unas palmadas en la mejilla en lugar de abrazar a Marta, quien tomó su mano y la besó.

Papá apenas levantó su cabeza de la prenda que había metido en la máquina de coser.

—¿Cuándo planeas solicitar ese trabajo del castillo? Deberías ir o ya no estará disponible.

Marta lo miró por encima del hombro.

—Podrías darme la bienvenida, Papá.

Él levantó la cabeza y le dio una mirada fría.

—Fui al castillo antes de venir aquí. Rechacé la oferta.

Su padre se puso rojo.

—¿Que hiciste qué?

—Supongo que me enviaste a la escuela para que yo pudiera ganar más de veinte francos al mes, Papá.

—¡Veinte francos! —Se veía desconcertado—. ¿Es eso todo lo que paga el castillo?

—Frau Schmidt parecía una gemela de Frau Keller. Parecía pensar que el gran honor de trabajar allí merece un pago menor.

Papá sacudió la cabeza y presionó los pedales de la máquina de coser.

—Mientras más pronto consigas trabajo, más pronto podrás devolver el dinero que me debes.

Ella había esperado que la felicitara por su graduación, que quizás sintiera alguna alegría de tener a su hija mayor en casa. Debía haber sabido que era imposible.

—Mañana a primera hora comenzaré a buscar, Papá. —Le devolvería el dinero de la matrícula y de los libros, aunque ¡no había habido libros! Quería decirle que lo habían embaucado, pero él se desquitaría con ella. Tampoco se atrevía a darse el gusto de decirle que ella había ganado el doble de lo que él había pagado a esos dos sinvergüenzas, cobrándoles por su trabajo lo que era justo.

Mamá se veía cansada, pero feliz. "¡Qué bueno es tenerte otra vez en casa!" Tosió. Como no podía parar, se dejó caer en su silla, tapándose la boca con un trapo manchado. Cuando el espasmo finalmente terminó, se veía agotada y gris.

Elise miró a Marta.

—Ha estado peor durante el último mes.

—¿Y qué dice el doctor?

—Ella no va al doctor. —Papá jaló cuidadosamente la prenda de la máquina—. Los doctores cuestan dinero.

Marta se levantó temprano la mañana siguiente y preparó café y *Birchermüsli* para que Mamá no tuviera que hacerlo.

Mamá entró a la cocina; se veía demacrada y pálida.

—Te levantaste muy temprano.

—Quería hablar contigo antes de salir. —Tomó la mano de Mamá y le puso los francos que había ganado.

Mamá se quedó con la boca abierta.

—¿Cómo conseguiste tanto dinero?

—Hice los uniformes de la escuela. —Besó la mejilla fría de su madre y susurró—. Me gasté unos cuantos francos en chocolate y pastelitos, Mamá. Quiero que veas al doctor. Por favor . . .

—Es inútil, Marta. Yo sé cuál es el problema. —Mamá trató de devolver el dinero a la mano de Marta—. Tengo tisis.

—¡Ay, Mamá! —Comenzó a llorar—. Seguramente él puede hacer algo.

—Dicen que el aire de la montaña ayuda. Debes guardar esto para tu futuro.

—¡No! —Marta lo metió profundamente en el bolsillo del delantal de Mamá—. Ve a ver al doctor Zimmer. Por favor, Mamá.

—¿Y qué dirá Papá si voy?

—Papá no tiene que saberlo todo. Y no te preocupes por su dinero. Lo obtendrá. —*Un poco por vez.*

❊ ❊ ❊

Marta encontró trabajo en la cocina del *Hotel auf dem Nissau*, famoso por su majestuosa vista a las montañas. Arriba del hotel se había construido una plataforma como comedor, y los huéspedes subían todas las mañanas y disfrutaban un desayuno espléndido y la salida del sol.

Después de menos de un mes, la chef Fischer le dijo a Marta que se reportara con el supervisor para que la reasignaran. Herr Lang le dijo que subiría las bandejas de comida y bajaría los trastos sucios del comedor en la montaña. Además, su paga disminuiría y recibiría solamente una parte de las propinas de las camareras.

—¿Qué hice mal, Herr Lang?

—No sé, pero la chef Fischer estaba furiosa. Quería que te despidiéramos. ¿Qué hiciste ayer?

—Preparé la carne y las especias para sus salchichas. Lo tenía todo . . . —Se irritó—. ¿De qué se ríe?

—Fuiste demasiado servicial, Fräulein. —Chasqueó los dedos e hizo señas a una mujer con el traje *Dirndl* azul del restaurante—. Guida te enseñará lo que tienes que hacer. Tendrás que ponerte un *Dirndl* antes de subir a la plataforma.

Mientras Guida buscaba en el perchero de uniformes en un pequeño vestuario, Marta refunfuñaba porque la habían sacado de la cocina.

—Yo podría hacer las salchichas si ella quisiera tomarse un día libre.

—Eres avispada, ¿verdad? ¡Tienes suerte de que la chef Fischer no te clavara un tenedor en la espalda! La vieja bruja cuida sus recetas de la manera en que un banquero cuida su bóveda. A nadie se le permite saber lo que pone en sus salchichas. Es famosa por ellas.

—Ahora entiendo por qué siempre le molestaban mis preguntas. Pensé que esperaba que yo misma resolviera las cosas. —Había requerido tres semanas de observación para que Marta finalmente averiguara todos los ingredientes y proporciones adecuadas. Registró todo en el libro que Rosie le había dado.

Cuando volvía a casa le pidió al carnicero carne de res, cerdo y ternera y que lo moliera todo y se lo tuviera preparado para el sábado. Compró las especias que necesitaría y luego trabajó hasta tarde en la noche para que la familia pudiera comer salchichas Fischer, *Rösti* —patatas fritas—, tomates al estilo Fribourg y budín de pan de cereza como postre.

Apartó un poco para que Rosie lo probara.

Complacida, vio a su familia devorar la comida. Mamá y Elise la halagaron por su cocina. Hasta Hermann dijo algo bonito. Papá no le hizo ningún halago, pero cuando Hermann extendió la mano para tomar la última salchicha, Papá metió su tenedor primero.

❄ ❄ ❄

—Espero que te guste, Rosie. —Se mordía el labio al ver a su amiga probar la salchicha—. No usé todas las especias que Frau Fischer usa, pero agregué un poco de pimienta de Jamaica.

Rosie levantó la cabeza, con los ojos resplandecientes.

—¡Está estupenda! —Hablaba con la boca llena—. Mamá moriría por esta receta.

—Se la voy a escribir. —Marta se dejó caer en el césped de primavera y puso sus manos debajo de su cabeza—. Tengo otras, también, de *Streusel*, *Jägerschnitzel* y de *Züricher Geschnetzeltes*.

Rosie se chupó los dedos.

—¿Vas a poner un restaurante?

Marta soltó una risita.

—¿Y que Frau Fischer venga a buscarme con su cuchillo de carnicero? —Miró hacia el cielo azul despejado y se permitió soñar—. No, solamente estoy recopilando lo mejor para que algún día, cuando tenga un hotel o una casa de huéspedes, sepa cómo cocinar lo suficientemente bien para tener a mis huéspedes contentos.

—¡Estarán contentos y gordos! —Rosie se rió. Se tiró junto a Marta—. Qué bueno es tenerte de regreso, ¡y no solamente porque has aprendido a hacer la mejor salchicha que he probado!

—No voy a quedarme mucho tiempo.

—¿Qué quieres decir?

—Me duele cada músculo del cuerpo. No soy más que una mula de carga que sube y baja bandejas de la montaña. Necesito encontrar otro trabajo donde pueda aprender más. Y no hay nada más en Steffisburg ni en Thun.

Rosie sonrió burlonamente.

—¡Piensa en el honor de trabajar dentro de las paredes de *Shloss Thun*!

—Qué chistosa.

—Entonces vete a Interlaken. No es tan lejos y podrías venir a casa una que otra semana de visita. Todavía podríamos tener nuestras caminatas en las montañas. Mi padre podría ayudarte. Él conoce al gerente del *Hotel Germania*.

Herr Gilgan estuvo más que dispuesto. Le escribió a Marta una carta de recomendación. "Derry Weib siempre necesita buenos trabajadores. Le enviaré un telegrama." Unos días después, le dijo a Marta que Herr Weib necesitaba una asistente de cocina. "Te pagará cincuenta francos al mes y tendrás una habitación afuera de la cocina."

Mamá felicitó a Marta por su buena suerte. A Papá no le importaba dónde trabajara, siempre y cuando le pagara veinte francos al mes. Elise tomó mal la noticia.

—¿Cuánto tiempo te irás esta vez? Y no me digas que duerma con la gata. Ronronea y me mantiene despierta.

—¡Madura, Elise!

Su hermana rompió a llorar y buscó a Mamá para que la consolara; después se sintió enferma como para ir a la iglesia al día siguiente.

—Mamá, no puedes seguir mimándola.

—Tiene un corazón tan tierno. Se hiere muy fácilmente.

Cuando el servicio terminó, Papá se quedó hablando con otros dueños de negocios, comentando acerca de los tiempos difíciles. Hermann se fue con sus amigos. Mamá tomó la mano de Marta en el doblez de su brazo.

—Demos un paseo. Hace mucho que no subo la colina hasta la pradera. ¿Recuerdas cómo solíamos caminar allí cuando eras una niñita?

—Se detuvieron varias veces en el camino—. Has estado inquieta toda la semana, Marta. Tienes algo en mente.

—Estoy preocupada por ti, Mamá. Trabajas demasiado duro.

Mamá le dio unas palmadas a Marta en la mano.

—Hago lo que hay que hacer y me gusta. —Suspiró—. Así que te vas a Interlaken. Creo que este será el inicio de un viaje largo para ti.

—Caminó cada vez más lentamente y cada respiración le era más difícil. Cuando llegaron a la banca que estaba cerca del camino hacia el *Hotel Edelweiss*, Mamá ya no pudo seguir—. Cuando era niña, caminaba todo el día en las colinas. —Sus labios se habían puesto de un tono azul pálido, a pesar de la calidez de la tarde.

—Debemos regresar, Mamá.

—Todavía no. Deja que me siente un rato al sol. —Mamá no miró abajo, hacia Steffisburg, sino arriba, hacia el cielo. Una docena de pinzones pasaron volando, gorjeando mientras aterrizaban entre las ramas de un árbol cercano. Un cuervo se había acercado demasiado a un nido y las pequeñas aves lo atacaron salvajemente, haciendo que se alejara. Los ojos de Mamá brillaban con lágrimas—. Una vez Papá te llamó pájaro cucú.

—Me acuerdo.

Tenía cinco o seis años entonces, y Papá había montado en una de sus cóleras de borracho. La agarró del cabello y la arrastró por la habitación hacia el espejo. "¡Mírate! ¡No te pareces en nada a tu madre! ¡No te pareces en nada a mí! Pelo oscuro y ojos de un marrón sucio. Como si un cucú hubiera puesto su huevo en nuestro nido y nos hubiera dejado de regalo a su polluelo feo. ¿Quién será tan tonto como para quitármelo de encima?" Papá la soltó tan abruptamente que Marta cayó sobre el espejo y lo rajó. "¡Y ahora, para colmo, mala suerte!"

Las lágrimas rodaron por las mejillas de Mamá.

—Lloraste por horas. Traté de explicarte que él había estado bebiendo y no sabía lo que decía.

—Lo sabía, Mamá. Por eso dolía tanto.

Mamá suspiró. Tomó la mano de Marta firmemente.

—Tienes los ojos de mi madre. Ella no quería a tu padre. No quería que yo me casara con él.

—Quizás debiste escucharla.

—Entonces no tendría a Hermann, ni a ti, ni a Elise. Ustedes tres son mis mayores bendiciones en la vida. Nunca me he arrepentido.

—¿Nunca?

—Dios permite el sufrimiento. Permite la injusticia. Sé que tu padre a veces puede ser cruel y egoísta. Pero hubo momentos tiernos al principio. Vive con una amarga decepción. Nunca aprendió a tomar en cuenta sus bendiciones. Si vas a superar tus circunstancias, tienes que aprender eso, *Liebling*. —Volvió a tomar la mano de Marta—. No te preocupes tanto por mí. Hace mucho tiempo aprendí a entregar mi dolor a Cristo, que entiende el sufrimiento mucho mejor que yo. —Cerró sus ojos—. Imagino a Jesús que me recoge en sus brazos, me lleva hacia su regazo y me sostiene allí como un niño que está abrazado contra el pecho de su madre. Sus palabras están llenas de consuelo. Me fortalece en mi debilidad.

Abrió sus ojos y le sonrió a Marta.

—No te gustará esto, Marta. Pero te pareces más a tu padre que a mí. Tienes su pasión y su ambición. Quieres más de lo que la vida te ha dado. —Suspiró profundamente—. Y yo lo amo. Siempre lo he amado y siempre lo amaré, a pesar de sus faltas y sus debilidades.

—Lo sé, Mamá. Sólo quisiera que tu vida fuera más fácil.

—Y si fuera más fácil, ¿le habría dado mi corazón tan completamente a Dios? A dondequiera que vayas, deja que Cristo sea tu refugio. Pon tu esperanza en él y no te decepcionará lo que la vida te ofrezca.

Mamá volvió a levantar su cabeza.

—Mira los pájaros, *Liebling*. —Temblando a pesar del calor del día, se envolvió con su chal—. La mayoría de las especies vuelan en bandadas. —Una lágrima corrió por su mejilla pálida—. Un águila vuela sola.

Marta sentía su garganta tensa. Apretando los labios, cerró los ojos.

Mamá tomó las manos de Marta entre las suyas.

—Tienes mi bendición, Marta. Te la doy sinceramente y sin reservas. Tienes mi amor. Y oraré por ti todos los días de mi vida. No tengas miedo de irte.

—¿Y qué pasará con Elise, Mamá?

Mamá sonrió.

—Elise es nuestra pequeña y linda golondrina. Nunca volará lejos de casa.

Bajaron la montaña juntas, Mamá recostada en Marta para apoyarse. "No vengas a casa muy seguido. Podría ocurrir que tu padre no quiera dejarte ir."

1904

Marta entró disimuladamente al cuarto que estaba afuera de la cocina, escapándose por un momento del calor infernal de los hornos. Se dejó caer en su catre y se quitó el sudor de la cara con la toalla que mantenía sobre el hombro. Recostada sobre la pared de piedra, suspiró con alivio. Al otro lado corría el río Aar, que fluía entre el *Thunersee* y el *Brienzersee*. La humedad constante se escurría a través del cemento y formaba carámbanos en invierno y hacía brotar hongos durante el verano.

—¡Marta! —gritó el chef, Warner Brennholtz, desde la cocina—. *¡Marta!*

—¡Dame un minuto o me derretiré más rápido que tu chocolate! —No había podido descansar en toda la noche, y Herr Weib le había traído una carta de Mamá. La sacó del bolsillo de su delantal, la abrió y comenzó a leerla.

Mi querida Marta,

Espero que estés bien y contenta. Te tengo cerca de mi corazón y oro por ti incesantemente. Tengo noticias tristes. Papá tuvo que ir a Berna a recoger a Elise de la escuela de educación para el hogar. La condesa Saintonge dijo que no es apta para el servicio.

La primera vez que escribieron, Papá no fue. Pensó que Elise se adaptaría. Pero tuvo que ir cuando el conde le envió un telegrama para que fuera a buscar a Elise o tendría que pagar los gastos por enviarla a casa con un acompañante.

El conde no quiso devolver ni un franco. Dijo que ella había ocupado el espacio que se podría haber dado a otra chica, y que no aceptaría la pérdida. Eso fue malo, pero lo empeoró al decirle a Papá que un padre debería saber cuando su propia hija no podría aguantar la separación de su familia. Yo sé que Dios tiene una lección para todos nosotros con esto.

"Ay, Mamá." Su madre, sin quererlo, había estimulado la dependencia de Elise, pero no podía echarle toda la culpa a ella. Marta se culpaba a sí misma por darle a Papá el dinero para enviar a Elise a Berna. La había hecho sentir culpable cuando dijo que no la primera vez.

"*Si amaras a tu hermana . . . si no fueras tan avara y egoísta . . . No le das importancia a tu familia. . . . Amontonas tus francos cuando podrían ayudar. . . .*"

Debía haberle dicho a Papá cómo lo habían engañado esos dos mentirosos en Berna. En lugar de eso, se había convencido de que Elise podría beneficiarse al salir de la casa. Quizás florecería entre las otras chicas de su edad y le gustaría Berna tanto como le había gustado a ella. Marta había enviado unos francos extra a Elise y le había dicho que caminara en la *Marktgasse* y que comprara chocolate y pasteles en el *Café Français*.

Ahora, lo único que podía hacer era orar para que Papá no descargara su ira sobre Elise.

Marta levantó la carta y siguió leyendo.

Por favor no te enojes con ella. Yo sé que tu dinero se desperdició, pero Elise sí lo intentó. Logró quedarse tres semanas antes de escribir por primera vez. Y ahora ella sufre. Papá no le ha dirigido la palabra desde que la trajo a casa.

Elise me ayuda tanto como puede. Sus puntadas ahora son tan buenas como las mías. Con más experiencia aprenderá a trabajar más rápido. También ayuda a Frau Zimmer con el pequeño Evrard. Es tan dulce, pero está en la edad en que se mete en todo. Se alejó de ella por unos minutos el otro día. Ahora lo vigila más.

Escribe pronto, Liebling. Tus cartas son un gran consuelo para todos nosotros. Que el Señor te bendiga y te guarde. Que su rostro brille sobre ti. Te amo.

Mamá

Marta dobló la carta y la volvió a meter en el bolsillo de su delantal. Escribiría y le diría a Mamá que hiciera que Elise fuera al mercado. Necesitaba aprender a hablar con la gente. Podría comprar el pan en la panadería de los Becker y hablar con Frau Fuchs acerca de la miel. Elise necesitaba aprender a estar sola. No siempre tendría a Mamá.

El ruido de la vajilla seguía en la otra habitación. Warner Brennholtz daba a alguien una orden a gritos. Su puerta se abrió de repente y el chef entró a la habitación. Hacía mucho que ella había aprendido a no sorprenderse ni ofenderse cuando alguien irrumpía. El calor de la cocina hacía necesario el escape, y su pequeña habitación era adecuada. Todo el día, desde el desayuno hasta la cena, los trabajadores bailaban uno alrededor del otro, y por lo general alguien se escabullía para descansar unos cuantos minutos antes de volver a enfrentar las cocinas y los hornos. Sólo cuando los últimos clientes se habían ido y los últimos platos se habían lavado y guardado, Marta tenía un poco de privacidad.

Brennholtz era más alto que Papá y pesaba varios kilos más. También le gustaba la cerveza, pero cuando bebía de más se ponía contento, y no malhumorado ni violento como su padre.

—¿Qué te pasa? Parece que hubieras comido un mal *Sauerkraut*. —El chef se secó el sudor de su cara roja y de su cuello.

—Mi hermana no pudo terminar la escuela de educación para el hogar.

—¿Está enferma?

—Ahora está bien porque está en casa con nuestra madre.

—Ah. ¿Es una buena trabajadora? Podría venir a vivir en este cuarto contigo. Nos vendría bien otra persona que lave trastos.

—La matarías del susto. —Brennholtz podía gritar más fuerte que Papá. Incluso su risa resonaba lo suficiente como para hacer vibrar la vajilla. Elise probablemente quebraría la mitad de los platos antes de terminar su primera semana.

—Es una lástima que Derry no necesite otra criada.

—La necesitaría si le rentara habitaciones a los ingleses.

Warner se pasó la toalla sobre el pelo rubio que escaseaba.

—Hace unos años lo hacía, pero los ingleses y los alemanes son como el aceite y el agua, y Derry no habla suficiente inglés como para ordenar las cosas. Cuando no podía calmarlos, los clientes no querían pagar. Así que ahora solamente atiende a suizos y alemanes.

—Y gana menos dinero.

—Y tiene menos dolores de cabeza. —Warner se colocó bruscamente la toalla en el hombro—. El dinero no lo es todo.

—La gente que lo tiene siempre dice eso.

Se rió.

—Tú sabrías cómo detener una trifulca, *¿ja?* Eres cabeza dura. Derry debería entrenarte para administrar y tomarse unas largas vacaciones.

Ella sabía que él estaba bromeando, pero se levantó y lo miró a la cara.

—Si supiera hablar francés e inglés, encontraría la manera de llenar todos los cuartos de este hotel.

Él se rió.

—Entonces aprende, Fräulein.

—¿En una cocina de sótano? —Puso sus manos en las caderas—. ¿Hablas francés?

—*Nein.*

—¿Inglés?

—Ni una palabra.

—Entonces yo debería renunciar e irme a Ginebra o a Londres.
—Pasó rozándolo.

—¡No me gusta tu broma! —La siguió.

—¿Y crees que yo pienso quedarme como una asistente de cocinero por el resto de mi vida?

Warner arrancó una olla de un gancho y la golpeó sobre la mesa de trabajo. Todos saltaron, menos Marta.

—¡Este es el agradecimiento que recibo por entrenarte!

¿Cuántas veces tenía que decirlo? Marta mostró una falsa sonrisa y se agachó para hacer una reverencia exagerada.

—*Vielen Dank*, Herr Brennholtz. —Habló con una dulzura empalagosa—. *Danke. Danke. Danke.*

Él se rió.

—Eso está mejor.

El enojo de ella se evaporó. ¿Por qué descargar sus frustraciones sobre Warner cuando él no había sido nada más que amable?

—Te dije que no me quedaría aquí para siempre.

—*Ja.* Lo sé. ¡Tienes grandes sueños! Demasiado grandes, si me lo preguntas.

—No te lo pregunté.

Las manos de Warner trabajaban rápidamente, cubriendo trozos de carne con harina y sazonadores.

—Se requieren años para llegar a ser un chef.

Ella echó harina en su área de trabajo y sacó un trozo de masa de un tazón.

—No tengo que convertirme en chef, Herr Brennholtz, solamente en una buena cocinera.

—¡Ajá! ¡Entonces no eres tan ambiciosa como pensé!

Marta sintió una corriente feroz en su interior.

—Soy más ambiciosa de lo que puedas imaginar.

❄ ❄ ❄

Mamá escribió otra vez. Papá había encontrado un puesto para Elise en Thun.

La familia es adinerada. Son de Zúrich y vienen a pasar el verano. Elise tiene alojamiento y comida y puede venir a casa en su día libre.

¿Cuándo te veremos? No has venido a casa desde que Elise volvió de Berna. Papá le dijo que probablemente estás molesta por el dinero que se desperdició.

Marta le contestó inmediatamente.

Mamá, por favor dile a Elise que no se aflija. Trabajo catorce horas al día, seis días a la semana, y el domingo a la mañana voy a la iglesia. Cuando termine el verano, el Germania tendrá menos clientes. Entonces iré a casa. Mientras tanto, dale mi amor a nuestra pequeña golondrina.

La siguiente carta de Mamá le dio un poco de esperanza a Marta de que Elise estaba mejor.

Elise parece haberse establecido bien. No ha vuelto a casa en dos semanas. Herr Meyer le dijo a un amigo que es una chica encantadora. Su hijo Derrick cambió sus planes de volver a Zúrich. . . .

Marta se preguntaba si Derrick podría ser la razón por la que Elise no sentía la necesidad de volver a casa.

Rosie también escribió, y llenó dos páginas acerca de Arik Brechtwald, que bailó con ella en un festival de verano, ¡y de cómo su padre la habría encerrado si hubiera sabido que ella había recibido su primer beso! Llenó otra página con noticias de sus hermanas y hermanos, de su madre y de su padre y de los chismes del pueblo.

Marta respondió y le preguntó a Rosie si su padre conocía algún administrador de hotel en Ginebra.

Warner habla el alto alemán, pero ni una palabra de francés. . . .

Rosie respondió rápidamente.

Papá solamente tiene conocidos en Ginebra; lamentablemente, nadie a quien pudiera pedirle un favor. Mamá tiene una prima segunda mayor en Montreux. Luisa von Olman es viuda y tiene seis hijos; solamente dos están con ella. Su hijo mayor es el comandante de una fortaleza, pero no me acuerdo dónde. Mamá dice que se casó con una encantadora chica suizo-italiana y tienen diez hijos, pero dado que están demasiado lejos para que los niños vayan a una escuela del valle, el gobierno construyó una precisamente allí, en la montaña donde ellos viven. Mamá le escribirá a la prima Luisa. . . .

Marta le escribió a Frau Gilgan para agradecerle y luego a Rosie.

Espero llegar a casa a mediados de septiembre y luego iré a Montreux. Si la prima Luisa no puede ayudarme, voy a recorrer los hoteles a lo largo de la orilla del lago. Algo encontraré. ¡Me gustaría hablar un poco de francés antes de cumplir dieciocho años! ¡Algo más que bonjour y merci beaucoup!

Hacia el final del verano, Marta recibió una carta de Elise. Sorprendida y contenta, Marta la abrió inmediatamente y no esperó hasta tener un momento a solas.

Mi querida Marta:
Por favor ayúdame. Le tengo miedo a Herr Meyer. No me deja en paz. Papá se enojará si llego a casa sin dinero, pero no

me han pagado nada y Frau Meyer me aterroriza. Me odia
por culpa de su horrible hijo. Le agradecí a Dios cuando se
fue a Zürich. Le pediría a Mamá que viniera, pero no está lo
suficientemente bien. Por favor. Te lo suplico. Ven y ayúdame
a salir de aquí.

Tu hermanita que te ama,
Elise

—¿Qué pasa? —Warner estaba cortando en fetas carne de ternera—. Pareces enferma.

—Mi hermana me necesita. —Metió la carta en el bolsillo de su falda—. Tengo que irme.

—*¿Ahora?*

Corrió a su pequeña habitación y metió unas cuantas cosas en su morral.

—Volveré tan pronto como pueda.

—Vete mañana. —Warner le obstaculizó el paso—. Te necesito aquí.

—Elise me necesita más, y tú tienes a Della y a Arlene.

—¡Podría despedirte!

—¡Adelante! ¡Eso me daría la excusa que necesito para irme a Montreux! Ahora, ¡apártate de mi camino!

La agarró de los hombros cuando trató de empujarlo para pasar.

—No será la última vez que tu hermana te necesite. Cuando tu madre se haya ido, serás la única en quien ella se apoye. . . .

—Tengo que irme.

Con un suspiro, Warner la soltó.

Marta subió corriendo las escaleras, salió del hotel y abordó un carruaje de alquiler hacia Thun.

Después de pedir indicaciones, encontró el camino hacia el gran chalet, al final de una calle a la orilla del pueblo. Un hombre que estaba podando rosales en el jardín se enderezó cuando ella se acercó.

—¿Puedo ayudarla, Fräulein?

—He venido a ver a mi hermana, Elise Schneider.

—Vaya hacia la parte de atrás, a la cocina. Frau Hoffman la ayudará.

Una anciana con una corona de trenzas blancas abrió la puerta. Marta se presentó rápidamente y comunicó el motivo de su visita. La mujer se veía aliviada. "Entra, Fräulein. Buscaré a Elise."

La cocina olía a pan en el horno. En la mesa había manzanas, nueces, pasas y avena. Los pisos se veían recién lavados, las ollas de cobre pulidas, las superficies del mostrador limpias. Marta caminaba de un lado a otro, agitada.

Elise apareció corriendo por la puerta de la cocina.

—¡Marta! —Se lanzó a los brazos de Marta y comenzó a llorar—. Viniste. Tenía tanto miedo de que no lo hicieras. . . .

Marta pudo sentir lo delgada que estaba. —¿No te dan de comer aquí?

—Ha estado demasiado afligida como para comer. —La cocinera cerró la puerta cuando entró, y fue a la mesa de trabajo.

Marta vio un moretón en la mejilla de su hermana. Sintió una corriente de calor en su cuerpo.

—¿Quién te golpeó?

Elise se tragó los sollozos y dejó que Frau Hoffman respondiera sombríamente.

—Frau Meyer. —La cocinera tomó otra manzana y la cortó limpiamente—. Y ella no es la única en esta familia que le ha hecho daño a tu pobre hermana.

Marta sintió que la recorría un escalofrío. Retiró a Elise y la agarró de los brazos.

—Dime qué ha estado sucediendo, Elise. —Habló suavemente, pero su hermana lloraba más fuerte; su boca se abría y se cerraba como un pez moribundo. Parecía incapaz de emitir una sola palabra comprensible.

Frau Hoffman cortó una manzana en cuatro pedazos y comenzó a quitar el centro de cada sección con cortes rápidos.

—Ningún padre tiene derecho a dejar a una joven bonita como Elise en esta casa. No con el joven y su padre. ¡Yo podría habérselo dicho!

Marta la miró fijamente, con el estómago revuelto.

Frau Hoffman rodajeó la manzana dejando caer los trozos en el tazón.

—Me arriesgo a perder mi trabajo si digo más. —Le dio una mirada de lástima a Elise, antes de seguir con su tarea—. Pero tú deberías sacarla de esta casa si no quieres que le hagan más daño.

Marta tomó la barbilla de Elise.

—Nos iremos tan pronto como recojamos tus cosas y el salario que te deben.

—Que tengas suerte, Fräulein. —Frau Hoffman resopló—. La señora no le ha pagado a nadie desde que comenzó el verano. Nunca lo hace hasta el último día, y rara vez toda la cantidad.

Las lágrimas corrían por las mejillas pálidas de Elise, haciendo que el moretón se notara aún más.

—¿Podemos irnos ya mismo, Marta? —Temblaba violentamente—. Por favor.

Frau Hoffman metió el cuchillo de pelar en el tazón y agarró una toalla.

—Traeré las cosas de tu hermana. Esperen aquí.

Marta trató de calmar a Elise.

—Dime qué pasó, *Liebling*.

—Me quiero morir. —Elise se tapó la cara y le temblaban los hombros. Cuando se tambaleó, Marta hizo que se sentara. Sollozando, Elise se cubrió la cabeza con su delantal y se balanceó de atrás para adelante. Marta la abrazó firmemente, apoyando la mejilla en la cabeza de su hermana. El enojo aumentó en su interior hasta que ya no sabía quién temblaba más.

—Nos iremos pronto, Elise. Aquí viene Frau Hoffman.

—Lo tengo todo.

Todo menos el salario de Elise.

—¿Dónde está Frau Meyer?

—En el salón, pero no hablará contigo.

—Quédate aquí sentada. —Se levantó.

—¿Adónde vas? —Elise agarró la falda de Marta—. ¡No me dejes!

Marta tomó la cara de Elise con sus manos.

—Quédate aquí en la cocina con Frau Hoffman. Volveré en unos minutos y nos iremos a casa. Ahora, suéltame para que pueda ir por tu salario.

—Yo no iría, Fräulein.

—¡No se saldrán con la suya! —Marta abrió la puerta de la cocina de un golpe, pasó por el comedor y cruzó el pasillo. Cuando entró al salón, vio a una mujer corpulenta con un vestido verde, recostada en un canapé, cerca de las ventanas que daban al jardín. Sorprendida, la mujer dejó caer su delicada taza de porcelana china, que se hizo pedazos en el platillo. El té se derramó sobre su ropa. Con la boca abierta, se levantó y frotó frenéticamente la mancha.

—¡No te conozco! ¿Qué estás haciendo en mi casa?

—Soy Marta, la hermana mayor de Elise. —No se detuvo en la puerta—. Y he venido a cobrar su salario.

—¡Eginhardt! —gritó Frau Meyer con enojo—. ¡Haré que te saquen de aquí! ¡Cómo te atreves a reclamarme algo! —Marta siguió avanzando, y la mujer abrió bien sus ojos azul pálido y se ubicó rápidamente detrás de una amplia mesa sobre la que había libros desparramados—. *¡Eginhardt!* —gritó con un tono agudo y luego miró a Marta—. Haré que te arresten.

—¡Llame al alguacil! ¡Me gustaría decirle que usted estafa a su personal! ¿Me pregunto cuántos dueños de tiendas están esperando que les pague?

Poniéndose pálida, Frau Meyer la señaló con la mano.

—¡Quédate cerca de la puerta y yo iré por su dinero!

—¡Aquí me quedaré!

Frau Meyer caminó cautelosamente alrededor de la mesa y se apresuró hacia un escritorio al otro lado de la habitación. Furiosa, buscaba entre unas llaves que había sacado de su bolsillo; finalmente logró abrir la gaveta del escritorio. Sacó algunos francos y puso llave a la gaveta antes de entregarlos.

—¡Tómalos! —Lanzó las monedas al escritorio—. ¡Tómalos y saca a esa niña inútil de mi casa!

Marta recogió las monedas y las contó. Levantando la cabeza la miró con cólera.

—Elise ha estado aquí tres meses. Esto apenas cubre dos.

La cara se le puso roja a Frau Meyer. Abrió bruscamente la gaveta, sacó más francos, y volvió a cerrarla con llave.

—¡Aquí está el dinero! ¡Ahora vete! —Lanzó las monedas en dirección de Marta.

El orgullo hizo que Marta quisiera salir violentamente sin el dinero, pero la furia por el abuso que Elise había sufrido la mantuvo en la habitación, recogiendo cada moneda y contándolas. Frau Meyer volvió a llamar a gritos a Eginhardt. Marta se enderezó e hizo una mueca burlona.

—Quizás su Eginhardt no viene porque tampoco le ha pagado a él.

Frau Meyer se puso rígida y levantó la quijada con los ojos echando chispas.

—Tu hermana es una despreciable mujerzuela.

Marta dejó caer las monedas en el bolsillo de su falda y se acercó al escritorio.

—Algo más que necesito antes de irnos, Frau Meyer. —Marta le dio una bofetada a la mujer—. Esto es por la marca que le hizo a mi hermana. —Sin aliento, Frau Meyer retrocedió hacia las cortinas. Marta la abofeteó en la otra mejilla—. Y esto es por insultarla. —Cuando levantó su puño, Frau Meyer se encogió—. Una palabra más en contra de mi hermana y haré saber a cada padre de Thun y de Steffisburg lo que su hijo y su esposo le han hecho a mi hermana. ¡Lo que le acabo de hacer a usted no es nada comparado con lo que les pasará a ellos!

❄ ❄ ❄

Marta todavía temblaba de cólera mientras caminaba a la par de Elise, llevándola de la mano mientras cargaba los bultos de las dos. No necesitaba hacer más preguntas. Elise caminaba con la cabeza gacha, su mano húmeda por el sudor. Marta agradeció a Dios que su hermana por lo menos había dejado de llorar.

—Sonríe y saluda, Elise.

—No puedo.

Cuando llegaron a casa, Elise soltó la mano de Marta y corrió como si unos demonios la estuvieran persiguiendo. Cuando Marta entró en la casa, Mamá tenía a Elise en sus brazos y Papá había venido desde el salón de trabajo. Se paró en medio de la habitación, mirando a Marta con el ceño fruncido.

—¿Qué está pasando aquí? ¿Por qué la trajiste a casa?

—Porque me escribió y me suplicó que fuera a buscarla.

—¡No era asunto tuyo!

—¡Siempre me echas la culpa! ¡Pero ahora tienes razón, Papá! ¡Es asunto *tuyo*! ¡La pusiste en esa casa con esa gente horrible!

"Ven, *Engel*." Mamá puso sus brazos sobre Elise y la ayudó a levantarse. "Iremos arriba."

"¡No puede renunciar a un trabajo sin avisar con anticipación, Anna!"
gritó Papá detrás de ellas. "¡Tiene que regresar!"

Marta entró a la casa, tiró los bultos y cerró la puerta firmemente
detrás de ella.

—No la enviarás de regreso, Papá.

Él se volvió hacia ella.

—¿Y quién eres tú para decir si va o viene? ¡Yo soy su padre! ¡Hará lo
que yo le diga!

—¡Ella no volverá!

—¡Es hora de que crezca!

—Quizás tengas razón, Papá, ¡pero la próxima vez examina las referencias de los empleadores! ¡Asegúrate de que paguen a sus criados! ¡No le
dieron ni un solo franco! Y peor aún, la violaron.

—¡La violaron! —dijo despectivamente. Agitando la mano, no le hizo
caso a la acusación—. Elise llora hasta por la leche que se derrama.

En ese momento Marta lo odió.

—¿Viste el moretón en su cara? —Se adentró más en la habitación,
cerrando los puños—. ¡Frau Meyer llamó a *tu hija* una mujerzuela,
porque Herr Meyer no puede apartar sus manos de Elise! ¡Y el hijo hizo
algo peor antes de volver a Zúrich!

—¡Tonterías! ¡Son tonterías! ¡Lo arruinaste todo al sacar a Elise de esa
casa!

—Yo no he arruinado nada. ¡Tú los ayudaste a arruinarla *a ella*!

—Herr Meyer me dijo que Elise es exactamente la clase de chica que
quiere para su hijo.

¿Podía su padre ser tan necio? —¿Y tú creíste que se refería a un matrimonio? —Marta gritó con furia—. ¿La hija de un sastre y el hijo de un
aristócrata?

—Su belleza vale algo.

Asqueada, Marta pasó a su lado rápidamente y se dirigió a las
escaleras.

—¡No me des la espalda! —gritó Papá, furioso.

—¡Que Dios te perdone, Papá! —Corrió arriba. Un momento
después, escuchó que una puerta golpeó abajo. Mamá estaba sentada en la
cama que Marta había compartido con Elise. Su hermana estaba acostada

con la cabeza en las rodillas de su madre. Mamá la acariciaba como acariciaría a un perrito.

—Ahora ya estás en casa, cariño. Todo estará bien.

Marta entró a la habitación y cerró la puerta suavemente.

—No, no estará bien, Mamá. Nunca estará bien.

—¡Cállate, Marta!

¿Callarme? Marta sacó las monedas de su bolsillo.

—Este dinero pertenece a Elise.

Elise se levantó con una expresión furiosa.

—¡No quiero el dinero! No quiero nada que *él* haya tocado.

Mamá la miró espantada.

—¿De quién está hablando?

—De Herr Meyer. Y él no fue el único. —Cuando Marta le dijo lo que la cocinera había dicho, Mamá arrugó la cara.

—Ay, Dios . . . —Abrazó a Elise—. Ay Dios mío, Dios mío. Lo siento tanto, *Engel.* —Arrulló a Elise, sollozando sobre su cabeza—. Tira el dinero, Marta. ¡Es ganancia sucia!

—No es mío para que me deshaga de él. —Marta dejó las monedas en la cama—. Deja que Elise lo haga. —Quizás eso le daría a su hermana un poco de satisfacción después de lo que le habían hecho—. Por lo menos, Papá no se beneficiará de su error.

Mamá levantó la cabeza.

—Hazlo por ella. Está demasiado angustiada.

—¡Ay, Mamá! —Marta lloró—. Papá tiene razón en algo. La has hecho una inútil. ¡Ni siquiera puede defenderse!

Mamá la miró afligida.

Sin aguantar más, Marta se dio la vuelta.

—¿A dónde vas? —dijo Mamá con la voz quebrantada.

—De regreso a Interlaken. Tengo responsabilidades.

—No hay carruajes hasta mañana.

—Habrá menos problemas si me voy. Parece que provoco lo peor de Papá. —Si ella se iba, él podría reconsiderar lo que ella le había dicho y lamentarse por el papel que había jugado en esta tragedia—. Preguntaré a los Gilgan si puedo pasar la noche allá.

—Quizás tengas razón. —Mamá acarició la cabeza de Elise, que estaba metida en su regazo—. Lo siento, Marta.

—Yo también lo siento, Mamá. Más de lo que pueda expresar.

Elise se sentó.

—Por favor no te vayas, Marta. Quédate aquí conmigo.

—Tienes a Mamá para que te cuide, Elise. No nos necesitas a las dos.

Elise miró a Mamá.

—¡Dile que se quede!

Mamá tomó la cara de Elise con sus dos manos.

—No puedes pedirle más de lo que ya hizo, Elise. Te trajo a casa, *Engel*. Pero ella ya no pertenece aquí. Dios tiene otros planes para tu hermana. —Mamá abrazó a Elise y miró a Marta—. Ella tiene que irse.

❄ ❄ ❄

Los Gilgan recibieron a Marta y no hicieron preguntas. Tal vez asumieron que había tenido otra discusión con su padre. No podía decirles lo que le había pasado a Elise, aunque los rumores se esparcirían con rapidez. Se lo contó a Rosie cuando se fueron a dormir, porque sabía que a Elise le esperaban días horribles.

—No soporto quedarme. No puedo estar ahí y ver a Papá enfurruñarse y rezongar por sus planes destruidos, ni ver como Mamá mima a Elise. Pero ella necesitará a una amiga. —Lloró.

Rosie puso su brazo sobre ella.

—No tienes que decir más. Le ofreceré mi amistad, Marta. Voy a invitar a Elise a tomar té. La invitaré a caminar en las colinas. Si quiere hablar, la escucharé y nunca repetiré una palabra. Lo juro por mi vida.

—Trataré de no ponerme celosa.

La luz de la luna penetraba por la ventana y hacía que el rostro de Rosie se viera blanco y angelical.

—Lo estoy haciendo por ti. —Las lágrimas brillaban en sus ojos—. Haré lo mejor que pueda. Sabes que lo haré. Pero Elise tiene que querer una amiga.

—Lo sé. Lo que no sé es qué pasará con ella ahora. Habría sido mejor que Mamá no la hubiera protegido tanto. —Marta se secó las lágrimas con enojo—. ¡Si alguien tratara de violarme, yo gritaría, arañaría y patearía!

—Quizás lo hizo.

Marta lo dudaba.

—Lo juro ante Dios, Rosie, si alguna vez soy tan afortunada como para tener una hija, ¡me aseguraré de que sea lo suficientemente fuerte como para defenderse!

Cuando Rosie se durmió, Marta se quedó despierta, mirando las vigas del techo. ¿Qué sería de Elise? ¿Cuánto tiempo pasaría antes de que la cocinera de los Meyer le contara a alguien lo que había ocurrido en aquella casa? Los rumores se esparcían como el moho en la pared de la habitación de Marta en el sótano del *Germania*. ¿Qué pasaría si Herr Meyer o su hijo Derrick alardearan con sus amigos acerca del pequeño y bello ángel del que se habían aprovechado en el verano? ¡Era muy probable que Papá no tuviera el valor de confrontar a Herr Meyer!

Si por lo menos su hermana pudiera caminar hasta el mercado, con la cabeza en alto, sabiendo que no era culpable de nada. Pero eso nunca sucedería. Era más probable que con solamente una palabra de Papá Elise se sintiera culpable y atormentada por la vergüenza. Y Mamá, llena de pena, le permitiría esconderse dentro de la casa. Si Elise no se mostraba, la gente hasta podría comenzar a preguntarse si era culpable, lo cual solamente la afligiría aún más. Su hermana se escondería y ayudaría a Mamá a hacer finas costuras y dobladillos. A medida que el tiempo transcurriera, Elise se volvería más retraída, más temerosa del mundo exterior y más dependiente. Las paredes le darían la ilusión de seguridad, así como parecían dársela los brazos de Mamá. Papá podría permitir que eso sucediera solamente para que todo fuera más fácil para él. Después de todo, ¡dos mujeres trabajando día y noche, que no pidieran ni esperaran nada, sería beneficioso para él!

Marta apretó los puños sobre sus ojos y oró. *Señor, tú dices que bienaventurados son los mansos. Por favor bendice a mi hermana. Tú dices que bienaventurados son los apacibles y puros de corazón. Por favor bendice a Mamá. Señor, tú dices que bienaventurados son los pacificadores. Por favor bendice a Rosie. No te pido nada para mí porque soy pecadora. Tú me conoces mejor de lo que yo me conozco. Tú me formaste en el vientre de mi madre. Tú sabes lo que arde en mi interior. Mi cabeza palpita. Mis manos sudan por venganza. Ay, Dios, si tuviera la fuerza y los medios, enviaría a Herr Meyer y a su hijo a las profundidades del infierno por lo que le hicieron a mi hermana, ¡y a Papá después de ellos por permitir que esto sucediera!*

Marta se apartó de Rosie, se tapó la cara con la cobija y lloró en silencio.

A la mañana siguiente se levantó temprano y agradeció a los Gilgan por su amable hospitalidad. Rosie bajó la colina con ella.

—¿Vas a ver a tu familia antes de irte?

—No, y no volveré.

Su madre ya le había dado permiso para volar.

6

Marta recibió una carta de Rosie diez días después.

Vi a tu madre y a tu padre en la iglesia. También estaba Hermann. Elise no. La mayoría de la gente cree que volvió a Thun. Claro, no es cierto. Le pregunté a tu madre si podía ir a visitar a Elise. Ella me preguntó cuánto me habías contado y le dije que todo. Parecía contrariada por eso, pero yo la tranquilicé. Dijo que Elise no está lista para ver a nadie. Volveré a intentarlo la próxima semana. . . .

Mamá escribió una semana después.

Rosie dice que tú le contaste a ella y a nadie más. Rosie es una buena chica que puede guardar un secreto. Es amable. Papá fue a Thun. Los Meyer habían cerrado la casa y habían vuelto a Zürich. Un hombre preguntó si había ido a ver la casa. Los Meyer quieren venderla.

Marta envió una carta breve como respuesta.

Tal vez ahora que los Meyer han huido ayudarás a Elise a que salga del exilio. Rosie quiere ser amiga de ella, Mamá. Por favor anima a Elise para que lo permita.

Mamá respondió.

Elise está mejor. Me ayuda en la sastrería. Papá está de acuerdo en que el mejor lugar para ella es aquí conmigo. Llora con mucha facilidad.

Marta intentó olvidarlo todo, pero no pudo. En la noche soñaba con Elise. Soñaba que quemaba la casa de los Meyer con ellos adentro.

—Sal a dar un paseo. —Warner la apartó de la mesa—. Si sigues amasando, ¡tendremos ladrillos en lugar de hogazas!

—Lo siento.

—No has sido la misma desde que volviste de Steffisburg. Ayudaste a tu hermana, ¿ja? Ya pasó un mes. ¿Estás lista para contarme lo que pasó?

—No. —Tomó la decisión en esa fracción de segundo—. Hasta aquí llegué. Me voy a Montreux.

Warner levantó la cabeza, sorprendido.

—¿Sólo porque no te dejo que sigas amasando?

—La masa no tiene nada que ver.

—Entonces, ¿por qué?

—¡Tengo que alejarme! —Rompió a llorar.

El único ruido en la cocina era la sopa que hervía. Todos se quedaron mirándola.

—¡Vuelvan al trabajo! —gritó Warner. Empujó a Marta hacia el cuarto fresco, afuera de la cocina—. ¿Te vas o estás huyendo?

Se sentó en la orilla de la cama, con la cabeza entre sus manos.

—¿Y qué importa? —Se limpió la cara. Pensó en Elise, que se había quedado en casa, que sería una niña por el resto de su vida—. Sé lo que quiero en la vida, y voy por ello. No voy a dejar que me ocurran las cosas. ¡Yo voy a hacer que las cosas ocurran!

Warner se sentó a su lado.

—¿Y por qué tienes tanta prisa? Apenas tienes dieciséis años. Tienes tiempo.

—No lo entiendes, Warner. —A veces *ella* no entendía. Un día quería irse tan lejos y tan pronto como pudiera, y luego la culpa se apoderaba de ella y se preguntaba si no debía volver a casa, cuidar a Mamá y a Elise y olvidarse de todos sus sueños de forjarse una vida mejor.

—Quieres tener un hotel, *¿ja?* —Resopló—. Crees que la vida entonces será buena. Trabajo, trabajo y más trabajo. Eso es todo lo que harás si obtienes lo que quieres.

—Trabajo, trabajo y más trabajo es lo que tengo ahora. —Si volvía a casa, Papá gobernaría su vida para siempre—. ¡Prefiero trabajar para mí que trabajar para meter dinero en el bolsillo de otro!

—Niña terca. —Cuando ella intentó pararse, él le agarró la muñeca y la volvió a sentar—. Todavía tienes mucho que aprender de mí acerca de la cocina alemana.

—Ya me enseñaste suficiente, Warner. —Le sonrió con los ojos llorosos—. Y estoy agradecida. Pero me voy a Montreux.

—¿Y qué dirá tu familia de esto?

—Nada.

Hermann había seguido su sueño y se había ido al Ejército. Mamá siempre tendría a Elise, y Elise tendría a Mamá. Que Papá asumiera la responsabilidad por aquellos que Dios había puesto bajo su cuidado.

—Veo el dolor que hay en ti, Marta.

Ella se soltó y regresó a la cocina a trabajar.

Warner Brennholtz fue a la estación cuando Marta partía. Ella no esperaba volver a verlo. Cuando trató de agradecerle por venir a despedirla, no le salía ninguna palabra.

"No le dijiste a tu familia, ¿verdad?"

Ella sacudió la cabeza.

Warner se le acercó, le tomó la mano, puso varias monedas pesadas en su palma y le cerró el puño.

"Marta, no llores. Disfruta este dinero, no lo guardes." Le puso las manos firmemente en los hombros. "Voy a hablarte como un padre. Eres joven. Que te diviertas cuando llegues a Montreux. ¡Ve a bailar! ¡Ríe! ¡Canta!" Le dio un beso en cada mejilla y la soltó.

Marta esperó detrás del último hombre que abordaba el tren.

Warner le gritó antes de que entrara en el vagón de pasajeros. "Cuando tengas ese hotel, escríbeme." Le brindó una amplia sonrisa. "¡Tal vez vaya a cocinar para ti!"

❄ ❄ ❄

Luisa von Olman invitó a Marta a que se quedara hasta que pudiera encontrar trabajo en uno de los hoteles o restaurantes de Montreux. Marta pensó que sería fácil. Montreux estaba en lo alto de las laderas de las montañas; las casas, las mansiones y los hoteles al estilo bernés estaban metidos como nidos decorados en los sinuosos caminos montañosos. Los clientes adinerados caminaban por los senderos adoquinados, sembrados de árboles de tilo y perfumados con lavanda y lilas, o se sentaban en sillas de jardín, disfrutando la vista del cielo azul del lago de Ginebra. Los criados ofrecían pastel y chocolate derretido para sumergirlo en él.

Marta caminó varios días por las calles empinadas. Descubrió que ninguno de los grandes hoteles y restaurantes se interesaban en una niña que sólo hablaba alemán. Al ampliar su búsqueda en zonas de menor categoría, vio un letrero que decía: "Necesito ayudante" en la ventana del Comedor de Ludwig. Por el descuidado exterior Marta pudo darse cuenta de por qué.

La dueña, Frau Gunnel, le inclinó su cabeza de manera cortante a Marta.

"Tendrás una semana para demostrar quién eres. Tendrás alojamiento y comida y treinta francos al mes." Marta se mordió la lengua por la miserable paga. "¡Hedda!" gritó Frau Gunnel. Una rubia bonita que ponía jarros de cerveza en una bandeja volteó hacia donde ellas estaban. Otras dos chicas de más edad que Marta trabajaban en silencio con la cabeza gacha. "¡Lleva a esta chica nueva arriba! ¡Rápido! Tenemos mucho que hacer antes de que venga el gentío para la cena." Frau Gunnel miró a Marta otra vez y después sacudió la cabeza. "Espero que seas tan buena como lo dicen tus excelentes documentos." Tenía un tazón en un brazo, mientras batía ferozmente con el otro.

Hedda llevó a Marta arriba. Levantó las cejas, mirando hacia atrás.

—Me sorprende que hayas venido aquí con toda tu preparación, Fräulein.

Marta miró la deprimente pared de las escaleras.

—Lamentablemente no hablo francés ni inglés.

—Yo tampoco. —Hedda abrió una puerta y se paró afuera—. Aquí es donde dormimos. Es pequeño, pero cómodo. Espero que no tengas miedo a los ratones. Hay un nido en algún lado de la pared. Puedes oírlos rascar por la noche. Toma aquella cama.

Marta vio una fila de plataformas de tabla, con viejos colchones de plumas poco atractivos, enrollados en los pies. La habitación era fría. Las pequeñas y angostas ventanas daban al este, por lo que la habitación en la tarde estaba tenuemente iluminada. No había cortinas que cubrieran el amanecer. Cuando Marta miró hacia fuera, solamente pudo ver jardineras vacías y, abajo, la calle.

—Yo me iré pronto —anunció Hedda desde la puerta—. Voy a casarme con Arnalt Falken. ¿Te han hablado de él?

—Soy nueva en Montreux.

—Su padre es muy rico. Viven en una mansión no muy lejos de aquí. Arnalt vino solo una noche y pidió cerveza y salchichas. Dice que me vio y se enamoró de mí.

Marta pensó en Elise. Hedda tenía ojos violeta claro y pelo largo y rubio también. Esperaba que la chica tuviera buen juicio.

Hedda miró hacia la ventana.

—Frau Gunnel esperará que siembres algunas flores pronto. Me hizo pagar por ellas el año pasado.

—¿Y por qué habríamos de pagar por ellas?

Encogió los hombros.

—Frau Gunnel dice que nosotros somos las que las disfrutamos.

Marta lanzó su morral a la cama.

—Si Frau Gunnel quiere vestir el exterior de este lugar, tendrá que pagar por eso, o no habrá flores.

—Yo no discutiría con ella, Fräulein, no si quieres mantener tu trabajo. Las flores no cuestan tanto, y los clientes dan buenas propinas. —Se rió—. Arnalt me lanzó una moneda de diez francos en el corpiño la primera vez que vino.

Marta se alejó de la ventana.

—Nadie me va a lanzar nada en el corpiño.

—Lo harán si eres amigable. —El brillo en los ojos de Hedda le decía a Marta que la chica valoraba más el dinero que la reputación.

❄ ❄ ❄

Al final de la primera semana, Marta vio maneras de mejorar el comedor. Cuando escuchó que Frau Gunnel se quejaba de que el negocio no rendía, Marta compartió con ella sus ideas.

—Con unos cuantos cambios su negocio mejoraría.

Frau Gunnel la miró.

—¿Cambios? ¿Qué cambios?

—No le costaría mucho pintar las macetas de la ventana del frente con colores brillantes y llenarlas con flores que llamaran la atención. Los menús que ahora tiene están grasosos. Podría imprimirlos de nuevo y ponerlos en carpetas rígidas. Varíe su menú de vez en cuando.

A Frau Gunnel se le enrojeció la cara regordeta y puso las manos en sus amplias caderas. Miró a Marta de pies a cabeza con desprecio.

—Tienes dieciséis años y crees que sabes tanto con tu elegante certificado y recomendaciones. ¡No sabes nada! —Hizo un seño brusco con la cabeza—. ¡Vuelve a la cocina!

Marta salió. No había sido su intención insultar a la señora.

Frau Gunnel entró unos minutos después y volvió a su trabajo con un trozo de carne de res, usando un mazo como si estuviera tratando de matar un animal vivo.

—Sé por qué los clientes no vienen. Tengo una mesera bonita que solía atraer a los clientes antes de que decidera casarse con uno de ellos. Y tengo a la pequeña Fräulein Marta, ¡tan simple como el pan y tan amigable como el *Sauerkraut*!

Nadie levantó la cabeza en la cocina. Marta sintió que el calor se le subía a la cara.

—Nadie quiere comer en un restaurante sucio. —Marta apenas pudo esquivar el mazo que salió volando. Arrancándose el delantal, lo lanzó como un sudario sobre la carne vapuleada y se dirigió a las escaleras. Metió sus pocas cosas en una bolsa, bajó las escaleras y se dirigió a la calle.

La gente que subía y bajaba por la cuadra volteó cuando Frau Gunnel se paró en la puerta maldiciéndola.

Cuando la mujer cerró la puerta, Marta sentía el cuerpo tan caliente que estaba segura de que le salía humo. Caminó hacia arriba en lugar de bajar. Llamó a una puerta tras otra, averiguando. Los primeros que le abrieron le daban un vistazo y volvían a entrar a sus casas, cerrándole la puerta rápidamente en la cara. Todavía enojada, Marta se dio cuenta de la apariencia que debía tener y trató de tranquilizarse.

¿Y ahora qué? No tenía trabajo. No tenía dónde vivir. Sus posibilidades eran menos prometedoras que cuando llegó a Montreux hacía un mes. No quería volver a la casa de Luisa von Olman y ser una carga. No quería ir a su casa y admitir la derrota. Inclinándose, se cubrió la cara con las manos.

"Dios, sé que soy imposible, ¡pero trabajo duro!" Tragó las lágrimas. "¿Qué hago ahora?"

Alguien le habló.

—¿Mademoiselle?

Comenzó a llorar de frustración.

—¡Y aquí vine a aprender francés!

El hombre comenzó a hablar en alemán tan fácilmente como alguien que se hubiera quitado un guante y lo pusiera a un lado.

—¿No se siente bien, Fräulein?

—No. Estoy desempleada. Busco trabajo. —Se disculpó y se secó la cara. El hombre que estaba parado en frente de ella parecía tener ochenta años. Llevaba puesto un traje costoso y se apoyaba en un bastón.

—He estado caminando. ¿Le importa si me siento, Fräulein?

—Claro que no. —Se movió para darle lugar, y se preguntaba si él esperaba que se fuera.

—Pasé por una casa con un cartel en la ventana escrito en alemán, francés e italiano. —Se sentó agradecidamente en la banca. Levantando su bastón, señaló—. Si sigue por este camino tres o cuatro calles, creo que encontrará la casa.

Le agradeció y comenzó a buscar, aunque le llevó el resto de la tarde. Cuando estaba a punto de rendirse, vio el cartel en la ventana de una casa de tres pisos. Allí no había pintura descascarada y los aleros estaban pintados de rojo. Oyó unas risas apagadas cuando se acercó a la puerta principal. Se sacudió la falda y se quitó los mechones de cabello que tenía en la cara; hizo una oración rápida y desesperada antes de tocar con la aldaba. Con las manos unidas enfrente, hizo una sonrisa forzada mientras esperaba: tenía la esperanza de verse presentable y no como una persona sin hogar, débil y desaliñada, que había estado caminando de arriba abajo por la montaña toda la tarde.

Alguien habló en francés detrás de ella. Marta saltó mientras un hombre pasó a su lado y abrió la puerta.

—¿Perdón?

Esta vez habló en alemán.

—Entra. No te oirán desde aquí. Ya están sirviendo.

Marta entró detrás de él.

—¿Podría decirle al propietario que estoy aquí por el anuncio en la ventana, por favor?

Él caminó rápidamente por el pasillo y desapareció en otra habitación.

Los aromas de la casa hicieron que el estómago de Marta rugiera por el hambre. No había comido desde temprano en la mañana, y solamente un pequeño tazón de *Müsli*. Las risas de los hombres aumentaron, asustándola. Oía conversaciones apagadas, y más risas, menos fuertes esta vez.

Una joven mujer atractiva, con pelo oscuro, entró por el pasillo. Llevaba puesto un vestido azul de cuello alto y mangas largas, cubierto con un delantal blanco que acentuaba su embarazo avanzado. Con las mejillas enrojecidas, se secaba suavemente el sudor de la frente con el dorso de la mano a medida que se acercaba a Marta.

—¿Mademoiselle?

—Fräulein Marta Schneider, madame. —Hizo una reverencia—. He venido a solicitar trabajo. —Buscó sus documentos.

—Estoy sirviendo la cena ahora. —Hablaba un alemán fluido, y volteó para ver por encima de su hombro cuando alguien la llamó.

—Puedo ayudarla ahora, si me lo permite. Trabajé en la cocina del *Hotel Germania* en Interlaken. Podemos hablar del trabajo más tarde.

—¡*Merci!* Deja tus cosas allí, cerca de la puerta. Tenemos un salón lleno de leones hambrientos que alimentar.

El comedor tenía una mesa larga, llena de hombres en ambos lados en las sillas de respaldo recto; la mayoría eran jóvenes y profesionales, por la apariencia de su ropa. El salón retumbaba con las fuertes conversaciones, risas, el tintinear de copas de vino y las voces que pedían que se pasara el gran cesto de pan. Los jarros de vino se movían de una mano a otra.

"¡Solange!" gritó el hombre apuesto que estaba en la cabecera de la mesa. Solange se dirigió a él y puso su brazo en su hombro, susurrándole al oído. Miró a Marta y asintió con la cabeza.

Solange dio unas palmadas. Los hombres alrededor de la mesa se callaron. Ella hizo señales con la mano hacia Marta, mientras hablaba rápidamente en francés. Los hombres le dieron a Marta una rápida mirada antes de volver a sus conversaciones. Solange señaló una gran sopera al extremo de la mesa; Marta se dirigió rápidamente hacia ella y trató de levantar el pesado recipiente. "No, mademoiselle," exclamó Solange inmediatamente. "Es demasiado pesada. Deja que ellos te pasen los tazones."

Marta llenó cada uno con un guiso espeso que olía delicioso, mientras el estómago le crujía por el hambre. La sopera tenía lo suficiente para que cada hombre recibiera un tazón lleno. Siguió a Solange a la cocina y puso el recipiente vacío en la mesa. Solange se sentó en un banco. "¡Bien hecho, mademoiselle! No derramaste ni una gota." Levantó su delantal y se secó las gotas de sudor de la frente. "Alabado sea Dios porque llegaste cuando llegaste. Esos hombres . . ." Se rió y sacudió la cabeza. "Comen como caballos."

El estómago de Marta crujía fuertemente. Solange frunció el ceño. Murmurando en francés, atravesó el salón, abrió una despensa y sacó un tazón.

—Come ahora. Tenemos unos cuantos minutos antes de que comiencen a gritar pidiendo más. —Se frotó la espalda cuando se volvió a sentar en el banco.

—Esto es delicioso, Madame . . .

—Fournier. Solange Fournier. Mi esposo, Herve, era el que estaba sentado en la cabecera de la mesa.

Marta terminó su guiso rápidamente, limpiando el último poco de jugo con un pedazo de pan. Puso el tazón en el fregadero y tomó la jarra de la estufa.

—¿Vuelvo a llenar la sopera?

Solange asintió con la cabeza.

—Necesito que alguien me ayude a limpiar la casa, a cambiar la ropa de cama, a lavar la ropa y a trabajar en la cocina.

Marta sirvió el guiso espeso.

—Yo necesito alojamiento, comida y sesenta francos al mes. —Tan pronto como las palabras salieron, Marta contuvo la respiración. Tal vez había hablado demasiado rápido y había pedido más de la cuenta.

—Eres una chica que sabe lo que quiere y que está dispuesta a trabajar. —Puso sus manos en las caderas y se levantó—. Hecho. ¿Cuándo puedes venir?

—Todo lo que tengo que hacer es traer el morral que dejé arriba, en el recibidor.

—*¡Magnifique!*

—¿Todos esos hombres viven aquí, Madame Fournier?

—Llámame Solange, *s'il vous plaît.* —Sonrió alegremente—. Y yo te llamaré Marta. —Puso más pan en el cesto—. Sólo doce viven aquí. Los otros vienen a cenar cuando están en el pueblo por negocios. Un amigo los invita la primera vez y siguen viniendo. A veces no podemos atenderlos. No tenemos suficiente espacio. —Las risas hacían que las paredes temblaran—. Hacen mucho ruido, *¿oui?* —Se rió cuando un hombre gritó fuertemente—. Y mi esposo tiene la voz más fuerte de todos. —Lanzó los últimos trozos de pan al cesto—. No habla alemán. ¿Hablas algo de francés?

—No, pero estoy dispuesta a aprender.

—*Je pense que vous allez apprendre rapidement.* —Sonriendo, abrió la puerta de un empujón y la sostuvo para que Marta pudiera seguirla con la sopera llena.

Marta le escribió a Rosie.

Al fin voy a aprender francés. He encontrado un puesto en una casa de huéspedes llena de hombres solteros. La casa la administra una linda pareja, Hervé y Solange Fournier. Madame Fournier insiste en que la llame Solange. Ella habla alemán, pero el francés es su primer idioma. También habla italiano y rumano. Es una buena cocinera. Tendré que aprender francés rápidamente si quiero serle de ayuda. Está enceinte. El bebé llegará a mediados de enero.

Marta le envió la dirección de los Fournier a Mamá y le preguntó cómo les iba a ella y a Elise.

Mi querida Marta:

Me alegra que hayas encontrado una mejor situación. Frau Gunnel es una mujer por quien debemos sentir lástima, no desprecio. Nunca sabemos lo que sufre otra persona en esta vida.

No te preocupes tanto por Elise. Ella me ayuda en el trabajo. Ahora hace todo el trabajo de cortar e hilvanar. Mi prima Felda Braun vino a visitarnos. Perdió a su esposo, Reynard, el año pasado y está muy sola. Yo te llevaba a Grindelwald cuando eras pequeña. Te encantaban las vacas de Reynard. ¿Te acuerdas? Dios nunca bendijo a Felda y a Reynard con hijos. Si algo me pasa, Elise irá a Grindewald y vivirá con Felda. Esta es su dirección . . .

Marta respondió rápidamente.

¿Qué tan enferma estás, Mamá? ¿Debo ir a casa?

La letra de Mamá había cambiado. Las letras antes bien formadas ahora mostraban señales de un temblor.

No tengas miedo por mí, Liebling. Estoy en las manos de Dios, al igual que tú. Recuerda lo que hablamos en la montaña antes de que te fueras a Interlaken. Vuela, Liebling. Yo vuelo contigo. No descuides las reuniones de los creyentes, Marta. Es el amor de los hermanos y hermanas lo que me ha fortalecido a lo largo de los años. Somos uno en Cristo Jesús. Que así sea contigo también. Eres preciosa para mí. Te amo. A dondequiera que vayas, sabe que mi corazón va contigo.

Mamá

Marta le escribió a Rosie.

Temo por Mamá. Su última carta me hizo pensar que se está muriendo, pero me dice que vuele. ¿Has visto a Elise?

Cada día Marta se levantaba antes del amanecer y hacía el fuego en la estufa de la cocina. Horneaba pan, empapado de mantequilla y enrollado con canela y pasas. Preparaba dos fuentes con rodajas de fruta, luego llenaba un gran tazón con *Müsli* y un pichel de leche. Ponía garrafas de café y chocolate caliente. Cuando Solange bajaba, Marta tenía todo dispuesto en el aparador para el buffet de la mañana.

Marta le sirvió una taza de chocolate caliente cuando estaban sentadas en dos banquillos de la cocina.

—He descansado más en un mes de lo que he descansado en un año. Tendrás que cocinar todas las comidas cuando nazca el bebé.

—Tengo unas excelentes recetas del *Hotel Germania*, y sé cómo hacer las mejores salchichas de Suiza.

—A Herve no le gusta la comida alemana. Compartiré contigo mis mejores recetas. —Solange le guiñó el ojo mientras tomaba el chocolate caliente—. Tendrás más para escribir en ese libro que llevas.

Marta le dio unos golpecitos al bolsillo de su delantal. —*Un jour, quand j'aurai une pension à moi.*

—Estás aprendiendo francés *très rapidement*, aunque tendremos que trabajar más fuerte con tu acento. —Le hizo gesto de broma.

Llegó una carta de Rosie.

He ido a tu casa tres veces esta semana. Conocí a la prima de tu madre, Felda Braun. Es una mujer amable. No vi a Elise. Tu madre no dio ninguna excusa esta vez. Dijo que Elise no quiere ver a nadie. Tu hermano fue a la iglesia el domingo pasado. Le pregunté por tu madre y tu hermana; dijo que Elise se había quedado para cuidar a tu madre. Él y tu padre van a ir a Berna. Las cosas no pueden estar tan mal si ellos creen que pueden irse. . . .

Marta sintió que acumulaba tensión. Quería desesperadamente ir a casa y ver a Mamá y a Elise, pero la nieve del invierno ya estaba allí y el bebé de Solange podría llegar en cualquier momento. Marta no podía dejarla sola con una pensión llena de huéspedes. Desgarrada entre el miedo y la culpa, oró a Dios pidiéndole misericordia.

Cada día que Herve llegaba con el correo, Marta esperaba nerviosamente.

"*Rien pour vous aujourd'hui*, Marta."

Cada día, escuchaba las mismas palabras. Nada para ella hoy.

El silencio la llenó de miedo.

MARTA SE DESPERTÓ de repente y escuchó que Herve gritaba. Golpeaba a su puerta y entonces ella reaccionó. Se puso el abrigo y abrió la puerta lo suficiente como para mirar.

—¿Solange?

—*¡Oui! ¡Oui!* —Hablaba en francés tan rápidamente que Marta no podía entender. Le hizo señas para que se fuera y le dijo que ella bajaría en un momento. Se vistió rápidamente y bajó mientras se abotonaba la blusa. Los hombres habían salido al pasillo. Ella les indicó que regresaran a sus cuartos mientras se apresuraba hacia el pasillo del segundo piso, a la amplia habitación de los Fournier. Herve había puesto una silla a la par de la cama y sostenía la mano de Solange. Todavía tenía puesta su ropa de dormir. Marta se paró al extremo de la cama, sin saber qué hacer.

"Ay, Marta," dijo Solange, pero su alivio duró poco, cuando el dolor la hizo jadear. Herve se puso de pie y comenzó otra vez a hablar en francés sin parar, caminando de un lado a otro, pasándose las manos por su pelo oscuro.

Marta recogió del suelo la ropa de Herve y se la arrojó.

"Vístase y vaya por la . . ." Marta trató de recordar la palabra en francés para decir *comadrona*. Solange se la había enseñado. ¿Cómo era? "*¡Sage-femme! Maintenant,* Herve. *¡Vite! ¡Vite!* No olvide sus zapatos."

Los hombres hablaban en el pasillo. Marta deseaba que no hubieran retrasado a Herve, por lo que se asomó. "¿Alguno de ustedes es médico?" Se miraron unos a otros y sacudieron la cabeza. "Entonces, si no quieren ayudar a dar a luz a un bebé, vuelvan a sus habitaciones." Desaparecieron como una manada estruendosa de cabras de la montaña y las puertas se cerraron rápidamente.

Ay, Dios. ¿Y qué hago ahora? Fingiendo una tranquilidad que no sentía, Marta volvió a la habitación. Salvo una conferencia vespertina en el *Haushaltungsschule Bern* sobre ayudar en un alumbramiento, Marta no sabía nada de estos asuntos. Pero esperaba actuar algo mejor que un esposo aterrorizado. "Todo saldrá bien, Solange. La comadrona llegará pronto."

Una hora después, se cerró la puerta y se oyó el ruido de pies que golpeaban las gradas. Herve hablaba tan rápidamente que Marta no podía entender una palabra de lo que decía. Pero sí entendió la mirada de Solange.

—La comadrona no viene.

—Herve dice que está atendiendo el nacimiento de otro bebé. *Mon Dieu.* ¿Qué vamos a hacer? —Gimió mientras venía otra contracción unos cuantos minutos después de la última. Herve se veía aterrorizado. Gimió con su esposa, la miró y luego a Marta. Cuando comenzó a hablar otra vez, Marta lo interrumpió y le dijo que pusiera a hervir una gran olla de agua y que trajera toallas limpias y un cuchillo. Como se quedó allí parado, con la boca abierta, Marta le repitió las palabras con una serena autoridad. "¡Vaya, Herve! Todo estará bien."

Solange comenzó a sollozar y a hablar en francés tan rápido como su esposo. Marta tomó su mano.

—Alemán, Solange, o francés, pero más despacio.

—Mantén a Herve fuera de aquí. Me pone nerviosa. Se altera hasta cuando me lastimo, y esto es . . . —Tuvo otra contracción y no pudo decir más—. ¿Sabes qué hacer?

Marta no quería mentir y afirmar conocimiento que no tenía.

—Dios hizo a las mujeres para que tuvieran hijos, Solange, y él sabe lo que está haciendo. —Puso su mano en la frente húmeda de Solange—. Vas a encargarte de esto tan bien como haces todo lo demás, *ma chère.*

Herve llegó con un montón de toallas. Desapareció otra vez y volvió con un tazón y un recipiente humeante. Cuando se acercó a la cama,

Solange levantó la cabeza. *"¡Partez! ¡Sortez!"* Afligido, se fue y cerró la puerta silenciosamente al salir.

Solange descansó en las almohadas que Marta le había puesto atrás, por lo menos durante unos minutos, hasta que la siguiente contracción le quitó el aliento. Marta trabajó toda la noche, limpiando la frente de Solange, sosteniendo su mano, diciéndole palabras de ánimo. Solange gritó cuando el bebé se abrió camino al mundo, en el mismo momento que el sol se asomó por el horizonte. Marta ató dos lazos alrededor del cordón y lo cortó con las manos temblorosas. Envolvió al bebé que lloraba en una frazada suave y lo puso en los brazos de Solange.

—Es tan bello. —Solange miró con éxtasis la cara de su hijo. Se veía pálida y agotada, con mechones húmedos de pelo negro que enmarcaban su rostro—. ¿Dónde está Herve?

—Abajo, creo, esperando saber si tú y el bebé están bien.

Se rió.

—Dile que ya puede volver. No voy a morderlo.

Se abrió la puerta y entró corriendo una mujer corpulenta, con el pelo gris. Su cara se veía rendida del cansancio.

—¡Madame DuBois! —Solange sonrió—. El bebé ya vino.

—Eso veo. —La comadrona se quitó el chal y lo lanzó a un lado mientras se acercaba a la cama; corrió la frazada para ver al bebé—. Dos bebés en una noche. Herve traerá agua caliente y sal. Tenemos que lavarlos a los dos para evitar una infección. —Hizo a un lado las cobijas y animó a Solange a amamantar al bebé—. Eso hará que se desprenda la placenta. —Se enderezó y se dio vuelta para mirar a Marta—. Tenemos que sacar las sábanas manchadas y cambiarlas. —Marta siguió las rápidas instrucciones de la mujer.

Herve entró con otra olla de agua caliente y una bolsa de sal. "Tienes un hijo, Herve." Por las mejillas de Solange rodaban lágrimas de alegría. La comadrona le dijo que se lavara las manos antes de tocar al bebé y a la madre. Herve derramó agua en un lavamanos y frotó sus manos hasta las muñecas; después agarró una de las toallas. Cuando se sentó en la orilla de la cama, Solange jadeó. Herve cayó de rodillas a la par de la cama, murmurando palabras cariñosas mientras besaba a Solange y contemplaba a su hijo.

Sintiéndose inútil, Marta recogió las sábanas manchadas. "Debo remojar esto ahora mismo." Nadie se dio cuenta de que ella había salido. Cuando llegó abajo, encontró varios hombres vestidos para el trabajo, sentados en el comedor vacío. No había tenido tiempo para poner el buffet habitual de desayuno. "*Müsli* esta mañana, caballeros. Y no habrá almuerzo. Tendrán que buscar un buen restaurante. Hemos tenido una noche muy ocupada. Los Fournier tienen un hijo sano. Todo volverá a la normalidad mañana en la mañana."

La comadrona bajó a la cocina.

—Solange y el bebé están durmiendo. Herve se durmió en el canapé. Lo hiciste bien, mademoiselle. Solange habla muy bien de ti.

—Solange hizo todo el trabajo, Madame DuBois. Todo lo que hice fue secarle la frente, sostener su mano . . . y *orar.* —Madame DuBois se rió con ella—. Tiene que comer algo antes de irse. —Marta preparó un *omelette*, pan frito y chocolate caliente. Madame DuBois se fue tan pronto como terminó de desayunar, y Marta subió a su habitación en el ático para descansar unas cuantas horas, antes de comenzar los preparativos para la cena.

Una emoción inesperada brotó dentro de Marta. Nunca había visto algo tan bello como la manera en que Solange y Herve se miraban mutuamente, y el perfecto niño que habían hecho juntos. ¿La miraría alguna vez un hombre con ese amor? ¿Llegaría alguna vez a tener un hijo propio? Tal vez su padre tenía razón: ella no tenía ninguna belleza que ofrecer y le faltaba el espíritu tierno de Mamá. Cuántas veces había dicho Papá que ningún hombre la miraría, y en realidad, ni uno de los solteros de la casa le había dado una segunda mirada, más que para pedir algún servicio que necesitaba. *"Mademoiselle, ¿podría planchar mi traje?" "¿Cuánto me cobra por lavar mi ropa, mademoiselle?" "Más salchichas, mademoiselle."*

Marta se cubrió los ojos con su brazo y se tragó las lágrimas de anhelos y frustración. Debía concentrarse en lo que podría conseguir con trabajo duro y perseverancia, y no anhelar cosas que estaban más allá de su alcance. Solange tenía a su Herve. Rosie tendría a su Arik. Marta tendría su libertad.

Podía agradecer a Dios porque nunca más viviría bajo el techo de Papá. Nunca más soportaría los moretones de una golpiza. Nunca más se sentaría en silencio mientras un hombre le decía que era fea, de mal carácter y egoísta.

"Vuela," había dicho Mamá. *"Sé como un águila."* Con esas palabras, Mamá había reconocido que Marta no tendría el consuelo de un amante esposo ni hijos propios. *"Un águila vuela sola."*

Mientras se dormía, Marta creyó escuchar una voz. *"¿Mamá?"* Soñó que Mamá volaba encima de ella, con la cara radiante y los brazos extendidos como las alas de un ángel. Elise estaba parada abajo, con las manos levantadas, y la nieve hacía remolinos a su alrededor hasta que desapareció.

❄ ❄ ❄

Durante las siguientes semanas, Marta trabajó tantas horas largas y difíciles que no tuvo tiempo para pensar en nada más que lo que tenía que hacerse. Herve contrató otra criada, Edmee, que se encargó de los oficios de la casa. Marta preparaba todas las comidas para los Fournier y los doce huéspedes y cuidaba de Solange durante sus primeras semanas de recuperación. Jean, el bebé, demandaba todo el tiempo de su mamá. Después de los primeros días, Herve iba a dormir al salón.

Una tarde Herve entró a la cocina. "¡Dos cartas, Marta!" Las lanzó a la mesa de trabajo. "Ah, *ragoût de bœuf.*" Levantó la tapadera del guiso de res que hervía y lo olió mientras Marta sacaba el pan del horno y lo ponía en el mostrador para que se enfriara. Levantó las dos cartas, una de Elise, otra de Felda Braun.

Con el corazón que le golpeaba por el terror, Marta tomó un cuchillo y las abrió. Sintió algo dentro del sobre de Elise y cuidadosamente abrió la nota. Adentro estaban los pendientes de oro de Mamá.

Mamá me dio estos antes de morir. Te amo, Marta. Le he pedido a Dios que me perdone. Espero que tú también.

Elise

Marta se sentó pesadamente en el banquillo.

"¿Est-ce qu'il y a quelque chose de mal?" Herve se quedó parado mirándola.

¿Qué había pasado? Marta recordó el sueño y sintió que se le cerraba la garganta por el dolor. Con las manos temblando, puso los pendientes en la nota, la volvió a doblar y la metió en el sobre. La metió dentro del bolsillo de su delantal y abrió la carta de Felda Braun.

Querida Marta:
Con mucho dolor escribo esta carta. . . .

—¿Mademoiselle?

Marta no podía ver por las lágrimas. Mientras estaba ayudando a Solange a traer a un bebé al mundo, su madre se estaba muriendo. Dejó caer la carta de Felda y se cubrió la cara.

—*Ma mère est morte.*

Herve habló en voz baja. Ella no entendió nada de lo que dijo. Él se acercó al mostrador y puso su mano en el hombro de ella.

"Debería haber ido a casa." Marta se balanceaba de atrás para adelante, acallando sus sollozos con su delantal. Herve le dio un suave apretón y salió de la cocina. "Lo siento, Mamá. Ay, Dios, lo siento tanto." Temblando violentamente, levantó la carta de Felda Braun, esperando más detalles de la muerte de su madre y del traslado de Elise a Grindewald.

Tu madre me escribió hace algunos meses acerca de su enfermedad y me preguntó si podía llevar a Elise a vivir conmigo cuando su hora llegara. Me fui a Steffisburg de inmediato para hablar con ella personalmente. Casi no pude reconocer a Anna. El doctor confirmó sus sospechas de que tenía tisis. Ella no quiso que tú supieras que se estaba muriendo porque sabía que vendrías a casa. Ella dijo que si lo hacías, tu padre nunca dejaría que te fueras otra vez. Dijo que el ministro me escribiría cuando fuera hora de recoger a Elise.

Cuando me fui a casa, comencé a preparar su camino. Hablé con mis amigas de la enfermedad de tu madre y cómo tu hermana había perdido a su esposo en un accidente trágico. De esta manera, podía asegurar que Elise pudiera criar a su bebé sin temor al escándalo.

Marta se quedó fría. *¿Su bebé?* Leyó más rápidamente.

Cuando tuve noticias del ministro, fui inmediatamente a Steffisburg, pero Elise ya había desaparecido. Tu padre pensó que la encontraría en Thun. Todos estaban buscándola, pero me duele decirte que no la encontramos a tiempo. Tu amiga Rosie encontró su cuerpo junto a un riachuelo, no lejos de la casa.

Marta lloró hasta que se sintió descompuesta. Se recuperó lo suficiente para poner la mesa y servir la cena. Era evidente que Herve les había dicho a los hombres acerca de su madre, porque le dieron sus condolencias y hablaron en voz baja. Marta no mencionó a Elise. Edmee se quedó para ayudar a lavar los platos y a limpiar la mesa, e insistió que Marta subiera a su habitación en el ático y que tratara de descansar. Acurrucándose a un lado, Marta lloró mientras recordaba el sueño de Elise parada en la nieve, con sus manas elevadas al cielo.

Unos días después, Marta recibió un telegrama de su padre.

Vuelve inmediatamente. Se te necesita en la sastrería.

Lágrimas de furia llenaron los ojos de Marta. Temblaba con la fuerza de su ira. Ni una palabra de Mamá ni de Elise. Arrugó el mensaje, lo lanzó a la estufa y lo vio quemarse.

❄ ❄ ❄

Solange estaba sentada en la cocina con Marta, con el bebé Jean durmiendo placenteramente en un cesto sobre la mesa. *"Je comprends."* Tomó la mano de Marta. "Dios te trajo a nosotros cuando más te necesitábamos, y ahora tienes que irte. *C'est la vie, n'est-ce pas?"*

Marta no sentía mucha culpa por irse. Solange se había recuperado rápidamente y ansiaba reasumir sus tareas. Edmee había aceptado quedarse a tiempo completo. Era una buena trabajadora como Marta y ayudaría con el bebé mientras Solange volvía a cocinar.

Solange levantó al bebé de su nido tibio.

—¿Te gustaría cargar a Jean una vez más antes de irte?

—Sí, por favor. —Marta lo apretó, imaginando por un solo instante que le pertenecía a ella. Le cantó una canción de cuna en alemán mientras caminaba por la cocina. Luego colocó a Jean en los brazos de su madre—. *Danke.*

Las lágrimas rodaban por las mejillas de Solange.

—Escríbenos, Marta. Herve y yo queremos saber qué es de ti.

Marta asintió con la cabeza, sin poder hablar. Cuando salía de la cocina hacia el pasillo, Herve y los hombres solteros estaban de pie, esperando. Cada uno le deseó lo mejor. Al llegar a la puerta, Herve le dio un beso fraternal en cada mejilla y le entregó un sobre. "Un regalo de todos nosotros."

Ella lo miró y luego al resto de hombres. Apretando los labios para no llorar, hizo una reverencia respetuosamente y salió de la casa. La desesperación la invadía mientras caminaba hacia la estación del tren. Miró el horario de salidas. Una hija obediente volvería a Steffisburg, trabajaría en la sastrería sin quejarse y cuidaría de su padre en su vejez. *Honra a tu padre y a tu madre,* ordenaba Dios, *porque tus días se alarguen en la tierra que Jehová tu Dios te da.*

Marta tomó un carruaje a Lausanne, donde abordó un tren hacia París.

8

1906

Berna había vigorizado a Marta, pero París la agobió. Encontró el camino hacia el Consulado Suizo.

"Me temo que no hay puestos disponibles esta semana, Fräulein." El empleado le dio instrucciones para llegar a una casa de huéspedes económica, en las calles llenas de gente del *Rive Droite*. Pagó por una semana de alojamiento.

Cada mañana temprano, Marta volvía al consulado y luego pasaba el día explorando la ciudad y practicando su francés. Pedía que la orientaran y visitaba palacios y museos. Caminaba a lo largo del Sena hasta la noche, perdida entre las multitudes que disfrutaban la ciudad de las luces. Fue al *Musée du Louvre* y caminó por el *Jardin des Tuileries*. Se sentó en la catedral de *Notre Dame* y oró por el alma de su hermana.

Las oraciones no aliviaban el dolor que la consumía.

Mamá le susurraba en sus sueños. *"Vuela, Marta. No tengas miedo, mein kleiner Adler. . . ."* Y Marta se despertaba, llorando. También soñaba con Elise, con sueños perturbadores de su hermana perdida que trataba de encontrar el camino a casa. Marta podía escuchar el eco de su voz. *"Marta, ¿dónde estás? Marta, ¡ayúdame!"* gritaba, mientras los remolinos de nieve la envolvían.

Después de siete días, Marta se rindió de buscar trabajo en París y compró un boleto de carruaje a Calais. Abordó un barco para cruzar el canal de la Mancha y pasó la mayor parte del tiempo inclinada sobre la borda.

❄ ❄ ❄

Comenzaron a caer cortinas de lluvia en Dover. Cansada, Marta siguió en carruaje a Canterbury; parte de ella quería haber viajado al suroeste, al calor de Italia, en lugar de haberse ido a Inglaterra. Se consolaba a sí misma porque aprender inglés la acercaría a su meta. Después de una noche en una pensión barata, Marta tomó otro carruaje a Londres.

Cuando llegó, su abrigo de lana olía a oveja húmeda, sus botas y el dobladillo de su falda resistente se sentían como que si se hubieran endurecido con diez libras de lodo, y estaba resfriada. Dio unos pisotones para tratar de aflojar el lodo de sus botas antes de entrar al Consulado Suizo en busca de alojamiento y trabajo.

—Ponga su nombre en la lista y llene este formulario. —El atareado empleado le deslizó un papel por su escritorio y volvió a otro montón de papeles.

Diez chicas ya habían escrito sus nombres en la lista. Marta agregó el suyo al final y llenó el formulario cuidadosamente. El empleado lo revisó.

—Tiene buena mano, Fräulein. ¿Habla inglés?

—He venido a aprender.

—¿Tiene planes de volver a Suiza?

Ella no lo sabía.

—Un día de estos.

—Demasiados de nuestros jóvenes se van a los Estados Unidos. La tierra de las oportunidades, le dicen.

—Extraño la nieve. Extraño las montañas.

—*Ja.* El aire no es tan limpio aquí. —Siguió leyendo el formulario—. ¡Ah! ¡Usted trabajó con Warner Brennholtz en el *Hotel Germania*! —Sonrió y asintió con la cabeza mientras se quitaba sus lentes con aro de metal—. Pasé una semana en Interlaken hace tres años. La mejor comida que he probado.

—El chef Brennholtz me entrenó.

—¿Y por qué se fue?

—Para aprender francés. Ahora estoy aquí para aprender inglés. Hay más oportunidades de empleo para los que pueden hablar varios idiomas.

—Muy cierto. ¿Habla francés?

Asintió con la cabeza cuidadosamente.

—*Assez de servir.* —Lo suficiente para servir, pero no mucho más.

—Ha logrado mucho para ser tan joven, Fräulein Schneider. —Volvió a mirar el formulario—. Corte y confección, graduada de *Haushaltungsschule Bern*, capacitada por Frau Fischer y Warner Brennholtz, asistió en un parto y administró una casa de huéspedes en Montreux . . .

—Me falta mucho para lograr lo que quiero, Herr Reinhard.

Herr Reinhard puso su formulario arriba en el montón. —Veré qué puedo hacer.

Marta se instaló en el Hogar Suizo para Señoritas y esperó. Había gastado más de lo que quería viendo París. En tanto que otras chicas iban y venían, Marta se quedaba en la casa, tratando de recuperarse del resfrío que había contraído en el viaje a Londres; también ayudaba a la directora de la casa, Frau Alger, a mantener las salas comunes limpias y ordenadas. Se preguntaba si había cometido un error al ir a Inglaterra. La llovizna y la fuerte neblina con olor a hollín de Londres la deprimían, y Frau Alger decía que los buenos trabajos eran escasos.

Llegó un mensaje del consulado, firmado por Kurt Reinhardt. La esposa del cónsul suizo necesitaba una asistente de cocinera para una cena de esa noche. Marta se aseó y se puso su uniforme, empacó rápidamente y se dirigió a la mansión del cónsul en taxi.

Llegó a la entrada de servicios y fue recibida por una criada sin aliento. "¡Gracias a Dios!" Le hizo señas a Marta para que entrara. "Frau Schmitz está desesperada. Tiene veinte invitados para la cena, que llegarán en menos de dos horas, y la esposa del chef Adalrik se enfermó esta tarde y tuvieron que llevarla al hospital. Otra criada renunció esta mañana. Solamente tenemos una criada arriba y yo."

Después del aire húmedo y frío de afuera, el calor de la cocina se sentía momentáneamente maravilloso. El olor familiar de la buena cocina alemana le hizo recordar el *Hotel Germania* y a Warner Brennholtz. Otras cosas también llamaron su atención, pero decidió que era mejor estar en una cocina ahumada y sin ventanas que afuera en la humedad, buscando trabajo. Puso su maleta a un lado y se quitó el abrigo, mientras la criada la presentaba al chef adusto y canoso. Adalrik Kohler apenas la miró.

—Ve con Wilda. Ayúdala a poner la mesa para veinte.

—¿Cuántos platos?

—Cuatro. Frau Schmitz quería seis, pero no puedo encargarme de más sin mi esposa. Cuando termines, vuelve a la cocina. Ah, y Fräulein, este no es un puesto fijo. Tan pronto como Nadine se recupere, te irás.

—Vine a aprender inglés. Es más probable que pueda lograrlo en una casa inglesa.

—Bien. Entonces no te irás decepcionada.

Con la ayuda de Wilda, Marta cubrió la mesa con damasco blanco y puso los platos *Royal Albert Regency Blue* con copas de cristal y cubiertos de plata. Dos candelabros de plata y un arreglo de lilas moradas y blancas adornaban el centro de la mesa. Marta dobló las servilletas blancas en forma de cola de pavo real y las puso en el centro de cada plato. Frau Schmitz, una mujer rubia deslumbrante de unos cuarenta años, entró vestida con un traje largo azul de satín. Los diamantes brillaban en su cuello mientras caminaba alrededor de la mesa, inspeccionando cada lugar. "Está bien." Marta le hizo una reverencia rápida y se dirigió a la cocina.

Al final de la noche, a Marta le dolían las piernas de subir y bajar las escaleras del sótano al comedor del segundo piso. Cuando los invitados se fueron y la cocina estuvo limpia de arriba abajo, Wilda la llevó arriba, a las habitaciones de las criadas en el cuarto piso.

Durante la siguiente semana, Marta trabajó en la ahumada cocina sin ventilación, y llevó bandejas de desayuno a Frau Schmitz en su habitación del tercer piso. Llevaba bandejas a la guardería y servía a la niñera y a los tres corteses pero ruidosos niños Schmitz. Llevaba bandejas cargadas de buñuelos, emparedados de pepino y pastelillos al salón del segundo piso, donde a la señora de la casa le gustaba comer la merienda usando su vajilla *Royal Albert Regency Blue* y servicio de té de plata. Cargaba más bandejas al comedor cada noche, cuando Herr Schmitz llegaba a casa a cenar con su esposa, y otras al comedor de los niños en el tercer piso, donde estaba a cargo la niñera.

Nadine regresó, y a pesar de las quejas de Frau Schmitz por el dinero, Adalrik insistió que Marta se quedara en su puesto, porque de lo contrario él se iría. "Nadine no se ha recuperado totalmente. No tiene la energía para subir y bajar las escaleras veinte veces al día. Marta es más joven y más fuerte. Ella puede encargarse de eso."

Después de un mes, a Marta le dio otro resfriado, que le cerró el pecho. Al final de cada día, sus piernas le dolían tanto que apenas podía avanzar a rastras los cuatro pisos hacia la habitación fría que compartía con Wilda. Al derrumbarse en la cama, soñaba con escaleras que ascendían como la de Jacob hacia el cielo. Tramos de escaleras se orientaban a la derecha y a la izquierda, hasta que desparecían en las nubes. Incluso después de haber dormido, Marta se despertaba sintiéndose agotada.

"Tu tos está empeorando." Nadine sirvió agua caliente y preparó té con limón. "Esto te hará sentir mejor."

Adalrik se veía sombrío. —Que un doctor te vea antes de que empeores. No querrás terminar en el hospital como Nadine.

Marta no se hizo ilusiones. Adalrik no estaba preocupado por su salud, sino de que Nadine tuviera que volver a las tareas escaleras arriba.

—Un doctor sólo me dirá que descanse y que beba bastante líquido.

Nadine se aseguró de que tomara suficiente caldo y té con leche, pero el descanso resultó ser algo difícil de hacer y el resfrío se puso peor.

"Está llamando otra vez," dijo Adalrik a Marta. Una velada se había alargado mucho en la noche y Marta había estado trabajando hasta que el último invitado se había ido y todo se había lavado y guardado. "Ella va a querer que se le sirva el desayuno en la cama."

Marta preparó la bandeja de Frau Schmitz. Logró subir el primer tramo de escaleras antes de que le diera un fuerte ataque de tos. Puso la bandeja en el piso y tosió hasta que le pasó el espasmo. Levantándola, subió el resto de las escaleras.

"Este desayuno está frío." Frau Schmitz agitó la mano. "Llévatelo y tráeme otro. Y apúrate la próxima vez."

Marta logró bajar hasta la mitad del primer tramo de escaleras cuando comenzó a toser otra vez. Con dificultades para respirar, Marta se sentó en un escalón, con la bandeja en sus rodillas. Frau Schmitz salió y miró por las escaleras y desapareció en su habitación. Un momento después, subía Nadine. Marta logró pararse y bajar hacia la cocina.

Nadine entró detrás de ella y le dio una mirada de compasión. —Lo siento, Marta, pero Frau Schmitz dice que deberás irte.

—¿Irme?

—Quiere que salgas de la casa hoy.

—¿Por qué?

—Tiene miedo del contagio. Dice que no quiere que a sus hijos les dé crup.

Marta soltó una risa amarga. Curiosamente, se sintió aliviada. Otro viaje por esas escaleras y seguramente se habría caído.

—Me iré tan pronto como reciba mi pago. ¿Y podrías pedirle a Wilda que recoja mis cosas, por favor? No creo que pueda volver a subir esas escaleras otra vez. —Con el pecho dolorido, tosió violentamente cubriéndose con su delantal.

Cuando Nadine salió, Adalrik puso el dorso de su mano en la frente de Marta.

—Estás hirviendo.

—Sólo necesito descansar.

—Frau Schmitz tiene miedo de que tengas tisis.

Marta sintió el impacto de la alarma. ¿Estaba destinada a morir como Mamá? Nada que el doctor Zimmer hubiera hecho había evitado que Mamá se ahogara con su propia sangre.

—¿Conoces algún buen doctor que hable alemán?

❄ ❄ ❄

Una enfermera ayudó a Marta a vestirse después del examen y la llevó a la oficina del doctor Smythe. Él se puso de pie cuando Marta entró y le dijo que se sentara.

—He visto esto frecuentemente, Fräulein. Las chicas suizas están acostumbradas a un aire bueno y limpio de montaña, no al humo espeso y a la niebla húmeda. Debería regresar a Suiza. Váyase a su casa con su familia y descanse.

Tragándose las lágrimas, Marta imaginó cómo la recibiría su padre.

—Descansaré más en Inglaterra. —Si el corazón de Papá no se había ablandado con la enfermedad de Mamá, seguramente no le demostraría nada de bondad. Ella tosió en su pañuelo, agradecida de no ver manchas rojas en lo blanco—. Lo que necesito es trabajar en una casa más pequeña, con menos escaleras y una cocina con una puerta o ventana. —El dolor aumentó en su pecho hasta que ya no pudo retener otra tos. Cuando el espasmo terminó, levantó la cabeza.

—Descanso es lo que necesita, no trabajo.

Cobrando ánimo, lo miró a la cara.

—¿Tengo tisis?

—Está tan pálida y delgada como un tísico, pero no. Francamente, Fräulein, si no se cuida, esto puede matarla más rápidamente que la tisis. ¿Me entiende?

Descorazonada, Marta cedió.

—¿Cuánto tiempo debo descansar?

—Por lo menos un mes.

—¿Un mes?

—Seis semanas sería preferible.

—¿Seis semanas? —Marta tosió hasta que se sintió mareada.

El doctor le dio una botella de elixir y le ordenó que tomara una cucharada cada cuatro horas. "El descanso es la mejor medicina, Fräulein. Su cuerpo no puede combatir la infección cuando está exhausto."

Enferma y deprimida, Marta volvió al Hogar Suizo para Señoritas. Frau Alger le dio una mirada y le asignó una cama en una esquina tranquila de un dormitorio al nivel de la calle. Demasiado cansada para desvestirse, Marta se tumbó en el catre, con el abrigo aún puesto.

Frau Alger entró con un cántaro de agua caliente y un tazón. "Esto no está bien."

Marta temblaba mientras la mujer la ayudaba a desvestirse y a ponerse su ropa de dormir. Sintió un anhelo insoportable por Mamá. Cuando comenzó a llorar, Frau Alger la ayudó a meterse a la cama. Tomó la botella de elixir y leyó las instrucciones. Fue a buscar una cuchara y le dio a Marta su primera dosis de láudano, luego la tapó con frazadas gruesas. Puso su mano sobre la cabeza de Marta. *"Schlaf, Kind."* Marta susurró un débil agradecimiento. Ya sentía los ojos pesados.

Se despertó cuando Frau Alger la tocó. "Bebe." Ayudó a Marta a sentarse lo suficiente como para beber una taza de sopa espesa, tomar otra dosis de medicina y volver a meterse a la cama. Soñó que subía escaleras, cada vez más alto, tramos que volteaban a la derecha y a la izquierda y luego desaparecían en las nubes. Llevaba una pesada bandeja, equilibrándola en su hombro, luego se detuvo para descansar. Sus piernas le dolían terriblemente; sabía que nunca llegaría al cielo.

—No puedo.

—*Sí puedes.* —Mamá estaba parada arriba, vestida de blanco—. *No te rindas,* Liebling.

Se despertó con el sonido de las campanas de la iglesia y se volvió a dormir, y soñó que Mamá la tomaba de la mano mientras caminaban hacia la Iglesia San Esteban. Rosie la llamaba y Marta se encontró con ella en la pradera alpina, arriba de Steffisburg, recogiendo flores de primavera.

La lluvia azotó las ventanas, despertándola brevemente. Temblando, Marta jaló más las frazadas. Quería soñar con Mamá y con Rosie, pero en cambio soñó que estaba perdida en la nieve. Oyó a Elise que gritaba su nombre una y otra vez. Marta trató de correr hacia ella, pero sus pies se hundían en la nieve. Gateando con sus manos y rodillas, miró hacia abajo, al agua que corría del Zulg, y vio a Elise que estaba acostada durmiendo, con un bebé en sus brazos y una frazada de nieve que los cubría. "No." Gimió. "No. No." Frau Alger le puso paños fríos en la frente mientras le hablaba.

Mamá estaba sentada en el cementerio, bordando otro vestido. Miró hacia arriba con los ojos hundidos. *"No vuelvas, Marta. Vuela,* Liebling. *Vuela lejos y vive."*

Marta se despertó por el ruido de las ruedas de un carruaje que pasaba. Lloró, con miedo de que si se volvía a dormir, volvería a soñar. Escuchó que las chicas iban y venían y fingió estar dormida. Frau Alger llegó con una bandeja.

—Estás despierta. —Puso la bandeja a un lado y una mano en la frente de Marta—. Bien, tu fiebre ha cedido. —Ayudó a Marta a sentarse.

—Lamento dar tantos problemas. —Marta sintió que le brotaban las lágrimas y no pudo detenerlas.

Frau Alger le dio unas palmadas en el hombro.

—Cállate, Marta. No das problemas. Y pronto estarás bien. Es difícil estar tan lejos de casa, ¿*ja?*

Marta se cubrió la cara, sintiendo la pérdida de Mamá y Elise más fuertemente que nunca.

—No tengo casa.

Frau Alger se sentó en la cama y abrazó a Marta, susurrándole como si fuera un niño lastimado. Rindiéndose ante su dolor, Marta se aferró a ella, imaginando, sólo por un momento, que esta amable anciana era su mamá.

❄ ❄ ❄

Después de una semana en cama, Marta sintió que podía levantarse. La casa estaba vacía, por lo que se preparó un tazón de avena caliente. ¿Por qué había ido a Inglaterra? Se sentía perdida y en conflicto consigo misma. Quizás debía haberse quedado en Steffisburg y ayudado a Mamá. Pudo haber cuidado a Elise. Demasiado tarde ahora para pensar en esas cosas. ¿Qué clase de futuro tendría ahora si hubiera obedecido a Papá y hubiera regresado? Mamá lo había sabido. Mamá le había advertido que se alejara.

Cobró valor y le escribió a Rosie.

Estoy en Inglaterra. Papá envió un telegrama diciéndome que regresara. No decía nada de Elise ni de Mamá, y yo sabía que él esperaba que pasara el resto de mi vida en la sastrería. Si no hubiera recibido una carta de la prima de Mamá, Felda Braun, no me habría enterado que Elise había muerto.

Huí, Rosie. Nunca volveré a Steffisburg. La última vez que vi a Mamá dijo que tenía que irme. En verdad, preferiría morir como extranjera en un país extraño que pasar otro día bajo el techo de mi padre.

La prima Felda dijo que fuiste tú quien encontró a Elise. Sueño con ella todas las noches. Me grita y luego desaparece antes de que pueda alcanzarla. Le pido a Dios que me perdone por ser una hermana tan mala. Le pido a Dios que la perdone por lo que se hizo a sí misma y a su hijo. Y oro para que tú también nos perdones. Siempre estaré en deuda contigo.

Marta

❊ ❊ ❊

Después de otra semana de convalecencia, Marta se puso más inquieta y disconforme. Mamá le había dicho que volara, no que se quedara dentro de las paredes del Hogar Suizo para Señoritas. El doctor había dicho que descansara, pero el descanso no era sólo estar acostada en la cama, debajo de un montón de frazadas. Marta apoyó su frente en el vidrio y sentía que las paredes de su prisión se le acercaban. Imaginó qué diría Mamá si estuviera en la habitación en ese momento.

"Dios es mi fortaleza, Marta. Él es mi ayuda en tiempos de problemas. . . . Dios tiene un plan para tu vida. . . . Quizás es él quien ha puesto este sueño en tu corazón. . . . Dios es el que te está impulsando. . . . Un águila vuela sola. . . ."

También pensó en Elise. La pequeña golondrina de Mamá le habló. *"Me rendí ante la desesperación, Marta. Si te rindes, tú también estarás dando el brazo a torcer."*

Marta se vistió y se abotonó su abrigo de lana.

Frau Alger la interceptó en la puerta de enfrente.

—¿A dónde crees que vas?

—Afuera, a caminar.

Cada día, decidida a recuperar sus fuerzas, Marta iba un poco más lejos, se exigía un poco más. Al principio, apenas podía caminar más de una cuadra sin buscar un lugar para sentarse y descansar. Gradualmente, caminó dos y luego tres. Encontró un pequeño parque y se sentó rodeada de árboles y césped, con flores de primavera que comenzaban a surgir, y rayos de sol que atravesaban las nubes. A veces se levantaba y se paraba en un chorro de luz; cerraba los ojos e imaginaba que estaba parada en la pradera alpina con Mamá o con Rosie.

Pronto pudo caminar dos kilómetros antes de quedar exhausta. Un día que llovió, buscó calor y descanso en la taberna *Hare and Toad*. Tres hombres estaban sentados bebiendo de unos jarros de cerveza, y le dieron una rápida mirada mientras ella se abría camino hacia una mesa vacía en una esquina levemente iluminada. Aunque se sintió fuera de lugar e incómoda, decidió quedarse. Por lo menos allí escucharía hablar inglés.

Los hombres hablaban en voz baja, pero entonces, cuando se olvidaron de su presencia, hablaron más naturalmente. Cuando otro entró, los tres lo saludaron y le hicieron espacio. Él habló con el propietario, le entregó unas monedas y llevó un jarro de cerveza a la mesa. Unos minutos después, el propietario corpulento salió con comidas apiladas en su brazo: pescado, al juzgar por el olor, y cocinado en una especie de masa. Ella escuchó, tratando de captar palabras. Algunas le sonaban familiares, sin duda las que derivaban del alemán.

Marta se armó de valor y fue al mostrador y trató de entender las palabras en inglés que estaban escritas en el menú. Entendía los precios lo suficientemente bien. El propietario estaba detrás del mostrador, secando un jarro de cerveza. Señalando el menú, Marta sacó unos cuantos peniques de su bolsillo y los puso en el mostrador. Juntó sus palmas y movió las manos como un pez.

—¿*Fish and chips*?

—*Fish and chips* —repitió—. *Danke*.

Le llevó su comida y un vaso de agua. Tomó una botella de vinagre de malta de otra mesa y la puso frente de ella. "Para el pescado." Señaló con el dedo.

Marta comió lentamente, como probando; no estaba segura de que su estómago pudiera aguantar el pescado frito con masa. En la hora siguiente llegaron otras personas a la taberna, que comenzó a llenarse de hombres y mujeres. Algunos tenían niños. Marta se sintió avergonzada con una mesa para ella sola y se fue. El sol había descendido y la niebla se había convertido en lluvia. Tardó una hora para volver al Hogar Suizo para Señoritas.

"¡Mírate, Marta!" Frau Alger sacudió la cabeza. "¿Quieres encontrarte con la muerte esta vez?" La hizo sentar cerca de la estufa y tomar té caliente. "Toma. Tengo una carta para ti."

Con el corazón que le palpitaba, Marta abrió la carta de Rosie:

Mi querida amiga:

Tenía miedo de que me culparas por no cuidar mejor de Elise. Fui a verla el día después del funeral de tu madre. No debía haber esperado. Si hubiera ido justo después del servicio, tal vez Elise todavía estaría viva. Pero sí esperé, y lo lamentaré para siempre. Mi madre fue conmigo.

Tu padre dijo que no sabía a dónde había ido Elise. Dijo que rehusó salir de su habitación el día del funeral. Él no fue a verla hasta el día siguiente. Entonces tu padre salió a dar el aviso de alarma.

Me acordé de cuánto le gustaba a Elise sentarse cerca del riachuelo y escuchar el agua que corría. Cuando la encontré, parecía un ángel dormido, debajo de una colcha blanca de edredón.

No sé cuánto te contó Felda Braun, pero descubrí por qué Elise se escondía. Estaba embarazada. Que Dios tenga misericordia de los Meyer por lo que le hicieron a tu pobre hermana.

Encontré a Elise acurrucada de lado, como si estuviera abrazando al bebé que llevaba adentro, para mantenerlo tibio. Mi padre me dijo que la gente que se muere del frío no siente dolor. Oro por que eso sea cierto.

Tú me pediste que te perdonara. Ahora yo te pido que me perdones. Por favor no dejes de escribir. Te quiero como si fueras mi hermana. Te extraño desesperadamente.

Tu amiga de siempre,
Rosie

Marta le contestó y preguntó dónde Papá había enterrado a Elise. Lloraba al pensar que Elise no estaría enterrada al lado de Mamá, pero sabía que la iglesia no querría que enterraran a una suicida en tierra consagrada.

Marta se vistió bien abrigada la mañana siguiente, caminó a una estación y tomó un carruaje que iba a la abadía de Westminster. Se sentó en una banca y se preguntaba qué pensaría Mamá de esta majestuosa iglesia donde se hacían las coronaciones. Enormes columnas grises se elevaban como grandes troncos de árbol que sostenían arriba una bóveda sombreada. Un arco iris de color salpicaba a lo largo de los pisos de mármol cuando el sol brillaba a través de los vitrales. Pero la luz se desvaneció rápidamente. Escuchó a los vivos que caminaban entre los monumentos de los muertos, susurrando en las naves llenas de criptas que tenían los huesos de grandes poetas y políticos, o que miraban a alguna tumba o sarcófago con efigies de bronce.

Oh, Dios, ¿dónde duerme mi hermana? ¿Puedes tener misericordia y llevarla a su hogar en el cielo? ¿O tiene que sufrir las agonías del infierno porque perdió la esperanza?

Una mujer tocó a Marta en el hombro y le habló. Sobresaltada, Marta se secó las lágrimas rápidamente. La mujer le habló en inglés. Aunque no pudo comprender las palabras, Marta sintió consuelo con la sonrisa y el tono suaves de la mujer. Mamá podría haber consolado a una desconocida de la misma manera.

Marta fue a *Hyde Park* al día siguiente y se sentó en el césped, contemplando a las embarcaciones ir a la deriva en el agua azul del Serpentine. Hasta en el aire libre y con la luz del sol, Marta sentía que la pena la agobiaba. Mamá decía que Dios le ofrecía un futuro y una esperanza. Pero ¿qué significaba eso? ¿Tenía que esperar hasta que Dios le hablara desde el cielo? *"Vete,"* había dicho Mamá, pero Marta ya no sabía a dónde ir.

Sólo sabía que no podía continuar de esta manera, ahogándose en el dolor y en el remordimiento. Necesitaba recordar lo que la había impulsado a salir de casa. Quería libertad para llegar a ser todo lo que pudiera ser. Quería algo que fuera suyo. No podía tener nada de eso sentada y compadeciéndose de sí misma.

Antes de regresar al Hogar Suizo para Señoritas, Marta fue a las oficinas del consulado.

—¡Fräulein Schneider! —Kurt Reinhard la saludó cálidamente—. Qué bueno verla. Supe que se fue de la casa del cónsul.

Sorprendida de que la recordara, Marta le contó lo que había pasado.

—Me gustaría poner mi nombre en la lista otra vez, Herr Reinhard. Pero ¿podría pedirle una casa inglesa esta vez, preferiblemente una lejos del hollín y el humo de Londres?

—Por supuesto. ¿Qué tan pronto podrá trabajar?

—Cuanto antes, mejor.

—Entonces creo que tengo el lugar justo para usted.

MARTA TOMÓ EL transporte para *Kew Station* e hizo el resto del camino a pie, hacia la casa estilo Tudor de tres pisos de Lady Daisy Stockhard, cerca de *Kew Gardens*. Esperaba encontrarse con la encargada del cuidado de la casa. En cambio, un mayordomo encorvado la llevó a un salón con canapés y sillones orejeros, y una gran mesa baja y redonda cubierta de libros. Cada pared ostentaba un paisaje con marco dorado. El piso estaba cubierto con una alfombra persa. Las mesas ovaladas, con patas labradas y superficies de mármol, tenían lámparas de bronce, y había un piano en la esquina opuesta, con un busto de mármol de la reina Isabel. Sobre la chimenea había un retrato de un oficial del ejército inglés, con uniforme de gala.

Solamente tardó unos cuantos segundos para captarlo todo y redirigir su atención hacia una señora de pelo blanco, elegantemente vestida de negro, que estaba sentada en una silla de respaldo recto, y otra mucho más joven, gorda y vestida con pliegues espumosos de género rosado, sentada en un diván, con su espalda hacia las ventanas y un libro abierto en su regazo.

"Gracias, Welton." La mujer mayor recibió los documentos de Marta y se puso unos pequeños lentes con aro de metal.

La mujer más joven, que Marta supuso que era la hija de la señora, dijo algo en inglés y suspiró. Su madre respondió amablemente, a lo cual la hija levantó su libro e hizo un comentario que parecía desdeñoso. La única parte de la conversación que Marta estaba bastante segura de entender era que la mujer más joven se llamba Millicent.

Lady Stockhard se quitó los lentes cuidadosamente y levantó la mirada. Se dirigió a Marta con un alemán aceptable. "No te quedes parada en la puerta, Fräulein Schneider." Le hizo señas para que se acercara. "Entra y permíteme darte un buen vistazo." Marta dio unos cuantos pasos para entrar al salón y se paró con sus manos unidas enfrente. "El señor Reinhard me dice que no hablas inglés. Mi alemán es limitado. Enid, mi cocinera, te enseñará inglés. Honore y Welton también te ayudarán. Él se encarga de los jardines. Me solía encantar la jardinería. Es buena para el alma."

Millicent suspiró con desagrado. Dijo algo que Marta no entendió.

Lady Stockhard respondió amablemente y luego hizo señas para que Marta se sentara en una silla cerca de ella. "Me gusta conocer a la gente que se unirá a mi personal."

Su hija miró con el ceño fruncido y volvió a hablar en inglés. Marta no tuvo problemas para entender su tono altivo ni su mirada de desagrado.

Lady Stockhard dijo algo a su hija, luego sonrió y habló con Marta. "Le dije que tienes preparación de modista. Eso le gustará."

Millicent cerró su libro de un golpe y se levantó. El crujido de la falda anunció su salida.

—¿Te gustan los jardines, Fräulein?

—Sí, señora. —No sabía qué pensar de Lady Stockhard con su actitud tan acogedora.

—*Kew Gardens* está cerca de aquí. Solía pasar horas caminando allí. Ahora solamente puedo caminar en la casa. Alguien tiene que llevarme a *Kew Gardens* en silla de ruedas. Welton está muy viejo, pobrecito, e Ingrid se encontró con su apuesto cochero. Tengo a Melena, pero ella extraña tanto Grecia y a su familia que dudo que se quede por mucho tiempo. ¿Extrañas a tu familia?

Marta no pudo disimular su asombro de que una dama inglesa le hablara como si estuviera pasando el tiempo con una amiga.

—He estado fuera de casa casi dos años, señora.

—¿Y tu madre no te extraña?

Sintió una puñalada de dolor.

—Mi madre murió en enero, señora.

—Ay. —Se mostró apenada—. Por favor acepta mis condolencias. No era mi intención fisgonear. —La señora bajó la mirada hacia los documentos que tenía en su regazo—. Marta. Un buen nombre cristiano. El señor Reinhard informa que eres una buena trabajadora, pero las chicas suizas siempre lo son. —Lady Stockhard levantó la cabeza y sonrió—. He tenido tres a mi servicio a través de los años, y ninguna me ha decepcionado. Estoy segura de que tú tampoco. —Tomó una pequeña campana de plata de su mesilla y la hizo sonar.

Apareció una criada de pelo y ojos oscuros.

—¿Sí, Lady Daisy?

—Honore, por favor muéstrale a Marta su habitación y luego preséntala a Enid y a Melena. —Se inclinó y puso su mano en la rodilla de Marta.

—Inglés, de ahora en adelante, querida. Será difícil al principio, pero aprenderás más rápidamente de esa manera.

Enid, la cocinera voluminosa y locuaz, hablaba alemán, inglés y francés. Cuando Marta dijo que nunca había conocido a alguien como Lady Stockhard, que trataba a una criada tan amablemente, Enid asintió.

—Ah, nuestra señora es alguien muy especial. No es como muchas otras que miran con desprecio a quienes les sirven. No como su hija, que se da aires de superioridad. Lady Daisy siempre contrata criados extranjeros. Dice que es una manera económica de visitar otro país. Melena es de Grecia, Honore es de Francia y yo soy de Escocia. Ahora te tenemos a ti, nuestra pequeña criada suiza. Lady Daisy dice que si la gente puede llevarse bien, entonces los países también.

—¿Y Welton?

—Británico, por supuesto. Trabajó con Sir Clive en India. Cuando Welton regresó, vino a dar sus condolencias a nuestra señora. Se había jubilado y necesitaba trabajo. Claro, Lady Daisy lo contrató inmediatamente y le dio la habitación que está arriba de la cochera. Welton y mi difunto esposo, Ronald, llegaron a ser buenos amigos. Suficiente plática en alemán. Me parece agotador. Y tenemos mucho que hacer. —A medida que trabajaban juntas, Enid señalaba los objetos, decía la palabra en inglés y hacía que Marta la repitiera.

A la mañana siguiente, la más reservada Honore le enseñó a Marta frases en inglés, mientras hacían las camas, limpiaban las habitaciones y doblaban la ropa que Miss Millicent había lanzado en las sillas y el piso la tarde anterior, antes de ir a visitar a una amiga.

"Buenos días, Miss Stockhard." Marta repitió la frase. "¿Quiere que cierre las cortinas, Miss Stockhard? ¿Le traigo el desayuno a la cama, Miss Stockhard?"

Hasta el taciturno Welton se convirtió en instructor de Marta. Cuando Enid la mandó a traer verduras frescas de la huerta, Welton siguió con los nombres que estaban puestos al final de cada almácigo.

"Lechuga, pepino, cuerda, poste, frijoles, puerta," le decía, entonces gritó: "¡Conejo!" Continuó diciendo una serie de palabras que Marta supo que no debía repetir.

Cada tarde, Lady Stockhard hacía sonar su campanita de plata, sentada en su silla de ruedas, y esperaba que Melena llegara y la llevara de paseo a *Kew Gardens*. Marta ayudaba a Enid a preparar platillos salados y dulces para la merienda. Tan pronto como Lady Stockhard y Melena volvían, Marta llevaba el carrito del té al jardín de invierno. Ponía una mesa con una tetera de plata con té de Ceilán o de la India, mezclado con canela, jengibre y clavos, y azafates con emparedados de pepino, huevos a la escocesa y brioches de grosellas.

"¿Qué te gustaría, Melena?"

Lady Stockhard no dejaba de sorprender a Marta.

—Le está sirviendo té a Melena, como si fuera una invitada y no una criada —le dijo a Enid.

—Siempre lo hace cuando Miss Millicent no está en casa. A veces, cuando su hija se va de viaje, Lady Daisy incluso se reúne con nosotros en la cocina.

Enid, como Warner Brennholtz, compartía su conocimiento culinario abiertamente. No le importaba cuando Marta escribía en su libro, hasta el punto de leer lo que escribía y agregar detalles que Marta hubiera olvidado. Marta llenó páginas con recetas de polvorones, mantecados escoceses, *Chelsea buns*, *Yorkshire pudding*, *steak and kidney pie* y *Lancashire hotpot*.

—Tengo una docena más para darte —le dijo Enid—. *Shepherd's pie*, *Toad-in-the-hole* y *oxtail soup* son algunas de las favoritas de nuestra señora, pero Miss Millicent preferiría tener una parrilla de cordero y buey Wellington. Cuando la joven se vaya en su próximo viaje, volveremos a tener un poco de cocina inglesa común y corriente. —Enid frotó sazonadores en un trozo de carne.

—A Miss Millicent le debe gustar viajar.

Enid emitió un resoplido.

—Tiene sus razones. —Encogió los hombros y enrolló la carne, frotando más sazonadores en la parte de abajo.

Marta recibió una carta de Rosie.

Elise está enterrada en nuestra pradera favorita. Las flores de primavera se han abierto. No he ido a la iglesia desde que Elise murió, pero me siento en nuestro tronco y oro por su alma todos los días.

El padre John subió ayer por la tarde. Me dijo que preferiría estar debajo de una frazada de flores con vista al Thunersee y a las montañas que estar bajo dos metros de tierra entre paredes de piedra, dentro del pueblo. Cuando me puse a llorar, me abrazó.

Dijo que la iglesia tiene que tener reglas, pero que Dios es el Creador de Elise y que Dios es justo y misericordioso. Dijo que el Señor prometió que no perdería a ninguno de sus hijos. Sus palabras me ayudaron, Marta. Espero que también te ayuden a ti.

Marta deseaba poder sentirse en paz, pero no podía deshacerse de la culpa. Si hubiera ido a casa quizás Mamá habría muerto de todas maneras, pero seguramente Elise habría vivido. ¿Cómo se atrevía a seguir haciendo planes, cuando su sueño era lo que había hecho que las abandonara, vulnerables, sin amor y desprotegidas? Aunque despreciaba a su padre, quizás él tenía razón, después de todo. Sí pensaba primero en sí misma; sí pensaba que le podía hacer mejor que su hermano. Era ambiciosa e incorregiblemente desobediente. Quizás él también tenía razón al decir que no merecía más que servir en la casa de alguien. Pero ante Dios, ella juró que eso nunca sería en la casa de su padre.

Cuando Melena volvió a su país, Grecia, a Marta le asignaron nuevas responsabilidades.

Querida Rosie:

Me he convertido en la compañera de Lady Daisy. Ella es una señora muy fuera de lo común. Nunca había conocido a alguien con quien conversar tantos temas interesantes. No trata a sus criados como esclavos sino que se interesa genuinamente en nosotros. Hizo que me sentara con ella en la iglesia el domingo pasado.

Frecuentemente, durante sus salidas a *Kew Gardens*, Lady Stockhard hablaba de libros. "Siéntete en libertad de usar mi biblioteca, Marta. Solamente puedo leer un libro a la vez y los libros no deberían acumular polvo. Se ve lindo en primavera, ¿verdad? Claro, los jardines siempre son lindos, hasta en el invierno. Las hojas de acebo se ven más verdes y las bayas rojas, más rojas con la nieve. Seguramente necesitas descansar ahora. Sentémonos un rato cerca del estanque."

Los lirios morados y amarillos se elevaban en tallos gruesos, arriba de las enormes hojas verdes en forma de plato que flotaban en la turbia superficie del agua. A Mamá le habría encantado *Kew Gardens*, con toda su diversa belleza, aves revoloteando de un árbol a otro y los arco iris en la llovizna de primavera.

Marta empujaba la silla de ruedas a lo largo del camino, por una cañada boscosa. Le hacía recordar el verde exuberante de Suiza. Las flores asomaban brillantes entre el césped verde. De repente, Marta echó de menos las praderas alpinas cubiertas con flores de primavera. El dolor surgió cuando pensó en Elise, durmiendo debajo de una manta de hierba nueva y flores, y en Rosie sentada en el árbol caído, orando por su alma. Quitándose las lágrimas, empujó a Lady Daisy en la silla de ruedas.

—¿Extrañas a tu madre?

—Sí, señora. —Y a Elise, aunque nunca hablaba de ella.

—Yo sé lo que es llorar a alguien. Perdí a mi esposo por la fiebre, en India, hace veinte años, y no pasa un día sin que lo extrañe. Millicent tenía seis años cuando la traje a casa. A veces me pregunto si se acuerda de su padre o de la India, con todos sus aromas y sonidos exóticos. —Rió con nostalgia—. Montamos juntas en un elefante más de una vez, y le gustaba ver al encantador de serpientes.

—Nadie se olvidaría de esas cosas, Lady Daisy.

—No, a menos que quisiera olvidarlo. —Lady Stockhard alisó la frazada que le cubría las piernas—. Lloramos por los que hemos perdido, pero son los vivos los que nos causan más dolor. Pobre Millicent. No sé qué va a pasar con ella.

Marta no sabía como levantarle el ánimo a Lady Daisy.

—No te preocupes por Lady Daisy —le dijo Enid a Marta esa noche—. A veces se pone así, cuando Miss Millicent se va de vacaciones. En unos días volverá a ser la misma de siempre.

—¿Por qué Lady Daisy no viaja con su hija?

—Lo hizo por algún tiempo, pero las cosas nunca funcionaron cuando nuestra señora estaba con ella. Miss Millicent prefiere salir sola. Ve el mundo de manera distinta que nuestra señora. Y quién puede decir quién tiene la razón. El mundo es lo que es.

Nadie del personal sentía afecto por Miss Millicent, especialmente Welton, quien se quedaba en el jardín tanto como fuera posible cuando la hija de Lady Daisy estaba en casa. El aire se ponía más frío en la casa cuando Miss Millicent estaba presente. Cuando se le llamaba, Marta iba rápidamente a donde Miss Millicent estuviera, le hacía una reverencia, recibía sus instrucciones, hacía otra reverencia y se iba a hacer lo que se le había pedido. A diferencia de Lady Stockhard, Miss Millicent nunca se dirigía a una criada por su nombre, no preguntaba cómo se sentía ni hablaba de nada.

Después de seis meses al servicio de Lady Stockhard, Marta había aprendido suficiente inglés como para seguir cualquier instrucción que se le diera.

Le desagradaba Miss Millicent, casi en la misma medida que le agradaba Lady Daisy. La joven trataba a su madre con desprecio.

—Uno pensaría que prefieres la compañía de las criadas que la de tus pares, Madre.

—A mí me agrada toda la gente.

—No todos son dignos. ¿Hacía falta que hablaras con el jardinero en el jardín de adelante?

—Se llama Welton, Millicent, y es parte de la familia.

—¡Ya era hora de que llegue el té! —dijo quejándose—. El asunto es que todos en el vecindario te vieron. ¿Qué pensará la gente?

—Que estoy hablando con mi jardinero.

—Eres imposible. —Miss Millicent trataba a su madre como una niña obstinada. Inclinándose hacia adelante, miró las fuentes de comida y gruñó—. Emparedados de huevo y berro otra vez, madre. La cocinera sabe que prefiero pollo sazonado y brioches de grosellas. Y sería bueno tener *éclairs* de chocolate más seguido que una vez al mes.

Marta ubicó el carrito y puso el servicio de té de plata en la mesa, más cerca de Lady Stockhard que de su hija, ubicando la tetera para que su señora pudiera levantarla con facilidad. Sintió la mirada fría de Miss Millicent. Cuando Marta colocó las fuentes de comida donde pudiera alcanzarlas, Lady Daisy le sonrió. "Gracias, Marta."

—La chica no sabe cómo poner una mesa. —Miss Millicent se levantó lo suficiente como para alcanzar el otro lado y tomar la tetera. Se sirvió una taza de té y volvió a poner la tetera donde Marta la había colocado. Luego procedió a llenar su plato con emparedados, porciones de pastel con jalea y merengues de fresa rellenos de crema—. Nadie tiene que hablar con un jardinero más de unos cuantos minutos, Madre, y estuviste afuera casi una hora. ¿Tienes idea de lo que la gente dirá acerca de eso? —Se sentó y se metió a la boca toda una porción de pastel. Sus mejillas se abultaban mientras masticaba.

Lady Stockhard se sirvió su propio té.

—La gente siempre habla, Millicent. —Agregó un poco de leche y dos cucharaditas de azúcar—. Si no tienen nada de qué hablar, se inventarán algo.

—No tienen que inventarse nada. Ni siquiera se te ocurre cómo me siento, ¿verdad? ¿Cómo puedo asomarme a la puerta cuando mi madre es el escándalo del vecindario?

Furiosa, Marta volvió a la cocina.

—Miss Millicent quiere emparedados de pollo sazonado mañana.

—Si hago pollo sazonado, ella querrá otra cosa. Nada la satisface.

—Me sorprende que Miss Millicent reciba tantas invitaciones.

—Ella puede ser encantadora cuando tiene una razón para serlo. Y supongo que puede ser muy agradable con los hombres. —Enid encogió los hombros—. Necesitaré más zanahorias y otra cebolla. ¿Por qué no vas a la huerta? Te hará bien un poco de aire fresco. Pero no tardes mucho. Su Alteza querrá que las cosas del té se retiren del salón. Tiene invitados para la cena.

Miss Millicent se quedó en casa dos meses, luego se volvió a ir.

—Le encanta viajar.

Enid resolló. —Se fue de caza. Y no me refiero a los zorros.

—¿Y a qué, entonces?

—Miss Millicent se fue a otra de sus expediciones en busca de esposo. Esta vez es en Brighton, porque se enteró que una amiga tiene un hermano que reúne las condiciones. Volverá en unas cuantas semanas, decepcionada. Estará caprichosa y antipática y se llenará con *scones* y mermelada, pasteles y emparedados de pollo sazonado. Luego comenzará a escribir cartas otra vez, y seguirá escribiendo hasta que alguien la invite a visitar el Continente, Stratford-upon-Avon o Cornualles. Ella conoce gente dondequiera que va y conserva sus nombres y direcciones.

La profecía de Enid se cumplió. Miss Millicent volvió a casa después de dos semanas y se quedó en su habitación otra semana, exigiendo que todas sus comidas se le llevaran allí. Marta la encontraba apoyada en la cama, leyendo las novelas románticas de Jane Austen. Después de agotar al personal con constantes exigencias, se fue a Dover a visitar a una amiga enferma.

—Oí que le dijo a Lady Daisy que la dama debe estar en su lecho de muerte —le dijo Marta a Enid—. El párroco llega a visitarla varias veces a la semana.

—¿Dices que un párroco? Bueno, tal vez Miss Millicent está comenzando a abrir los ojos y a bajar sus expectativas. Pero si el hombre tiene siquiera un poco de sentido, ¡prestará atención al consejo del apóstol Pablo y se quedará soltero!

Miss Millicent volvió con un genio malísimo.

Lady Daisy pidió buey Wellington. Enid cloqueó con la lengua mientras bañaba un pastel de chocolate. "Las cosas deben haber salido mal en Dover. Nada sorprendente. Miss Millicent se volverá a ir pronto, a Brighton o a Cambridge."

Esta vez Millicent no pasó una semana en su habitación. Se quedó sin hacer nada en el jardín de invierno, colmando a su madre de quejas.

—Es un lugar completamente horroroso. No sé por qué alguien querría vivir en ese lugar frío y lúgubre.

—¿Fuiste a la iglesia con Susanna?

—Claro, pero no me gustó para nada el párroco. A pesar de sus atenciones para con Susanna, fue bastante pesado.

De regreso en la cocina, Enid suspiró. "Lo más probable es que lanzó su anzuelo y no hubo siquiera una mordida."

Llegó otra carta de Rosie. Se había casado con Arik, y esperaba ser maravillosamente feliz por el resto de su vida. Deseaba lo mismo para Marta, quien tuvo una sensación de pérdida y de envidia. Avergonzada de que le molestara esa felicidad, Marta le pidió a Dios que los bendijera y se gastó el sueldo de un mes en linón blanco, encaje irlandés, lazos de satín, hilo de seda para bordar, agujas y un aro. Mientras los demás dormían, Marta se sentaba en un rincón con una candela encendida e hizo un negligé apropiado para una princesa. Tardó dos meses en terminarlo.

> ¡Nunca había usado algo tan bello en toda mi vida! No podría compararlo ni con mi vestido de boda. Tengo excelentes noticias. Arik y yo estamos esperando un bebé que llegará poco antes de nuestro primer aniversario.
>
> No puedo expresar lo feliz que soy. Le pido a Dios que te bendiga con felicidad, también, Marta. Oro porque conozcas a alguien a quien puedas amar tanto como yo amo a Arik.

Marta dobló la carta y la agregó al fajo que crecía. El amor podía ser una espada de dos filos. ¿Qué garantía había de que fuera correspondida?

Solange y Rosie habían sido bendecidas con los hombres que amaban. Mamá no había sido tan afortunada. Marta comenzó a trabajar en un traje y un gorro de bautismo.

10

UNA AMBIVALENCIA TENSA se apoderó de Marta. Siguió ahorrando dinero, pero dejó de hacer grandes planes de tener su propia casa de huéspedes. Trató de seguir el consejo de Mamá de reconocer sus bendiciones. Se había encariñado mucho con Lady Daisy y disfrutaba de su compañía. Respetaba y le guardaba mucho afecto a Enid. Le agradaba Welton y se había hecho amiga de Gabriella, la chica nueva de Italia. Marta se puso a la tarea de aprender italiano mientras le enseñaba inglés a ella. La vida era lo suficientemente buena en casa de Lady Stockhard. ¿Por qué cambiar las cosas?

Marta había coleccionado lo mejor de las recetas de Enid y las había guardado en el libro que Rosie le había dado. No le escribía cartas a Rosie tan seguido como lo había hecho durante los primeros tres años que estuvo lejos de Steffisburg. Las cartas de Rosie todavía llegaban con regularidad, llenas de palabras resplandecientes acerca de Arik y contando sin parar cada pequeño cambio en el bebé Henrik. Y ahora esperaba otro. Rosie siempre había sido una excelente amiga, pero había una involuntaria falta de sensibilidad en la manera en que compartía su felicidad. Cada vez que Marta leía una de sus cartas, sentía como si le echaran sal en sus heridas.

Casi podía sentir afinidad con la creciente frustración de Miss Millicent por no encontrar un esposo apropiado.

Cada domingo, cuando Marta iba a la iglesia, se imaginaba a Mamá sentada a su lado. Le pedía a Dios que tuviera misericordia del alma de Elise. Aunque los sueños se habían terminado después de un año, a veces anhelaba que volvieran, por miedo de estar olvidando las caras de Mamá y de Elise. El dolor permanecía como una piedra pesada en su interior. Ocasional e inesperadamente, el dolor surgía y le tomaba la garganta hasta que le parecía que la ahogaba. Nunca lloraba enfrente de nadie. Esperaba, buscando con ansiedad algo que hacer que le mantuviera la mente ocupada. En la noche no tenía defensas. En la oscuridad, se sentía libre para dejar salir su dolor reprimido.

Cuando no podía dormir, tomaba otro libro de la biblioteca de Miss Daisy.

El tiempo pasaba muy agradablemente cuando Miss Millicent salía en una de sus expediciones de caza, y mucho menos agradablemente cuando la señorita languidecía en su hogar. A Marta le gustaba tener a Lady Daisy toda para sí. Pensaba que Miss Millicent era la chica más tonta que había conocido por no apreciar a su madre. Lady Daisy había comenzado a envejecer. Algún día ya no estaría. ¿Quién amaría a Miss Millicent entonces?

Pasó un año, y luego otro. Marta se consolaba con su rutina. Se levantaba temprano cada mañana y ayudaba a Enid a preparar el desayuno, luego hacía las tareas de la casa con Gabriella. Cada tarde, lloviera o saliera el sol, llevaba a Lady Daisy a dar un paseo por *Kew Gardens*. Si Miss Millicent estaba en casa, Gabriella se hacía cargo del ir y venir. Marta le escribía a Rosie una vez al mes, aunque tenía cada vez menos que contarle a su amiga.

Frecuentemente, después de que todos se hubieran ido a dormir, Marta se sentaba en la biblioteca y leía. Una noche Lady Daisy la encontró de pie junto a los estantes.

—¿Qué has estado leyendo? —Extendió la mano y Marta le alcanzó el libro que estaba por guardar—. *La guerra de las Galias* de Julio César. —La señora se rió suavemente—. Un tanto horripilante, ¿no te parece? Seguramente algo que yo nunca elegiría. —Le dio una sonrisa a Marta—. Era uno de los favoritos de Clive. —Le devolvió el libro, y Marta lo metió en su lugar. Lady Daisy sacó un volumen delgado de un estante—.

Prefiero los poemas de Lord Tennyson. —Se lo dio a Marta—. ¿Por qué no te llevas este mañana cuando vayamos a los jardines?

Después de Tennyson, Lady Daisy le dijo a Marta que escogiera algo. Después de una tarde de escuchar *El origen de las especies* de Charles Darwin, Lady Daisy llevó *Historia de dos ciudades*. A veces Marta le leía en la tarde. Lady Daisy escogió después *Ivanhoe* de Sir Walter Scott y después *Castle Rackrent* de Maria Edgeworth. A veces, Miss Millicent estaba tan aburrida o afligida que las acompañaba para escuchar.

Marta seguía leyendo cada vez que tenía un tiempo para sí misma, y a menudo mantenía un libro en el bolsillo de su delantal.

Rosie escribió con noticias sorprendentes.

Tu padre se casó con una mujer de Thun el verano después de que tu madre murió. No sabía cómo decírtelo. Ella dirige la sastrería de tu padre y, me atrevo a decirlo, también dirige a tu padre. Al parecer, su esposa tiene contactos. Le consiguió dos hombres que lo ayudaran.

Después del impacto inicial, Marta se sintió aturdida por las noticias de que tenía una madrastra. ¿Cómo se sentiría Mamá si supiera que había sido reemplazada tan fácilmente? ¿Lloraba alguna vez Papá por ella o por Elise? Pensó en escribirle y felicitarlo por su matrimonio, pero después decidió no hacerlo. Aunque no sintió malevolencia hacia la mujer, no quería expresar buenos deseos a su padre. En lugar de eso, deseó que la nueva mujer fuera una prueba tan grande para su padre como él lo había sido para Mamá.

Marta siguió llevando a Lady Daisy a *Kew Gardens* todos los días. Lady Daisy conocía el nombre de cada planta, cuándo florecían y su valor medicinal. A veces se perdía en sus pensamientos y se quedaba callada. Frecuentemente iban a *Palm House*, con su *Pagoda* y las *Syon Vistas*, y el humo que surgía de las calderas subterráneas hacia el campanario adornado. El vapor caliente aliviaba a Lady Daisy del dolor de sus articulaciones, y le recordaba a la India. Marta prefería *Woodland Glade*, con su follaje caduco, los arbustos florecidos, los eléboros, las prímulas y las amapolas rojas.

Cada estación tenía su encanto; el invierno con su hamamelis y prolijos almácigos de viburnos a lo largo del estanque de *Palm House*, y la nieve que cubría el césped de blanco. Febrero llegaba con miles de azafranes morados que surgían del césped entre el *Temple of Bellona* y *Victoria Gate*, y los narcisos amarillos a lo largo de *Broad Walk*. En marzo florecían los cerezos y dejaban una alfombra de rosado y blanco en el camino. Abril llenaba el valle de rododendros rojos y morados, y magnolias, con sus flores blancas cerosas, del tamaño de un plato, y luego en mayo las azaleas se cubrían con mantillas de rosado-durazno y blanco. El aroma de las lilas llenaba el aire. Las rosas escalaban la *Pergola* y los lirios de agua gigantes se extendían a lo largo del estanque, en tanto que el laburno escurría serpentinas amarillas, como rayos de sol, celebrando la primavera. Los tuliperos y las celindas sugerían los aromas del cielo, antes de que llegara el otoño con una explosión de color, que desparecía a finales de noviembre con el avance del invierno.

"Es una lástima que no me puedan enterrar aquí," dijo Lady Daisy un día. La muerte parecía estar en la mente de todos en aquellos días, desde que el *Titanic* "insumergible" había chocado con un iceberg y se había hundido en su primer viaje. Más de mil cuatrocientos pasajeros se habían perdido en las aguas heladas del Atlántico. "Claro que preferiría que me enterraran en la India, a la par de Clive. La India era como otro mundo, con su arquitectura y jungla extrañas. Tenía el aroma de especias. La mayoría de las damas que conocí anhelaba volver a Inglaterra, pero a mí me habría gustado quedarme allá para siempre. Supongo que eso tenía mucho que ver con Clive. Con él habría sido feliz en una tienda de beduinos en medio del Sahara."

Lady Daisy casi no pronunció palabras durante la tarde siguiente, mientras Marta la empujaba por *Broad Walk* en *Kew Gardens*.

—¿Se siente bien, Lady Daisy?

—Enferma del corazón. Descansemos junto al estanque de lirios. —Jaló un pequeño libro de debajo de su frazada y se lo dio a Marta—. Lord Byron solía ser el poeta favorito de Millicent. Ya no lo lee más. Lee "El primer beso de amor." —Cuando Marta terminó, Lady Daisy suspiró con cansancio—. Léelo de nuevo y con un poco más de sentimiento esta vez.

Marta leyó el poema nuevamente.

—¿Alguna vez te has enamorado, Marta?

—No, señora.

—¿Y por qué no?

Parecía una pregunta extraña.

—No es algo que pueda ocurrir a pedido, señora.

—Tienes que estar dispuesta.

Marta sintió que la cara se le calentaba. Esperó que el silencio terminara con esas preguntas tan personales.

—Una mujer no debería pasar la vida sin amor. —Los ojos de Lady Daisy se pusieron húmedos—. Por eso es que Millicent está tan desesperada y amarga ahora. Cree que todas sus oportunidades se han terminado. Todavía podría casarse, si tuviera el valor. —Lady Daisy suspiró fuertemente—. Tiene una buena educación. Todavía es linda y puede ser encantadora. Tiene amigos. Pero siempre ha tenido expectativas demasiado altas. Tal vez, si hubiera tenido a la madre de Clive para que la ayudara, pero ella no quería tener nada que ver conmigo. Yo era la hija del dueño de una taberna, nada más. Millicent creyó que el corazón de la señora podría ablandarse por su única nieta. Yo se le advertí, pero ella de todas maneras fue. Claro que no la recibió.

Lady Daisy se quedó callada por mucho tiempo. Marta no sabía qué decir para darle consuelo. Su señora alisó la frazada sobre sus piernas.

—Es triste. Millicent de alguna manera es como su abuela. —Sonrió con tristeza—. Yo tampoco le agrado. —Levantó los hombros—. Y, a decir verdad, nadie lo sabe mejor que yo. Pero Clive vio algo en mí y no habría aceptado un no como respuesta.

—Lo siento por Miss Millicent, señora. —Marta no podía negar lo que había visto con sus propios ojos—. Usted es una madre extraordinaria.

—Menos de lo que debí ser. Es mi culpa que las cosas salieran de esta manera, pero si volviera a vivir mi vida otra vez, no habría cambiado nada. Yo lo quería. Así de egoísta soy. Además, si hubiera hecho las cosas de manera distinta, Millicent ni siquiera existiría. Me consuelo a mí misma al recordar cuánto me amaba Clive. Me digo que él no habría sido feliz detrás de un escritorio, cuidando de las tierras de su padre ni sentado en el Parlamento.

Sacudió la cabeza con tristeza. —Millicent conoció un buen joven cuando tenía dieciséis años. Estaba absolutamente loco por ella. Yo le aconsejé a Millicent que se casara con él. Ella dijo que él no tenía las relaciones adecuadas y, por lo tanto, nunca llegaría a nada. Ahora está en el Parlamento y casado, por supuesto. Ella lo vio con su esposa y sus hijos en Brighton el verano pasado. Por eso volvió a casa tan pronto. Una mala decisión puede cambiar el resto de tu vida.

Marta pensó en Mamá y Elise. —Lo sé, Lady Daisy. Una vez yo tomé una decisión que lamentaré por el resto de mi vida, aunque no sé qué podría haber hecho para cambiar algo.

Lady Daisy se veía pálida y molesta.

—Clive siempre me llamaba Milady Daisy, y Welton me llamó Lady Daisy cuando vino. No soy una dama en absoluto, Marta. Simplemente soy Daisy. Nunca conocí a mi padre. Crecí en Liverpool y trabajé en un teatro. Fui la amante de Clive por un año, antes de que me llevara a Gretna Green para hacer de mí una mujer honesta. Millicent sabe lo suficiente de mi pasado como para pensar que no tengo nada bueno para enseñarle. Quizás no sea más que una vagabunda debajo de esta buena ropa, pero por lo menos reconocía la calidad cuando la veía, y no tuve miedo de asirme a ella. Sabía lo que quería, ¡y lo que yo quería era a Clive Reginald Stockhard! —Soltó un sollozo quebrado.

—Usted sí es una dama. Usted es tan dama como lo fue mi madre, señora.

Lady Daisy se inclinó hacia delante y tomó la mano de Marta fuertemente.

—¿Y qué estás esperando, Marta Schneider?

Marta se sobresaltó con la pregunta.

—No sé a qué se refiere, señora.

—Claro que lo sabes. —Apretó más fuerte su mano y sus ojos azules brillaban con lágrimas de enojo—. No viniste a Inglaterra para ser una criada por el resto de tu vida, ¿verdad? Podrías haber hecho eso en Suiza. Un sueño te trajo aquí. Lo supe en el momento que vi tu solicitud. Vi en ti a una chica impulsada por algo. Pensé que solamente te quedarías un año o dos antes de irte a buscar lo que querías.

El corazón de Marta latía fuertemente.

—Estoy satisfecha, señora.

—*Satisfecha.* Ay, querida mía. —La voz de Lady Daisy se suavizó y se puso suplicante—. Te he visto llorar y reprocharte durante casi seis años. Marta sintió el golpe de esas palabras. —Debía haberme ido a casa.

—¿Y por qué no fuiste?

Porque Solange la necesitaba. Porque las nieves del invierno se habían amontonado en la puerta. Porque había tenido miedo de que si lo hacía, nunca habría podido escapar.

"No vuelvas a casa." Las palabras de Mamá susurraban en la mente de Marta. Se soltó y se cubrió la cara.

Lady Daisy se sentó a su lado en la banca del parque.

—Me has servido fielmente por cinco años. Pronto serán seis. Hasta con lo poco que me has contado de tu madre, dudo que ella quisiera que pasaras el resto de tu vida como criada. —Puso su mano en la rodilla de Marta—. Estoy muy encariñada contigo, querida, y voy a darte un consejo porque no quiero que termines como Millicent. Ella se envuelve con el chal del orgullo, y la vida se le pasará.

—Yo no estoy buscando esposo, señora.

—Bueno, ¿y cómo podrías, si pasas seis días a la semana trabajando en la cocina o llevándome de paseo, y luego la mayor parte de la noche leyendo? Nunca vas a ningún lado más que a la iglesia, y no te demoras allí lo suficiente como para conocer a algún joven que pudiera estar interesado.

—Nadie nunca se ha interesado. Los hombres quieren esposas bonitas.

—El encanto es engañoso y la belleza no dura para siempre. Un hombre con buen sentido lo sabe. Tú tienes un carácter fuerte. Eres amable. Eres honesta. Trabajas duro y aprendes rápidamente. Te fuiste de casa para mejorar. Quizás no tengas educación formal, pero has leído los mejores libros de mi biblioteca. Estas son cualidades que un hombre sabio valoraría.

—Si mi padre no pudo encontrar nada en mí para amar, Lady Daisy, dudo que otro hombre lo haga.

—Perdóname, Marta, pero tu padre es un necio. Tal vez no seas bella, pero eres atractiva. El pelo de una mujer es su gloria, mi hija, y además, tienes una buena figura. He visto que los hombres te miran. Tú te sonrojas, pero es cierto.

Marta no sabía qué decir.

Lady Daisy se rió.

—Millicent se horrorizaría al oírme hablar con tanta franqueza, pero si no lo hago, pasarían otros cinco años antes de que entraras en razón. —Lady Daisy juntó sus manos—. Si quieres casarte y tener hijos, vete a una colonia inglesa donde haya más hombres que mujeres. En un lugar como Canadá, un hombre reconocerá el valor de una buena mujer y no le importará si la sangre de sus venas es azul o roja. Estas son cosas que le he dicho a mi hija, pero ella no me escucha. Todavía sueña con conocer al señor Darcy. —Sacudió la cabeza—. Sé sabia, Marta. No esperes. Vete a Liverpool y compra un pasaje del primer barco que se dirija a Canadá.

—¿Y si mi barco choca con un iceberg?

—Oraremos para que eso no suceda. Pero si ocurre, te subes a una balsa salvavidas y comienzas a remar.

Marta se rió. Se sentía llena de júbilo y con miedo al mismo tiempo. ¡Canadá! Nunca había pensado en ir allá. Siempre había pensado que volvería a Suiza. —Me iré a fin de mes.

—Bien hecho. —Lady Daisy parecía a punto de llorar—. Te extrañaré mucho, claro, pero es lo mejor. —Sacó un pañuelo y se secó los ojos y la nariz—. Es una lástima que Millicent no tenga el sentido común para hacerlo.

1912

Pasó cuatro días en una lamentable zozobra, pero poco a poco Marta logró mantener el equilibrio y se sintió lo suficientemente bien para salir de su litera en tercera clase, y se aventuró a ir a la cubierta del SS *Laurentic*. Su primera visión del inmenso mar abierto, con olas que atrapaban la luz del sol, la llenó de terror. El barco que le había parecido tan enorme en Liverpool ahora parecía pequeño y vulnerable mientras navegaba hacia el occidente, hacia Canadá.

Pensó en el *Titanic*, mucho más grande que esta humilde nave, y cómo se había ido al fondo del océano. Los dueños del *Titanic* se habían jactado de que el barco era invencible, insumergible. ¿Quién en su buen juicio se jactaría de esa manera? No habían tenido en cuenta a Dios, como la gente tonta que construyó la torre de Babel, pensando que podían alcanzar el cielo con sus propios logros.

Marta miró por la baranda; había pasajeros alineados en ambos lados, como gaviotas en un muelle. El aire se sentía lo suficientemente frío como para congelar sus pulmones. Estaba flotando en un corcho que se balanceaba en la superficie de un inmenso mar, de profundidades abismales. ¿Se acercaría a algún iceberg este barco? Ella había leído que lo que se veía en la superficie era apenas una fracción del peligro que estaba escondido abajo.

Con el estómago revuelto, Marta cerró sus ojos para no ver el horizonte que aparecía y desaparecía. No quería volver a su litera. El alojamiento había resultado ser mucho peor de lo que había esperado. La cacofonía de voces hablando en alemán, húngaro, griego e italiano hacía que le doliera la cabeza. La gente recién salida de granjas, y de pequeñas aldeas, se sometía con una dócil ignorancia a que se le tratara como ganado, pero a Marta sí le importaba cómo los trataban. Si doscientas personas habían pagado el pasaje de tercera clase, entonces doscientas personas deberían tener un lugar donde sentarse y comer, y no tener que buscar lugar en el piso o en la cubierta azotada por el viento. En lugar de que les sirvieran, se designaba a un "capitán" para que fuera a buscar la comida para ocho o diez personas más. Y después, a cada pasajero se le requería que lavara su propio "equipo": el plato, la cazuela, el tenedor y la cuchara que había encontrado en su litera el día que había abordado el barco.

Aspiró el aire salado. A pesar de sus intentos de mantenerla limpia, su blusa camisera olía ligeramente a vómito. Si llovía, quizás buscaría una barra de jabón y se lavaría allí en la cubierta, ¡con la ropa puesta!

El barco se elevaba y se sumergía, haciendo que el estómago le diera vueltas. Apretaba los dientes y rehusaba tener náuseas otra vez. Su ropa le quedaba floja. No podría seguir comiendo tan poco y llegar sana a Montreal. Después de pasar una hora esperando usar una de las palanganas para limpiar su equipo, y encontrarla en una condición deplorable, casi había vomitado la avena fría que había logrado comer esa mañana. En lugar de eso, perdió los estribos. Abriéndose camino a empujones entre un grupo de croatas y dálmatas, caminó hacia el pasillo, para llevar sus quejas al capitán en persona. Un oficial de guardia le obstruyó el paso. Ella le gritó que se quitara. Él la apartó de un empujón. Burlándose, le dijo que podía escribir una carta a la administración y enviarla cuando llegara a Canadá.

Por lo menos la ira que hervía en su interior la ayudó a olvidar el *mal de mer*.

Ahora, aferrándose a la baranda, Marta le pidió a Dios que la sostuviera de pie y que pudiera mantener en su estómago la poca comida que había comido. *Por favor, Señor Jesús, llévanos a salvo al otro lado del Atlántico.*

Desechó cualquier pensamiento de subirse a otro barco alguna vez. Nunca más volvería a ver Suiza. Al darse cuenta, corrieron lágrimas por sus mejillas.

Cuando el barco entró en el canal de San Lorenzo, Marta se sintió relajada y dispuesta a conocer Montreal. Al entregar sus papeles, habló en francés con el oficial. Él le dio indicaciones para llegar al Distrito Internacional. Con su bulto al hombro, tomó un tranvía y caminó hacia el Consulado Suizo. El oficinista agregó su nombre en el registro de empleos y le dio instrucciones para llegar a un hogar de inmigración para señoritas. Marta compró el periódico a la mañana siguiente y comenzó a buscar oportunidades de trabajo por sí misma. Compró un mapa de Montreal y comenzó una exploración sistemática de la ciudad. Habló con propietarios y dejó solicitudes, y encontró un puesto de medio tiempo en una tienda de prendas de vestir en el centro de Montreal, a unas cuantas cuadras del Teatro Orpheum.

Al ampliar su exploración, se encontró con una casa grande en venta en *Union Street*, cerca del ferrocarril. Cuando llamó a la puerta, nadie respondió. Miró detenidamente por las ventanas sucias y vio un salón vacío. Anotó la dirección del agente inmobiliario y luego caminó por la calle, de arriba abajo, llamando a las puertas y preguntándoles a los vecinos acerca de la casa. Había sido una casa de huéspedes para mujeres, y no de la clase de mujeres que serían bien recibidas en cualquier hogar decente. Los hombres del ferrocarril iban y venían. El techo había sido reemplazado hacía cuatro años, y hasta donde sabía la gente, la casa tenía buenos cimientos. Una mujer había sido asesinada en una de las habitaciones. La casa se cerró poco tiempo después y había estado desocupada por dieciocho meses.

Marta fue a la Oficina de Registro y se enteró del nombre del dueño de la propiedad, que ahora vivía en Tadoussac. Pasó el sábado caminando y pensando. Se llenó de emoción al pensar que su meta estaba a su alcance. El domingo fue a la iglesia y le pidió a Dios que le abriera el camino para comprar la casa en *Union Street*. A la mañana siguiente, fue a la oficina del agente inmobiliario, en la misma calle de la tienda de prendas de vestir, e hizo una cita con Monsieur Sherbrooke, para ver el interior de la casa en la tarde. El hombre parecía inseguro de los propósitos de ella y dijo que tenía poco tiempo para satisfacer la curiosidad ociosa de alguien. Marta le aseguró que tenía los recursos para hacer una oferta, si la casa resultaba ser lo que ella quería.

Pagó un taxi para llegar a *Union Street* y encontró a Monsieur Sherbrooke esperando ante la puerta principal. Tan pronto como abrió, Marta pensó en Mamá. Ella había sido la primera en creer en ella. *"Has puesto tu corazón en la cima de una montaña, Marta, pero yo te he visto escalar. Usarás todo lo que estás aprendiendo para un buen propósito. Lo sé. Tengo fe en ti y tengo fe en que Dios te llevará a donde él quiera."* Se había reído y había tomado la cara de Marta en sus manos. *"Tal vez administres una tienda o algún hotel en Interlaken."*

Monsieur Sherbrooke comenzó a hablar. Marta lo ignoró mientras caminaba por el gran salón, por el comedor y por la cocina, que tenía una despensa grande con estantes vacíos. Ella señaló el excremento de ratas a Monsieur Sherbrooke.

—¿Vamos arriba? —dijo él. Caminó hacia el pasillo de la entrada y las escaleras.

Marta ignoró la sugerencia y se dirigió hacia el pasillo que estaba detrás de las escaleras.

—Debería haber una habitación aquí.

Él bajó rápidamente las escaleras. —Solamente una bodega, mademoiselle.

Marta abrió la puerta de la habitación que tenía una pared común con la sala de estar. Se quedó con la boca abierta por el papel tapiz de *chinoiserie* rojo, verde y amarillo, que cubría las cuatro paredes. Monsieur Sherbrooke se paró rápidamente cerca de ella.

—La habitación de los criados.

¿Con baño privado? Miró las paredes y pisos cubiertos de azulejos rosados, verdes y negros, la bañera con patas y el inodoro.

—El dueño anterior de esta casa tuvo que haber tratado muy bien a sus criados.

Él se paró en medio de la habitación y señaló los apliques de bronce y la elegante lámpara de gas que colgaba desde arriba.

Marta miró el suelo.

—¿Qué es esa mancha en la que está parado?

—Agua. —Se hizo a un lado—. Pero como podrá ver, no hay ningún daño serio.

Marta se estremeció.

Monsieur Sherbrooke se dirigió a la puerta.

—Hay cuatro habitaciones en el segundo piso y dos más en el tercero. Marta lo siguió y caminó dentro de cada habitación; abrió y cerró las ventanas. Las dos habitaciones del tercer piso eran muy pequeñas, con techos inclinados y buhardillas, y en el invierno serían muy frías.

Monsieur Sherbrooke la llevó abajo.

—Es una casa maravillosa, con buena ubicación cerca del ferrocarril, y vale su precio.

Marta miró al Monsieur Sherbrooke sin estar muy convencida.

—Necesita mucho trabajo. —Enumeró los gastos que tendría que hacer para hacer las reparaciones y para dejar la casa lista para habitarla; entonces hizo una oferta, considerablemente más baja que el precio solicitado.

—¡Mademoiselle! —Soltó un suspiro de frustración—. ¡No esperará que tome esa oferta en serio!

—Efectivamente, eso espero, monsieur. Además, tiene la obligación moral de informar a Monsieur Charpentier de mi oferta.

Parpadeó y luego entrecerró los ojos, mientras la miraba desde la cabeza a los pies, y la volvió a tomar en serio.

—¿Entiendo bien, mademoiselle, que usted conoce al dueño, Monsieur Charpentier?

—No, monsieur, pero lo que sí sé es lo que sucedió en esta casa y por qué ha estado vacía durante dieciocho meses. La mancha en la que usted estaba parado en esa habitación de atrás no es agua sino sangre, como bien lo sabe. Dígale a Monsieur Charpentier que puedo pagar la cantidad completa que he ofrecido. Dudo que reciba una mejor propuesta. —Le entregó un pedazo de papel con la dirección de la tienda de prendas de vestir—. Aquí es donde me puede contactar. —Decidió ejercer presión para obtener ventaja—. Si no sé nada de usted hasta el fin de semana, tengo otra propiedad en mente. Lamentablemente no es de su agencia. Buenos días, monsieur. —Lo dejó parado en el pasillo de entrada.

Un mensajero llegó a la tienda el miércoles. "Monsieur Charpentier acepta su oferta."

Tan pronto como se firmaron los papeles y recibió el título, Marta renunció a su trabajo en la tienda de prendas de vestir y se trasladó a la casa de *Union Street*. Compró ollas, sartenes, platos y cubiertos de plata, y lo dejó todo en cajas hasta que terminara de fregar la estufa, los mostradores y la mesa de trabajo, y de limpiar los gabinetes y la despensa. Se puso a trabajar restregando los pisos, los umbrales y las ventanas. Encontró un mayorista y compró tela para cortinas. Miró los anuncios particulares y amuebló las habitaciones a precios de ganga con camas, tocadores y armarios, y el salón con dos sofás, dos pares de sillones de orejas y mesillas. Compró una mesa larga de comedor y doce sillas en un remate, y puso lámparas y unas cuantas alfombras.

Le llevó seis semanas y todos sus ahorros tener la casa lista. Pagó un pequeño anuncio en el periódico:

Se alquila habitación. Amplia. Vecindario tranquilo, cerca del taller del ferrocarril.

Puso un anuncio en el tablero de la iglesia y colgó un letrero de Vacante en la ventana de la casa. Enmarcó y colgó las reglas de la casa en la pared del recibidor:

La renta se paga el primer día del mes.
Se cambia la ropa de cama semanalmente.
El desayuno se sirve a las 6 a.m.
La cena se sirve a las 6 p.m.
No se sirven comidas el domingo.

Con lo último de su dinero, invitó a sus vecinos a una merienda el sábado por la tarde. Mientras servía té de Ceilán, pastel de manzana *Streusel*, *éclairs* de chocolate y emparedados de pollo sazonado, anunció que su casa de huéspedes estaba abierta para inquilinos.

La noche después de que saliera el periódico, Howard Basler, un hombre del ferrocarril, llegó a la puerta. "No necesito tanto espacio." Rentó una habitación del ático. La esposa de un operador del ferrocarril, Carleen Kildare, llegó con sus dos hijos pequeños a preguntar si Marta alojaría a una familia. Ella le mostró a Carleen dos habitaciones contiguas del segundo piso con un baño entre ellas. Carleen llevó a su esposo, Nally, esa tarde y dijeron que se trasladarían a finales del mes. Cuatro hombres solteros, todos del ferrocarril, compartieron las últimas dos habitaciones disponibles del segundo piso. Después de cubrir la mancha de sangre con una alfombra, Marta durmió muy cómodamente en la habitación de abajo.

Sólo quedó disponible una pequeña habitación del tercer piso.

Uno de los vecinos mencionó la merienda de Marta a Carleen, y los huéspedes, en tono de broma, le preguntaron cuándo les serviría como señores y damas inglesas. Marta les dijo que les serviría a todos una merienda el sábado y que entonces podrían decidir ser si sería algo habitual. A medida que les servía emparedados de huevo y pepino, bastoncitos de *Welsh rabbit*, pastel de miel y especias y tartaletas de fresa, les informó cuánto tendría que aumentar la renta para darles este servicio adicional. Después de unos cuantos bocados, todos estuvieron de acuerdo.

Las ganancias excedieron las expectativas de Marta.

Y el trabajo también.

Querida Rosie:

Warner tenía razón cuando me dijo que al tener mi propia casa de huéspedes trabajaría mucho más de lo que he trabajado en toda mi vida. Me levanto antes de que amanezca y caigo en la cama mucho después de que todos se han ido a dormir.

Carleen Kildare ofreció lavar la ropa, si le hacía un descuento en la renta. Acepté. Trabaja cuando Gilley y Ryan están tomando una siesta. También me ayuda a preparar la merienda de los sábados. El pastel Dundee de Enid siempre tiene éxito, así como el Schokoladenkuchen de Herr Becker. Tengo que esconder el segundo pastel o no tendría nada que ofrecer en el momento de compañerismo, después del culto del domingo.

Recibí mi segunda propuesta de matrimonio del señor Michaelson esta mañana. Es uno de los cinco solteros que viven en mi casa. Tiene cuarenta y dos años y es un caballero muy agradable, pero estoy contenta como estoy. Si él insiste, tendré que aumentarle la renta.

Marta tomaba un día libre a la semana y pasaba la mitad del día en la Iglesia Luterana Alemana. Le gustaba sentarse cerca de la parte de atrás y observar a la gente cuando entraba. Un hombre alto y bien vestido llegaba todos los domingos y se sentaba dos filas delante de ella. Tenía hombros anchos y pelo rubio. Nunca se quedaba a la hora del compañerismo, después del servicio. Una vez, cuando ella salió, lo vio estrechándole la mano a Howard Basler. Volvió a verlo otra vez unos cuantos días después caminando por *Union Street*.

Lady Daisy le escribió.

Me alegra saber que has logrado tu meta de tener una casa de huéspedes. Le dije a Millicent que ya recibiste una propuesta, pero ella rehúsa entrar en razón.

Una mañana, después de que una tormenta de invierno había dejado casi un metro de nieve en Montreal, y el lodo de otoño se había congelado, alguien tocó a la puerta de Marta. Ya que los huéspedes tenían sus propias llaves, ella ignoró la interrupción y siguió sumando sus gastos. Cuando volvieron a llamar a la puerta, esta vez más fuerte, dejó sus libros, esperando encontrar en el umbral a algún pobre vendedor congelado. Cuando Marta abrió la puerta, se levantó una ráfaga de copos de nieve.

Un hombre alto estaba de pie en el porche, envuelto en un grueso abrigo, con una bufanda que le cubría la parte inferior de la cara y con el sombrero hacia abajo. No tenía un maletín de muestras.

—*Ich heiße* Niclas Waltert. —Cuando tocó el ala de su sombrero, cayó nieve del ala—. *Mir würde gesagt, Sie haben ein Zimmer zu vermieten.* —Hablaba el alto alemán, con un acento del norte, y tenía los modales de un caballero educado.

—Sí. Tengo una habitación para alquilar. Yo soy Marta Schneider. Por favor. —Dio un paso atrás—. Pase. —Cuando él vaciló, ella insistió—: *¡Schnell!* —La madera y el carbón eran costosos, y ella no quería que se fuera el calor del interior de la casa.

Se quitó su sombrero y abrigo, les sacudió la nieve y sacudió sus pies antes de entrar. Ella deseó que todos sus huéspedes mostraran esa cortesía. El corazón de Marta palpitó cuando vio sus ojos tan claros y azules como el *Thunersee* en primavera. "Lo he visto en la iglesia todos los domingos." Sintió que subía el calor a su cara tan pronto como las palabras se le escaparon.

Él se disculpó en alemán y dijo que no hablaba mucho inglés.

Avergonzada, ella le dijo que tenía una pequeña habitación en el ático y le preguntó si le gustaría verla.

Dijo que sí, por favor.

Con el corazón que le latía con fuerza, pensó que si veía primero la sala de estar y el comedor, y si sabía de la merienda que servía cada sábado, él se sentiría más tentado a quedarse. Él no dijo nada. Ella lo llevó arriba y abrió la puerta de la habitación vacía. El cuarto tenía una cama angosta, un tocador y una lámpara de queroseno. No había espacio para una silla, pero había una banca debajo de la buhardilla que daba a a la calle. Cuando Niclas Waltert entró, se golpeó la cabeza en el techo inclinado. Se rió suavemente e hizo las cortinas a un lado para ver hacia fuera.

—¿Dónde trabaja, Herr Waltert? —Cuando la miró, ella sintió mariposas en el estómago.

—Soy ingeniero del Taller de Locomotoras Baldwin. ¿Cuánto cuesta la habitación?

Ella le dijo el precio.

—Lo siento, no tengo un mejor alojamiento que ofrecerle. Creo que la habitación es muy pequeña para usted.

Él dio otro vistazo y regresó a la puerta. Sacó su pasaporte del bolsillo, retiró varios billetes que había escondido allí y se los entregó. Tenía dedos largos y delgados, como los de un artista.

—Volveré temprano en la noche, si es conveniente.

—La cena es a las seis, Herr Waltert. —Le temblaban los dedos al doblar los billetes para meterlos en el bolsillo de su delantal. Lo llevó abajo y se detuvo en el pasillo mientras él retiraba su bufanda de lana del perchero y se la ponía alrededor del cuello. Se puso el abrigo y lo abotonó. Todo lo que hacía parecía metódico y lleno de gracia masculina. Cuando retiró su sombrero del perchero, ella abrió la puerta. Él pasó por el umbral y luego volteó y se dio unos golpecitos en el costado con su sombrero.

—¿Voy a conocer a su esposo esta noche?

Marta sintió que una sensación rara y temblorosa se esparcía por sus extremidades.

—Es *Fräulein*, Herr Waltert. No tengo esposo.

Se inclinó cortésmente.

—Fräulein. —Se puso el sombrero y bajó las escaleras de enfrente.

Cuando Marta cerró la puerta, se dio cuenta de que estaba temblando.

❄ ❄ ❄

Niclas llegó a tiempo para la cena y se sentó al otro extremo de la mesa. Escuchó pero no se unió a la conversación durante la comida. Nally y Carleen Kildare estaban muy ocupados esa noche con Gilley y Ryan, y Marta se preocupó porque a Herr Waltert podrían parecerle fastidiosos. Pero él los llamaba por su nombre e hizo un truco con dos cucharas que mantuvo a los dos niños asombrados. "¡Otra vez!" gritaban. Cuando su mirada se cruzaba con la de ella, a Marta le daba vueltas el corazón.

Después de la cena, los hombres se trasladaron al salón de estar para jugar a las cartas. Los Kildare subieron a preparar a los niños para dormir. Marta recogió la fuente para la carne vacía, demasiado consciente de que Niclas Waltert se había quedado en su silla.

—¿No tiene una criada que la ayude, Fräulein?

Ella se rió brevemente.

—Yo soy la única criada en esta casa, Herr Waltert. —Puso un plato vacío sobre la fuente y se estiró para tomar otro—. Carleen ayuda a lavar la ropa. Además de eso, yo trato de hacerlo todo.

—Es una buena cocinera.

—*Danke.*

Cuando volvió de la cocina, vio a Niclas apilando los demás platos al extremo de la mesa, cerca de la cocina.

—¡No tiene que hacerlo!

Él dio un paso atrás. —Pensé que debía hacer algo útil antes de pedir un favor, Fräulein Schneider.

—¿Qué favor? —Recogió los platos.

—Tengo que aprender inglés. Entiendo lo suficiente para hacer mi trabajo, pero no lo suficiente como para llevar a cabo una conversación con los demás huéspedes. ¿Podría enseñarme? Yo le pagaría, claro.

La idea de pasar tiempo con él le gustó mucho, aunque esperaba que no se notara tanto.

—Por supuesto, y no es necesario que me pague. La gente me ayudó a aprender y no me pidió nada a cambio. ¿Cuándo le gustaría comenzar?

—¿Esta noche?

—Iré a la sala de estar cuando haya terminado con la vajilla.

—Estaré esperando.

Marta se paró en la puerta de la cocina y lo vio irse del salón.

Tardó una hora en lavar las ollas, los sartenes y los platos y en guardarlo todo. Se preguntó si Niclas Waltert se habría cansado de esperar. Cuando bajaba por el pasillo oyó a los hombres hablar mientras jugaban a las cartas. Cuando entró a la sala, Niclas se puso de pie y dejó su libro a un lado. Cuando ella se acercó, vio que era una Biblia, con su nombre, *Niclas Bernhard Waltert*, grabado en oro sobre la tapa de cuero negro.

—¿Es usted un hombre religioso, Herr Waltert?

Sonrió suavemente.

—Mi padre me quería para la iglesia, pero pronto me di cuenta de que no era apto para la vida de un ministro. Por favor. —Extendió su mano, invitando a Marta a que se sentara. Marta se dio cuenta de que él no se sentaría hasta que ella se hubiera sentado cómodamente. Ningún hombre la había tratado tan respetuosamente.

—¿Por qué no es apto?

—La vida de un ministro le pertenece a su rebaño.

—Nuestras vidas le pertenecen a Dios ya sea que estemos en la iglesia o fuera de ella, Herr Waltert, según lo que me enseñó mi madre.

—Algunos son llamados a un sacrificio mayor, y yo no estaba dispuesto a dejar algunas cosas.

—¿Cómo cuáles?

—Una esposa, Fräulein, e hijos.

El corazón de Marta palpitaba rápidamente.

—Es el sacerdote católico el que no puede casarse, no el ministro luterano.

—Sí, pero la familia pierde derechos a causa de los demás.

Se quedó callado. Cuando sus miradas se cruzaron, ella estaba asustada por los sentimientos que se revolvían en su interior. *¿Era esto lo que Rosie sentía cuando miraba a Arik? ¿O lo que Lady Daisy sentía por su Clive?* Marta miró hacia otro lado, levantó la cabeza y lo miró otra vez.

—¿Comenzamos nuestras lecciones?

—Cuando usted quiera, Fräulein.

Marta encontraba a Niclas esperándola en la sala de estar todas las noches, después de la cena. Mientras los demás solteros canadienses jugaban a las cartas, ella le enseñaba inglés a Niclas.

—Parece que el señor Waltert se ha encariñado bastante contigo —dijo Carleen un día, mientras recogía las sábanas para lavarlas.

—Me pidió que le enseñara inglés.

Se rió mientras amontonaba las sábanas en sus brazos.

—Bueno, esa es una excusa conveniente.

—Tan pronto como Herr Waltert aprenda lo suficiente para seguir una conversación, estará jugando a las cartas con los demás hombres.

—A menos que la forma en que te mira signifique algo.

—Él no me mira de esa manera, Carleen.

—¿Estás diciendo que no te gusta?

Perturbada, Marta recogió el resto de las sábanas y las metió en un cesto.

—Me agrada tanto como cualquiera de mis huéspedes.

Carleen sonrió ampliamente.

—Nunca te sonrojaste cuando Davy Michaelson te miraba.

❄ ❄ ❄

—Yo no tengo el don que usted tiene con los idiomas, Fräulein. No sé si alguna vez aprenderé.

—Recuerde que nada de alemán —insistía Marta—. Solamente inglés.

—El inglés es un idioma difícil.

—Todo que valga la pena aprender es difícil.

—¿Por qué no podemos hablar en alemán solamente por un momento?

—Porque así no aprenderá inglés.

—Quiero . . . aprender más . . . usted —dijo Niclas en un inglés titubeante.

Claramente frustrado, cambió a alemán. "Quiero averiguar si somos aptos el uno para el otro."

No podía haber dicho algo más impactante. Ella abrió la boca y la volvió a cerrar.

—Puedo ver que la he sorprendido. Deshagámonos del inglés por ahora para que pueda hablar claramente. Quiero cortejarla.

Marta levantó sus manos para cubrirse las mejillas que le ardían. Davy Michaelson miró hacia ellos en tanto que los demás hablaban en voz baja. Recuperando la compostura rápidamente, Marta bajó sus manos y las juntó sobre su regazo.

—¿Y por qué un hombre como usted querría cortejar a alguien como yo?

Niclas se veía asombrado.

—¿Por qué? Porque es una joven extraordinaria. Porque la admiro. Porque . . . —Con su mirada acarició su cara y siguió por el resto de ella de una manera que hizo que el calor ganara su cuerpo— me gusta todo lo que veo y sé de usted.

¿Era esto lo que el amor le hacía a una persona? ¿La ponía de cabeza y al revés?

—Yo soy la propietaria de la casa.

Él hizo una mueca con la boca. —¿Tengo que mudarme para poder cortejarla?

—No. —Habló tan rápidamente que sintió que el calor le inundaba la cara—. Es decir . . . —No podía pensar en nada coherente.

—¿Irá a la iglesia conmigo el domingo, Marta?

Nunca antes la había llamado por su nombre. Marta se puso nerviosa y suspiró suavemente.

—Estamos juntos en la iglesia cada semana.

Su expresión se suavizó.

—Yo voy y usted va, pero no vamos juntos. Quiero que camine conmigo. Quiero que se siente a mi lado.

Ella se vio tan vulnerable que buscó un escape. Sabía que si decía que no, nunca más se lo pediría. Acabaría como Miss Millicent, viviendo el resto de la vida con remordimientos. ¿Acaso no había llegado a Canadá con una pequeña expectativa de encontrar un esposo apropiado? Niclas Waltert era mucho más que apropiado.

Él escudriñó sus ojos. —¿Qué es lo que la inquieta?

Que a él le pareciera indigna, que después de algún tiempo viera que no era apta en absoluto. Ni siquiera había ido a la secundaria, y él era ingeniero. Era apuesto. Ella era poco agraciada. Él era educado. Ella era la hija de un sastre.

Buscó en su mente frenéticamente y dijo la primera excusa que le vino a la mente.

—Ni siquiera sé qué edad tiene.

—Treinta y siete. No muy viejo para usted, eso espero.

Ella vio que el pulso le latía rápidamente en su garganta. —No, no es demasiado viejo. —Cuando levantó los ojos, vio que la luz aparecía en los de él mientras sonreía.

—¿Entonces vendrá conmigo este domingo? *¿Ja?*

—Sí. —Asintió con la cabeza recatadamente. Miró el reloj que estaba encima de la chimenea—. Se hace tarde. Creo que debemos suspender nuestras lecciones de inglés.

Niclas se paró y extendió su mano. Cuando ella se puso de pie, con su mano en la de él, supo que iría a cualquier lugar con él, hasta a una tienda de beduinos en medio del Sahara.

1913

Querida Rosie:

¡Me casé!

Nunca pensé que alguien me querría, y seguramente nunca un hombre como Niclas Bernhard Waltert. Él vino a Canadá un año antes que yo y es ingeniero en el Taller de Locomotoras Baldwin. Es alto y muy apuesto.

Nos casamos el Domingo de Resurrección en la Iglesia Luterana Alemana. Hice una falda azul para usar con mi mejor blusa blanca de domingo. No vi razón para gastar dinero en un vestido de novia que nunca más usaría. Mis huéspedes asistieron, incluso Davy Michaelson, y algunos de los vecinos de Union Street y miembros de la congregación.

Pensé que era feliz cuando compré mi casa de huéspedes, pero nunca he sido tan verdaderamente feliz como ahora. A veces me *da miedo. Solamente cortejamos por tres meses. Sé poco de la vida de Niclas en Alemania o qué lo trajo a Canadá. Pero no me atrevo a preguntar, porque hay cosas que yo no le he contado a él. No le he dicho que transformé un prostíbulo en una casa de huéspedes. No le he dicho que una mujer fue asesinada en la habitación que ahora compartimos. Y nunca sabrá que tuve una hermana que se suicidó.*

❄ ❄ ❄

1914

Niclas nunca hablaba mucho de su trabajo, pero Marta oía a los otros cuatro hombres hablar de despidos y tiempos difíciles en los talleres de locomotoras. Niclas se levantaba temprano cada mañana y entraba a la sala de estar para leer su Biblia. Oraba antes de que los demás tomaran el desayuno. Ponía su plato al extremo de la mesa cuando terminaba y se iba al trabajo. Cuando se acercaba la hora de que llegara a casa, ella se paraba en la sala de estar y lo esperaba. Él se veía cansado e insatisfecho cuando caminaba por la calle, pero siempre tenía una sonrisa brillante cuando la encontraba esperándolo. Después de la cena, entraba a la sala de estar con los demás hombres. Mientras los demás jugaban a las cartas, él leía su Biblia. Ella se paraba en la puerta antes de irse a la cama. Él siempre le daba unos cuantos minutos para ponerse su ropa de dormir y meterse a la cama antes de unírsele.

Una noche no llegó hasta casi la medianoche. Ella estaba despierta y muy preocupada. Escuchó el susurro de su cinturón. Dobló su ropa sobre la silla antes de meterse a la cama. Metió su brazo debajo de ella y la jaló hacia la curva de su cuerpo.

—Sé que no estás dormida.

—Veo lo descontento que estás. —Ella no quería llorar—. ¿Lamentas haberte casado conmigo, Niclas?

—No. —Hizo que se recostara de espaldas—. ¡No! Eres lo mejor de mi vida.

—¿Qué pasa entonces?

—Van a cerrar los talleres del ferrocarril.

Ella sintió una onda de alivio. Le pasó la mano en el pelo y le bajó su cabeza, acercándola hacia ella.

—Encontrarás otro trabajo.

—Siguen llegando los rumores de guerra, Marta. El Kaiser Wilhelm sigue avanzando con la Marina Imperial Alemana para quitar la supremacía naval a Gran Bretaña. Yo soy alemán. Es suficiente como para despertar hostilidades ahora.

—¿Crees que habrá guerra?

—Con la competencia armamentista que se extiende por el continente no tardará mucho para que comience una. Y ahora las maniobras políticas de los rusos están transformando el reino de Serbia en un barril de dinamita en Europa.

A medida que los días pasaban, ella veía el efecto que las conversaciones de guerra tenían en Niclas, cuando salía a buscar trabajo y llegaba a casa sin otra cosa que malas noticias.

Ella tenía miedo de contarle las suyas.

—Puedes ayudarme en la casa de huéspedes.

Sus ojos se iluminaron de cólera.

—¡Se supone que un hombre tiene que mantener a su esposa! ¿Y qué puedo hacer yo aquí? ¡Tú tienes todo funcionando como un reloj suizo bien ajustado!

Herida, empujó su silla y se levantó.

—Bueno, ¡no podré hacer tanto cuando venga el bebé! —Niclas se veía tan impresionado y desfallecido que ella rompió a llorar y salió corriendo a la cocina. Golpeó con sus puños la mesa de trabajo y rápidamente se volteó hacia el fregadero cuando Niclas entró por la puerta giratoria—. Vete. —La agarró y la hizo girar. Enredó los dedos en su pelo—. ¡Suéltame! —Él la besó. Ella forcejeó, pero él no la soltó.

—*Es tut mir leid*, Marta. Lo siento. —Niclas le limpió las mejillas y la volvió a besar, suavemente esta vez—. No llores. —La apretó. Ella sentía su corazón latiendo fuertemente contra el suyo—. Estoy feliz por el bebé. Todo estará bien.

Marta pensó que eso significaba que él la ayudaría con la casa de huéspedes, pero Niclas salió la mañana siguiente. Como no volvió para el almuerzo, ella se preocupó. Llegó justo antes de la cena, colgó su abrigo y sombrero y entró al comedor. Parecía tener noticias emocionantes, pero esperó ya que los demás entraban para la comida de la noche. Oró por la cena, y los platos comenzaron a circular de una mano a otra. La miró, con los ojos brillantes.

En lugar de irse a la sala de estar después de la cena, ayudó a desocupar la mesa y la siguió a la cocina.

—Están contratando mano de obra para la cosecha en Manitoba.

—¿Mano de obra? ¿Manitoba? ¿Qué tiene que ver eso contigo? Eres un ingeniero.

—Un ingeniero desempleado. No hay trabajo para mí aquí. Si hubiera un trabajo, no me lo darían. Temen que sea un espía alemán. Tengo que encontrar otra manera de ganarme la vida.

Ella cerró el grifo de agua y se volteó, pero él levantó su mano.

—No digas nada. Solamente escúchame. Mientras estemos en esta casa, no me verás como el jefe de esta familia.

Al darse cuenta, sintió un impacto.

—Ya decidiste ir, ¿verdad? —Él no tuvo que responder. Ella sintió un escalofrío. Pensó que se desmayaría, y se sentó en el banquillo—. ¿Y qué sabes de cosechar?

—Aprenderé.

—¿Y esperas que me vaya contigo?

—Sí. Eres mi esposa.

—¿Y qué pasará con la casa de huéspedes?

—Véndela.

Marta sintió que todo aquello por lo que había trabajado se le escapaba entre los dedos.

—No puedo.

—¿Qué te importa más, Marta? ¿Yo? ¿O esta casa de huéspedes?

—¡Eso no es justo! —Cerró los ojos—. No sabes cuánto me he sacrificado.

—¿Me amas de verdad?

Se levantó de un salto y lo miró con los ojos ardientes.

—¡Yo podría hacerte la misma pregunta! ¡Ni siquiera me mencionaste esto antes de salir y comenzar a hacer planes! —Se levantó, ferozmente enojada—. ¿Por qué estudiaste ingeniería?

—Porque mi padre me lo exigió. Porque era un hijo obediente. La verdad es que nunca me gustó la ingeniería. Fue algo que hice porque era lo que estudiaba, pero nunca obtuve ningún placer en eso.

—¿Y crees que ser trabajador del campo en Manitoba te hará feliz?

—Su voz sonaba estridente a sus propios oídos.

—Yo tenía una huerta en Alemania. Me gustaba ver cómo crecía.

Niclas hablaba tan tranquila y sinceramente que Marta solamente podía contemplarlo. ¿Alguna vez había conocido a este hombre? Se había enamorado de un perfecto extraño.

—Tienes que decidirte. —La dejó sola en la cocina.

Se sentó en la sala de estar después de que todos se habían retirado. Esperaba que Niclas llegara y hablara con ella, pero no lo hizo. Cuando finalmente se fue a la cama, él la volteó hacia él. La mantuvo despierta hasta avanzada la noche. Cuando ella yacía tranquila, él le acarició el pelo desde la sien.

—Me voy pasado mañana.

Sin aliento, se liberó de sus brazos. Se alejó de él y lloró. Niclas no trató de acercarla otra vez. La cama se movió cuando él se puso boca arriba. Suspiró.

—Puedes quedarte aquí y aferrarte a todo lo que has construido para ti, Marta, o puedes arriesgarlo todo y venir conmigo a Manitoba. Lo dejo a tu decisión.

Marta no le habló al día siguiente.

Niclas no la tocó esa noche.

Cuando él se levantó temprano al día siguiente y empacó sus maletas, ella se quedó en la cama, sin siquiera mirarlo. "Adiós, Marta." Niclas cerró la puerta tranquilamente al salir. Marta entonces se sentó. Cuando ella se puso su bata y salió al pasillo, ya se había ido. Volvió a su habitación. Cayendo de rodillas, se puso a llorar.

Alguien llamó a su puerta un poco después.

—¿Hay algún problema, Marta? No hay desayuno.

—¡Prepáreselo usted mismo! —Marta se cubrió la cabeza con la frazada y se quedó en la cama llorando la mayor parte del día. Cuando sirvió la cena esa noche, Nally se veía perplejo.

—¿Dónde está Niclas?

—Se fue. —Regresó a la cocina y no volvió a salir.

❄ ❄ ❄

Mi querida Rosie:

Niclas me dejó y se fue a trabajar a una granja de trigo en Manitoba. Se fue hace tres semanas y no he sabido nada de él desde entonces. Comienzo a entender cómo se sentía Elise cuando caminó hacia la nieve. . . .

❄ ❄ ❄

Marta trabajaba febrilmente todos los días y pasaba la mayor parte de su tiempo en la cocina. Ya no se sentaba en la mesa del comedor con los huéspedes, dando la excusa de que tenía náuseas en la mañana. A decir verdad, tenía miedo de romper en llanto si alguien le preguntaba si había recibido noticias de Niclas. Él le había contado sus planes a todos, la noche antes de irse, por lo que sabían que se había ido a Manitoba sin ella. No necesitaban saber que ella no esperaba que volviera.

El reverendo Rudiger vino a visitarla. Le sirvió té y pastel en la sala de estar, luego se sentó tensa, esperando saber el propósito de su visita, con miedo de lo que él le fuera a decir.

—Niclas me escribió, Marta.

El dolor brotó en su interior.

—¿De veras? —Presionó su espalda contra el sillón de orejas, y se sintió atrapada—. No me escribe a mí. ¿Vino aquí a decirme que tengo que ir a Manitoba? ¿Va a decirme que soy una esposa desobediente y que debería someterme a Niclas y cumplir sus deseos?

La cara de Rudiger se llenó de dolor. Puso su taza de té a un lado. Se inclinó y entrelazó sus manos enfrente y la miró a la cara.

—Vine porque sé lo difícil que esta separación debe ser para ambos. Vine a decirle que Dios la ama y que él no le dio un corazón temeroso.

—Dios me ama. —Pudo escuchar el sarcasmo de su voz y apartó la mirada, sin poder aguantar la mirada tierna de su pastor.

—Sí, Marta. Dios la ama. Él tiene un plan para usted.

—Mi madre solía decirme lo mismo. Yo sé que tiene un plan para mí. —Ella lo miró enojada—. Y un plan para Niclas.

—Un plan para los dos juntos. Dios no separaría lo que ha unido. Marta no podía hablar por el nudo que le crecía en la garganta. El reverendo Rudiger no le hizo preguntas ni le dijo qué hacer. Cuando él se levantó, ella lo acompañó a la puerta. Se puso su abrigo y el sombrero. Marta salió hasta el porche.

—Por favor, perdóneme, reverendo Rudiger. —Mientras las palabras salían de su boca, recordó a Elise acostada en la nieve.

El reverendo Rudiger se dio vuelta. Marta no vio juicio en su tierna expresión.

—Mi esposa y yo estamos orando por usted. La queremos mucho. Si necesita algo, sólo tiene que pedirlo.

Ella contuvo las lágrimas. —Ore que Niclas cambie de opinión y vuelva a casa.

—Le pediremos que Dios haga su voluntad en cada uno de nosotros.

Marta soñó a Mamá esa noche. *"Vuela, Marta."* Se sentó en el tronco en medio de la pradera alpina; una pequeña cruz señalaba el lugar donde yacía Elise. *"¡Vuela!"*

Marta se balanceaba de atrás para adelante, llorando. "Volé, Mamá. ¡Volé!" El viento soplaba, batiendo los árboles. "Construí mi nido."

Mamá desapareció y Marta se encontró parada en un desierto. Sus pies se hundieron en la arena. Asustada y sola, luchó, pero no podía salir. Llorando, se retorcía, pero eso sólo la hizo hundirse más rápidamente.

"Marta."

Con el corazón que le latía rápidamente por el sonido de la tierna voz de Niclas, ella miró hacia arriba. Él tenía una túnica sin costuras, como Jesús. Cuando le extendió sus manos, ella se agarró. La arena se fue como un remolino y ella se encontró en tierra sólida. Él la rodeó con sus brazos y la besó. Cuando la soltó, ella lloró. Extendió sus manos otra vez. "Ven, Marta." Una tienda de beduinos estaba frente a ella.

La tarde siguiente llegó una carta.

Querida Marta:

Robert Madson me ha dado cuarenta acres para cultivar. También me ha prometido semilla, seis caballos de trabajo, una vaca y unos cuantos pollos. En el contrato están incluidos una

*casa y una carreta. Compartiré las ganancias con él al final de
cada cosecha.*

*Si vienes, tengo que saberlo unos días antes de que llegues.
Puedes contactarme en esta dirección . . .*

Por favor, ven. Extraño tenerte en mis brazos.

Llorando, leyó la carta una y otra vez, destrozada por el anhelo, pero
paralizada por el temor y la responsabilidad. Para él era fácil decir *ven*. Él
no poseía nada. Ella no podía simplemente irse y dejarlo todo.

¿Podría vivir en las llanuras de Manitoba con inviernos de cuarenta
bajo cero y veranos de un calor que derrite? ¿Podría vivir en el medio de
la nada, con el vecino más cercano a más de dos kilómetros de distancia, y
medio día a caballo para conseguir provisiones en algún pequeño pueblo?

¿Y cómo podría un hombre que había ido a la universidad en Berlín
estar satisfecho con arar la tierra? ¿Cómo podía renunciar a construir locomotoras o puentes para convertirse en un aparcero? Seguramente cambiaría de opinión. ¿Y entonces qué pasaría?

Sabía que lo que le diría Mamá. *"¡Ve, Marta!"* Pero la vida de Mamá
había sido de arduo trabajo y dolor, pena y aflicción. Pensó en Daisy
Stockhard, sentada en su silla de ruedas, en medio de *Kew Gardens*,
diciéndole que habría vivido en cualquier lugar con su esposo.

Todo se reducía a una pregunta: ¿podría ser feliz sin Niclas?

❄ ❄ ❄

Cuando Marta leyó el periódico, sintió que la sangre se le congelaba.
El archiduque Francisco Fernando de Austria había sido asesinado por
un ciudadano de Serbia. Niclas tenía razón. Eso daba a los austríacos
la excusa que habían estado buscando para declarar la guerra a Serbia.
Pronto cada país del continente entraría en el lío.

Rusia, como aliado de Serbia, movilizó su ejército contra Austria
e hizo un llamado a Francia, su aliado, para que entrara en la guerra.
Como consecuencia, Alemania le declaró la guerra a Rusia y a Francia.
A medida que las tropas alemanas entraban a Bélgica, Sir Edward Grey,

el ministro de relaciones exteriores de Gran Bretaña, envió un ultimátum en el que le ordenaba a Alemania retirar sus tropas. Alemania se rehusó y Gran Bretaña les declaró la guerra, involucrando también a Canadá en el combate.

Para finales de agosto, miles de rusos habían muerto en la Batalla de Tannenberg y 125.000 habían sido tomados prisioneros. El aliado de Gran Bretaña, Japón, le declaró la guerra a Alemania. Los alemanes persiguieron a los rusos en los lagos de Masuria y tomaron otros 45.000 prisioneros. El Imperio Otomano entró en la guerra para ayudar a Alemania, a medida que seguía su avance a través de Bélgica.

Marta se entristeció. "El mundo se ha vuelto loco."

Llegó una carta de Rosie.

Toda Europa está involucrada en esta tormenta que se avecina. Es como una discusión que comienza entre dos chicos, y luego otros se unen para apoyar a un lado o al otro, y luego se convierte en una turba. Ay, Marta, me temo que morirán miles si esto sigue el curso que mi padre y mis hermanos dicen que seguirá. Agradezco a Dios que estoy cercada por las montañas de Suiza y que nuestros hombres no participarán en la lucha. . . .

Sabes cuánto te quiero. Eres mi más querida amiga. Por eso siento que tengo el derecho de preguntarte: ¿Qué estás esperando? ¿Qué importa una casa si el hombre que amas ya no vive allí? Has escrito lo suficiente acerca del querido Niclas como para que sepa que no es como tu padre. Ve con él. De lo contrario, nunca serás feliz.

Marta arrugó la carta en su mano y lloró. Habría sido mejor que nunca se hubiera enamorado. Ansiaba estar con Niclas. Su vida era desdichada sin él. Pero no podía simplemente irse. También tenía que pensar en el bebé. El bebé de Niclas.

Pasó la mano por su hinchado vientre. Se acordó de los gritos de

Solange cuando su carne se desgarraba. Recordó la sangre. ¿Habría una comadrona en medio de las llanuras, a kilómetros de distancia del pueblo? ¿Y si algo saliera mal?

Carleen entró con el correo. Sacudió la cabeza, y Marta entendió que no había carta de Niclas. Todos en la casa parecían estar esperando noticias de él.

Querido Niclas:

Por favor perdóname por no despedirte en la estación del tren ni por desearte que te fuera bien. Debes despreciarme por ser una esposa tan obstinada.

Tengo miedo de ir a Manitoba ahora. Ayudé a que naciera un bebé en Montreux. Sé lo que significa. Faltan otros tres meses para que nuestro bebé nazca, y luego necesitaré tiempo para recuperarme.

Todavía no quiero vender la casa de huéspedes. Tardé años en ahorrar para eso y perderé lo que he invertido en reparaciones, pintura y muebles. No se trata solamente de dinero. Después de una temporada en las llanuras, podrías cambiar de opinión en cuanto a la agricultura. ¿Qué pasa si llegan langostas y no queda nada, o una plaga? Tenemos una casa aquí en Montreal. Tenemos manera de ganarnos la vida.

Las promesas fluyen fácilmente en la boca de los ricos, Niclas. Aparte de Booz, nunca he sabido de algún hombre tan generoso con sus trabajadores como Herr Madson. Si no te lo dio por escrito, es posible que después de la cosecha encuentres sus manos llenas, pero las tuyas, con callos y vacías.

Recibió su respuesta dos semanas después.

Mi querida esposa:

Agradezco a Dios. He orado constantemente pidiendo que tu corazón se suavice conmigo.

Un hombre es solamente tan bueno como su palabra. Mi sí es sí. Dios nos dice que no nos preocupemos. Mira las aves del cielo y los lirios del campo y mira cómo él las alimenta y viste. Dios también cuidará de nosotros. Espera a ver la belleza de esta tierra, las olas de trigo que ondean como olas del mar. Nunca estás sola. Dios está contigo, Marta, y yo quiero estar contigo también.

Pero entiendo tu temor. Eres el regalo de Dios para mí, mi siempre práctica esposa. Tanto como te extraño, creo que tienes razón de quedarte en Montreal hasta que nuestro bebé nazca. Tan pronto como estés lo suficientemente bien y ambos puedan viajar, ven. Avísame con bastante anticipación cuándo llegarás para que vaya a Winnipeg a recibirte.

Marta leyó entre líneas y se dio de cuenta que Niclas había firmado un contrato que garantizaba que trabajaría la tierra, pero no había recibido una promesa escrita del dueño de la propiedad. Alisó la carta en su mesa y se frotó las sienes que le dolían. El bebé pateaba con fuerza, por lo que se recostó y descansó sus manos sobre su abdomen.

Suspirando, cerró los ojos, cansada de la batalla. *Dios, me rindo. ¿Qué hago?* En ese momento de quietud y tranquilidad, lo supo. Sintiendo claridad interior, empujó su silla hacia atrás, dobló la carta y la metió en el bolsillo de su delantal. Encontró a Carleen en el lavadero.

—Me voy a Manitoba tan pronto como el bebé nazca y podamos viajar.

El semblante de Carleen cambió.

—Entonces venderás la casa.

—No, voy a prepararte para que la administres.

—¿Yo? ¡Ay, no! ¡Yo no podría hacerlo!

—Tonterías. —Tomó una sábana que Carleen estaba metiendo en el exprimidor y la sacudió cuando salió—. Eres cinco años mayor que yo y terminaste la escuela secundaria. Si yo puedo hacerlo, claro que tú puedes. —Se rió—. Lo más importante es mantener a los leones bien alimentados.

13

1915

Marta se llenó de alegría cuando vio a Niclas esperándola. Se veía bronceado y delgado, concentrado mientras miraba de un vagón a otro. Cuando la vio, sonrió ampliamente. Riéndose, ella levantó a su hijo, envuelto en una frazada que Carleen le había dado, para que Niclas pudiera verlo por la ventana del tren.

Ya no tenía la ira que la había consumido durante sus horas de parto, donde se había sentido abandonada por Niclas. Pero esa ira la había ayudado a perseverar a pesar del dolor. Había gritado solamente una vez, cuando su cuerpo obligó a Bernhard a salir al mundo y él lloró, quejándose. Carleen lo lavó y lo envolvió en frazadas y se lo entregó a Marta. Le surgió la risa a borbotones. Nunca había pensado que alguna vez tendría un esposo, mucho menos un hijo, y ahora Dios le había dado ambos. Una breve nube había oscurecido el momento cuando pensó en Elise y su bebé que murieron en el frío. Pero la alejó y se embebió con la visión de su hijo recién nacido, alimentándose, con sus manitos apretándola.

Niclas corrió para alcanzar el vagón de pasajeros y caminó a la par hasta que se detuvo completamente. Marta le pagó al portero para que recogiera sus cosas y su baúl y se dirigió a la puerta.

—Marta. —Niclas la esperaba en las escaleras, con sus ojos azules húmedos. La sostuvo con una mano firme debajo de su codo—. Temí que nunca vendrías. —Le dio un beso rápido en la mejilla y retiró la frazada para poder ver bien a su hijo.

—Es bello, ¿verdad? —A ella le temblaba la voz.

Niclas levantó la mirada.

—*Ja. Wunderschön.* —La abrazó—. Vamos, metamos tus cosas en la carreta. Nos quedaremos esta noche en un hotel antes de salir hacia la granja mañana.

Ella levantó la cabeza para mirarlo.

—Inglés, Niclas, ¿o ya se te olvidó?

Se rió.

—Déjame cargarlo. —Ella puso el bebé cuidadosamente en sus brazos que aguardaban. Niclas lo acercó a su corazón, mirándolo maravillado. El bebé se despertó—. Bernhard Niclas Waltert, yo soy tu papá. *Mein Sohn.* —Las lágrimas corrían por las mejillas bronceadas de Niclas mientras lo besaba—. *Mein Sohn.*

Marta sintió que algo se retorcía en su interior.

—Y si hubiera sido una hija, ¿la habrías amado igual? —Niclas levantó su cabeza, con la mirada curiosa. Ella no repitió la pregunta.

Cuando llegaron a la habitación del hotel, Niclas sacó a Bernhard del cesto donde Marta lo había colocado.

—Quiero verlo. —Puso al bebé en la cama y le quitó la frazada. Marta protestó.

—Se quejó toda la noche. Casi no dormí.

—Yo lo meceré si se queja.

—¿Y también lo amamantarás?

Niclas la miró.

—Eres muy severa, Marta. —Volvió la atención a su hijo, que se despertó y comenzó a dar patadas y a llorar. Niclas lo levantó—. No te he visto en casi un año, y este es el primer día que veo a mi hijo. ¿Te resientes porque estoy ansioso de cargarlo?

A ella la reprensión le dio una puntada. Podrían haber estado juntos todo este tiempo. Ella podría haber ido a Winnipeg una o dos semanas antes de dar a luz, y habría tenido el servicio de una comadrona. Ella era su esposa y tenía que estar a su lado. Lo miró pasearse por la habitación con Bernhard en sus brazos. Se volteó y desempacó los pañales, la ropa del bebé y las frazadas que necesitaría para la noche, temerosa de ponerse a llorar. En cambio, Bernhard lloró y Marta sintió que le bajaba la leche. Con sus brazos se presionó los senos y trató de evitar que la humedad goteara. Bernhard lloró más fuerte.

—¿Qué le pasa? —Niclas se oía afligido.

Ella se volteó y extendió sus brazos. —Tiene hambre.

Niclas le devolvió al bebé y se quedó parado viendo cómo ella se sentaba en el otro extremo de la cama, mirando hacia la pared. Con la cabeza abajo y dándole la espalda a su esposo, se abrió la blusa. Dio un leve respingo cuando Bernhard se aferró y succionó. Cuando Niclas se acercó y se sentó a su lado, ella se sonrojó y subió la frazada por encima de su hombro. Niclas la retiró otra vez. "No te escondas de mí." Su expresión se llenó de admiración.

Ella se levantó y se apartó mientras cambiaba a Bernhard al otro lado. Niclas la miró. Cuando Bernhard hizo un ruido fuerte, él se rió. Marta también se rió. "Entra por un lado y sale por el otro." Cuando terminó de amantar a Bernhard, extendió una frazada en la cama y le cambió el pañal. Niclas se acercó para verlo.

—Es perfecto. Dios nos ha dado un gran regalo. —Cuando pasó su dedo por la pequeña mano con forma de estrella, Bernhard lo agarró—. Fuerte, también. *Unser kleiner Bärenjunge.*

—Sí, y nuestro pequeño osito probablemente nos mantendrá despiertos toda la noche.

Niclas lo levantó. —No harás eso a tu papá, ¿verdad? —Lo acarició con la nariz y le susurró al oído.

Alguien llamó a la puerta e hizo que Marta desviara su atención. Abrió la puerta por completo para que el criado pudiera entrar con la bandeja de la cena. Marta le pagó al hombre y cerró la puerta cuando salió. Niclas puso a Bernhard en medio de la cama matrimonial mientras comían. Bernhard gorjeaba y daba patadas, empuñaba sus manos y agitaba los brazos.

—Está muy despierto, ¿verdad?

—Lamentablemente. —Marta suspiró.

Niclas levantó al bebé y lo meció. Después de un rato, puso al bebé en medio de la cama y se tendió a su lado, oscilando un sonajero sobre Bernhard. Marta se sentó en la silla; casi no podía mantener los ojos abiertos. Se rindió y cerró los ojos mientras oía los gorjeos del bebé y la risa suave de Niclas. Se despertó cuando Niclas la levantó.

—¿Y Bernhard?

Niclas la puso suavemente en medio de la cama.

—Dormido en su cesta. —Cuando comenzó a desabotonarle la blusa, Marta se despertó completamente. Mientras la miraba a los ojos, pasó sus dedos por el cuello y se inclinó para besarla. Ella sintió que todo adentro se abría y comenzó a sentir calor. Le quitó la camisa y se dio cuenta de que los meses de duro trabajo físico habían engrosado los músculos de su pecho y de sus brazos. Cuando él retiró su boca de la de ella, sintió que se hundía en la mirada de sus ojos—. Seré suave. —Y al principio lo fue, hasta que la respuesta de Marta les dio la libertad que necesitaban.

Niclas puso las frazadas sobre ambos y la arropó pegada a su cuerpo. Dio un largo y profundo suspiro de satisfacción.

—Tenía miedo de que nunca vinieras. Tenías todo lo que querías en Montreal.

—No te tenía a ti.

—¿Entonces me extrañaste?

Ella levantó la mano de su esposo, ampollada y con callos, y le besó la palma.

Él le acarició el cuello con la nariz.

—Dios ha contestado mis oraciones.

—Por ahora. Será mejor que ambos comencemos a orar para que la semilla que plantaste germine y que el clima se . . .

Niclas le puso un dedo en los labios.

—No nos preocupemos por mañana. —Los dos se quedaron quietos cuando Bernhard lloró en su cesta. Niclas se rió suavemente—. Los problemas de hoy son suficientes. —Retirando las frazadas, cruzó desnudo la habitación y levantó a su hijo de la cesta.

❄ ❄ ❄

La consternación de Marta crecía a cada kilómetro que pasaba. A medida que Niclas golpeaba con las riendas a los caballos y chasqueaba con la lengua, sólo podía ver la tierra plana frente a ella. No veía ninguna colina, sino una pradera interminable que le hizo recordar cuando cruzó el océano. Se sentía un poco mareada.

—¿Hay árboles en el lugar al que vamos? —Se quitó la chaqueta y deseaba poder desabotonarse la blusa.

Niclas la miró. —Tenemos un árbol frente a la casa.

—¿Un árbol?

—Precisamente donde lo necesitamos.

Se limpió unas gotas de humedad de la frente. El polvo le irritaba la piel por debajo de la ropa. Miró atrás por encima del asiento a Bernhard, en la cesta, durmiendo plácidamente en la carreta que saltaba en el camino polvoriento. Marta recordó los altos edificios en el corazón de Montreal, el tranvía y los automóviles nuevos.

—¡Allí está! —Niclas señaló con la cara resplandeciente.

Vio una pequeña casa en la distancia, achaparrada y sólida, a la sombra de un árbol. Había un establo y un cobertizo cerca. Cuatro caballos pastaban en una pradera cercada, y una vaca delgada, con la cabeza caída, estaba dentro de un corral, al lado del establo.

—Esa vaca está enferma, Niclas.

—Madson dijo que podía dar leche.

—¿Y ha dado?

—Hasta ahora nada. —Encogió los hombros—. No sé mucho de vacas.

Ay, Dios, ayúdanos.

—No sabías nada de cultivar trigo tampoco, y dices que has plantado mucho. Yo sé un poco de vacas. —Siempre podría escribir y pedir consejo a Arik Brechtwald. Él se había criado entre las vacas—. Dijiste que Madson también te dio pollos.

—Un gallo y cuatro gallinas.

—¿Y dónde están?

—En alguna parte buscando comida, supongo.

¿Suponía?

—¿Y están poniendo huevos?

—No he tenido tiempo de ver. —Señaló—. Ahí está el gallo.

El gallo salió pavoneándose de la parte de atrás del establo, seguido de dos gallinas. Marta esperó, pero las demás no aparecieron. Molesta, se imaginó a un zorro satisfecho durmiendo en alguna parte cerca de allí.

Los pollos se volvieron a esparcir cuando Niclas dirigió la carreta hacia el patio. Cuando el gallo salió aleteando, las gallinas lo siguieron.

Niclas saltó de la carreta y se acercó para ayudarla. Ella puso sus manos en sus hombros cuando él la bajó.

—Lo primero que tenemos que hacer es construir un gallinero. De otra manera los perderemos a todos.

Él levantó el cesto y se lo entregó.

—¿Por qué no entras en la casa mientras descargo?

Miró a su alrededor, luchando con la sensación de náusea que tenía en el estómago. Ninguna montaña por ningún lado, no hasta donde podía ver. Y Niclas no había mentido. Tenían un solo árbol, y era demasiado pequeño como para que le diera sombra a la casa. *Ay, Dios, ay, Dios . . .*

—¿Qué tanto frío hace aquí?

—Lo suficiente. —Se puso el baúl en el hombro—. El riachuelo se congela tanto que tienes que hacer un hoyo en el hielo para que los animales puedan llegar al agua. Liam Helgerson, nuestro vecino, me mostró cómo hacerlo. Él tiene ganado.

Volvió a echar un vistazo a su alrededor y lo siguió para entrar a la casa.

—¿Qué haremos para conseguir leña?

—No necesitamos leña. ¡Tenemos estiércol en la pradera!

—¿Estiércol?

—Estiércol seco. —Puso el baúl en el suelo—. Helgerson tiene una manada. Me dijo que tomara todo lo que necesito. Lo recogí y llené una carreta y lo almacené en uno de los compartimientos del establo. El estiércol también sirve de combustible para la cocina. Hace que la carne tenga sabor a pimienta.

—¿Pimienta?

—¿Qué hay en el baúl que lo hace tan pesado?

—Libros. —Había gastado dinero que le había costado ganar, tratando de prepararse para una eventualidad.

—¿Libros?

—De agricultura, de medicina casera, cría de animales. —Lo siguió afuera cuando se dirigía a la carreta. Se puso las manos en las caderas—. No me dijiste nada del estiércol. ¿Alguna otra buena noticia que tengas para darme?

✻ ✻ ✻

Administrar una casa de huéspedes había sido fácil comparado con la agricultura. Marta cargaba a Bernhard en un chal que se ataba alrededor, mientras plantaba un huerto de vegetales y cuidaba de los pollos. Niclas trabajaba todo el día en el campo, y solamente llegaba para comer al mediodía, y luego volver a salir. Sus manos estaban ampolladas y sangraban. No se quejaba, pero ella lo veía estremecerse cuando se quitaba los guantes de trabajo en la noche. Ella le daba una olla de agua caliente con sal para que metiera sus manos y luego se las envolvía con tiras de tela. Después de la cena, mientras ella amamantaba a Bernhard, Niclas le leía de su Biblia.

Liam Helgerson fue a conocer a Marta. Era un hombre grande, delgado y desgastado por el tiempo, después de años en la silla de montar, supervisando sus tierras. Había entregado mucho de su tierra a inquilinos como Niclas, pero todavía tenía mucho que hacer ocupándose de una pequeña manada de buen ganado. Su esposa había muerto cinco años antes de que Niclas llegara. Él y Niclas habían iniciado una amistad, siendo ambos solitarios. Después de unas semanas Marta supo que Niclas no tendría una cosecha que recoger si no hubiera sido por el buen consejo de Liam Helgerson.

—Niclas cazó un faisán esta mañana, señor Helgerson. ¿Le gustaría quedarse a cenar?

Su cara con piel de cuero se arrugó con una amplia sonrisa.

—Esperaba que me lo pidiera, señora Waltert. Niclas me ha hablado de la excelente cocinera que es.

A partir de entonces llegaba una vez a la semana, usualmente los domingos. Salvo ver que los animales y los pollos tuvieran comida, era el único día que Niclas descansaba. Marta servía la comida a media tarde para que Liam no tuviera que cabalgar a casa en la oscuridad. Mientras Bernhard jugaba en la alfombra, Niclas leía porciones de la Biblia en voz alta mientras Marta cosía o tejía, y Liam estaba sentado, con la cabeza hacia atrás y los ojos medio cerrados, escuchando.

"Cuando vengo aquí siento que he ido a la iglesia. Margaret y yo asistíamos un par de veces al año, cuando íbamos a Winnipeg. A ella le dio alguna clase de cáncer. Es una forma de muerte larga y mala. Yo . . ."

Liam sacudió la cabeza y miró hacia los campos. "Hacía tiempo que no sentía un poco de paz." Se pasó la mano por su pelo gris y se puso el sombrero. Se lo veía como un pobre viejo solitario.

Esa noche ella le hizo comentarios a Niclas, mientras él tenía a Bernhard en su regazo.

—Liam parece tan solo.

—Está solo, excepto por los hombres que trabajan con él.

—¿Él y su esposa nunca tuvieron hijos?

—Tuvieron tres, pero todos murieron antes de llegar a ser adultos. Perdieron dos la misma semana por el sarampión, y al otro, un caballo lo pateó en la cabeza. —Puso a Bernhard en el piso con un montón de bloques—. Será mejor que vaya a ver los animales.

Marta se imaginó el dolor que Liam debía sentir y le dio un escalofrío pensar en perder a Bernhard. ¿Cómo podría soportarlo? Si Bernhard se enfermara, ¿cuánto tardarían en conseguir un médico? Tenía que aprender lo suficiente como para tratarlo ella misma. Su madre le había mostrado las hierbas medicinales en las praderas alpinas, pero tendría que encargar un libro acerca de lo que crecía aquí en esta pradera azotada por el viento.

Inclinándose, pasó su mano cariñosamente sobre la cabeza rubia de Bernhard. *Por favor, Dios, mantenlo saludable. Que sea fuerte como su padre.*

❄ ❄ ❄

Mi querida Marta:

Agradezco a Dios que hayas cruzado el Atlántico cuando lo hiciste. Solamente tenías que preocuparte por los icebergs, pero ahora el peligro está causado por los hombres y se moviliza sin freno por debajo de la superficie. Papá nos leyó esta mañana que un submarino alemán hundió el Lusitania cerca del Old Head de Kinsale en Irlanda. Más de mil cien pasajeros se hundieron con el barco. Varios cientos eran ciudadanos estadounidenses, y mi padre cree que esto hará que Estados Unidos entre en combate.

La guerra crece y no hay un final a la vista. Los hombres están muriendo por miles en las trincheras. Arik, Hermann y mis hermanos están todos en el servicio activo. He oído rumores de que nuestros hombres harán volar los caminos si tienen que hacerlo.

Todo el país está en alerta. Oro porque nuestros líderes puedan mantenernos fuera del combate. . . .

Marta oraba constantemente por Rosie y Arik. Oraba por su hermano, Hermann. Rogaba que Suiza se mantuviera fuera de la guerra.

❄ ❄ ❄

Las gallinas comenzaron a poner más huevos de los que la familia podía comer. Marta tomaba solamente lo que necesitaba y dejaba que las gallinas empollaran el resto. Pronto tuvo una docena de pollos y dos gallos luchando por el dominio. Después de haber visto a Niclas hacerlo la primera vez, Marta construyó un segundo gallinero y separó a los machos, dándoles la mitad de las gallinas a cada uno. Ella apaleaba y molía suficientes granos para alimentarlos.

La salud de la vaca mejoró con el cuidado de Marta. Un domingo, cuando Liam Helgerson llegó por su cena de pollo, ella le preguntó si la vaca podría pastar con uno de sus mejores toros.

—Podrás tener el ternero cuando sea destetado o una porción del queso que espero hacer.

—Tomaré el queso. Tienes una esposa emprendedora, Waltert.

—Tenía su propia casa de huéspedes cuando la conocí en Montreal.

—¿Y qué estás haciendo aquí en la planicie?

Marta se rió brevemente.

—Yo le pregunté lo mismo. —Como la cara de Niclas se puso tensa, ella cambió de tema—. Puede cambiar de parecer en cuanto al ternero, señor Helgerson. El que yo sea suiza no quiere decir que sepa hacer queso.

Se rió. —Tal vez no, pero no dudo que aprenda.

Niclas aró y sembró trigo de invierno. Mientras esperaba que creciera, ofreció sus servicios de limpieza de pozos. A veces se iba por varios días. Marta trató de acostumbrarse al silencio y a la soledad de la pradera, pero los nervios comenzaron a afectarle.

—Helgerson dijo que había una mina de carbón a ocho kilómetros de aquí —anunció Niclas una noche—. Puedo sacar lo que necesitemos y vender el resto en Brandon. —Almacenó el carbón en el sótano. Marta lo cubría con tela impermeable para evitar que el polvo negro se filtrara por la madera del piso.

Cuando el clima cambió, Niclas trasladó los gallineros al establo y apiló fardos de heno alrededor de tres lados para mantenerlos con calor. Entonces llegó la nieve y Marta contemplaba el campo baldío y congelado.

Niclas y el señor Helgerson salieron con hachas a hacer hoyos en el río congelado para que los caballos y el ganado pudieran beber. Niclas volvió a casa tan tieso por el frío que necesitó ayuda para entrar por la puerta. Marta pasó el resto de la noche atendiéndolo, con miedo de que pudiera perder sus orejas, los dedos de las manos y de los pies.

—¡Iremos a Montreal cuando todo se descongele!

—No, no podemos. Firmé un contrato de cuatro años.

¿Cuatro años? Se puso a llorar.

—¡Odio este lugar! ¿Qué pasará cuando los hoyos que hiciste se llenen de nieve y hielo? ¿Qué pasará si acabas en una tormenta y no puedes encontrar el camino a casa? ¿Qué pasa si . . . ?

—Estoy bien. —Niclas le agarró la cabeza con sus manos vendadas y la besó fuertemente—. No asustes a nuestro hijo.

Bernhard estaba sentado en su cuna, llorando a viva voz.

Ella puso sus manos sobre las de él.

—¿Y qué hará nuestro hijo sin su padre? —Se paró y se fue a sacar a Bernhard de su cuna.

Niclas les mostró cómo movía los dedos.

—¿Lo ves? Me estoy descongelando muy bien. —Ella lo miró y él suspiró—. Tráemelo. —Bernhard nunca lloraba mucho en los brazos de su padre.

Marta lanzó más estiércol en la estufa, mientras Niclas jugaba con su hijo.

—¡Es imposible sacar el frío de esta casa! —Dejó abierta la puerta de la estufa y enrolló pedazos de tela y los metió apretadamente en el espacio abierto debajo de la puerta—. Si tenemos que quedarnos tres años más en este lugar olvidado de Dios, entonces vamos a hacer una represa en el riachuelo para que no tengas que arriesgar tu vida haciendo hoyos en ese río congelado.

Poco después de haber comenzado el proyecto, un vecino del sur apareció a caballo. Niclas se había ido de caza con el señor Helgerson, y había dejado a Marta sola para que llenara las aperturas entre las piedras grandes que había colocado. Al ver que el jinete se acercaba, Marta salió del agua y se desató su falda de arriba de las rodillas. Levantó a Bernhard y lo apoyó en la cadera mientras el hombre se acercaba.

—Así que por eso es que el agua está tan lenta. ¿Qué cree que está haciendo? No puede represar esta corriente. Los Estados Unidos poseen los derechos del agua.

—Nadie me lo había dicho.

—Pues ahora lo sabe. —Dio vuelta a su caballo y volvió por el camino que había llegado.

Marta bajó a Bernhard y se puso las manos en las caderas mirando al hombre, hasta que desapareció en la distancia. Siguió poniendo piedras. Cuando Niclas regresó esa tarde, ella le contó. Él se pasó la mano por el cuello y se frotó.

—Bueno, si esa es la ley, la respetaremos.

—Si es la ley, ¡es injusta! El arroyo pasa por esta tierra, ¡tierra cana-diense! Nuestros animales necesitan agua en invierno. ¿Por qué tendrías que caminar tres kilómetros para hacer un hoyo en el río cuando podemos hacer un estanque a menos de un kilómetro de la casa?

—Veré qué tiene que decir Helgerson.

El señor Helgerson vino para ayudar a desmantelar la presa.

—Lo siento, señor Waltert. —Lanzó piedras a la orilla.

—¡Ni la mitad de lo que Niclas sentirá cuando termine de hacernos un pozo! —Volvió a cargar a Bernhard y regresó a la casa.

❄ ❄ ❄

Robert Madson llegó después de la segunda cosecha. A Marta le desagradó inmediatamente, y mucho, ese hombre con su barriga abultada y su automóvil nuevo y elegante. "Es un placer conocerla, señora Waltert. Veo que está esperando otro bebé." Se inclinó y pellizcó la mejilla de Bernhard. "Tiene un gran hombrecito aquí."

Marta sirvió la cena y observó cómo Madson no vaciló en tomar la fuente de pollo primero, y agarró lo mejor para sí mismo, sin pensar en dejar una parte igual para los demás. Cuando los hombres salieron al porche nuevo que Niclas había construido, ella oyó que Madson decía que los precios habían bajado este año y que no había tenido tanta ganancia como había esperado. Cuando ella se acercó a la puerta, Niclas le dio una mirada y sugirió que él y Madson tomaran un paseo por el lugar, para que viera las mejoras que él y Marta habían hecho.

Furiosa, Marta dejó los platos acumulados y sacó una silla. Dejó que Bernhard jugara en la tierra mientras ella miraba a los dos hombres. No se alejaron mucho, sino que se pararon hablando afuera del establo. Niclas caminó hacia el campo y Madson se dirigió de regreso a la casa. Marta observó la inclinación de los hombros de Niclas. Se puso de pie cuando Madson se acercó.

—¿Se va tan pronto? —No hizo esfuerzo por disimular el frío de su voz.

—Haré que alguien venga por la vaca.

—No, no lo hará.

Se veía sorprendido. —Es mi vaca.

—Esa vaca es parte de nuestro contrato, señor Madson. —Había visto suficiente como para saber que al hombre no le importaban las personas que trabajaban para él, y menos que tuvieran lo suficiente para comer—. Tenemos que tener suficiente leche para nuestros hijos. —Puso su mano sobre su vientre hinchado para enfatizar el tema.

—Les daré otra vaca.

—Pasé meses cuidando a esa vaca para que recuperara su salud. Nuestro hijo no se quedará sin leche mientras atiendo a otra de sus vacas enfermas. —Señaló con el dedo hacia el campo—. Esa vaca se queda donde está.

Se le puso la cara roja. —Entonces me llevo el ternero.

—Solamente si usted lo crió.

Al hombre se le oscurecieron los ojos.

—Es una mujer dura, señora Waltert.

Ella lo miró otra vez, intrépidamente. Él le hizo recordar a Herr Keller.

—Dura, sí, pero no dura de corazón como usted. —Niclas cumpliría su palabra con este hombre, pero habría que ver si Madson cumpliría su palabra con Niclas. Ella lo dudaba.

Su mirada cambió. Miró de un lado a otro. Cuando vio los gallineros que Niclas había construido junto al establo, sus ojos resplandecieron.

—Si no puedo tener el ternero, me llevaré los pollos.

—Claro, puede llevarse su gallo y sus cuatro gallinas. Eso es lo que le pertenece. Y yo misma se los alcanzaré. —Salió del porche y se dirigió al gallinero más pequeño. Haciendo una pausa se volteó para mirarlo—. ¿Los quiere muertos y desplumados o vivitos y coleando? —Miró intencionadamente a su bonito automóvil nuevo—. Tienden a ensuciarlo todo.

—Póngalos en una caja.

—¿Tiene una en su asiento trasero?

—¡Ya no importa! —Sacudió el polvo de su sombrero y se dirigió a su polvoriento auto negro—. ¡Nos arreglaremos al final del contrato!

Ella se quedó parada, con los las manos en la cintura.

—Yo sé cuál es el precio del trigo. Pregunté en Brandon. ¡No me tome por una tonta!

—¡Su esposo firmó un contrato! —Se metió en el vehículo y golpeó la puerta—. ¡Todo en este lugar me pertenece!

—No somos esclavos. ¡Y a los trabajadores se les debe su salario! ¡Dios ve lo que hace, señor Madson! ¡Y Dios juzgará entre usted y mi esposo!

El polvo se levantó detrás de él cuando se fue.

Marta estuvo furiosa el resto de la tarde. Cuando Niclas entró, ella soltó su ira reprimida.

—Espera y verás, Niclas. —Sacó otro pollo asado del horno—. Ese hombre no te pagará nada cuando termine el contrato. —Pateó la puerta del horno para cerrarla—. ¡Cree que somos sus siervos! —Levantó de un tirón la tapa de la olla y la lanzó al fregadero—. Le agregaste un porche a la casa e hiciste un pozo, ¿y qué es lo que recibes? ¡Quería robarnos nuestra vaca y todos nuestros pollos! El hombre es un mentiroso y un ladrón. Y ahora lo sabes. Sabes tan bien como yo que encontrará una excusa para evadir su parte del contrato y no tendrás nada después de cuatro años de trabajo duro. Deberíamos empacar e irnos ahora mismo.

Niclas habló tranquilamente.

—Di mi palabra.

—¿Y qué de *su* palabra?

—Mi palabra es lo que importa. Mi sí es sí. —Se veía muy cansado—. Ese pollo huele bien.

Marta partió el pollo asado a la mitad y lo puso en la fuente.

—La próxima vez que vayas al pueblo, Niclas, compra otro rifle.

Levantó la cabeza, alarmado. —No estarás pensando en dispararle al hombre, ¿verdad?

—¡Me gustaría hacerlo! —Puso la fuente en la mesa y se dejó caer en su silla—. Los conejos se están metiendo en la huerta y vi un venado ayer. Creo que se dan cuenta cuando sales de caza y entonces vienen a almorzar. Si como más pollo, me van a salir plumas. Cómprame un rifle ¡y tendremos guiso de venado y de conejo!

❄ ❄ ❄

Querida Rosie:

Está pasando lo que me temía. Madson está estafando a Niclas y voy a tener a nuestro segundo hijo en lo peor del invierno, a cuarenta kilómetros del pueblo más cercano y de la comadrona.

Niclas fue al pueblo sin mi la última vez. Este bebé no viene tan tranquilo como Bernhard y no quise correr ningún riesgo viajando tan lejos en una carreta que se sacude. Niclas tenía para vender tres cajas de pollos, mantequilla y huevos, pero vino a casa con los bolsillos vacíos. El señor Ingersoll le dio crédito en la abarrotería. Le dije a Niclas que el crédito está bien, pero que el efectivo es mejor.

Nunca había visto a un hombre trabajar tanto. Pero al final de su contrato con ese ladrón de Madson, no tendrá nada para mostrar, más que músculos y callos.

1917

El día que Marta entró en trabajo de parto Niclas y el señor Helgerson
habían salido a buscar algunas reses que faltaban. Cuando se le rompió
la bolsa, comenzó a llorar, lo cual asustó al pobre Bernhard. Ella hizo el
esfuerzo de tranquilizarse y le aseguró que Mamá estaba bien, muy bien.
Luego trató de recordar los preparativos que tenía que hacer.

Llenó la estufa con estiércol. Puso unos bloques en el suelo para
distraer a Bernhard. Afortunadamente, el los agarró y los golpeaba alegremente mientras ella se paseaba de un lado a otro, frotándose su vientre
dolorido.

Las contracciones llegaban frecuentes y con fuerza. El sudor le brotaba
en la frente. A medida que el dolor se volvió insoportable, ella se sentó y
cerró los ojos. *Ay, Dios, ay, Dios, trae a mi esposo a casa pronto. Este bebé no
tardará todo el día y la mitad de la noche como Bernhard.*

Bernhard ya no quería jugar. Levantándose, caminó tambaleando
hacia ella.

—Mamá, Mamá —dijo una y otra vez, levantando sus brazos. Quería
que ella lo cargara.

—Ahora no. Mamá está ocupada. —Se aferró a ella, tratando de subir,
pero ella no tenía cómo sostenerlo. Su vientre hinchado se puso duro

como una piedra. Ella gimió y Bernhard lloró. Cuando el dolor pasó, Marta se levantó y trató de levantarlo, pero ya había comenzado otra contracción. Cuando lo puso en el suelo otra vez, Bernhard gritó.

Lo tomó de la mano y lo llevó a su cuna. Cuando el dolor se alivió levemente, lo levantó. "Duérmete. Mamá está bien. Pronto tendrás un hermanito o hermanita. . . ."

Frotándose la espalda, se fue a la ventana y miró hacia fuera, con las lágrimas que le corrían por las mejillas. "Papá vendrá pronto. Haz tu siesta, Bernhard." Limpiándose las lágrimas, se apoyó con todo su peso en el alféizar, contando los segundos en medio de otra contracción. Tardó más esta vez.

No había señales de Niclas.

"Ay, Dios." Gimió, con ganas de doblar sus rodillas y descender al suelo. "Ayúdame. Jesús, ayúdame. . . ."

Marta extendió una frazada sobre la alfombra. Salió y metió nieve en una olla y la puso en la estufa para que se derritiera. Las contracciones se acercaban más unas a otras y duraban más tiempo. Cortó un poco de cuerda y lo lanzó en el agua que humeaba. Jaló una gaveta para abrirla y sacó su cuchillo afilado y también lo lanzó en la olla. Temblando violentamente, esperó un momento antes de sacar la cuerda y el cuchillo del agua caliente. No tenía más tiempo para esperar.

Afortunadamente, Bernhard había llorado hasta quedarse dormido.

Llegó la necesidad de pujar. Enrolló un paño limpio y lo mordió, amortiguando el gemido. Se puso de rodillas con el calor de la estufa enfrente, se levantó la falda y cortó la prenda interior que había hecho de un saco de harina.

Una contracción comenzaba después de otra. Mordía el paño para reprimir sus gemidos. El sudor goteaba de su cara. Su carne se desgarraba a medida que la cabeza salía. Marta hizo presión otra vez y el bebé se deslizó de su cuerpo a sus manos. Temblando violentamente, Marta se sentó sobre sus talones.

El bebé no lloró. Envuelto en una capa de sangre y líquido, el bebé estaba encorvado, acostado a un lado, con el cordón umbilical todavía unido a Marta.

"Respira." Marta se inclinó hacia delante, apretando los dientes por el dolor. Sacó uno de los pañales que había preparado y limpió la cara y el cuerpo del bebé. Una niñita. "¡Respira!"

Dio vuelta a la beba y le dio una suave palmada a sus pequeños glúteos. "Ay, Jesús, dale aliento. Por favor. ¡Por favor!" La frotó suavemente, orando una y otra vez. Se oyó un llanto suave de bebé y Marta sollozó agradecida. Tuvo otra contracción y su cuerpo expulsó la placenta.

La puerta se abrió y llenó la pequeña cabaña con una ráfaga del aire frío del invierno. Oyó que Niclas gritó su nombre. Cerró la puerta rápidamente, se quitó su abrigo y se acercó a ella.

—Marta. ¡Ay, *mein Liebling*! ¿Qué puedo hacer por ti?

—Apenas está respirando. —Marta sollozó más fuerte—. Tráeme el agua caliente en aquella olla. ¡Y nieve! Rápido, Niclas. —Mezcló la nieve con el agua hirviendo y examinó la temperatura. Luego, cuidadosamente metió a su hija en la olla, apoyándola con una mano mientras la lavaba suavemente con la otra. Los brazos y las piernas de la beba se sacudieron, y su pequeña boca se abrió y tembló mientras emitía un grito débil.

Bernhard había sido grande y regordete, con su piel rosada. Había gritado tan fuerte que su cara se había puesto del color de una remolacha. Esta niñita tenía piernitas largas y flacas y pelo negro. Su pequeño cuerpo temblaba como con frío. Acongojada, Marta la secó suavemente y la envolvió en un paño que Niclas había calentado cerca del fuego.

—Necesito otra olla de agua caliente y sal. —Sintió que la sangre corría por sus piernas y recordó la advertencia de la comadrona en cuanto a infecciones.

Niclas rápidamente hizo lo que le pidió. —¿Qué puedo hacer?

—Tómala. Mantenla cerca de ti, dentro de tu camisa. Mantenla caliente o morirá.

—¿Y tú?

—¡Yo me ocuparé de mí!

Aunque el dolor era insoportable, Marta terminó con todo lo que sabía que tenía que hacer. "Dame una mano." Niclas la ayudó a ponerse de pie mientras sostenía a la bebé. Se metió en la cama. "Dámela ahora." Acostada de lado, puso a la bebé junto a ella.

Pasaron varios minutos intentando, antes de que la pequeña finalmente chupara de su pecho.

Bernhard se despertó y vio a Niclas. "¡Papá! ¡Papá!" Extendió sus brazos. Marta sintió el escozor de las lágrimas.

—Ha de tener hambre.

—No debí dejarte sola. —Niclas cortó un pedazo del pan que Marta había hecho esa mañana y se lo dio a su hijo—. Tenía que haber estado aquí.

—No sabíamos que ella vendría dos semanas antes.

—Es tan pequeña. Se parece a su madre.

Marta miró a la pequeña niña acostada, tan quieta y tranquila, con su puñito cerrado contra la carne blanca de Marta. Sintió un amor repentino, sobrecogedor, por esta niña, un vínculo tan fuerte que sintió que su corazón se le desgarraba. *Ay, Mamá, ¿es esto lo que sentiste cuando cargaste a Elise por primera vez?*

—Tenemos que ponerle nombre ahora.

Percibió lo que había detrás de las palabras suaves y temblorosas de Niclas. Él no creía que su hija viviera mucho. *Por favor, Dios, ¡no me la quites! Es tan pequeña y débil, tan impotente. Dale una oportunidad, Señor.*

Pasando su dedo suavemente en la mejilla pálida y sedosa, Marta miraba la pequeña boca trabajar de nuevo, succionando suavemente su pecho, buscando alimento.

—El nombre de tu madre era Ada.

—Sí, pero no le pongamos ese nombre. ¿Qué te parece Elise? —Como Marta lo miró enérgicamente, frunció el ceño—. ¿Qué pasa?

Nunca le había hablado a Niclas de su hermana.

—Nada. Sólo que no es un nombre que le pondría a una hija mía.

—Cuando él examinó su cara, ella bajó la cabeza y cerró los ojos. Sintió que él le puso su mano suavemente en la cabeza.

—Tú decides.

—Su nombre será Hildemara Rose.

—Es un nombre fuerte para una niña tan frágil.

—Sí, pero si Dios lo quiere crecerá para merecerlo.

❈ ❈ ❈

Mientras Marta se recuperaba, Niclas fue al pueblo y se llevó a Bernhard con él. Volvió con provisiones y una carta muy esperada de Rosie.

Querida Marta:

Aunque estés en medio de la nada, eres afortunada de estar en Canadá, lejos de esta guerra que parece que nunca terminará. Debe ser extraño tener solamente un vecino en ocho kilómetros. Liam Helgerson parece un hombre admirable.

Las noticias que recibimos nunca son buenas. Alemania está haciendo sangrar a Francia. Doscientos mil hombres franceses murieron en Somme y medio millón de muchachos alemanes con ellos.

Los aeroplanos nuevos de Alemania están bombardeando Londres. Tu hermano sigue en guardia con su unidad en la frontera francesa. Tu padre fue llamado a servicio junto con mi padre y los demás hombres del pueblo. En Steffisburg quedan solamente niños y ancianos. Nadie nos ha invadido, gracias a Dios.

Herr Madson parece un hombre despreciable, pero admiro a Niclas cada vez más. ¿Cuántos hombres mantienen su palabra sin importar las provocaciones para no cumplirla? Puedes contar con un hombre como él para que te ame y te aprecie en la enfermedad y en la salud por el tiempo que ambos vivan.

Marta le respondió, pero tuvo que esperar un mes antes de que Niclas la llevara a Brandon para poder enviarla.

Mi querida amiga:

He dado a luz a una niña y le he puesto Hildemara. Su segundo nombre es Rose, por ti. Es muy pequeña y delicada. Apenas lloró cuando nació y no llora mucho ahora. Bernhard fue grande y robusto desde el principio.

Temo por esta criatura. Entiendo cómo se quebrantaba el corazón de Mamá cada vez que sostenía a Elise. Era pequeña y frágil también. Bernhard aumentó de peso inmediatamente, pero esta niñita no está mucho más grande de lo que era hace un mes. Bernhard grita por lo que quiere. Mi pequeña Hildemara está contenta con dormirse cálidamente en mi pecho.

Bernhard está fascinado con su pequeña hermana. Dejamos que la cargue en su regazo mientras Niclas lee la Biblia.

Ora por tu tocaya, Rosie. Un soplo del cielo podría llevársela, pero Dios no quiera que yo la sobreproteja y crezca tan débil como Elise.

❉   ❉   ❉

1918

Cuando el tiempo del contrato de Niclas se cumplió, Madson volvió.

Marta vio el automóvil que se acercaba y salió al porche, con Hildemara montada en su cadera. Niclas, cubierto de tierra, vino del campo para recibir a Madson, quien llegó con su traje a medida y su sombrero. Hizo un saludo a Marta tocándose el ala. Ella hizo un movimiento frío con la cabeza y volvió a entrar a la casa, y vigiló por la ventana. No tenía la intención de invitar al hombre a cenar.

Madson no se quedó mucho tiempo. Después de meterse a su automóvil y de alejarse, Niclas se quedó parado con las manos metidas en los bolsillos de su overol, con los hombros hundidos. En lugar de entrar a la casa, salió al campo y se quedó mirando a la distancia. Marta sabía la razón de su desesperación y luchaba entre el enojo y la lástima.

Cuando Niclas finalmente entró, ella le sirvió la cena.

Dio un fuerte suspiro, puso sus codos sobre la mesa y se cubrió la cara.

—Cuatro años de trabajo duro, todo para nada. —Lloró—. Lo siento, Marta.

Ella le puso la mano en el hombro y apretó los labios, sin decir nada.

—Todos aprendemos lecciones difíciles en la vida.

—Quiere que firme otro contrato por cuatro años. Dijo que las cosas están mejorando. . . .

A Marta se le erizó el pelo de la nuca. Levantó las manos y dio un paso atrás. —No firmaste nada, ¿verdad?

—Dije que lo pensaría.

—¿Pensarlo? ¡Sabes que el hombre es un tramposo y un mentiroso!

—Bernhard miraba a los dos. Hildemara comenzó a llorar.

—No firmaré. —Niclas levantó a Hildemara de su silla alta.

—Es bueno que no lo hayas dicho. ¡Habría atado a nuestras dos vacas y acarreado a todos nuestros pollos!

Niclas se volvió a sentar, balanceando a Hildemara en su regazo y tratando de tranquilizarla. Le dio una mirada desolada a Marta.

—Tranquilízate. La estás asustando.

—¡No está la mitad de asustada de lo que yo estoy de quedarnos aquí otros cuatro años!

—Tengo que pensar lo que vamos a hacer.

Ella se puso las manos en las caderas.

—Venderemos lo que nos pertenece y volveremos a Montreal. ¡Eso es lo que haremos!

Él levantó la cabeza, con la mirada endurecida.

—No vamos a volver a Montreal. ¡Eso sí lo sé! No hay trabajo para mí allá. ¡Y no voy a vivir de mi esposa!

—Entonces Winnipeg. Es otro centro del ferrocarril. Allí habrá trabajo para ti. Le enviaré un telegrama a Carleen y le ofreceré la casa de huéspedes a un precio justo. Si ella no puede comprarla, la ofreceré en venta. Tan pronto como reciba el dinero, compraré otra casa de huéspedes.

—¡No, no lo harás! No puedes administrar una casa de huéspedes con dos hijos y otro bebé en camino.

—¡Pues ya me verás!

Se paró y depositó a Hildemara en sus brazos.

—Cuidarás de nuestros hijos y de cualquier casa que encontremos para rentar. ¡Eso es lo que harás! Yo conseguiré trabajo. ¡Mantendré a mi familia!

Marta se alejó, con miedo de recordarle que hasta aquí había hecho un trabajo pésimo.

—¿Dentro de cuánto tiempo quiere Madson una respuesta?

Niclas suspiró.

—Dijo que volvería en diez días.

—Eso nos da diez días para construir suficientes jaulas para doscientos pollos. Llevaremos la vaca y el ternero al señor Helgerson. Él pagará un precio justo y agregará nuestro ternero a su manada y hará que alguno de sus hombres cuide de la vaca hasta que Madson vuelva.

—No creo que el señor Ingersoll quiera doscientos pollos.

—No quiero venderlos en Brandon. Cargaremos la carreta y los llevaremos a Winnipeg. Obtendremos un mejor precio en los mercados de la ciudad.

—No podemos llevar la carreta, Marta. No nos pertenece. Tampoco los caballos.

—No los estamos robando, Niclas. Los estamos tomando prestados. ¿O esperas que caminemos de regreso a Winnipeg, arrastrando nuestras cosas? Cuando estemos allá, le avisaremos al señor Madson que puede enviar a uno de sus otros siervos a recogerlos.

Marta le agradeció a Dios por haber ido a Brandon con Niclas la última vez. Sabiendo que ya se cumplía el contrato, le había dicho al señor Ingersoll que tenía que arreglar las cuentas con ella. Él no se había alegrado por eso, pero ella tenía el efectivo suficiente para pagar la renta de una casa y comprar lo que necesitarían para instalarse en Winnipeg.

❄ ❄ ❄

Querida Rosie:

Niclas encontró trabajo en los talleres del ferrocarril. Su antiguo supervisor, Rob McPherson, se trasladó a Winnipeg. Cuando vio que Niclas había solicitado trabajo, lo contrató.

Y justo a tiempo. Nuestra tercera hija, Clotilde Anna, llegó un mes después de que Niclas había vuelto al trabajo. Es tan robusta como Bernhard, e igualmente fuerte en sus demandas. Piénsalo, Rosie: ¡dos milagros en el mismo mes! Por fin hemos visto terminar esta guerra horrible y hemos sido bendecidos con la pequeña Clotilde.

Hildemara Rose no tiene nada de los celos de los que me cuentas de tus hijos. Adora a su hermano y a su hermana, tanto que les da cualquier cosa si alguno de los otros se lo pide, ya sea un juguete o comida de su plato. Ellos se aprovechan y ella los deja. Tendré que enseñarle que no sea así.

Carleen y Nally Kildare compraron mi casa de huéspedes de Montreal. No podían pagar el precio total, pero lograron obtener un préstamo del Banco de Montreal. No tengo la intención de tocar el dinero a menos que Niclas vuelva a perder su trabajo otra vez. ¡Dios no quiera que eso pase! Mencioné comprar esta casa una vez, pero él fue firme en que deberíamos esperar y ver cómo siguen las cosas. Hasta donde yo puedo ver, las cosas están muy bien.

Abundaron los rumores a medida que los soldados volvían de Europa. Los talleres del ferrocarril despidieron a algunos empleados extranjeros para volver a contratar a los que habían servido en la guerra. Cuando ella le preguntó, Niclas dijo que su trabajo estaba seguro, siempre y cuando MacPherson fuera el supervisor. Fuera de eso, Niclas no hablaba mucho de nada. Llegaba del trabajo todos los días y se sentaba en la sala de estar, con la cabeza hacia atrás y los ojos cerrados. Se animaba lo suficiente para jugar con Bernhard y Clotilde. Hildemara siempre se paraba atrás, esperando su turno.

Después de la cena, Niclas leía historias de la Biblia a los niños, antes de que Marta los pusiera en la cama. Luego se volvía a quedar callado, sentado en su silla, mirando por la ventana. Siempre parecía agotado cuando llegaba a casa del trabajo. Ella se preguntaba cómo podía estar tan cansado todo el tiempo, cuando ya no tenía que levantarse antes del amanecer ni trabajar hasta el anochecer. ¡Seguramente trabajar en un escritorio haciendo proyectos era preferible al trabajo agobiante de arar dieciséis hectáreas!

Marta esperó hasta que estuvieron solos en la cama, con la lámpara apagada, antes de preguntar.

—¿Seguirás enojado conmigo para siempre, Niclas?

Se dio vuelta hacia ella en la oscuridad. —¿Y por qué estaría enojado?

—Porque yo insistí en que trabajaras para el ferrocarril. —Sabía que le había gustado mucho trabajar la tierra. Le encantaba ver crecer el trigo y la cebada. Había sentido tanto orgullo en las cosechas que producía. ¿Se convertiría en alguien como Papá, que la culpaba por hacerlo renunciar a un sueño imposible, y finalmente descargaría su descontento en ella y sus hijos?

—Tomé el trabajo que estaba disponible.

—Pero eres desdichado. —Su voz se quebrantó.

La abrazó.

—Un esposo hace lo mejor para que su esposa sea feliz.

Cuando la besó, ella quería llorar. Había visto tan poca alegría en él desde que se habían trasladado a Winnipeg, y la culpa la hacía pedazos. ¿Y si él se cansaba de ella? ¿Qué pasaría si comenzaba a verla como Papá siempre la había visto: una chica fea, de mal carácter, egoísta e inútil?

—¿Cómo puede una esposa ser feliz si su esposo es desdichado?

—Odiabas la granja de trigo y yo odio mi trabajo. —Le inclinó el mentón y con sus manos tomó su mejilla—. Te prometo que no te llevaré otra vez allá, pero no sé cuánto tiempo aguantaré quedarme aquí.

—Algún día me dejarás.

—Nunca.

—¿Lo prometes?

La puso boca arriba.

—Lo prometo. —Ella recordó lo que Rosie había dicho de él y abrazó su cabeza.

Largo rato después, se volteó para mirarlo otra vez. Pasó sus dedos por su pelo. —¿Qué vamos a hacer?

—Esperar. —Tomó su mano y la besó—. Dios nos mostrará el camino.

A Niclas le redujeron las horas de trabajo al día siguiente.

❉ ❉ ❉

Cuando Niclas entró por la puerta, Marta se dio cuenta de que algo había pasado. No se veía cansado esa tarde. Sus ojos resplandecían.

—McPherson se va.

A ella se le hundió el corazón.

—¿Vuelve a Montreal?

—Se va a California. Tiene un trabajo preparado en Sacramento. —Colgó su abrigo y sombrero—. Me dijo que mis horas disminuirán otra vez.

Bernhard y Clotilde clamaban por su atención. Marta los calló y los mandó a jugar a la sala de estar. Hildemara se quedó en la puerta, mirándolos con sus grandes ojos avellanados. "Vete con Bernhard y Clotilde, Hildemara. ¡Anda!"

—¿Cómo pueden disminuir las horas otra vez? —Solamente ganaba setenta y cinco dólares al mes, apenas lo suficiente para mantener un techo sobre sus cabezas y buena comida en la mesa.

—Podría empeorar.

Sabía que eso significaba que podría perder su trabajo.

—Comenzaré a buscar propiedades. Podemos abrir otra casa de huéspedes. Podemos administrarla juntos.

—Los hombres del ferrocarril se van. La compañía está regalando boletos para California.

¿California? Trató de absorber el impacto.

—¿Y qué harías en California?

—MacPherson dijo que haría lo posible para ayudarme a encontrar trabajo. Si no, hay buena tierra en California.

—¡No estarás diciendo que quieres volver a la agricultura!

—Echo de menos arar y sembrar. Extraño cosechar lo que he sembrado con mis propias manos. Extraño los espacios amplios y abiertos y el aire fresco.

Ella trató de guardar la calma.

—Recuerdo los inviernos frígidos. ¡Recuerdo las tormentas y los relámpagos que nos llenaron de miedo porque un rayo podría quemar el trabajo de un año en minutos!

—El clima es templado en California. No hay hielo ni nieve en el Valle Central.

Ella comenzó a temblar.

—Por favor dime que no firmaste otro contrato.

—No, pero solicité boletos. Será un milagro si los obtenemos. Son para los hombres que han trabajado para la compañía por más de cinco años. Pero tenía que intentarlo. Ya no habrá más dentro de una semana.

Aun estando advertida de lo que podría ocurrir, Marta no estaba preparada cuando Niclas entró a la casa con los boletos de tren para California.

—Esta es la respuesta a mis oraciones —le dijo, levantándolos con su mano. No había visto esa expresión en él desde que se habían ido de los campos de trigo.

Marta recordó cuánto tenían al final de cuatro años de cultivar la tierra. ¡Nada! Sabía que él no escucharía ese razonamiento, y buscó excusas para retrasarlo.

—Por lo menos podríamos esperar hasta después de Navidad.

Se rió.

—¡Pasaremos Navidad en California!

Con lágrimas en los ojos, salió corriendo a la cocina. Pensó que Niclas la seguiría, pero no lo hizo. Mientras ponía la mesa, oyó que hablaba con los niños acerca de California, la tierra dorada de oportunidades, el lugar donde el sol siempre brillaba. Incluso cuando los llamó para cenar, siguió hablando de eso. Marta picoteó su comida y trató de no fulminarlo con la mirada y alterar a los niños. Hildemara seguía mirándola. "¡Come!" le dijo. Clotilde ya parecía la hermana mayor, con más altura y peso.

—¿Cuándo nos vamos, Papá? —Bernhard sonaba como si lo hubieran invitado a una feria de diversiones.

—El fin de semana. Llevaremos solamente lo que necesitamos. —Su mirada se cruzó con la de Marta—. Venderemos los muebles y compraremos lo que necesitamos cuando lleguemos a California.

—¿Todo? —dijo ella débilmente—. ¿Qué pasará con el nuevo juego de dormitorio que compramos el año pasado y el sofá y . . . ?

—Costaría más enviarlos como carga que comprar nuevos cuando lleguemos allá.

Ella perdió el apetito por completo. Niclas tomó más comida.

—Dicen que puedes cortar naranjas de los árboles durante todo el año.

Bernhard abrió bien los ojos. Había comido su primera naranja la Navidad del año pasado. —¿Tantas como queramos?

—Si tenemos un naranjo en nuestra propiedad.

—¿Qué propiedad? —dijo Marta furiosa.

Niclas revolvió el pelo de Bernhard.

—Todavía no tenemos propiedad, *Sohn*. Tendremos que dedicar tiempo a buscar una.

Marta levantó la mesa y lavó los platos mientras Niclas llevaba a los niños a la sala de estar para leerles historias bíblicas.

"A la cama." Marta los ahuyentó hacia las escaleras y los preparó para la cama. Niclas subió y le dio el beso de buenas noches a cada uno. Cuando se dirigió a su dormitorio, ella fue hacia la escalera.

—¿A dónde vas?

—Todavía no estoy cansada. —Su corazón latía intensamente.

Él la siguió abajo hasta la sala de estar. Ella cruzó los brazos y rehusó mirarlo. Podía sentirlo detrás de ella, mirándola. Lo oyó suspirar fuertemente.

—Háblame, Marta.

—¿De qué hay que hablar? Ya tomaste una decisión.

—¿Qué mejor regalo podemos darles a nuestros hijos que la oportunidad de una mejor vida? ¿No es eso lo que más querías? ¿No es por eso que te fuiste de tu casa tan pronto como lo hiciste?

—¡Me fui porque quería tomar mis propias decisiones!

Él puso sus manos en la cintura de Marta.

—Te decidiste por mí.

En las buenas y en las malas, ya sea en la abundancia o en la escasez . . .

Niclas la acercó hacia él. Las emociones que él removía con el contacto siempre la derrotaban. Ella quería resistirse, pero se encontró rindiéndose ante él otra vez. Cuando se apoyó en él, la volteó y la abrazó. Cuando él dejó de besarla, ella apoyó la cabeza en su pecho. Su corazón latía fuerte y rápidamente.

"Confía en mí."

Marta cerró sus ojos y no dijo nada.

"Si no puedes confiar en mí, confía en Dios. Él abrió el camino."

Marta deseaba poder creerlo.

Hildemara Rose

1921

El vagón de pasajeros saltaba y tironeaba, moviéndose lentamente sobre los rieles. Arrodillada, Hildemara miraba por la ventana las casas que pasaban, a medida que el tren aceleraba. Se deslizó a su asiento otra vez, sintiéndose mareada, con el estómago descompuesto. Mamá la había hecho tomar el desayuno, aunque se le había quitado el apetito por la emoción del viaje hacia el sur a los Estados Unidos de América. Ahora sentía que su barriga llena se revolvía mientras las ruedas traqueteaban por los rieles.

—Te ves pálida, Marta. —Papá frunció el ceño—. ¿Te sientes bien?

—No mejor de lo que me sentí cuando atravesé el Atlántico. —Mamá apoyaba su cabeza en el respaldo del asiento—. Cuida a los niños.

Bernhard y Clotilde corrían de arriba abajo por el pasillo, hasta que Papá les dijo que se sentaran y que se callaran. Mamá le dio un vistazo a Hildemara y volvió a llamar a Papá. "Será mejor que la lleves al baño, y rápido." Hildemara casi no llegó a tiempo al pequeño cubículo en la parte de atrás del vagón. Lloró cuando terminó de vomitar; no se sintió mejor. Papá la llevó de regreso con Mamá.

"Botó su desayuno. Está sudando y tiene frío."

"Acuéstate, Hildemara." Mamá le retiró el pelo de la cara. "Duérmete."

Un día dio pasó al siguiente de manera miserable mientras continuaban el viaje. Hildemara se sentía muy mal como para poner atención al pasar por la aduana o cuando cambiaban de tren. Bernhard y Clotilde hablaban de cualquier pequeña cosa que miraban por la ventana, mientras que Hildemara no podía levantar la cabeza. Mamá le habló bruscamente a Papá.

—Tienes que vigilarlos, Niclas. Yo no puedo. No me siento mejor que Hildemara. No puedo levantarme y correr tras Bernhard y Clotilde.

—¿Y qué se supone que debo hacer con ellos?

—Evitar que molesten a los demás pasajeros. Y no los pierdas de vista.

—No pueden ir a ningún lado.

—¡Pueden caerse entre los vagones! ¡Pueden salir del tren cuando se detenga! Si te vuelves al vagón comedor a hablar con esos hombres, llévalos contigo. Yo no puedo andar detrás de ellos.

—Está bien, Marta. Acuéstate y descansa. Te ves peor que Hildemara.

—¡Odio los trenes!

Papá llamó a Bernhard y a Clotilde y los hizo que se sentaran y miraran por la ventana. —Sean buenos con Mamá. No se siente bien. Volveré pronto.

—¡Niclas! —Mamá trató de incorporarse en su asiento y volvió a acostarse, con una mano sobre sus ojos. Inquieto después de unos minutos, Bernhard quería saber cuánto faltaba para que el tren llegara a California—. Llegaremos cuando lleguemos, y deja de hacer la misma pregunta una y otra vez. ¡No estoy tan mal como para no ponerte sobre mis rodillas y darte una nalgada!

Clotilde le dio un pellizco a Hildemara porque quería jugar, pero Hildemara no podía abrir los ojos sin sentir que todo le daba vueltas.

"Deja tranquila a tu hermana, Clotilde."

Papá regresó con pan, queso y una botella de agua. Hildemara tomó un poco de agua, pero el olor del queso hizo que el estómago le diera vueltas otra vez.

"Ella no se va a sentir mejor hasta que bajemos del tren, Niclas."

—¿Cómo será California?

—Papá ya te lo dijo, Bernhard.

—¡Dímelo otra vez!

—California tiene huertos de naranjos. Podrás comer tantas como quieras. El sol brilla todo el año. Por eso se puede cultivar de todo en California. Encontraremos una casa bonita en alguna tierra, y tú y tus hermanas tendrán mucho espacio. Podrán correr y jugar en los huertos. Ya no tendrán que quedarse dentro de una casa todo el tiempo.

Mamá tenía huellas de dolor alrededor de sus ojos.

—Dijiste que el señor MacPherson tiene un trabajo esperándote en Sacramento.

—Dijo que si yo iba, haría todo lo posible por mí. —Papá alborotó el pelo rubio de Bernhard y sentó a Clotilde en su regazo—. Iremos a Sacramento primero. Si no hay trabajo, Papá sabe dónde encontrar una buena granja. ¿Dónde preferirían estar, niños? En una casa cerca del ferrocarril con mucho polvo y humo, o en una bonita casa con rayos de sol en medio de un huerto de naranjos?

Hildemara oyó que su madre dijo algo en alemán. Papá la ignoró y escuchó a Bernhard y a Clotilde, que gritaban por las muchas naranjas que se comerían cuando llegaran a California.

Papá se rió.

—La agricultura es un trabajo, *Sohn*. Tendrás que ayudarme.

—¡Cállense! —Mamá gruñó—. Hay gente a nuestro alrededor. —Miró enojada a Papá—. ¡Les estás llenando la cabeza con cuentos de hadas!

—Solamente les digo lo que me dijeron, Marta.

—¡*Ja!* Y Robert Madson también te dijo que cultivar trigo era rentable, ¿verdad?

Papá colocó a Clotilde a la par de Mamá y se levantó. Cuando se dirigió al pasillo hacia la puerta que daba al vagón comedor, Mamá ahuyentó a Bernhard y a Clotilde.

—Váyanse con Papá. Apúrense antes de que los deje. —Ambos corrieron por el pasillo y lo alcanzaron justo antes de que Papá pasara por la puerta.

Hildemara deseaba sentirse lo suficientemente bien como para corretear por los vagones. Deseaba que el mundo dejara de dar vueltas. Le daba miedo cuando Papá y Mamá se hablaban en alemán. ¿Se detendría el tren alguna vez por más de unos cuantos minutos?

—¿De verdad hay naranjos en California, Mamá?

Suspirando fuerte, Mamá puso su mano en la frente de Hildemara.

—Nos enteraremos cuando lleguemos allá. —A Hildemara le gustaba la frescura de la mano de Mamá—. Intenta sentarte por un rato. Tienes que tratar de comer algo. Un poco de pan, por lo menos. Tienes las piernas delgadas como un pollito.

—Me dará náusea.

—No lo sabrás a menos que lo intentes. Anda, vamos. Siéntate.

Cuando se sentó, el mareo volvió. Sintió náuseas cuando trató de tragar un pedazo de pan.

"Tranquila, Hildemara. No llores. Por lo menos lo intentaste. Ya es algo." Mamá la volvió a envolver en una frazada. "Yo estuve con náusea por días al atravesar el Atlántico. Te repondrás pronto. Sólo tienes que proponértelo."

Proponérselo no ayudó para nada. Cuando llegaron a Sacramento, Hildemara estaba demasiado débil como para ponerse de pie, mucho menos para salir del tren. Mamá tuvo que cargarla mientras Papá recogía los dos baúles.

Se instalaron en un hotel cerca de la estación de trenes. Hildemara comió su primera comida después de días: un tazón de sopa y unas galletas saladas.

Llovió toda la noche. Papá salió temprano al día siguiente y todavía no había vuelto cuando Mamá dijo que era hora de dormir.

Hildemara se despertó.

"¡No me toques!" Mamá gritó. Papá hablaba suavemente en alemán, pero Mamá respondía con enojo en inglés. "Me mentiste, Niclas. Esa es la verdad." Papá volvió a hablar en voz baja. "Inglés, Niclas, o no te responderé." Mamá bajó la voz. "A los estadounidenses no les caen mejor los alemanes que a los canadienses."

El sol no salió en días. No vieron ni un naranjo hasta que Mamá los llevó a caminar al edificio del capitolio. Mamá habló con un jardinero y les dijo que todos podían tomar una naranja. Le agradecieron cortésmente al hombre antes de pelarlas. El jardinero se apoyó en su rastrillo, con el ceño fruncido.

—Todavía están verdes, señora.

—Es una buena lección para ellos.

Mamá y Papá discutían todo el tiempo. Papá quería buscar un terreno para comprarlo. Mamá decía que no.

—No sabes lo suficiente de agricultura como para desperdiciar el dinero en tierra.

—¿Y qué quieres que haga? Estamos gastando dinero viviendo en este hotel. Tengo que encontrar trabajo.

—Si compro algo, será otra casa de huéspedes.

—¿Y entonces qué haría yo? ¿Ordenar las camas? ¿Lavar la ropa? ¡No! ¡Soy la cabeza de esta familia! —Habló en alemán otra vez, rápidamente y furioso.

—Está a mi nombre, Niclas. ¡No al tuyo! Tú no te ganaste ese dinero. ¡Yo lo gané!

Un vecino golpeó la pared, gritándoles que se callaran. Mamá lloró.

Papá volvió al hotel la tarde siguiente con boletos de tren. Al mencionar otro viaje en tren, Hildemara comenzó a llorar. "No te preocupes, *Liebling*, este será un viaje corto: solamente ciento treinta kilómetros."

Mamá se agachó y la agarró de los hombros. "¡Suficiente! Si yo puedo soportarlo, tú también." Mamá la tomó de la mano y la llevó a la estación del tren.

Cuando Papá tomó su asiento, Mamá levantó a Hildemara y la sentó en el regazo de él. "Si vomita, ¡que sea sobre ti esta vez!" Mamá se sentó al otro lado del pasillo, con la cara volteada a otro lado, mirando por la ventana.

"*Schlaf, Kleine,*" dijo Papá. Un hombre en frente de ellos se volteó y los miró fríamente. Papá habló en inglés esta vez. "Duérmete, pequeña."

—¿Es alemán?

Mamá se levantó y se sentó al lado de Papá.

—¡Suizo! Venimos de Canadá. Todavía tiene problemas con el inglés. Mi esposo es ingeniero. Lamentablemente, el supervisor que le prometió un puesto se trasladó al sur de California.

El hombre miró a Mamá y a Papá.

—Bueno, que tengan buena suerte. —Se volteó otra vez.

Papá puso a Hildemara en el asiento con Bernhard y Clotilde. "Cuida a tus hermanas, *Sohn*." Papá tomó la mano de Mamá y la besó. Mamá miraba hacia el frente, con su rostro pálido y rígido.

Hildemara se animó cuando un hombre entró al vagón, anunciando Murietta.

Bernhard la empujó y Clotilde pasó y corrió para la puerta hasta que

Mamá le dijo que se detuviera y esperara. El aire se sentía frío en la cara de Hildemara cuando bajó las escaleras. Papá la cargó hacia la plataforma y le dio una palmada suave. Mamá se quedó parada, esperando debajo de un gran letrero. Miró una larga y polvorienta calle. Suspiró fuertemente.

—¿Nos fuimos de Winnipeg por esto?

—No está lloviendo. —Papá levantó uno de los baúles y lo puso en su hombro y arrastró el otro hacia una oficina.

Hildemara levantó la cabeza y vio la cara contrariada de Mamá. —¿A dónde va Papá?

—Va a guardar los baúles hasta que encontremos un lugar para vivir.

Papá volvió sin los baúles. "El administrador de la estación dice que hay un solo lugar donde parar en este pueblo."

Bernhard y Clotilde brincaban adelante, en tanto que Hildemara extendió su mano para tomar la de Mamá. Pero Mamá no dejó que la tomara. Le dio unas palmadas en la espalda. —Ve con tu hermano y tu hermana.

—Quiero quedarme contigo.

—¡Te dije que sigas adelante!

Papá se agachó y le dio un golpecito a Hildemara en la barbilla que le temblaba. "No tienes que llorar, *Liebling*. Estamos cerca de ti."

Hildemara caminó adelante, pero seguía mirando por encima de su hombro. Mamá se veía molesta. Papá se veía relajado y feliz. Hildemara se quedó lo suficientemente cerca como para oír a Papá decir: "Es un buen pueblo, Marta; todo está adornado para Navidad." Cuando Bernhard gritó, Hildemara corrió y se unió a ellos frente a una gran vidriera. Se quedó con la boca abierta al ver los bellos adornos navideños de vidrio en las cajas.

"Vamos, niños." Mamá los arreó.

Al otro lado de la calle había un teatro. Pasaron por una abarrotería, por un lugar donde se reparaban zapatos y se vendían arreos, por una panadería, por un salón de billar y una cafetería. Cuando llegaron a un edificio de dos pisos color café, con ventanas pintadas de blanco, un porche largo de madera y cuatro mecedoras, Mamá les dijo que se quedaran con Papá y lo miró. "Puedes llevar a los niños a una caminata mientras yo hago tratos." Se levantó su falda larga y subió las escaleras de enfrente.

Papá le dijo a Bernhard que corriera hasta la primera intersección y que volviera. Lo hizo dos veces antes de que pudiera caminar tranquilamente y dejara de hacer preguntas. Papá los llevó a la esquina y luego a otra calle que estaba bordeada de árboles grandes.

—Estamos caminando en la Calle de los Olmos. ¿Qué clase de árboles creen que son?

—¡Olmos! —dijeron a una voz Bernhard e Hildemara.

—¡Yo lo dije primero! —insistió Bernhard.

Cada casa tenía césped. Cuando Papá llegó a otra calle, se giró hacia *Main*.

"Miren aquel edificio grande de ladrillos rosados. Es una biblioteca. Eso le pondrá una sonrisa en la cara a Mamá." Los llevó por *Main Street* y siguió caminando. No se habían alejado tanto cuando llegaron a unos huertos y viñedos. Cansada, Hildemara se quedó atrás. Cuando le gritó para que la esperara, él volvió y la sentó sobre sus hombros.

Bernhard parecía no cansarse nunca. —¿Esos son naranjos, Papá?

—No. No sé qué son. ¿Por qué no preguntamos? —Bajó a Hildemara y le dijo que cuidara a Clotilde mientras hablaba con el agricultor que cavaba una zanja entre dos filas de vides. Almendros, dijo el hombre, y vides al otro lado del camino.

"Tengo sed," dijo Clotilde. Hildemara la tomó de la mano y la llevó debajo de la sombra de uno de los árboles. Bernhard preguntó si podía cavar. El hombre le dio la pala. Los dos hombres siguieron hablando en tanto que Bernhard trataba de sacar más tierra arenosa de la zanja que el hombre había estado cavando. Clotilde se levantó y corrió hacia donde estaba Papá y tiró de sus pantalones. "Hambre, Papá." Papá le dio unos golpecitos en la cabeza y siguió haciendo preguntas. Clotilde lo jaló otra vez, más fuerte. Como Papá la ignoraba, se puso a llorar. Papá estrechó la mano del hombre, luego le preguntó si podía regresar al día siguiente para conversar más.

Con la cara roja, Mamá se levantó de una mecedora en el porche.

—¿Dónde han estado?

—¡Conocimos a un agricultor! —Bernhard subió las escaleras saltando—. ¡Me dejó cavar una zanja!

Cuando Papá bajó a Clotilde, tiró de la falda de Mamá. "Hambre, Mamá."

Hildemara estaba demasiado cansada y deshidratada como para decir algo.

—¿Pensaste en lo débil que está Hildemara después de ese horrible viaje en tren desde Winnipeg? Parece a punto de desmayarse.

—Me dijiste que los llevara a caminar.

Mamá tomó la mano de Hildemara y comenzó a cruzar la calle.

—Un par de cuadras, no al campo. ¡Son más de las tres! No han comido nada desde el desayuno.

—Se me pasó el tiempo.

Mamá entró a la cafetería. Tomaron asientos cerca de la ventana que daba a *Main Street*. Papá preguntó qué querían comer y Mamá dijo a la mesera que todos comerían "el plato especial." Mamá cruzó las manos en la mesa.

—El pueblo tendrá una celebración de Navidad esta noche. Es algo.

—Hay una biblioteca por la otra calle, dos cuadras hacia abajo.

A Mamá se le iluminó la cara, pero su expresión se ensombreció rápidamente.

—La señora Cavanaugh solamente acordó rebajar veinticinco centavos por día si le garantizaba una semana.

—Deja de preocuparte. Dios me guiará al trabajo. —Cuando la mesera llevó los platos, Papá oró por la comida.

A Hildemara no le gustó el guiso grasoso y espeso. Después de unos cuantos bocados, puso su cuchara junto al plato. Mamá frunció el ceño. "Tienes que comer, Hildemara."

—No ha comido casi nada por mucho tiempo. Tal vez su estómago no tolera esto. ¿Te gustaría otra cosa, Hildemara? ¿Una sopa?

—¡No la mimes! —Mamá se inclinó hacia delante—. Te has reducido a piel y huesos. Te comes esa comida o te quedarás sentada en la habitación del hotel mientras nosotros vamos a la celebración de Navidad.

Con la cabeza baja y tragándose las lágrimas, Hildemara tomó su cuchara. Bernhard y Clotilde se terminaron su cena rápidamente y querían jugar. A Hildemara todavía le faltaba comerse la mitad del tazón de guiso. Papá llevó afuera a Bernhard y a Clotilde. Mamá se sentó para vigilarla. "Por lo menos la carne, Hildemara." Recostada en la mesa, picoteaba el tazón de guiso, separando pedazos de carne y algunas verduras. "Cómete esto y tómate toda la leche." Otras familias llegaron y pidieron comida.

—Oscurecerá antes de que termines. —Mamá parecía molesta—. Pero no nos iremos de esta mesa hasta que hayas comido. De otra manera nunca te volverás más fuerte. —Recostándose en su silla, Mamá hizo una mueca.

—¿Estás enojada, Mamá?

Mamá miró hacia la calle. —No contigo.

Cuando Hildemara finalmente logró tragarse el último pedazo de zanahoria, Mamá sacó unas monedas de su bolso y se las dio a la mesera. A Hildemara le dolían las piernas después de la larga caminata que hicieron con Papá, pero no se quejó. Agarró la mano de Mamá con más fuerza cuando se acercaron a una multitud que se reunía en el centro del pueblo. Otros niños estaban parados con sus padres, y todos los miraban mientras caminaban entre el gentío. Hildemara permaneció tan cerca de Mamá como pudo, sin pisarle la falda. Mamá estiraba el cuello.

—Allá está Papá. —Estaba parado con el hombre que había estado cavando una zanja, y varias personas se habían acercado a ellos—. ¿Dónde está Bernhard? ¿Dónde está Clotilde? —Mamá miró a su alrededor.

—Allá. —Papá señaló hacia un grupo de niños que estaban parados cerca de la plataforma. Sonrió ampliamente—. Vendrá Santa Claus. —Volvió a poner atención a los hombres.

—Sigue adelante, Hildemara.

—No. —Ella no quería soltarse de la mano de Mamá. Mamá se agachó.

—Clotilde es casi dos años menor que tú y no tiene miedo. Ahora, ve. —Miró a Hildemara a los ojos y su expresión se suavizó—. Yo estoy aquí. Puedo verte y tú puedes verme. —La hizo girar y le dio un suave empujón.

Hildemara buscó a sus hermanos. Alcanzaba a verlos enfrente, cerca de la plataforma. Mordiéndose el labio, Hildemara se quedó cerca de la parte de atrás, temerosa de abrirse camino entre los demás.

Un hombre subió a la plataforma de madera y dio un discurso. Después cuatro hombres subieron vestidos con chalecos —uno tenía una armónica— y cantaron. Los aplaudieron tan fuerte que cantaron otra vez. Una niñita con un vestido de satén verde y rojo, medias negras y un chaleco bordado subió a la plataforma. Mientras alguien tocaba un violín, la niña zapateó y sus rizos rojos brincaban de arriba abajo. Hildemara la miró fascinada. Cuando la canción terminó, la niña se tomó la falda e hizo una reverencia, luego bajó corriendo las escaleras hacia su orgullosa madre.

"¡Viene Santa!" gritó alguien, y las campanas tintineaban mientras aparecía un hombre grande, vestido con un traje rojo con flecos blancos. Tenía unas botas altas negras, cargaba un gran saco en su espalda y gritaba "¡Jo! ¡Jo! ¡Jo!" a las risas entusiastas de los niños.

Hildemara, aterrorizada, miró hacia atrás. Mamá se estaba riendo. Cuando Papá le puso el brazo sobre el hombro, no trató de retirarse. Hildemara se dio vuelta hacia la plataforma y vio que su hermano y su hermana subieron en tropel con los demás niños. Hildemara no se movió.

El hombre de rojo levantó la cabeza y gritó con voz fuerte. "¡Es una estampida!" Riéndose con la multitud, se inclinó y sacó una pequeña bolsa y se la entregó a la niñita del vestido verde y rojo, con zapatos negros brillantes. Aparecieron más bolsas, que los niños agarraban emocionados.

Cuando Bernhard bajó de la plataforma, ya había abierto la suya. Estaba llena de dulces con formas de flores, maníes cubiertos en chocolate y almendras cubiertas de dulce. Clotilde también tenía una bolsa de papel. "¿Me puedes dar una golosina?" preguntó Hildemara. Clotilde protegió su bolsa y se dio vuelta.

"¡Hildemara!" gritó Mamá. Le hizo señas con la mano. Hildemara entendió. Tenía que subir a la plataforma y recibir una bolsa también. Sólo que no podía. Cuando miró al gran hombre arriba y a todos esos niños que lo rodeaban, no pudo moverse.

"¿No vas a ir?" Bernhard levantó el mentón. Como ella sacudió la cabeza, le puso su bolsa en su mano y subió corriendo las gradas.

—¿Otra vez? —Santa sacudió su cabeza—. Una bolsa para cada cliente, hijo.

—Es para mi hermana. —Bernard gritó y la señaló.

Santa la vio abajo. "Sube, niñita. No voy a morderte." La gente que la rodeaba se rió. Alguien la empujó. Hildemara clavó sus tacones y comenzó a llorar. Al mirar atrás por encima de sus hombros, vio que Mamá fruncía el ceño y cerraba los ojos.

Bernhard volvió al lado de Hildemara. "¡Deja de llorar como un bebé!" Bernhard refunfuñó y le arrojó la bolsa de dulces. Clotilde gritó de alegría y corrió hacia donde estaban Mamá y Papá, levantando su bolsa. Con la cabeza gacha, Hildemara siguió a Bernhard de regreso a donde esperaban Papá y Mamá.

Mamá la miró fijamente. No era la primera vez que Hildemara veía frustración en los ojos de su madre.

16

PAPÁ SALÍA TODOS los días a buscar trabajo. Conoció a otro buen hombre que dijo que podrían vivir temporalmente en su propiedad, cerca de una acequia. Mamá y Papá discutieron, pero después Mamá compró lona para hacer una carpa. Le sangraron los dedos antes de que la terminara, pero ella siguió, con la mandíbula tensa. "Solía soñar con vivir contigo en una carpa de beduinos, Niclas. ¡Ahora sé que es una tontería romántica!"

Papá dijo que Mamá sabía hacer toda clase de cosas. "Su papá era sastre."

Esa noche, Hildemara se despertó por los gritos. Mamá había levantado la voz muchas veces desde que habían salido de Canadá, pero esta vez Papá le contestó a gritos. Hildemara se acercó a Bernhard y los dos se acurrucaron en la oscuridad, mientras Papá y Mamá discutían en alemán a voces.

"¡Suficiente!" Papá agarró a Mamá y le dio una buena sacudida. *"¡Suficiente!"* Siguió hablando con una voz baja e intensa, pero Hildemara no entendía las palabras. Llorando, Mamá trató de zafarse. Él no la soltaba. Dijo algo más y ella comenzó a llorar, no con sollozos suaves y temblorosos de derrota, sino con un llanto profundo que asustó a Hildemara aún más que la ira de Mamá. Las manos de Papá se retiraron de ella. Dijo algo más y se fue.

Bernhard se puso de pie de un salto y corrió detrás de él.

—¡Papá! ¡No te vayas, Papá!

—¡Vuelve con tu madre! —le dijo Papá.

—¡No! Yo quiero estar contigo, Papá.

Papá se arrodilló en el suelo arenoso y le habló.

—Volveré, *Sohn*. —Se enderezó y miró a Mamá—. Dios me dijo que trajera a mi familia aquí, y Dios nos cuidará. —Puso su mano en la cabeza de Bernhard y miró hacia abajo—. ¿Me crees?

—Te creo, Papá.

—Entonces ayuda a Mamá a creer. Haz lo que ella te diga mientras no estoy. —Se fue en medio de la noche.

Mamá le dijo a Bernhard que volviera a la carpa y se durmiera. Ella se sentó afuera por un largo tiempo, con la cabeza entre las manos. Luego entró y se acostó entre Hildemara y Clotilde. Hildemara se volteó hacia ella.

—Te quiero, Mamá.

—Cállate. —Mamá dio un suspiro tembloroso y se volteó. Sus hombros temblaron por largo tiempo e Hildemara oía los sollozos suaves y acallados en la oscuridad.

Hildemara se despertó de una sacudida. Mamá estaba parada junto a ella.

—Levántense. Allí tienen agua. Lávense y vístanse. Vamos al pueblo.

—¿Ya regresó Papá?

—No. Y no lo esperaremos. —Dio unas palmadas—. Vamos. ¡Apúrense! No dormiremos en el suelo ni una noche más.

Cuando llegaron al pueblo, Mamá los llevó a la tienda más grande. Había toda clase de artículos colocados en estantes que llegaban hasta el techo y en mesas por todo el espacioso salón. "Pueden mirar pero no tocar," les dijo Mamá. Le dio su lista al hombre que estaba detrás del mostrador.

Bernhard se dirigió hacia donde había un tren en la vidriera de adelante. Clotilde se quedó parada en la fila de jarros llenos de dulces, en tanto que Hildemara caminó entre las mesas. Vio una muñeca de ojos azules con un vestido elegante y moños en su pelo rubio rizado. Hildemara quería tocarla, pero mantenía sus manos fuertemente unidas atrás.

—¿Te gusta esa muñeca?

Después de mirar brevemente a la señora sonriente con vestido azul, Hildemara miró a la muñeca.

—Es muy bonita.

—Tal vez Santa Claus te traiga una bonita muñeca como esa para Navidad.

—Papá dijo que nosotros ya tuvimos Navidad.

—¿Sí? ¿Y qué recibiste?

—Vinimos a los Estados Unidos.

Llovió otra vez esa tarde. Mamá estaba sentada dentro de la carpa, mirando hacia fuera mientras Bernhard y Clotilde jugaban con una pelota que ella había comprado. Hildemara se mordía las uñas y miraba a Mamá. Cuando les dio hambre, Mamá les dio trozos de una hogaza de pan que había comprado en la panadería.

Papá volvió en la tarde. Mamá se levantó rápidamente y salió a recibirlo. Estuvieron hablando mucho tiempo afuera. Cuando volvieron a entrar, Mamá abrió dos latas de sopa *Campbell* para la cena.

"Lo intentaré mañana otra vez." Papá se oía cansado. No se veía contento, ni siquiera cuando le sonrió a Hildie.

Ya casi estaba oscuro cuando escucharon a una mujer que los llamaba. "¡Hola!"

Mamá dijo algo entre dientes en alemán y Papá salió. Cuando él la llamó, Mamá se puso de pie. "¡Quédense adentro! Está llovisnando otra vez." Bernhard y Clotilde gatearon hasta la entrada y miraron hacia fuera en el anochecer nebuloso. Hildemara se les unió.

Dos mujeres estaban sentadas en una carroza. Hildemara reconoció a la señora de azul que había hablado con ella esa mañana. Entregaron cajas a Papá y Mamá. Papá entró dos cajas a la carpa mientras Mamá hablaba con las señoras. Cuando Mamá entró, sus ojos estaban húmedos de lágrimas. Hildemara se inclinó hacia adelante, inhalando profundamente. Algo olía delicioso. Cuando volvió a ver, la señora le dijo adiós con la mano. Hildemara le respondió.

—¿Qué nos trajeron, Mamá? —Bernhard se arrodilló mientras Mamá abría la primera caja.

—Baja la lona, Hildemara —dijo Mamá con voz ronca—. Estás dejando que entre el aire frío.

Papá sacó de la caja una gran bandeja para hornear. Cuando quitó la tapa, se puso contento otra vez.

—Miren cómo Dios provee. Pavo relleno, y camotes asados.

—Fueron esas mujeres las que proveyeron —le dijo Mamá de modo cortante.

—Es Dios el que obra en el corazón. Miren este banquete, niños.

Mamá sacó un tarro de salsa de arándanos, dos latas de galletas, dos hogazas de pan recién horneado, una docena de huevos, dos tarros de jalea hecha en casa y varias latas de leche. Hizo un ruido con la nariz, se volteó y se sonó.

—¿Qué hay en el saco, Papá?

—Pues, no lo sé. Tendremos que echar un vistazo. —Papá lo abrió y sacó la bella muñeca de ojos azules y rizos rubios—. Se parece mucho a ti, Clotilde.

—¡Mía! ¡Mía! —Clotilde aplaudió y extendió las manos. El corazón de Hildemara se desplomó cuando Papá le entregó la muñeca a su hermana menor. Se mordió el labio, pero no le dijo a Papá que sabía que la muñeca era para ella. Miró a Clotilde agarrándola fuertemente contra su corazón y supo que nunca la tendría. Hildemara se echó hacia atrás y parpadeó para ahuyentar sus lágrimas. Mamá la miró. La había visto hablando con la señora, y admirando la muñeca.

—¿Vas a decir algo, Hildemara?

Hildemara volvió a mirar a la muñeca y después a Mamá.

—Será mejor que comiences a aprender ahora mismo que tienes que expresarte sin miedo.

—¿Qué pasa? —La mirada de Papá iba y venía entre Mamá e Hildemara. Mamá todavía la miraba.

—¿Ocurre algo malo?

Hildemara miraba a su hermana jugando felizmente con la muñeca. Sabía que si decía que era para ella, Clotilde gritaría y lloraría. Quizás si solamente esperaba, Clotilde se cansaría de la muñeca después de un rato y entonces ella podría jugar.

—¿Y yo qué, Papá? —dijo Bernhard ansioso—. ¿Hay algo para mí?

—Pues, veamos. —Papá alcanzó el saco y sacó un avión de madera. Bernhard lo tomó e inmediatamente comenzó a fingir que volaba alrededor de la carpa, en tanto que Papá buscaba en el saco—. Uno más. —Sacó una muñeca de trapo con un simple vestido de puntos azul y blanco, con el pelo castaño y unos grandes ojos de botones cafés—. Y esto es para ti, Hildemara. —Papá se la lanzó.

Bernhard habló. —A Hildie le gustaba la otra, Mamá. La vio en la tienda. Estaba hablando con aquella señora . . .

—Bueno, pero no dijo nada, ¿verdad? Entonces recibe lo que le dan.

Papá miró a Mamá.

—¿Por qué no me lo dijiste?

—¡Ella tiene que aprender a hablar!

—¡Es una niña pequeña!

—¡Tiene casi cinco años! Clotilde tiene solamente tres años y no le costó decirte qué quería.

—Marta. —Papá habló con un tono de reprimenda suave.

Bernhard se puso entre los dos. "Hay algo más en la bolsa, Papá." Las señoras bondadosas no se habían olvidado de ninguno. Papá recibió un par de guantes de cuero para trabajar y Mamá un bello chal blanco de *crochet*. Papá oró y partió el pavo y Mamá llenó los platos de comida. Cuando todos terminaron de comer el banquete, Bernhard siguió jugando con su avión y Clotilde con su muñeca.

Hildemara sentía que se le retorcía el estómago cuando miraba a su hermana jugar con la muñeca rubia de ojos azules. Cuando se dio cuenta de que Mamá la estaba mirando, Hildie sintió que sus mejillas se sonrojaban de vergüenza. Agachó la cabeza.

Mamá se tapó bien los hombros con el nuevo chal y salió. Papá puso su mano en la cabeza de Hildie. "Lo siento, *Liebling*." Se puso de pie y salió de la carpa.

Hildemara podía oír a sus padres hablando en voz baja. Mamá se oía agitada. Papá hablaba en alemán. Hildemara se sintió peor, sabiendo que hablaban de ella.

Sentó a la muñeca en sus piernas y la volvió a examinar. Pensó en la señora de azul que había traído las cajas. Tal vez ella había hecho la muñeca de trapo. Eso hacía que fuera especial. Hildemara tocó los ojos cristalinos de botón otra vez y pasó su mano por la boquita bordada de rosa. "Te quiero y no me importa cómo seas." La abrazó apretándola, se acostó en su colchoneta y se cubrió los hombros con la frazada.

❄ ❄ ❄

Mamá se levantaba antes del amanecer todas las mañanas, hacía el fuego y preparaba el desayuno para Papá. Hildemara siempre se despertaba con su conversación en voz baja. Se sentía mejor si hablaban tranquilos. Cuando Mamá gritaba, Hildemara sentía náuseas.

—Inglés, Niclas. No puedes seguir con el alemán. Ellos se preguntarán si apoyaste al káiser.

—El señor Musashi me está enseñando a podar árboles y vides. El señor Pimentel me ha enseñado mucho acerca de la tierra.

—Y de qué sirve todo si no tienes un lugar propio; ¿no es eso lo que quieres decir?

—Marta . . .

—Todavía no. No estoy dispuesta a apostar.

Mamá hizo un paquete con queso, pan y dos manzanas para Papá antes de que se fuera a trabajar. Mamá no comía hasta que Papá se hubiera ido, y el desayuno casi nunca permanecía en su estómago por mucho tiempo.

—¿Estás enferma, Mamá?

—Se me pasará en uno o dos meses. —Se limpió la frente con el dorso de su mano—. Y no le digas nada de esto a Papá. Se dará cuenta con el tiempo.

Usualmente Mamá se sentía mejor al mediodía, pero no tenía paciencia con Bernhard ni Clotilde, y aún menos con Hildemara. Todos hacían lo mejor que podían para quitarse de su camino. Mamá hacía que Bernhard trajera el agua y que Hildemara estirara las bolsas de dormir que había hecho de frazadas viejas. Clotilde jugaba con la muñeca. Bernhard iba a pescar en la acequia, pero nunca atrapaba nada, e Hildemara pelaba papas en tanto que Mamá lavaba la ropa en una gran tina y colgaba las prendas en una cuerda que había atado entre dos árboles.

Cuando ese día Papá llegó a casa, sucio y lleno de polvo, ella tenía agua caliente y jabón para que se pudiera lavar. Hildemara se quedó lo suficientemente cerca como para escuchar.

—Voy a llevar a los niños a la escuela mañana y los voy a inscribir. Sería mejor que tengan una dirección permanente.

—Sí. Y cuando abras tu billetera, todos tendremos una dirección permanente.

—Busca trabajo como aparcero. Cuando me demuestres que sabes lo suficiente para ganarte la vida en la agricultura, te daré lo que necesitas.

—Yo podría tomarlo, Marta. Lo que es tuyo llegó a ser mío cuando nos casamos.

Ella se puso rígida.

—Estamos en los Estados Unidos ahora, no en Alemania. Lo que es mío sigue siendo mío, a menos que yo diga lo contrario. ¡No creas que podrás darme órdenes y que yo me quede sentada tranquilamente, sin decir nada, como si fuera tu esclava!

Papá se veía triste, no enojado.

—No soy tu padre.

Mamá se estremeció.

—No, no lo eres. Pero ya rehusaste escucharme una vez y mira lo que sucedió.

Él se quitó el jabón de la parte de atrás de su cuello.

—No sigas recordándomelo.

—Tú decides olvidar.

Tiró la toalla al suelo. —¡Decido intentarlo otra vez!

Ella dio un paso adelante, con la barbilla levantada.

—¡Y yo decido esperar a ver si esta es la voluntad de Dios o el capricho del hombre! —Volvió a la tina de lavar.

—¡Cada día te pones más malhumorada!

Mamá levantó la cabeza, con los ojos llenos de lágrimas.

—Tal vez tiene que ver con atravesar el continente y llegar a este pueblo del fin del mundo. Tal vez tiene que ver con el invierno y tener frío y ningún techo sobre nuestra cabeza ¡y con estar esperando otro bebé! —Levantó la camisa y la lanzó al suelo—. ¡Lávate tú la ropa! —Salió hacia la acequia y se sentó dándole la espalda.

Cuando Papá terminó de lavar, salió y se sentó a la par de ella. Le puso el brazo en el hombro y la acercó hacia él.

❄ ❄ ❄

Se pusieron su mejor ropa antes de que Mamá los llevara al pueblo a la mañana siguiente. "¡Manténganse lejos de los charcos y traten de permanecer limpios!" Bernhard corría adelante, pero Clotilde e Hildemara caminaban detrás de Mamá, como gansitos detrás de mamá ganso. Pasaron por unos sauces fragantes, por *Main Street* con su extensión de edificios, por la Autopista Estatal 99, y por una pequeña abarrotería, y llegaron a un pequeño edificio blanco que tenía un campanario y un techo rojo de tablillas.

Mamá pasó sus manos por el cabello rubio, grueso y duro de Bernhard y sacudió el vestido de algodón a cuadros de Hildemara. Levantó a Clotilde para sentarla en una banca. "Siéntense aquí, los tres, y no se muevan." Le dio una mirada rigurosa a Bernhard. "Si te pones a correr por ahí, Bernhard, usaré el cinturón de Papá cuando volvamos a casa." Nunca había usado el cinturón con ninguno de ellos, pero la mirada de sus ojos les decía que hablaba en serio.

Bernhard estaba inquieto. Miraba ansiosamente el subibaja y los columpios, los pasamanos y el cajón de arena. Clotilde se inclinaba hacia adelante y balanceaba sus piernas. Hildemara estaba sentada quieta, con las manos juntas, y oraba para que no la aceptaran, para que pudiera quedarse en casa con Mamá.

Mamá volvió.

—Las vacaciones de Navidad terminarán después del Año Nuevo. Bernhard, tú e Hildemara comenzarán la escuela el próximo lunes.

El labio de Hildemara comenzó a temblar.

Clotilde hizo una mueca de disgusto.

—¡Yo también quiero ir!

—Tendrás que esperar. Tienes que tener cinco años para ir a la escuela.

—Yo no tengo cinco años, Mamá.

—Cumplirás cinco años antes de finales de enero. Es lo suficientemente cerca.

1922

Hildemara no pudo dormir la noche antes de la escuela. Fingió estar dormida cuando Mamá se levantó y le preparó el desayuno a Papá. Despertó primero a Bernhard y jaló las frazadas de los hombros de Hildemara. "Sé que estás despierta. Levántate y vístete."

Cuando Mamá le dio un tazón de *Müsli*, Hildemara no pudo comérselo. Sentía como si algo se le hubiera metido en el estómago y revoloteaba al tratar de salir. Levantó la cabeza y miró a Mamá.

—Estoy enferma. No puedo ir a la escuela.

—No estás enferma, y sí irás.

—Está un poco pálida. —Papá le puso la palma de su mano en la frente. Hildie esperaba que dijera que tenía fiebre—. Está fresca.

—Está asustada, eso es todo. Tan pronto como llegue se dará cuenta de que no tiene que estar así. —Mamá inclinó la cabeza—. Si no comes algo, todos en tu clase escucharán tu estómago gruñir a eso de las diez de la mañana. —Hildemara miró a Clotilde, que todavía estaba metida en la bolsa de dormir.

Papá miró a Hildemara.

—Yo puedo acompañarlos a la escuela.

—No. Tienen que aprender a valerse por sí mismos. Estarán bien caminando solos.

Papá revolvió el pelo liso echado hacia atrás de Bernhard. Mientras Mamá le pasaba el peine otra vez, Papá besó a Hildemara. "Conocerás a muchas niñitas de tu edad." Le dio una palmadita en la mejilla. Cuando salió, Mamá salió con él. Cuando Mamá entró otra vez a la carpa, no miró a Hildemara. Tomó las pequeñas cubetas con su almuerzo y les dijo que era hora de irse. Agarró a Bernhard del hombro antes de que saliera. "Camina con tu hermana. No la pierdas de vista."

No habían avanzado ni medio kilómetro cuando Bernhard pateó el polvo con enojo. "¡Vamos, Hildie! ¡Deja de arrastrar los pies!" Como no caminaba mucho más rápido, él comenzó a correr. Ella gritó, pero él le respondió gritando que tendría que alcanzarlo o caminar sola.

Hildemara corrió tan rápido como pudo, pero sabía que no podría alcanzarlo. Una punzada que sintió en un costado la hizo bajar la velocidad. Gritó otra vez con lágrimas que le corrían en las mejillas.

Él se dio vueltas para mirar por encima de su hombro. Se detuvo y puso las manos en sus caderas y esperó hasta que ella lo alcanzó. "Será mejor que dejes de llorar ahora o todos te dirán llorona." Se quedó al lado de ella el resto del camino.

Los niños jugaban en el patio. Algunos se detuvieron para observar cuando Bernhard e Hildemara se acercaron. Bernhard empujó la puerta para abrirla. Cuando los niños se acercaron, Bernhard fue el único que habló. Hildemara se quedó a su lado, mirando una cara y después otra, con la garganta seca. Uno de los niños la miró.

—¿Es tonta tu hermana o algo así?

A Bernhard se le puso la cara roja.

—Ella no es tonta.

Cuando sonó la campana, todos hicieron una fila y caminaron hacia el edificio. Una mujer alta y delgada, con pelo oscuro, una falda azul marino, blusa blanca de mangas largas y suéter tejido azul oscuro le dijo a Hildemara que compartiera un escritorio con Elizabeth Kenney, la niña bonita que había usado el vestido de satín rojo y verde y un par de zapatos brillantes la noche de la celebración de Navidad. Hoy llevaba puesto un bonito vestido verde. Un lazo verde que le hacía juego ataba sus dos largas trenzas rojas. Elizabeth sonrió amablemente. Hildemara trató de responderle con otra sonrisa.

Bernhard hizo amigos inmediatamente. Un grupo de niños lo

rodearon en el patio de recreo. Tony Reboli se paró dentro del círculo. "Hagamos un juego." Empujó a Bernhard. Riéndose, Bernhard también lo empujó. Tony puso más fuerza en el siguiente empujón. Bernhard empujó tan duro que Tony se cayó. Bernhard dio un paso adelante y le extendió su mano. Tony dejó que lo levantara. Sacudiéndose, sugirió que hicieran una carrera. Tony salió corriendo; Tom Hughes, Eddie Rinckel y Wallie Engles salieron detrás de él. Bernhard alcanzó a Tony fácilmente, lo pasó y llegó primero al extremo del patio.

Sentada en una banca bajo un gran olmo, Hildemara veía cómo su hermano la pasaba bien con sus nuevos amigos. Podía correr más rápido, saltar más alto y jugar más fuerte que cualquier niño de la escuela. Al final del día, solamente las niñas lo llamaban Bernhard. Todos los niños lo llamaban Bernie. Al final de la semana, todos querían ser su mejor amigo. Hasta las niñas lo seguían, riéndose y susurrando, buscando su atención. A Hildemara le divertía ver lo incómodo que se ponía su hermano.

Después de dos semanas, Hildie todavía no tenía ni una amiga. Nadie la molestaba; Bernie se aseguraba de eso. Pero nadie le prestaba atención. Se convirtió en la Hermanita porque así la llamaba Bernie, y nadie recordaba su nombre. Cada recreo, mientras los demás jugaban, ella se sentaba sola en una banca y miraba. No sabía cómo unirse al juego, y el simple pensamiento de acercarse a alguien y pedirle permiso la hacía sentirse mal del estómago. Sólo la maestra se fijó en ella.

La señora Ransom tenía un cuadro en la pared y ponía estrellas doradas y plateadas, o puntos azules y rojos. Cada mañana, lo primero que hacía Hildie era correr hacia el baño de las niñas para lavarse. Eso no servía de nada. Después del saludo a la bandera y de cantar *"My Country, 'Tis of Thee,"* que Hildemara confundía con *"God Save the King,"* La señora Ransom revisaba a cada niño, que tuviera el pelo bien peinado, que se hubiera lavado las manos y la cara, que tuviera las uñas limpias y los zapatos lustrados. Ni una sola vez Hildemara aprobó la inspección.

Una vez, la señora Ransom llegó al punto de dividir su pelo en una docena de lugares, buscando piojos. En tanto que los niños soltaban risas suaves, Hildemara estaba sentada con la cara roja y se sentía enferma por la humillación. "Bueno, por lo menos no tienes piojos. Pero no estás lo suficientemente limpia como para ganarte siquiera un punto rojo. Quizás ganarías una estrella plateada si te molestaras en lustrar tus zapatos."

Cuando Hildemara dijo que necesitaba pomada para sus zapatos, Mamá la miró con las manos sobre sus caderas. "¿Pomada? ¿Con toda la arena y el polvo en el que caminas para ir a la escuela? ¡No desperdiciaremos dinero en lustre!"

Hildemara humedeció el dobladillo de su vestido para limpiar sus zapatos, pero entonces la señora Ransom dijo que su vestido se veía sucio.

—Déjame ver tus manos, Hildemara Waltert. Todavía te comes las uñas. Es un hábito desagradable. Te saldrán gusanos. —Los niños que rodeaban a Hildie soltaron risitas—. Levanta los brazos. No los bajes hasta que yo te diga. —Hildemara mantuvo sus manos en el aire, con la cara que le ardía de la vergüenza mientras la señora Ransom señalaba—. Miren esto, niños. Cuando se laven las manos, lávense los brazos también. No quiero ver riachuelos de suciedad. —Sacudió su cabeza mientras miraba a Hildemara—. Ya puedes bajar los brazos. ¡La próxima vez, no te conformes con salpicarte un poco de agua encima en el baño de las niñas y decir que te has bañado!

—Los Waltert viven en una carpa cerca de la acequia, señora Ransom.

—Sé dónde viven, Elizabeth, y no es excusa para ser sucio. Si se molestara en usar un poco de jabón con el agua, quizás se ganaría una estrella de plata. —La señora Ransom continuó con el próximo niño. Betty Jane Marrow recibía una estrella de oro todos los días.

Las lágrimas calientes quemaban e Hildemara luchaba por contenerlas. Se mordió su labio inferior y mantuvo sus manos apretadas en su regazo. Podía sentir que Elizabeth Kenney la observaba, pero ella no le devolvía la mirada. Un niño que estaba detrás de ellas se inclinó hacia delante y le jaló el pelo fuertemente a Hildemara. Elizabeth se volteó. "¡Basta!"

La señora Ransom se dio vuelta y clavó su mirada en Hildemara.
—Ve a sentarte en el banco de la esquina.

Elizabeth se quedó con la boca abierta. —¡Ella no hizo nada!

—Está bien. Suficiente. Vamos a trabajar.

Cuando llegó el recreo, Hildemara volvió a su banca. Elizabeth Kenney dejó a sus amigas y se acercó a ella. "¿Puedo sentarme contigo, Hildemara?"

Hildemara encogió los hombros; se debatía entre el resentimiento y la admiración. Elizabeth tenía una fila completa de estrellas doradas en el cuadro de la clase. La única que tenía más era Betty Jane Marrow.

Elizabeth se veía robusta y bonita. Nadie le decía que era flaquísima y tan pálida como un fantasma.

—Vivo en la Calle de los Olmos. No queda lejos. Al otro lado del camino y a unas cuantas cuadras. Tú pasaste por mi casa una vez. Te vi por la ventana. Mi casa está a pocos metros de la biblioteca. ¿Sabes dónde está? Puedes venir antes de la escuela, si quieres. Tenemos agua caliente y . . .

A Hildemara le ardía la cara.

—Yo me lavo todos los días. Estoy limpia antes de venir a la escuela.

—Es una caminata larga desde donde vives. Yo también estaría cubierta de polvo y suciedad si tuviera que caminar a la escuela todos los días.

—¿Cómo sabes dónde vivimos? ¿Te lo dijo Bernie?

—Mi madre llevó una cena de Navidad a tu familia. Llevó muñecas para ti y para tu hermana.

—¿Ella hizo la muñeca de trapo?

—No, era de la caja de cosas para regalar que hay en la iglesia.

—Las amigas de Elizabeth la llamaron. Elizabeth dijo que iría en un momento—. Mi madre dice que la señora Ransom te trata mal porque a su hermano lo mataron en la guerra. Tu padre es alemán, ¿verdad? Eso hace que tú también seas alemana. —Cuando sus amigas la volvieron a llamar, Elizabet se puso de pie—. Creo que será mejor que vaya. ¿Te gustaría jugar con nosotras, Hildemara?

"¡Elizabeth!"

Hildemara miró a las otras niñas. Llamaban a Elizabeth, no a ella. ¿Pensaban de la misma manera que la señora Ransom? Con un nudo en la garganta, Hildie sacudió la cabeza. Cuando Elizabeth se fue, Hildie vio a Bernie jugar a las canicas con sus amigos al otro lado del patio. ¿Por qué a nadie le importaba que fuera alemán? A todos les agradaba su hermano. A la señora Ransom probablemente también le agradaría, si fuera uno de sus alumnos.

Mamá hacía que ella y Bernie hicieran sus tareas todas las tardes cuando llegaban a la casa. "Tienes que hacerlo ahora antes que esté demasiado oscuro para ver. Mientras más rápido termines, más rápido podrás salir a jugar. Ahora, léelo otra vez."

Bernie protestaba.

"Nunca llegarás a ninguna parte en el mundo si no puedes leer mejor, Bernhard. Léelo otra vez."

Después de dos meses, la señora Ransom prendió con un alfiler una nota en el suéter de Hildemara. Mamá la retiró y la leyó. "Dice que eres una lectora lenta. No eres una lectora lenta. ¿De qué se trata esta nota? Ella cree que eres tonta. ¡Ningún hijo mío es tonto! Trae tu libro a casa mañana."

Al final de la jornada, el día siguiente, Hildemara tomó un libro de lectura del estante.

—¿A dónde vas con ese libro? —La señora Ransom le cerró el paso en la puerta.

—Mamá quiere que lo lleve a casa.

—¡Robar! ¡Eso es lo que estás a punto de hacer!

—¡No! —Lloriqueando, Hildemara trató de explicar.

—No me importa lo que tu madre quiera, Hildemara. —Le arrebató el libro—. Dile que te lleve a la biblioteca. Estos libros son costosos y los contribuyentes *estadounidenses* pagan por ellos. No tienes derecho a usarlos.

Cuando Hildemara entró a la carpa sin el libro, Mamá quería saber por qué.

—La señora Ransom no me dejó que lo trajera. Dijo que tienes que llevarme a la biblioteca.

Los ojos de Mamá se le pusieron ardientes, pero para cuando la cena terminó estaba tranquila.

—Iremos a la biblioteca el sábado. —Puso sus dedos debajo del mentón de Hildemara e hizo que la mirara—. Trata de hacer una amiga. Una amiga puede marcar la diferencia en cuanto a que seas feliz o desdichada en el mundo. Rosie Gilgan es mi amiga y lo ha sido desde el primer día de la escuela. Ella viene de una familia adinerada que tiene un hotel. Yo era la hija de un sastre. Ella vivía en una casa grande. Nuestra familia vivía arriba de la sastrería. Yo podía compartir mis pensamientos y sentimientos con Rosie y nunca temía que ella fuera chismosa o se burlara de mí. Rosie siempre fue amable, una verdadera cristiana, y yo sabía que podía confiar en ella. Encuentra a alguien como ella, Hildemara Rose, y serás una niña mucho más feliz de lo que eres ahora.

—¿Me pusiste el nombre de tu amiga, Mamá?

—Sí, lo hice. Espero que crezcas con sus excelentes cualidades.

Hildemara imaginó que Rosie Gilgan había sido intrépida como

Mamá, y popular como Elizabeth Kenney, y que no le preocupaba cómo la trataban otras niñas. Hildemara se quedó dormida llorando. Deseaba poder enfermarse como cuando viajó en el tren. Tal vez entonces Mamá la dejaría quedarse en casa y faltar a la escuela. Tal vez entonces no tendría que regresar y enfrentarse con la señora Ransom.

Ninguna cantidad de llanto o súplica hizo que Mamá cambiara de opinión, incluso el sábado, cuando Mamá se enteró que no podían pedir libros prestados mientras no tuvieran una dirección permanente.

❄ ❄ ❄

Papá se inclinaba cerca de la lámpara y traducía una historia de su Biblia en alemán cada noche. Una noche elegía del Antiguo Testamento y a la siguiente del Nuevo. A Bernie le gustaba oír de guerreros como Gedeón, David y Goliat, o del profeta Elías, que pidió que descendiera fuego sobre el altar y que después mató a todos los sacerdotes de Baal. A Clotilde no le importaba lo que Papá leyera. Se subía a su regazo y se dormía en unos minutos.

A Hildemara le gustaban las historias de Rut y de Ester, pero esta noche no quería pelear con su hermano después de que la señora Ransom la fastidiara todo el día. Había oído discutir a Papá y a Mamá antes y no quería quejarse y agregar combustible al temperamento de Mamá quejándose.

"Esta noche no habrá guerreros ni historias de guerra, Bernhard." Papá le pellizcó la nariz a Clotilde. "Y tampoco historias de amor. Van a escuchar el Sermón del Monte de Jesús."

Papá leyó por largo tiempo. Bernie casi siempre se sentaba con las piernas cruzadas, dispuesto a escuchar. Esa noche se tumbó en su catre, con las manos detrás de su cabeza, medio dormido. Cuando Clotilde se durmió, Mamá la metió en su bolsa de dormir. Hildemara pasaba la aguja en el dechado que Mamá le había dado. No importaba cuánto lo intentara, hacía un desorden con las puntadas. Mamá lo tomó y sacó todo el hilo enredado. Se lo devolvió. "Hazlo de nuevo." Hildie bajó la cabeza, con ganas de llorar. Ni siquiera Mamá aprobaba sus esfuerzos por hacer las cosas bien.

Papá siguió leyendo.

Hildemara no entendía casi nada. ¿Qué significaba ser sal y luz? ¿Por qué alguien escondería una lámpara debajo de una canasta? ¿Querría iniciar un incendio? ¿Qué significaba adulterio? Cuando comenzó a leer acerca de los enemigos, Hildemara hizo puntadas más lentas y cuidadosas. *"Amen a sus enemigos,"* dijo Jesús. ¿Significaba que tenía que amar a la señora Ransom? La señora Ransom la odiaba. Seguramente eso la hacía su enemiga. *"Oren por los que los persiguen,"* dijo Jesús. —¿Qué significa *perseguir*?

Mamá hizo una puntada en una de las camisas de trabajo de Papá.

—Es cuando alguien te trata cruelmente, cuando te usan con malicia.

Papá puso la Biblia en su regazo.

—A Jesús lo trataron cruelmente, Hildemara. Cuando lo clavaron en la cruz, oró por la gente que lo colgó allí. Le pidió a Dios que los perdonara porque no sabían lo que estaban haciendo.

—¿Y nosotros tenemos que hacer eso?

Mamá miró a Papá con enojo.

—Nadie puede ser tan perfecto como Jesús.

Papá no la miró, sino que habló con Hildemara.

—Dios dice que si solamente amas a los que te aman, entonces no eres mejor que los que son crueles contigo. Si eres amable solamente con tus amigos, no eres distinta a tu enemigo.

Mamá hizo un nudo y cortó el hilo.

—Eso no quiere decir que dejes que la gente te pisotee. Tienes que mantenerte firme . . .

—Marta. —La voz tranquila de Papá tenía una nota de advertencia que hizo que Mamá apretara sus labios. Papá puso su mano en la cabeza de Hildemara—. Se necesita ser alguien muy especial para amar a un enemigo y orar por alguien que es cruel.

—Ella no es Jesús, Niclas. —Mamá lanzó la camisa de Papá sobre la cama—. Y si lo fuera, también acabaría como él. ¡Clavada en una cruz! —Salió de la carpa, con los brazos cruzados para protegerse del frío de la noche.

Papá cerró la Biblia. "Es hora de ir a la cama."

Acostada en su catre, Hildemara escuchó a Mamá y a Papá hablar en voz baja afuera de la carpa.

—Uno de nosotros debería ir y decirle a esa . . .

—Solamente empeorará las cosas y tú lo sabes.

—Ya le es difícil sin que le digas que tiene soportar a la gente que la atropella. Tiene que aprender a defenderse.

—Hay distintas maneras de defenderse. —La voz de Papá era aún más baja.

Hildemara atenuó su llanto con la frazada. No quería que Papá y Mamá discutieran por su causa. Oró para que la señora Ransom dejara de perseguirla. Oró para que la señora Ransom fuera agradable por la mañana. Pensó en lo que Elizabeth Kenney le había dicho del hermano de la señora Ransom. Hildemara sabía lo triste que se sentiría si algo malo le pasara a Bernie. Sólo con pensar en que Bernie se muriera se sintió peor. Ella no había hecho nada para merecer el odio de la señora Ransom. Tal vez la señora Ransom era como una de esas personas que mataron a Jesús. Tal vez ella tampoco sabía lo que estaba haciendo.

Durante todo el camino hacia la escuela a la mañana siguiente, Hildemara oró en silencio. Bernie le dijo que dejara de hablar entre dientes. "¡Si comienzas a susurrarte a ti misma, la gente creerá que estás loca!"

El resto del camino a la escuela Hildemara oró en silencio, en lugar hacerlo en voz alta. Cuando la señora Ransom llevó a los niños a la clase, Hildie hizo una oración por ella. *Jesús, perdona a la señora Ransom por ser tan mala conmigo. Ella no sabe lo que está haciendo.*

La oración no cambió nada. De hecho, todo se puso peor. Cuando terminó la inspección de higiene, la señora Ransom agarró a Hildemara de la oreja y la arrastró de su asiento. "Ven acá, Hildemara Waltert, ¡y deja que los demás niños te vean bien!"

Con el corazón latiéndole con fuerza, Hildemara trató de no llorar. La señora Ransom la soltó sólo para agarrarla de los hombros y hacerla girar para que estuviera de cara a la clase. "Levanta las manos, Hildemara. Muéstrales a estos niños lo que tengo que ver todas las mañanas." Hildemara cerró los ojos con fuerza, deseando ser invisible. La señora Ransom le dio un manotazo detrás de la cabeza. "¡Haz lo que te digo!" Temblando, con la cara ardiendo, Hildemara levantó sus manos. "¡Miren, niños! ¿Alguna vez habían visto uñas tan repugnantes? Se las mordió hasta la carne."

Por primera vez, nadie se rió, ni siquiera suavemente.

"Ve a tu asiento, Hildemara Waltert."

Cuando Papá terminó de leer la Biblia esa noche, Hildemara le preguntó si había peleado en la guerra. Él frunció el ceño.

—¿Por qué me haces esa pregunta?

—El hermano de la señora Ransom murió en la guerra.

—Yo estaba en Canadá cuando comenzó.

Mamá interrumpió antes de que él pudiera seguir leyendo la Biblia.

—Si tu papá hubiera estado en Alemania, es posible que también hubiera muerto, Hildemara. Cientos de miles murieron: franceses, ingleses, canadienses, estadounidenses y alemanes.

Bernie preguntó quién la había comenzado.

Papá cerró la Biblia. —Es demasiado complicado para explicarlo, *Sohn*. Un hombre enojado disparó a un miembro de la familia real y dos países fueron a la guerra. Entonces los amigos de esos países tomaron partido, y pronto todo el mundo estaba peleando.

—Excepto Suiza. —Mamá siguió cosiendo—. Fueron lo suficientemente listos como para mantenerse fuera de ella.

Papá abrió la Biblia otra vez.

—Sí, pero ganaron mucho dinero por eso.

Hildemara no le encontraba sentido.

—¿Murió alguien que conocías, Papá?

—Mi padre. Mis hermanos.

Mamá abrió bien los ojos.

—Esta es la primera vez que escucho de ellos.

Papá le sonrió con tristeza.

—No me incubaron, Marta. Tuve madre, padre, hermanos y hermanas. Mi madre murió cuando yo tenía la edad de Hildemara. Mis hermanas eran mucho mayores y estaban casadas. No sé qué le pasó a ninguna de ellas. He escrito cartas. —Sacudió la cabeza y tenía los ojos húmedos—. Sólo Dios sabe qué pasó con ellas.

Cuando Hildemara se levantó la mañana siguiente, le preguntó a Mamá si habría otra guerra. "No lo sé, Hildemara." Se oía enojada e impaciente. Terminó de trenzar el pelo de Hildemara y la giró hacia ella. "¿Por qué todas estas preguntas sobre la guerra? ¡La guerra se acabó!"

No para algunas personas. No quiso decirle a Mamá lo que la señora Ransom le hacía todos los días porque Mamá se enojaría, y si Mamá se enojaba, la señora Ransom tendría muchas más razones para estar enojada con los alemanes.

Hildemara sentía lástima por la señora Ransom. Debía estar muy triste para estar tan enojada todo el tiempo. Hildemara oraba para que la señora Ransom encontrara otra manera de superar la muerte de su hermano, y que no se desahogara con ella.

Mamá levantó el mentón de Hildemara.

—¿Quién te dijo que el hermano de la señora Ransom murió en la guerra?

—Elizabeth Kenney.

—Bueno, no es una excusa. Dios dice que no guardemos rencor. ¿Entiendes lo que te digo? —Cuando los ojos de Mamá se humedecieron, se levantó abruptamente y se se alejó—. No olvides tu cubeta de almuerzo. Será mejor que te apresures o Bernhard estará a medio camino de la escuela antes de que lo alcances.

Cuando Hildemara miró atrás, vio que Mamá estaba parada afuera de la carpa, con sus brazos cruzados, mirando. Hildemara corrió por el camino.

18

Unos días después, Papá llegó a casa, con sus ojos azules brillantes de emoción.

—Encontré un lugar para nosotros.

Mamá dejó de revolver el guiso en el fuego al aire libre y se enderezó.

—¿Dónde?

—Es al occidente de Murietta, como a dos millas afuera de los límites del pueblo, al otro lado del gran canal. La señora Miller perdió a su esposo el año pasado. Necesita que alguien trabaje en el lugar hasta que su hija termine la secundaria. Dijo que entonces tal vez venderá el lugar.

—¿Cuánto falta para que la chica termine la secundaria, Niclas?

—Cuatro años, creo.

—No firmaste un contrato, ¿verdad?

—Bueno, yo . . .

—Dime que no lo hiciste.

—Sólo por dos años. ¡Me dijiste que adquiriera experiencia! ¡Esta es la mejor manera de obtenerla!

Mamá caminó hacia la acequia. Papá la siguió. Cuando le puso la mano en el hombro, ella se la quitó con un sacudido. Le habló por mucho tiempo, pero Mamá siguió dándole la espalda.

Bernie estaba parado junto a Hildemara, mirándolos. "Espero que

Papá gane. Por lo menos tendremos un techo sobre nuestras cabezas, en lugar de vivir en una carpa con goteras."

❄ ❄ ❄

La única casa de la propiedad pertenecía a la señora Miller y a su hija, Charlotte, pero la señora Miller le había dado permiso a Papá para construir un albergue temporal en la propiedad, con condiciones. No quería una choza. Mamá quería hablar con la señora cuando supo que Papá tenía que pagar los gastos por construir la estructura, pero Papá le ordenó que no se acercara a "la casa grande."

En los días siguientes, Papá construyó una plataforma de madera, paredes hasta la mitad y un marco sobre el cual él y Mamá extendieron lonas de carpas. Los lados de la lona podían enrollarse en los días cálidos y bajarlos cuando fuera necesario protegerse de la lluvia y el viento. El aire frío y el agua todavía lograban colarse. Papá apiló ladrillos e hizo un cobertizo donde Mamá podría cocinar, sin poner en peligro la casa-carpa.

La señora Miller y su hija tenían agua corriente en la casa, pero Mamá tenía que usar una manguera cerca del establo y llevar agua cubeta por cubeta para usar en la carpa. La señora Miller también tenía un baño interior, pero Papá tuvo que cavar un hoyo profundo y construir un retrete. También le dijo a Papá que a los niños no se les permitía acercarse al jardín de flores.

—Tiene rosas premiadas y las exhibe en la feria cada año. —La viuda no quería que los niños se acercaran a la casa—. No le gusta el ruido.

—¡Por favor, Niclas! ¿Qué pretende?

—Paz y tranquilidad.

—¿Por qué no le preguntas dónde pueden jugar nuestros niños?

Papá les guiñó el ojo.

—En cualquier lugar que no se vea desde la casa.

Bernie trepaba almendros y atrapaba ranas en la acequia y sapos en la viña. Clotilde jugaba con su bonita muñeca de porcelana. Hildemara permanecía cerca de la casa-carpa y de Mamá.

La morera daba sombra, pero soltaba frutas sobre el techo de lona y lo manchaba con salpicones rojos y morados. Mamá se quejaba de vivir como una vagabunda. Parecía que mientras más crecía el vientre de Mamá, más se amargaba su carácter. No tenía paciencia con nadie. Ni siquiera Papá podía apaciguarla.

Pronto llegó el verano. Mamá le dio a Hildemara la escoba y le dijo que mantuviera la plataforma barrida. Como le era demasiado incómodo agacharse, le enseñó a Hildemara a pelar y a cortar vegetales, a freír carne y a hacer panecillos. El verano hervía y el suelo se secó con el calor.

Mamá cosió las junturas de la carpa más apretadas, pero en lugar de mantener los lados abajo todo el día, lo cual hacía que la carpa pareciera un horno, tenía que dejar la lona enrollada hacia arriba, y eso hacía que el polvo y la arena entraran todo el día. Las moscas que zumbaban volaban en círculos alrededor de Mamá, quien se sentaba con un matamoscas en la mano, esperando a que aterrizaran. Las cálidas noches de agosto tenían a todos sudando en sus catres.

Cuando se acercaba la llegada del bebé, Papá ya se había ido a trabajar en la cosecha. Mamá llamó suavemente. "Hildemara, ve a decirle a la señora Miller que voy a tener el bebé. Tal vez demuestre un poco de compasión."

Hildemara corrió a la puerta trasera y llamó golpeando.

—¡Deja de alborotar! —La señora Miller miró a través de la tela mosquitera sin quitar el seguro—. Si tu padre necesita algo, dile que tendrá que esperar hasta que refresque un poco. No voy a salir con este calor.

—¡Mamá va a tener el bebé!

—Ah, pues. Felicitaciones. Ve a buscar a tu padre y díselo. Tendrá que poner a uno de los hombres de la cuadrilla de trabajo a cargo mientras atiende a tu madre. —Cerró la puerta.

Hildemara corrió por todo el rancho buscando a Papá. Finalmente lo encontró cargando un camión en el extremo de la propiedad. Cuando oyó que Mamá estaba dando a luz al bebé, dijo algo a uno de los trabajadores italianos y corrió a la casa-carpa. Mamá estaba acostada en el piso, con el sudor que le chorreaba en la cara enrojecida. Hildemara se quedó parada en la puerta, sin saber qué hacer. Mamá le extendió la mano.

—¿Hablaste con la señora Miller?

—Sí, Mamá.

—¿Qué dijo, Hildemara?

—Felicitaciones.

Mamá se rió frenéticamente. "¿Qué te dije de esa mujer, Niclas?" Mamá gimió. "No recibiremos ayuda de ella ni de esa hija haragana . . ." Gritó de dolor.

Hildemara comenzó a llorar.

—No te mueras, Mamá. —Sollozaba, temblando—. Por favor, ¡no te mueras!

—¡No me voy a morir! —Se agarró de la camisa de Papá, con sus dedos blancos—. Ay, Jesús. Ay, Dios de misericordia . . . —Después de un momento, dejó salir una respiración fuerte y cayó de espaldas, jadeando—. Vete afuera, Hildemara. No te necesitamos.

Papá miró a su alrededor.

—¿Dónde está Clotilde?

Mamá tomó aire, y una mirada horrorizada llenó su cara.

—Ay, Niclas. ¡No sé!

—Aquí estoy, Mamá. —Clotilde caminó enfrente de Hildemara y le ofreció un puñado de las perfectas rosas amarillas de la señora Miller.

❄ ❄ ❄

La pequeña Rikka resultó ser la hija más fácil para Mamá, o eso dijo Papá. Tiró suavemente de la trenza de Hildemara.

—Eras tan flaca que Mamá pensó que morirías antes de terminar tu primer mes. Pero te aferraste como un monito.

—Todavía es flaca. —Bernie la miró con lástima—. Tony dice que es esquelética.

Rikka era tan llenita y dulce que hasta Hildemara se enamoró de ella. A Clotilde le gustó Rikka lo suficiente el primer día y el segundo, pero como la beba absorbía la atención de Mamá, Clotilde preguntó si la cigüeña podría volver y llevársela de nuevo. Papá se rió con ganas por eso. "Es bella, Niclas." Mamá le sonrió a Rikka mientras la amamantaba. "Tiene tu pelo rubio y tus ojos azules. Va a ser aún más bella que Clotilde."

Hildemara tomó el espejo de mano de Mamá y corrió al establo. Sentada en un compartimento vacío, examinó su cara. ¿Se veía como un mono? Tenía los ojos avellanados y el pelo castaño de Mamá. Tenía la nariz recta y la piel blanca de Papá. Por alguna razón, ni compartiendo esos atributos era bonita en lo más mínimo. Se quemaba en lugar de broncearse como Bernie. Su cuello parecía un tallo que salía del vestido floreado de algodón.

Hildemara deseaba haber nacido con los rizos largos y rojos y los ojos verdes de Elizabeth Kenney. Tal vez entonces Mamá estaría orgullosa de ella. Tal vez entonces Mamá le hablaría con esa voz cariñosa que usaba con Rikka; la miraría con esa sonrisa suave y afectuosa. En cambio, Mamá frecuentemente la miraba con el ceño fruncido. Suspiraba con impaciencia. Le hacía señas con la mano y le decía: "Vete a jugar a otra parte, Hildemara." Decía: "¡No te pegues a mis faldas todo el tiempo!" Mamá nunca decía: "Miren qué dulce es Hildemara Rose . . . miren qué bonita y dulce . . ."

Tal vez a Mamá no le gustaba ver su pelo liso y castaño y sus ojos avellanados, aunque los de Mamá eran iguales. A veces, Hildemara deseaba que Mamá escondiera su decepción y que la justificara como hacía con los demás. Tal vez Mamá lamentaba haber desperdiciado el nombre de Rose en ella. No era equilibrada, bonita ni popular, como imaginaba que había sido Rosie Gilgan, la amiga de Mamá. No tenía la buena voz para cantar de Papá, ni el intelecto de Mamá. Cantaba "alegre a Jehová," decía Papá, y tenía que estudiar mucho y por mucho tiempo para meterse las cosas en la cabeza.

Cuando Hildie se quedaba adentro de la casa-carpa y ofrecía ayudar, Mamá se ponía impaciente.

—Si necesito ayuda, la pediré. Ahora, ¡sal de aquí! ¡Busca algo que hacer! Hay un mundo entero afuera. Deja de esconderte aquí.

No se estaba escondiendo. —Quiero ayudar, Mamá.

—¡No es de ayuda tenerte entre mis polleras todo el día! ¡Vete! Vuela, Hildemara. Por favor, ¡vuela!

Hildemara no sabía qué quería decir. Ella no era un ave. ¿Qué había hecho mal? Tal vez Mamá nunca la había amado. Si Mamá amaba los bebés rellenitos y rosados, entonces tener una niñita flaca y enfermiza habría sido una gran decepción. Hildemara trataba de subir de peso, pero no importaba cuánto comiera, todavía tenía piernas flacuchas, rodillas huesudas y clavículas protuberantes. Clotilde, en cambio, crecía rellenita y rosada, y aumentaba por centímetros. "Clotilde será más alta que Hildemara dentro de un año," dijo Papá una noche, e Hildie se sintió aún peor.

A veces Hildie sentía que su madre la estaba mirando. Cuando ella se daba vuelta, Mamá tenía otra vez ese gesto de preocupación. Hildemara quería preguntar qué había hecho mal, qué podía hacer para que Mamá sonriera y se riera de la manera que lo hacía todos los días con la pequeña Rikka. A veces, cuando Mamá sí sonreía con ella, no parecía ser por orgullo o placer, sino por tristeza, como si Hildemara no pudiera evitar decepcionarla.

Como ese día.

—¿Por qué estás tan callada, Hildemara?

Miraba a Mamá que amamantaba a la beba. ¿La había cargado su madre alguna vez tan tiernamente? —Sólo estaba pensando en la escuela. ¿Cuándo comienza?

—A mediados de septiembre. Así que puedes dejar de preocuparte. Tienes un poco más de tiempo para jugar y disfrutar del verano.

Hildemara comenzó a orar por la señora Ransom. Ella enseñaba en el jardín infantil y el primer grado, por lo que Hildie tenía sólo un año más que sufrir.

❊ ❊ ❊

Al final de la cosecha, Papá cobró su parte del dinero del cultivo. No era tanto como había esperado, pero a otros agricultores les había ido peor. A otros les había ido mejor, también, dijo Mamá. Ella había ido al pueblo. Había hablado con la gente. Papá le dijo que la señora Miller había dicho que eran circunstancias extenuantes. Con la cara sombría, Mamá envió a los niños a la cama temprano. Bernie y Clotilde, después de haber jugado todo el día, se fueron a dormir inmediatamente, pero Hildemara estaba despierta, afligida, y escuchaba.

Papá suspiró.

—Nos irá mejor el próximo año.

—Aquí no, no nos irá bien. La señora Miller me dijo esta mañana que espera que le cocine y le limpie. Para que las cosas queden niveladas, dijo. Cree que debería estar agradecida por el lugar que nos ha dado. —Mamá rió con amargura—. Ella puede cocinar y limpiar por sí misma. O contratar a alguien más que lo haga.

—Hablaré con ella.

—Cuando lo hagas, dile que busque a otro que trabaje como aparcero en su propiedad. Deberían saber que no recibirán parte de nada.

—No tenemos otro lugar a donde ir.

—Comenzaremos a averiguar. Mira lo que has hecho con este lugar, Niclas. ¡Y piensa cuánto has aprendido!

—No gané nada de dinero.

—Porque la señora Miller no es distinta a Robert Madson. Eres un buen trabajador, Niclas. Te he visto conducir a una cuadrilla de trabajadores. Los hombres te respetan. Escuchas a la gente. Aceptas consejos, de los hombres, por lo menos. Y con todos tus conocimientos de ingeniería, has podido arreglar el equipo de la granja de la señora Miller y hacer que esa bomba del pozo funcione. Encontraremos un lugar propio.

—¿Y cómo pagaré por él?

—*Pagaremos* con el dinero que gané de la venta de la casa de huéspedes.

Papá no habló.

—No me mires así. Te dije por qué no estaba dispuesta a dártelo antes. Madson se aprovechó de ti, y también la señora Miller. —Se rió suavemente—. Bueno, he decidido que si alguien se va a aprovechar de mi esposo, seré yo.

Hildemara estaba acostada en la oscuridad, atenta, escuchando, conteniendo la respiración, hasta que Papá habló tranquilamente.

—Podría perder todo lo que ahorraste.

—No si me escuchas. He hablado con mucha gente en el pueblo. He pasado tiempo en la biblioteca. He leído los periódicos. Tenía que asegurarme que aquí es donde pertenecemos. Quizás Dios te habla, Niclas, pero no me ha dicho nada a mí. Si pudiera elegir, serías ingeniero otra vez. Estaríamos viviendo en Sacramento o en San Francisco. ¡Yo tendría un hotel con un restaurante! Pero odiabas trabajar para el ferrocarril. Si volvieras a eso, finalmente llegarías a odiarme también.

—Nunca.

—Mi padre descargaba su desdicha en todos los que lo rodeaban.

—Tal vez lo mío sea sólo un sueño.

La voz de Mamá se suavizó.

—He tenido sueños mayores que los tuyos. Y todavía no los he abandonado. ¿Por qué tendrías que abandonarlos tú? —Su voz se puso más firme—. Pero será mejor que ahora mismo decidas qué es lo que quieres. Puedo comenzar a empacar esta noche. Podemos volver a Sacramento. Puedes trabajar para el ferrocarril.

Bernie se movió.

—¿Están peleando otra vez?

—Shhhh... —Hildemara se mordía las uñas.

—No voy a regresar a trabajar para el ferrocarril, Marta. Ni ahora, ni nunca.

—Está bien. Entonces, mientras terminas el contrato aquí, comenzaremos a buscar una tierra con casa. Para este tiempo el próximo año, podemos comenzar a trabajar para nosotros mismos. —Como Papá no respondió, Mamá elevó su voz—. ¿Puede irnos peor de lo que estamos ahora, viviendo aquí? ¿Cuántas veces se han enfermado los niños durante los meses fríos? Y en el verano, nos cocinamos como panes en un horno. No importa cuánto barra, ¡no puedo mantener el lugar limpio! ¡Y las moscas! Tengo suerte de no haber muerto de una infección cuando Rikka nació.

Papá se alejó hacia la noche.

Mamá suspiró con fuerza y se sentó en la silla de sauce verde que Papá le había hecho. Con las manos unidas en su regazo, esperó. Hildemara se durmió y se despertó al oírlos hablar otra vez, más tranquilamente.

—Haremos lo que sugieres, Marta. Le pido a Dios que no me odies si pierdo todo tu dinero.

—No lo *perderemos*. Estaremos juntos y pelearemos por él. Haremos lo que sea que tengamos que hacer para tener buenos resultados. —Se rió débilmente—. Piénsalo, Niclas. Con una dirección permanente, podré obtener una tarjeta en la biblioteca.

Papá la jaló para abrazarla y la besó. Metió sus dedos en su cabello y le hizo hacia atrás la cabeza para verla.

—No dejes que se apague ese fuego, Marta. El mundo sería demasiado frío para que yo lo soportara. —Inclinándose, dijo algo en voz baja y enronquecida. Cuando se apartó, extendió su mano. Mamá vaciló y volteó la cabeza levemente como si estuviera escuchando a Rikka. Luego metió su mano en la de Papá y salieron juntos hacia la noche.

19

1923

El último día de la escuela, Hildemara saltaba por el camino, con alegría. Tenía todo el verano para olvidar cuánto odiaba ir a la escuela. Se había sentido devastada con el anuncio de la señora Ransom de que a partir del próximo año la clase del segundo grado estaría combinada con el jardín infantil y el primer grado, y ella sería la maestra de todos. Hildemara había esperado tener otra maestra después de este año. Pero luego pensó que el anuncio significaba que Dios quería que ella siguiera orando por la señora Ransom.

Hildemara había aprendido a no quejarse de la señora Ransom. Solamente lograba que Mamá se enojara más y no cambiaba nada. Todas las mañanas oraba en el camino a la escuela y frecuentemente también oraba cuando estaba en la clase, especialmente cuando los ojos de la señora Ransom caían sobre ella como un halcón sobre un ratón. Cuando arrastraba a Hildemara en frente de la clase para dar un ejemplo de su pobre vestuario, de sus zapatos sucios, de sus uñas mordidas o de su cabello alborotado, Hildemara oraba para que las palabras salieran flotando por la ventana hacia el aire, para que nunca fueran recordadas. El salón se quedaba tan silencioso que las palabras duras de la señora Ransom parecían tener eco y ella se cansaba de decir lo mismo, y entonces le decía a Hildemara que volviera a su asiento.

Ahora cantaba sus oraciones de agradecimiento hasta que Bernie dijo que sonaba tan mal que agrietaría el cielo. Así que no importaba si estaba un año más en la clase de la señora Ransom antes de tener otra maestra. Podría ser valiente por otro año. No dejaría que las lágrimas corrieran por sus mejillas. *"Los palos y las piedras pueden quebrar tus huesos,"* cantaban los niños, *"pero las palabras nunca te herirán."* Ella se preguntaba a quién se le ocurriría eso, pues no era cierto en absoluto. A veces la señora Ransom decía cosas que destrozaban la corazón de Hildemara y la dejaban herida por varios días.

Papá decía que había que perdonar, pero el perdón no era fácil. No cuando ocurría lo mismo una y otra vez.

El verano se pasó en una nube de calor. Hildemara hizo tareas en la casa. Alimentó a los pollos y recogió huevos, lavó trastos y ayudó a desmalezar el huerto. Llevaba el almuerzo a Papá, mientras Mamá trataba de amarrar los costados de la lona de la carpa, para evitar que el polvo soplara donde Rikka dormía.

A medida que se acercaba la escuela, Hildemara se preocupaba y oraba continuamente que la señora Ransom no fuera mala con Clotilde, quien estaría en el jardín de infantes este año. Tal vez a la señora Ransom sólo le disgustaban los niños feos, igual que a Mamá. Hildemara oró para que los bonitos ojos azules y el pelo rubio de su hermana menor suavizaran el corazón de la maestra, de alguna manera en que su silencio respetuoso y obediencia nunca lo habían logrado.

Decidió no advertir a Clotilde en cuanto a la señora Ransom. No quería que tuviera pesadillas y que comenzara a comerse las uñas también. Cuando se bañaron juntas en la gran tina la noche anterior a que la escuela comenzara, le dijo a Clotilde que se lavara detrás de las orejas y alrededor del cuello. Clotilde le salpicó agua jabonosa en la cara.

A la mañana siguiente, Hildemara se sentía mal del estómago, pero no dijo nada. Sabía que Mamá la enviaría a la escuela de todas maneras y no quería responder preguntas. Bernie corrió adelante para encontrarse con sus amigos. Mamá había dejado a Hildemara a cargo de Clotilde, de modo que Hildie dejó que su hermana menor marcara el ritmo de sus pasos.

—¡Sigue por el camino, Clotilde! No te ensucies con el polvo.

—¿Quieres que una carreta me atropelle?

—¡Tienes que mantener tus zapatos limpios!

—¡Puedo ensuciarme si quiero! —Sacó la lengua y pateó polvo sobre Hildemara.

—¡Basta ya!

Clotilde salió corriendo e Hildemara corrió para alcanzarla. Riéndose, Clotilde gritó y corrió más rápido. Hildemara tropezó y cayó de cabeza en el pavimento y se raspó las manos, los codos y las rodillas. Aturdida por el dolor, se levantó. Cuando se vio las manos, tenía pequeñas piedrecitas debajo de la piel que sangraba. ¿Qué iba a hacer ahora?

Clotilde volvió corriendo. "Aaay." Miró las rodillas y codos de Hildie. Llorando todavía, Hildemara se sacudió lo mejor que pudo. "Vamos a llegar tarde." Cojeó a la par de su hermanita. "Cuando nos llamen a formarnos, tenemos que estar en orden alfabético. No hay nadie después de Waltert. Así que somos las últimas."

Cuando llegaron a la escuela, Hildie entró al baño de las niñas para lavarse. Las manos le ardían como fuego. Se puso agua fría en las rodillas, desalentada al ver cómo la sangre ya había corrido por sus piernas y había manchado sus calcetines. La sangre de sus codos raspados también había llegado a su vestido. ¿Qué diría la señora Ransom de esto? ¿Qué diría Mamá?

Se rindió y salió, preocupada de que Clotilde pudiera estar asustada en su primer día de clases. Pero Clotilde ya había conocido a una niña de su edad y estaba jugando al tejo.

Salió la señora Ransom. "Jardín de infantes, primero y segundo, ¡fórmense aquí!" Los niños corrieron para hacer dos filas, niños y niñas. Hildemara cojeó detrás de ellos y se puso en el último lugar en la fila, detrás de Clotilde, quien estaba parada con la cabeza en alto, marchando en su lugar hasta que las filas se dirigieron hacia el salón de clases.

La señora Ransom las miró cuando entraron. —Otra Waltert.

—Sí, señora. —Hildemara le obsequió una resplandeciente sonrisa que pareció desarmar a la señora Ransom.

—Y esta es bonita.

El nombre de Hildemara estaba pegado con cinta adhesiva en un pupitre de la primera fila. Con el corazón que le latía fuertemente de miedo, Hildemara puso su mano sobre su corazón, recitó el Juramento a la Bandera con la clase, y cantó: *"My Country, 'Tis of Thee,"* y con cuidado se sentó en su asiento para no golpearse las rodillas doloridas. Oró para que la señora Ransom no le dijera nada malo a Clotilde.

Miraba atrás mientras la señora Ransom revisaba las manos de cada niño. Clotilde extendió sus manos con las muñecas fláccidas, volteándolas de un lado al otro para que la señora Ransom pudiera verlas. La señora Ransom se mostraba indecisa, pero no dijo nada. Hildemara suspiró con alivio, se volteó y miró hacia el frente de la clase.

—Hildemara. —La señora Ransom se detuvo junto a su pupitre. Con la cabeza gacha, Hildemara extendió sus manos, con las palmas hacia abajo—. Voltéalas. —Cuando lo hizo, la señora Ransom se quedó sin aliento—. Tus manos son un asco. Ve a lavártelas.

—Ya lo hice.

—No me respondas. —Agarró a Hildemara del pelo, y la jaló de su asiento. Hildemara se golpeó contra el pupitre la rodilla raspada y gritó por el dolor.

Clotilde corrió hacia donde estaba la señora Ransom, gritando: "¡Deje a mi hermana en paz!" Agarró la falda de la maestra y la jaló. Cuando la señora Ransom soltó a Hildemara y se volteó, Clotilde la pateó fuertemente en la canilla. "¡Está lastimando a mi hermana!" Clotilde pisó con fuerza los pies de la señora Ransom.

La clase irrumpió en risas y gritos.

Horrorizada por lo que la señora Ransom le haría a Clotilde, Hildemara agarró a su hermana de la mano y corrió hacia la puerta. La señora Ransom gritó. Hildemara no se detuvo hasta que estuvieron detrás del edificio.

—¿Por qué lo hiciste, Clotilde? ¿Por qué?

—¡Ella te lastimó! ¡Es mala! ¡La odio!

—¡No digas eso! Papá dice que no debemos odiar a nadie. —Trató de tranquilizar a su hermana—. Papá dijo que la gente fue mala también con Jesús, y él no pateó a nadie.

Clotilde comenzó a lloriquear.

—Yo no quiero que me crucifiquen. —Sus ojos azules se pusieron cristalinos por las lágrimas—. ¿La señora Ramson va a meternos clavos en las manos y en los pies?

—Tenemos que ser amables con ella, no importa lo que haga. Mataron a su hermano en la guerra, Clotilde. Nos odia porque Papá es alemán. Tenemos que orar por ella.

La quijada de Clotilde temblaba.

—Papá no mató a nadie.

—Ella no lo sabe, Clotilde. Está muy triste y enojada. Jesús oró por la gente que le hizo daño. Yo he estado orando por la señora Ransom durante dos años. Tenemos que seguir orando. La señora Ransom es como esa gente que mató a Jesús. Ella no sabe lo que está haciendo.

Hildemara oyó un ruido ahogado detrás de ella y su corazón latió rápidamente por el miedo. Al mirar hacia arriba, vio a la señora Ransom parada en la esquina del edificio; con las manos se cubría la boca y sus ojos estaban desorbitados por el dolor.

Hildemara se puso enfrente de Clotilde. "No era su intención hacerlo, señora Ransom."

La señora Ransom emitió un sonido horrible otra vez. Cuando extendió su mano, Hildemara agarró la mano de Clotilde y salió corriendo.

"¡Hildemara!" gritó la señora Ransom detrás de ellas. "¡Espera!"

Hildemara y Clotilde siguieron corriendo.

❄ ❄ ❄

—¿Tenemos que volver a la escuela mañana? —Clotilde estaba sentada a la par de Hildemara. Se habían escondido en el primer huerto después de salir del pueblo. Hildemara dijo que no podían ir a casa. Tenían que volver a la escuela cuando terminara, o Bernie las estaría buscando.

—No sé qué vamos a hacer. —Hildemara se limpió las lágrimas con el dorso de su mano.

—¿Se va a enojar Mamá conmigo?

—Mamá me puso a cargo de ti. ¿Te acuerdas? Se enojará conmigo.

—Le diré por qué pateé a la señora Ransom.

Hildemara respiró ruidosamente.

—Eso sólo hará que empeoren las cosas. —Cuando levantó las piernas, sus rodillas le dieron punzadas de dolor. Sollozando, Hildie no sabía qué hacer ni a dónde ir.

Clotilde se acurrucó cerca de ella.

—No llores, Hildie. Lo siento.

Esperaron toda la mañana y volvieron a la escuela temprano en la tarde. Se pararon a cierta distancia, escondiéndose detrás del tronco de un viejo olmo. Los niños salieron para su último recreo. El señor Loyola, el director, estaba parado en el patio. La señora Ransom no estaba a la vista. Cada vez que él miraba hacia donde ellas estaban, Hildemara y Clotilde se agachaban rápidamente detrás del árbol. Finalmente, la escuela terminó y Bernie salió.

—Aquí estamos, Bernie. —Hildemara le hizo señas desde su escondite.

Bernie corrió hacia ellas.

—¡Madre mía, las dos están en un lío! La gente ha estado afuera buscándolas todo el día. ¿Dónde han estado?

Hildemara encogió los hombros.

Bernie miró a Clotilde. "Me enteré que atacaste a la señora Ransom."

Hildemara y Clotilde se miraron y no dijeron nada. Ya habían acordado un pacto de silencio.

"Entonces, vamos. Será mejor que vayamos a casa."

Los tres se apresuraron por la carretera y caminaron por el pueblo. Hildemara sufría a cada paso y se preguntaba qué dirían Papá y Mamá cuando Bernie les contara lo que había escuchado. Acababan de salir del pueblo cuando el señor Loyola se detuvo a la par de ellos en su automóvil. "Suban, niños. Los llevaré a casa."

Bernie subió de un salto. "¡Esta es mi primera vez en un automóvil!" Clotilde se subió detrás de él, igual de dispuesta. Hildemara no quería subir. Tampoco quería ir a casa. No sabía qué hacer.

El señor Loyola se inclinó, mirando por encima de Bernie y de Clotilde. "Tú también, Hildemara." Sin otra alternativa, se sentó atrás, a la par de Clotilde. Bernie hacía toda clase de preguntas acerca del automóvil. Clotilde saltaba emocionada. Ya se había olvidado de la señora Ransom.

Mamá salió de la casa-carpa cuando el señor Loyola llegó al patio de la señora Miller. Se veía sorprendida cuando vio a Bernie bajar de un salto del automóvil, y después Clotilde. Hildemara bajó última, mareada y con náuseas. Se atrevió a echarle un vistazo a Mamá.

El director se quitó el sombrero y lo agarró con ambas manos. "¿Puedo hablar con usted, señora Waltert?"

Bernie ya había salido corriendo hacia el huerto a buscar a Papá, sin duda ansioso de contarle acerca del paseo y lo que había ocurrido en la escuela. Clotilde estaba junto a Hildemara, mirando al señor Loyola, luego a Mamá una y otra vez.

"Ustedes dos, vayan a jugar." Clotilde no necesitó de una segunda invitación. Salió detrás de Bernie y dejó a Hildemara parada, sola y sintiéndose expuesta. Mamá le dio una mirada rara y luego hizo una sonrisa forzada al señor Loyola.

—¿Quiere pasar, señor Loyola? Tendrá que sentarse en un catre. No tenemos muebles. ¿Le puedo ofrecer café?

—No, señora. No voy a tardar mucho.

Hildemara se sentó apoyada sobre la pared de la casilla de la bomba de agua. Mamá y el señor Loyola hablaron por largo rato. Cuando el director salió, miró alrededor del patio. Se pasó la mano por el pelo, se puso el sombrero, se metió en su automóvil y se fue.

Mamá no salió por mucho tiempo. Hildemara se levantó y atravesó el patio. Mamá estaba sentada en un catre, con la cara entre sus manos.

—Lo siento, Mamá.

—¿Qué es lo que sientes *tú*? —Mamá se oía enojada. Dejó caer sus manos en el regazo y levantó la cabeza. Con los ojos rojos, la cara encendida, Mamá hizo una mueca de dolor—. ¿Qué les pasó a tus rodillas, Hildemara?

—Me caí en el camino.

—¿Dónde más te duele?

Hildie le mostró sus codos y manos.

—¿Y eso es todo?

Hildemara no sabía qué quería su madre que dijera.

"Vamos a tener que limpiar esas heridas; de otro modo se infectarán." Mamá tomó la cubeta de agua y salió a llenarla. Hildemara creía que su día no podía ser peor hasta que vino Mamá. "Va a doler, Hildemara, y no hay nada que podamos hacer para evitarlo." Le alcanzó el afilador de cuero de la navaja de afeitar de Papá. "Tenemos que sacar las piedrecitas y el polvo, luego frotar con jabón antes de poner antiséptico. Muerde duro ese afilador cuando tengas ganas de gritar, o la señora Miller pensará que estoy golpeando a mis hijos."

Cuando todo terminó, Hildemara estaba acostada, fláccida en su catre, cansada de llorar; le ardían las manos, las rodillas y los codos.

"Pondremos vendas cuando las heridas se sequen."

Papá entró unos minutos después; Bernie y Clotilde caminaban detrás de él.

—¿Cómo está?

—¡Un desastre! —La voz de Mamá se quebrantó. Ladeó la cabeza de Clotilde y se inclinó para besarla—. ¡Por lo menos tenemos una niña que sabe cómo defenderse! —Volteándose, salió. Papá salió y habló con ella. Cuando volvió, Mamá no estaba con él.

Hildemara estaba acostada en su catre, mirando a Mamá que se alejaba. La había decepcionado otra vez.

Clotilde miró desde la puerta de la casa-carpa.

—¿A dónde va Mamá?

—Fue a dar un paseo. No la molestes. Sal un rato. Todo está bien. Bernhard, asegúrate de que no se acerque a las rosas de la señora Miller. —Papá puso cuidadosamente a Hildemara sobre su regazo. Le quitó el pelo de la cara y le besó las mejillas—. La señora Ransom ya no será tu maestra. Habló con el señor Loyola después de que tú y Clotilde salieron corriendo. Renunció a su trabajo, *Liebling*.

—Me odia, Papá. Siempre me odió.

—Creo que ya no te odia.

La boca de Hildie temblaba y rompió a llorar otra vez.

—Yo oré por ella, Papá. Quería agradarle a la señora Ransom. Oré y oré pero mis oraciones nunca cambiaron nada.

Papá apoyó la cabeza de Hildemara suavemente contra su hombro.

—Las oraciones te cambiaron a ti, Hildemara. Aprendiste a amar a tu enemigo.

20

1924

Papá se enteró de una granja que estaba a la venta en *Hopper Road*, tres kilómetros al noroeste de Murietta. Cuando fue al pueblo a comprar provisiones, volvió por el camino largo para verla; le contó a Mamá acerca del lugar. Después de verlo por sí misma, Mamá regateó con el banco por la propiedad, pero . . .

—Ellos no cambiaban de opinión en cuanto al precio, y por eso me fui.

—Bueno, eso es todo entonces. —Papá se desesperanzó.

—Apenas estamos comenzando, Niclas. Ese lugar ha estado sin cultivar por dos años. Nadie ha hecho una oferta. Si esperamos, ellos cederán.

Mientras esperaban, Mamá dijo a Papá que hiciera una lista de lo que necesitarían de equipo y herramientas para trabajar en la granja, en tanto que Mamá hacía su propia lista de artículos imprescindibles. Fue al pueblo tres veces durante la semana siguiente, pero nunca puso un pie en el banco. Volvió a ir la semana siguiente y el banquero salió para hablar con ella.

—Quería negociar —Mamá se rió—. Le dije que yo ya había negociado. El lugar no vale nada más de lo que ofrecimos.

—¿Entonces? ¿Qué dijo?

—Puede ser nuestro.

Mamá y Papá volvieron dos días después para firmar los papeles. Volvieron a casa discutiendo.

—Pudimos haber pagado la cantidad total en efectivo y no adquirir una hipoteca.

—Tienes que invertir para lograr algo, Niclas. No vamos a endeudarnos en la ferretería ni en la abarrotería, ni en la tienda de forraje. Deja que sea el banco quien tenga el papel por unos años, no las personas comunes que trabajan duro para mantener comida en la mesa y un techo sobre su cabeza.

Papá salió y compró un caballo de trabajo alazán y una carreta fuerte. Acababa de comenzar a desmantelar la casa-carpa cuando la señora Miller salió y dijo que Papá la estaba abandonado en época de necesidad. Dijo que un hombre decente no dejaría que una viuda y a su hija se defendieran por sí solas, después afirmó que Papá no tenía el derecho de llevarse lo que le pertenecía y que mejor dejara la casa-carpa exactamente donde estaba o haría que el *sheriff* lo fuera a buscar.

Mamá mantuvo la calma hasta la última demanda. Luego se paró entre los dos.

"Ahora que ya dijo lo que tenía que decir, hablaré yo." Papá se encogió cuando Mamá se puso cara a cara con la señora Miller. Cuando la señora Miller dio un paso atrás, Mamá dio uno hacia adelante. "Llame al *sheriff*, señora Miller. *¡Por favor!* Me gustaría mostrarle todas las facturas de todo lo que tuvimos que comprar durante los últimos dos años sólo para mantener un techo de lona sobre nuestras cabezas. La gente tiene que saber cómo usted y esa hija haragana que tiene se sientan todo el día, sin hacer nada más que llenarse la boca." Con cada paso que la señora Miller daba hacia atrás, Mamá avanzaba, empuñando las manos. Cuando la señora Miller se volteó y corrió, Mamá gritó detrás de ella. "Tal vez ponga un letrero en el pueblo. *¿Busca trabajo? ¡No vaya a la granja de los Miller!*"

Hildemara temblaba de miedo.

—¿Va a llamar ahora al *sheriff*, Papá? ¿Vendrá y se llevará a Mamá y a ti a la cárcel?

Mamá le dio una *mirada*.

—Nosotros estamos en nuestro derecho, Hildemara Rose. —Le dio una mirada dura a Papá también—. Las Escrituras dicen que un trabajador es digno de su salario, ¿verdad? ¡Ya es hora de que el buey reciba su comida! —Sacó una pila de recibos de una de las cajas—. Y tengo los papeles para demostrar que no nos hemos robado nada. —Sacó los pies dando patadas hacia afuera—. ¡Ni siquiera el polvo! —Metió las facturas en su bolsillo y regresó a empacar.

Cuando todo estuvo listo para irse, Papá y Mamá iban en el asiento alto de la carreta, con la bebé Rikki en el regazo de Mamá. Hildemara se subió a la parte de atrás con Bernie y Clotilde. Gritaban de alegría, como indios salvajes, cuando salían del lugar de la señora Miller. Mamá se reía.

Se detuvieron en el pueblo, en la ferretería, y Papá compró palas, rastrillos, azadones, podaderas, escaleras largas y cortas, serruchos grandes y pequeños, una cubeta de clavos y lona. Hizo un pedido de postes, alambre de embalar y madera para que se los entregaran después. Mamá fue a Hardesty's con su propia lista de compras: una máquina de coser, cubetas de pintura, brochas y un rollo de *chintz* amarillo y verde.

Camino al nuevo lugar, la carreta estaba llena hasta arriba con todas sus compras. Clotilde iba apretada entre Papá y Mamá en el asiento alto, en tanto que Mamá cargaba a Rikki. Hildie y Bernie los seguían a pie. Cuando Papá giró para entrar al jardín, Hildemara agradeció a Jesús porque ya no tenía que caminar más. Sintió una ráfaga de emoción al ver el establo, un cobertizo abierto con un arado viejo, un molino de viento y una casa con un gran paraíso sombrilla en el jardín de enfrente. Un gran agave amarillo estaba plantado al otro lado de la entrada.

—¿Todo esto nos pertenece?

—A nosotros y al banco —respondió Papá.

Hildie subió corriendo las escaleras, pero la puerta principal tenía un candado. Las ventanas estaban cubiertas con contrachapado para protegerlas de los vándalos, por lo que no podía ver adentro. Corrió al otro lado del porche.

—¡Un naranjo! ¡Tenemos un naranjo! —No le importó que toda la fruta estuviera podrida en el suelo.

—¡Hildemara! —gritó Mamá mientras Papá conducía hacia el establo—. ¡Ayuda a descargar la carreta!

Mientras Papá bajaba las herramientas, Mamá, Bernie e Hildemara las apilaban contra la pared. Clotilde estaba sentada en el suelo, cargando la beba Rikka en su regazo. Papá descargó la cuna de Rikka y la llevó a la puerta trasera de la casa, donde Mamá y Bernie habían apilado los catres doblados. Un gran árbol de laurel de California estaba plantado a unos nueve metros de la parte de atrás de la casa; sus enormes brazos extendían frondosas ramas en todas las direcciones.

Mamá tenía la llave del candado. Papá la recibió de ella. Luego cargó a Rikka y se la entregó a Hildemara. "Quédate con tu hermano, Clotilde." Quitó el candado y lo metió, junto con las llaves, en su bolsillo. Sonriendo, levantó a Mamá, abrió la puerta con el hombro y la llevó en sus brazos hacia adentro. Con esfuerzo, Hildemara cargó a Rikka por las escaleras de atrás, siguiendo a Bernie y a Clotilde.

Papá puso a Mamá de pie. Le dio un beso firme y rápido y le susurró al oído. Cuando se dirigía a la puerta de atrás, las mejillas de Mamá se pusieron de un rojo brillante.

Hildemara estaba asombrada. La casa tenía una habitación enfrente, una gran sala de estar de forma rectangular, una cocina y una salamandra.

—Es tan grande.

Mamá miró a su alrededor y suspiró.

—Solía tener una casa de huéspedes de tres pisos, con un gran comedor y una sala de estar. —Sacudió su cabeza y se puso a trabajar. Tomó a Rikka de los brazos de Hildemara y le hizo señas con la cabeza a Bernie—. Ayuda a Papá con los catres. Hildemara, puedes comenzar a barrer la habitación. Comienza con la pared del extremo y barre hacia la puerta, y luego hacia afuera para que no entre de nuevo.

Tan pronto como Papá entró la cuna, Mamá acostó a Rikka para que hiciera la siesta. Mamá abrió la puerta de la salamandra, echó un vistazo adentro y corrió hacia la puerta de atrás. "¡Niclas! Necesito un martillo para quitar el contrachapado de las ventanas, y tienes que sacar el tubo de la chimenea! ¡Hay que limpiarlo o la casa se quemará sobre nuestras cabezas!"

Papá entró con una cubeta de carbón. Había encontrado un recipiente lleno en el establo. Mamá terminó de limpiar la salamandra y encendió el fuego. Dejó la puerta abierta para que se calentara la casa y le advirtió a Clotilde que se mantuviera lejos. Luego se puso a fregar la cocina. "No terminaremos hoy, pero es un buen comienzo."

Empezó a llover antes de que Papá y Bernie volvieran de ver la propiedad. Salieron otra vez después de almorzar. Cuando Rikka se despertó quejándose, Mamá la amamantó y le dijo a Clotilde que jugara con su muñeca y que entretuviera a Rikka. Mamá se arrodilló y quitó trozos de grasa solidificada de las paredes internas del horno y las arrojó en una cubeta. "¿Quién podía cocinar en una estufa como esta? *¡Cerdos!*"

Cuando Mamá finalmente acabó, hizo otro fuego en el horno de la cocina. Para entonces, Hildemara había terminado de barrer y se había puesto a refregar el piso. "De atrás de la habitación hacia la puerta de enfrente, Hildemara. No comiences en el medio. Usa las dos manos con ese cepillo, ¡y hazlo con todas tus fuerzas!"

Por lo menos podían bombear agua en el fregadero de la cocina y no tenían que acarrear cubetas de un pozo. Y la casa resultaba maravillosamente cálida con los dos fuegos encendidos. No más viento ni lluvia que entraba por las costuras de la lona.

Papá y Bernie volvieron al anochecer y colgaron sus abrigos en percheros, cerca de la puerta de atrás. Papá echó agua en una cubeta y la sacó para que él y Bernie se lavaran en el frío viento de enero. Mamá abrió latas de frijoles con cerdo. "Busca platos en el baúl, Hildemara. Pon la frazada azul y coloca allí las cosas. Cuando hayas terminado con eso, pon otra pala de carbón en la estufa."

Exhausto, Bernie se acostó en frente de la salamandra. Inquieto, Papá caminaba de un lado a otro. Mamá lo miró por encima de su hombro.

—¿Cómo se ven las cosas?

—No se ha podado nada en años.

—Lo bueno es que estamos en invierno. Puedes comenzar ahora.

—Algunos de los árboles están enfermos, otros están muertos.

—¿Algo que pueda afectar el resto del huerto?

—No lo sé. —Se frotó la nuca—. Lo averiguaré.

—Si tienes que sacar árboles, podemos sembrar alfalfa.

—Sacaremos veinte árboles como máximo, pero la alfalfa es una buena idea. Hay suficiente espacio para plantar lo que necesitamos para dos caballos en la franja de tierra que está a lo largo del camino.

Bernie se incorporó.

—¿Vamos a comprar otro caballo, Papá? —Sus ojos brillaban.

—No. —Mamá habló antes de que Papá pudiera responder—. No vamos a comprar otro caballo. Todavía no. Vamos a comprar una vaca, y tú y tus hermanas van a aprender a ordeñarla. —Miró a Papá—. Tendrás que construir un gallinero como primera cosa. Voy a comprar un gallo y media docena de gallinas.

—No podemos hacerlo todo a la vez. El molino de viento necesita reparaciones. Voy a construir un cuarto de baño con una ducha en la primavera. Podemos colocar un tanque encima. Es una buena reserva, y el sol calentará el agua.

—Las duchas calientes pueden esperar. La vaca y los pollos vienen primero. Leche, huevos y carne, Niclas. Todos tenemos que estar lo suficientemente fuertes para trabajar. Voy a comenzar a sembrar una huerta mañana.

Papá y Mamá ocuparon la habitación. La beba Rikka, con su cuna, e Hildemara, Bernie y Clotilde, en sus catres, dormían en la sala. Hildemara se acostó acurrucada, tan contenta como un gato en frente del fuego, aunque la lluvia golpeaba en el techo y en las ventanas.

Mamá salió de la habitación cuando el amanecer iluminó el horizonte. Se puso el chal sobre los hombros y salió por la puerta de atrás y se dirigió al retrete. Papá salió unos minutos después, jalándose los tirantes. Tomó su abrigo del perchero y salió. Hildemara oyó a Papá y a Mamá hablando afuera de la puerta de atrás. Mamá entró sola, y con ella una ráfaga de aire frío de invierno. Encendió el fuego en la estufa y bombeó agua para la jarra de café. Abrió la salamandra y avivó el fuego.

—Sé que estás despierta, Hildemara. Vístete, dobla tu catre y ponlo en el porche de enfrente. —Mamá sacudió a Bernie para despertarlo.

—¿Dónde está Papá?

—Trabajando.

Y ellos también trabajarían cuando Papá terminara de construir el gallinero y las conejeras, para los animales que Mamá quería comprar.

❉ ❉ ❉

Era una caminata de tres kilómetros, larga y fría, para llegar a la escuela, y llovía la mayor parte de enero. A Bernie no le importaba que las piernas de su pantalón estuvieran llenas de lodo, pero Hildie se paraba en la fila con sus compañeros de clase, mortificada y esperando que la señorita Hinkle, la nueva maestra, dijera algo de sus zapatos y calcetines cubiertos de lodo y los dobladillos sucios de su abrigo y su vestido.

—Supe que tienes una casa nueva, Hildemara.

—Sí, señora. Está en *Hopper Road*.

—¡Felicitaciones! Es una larga caminata en la lluvia. Quítate los zapatos y los calcetines y ponlos cerca del calentador. —Unos cuantos, como Elizabeth Kenney, tenían zapatos limpios debajo de unas bonitas botas de hule amarillas que estaban a la par de la puerta. Con alivio, Hildemara vio que no era la única estudiante que tenía zapatos y calcetines para secar.

Todavía estaba lloviendo cuando salieron de la escuela. Hildemara sentía la piel húmeda a pesar del impermeable y el sombrero que mantenía en la cabeza. Mamá sacudió la cabeza cuando entraron. "Parecen ratas ahogadas."

Hildemara estuvo sentada en silencio durante la cena, demasiado cansada como para comer. Mamá se inclinó y puso su mano en la frente de Hildie.

—Acábate lo que está en tu plato y prepara tu catre. Te vas a la cama después de cenar. —Mamá le sirvió más sopa de papa y puerro a Papá—. Necesitamos una mesa y sillas.

—No podemos comprar muebles.

—Eres ingeniero. Puedes buscar la manera de construir una mesa y sillas y el armazón para una cama. Ya pedí un colchón de un catálogo en la Abarrotería Hardesty, así como un sofá y dos sillas.

Papá se quedó mirándola.

—¿Algo más?

—Dos lámparas para leer.

Papá se puso pálido.

—¿Y cuánto costó todo eso?

—El piso está limpio, Niclas, pero preferiría comer en una mesa. ¿Tú no? Sería bueno tener un lugar cómodo para sentarse a leer en la noche, después de un largo y difícil día de trabajo en la viña y el huerto. —Cortó un pedazo de pan recién horneado. Le untó generosamente de jalea de duraznos y se lo ofreció, como si fuera una ofrenda de paz—. No es suficiente con sólo vivir dentro de una caja con una estufa a leña.

Papá tomó la ofrenda de pan que se le daba.

—Me parece que está saliendo mucho dinero y no está entrando nada.

Mamá lo miró por un momento tenso, con la boca apretada, pero no dijo ni una palabra más.

Por alguna razón, el invierno siempre hacía que Mamá estuviera pensativa y pronta a enojarse. A veces se sentaba a mirar hacia la distancia. Papá se sentaba a su lado y trataba de sacarle conversación, pero ella sacudía la cabeza y rehusaba hablar; sólo decía que enero le traía recuerdos que preferiría olvidar.

El cumpleaños de Hildemara era en enero. A veces Mamá lo olvidaba. Pero Papá se lo recordaba y ella cumplía con la celebración. Los días largos y nublados hacían que Mamá estuviera callada y fría como el clima.

❄ ❄ ❄

Un mes después de que se trasladaron a la propiedad, Papá puso una gran campana de bronce a la par de la puerta de atrás. Cuando Clotilde se extendió para jalar la cuerda, Mamá le dio un manotazo y le dijo que escuchara a Papá.

—Esto es solamente para emergencias —les dijo Papá con voz severa—. No es un juguete. La harán sonar solamente si alguien se ha golpeado o la casa está en llamas. Cuando la oiga, vendré corriendo. Pero si vengo y me doy cuenta de que alguien hizo sonar una falsa alarma, tendrá el trasero muy adolorido. —Pellizcó a Clotilde levemente en la nariz y miró a Bernie y a Hildemara—. *¿Versteht ihr das?*

—*Ja*, Papá.

Esa noche Hildemara estaba acostada en la cama e imaginaba las cosas horribles que podrían pasar. ¿Qué ocurriría si la salamandra se incendiaba? ¿Y si Clotilde trataba de meter carbón y caía de cabeza adentro? Hildemara olió humo. Vio llamas que salían de la ventana y que lamían el exterior de la casa. Gritando, corrió afuera. Trató de alcanzar la cuerda de la campana, pero estaba demasiado alta. Saltó, pero aun así no pudo alcanzarla. Podía oír a Mamá, a Clotilde y a Rikki gritar.

Mamá la sacudió para despertarla. "¡Hildemara!" Le puso su mano fría en la frente. "Solamente es un sueño." Se arropó con el chal y se sentó en el suelo. "Estabas llorando otra vez. ¿Qué estabas soñando?"

Hildemara se acordó, pero no quiso decir nada. ¿Y si al decirlo en voz alta hacía que fuera una realidad?

Mamá le acarició el pelo y suspiró. "¿Qué voy a hacer contigo, Hildemara Rose? ¿Qué voy a hacer?" De pie, se inclinó y le dio un leve beso a Hildie en la frente. Le subió la frazada y la arropó. "Pídele a Dios que te dé mejores sueños." Atravesó la habitación y silenciosamente entró al dormitorio y cerró la puerta.

❋ ❋ ❋

Papá contrató cuatro hombres para que lo ayudaran a podar los almendros y hacer montones para quemar en los pasillos entre los surcos. Luego trabajaron sacando postes viejos y colocando los nuevos en los que engarzaron alambres. Podaron las vides, ataron los vástagos saludables y los envolvieron para que no se congelaran.

Mientras Papá y los jornaleros italianos trabajaban en el huerto y en la viña, Mamá lo hacía en la casa. Cada habitación recibió una capa de pintura amarilla. Las ventanas tenían cortinas floreadas de *chintz*. Llegaron el colchón, el sofá, las sillas y las lámparas de pie. Su baúl se convirtió en una mesa de centro. Papá construyó el armazón para la cama. Cuando dijo que estaba muy ocupado como para hacer una mesa y sillas, Mamá caminó hasta pueblo y las encargó del catálogo de Hardesty.

Papá puso su cabeza entre sus manos cuando ella se lo dijo. Ella le puso la mano en el hombro. "Costó menos de que si hubieras comprado los materiales y la hubieras hecho." Él se levantó y salió de la casa.

Mamá no tuvo mucho que decir durante los días siguientes. Papá tampoco.

—Deberíamos construir una habitación grande en el porche, a lo largo de la parte de atrás —dijo Mamá en la cena.

—No gastaremos nada más. Pasarán meses antes de que este lugar produzca algo más que hierba, y tenemos que pagar impuestos.

Ni siquiera Bernie habló después de eso.

Hildemara pudo escuchar a Mamá y a Papá hablar en voz baja e intensa, detrás de la puerta cerrada de la habitación. "Bueno, ¿y qué esperabas? ¿Que sería más fácil con un lugar propio?" La voz de Papá seguía baja, poco clara.

La noche siguiente, Mamá hizo que el mundo se pusiera de cabeza. Después de orar por la comida, sirvió pan de carne, puré de papas y zanahorias en un plato y se lo dio a Bernie para que se lo pasara a Papá. Cuando terminó de servirles a todos, preparó su propio plato.

—Tengo trabajo en la Panadería Herkner. Comienzo mañana en la mañana.

Papá resolló. Tosiendo, puso el cuchillo y el tenedor en el plato y bebió un trago de agua.

—¡Un trabajo! —Volvió a toser—. ¿De qué estás hablando? ¡Un trabajo!

—Podemos hablar de eso más tarde. —Mamá cortó pan de carne para Rikka.

Papá la miró encolerizado durante la cena. Mamá recogió los platos y le dijo a Hildemara que se quitara del camino. "Ve a sentarte con Papá. Él querrá leerles algo." Papá siempre leía la Biblia después de la cena. Esta noche, les dijo a todos que se fueran a la cama. Hildie miró y escuchó silenciosamente desde su catre.

—Deja que yo lo haga. Vas a romper algo.

—No vas a ir a trabajar —dijo en voz baja y acalorada.

—Ya estoy trabajando. ¡La diferencia es que me pagarán!

Tomó un plato húmedo de su mano, lo secó y lo metió en el gabinete.

—Tenemos que hablar. ¡Ahora!

Ella se quitó su delantal, lo lanzó al mostrador y caminó hacia la habitación. Papá cerró la puerta firmemente al entrar detrás de ella.

Clotilde comenzó a llorar.

"Nunca había visto a Papá tan enojado." Bernie se volteó en su catre. "Cállate, Cloe." Se puso la almohada encima de la cabeza.

Hildemara escuchaba.

—¿Y qué pasará con Rikka? ¡Todavía la estás amamantando!

—Ella vendrá conmigo. Puedo amamantarla también en la panadería, así como puedo hacerlo en casa. Hedda Herkner tiene un corralito que usó con su hijo, Fritz.

—No me preguntaste.

—¿Preguntarte? —Mamá elevó la voz—. No te pregunté porque sabía lo que dirías. Hablé con Hedda el día después de que la señora Miller me dijo que esperaba que yo le cocinara y le hiciera la limpieza. Le dije que trabajé en una panadería en Steffisburg. Puedo hacer tartas y *beignets* y . . .

—¡Hazlas para tu familia!

—Me pagarán por hora, y tendremos el pan que necesitemos.

—No, Marta. ¡Eres mi esposa! Ni siquiera me consultase antes de salir y . . .

—¿Consultarte? Ah, ¿te refieres a la manera en que me consultaste antes de irte a los campos de trigo? —La voz de Mamá seguía elevándose—. ¡Nunca consideraste mi opinión como para pedírmela! ¡No pensaste para nada en que yo renunciara a mi vida, primero por Madson y después por la señora Miller y su hija buena para nada!

—¡Baja la voz! Despertarás a los niños.

Mamá bajó su voz. —Necesitamos de otra manera de ingresar dinero, aparte de la agricultura. Todos tenemos que hacer sacrificios.

—¿Y quién va lavar la ropa, a cocinar, a coser, a . . . ?

—No te preocupes. Se hará el trabajo. Los niños van a aprender a poner de su parte. ¡Bernhard también! Sólo porque sea un varón no quiere decir que pueda salir y hacer lo que quiera, mientras las niñas hacen todo el trabajo. Algún día vivirá solo. Hasta que encuentre una esposa que lo cuide, tendrá que cocinar sus comidas, lavar sus camisas, su ropa interior y sus pantalones, ¡y coser sus propios botones!

—¡Mi hijo no hará trabajo de la casa! Deja que yo me ocupe de Bernhard. Haz lo que quieras con las niñas.

—¿Y no ha sido siempre así? —La voz de Mamá tenía una aspereza estridente que Hildemara antes nunca había escuchado—. El hijo siempre está primero. Bueno, que así sea, siempre y cuando Bernhard aprenda a ser un hombre, ¡no un amo! —Mamá salió volando de la habitación, poniéndose bruscamente su chal sobre los hombros. La puerta se cerró firmemente cuando salió.

Hildemara se incorporó. "Duérmete, Hildemara." Papá salió por la puerta de enfrente, detrás de Mamá.

Hildemara se mordió el labio y escuchó. No oyó pasos que bajaran las escaleras, sino que volvió a escuchar voces. Papá hablaba en voz baja. Ya no estaba enojado. Se bajó de su catre y fue a la ventana de enfrente. Papá estaba sentado a la par de Mamá en las escaleras.

Hildemara gateó de regreso a la cama y oró hasta que se quedó dormida. Cuando despertó, Papá estaba sentado a la mesa, leyendo la Biblia. Se levantó y se sirvió otra taza de café. Hildie temblaba cuando se sentó.

—¿Dónde está Mamá?

—Tenía que estar en la panadería antes del amanecer. Se llevó a Rikka. Durante su hora de almuerzo, Mamá quiere que vayan a la panadería. Ella les dará algo a los tres.

Cuando llegaron, la señora Herkner llamó a Mamá. Hildemara vio a Rikki dormida en un corralito detrás del mostrador. Mamá salió de la parte de atrás de la panadería, con un delantal blanco, con las letras *HB* bordadas en un bolsillo.

—Ay, caramba, ¡Hildemara! ¿No te tomaste la molestia de cepillarte el cabello esta mañana? —Mamá les hizo señas con la mano para que pasaran detrás del mostrador y entraron al salón de trabajo—. Siéntense aquí. —Les dio a cada uno una rodaja de pan fresco, un trozo de queso y una manzana; luego buscó un cepillo en su bolso. Puso una mano en la cabeza de Hildemara y la cepilló fuerte y rápido, mientras Hildemara trataba de comer su almuerzo—. Quédate quieta. —A Hildemara le ardía el cuero cabelludo, pero cuando levantó las manos, Mamá le golpeó los nudillos con el cepillo—. ¿Cómo puedes tener tantos nudos en el pelo?

—Lo haré mejor mañana, Mamá.

—Seguro que lo harás.

Cuando Hildemara llegó a casa después de la escuela, Mamá sacó sus tijeras. Tomó una silla y la puso afuera, en el porche.

—Siéntate. Voy a cortarte el pelo. No puedes ir a la escuela con el aspecto que tenías esta mañana.

—No, Mamá. Por favor. —¿Qué dirían los demás estudiantes si llegaba con el pelo corto?

—¡Siéntate!

Mamá comenzó a cortar e Hildemara comenzó a llorar.

"Deja de lloriquear, Hildemara. ¡Quédate quieta! No quiero dejarlo peor de lo que está." Caían mechones de pelo castaño oscuro al suelo. Frunciendo el ceño, Mamá la miró una y otra vez y decidió cortar y dejarle el flequillo recto. "Necesito emparejar este lado." Después de unos cuantos tijeretazos más, Mamá apretó los labios fuertemente y sacudió el pelo de Hildemara en un lado y luego en el otro. "Esto es lo mejor que puedo hacer."

Cuando Mamá se volteó para guardar sus tijeras en su caja de costura, Hildemara se tocó el pelo. ¡Mamá lo había cortado todo hasta las orejas! Sollozando, Hildemara salió corriendo al establo y se escondió en el compartimiento de atrás. No salió hasta que Mamá la llamó para cenar.

Cuando Hildie entró, Bernie la miró horrorizado.

—¡Santo cielo! ¿Qué le hiciste a tu pelo?

Mamá lo miró con el ceño fruncido.

—Ya es suficiente, Bernhard.

Clotilde se rió. Hildemara la miró con resentimiento. Clotilde todavía tenía el pelo largo, rubio y rizado. Nadie se reiría de ella en la escuela.

Papá se sentó en la cabecera de la mesa y la miró.

—¿Qué le pasó a tu pelo, Hildemara?

Hildemara no pudo contener las lágrimas.

—Mamá me lo cortó.

—Santo cielo, Marta, ¿por qué?

La cara de Mamá se puso roja.

—No está tan corto.

Clotilde se rió otra vez.

—Se parece al niño de los botes de pintura.

Mamá le sirvió a Hildemara después que a Papá.

—Te crecerá muy rápidamente.

Hildemara sabía que eso era lo más cercano a una disculpa que podría recibir de su madre. Pero no servía de nada. Su pelo no crecería a tiempo para la escuela mañana.

Como lo temía, sus compañeros se rieron cuando la vieron. Tony Reboli le preguntó si había metido la cabeza en una podadora de césped. Bernie lo golpeó. Tony le devolvió el golpe pero no le dio. Comenzaron a darse empujones en el patio. La señorita Hinkle salió y les dijo que se detuvieran inmediatamente.

—¿Cómo comenzó?

Tony señaló.

—¡El pelo de la Hermanita! —Se rió, y también los demás.

La señorita Hinkle se volteó hacia donde estaba Hildemara. Quedó impactada por un segundo, pero después sonrió. "Creo que te sienta muy bien, Hildemara." Se agachó y le susurró: "Mi madre solía dejarme el pelo corto también."

Hildemara se puso en el último lugar en la fila de las niñas. Elizabeth se salió de la fila y la esperó. "Me gusta, Hildie. Me gusta mucho." Hildemara sintió una ola de alivio. Cualquier cosa que Elizabeth dijera que le gustaba, a todos los demás también les gustaba.

Cuando llegó la hora del recreo, Clotilde salió a jugar en el pasamano con sus amigas. Hildemara se sentó en la banca y vio a Elizabeth jugar al tejo con varias niñas. Hildie se armó de valor y atravesó el patio. Con el corazón que le latía fuertemente, juntó sus manos por detrás.

—¿Puedo jugar también?

Elizabeth sonrió ampliamente.

—Puedes jugar en mi equipo.

Esa noche, Hildemara se quedó despierta; se sentía eufórica. Mamá estaba sentada en la mesa de la cocina con la lámpara de queroseno encendida; tenía enfrente una pila de libros sobre historia de los Estados Unidos que le habían prestado en la biblioteca, y la esperaban mientras escribía una carta. Papá se había ido a la cama hacía una hora. Bernie roncaba suavemente. Clotilde estaba acurrucada de lado, ocultando su cara de la lámpara. Mamá se veía triste mientras escribía.

Hildemara se levantó y caminó de puntillas a la orilla de la luz. Mamá levantó la cabeza.

—¿Cómo te fue hoy en la escuela? No dijiste mucho en la cena.

Por lo general Bernie y Clotilde dominaban la conversación en la mesa.

—Hice una amiga.

Mamá se enderezó. —¿De veras?

—Elizabeth Kenney es la niña más bonita y más popular de la clase. Puedes preguntarle a Clotilde.

—Te creo, Hildemara. —Sus ojos brillaban.

—Elizabeth dijo que siempre le he agradado. Quiere que vaya a la iglesia con ella algún día. ¿Estaría bien?

—Depende de la iglesia.

—Yo le dije que éramos luteranos. Ella no sabía qué era eso y yo no supe cómo explicárselo. Su familia va a la Iglesia Metodista de la Calle de los Olmos.

—Probablemente piensan que somos paganos. Creo que será mejor que vayas.

—Se lo diré mañana. —Hildemara se volvió a subir a su catre. Mamá tomó su pluma fuente y comenzó a escribir, esta vez más rápidamente—. ¿Mamá?

—¿Mmmm?

—Elizabeth dijo que le gustaba mi pelo.

A la luz de la lámpara, los ojos de Mamá brillaban por las lágrimas.

—A veces todo lo que necesitas es una verdadera amiga, Hildemara

Rose, sólo alguien de quien puedas estar segura que te quiere, sin importar nada. Hiciste bien al encontrar una.

Hildemara se acurrucó debajo de sus frazadas, sintiendo por primera vez que tenía la aprobación de Mamá.

❄ ❄ ❄

Querida Rosie:

Después de dos años de duro trabajo y de vivir en una carpa polvorienta, finalmente tenemos un lugar propio. La señora Miller no pudo estafarnos con las ganancias porque yo estaba allí cuando se vendieron las cosechas y cobré la parte de Niclas antes de que ella pudiera encontrar la manera de gastárselo en su hija inútil.

Nuestro lugar queda a tres kilómetros de Murietta, que no está tan lejos para que los niños caminen a la escuela. Tenemos ocho hectáreas de almendros y ocho de viñedos, con una acequia que pasa por la parte de atrás de la propiedad. La casa y el establo necesitan reparaciones, pero Niclas ya está trabajando para reparar el techo. Ayer arregló el molino de viento. No podía mirarlo por temor a que todo aquello se cayera con él.

Hildemara está muy emocionada con tener agua corriente en la casa. Ya no tendrá que acarrear agua. Adquirió músculos por el trabajo, lo cual está bien. Nunca se queja. Yo presiono y ella siempre cede, a diferencia de Clotilde, quien levanta el mentón y discute por todo. Hasta Rikka sabe cómo salirse con la suya. Espero que Hildemara sea más luchadora. Tiene que aprender a defenderse por sí misma, o todos pasarán por encima de ella. Niclas cree que soy más *dura con ella que con los demás, pero tengo que serlo por su bien. Sabes qué es lo que más temo. . . .*

❋ ❋ ❋

Hildemara sabía que Mamá no era alguien que dejara pasar ninguna oportunidad. Después de seis meses en la panadería de los Herkner, Mamá ya conocía a la mayor parte de la gente del pueblo. Pero ella aprovechaba el tiempo de la larga caminata a Murietta para conocer gente a lo largo de *Hopper Road.*

—Estas personas son nuestros vecinos, Hildemara. Y vale la pena ser buen vecino. Escucha también, Clotilde. Siempre mantengan sus ojos y oídos abiertos para aprender lo que puedan. Si ellos necesitan ayuda, les daremos una mano. Algún día, si llegamos a estar en problemas nos la devolverán.

Clotilde dejó de patear el polvo. —¿Y qué clase de problemas, Mamá?

—Uno nunca sabe. Y nunca vayas de visita con las manos vacías. Recuerda eso ante todo. —Un día le llevó una hogaza de pan a la viuda Cullen, al siguiente una bolsa de panecillos al soltero australiano Abrecan Macy, o un tarro de conservas de fresa a los Johnson—. Tienes que conocer gente, Hildemara. No puedes estar colgando de mis faldas todo el tiempo. Tú también, Clotilde. Dejen que los vecinos las conozcan.

—¡Conocen a Bernie! —Clotilde sonrió ampliamente.

—Pues tú y tus hermanas no van a ser atletas. Rikka, quédate con nosotras. —Rikka estaba agachada, examinando una flor. La cortó y siguió caminando detrás de ellas—. Todos tienen algo que enseñarles.

Mamá trataba de ser amigable con todos, especialmente con los inmigrantes. Griegos, suecos, portugueses y daneses, hasta Abrecan, el anciano de ceño fruncido, se hacían tiempo para hablar con Mamá cuando ella llegaba. Después de los primeros encuentros, ella hacía intercambios y negociaba con cada uno. Negociaba pollos por queso con los daneses y con los griegos. Intercambiaba almendras descascaradas y pasas por carne de cordero con el australiano. Cuando la vaca ya no daba leche, Mamá negoció vegetales por leche de la pequeña lechería de la cuadra de los portugueses y negoció la vaca con el carnicero, como crédito por carne.

Quienes más le agradaban a Mamá eran los Johnson. Eran suecos de Dalarna y muy hospitalarios. Siempre ofrecían una taza de café y algo dulce mientras compartían. A Mamá le gustaba su acogedora casa roja con molduras blancas. A Clotilde y a Rikka les gustaba la abundancia de azul, rojo, amarillo y rosado que la rodeaban. A Hildemara sólo le gustaba sentarse a la par de Mamá y escuchar la conversación entre las dos mujeres. Carl Johnson y sus dos hijos, Daniel y Edwin, cuidaban el huerto de durazneros. Mamá negociaba jalea de membrillo por duraznos en conserva. Un tarro de jalea de membrillo de Mamá equivalía a cuatro frascos de conservas de los duraznos de Anna Johnson.

Hildemara siempre caminaba despacio cuando pasaba por la casa de los Johnson, para aspirar el perfume de las rosas. La señora Johnson era tan exigente para cortar las flores marchitas como lo era Papá para deshacerse de toda hierba mala en su propiedad.

—Hola, Hildemara. —La señora Johnson se levantó desde donde estaba entresacando caléndulas y se sacudió la falda—. Tu mamá ya pasó esta mañana. Yo estaba preparando el café cuando pasó.

—Sí, señora. Se va temprano los martes y los jueves para hacer *beignets* y *Torten*.

—Se habrán vendido todos para el mediodía. Me trajo pan de cardamomo la semana pasada. Tu mamá es una buena panadera. ¿Te está enseñando?

—Nunca seré tan buena panadera como Mamá.

—Mamá me está enseñando a coser. —Clotilde se inclinó en la cerca y señaló—. ¿Qué son esas, señora Johnson? Son tan bonitas.

—Son minutisas. —Arrancó un tallo de flores rosadas y blancas y se lo dio a Cloe—. Espera un minuto y te traeré unos paquetes de semillas. Puedes comenzar un lindo jardín de flores para tu mamá, ¿*ja*? Si plantas estas semillas ahora, tendrás un lindo jardín de verano. En el otoño te daré bulbos.

Mamá hizo que Bernie removiera la tierra a lo largo del porche de enfrente y que lo preparara para sembrar. "No mucho estiércol. Quemará las semillas." Ella y Clotilde sembraron ásteres, claveles rosados y blancos, caléndulas, malva real, asteráceas y acianos alrededor de la casa en *Hopper Road*.

A Rikka le gustaba seguir a Mamá alrededor de la casa, y sostenía las flores que Mamá cortaba. Mamá buscaba un frasco con agua y dejaba que Rikka arreglara las flores. Mamá decía que tenía simetría, fuera lo que fuera. "Creo que Rikka podría ser una artista," decía Mamá a todos. Un día llegó a casa con una caja de crayones de colores y dejó que Rikka dibujara en periódicos viejos.

Bernie quería ser un agricultor como Papá. Clotilde quería ser modista. A los tres años, Rikka ya podía hacer dibujos que en realidad parecían vacas, caballos, casas y flores.

Todos suponían que Hildemara crecería y sería la esposa tranquila y trabajadora de alguien. Nadie creía que tuviera alguna ambición de hacer algo más que eso, especialmente Mamá.

❄ ❄ ❄

Los días pasaban rápidamente con las tareas, la escuela, el estudio y más tareas; pero cada domingo, Papá enganchaba el caballo a la carreta y todos iban al pueblo para asistir al servicio de la iglesia metodista. La mayoría de los parroquianos se conocían de toda la vida. A algunos no les agradaba Mamá porque trabajaba para los Herkner, que les habían quitado negocio a los Smith, panaderos que habían estado en Murietta por años.

"No trabajaría en la panadería Smith aunque me pagaran el doble de lo que Hedda y Wilhelm me pagan. Fui allí una vez y nunca más volví. El lugar es sucio; las moscas vuelan por todos lados. ¿Quién querría bizcochos de ese lugar?"

A muchos de los hombres tampoco les agradaba Papá. Algunos le decían el huno, a sus espaldas. Sin embargo, otros que lo habían contratado el primer año como jornalero tenían mejor concepto de él. Papá era un hombre tranquilo y no trataba de forzar el camino con la gente que lo miraba con desconfianza. Mamá, por otro lado, se quedaba después del servicio y hablaba con tantos miembros de la congregación como pudiera.

Papá no era tan natural con la gente como Mamá. No le gustaba responder preguntas personales, ni relacionarse con la gente que le gustaba hacerlas. Después de unos meses de tratar de irrumpir en los círculos cerrados, Papá se rindió.

—No voy a detenerte, pero no volveré a la iglesia, Marta. Tengo demasiado que hacer como para perder tiempo hablando con la gente. Y puedo pasar tiempo con el Señor en el huerto o en la viña. —Papá dio un golpecito con las riendas.

—Hasta Dios se tomó un día libre de la semana, Niclas. ¿Por qué tú no puedes?

—Descansaré los domingos. Pero no allí. No me gusta la manera en que la gente me mira.

—No todos te consideran el huno, y los que lo hacen cambiarían de parecer si hicieras el esfuerzo de hablar con ellos. Sabes más de la Biblia que el pastor.

—Tú eres mejor para hacer amigos, Marta.

—Tenemos que conocer a la gente. Ellos tienen que conocernos. Si solamente te . . .

—Me quedaré en casa contigo, Papá. —Bernie se ofreció muy alegremente.

—No, no lo harás. Irás a la iglesia con tu madre.

Durante el almuerzo ese día, Clotilde frunció el ceño. —¿Qué es un huno, Papá?

Mamá puso más panqueques en la mesa. —Es un nombre ofensivo para un alemán.

Bernie tomó dos panqueques antes de que alguien más pudiera llegar a ellos.

—¿Y quién querría insultar a Papá? Él ayuda a todo el que lo necesita.

—Los tontos y los hipócritas, esos. —Mamá se inclinó y con el tenedor tomó uno de los panqueques de Bernie y lo puso en el plato de Hildemara—. Trata de compartir de vez en cuando, Bernhard. No eres el rey. Y pon tu servilleta en tus piernas. No quiero que la gente piense que mi hijo es un salvaje.

Bernie hizo lo que Mamá le ordenaba. —¿Cuánto hace que se acabó la guerra, Papá?

—Terminó en 1918. Dime tú.

—Seis años. —Hildemara respondió casi sin pensarlo—. Me pregunto qué pasó con la señora Ransom.

Mamá le dio una mirada de impaciencia. —¿Y por qué te importaría lo que le pasó a esa mujer?

Al escuchar el enojo en la voz de Mamá, Hildemara encogió los hombros y ya no dijo nada más. Pero la señora Ransom siguió en sus pensamientos el resto del día. Hildie oró para que el dolor de su maestra ya se hubiera aliviado. Cada vez que la señora Ransom llegaba a su mente, ella oraba otra vez.

1927

Después de tres años de trabajar en la granja, Papá ganó suficiente dinero para construir un porche largo cerrado, como dormitorio, en la parte de atrás de la casa. Puso ventanas con mosquitero y una división, con un armario en cada lado. Construyó literas para Hildemara, de diez años, y Clotilde, de ocho, y una cama plegadiza para Rikki, que a los cinco años todavía era la beba de la familia. Al otro lado de la división, Bernie tenía una habitación para él solo, con una cama de verdad y un tocador que Mamá había comprado por catálogo. También había comprado colchones.

A Hildemara le encantó el nuevo dormitorio hasta que llegó el frío. Ni las persianas de invierno podían mantener el frío afuera. Papá colgó lona afuera y la enganchó abajo durante diciembre y enero, lo cual hacía que el cuarto fuera oscuro y frío. Mamá entraba por la puerta de atrás cada mañana después de que había avivado el fuego de la salamandra. Las niñas salían en tropel de la cama, tomaban su ropa, se metían a la casa corriendo y se juntaban alrededor de la salamandra para calentarse. Hildemara dormía en la parte de arriba de la litera y siempre terminaba siendo la última y, por lo tanto, quedaba fuera del círculo de calor. Mientras Clotilde y Rikka se empujaban mutuamente, Hildemara trataba de meterse lo más cerca que pudiera, temblando, hasta que el calor penetraba en sus delgados brazos y piernas.

—Iré a ver a los Musashi esta tarde —anunció Mamá una mañana.

—Desiste, Marta. A ellos les gusta ser reservados.

—No vendría mal volver a intentarlo.

La familia Musashi tenía veinticuatro hectáreas al otro lado de la calle, ocho de almendros, cuatro de uvas y el resto de vegetales que cambiaban con la estación, y no tenían hierba mala en ningún lugar. El establo, los cobertizos y las edificaciones anexas eran sólidos y estaban pintados, al igual que la casa de postes y vigas de madera, con puertas corredizas. Hildemara se preguntaba dónde dormirían los siete hijos hasta que Bernie dijo que Andrew le había contado que su padre había construido un dormitorio para los niños y otro para las niñas, cada uno con puertas corredizas que daban al salón y a la cocina.

Bernie, Hildemara y Clotilde veían a los niños Musashi todos los días en la escuela. Tenían nombres estadounidenses: Andrew Jackson, Patrick Henry, Ulysess Grant, George Washington, Betsy Ross, Dolly Madison y Abigail Adams. Cada uno de ellos era buen estudiante, y los varones impresionaban a Bernie con sus habilidades en los deportes. Él tenía que trabajar duro para ser el mejor cuando los niños Musashi se unían a algún juego. Las niñas eran tranquilas, estudiosas y corteses, pero nunca tenían mucho que decir, lo que hacía que Hildemara se sintiera incómoda. Ella prefería ser de las que escuchan en vez de tener que pensar en qué decir. A Hildemara le gustaba más la compañía de Elizabeth. Ella siempre tenía cosas de que hablar: la última película que había visto, la visita a sus primos en Merced, el viaje en el automóvil nuevo de su padre hasta Fresno.

Papá finalmente había hecho la primera incursión cuando el camión del señor Musashi se descompuso en el camino de regreso de Murietta. Papá redujo la velocidad de la carreta cuando se dio cuenta de que estaba tratando de reparar el motor y que se veía confundido. Tenía la carreta cargada de madera y un tanque de agua para el cuarto de ducha que pensaba construir, pero no veía ninguna razón para no detenerse y ver si podía ayudar. Papá hizo que el camión funcionara lo suficiente como para que llegara aunque fuera ahogándose a *Hopper* y que entrara al patio de los Musashi, donde se volvió a descomponer. Papá llamó a Bernie para que se encargara del caballo y guardara las provisiones mientras él iba al otro lado de la calle, a la casa de los Musashi, para terminar el trabajo de reparación. Le ocupó el resto del día, pero Papá lo arregló. El señor Musashi quería pagarle, pero Papá no quiso aceptar.

Cuando Papá volvió a podar los árboles, el señor Musashi llegó con sus niños y con equipo.

Decidida a romper con el resto de las barreras, Mamá hizo *Streusel* de manzana y atravesó la calle para hacer una visita. Volvió a casa resignada. "Me rindo. Ella no puede hablar inglés y yo no tengo tiempo para aprender japonés. De todas formas, creo que ella se siente muy intimidada como para hablar de cualquier cosa."

Sólo los "niños del pueblo" tenían tiempo para jugar durante la semana, y cuando llegaba el sábado, los niños Musashi tenían que pasar todo el día en la escuela japonesa.

—Aprendo a leer y a escribir japonés —dijo Betsy a Hildemara camino a la escuela—. Aprendo las antiguas costumbres del país, urbanidad y juegos.

—¿Podría ir contigo algún día?

—Ah, no. —Betsy se veía incómoda—. Lo siento. Sólo es para japoneses.

Bernie no tuvo mejor suerte para hacer que los niños Musashi le enseñaran esgrima japonés.

El señor Musashi tuvo problemas para vender sus vegetales en el valle. Una mañana cargó su camión con cajas de brócoli, calabacines, habas y cebollas y se fue. No volvió esa noche. Mamá le dijo a Hildemara que le preguntara a Betsy si la familia necesitaba ayuda. "No, gracias. Mi padre llevó los productos a los mercados de Monterrey. No volverá en dos días. Mis hermanos se harán cargo." El señor Musashi dejó a Andrew a cargo de Patrick, Ulysses y George. Los problemas surgieron como mala hierba que crecía rápidamente. Un incendio se inició calle abajo y amenazaba su huerto. Papá y Bernie corrieron con palas para ayudar a apagarlo. Cuando la bomba de agua se descompuso al día siguiente, Andrew le pidió ayuda a Papá. Mientras Papá trabajaba con la bomba, Bernie le pidió a Patrick que le enseñara a injertar árboles frutales como lo hacía el señor Musashi.

"Deberías verlos, Papá. ¡Tienen tres tipos de manzanas en el mismo árbol! Apuesto que podríamos hacer lo mismo con el naranjo; ¡injertar limón y sacar limonada!"

❋ ❋ ❋

Camino a la escuela, Hildemara vio a Mamá que venía por la calle desde Murietta. Nunca llegaba a casa tan temprano. Siempre trabajaba hasta las dos.

—¿Pasa algo malo, Mamá? —Con la cara como de piedra, Mamá siguió caminando y pasó a Hildemara y a los demás niños, sin decir ni una palabra. Hildemara corrió detrás de ella—. ¿Mamá? ¿Estás bien?

—Si quisiera hablar de eso, te habría respondido. ¡Vete a la escuela, Hildemara! ¡Verás lo que me pasa cuando pases por el pueblo!

Tenía razón.

—¡Santo cielo! —dijo Bernie y medio susurró a Hildemara—: ¿Crees que Mamá lo hizo?

La panadería de los Herkner se había quemado totalmente.

—¿Y por qué iba a hacerlo? La señora Herkner es su amiga. —Los niños se quedaron parados viendo el montón de tablas ennegrecidas, ventanas rotas y ceniza.

Ni siquiera los niños del pueblo sabían qué había pasado, sólo que se había producido un incendio la noche anterior. Hildemara pasó el día preguntándose. Apresurándose a casa, encontró a Mamá en el lavadero.

—¿Qué le pasó a la panadería Herkner, Mamá?

—Viste lo que pasó. ¡Alguien la quemó!

—¿Y quién?

—Ve a alimentar a los pollos.

—¡Mamá!

—Pon comida para los caballos. Y si me haces una pregunta más, Hildemara, tendrás que limpiar los compartimientos.

Mamá finalmente estuvo lista para hablar cuando todos se sentaron a cenar esa noche.

—Hedda dijo que alguien lanzó algo por la ventana de enfrente, y cuando se dieron cuenta, el lugar estaba en llamas. Tuvieron suerte de llegar a las escaleras traseras con vida. Wilhelm cree que sabe quién lo hizo, pero el *sheriff* necesita pruebas.

Papá no mencionó ningún nombre, pero se veía como si supiera, tan bien como Mamá, quién querría sacar del negocio a los Herkner.

—Hedda dice que ya tuvieron suficiente. Se van.

—¿Y están bien?

—Tan bien como pueden estar después de ver que todo por lo que han trabajado se ha esfumado con las llamas. —Mamá sirvió guiso de res en los tazones. Sirvió a Papá primero, luego a Bernie, a Hildemara, a Clotilde y finalmente a Rikka. Se sirvió último y se sentó al otro extremo de la mesa.

Papá oró por la comida y luego miró a Mamá.

—Hay bendición hasta en las cosas más difíciles, Marta. La última cosecha nos hizo salir adelante. Tenemos lo suficiente guardado para que ya no tengas que trabajar. Tenemos suficiente para hacer los pagos y para pagar los impuestos. —Se metió un pedazo de carne jugosa en la boca—. Mmmm . . . —Sonrió—. Me doy cuenta cuando has tenido más tiempo para cocinar.

—En eso es en lo único que el hombre piensa, en su estómago.

Papá se rió, pero no agregó nada al comentario de Mamá.

Mamá metió su cuchara en el guiso.

—Hedda y Wilhelm se van a San Francisco. Tienen amigos allá que pueden ayudarlos a comenzar de nuevo. Ella está preocupada porque Fritz pierda más clases en la escuela. —Hildie sabía que la señora Ransom le había hecho pasar tiempos difíciles también a Fritz. A diferencia de Mamá, la señora Herkner había permitido que su hijo se quedara en casa y no fuera a la escuela cuando se sentía enfermo.

Papá dejó de masticar y levantó la cabeza; percibió algo en el aire. Hildie siguió comiendo, fingiendo que no estaba poniendo atención, mientras Mamá seguía hablando en forma despreocupada.

—No fue a la escuela casi un mes por la neumonía. Apenas se está poniendo al día. Si se lo llevan ahora, perderá todo el año. Le dije que nosotros cuidaríamos de él.

Papá tragó.

—¿Cuidarlo?

—Bernhard tiene un dormitorio grande.

—¡Mamá! No se va a mudar conmigo, ¿verdad?

Mamá ignoró la protesta de Bernie y le habló a Papá.

—Tendrás que construir una litera como la del cuarto de las niñas.

Tenemos suficiente madera, ¿verdad? Ya encargué un colchón. Lo entregarán en unos días. Puede dormir en el sofá mientras tanto. —Tomó un pedazo de pan y le puso un poco de mantequilla.

Papá la miró enojado.

—No recuerdo decir que sí a esa idea.

—Tú te encargas del huerto y la viña. Yo me encargo de los niños, de la casa y de los animales, excepto del caballo.

Hildemara sintió la tormenta que amenazaba la armonía familiar.

—Sería una buena obra, ¿no crees, Papá? Eso ayudaría a los Herkner.

A Bernie se le puso la cara roja de cólera.

—¡Es mi habitación! ¿No tendría que dar mi opinión para alguien más viva en ella?

Hildemara lo miró boquiabierta. —Su casa acaba de incendiarse, Bernie.

—¡Yo no la quemé!

—¡Acaban de perderlo todo!

—¡Fritz Herkner ni siquiera puede lanzar un sencillo! La última vez que jugó básquetbol se torció un tobillo. ¡Tiene menos coordinación que tú! Será de tanta ayuda en la granja como Clotilde y Rikka!

—¡Ya basta, Bernhard! —Mamá golpeó con el puño en la mesa, haciendo que todos saltaran, menos Papá—. ¿Quién crees que eres? ¡Si no recibes a Fritz Herkner en *mi* casa, él dormirá solo en tu habitación y tú vivirás en el establo!

Bernie levantó la cabeza.

—También es la casa de Papá.

—Ya es suficiente, *Sohn*. —Papá habló tranquilamente.

Bernie parecía haber aprendido la lección, pero el estómago de Hildemara se retorció con la mirada que Papá tenía en su cara. Sabía que el dinero de Mamá había comprado la granja, pero Papá trabajaba duro y había producido las cosechas que habían hecho que todo fuera un éxito. Mamá hablaba como si él no hubiera contribuido con nada. Pudo sentir que se le salían las lágrimas al ver el dolor en los ojos de Papá. Al mirar a Mamá vio la vergüenza que trataba de ocultar.

—*Nuestra* casa. —Mamá se corrigió, pero era demasiado tarde. El daño ya estaba hecho. Cuando Papá empujó su plato, los ojos de ella estaban húmedos—. Ella no era solamente mi jefe, Niclas.

Papá le dijo algo en alemán y en el rostro de Mamá se vislumbraron indicios de dolor. Las lágrimas rodaron por las mejillas de Hildemara. Detestaba que sus padres se pelearan. Detestaba ver el dolor en los ojos de Papá y la obstinada inclinación del mentón de Mamá.

—¿Cuándo viene? —preguntó Papá.

—Mañana. —Mamá parecía estarse preparando algo más para decir—. Hedda nos pagará. Él se quedará con nosotros hasta el verano.

Los ojos de Papá destellaron. —¿Siempre tiene que ver todo con dinero, Marta? ¿Es eso lo único que te importa?

—¡Yo no pedí nada! ¡Hedda insistió! Perdí mi trabajo cuando la panadería se quemó y ella no quiere que yo corra con los gastos de cuidar a su hijo. ¡De lo contrario no quería dejar a Fritz!

Bernie le dio un cuchillazo a un trozo de carne.

—Cinco meses. —Gruñó, y se dejó caer bruscamente en su silla, mientras se metía la carne en la boca y masticaba con el ceño fruncido, malhumorado.

Marta se volteó para verlo.

—Ellos no se rebajarán a vivir en una carpa para después trabajar como esclavos para una viuda haragana. Lo verás, Bernhard. ¡Los Herkner tendrán un apartamento en la ciudad y un negocio de éxito antes de que se acabe el verano!

Papá hizo atrás su silla y se fue de la mesa.

Mamá se puso pálida. —Niclas . . .

Hildemara vio que Papá salió por la puerta de enfrente. Sabía lo duro que trabajaba, cómo trataba de hacer feliz a Mamá. Y luego Mamá decía algo sin pensar y lo aplastaba. El dolor de Hildie se transformó en una ira candente. Miró a Mamá a través de sus lágrimas y se preguntaba por qué no podía estar agradecida en lugar de resentida. Hildie sabía lo que era tratar de complacer a Mamá, nunca logrando llenar sus expectativas. Por primera vez no le importó. "¿Por qué tienes que ser tan mala con él?"

Mamá le dio una bofetada en la cara. Hildemara se hizo atrás por la conmoción y se puso una mano temblorosa en la mejilla que le ardía, demasiado aturdida como para emitir algún sonido. Mamá no la había golpeado nunca; se puso pálida. Cuando extendió su mano, Hildemara se alejó de ella y Bernie salió disparado de su silla.

—¡No vuelvas a lastimarla! ¡Ella no hizo nada malo!

Mamá también se puso de pie.

—¡Sal de esta casa ahora mismo, Bernhard Waltert!

Golpeó la puerta de enfrente y bajó retumbando las escaleras.

Clotilde miraba a Mamá con la boca abierta. Rikka lloraba suavemente, cubriéndose la cara con su servilleta. Tragándose las lágrimas, Hildemara agachó la cabeza.

—Lo siento, Mamá.

—¡No te disculpes, Hildemara! ¿Por qué siempre te disculpas, sin importar lo que la gente te haga? —Su voz tenía un tono de derrota—. Desocupa la mesa. Lava los platos y guarda todo. ¡Más vale que te acostumbres a que la gente te pase por encima por el resto de tu vida! —Mamá emitió un ruido de ahogo y se fue a su habitación y cerró la puerta de un golpe.

Clotilde recogió los tazones. —Yo te ayudaré, Hildie.

—Puede ser que a Mamá no le guste.

—Ella lamenta haberte golpeado.

—Juega con Rikki, entonces. Dale los crayones. Cualquier cosa. Sólo haz que deje de llorar. —Tragándose las lágrimas, se hizo cargo de la mesa.

Papá todavía no había vuelto cuando Hildemara terminó de desocupar la mesa y de lavar, de secar y guardar los platos. Bernie volvió a entrar.

—Está sentado en el porche.

Hildemara trató de alivianar el ambiente pesado de la casa.

—Si fuera de día, estaría cepillando el caballo.

Papá siempre cepillaba el caballo cuando algo lo afligía.

❄ ❄ ❄

Ha sido un mal tiempo en todas partes, Rosie. Alguien quemó la panadería Herkner y no tengo trabajo. Niclas trabaja duro, pero pasarán meses antes de que veamos algo de dinero de la cosecha de este año. Así es la vida de un agricultor. Arduo trabajo y aferrarse a la esperanza.

Pero eso no es lo peor que ha sucedido. Después de todo este tiempo, mi hija me contradice, y ¿qué es lo que hago? Le doy una bofetada en la cara. Lo hice sin siquiera pensar. Le había dicho algo hiriente a Niclas y él se había ido de la mesa, e Hildemara Rose me puso en evidencia.

Nunca había golpeado a ninguno de mis hijos de esa manera, y hacérselo a Hildemara me horrorizó. Quería cortarme la mano, pero el daño ya estaba hecho. Cuando lo hice, Bernhard me dijo que no volviera a golpearla, como si lo haría, y lo saqué de la casa. Clotilde me miraba como si me hubieran salido cuernos. Tal vez así es. Rikka lloraba como si se le hubiera roto el corazón. El mío estaba roto.

Y todo lo que Hildemara hizo fue quedarse sentada con la huella de mi mano en su mejilla. No dijo nada. Podía ver el dolor en sus ojos. Quería sacudirla. Quería decirle que tenía todo el derecho de gritarme. ¡No tiene que quedarse allí sentada y aceptarlo! Habría puesto la otra mejilla si yo le hubiera vuelto a alzar la mano.

No he llorado tanto en años, Rosie. No desde que Mamá y Elise murieron. Podía oír a Hildemara trabajando en la cocina, como una buena esclavita.

Le he fallado en todo sentido.

22

Mamá fue al pueblo la mañana siguiente, llevando a Rikki en la carretilla. Fritz Herkner no fue a la escuela. Cuando Hildemara llegó a casa esa tarde, encontró a Fritz sentado a la mesa de la cocina, con un vaso de leche y un plato de galletas en frente. Se veía pálido y miserable, con su pelo castaño muy largo y con demasiada carne sobre sus huesos. Hildemara se compadeció de él, pero no lo suficiente como para sentarse a la mesa y estar al alcance de Mamá.

"Siento mucho que se quemara tu casa, Fritz." Fritz no levantó la cabeza. Sus labios temblaban y las lágrimas corrían por sus mejillas. Mamá le dio unas palmadas en su mano y le hizo señas con la cabeza a Hildemara, lo suficiente como para que entendiera que no la quería allí. Se fue a su habitación e hizo su tarea en la litera de arriba.

Mamá llamó a Bernie y le dijo que llevara a Fritz afuera para que viera el lugar. "Muéstrale el huerto y la viña. Llévalo al canal de riego. ¿Te gustan los pollos, Fritz? ¿No? ¿Y los conejos?" Bernie llevó a Fritz por la puerta mosquitera del porche y dejó que se cerrara de un golpe al salir. Clotilde salió detrás de ellos.

Después Hildie oyó a Mamá hablar con Papá en la cocina.

—Hedda dijo que es muy inteligente.

—¿Lo es?

—Todavía no lo sé. Dijo que le gustaban los libros. Por eso fui a buscar algunos a la biblioteca. No pude hacerlo hablar de nada cuando veníamos a casa. Lloró en todo el camino. Es peor que Hildemara con las lágrimas. Claro, Hedda no estaba mucho mejor. Lloró más fuerte que él cuando los despedimos en la estación del tren. Tenemos que hacer que este niño sea más fuerte.

—Si Hedda estaba así de alterada, probablemente vendrán por él en una semana.

Fritz no comió casi nada los primeros tres días, aunque Mamá preparó *Hasenpfeffer*, *Sauerbraten* y *Wiener Schnitzel*. Bernie dijo que Fritz se dormía llorando.

—Espero que deje de llorar pronto, ¡o voy a estrangularlo!

Hildemara lo defendió.

—¿Cómo te sentirías si nuestra casa se quemara y Mamá y Papá tuvieran que irse y dejarte cuando se fueran a San Francisco?

—Déjame pensar. —Bernie sonrió—. No tendría que hacer tareas ¡y podría hacer lo que quisiera!

—Sé lo que se siente no tener amigos, Bernie. Es todavía peor cuando alguien siempre te está molestando. Él es nuestro hermano del verano. Tenemos que ser buenos con él.

Llegó una carta de San Francisco una semana después de que los Herkner se habían ido. Fritz lloró cuando la abrió. Lloró durante toda la cena. Bernie puso los ojos en blanco y se comió la parte de Fritz de empanadillas de papa.

Cuando Hildemara se inclinó para decirle unas palabras de aliento, Mamá sacudió la cabeza y se veía tan feroz que Hildie dejó a Fritz en paz. Papá los llamó a todos a la sala de estar y leyó la Biblia. Fritz se sentó en el sofá, mirando hacia la ventana hasta que se puso el sol.

Las cartas iban y venían. Cada carta hacía que Fritz se sintiera de capa caída otra vez. "Necesita hacer tareas para sacar los problemas de su cabeza." Mamá mandó a Fritz con Hildemara a alimentar a los pollos. Cuando el gallo lo persiguió, Fritz salió corriendo y gritando del gallinero, y dejó la puerta abierta el tiempo suficiente para que el gallo saliera y tres gallinas corrieran detrás de él. Hildemara tardó una hora en atraparlos, y luego tuvo que caminar sola a la escuela y explicarle a la señorita Hinkle lo que había pasado.

"Podría limpiar el establo," le sugirió Bernie a Mamá. "Quizás se deshaga de esa gordura de bebé que lleva encima."

En lugar de eso, Mamá puso a Fritz a cargo de los conejos. Fritz dejó de llorar. Dejó de esperar en el buzón las cartas de su madre. Hildemara se preocupaba por lo que pasaría cuando Mamá decidiera hacer *Hasenpfeffer* otra vez, pero parecía que Mamá ya había pensado en eso también.

—Solamente tenemos una regla con los conejos, Fritz. No puedes ponerles nombre.

—¿Ni siquiera a uno?

—No, ni siquiera a uno.

Afortunadamente, todos eran blancos. Si uno se perdía, no importaría tanto, siempre que él no lo conociera por su nombre.

Las cartas de la señora Herkner llegaban muy seguidas, pero Fritz no contestaba más que una vez a la semana. A veces pasaba más tiempo, y entonces Mamá recibía una carta de Hedda. "Ya es hora de escribir una carta a tu madre, Fritz."

Hildemara envidiaba a Fritz porque su madre lo adoraba. Sabía que Mamá nunca la extrañaría tanto. Siempre le preguntaba a Hildemara qué quería hacer con su vida, como si no pudiera esperar que Hildie creciera y se fuera de la casa.

❄ ❄ ❄

Cuando terminó la escuela, Fritz se había más que adaptado. Había comenzado a infectar a Bernie con ideas nuevas que sacaba de los libros que leía.

—¿Podemos construir una casita en el árbol, Papá? ¿Una como la de *La familia Robinson?*

A Mamá no le gustó mucho la idea.

—Papá tiene suficiente que hacer. Si alguien construye algo, tienen que ser ustedes, niños.

Papá no confiaba en ellos para darles buena madera. "Solamente la desperdiciarán." Le dijo a Bernie y a Fritz que dibujaran los planos. Él tomaría las medidas y pondría las marcas; ellos podrían cortar. Al final del primer día de trabajo duro, entraron con las palmas que parecían carne cruda y amplias sonrisas en sus caras.

"Necesitamos una trampilla para mantener lejos a nuestros enemigos." Con *enemigos* se referían a Hildemara, Clotilde y Rikka, por supuesto.

"Podemos usar una escalera de cuerdas y jalarla cuando estemos en la plataforma."

Papá se unió a la diversión de construir, agregando una segunda plataforma más pequeña y más alta, como una torre de vigilancia, con escalera y trampilla. Construyó una banca a lo largo de la pared interna de la plataforma grande, que estaba a tres metros de altura. "Para que ustedes, chicos, no se queden dormidos y caigan rodando. No queremos que se rompan el cuello."

Tony Reboli, Wallie Engles y Eddie Rinckel fueron a ayudar. Hildemara se sentó a verlos desde las escaleras de atrás. Parecían un montón de monos que escalaban en el gran árbol de laurel. Ella también deseaba ser parte de la diversión, pero Bernie le había dicho: "No se permiten niñas." A Clotilde no le interesaba. Estaba demasiado ocupada cortando un vestido nuevo y aprendiendo a usar la máquina de coser de Mamá. Y a Rikka le gustaba quedarse adentro de la casa, sentada en la mesa de la cocina, haciendo dibujos y agregándoles color con los crayones. Hildemara deseaba que Elizabeth viniera a jugar, pero su única amiga se había ido a Merced a pasar el verano con sus primos.

—Abrecan Macy vendió su casa. —Mamá le dio la noticia a Papá en la cena—. A otro soltero, creo. Es del este. Abrecan no sabe nada de él, sólo que tenía lo suficiente como para comprar el lugar. No me dijo qué quiere hacer el hombre con él.

—Es asunto suyo, ¿no es cierto?

—Su tierra colinda con la nuestra. Deberíamos saber algo de él. Parece raro, ¿verdad? Venir hasta aquí a comprar un sitio y no tener ningún plan para él. Su nombre es Kimball. Abrecan no recordaba su primer nombre.

Mamá le llevó al vecino nuevo una hogaza de pan de canela y pasas recién horneado.

—No es muy amigable. Aceptó el pan y me cerró la puerta en la cara.

—Tal vez quiere que lo dejen en paz.

—No me gustaron sus ojos.

El mes de julio fue cálido; derretía el macadán. Los chicos se desafiaban a pararse sobre el pavimento negro y caliente para ver cuánto podían aguantar quemándose las plantas de los pies. Después de unas semanas de correr descalzos ya no era un desafío, y Fritz inventó otra prueba de coraje: pararse en un hormiguero de hormigas rojas, en tanto que alguien se paraba cerca con una manguera. Fritz apenas duró diez segundos y tenía piquetes de hormigas hasta sus tobillos. Eddie, Tony y Wallie lo hicieron mejor, pero nadie lo hizo tan bien como Bernie, que estaba decidido a ganar cada juego en el que participaba. Apretando los dientes por las picaduras dolorosas, se quedó parado hasta que las hormigas le mordieron hasta las caderas, y entonces saltó del montículo y gritó para que Eddie le echara el chorro con la manguera. Unas cuantas sobrevivientes tenaces lograron avanzar hasta su ropa interior. Bernie comenzó a gritar y a saltar. Mamá salió corriendo de la puerta de enfrente. Bernie finalmente le quitó la manguera a Eddie y se mojó él mismo, en tanto que Mamá miraba desde el porche, con las manos sobre sus caderas, riéndose. "¡Te lo mereces por ser tan tonto!"

Hildemara siguió a los niños a la acequia donde nadaban. Bernie le había enseñado a Fritz a nadar. Ella también quería aprender. "¡Sólo métete!" le gritó Bernie. "Mueve los brazos y las piernas y aléjate de nosotros. ¡No queremos niñas tontas aquí!" Hildemara se metió al agua con cuidado. Se sentía maravillosamente fresca con el calor del día. Cuando tocó el fondo, el fango le cubrió los pies y las hierbas resbaladizas rodearon sus tobillos como serpientes en la corriente lenta. Caminó a lo largo de la orilla, con los brazos en el aire. Algo grande y oscuro se movió detrás del cerco de bambú al otro lado del canal y se asustó. Cuando gritó y señaló, Bernie se volvió a burlar de ella.

"¡Ayyyy, Hildie vio un monstruo!" Los otros chicos se sumaron.

"¡Vámonos!" Con sus piernas largas, Bernie salió rápidamente del canal. "Vamos al *Grand Junction*. El agua es más profunda allí. ¡Este canal es para bebés!" *Grand Junction* era la gran acequia, de cemento, que vertía agua en los más pequeños que pasaban por las granjas. Estaba a unos cuatrocientos metros de allí.

—¡Bernie! ¡Espera!

—¡No se permiten niñas! —gritó Bernie por encima de su hombro, mientras se alejaba a lo largo del canal, y los demás corrían detrás de él.

Hildemara siguió caminando cuidadosamente en el agua, tratando de ganar confianza. Vio movimiento detrás de las varas de bambú otra vez y salió del agua rápidamente. Con el corazón que le latía con fuerza, miró al otro lado de la acequia y trató de ver qué había allí. Nada se movió. Las gotas de agua se secaron rápidamente en su piel. Podía oír a Bernie y a los niños riendo y gritando más allá en el canal. Sus voces se apagaban a medida que la distancia se agrandaba. No estaba lista para intentar nada en un lugar más profundo y, de todos modos, los niños no la aceptarían. Todavía intranquila, Hildemara se sentó en la orilla del canal y puso sus pies en el agua. Sentía un escozor en la piel como si alguien estuviera mirándola, pero nada se movía. Bernie y los demás estaban al otro lado de la calle ahora. Ya no podía oírlos. Todo estaba muy silencioso.

El sol le achicharró los hombros y la espalda. Su ropa se secó rápidamente. Sus piernas se quemaron por el calor. Se deslizó al agua otra vez, que se sentía fría, y se sumergió hasta que el agua le llegó al cuello. Movió los brazos, de atrás para adelante, debajo del agua. Cobrando ánimo, levantó sus pies y rápidamente se deslizó por debajo de la superficie. Se paró rápidamente, escupiendo y quitándose el agua de los ojos.

"Cuidado. Podrías ahogarte."

Con el corazón en un puño, vio a un hombre sentado en la orilla. Parecía más grande que Papá, pero no usaba overol. Se parecía al señor Hardesty, que trabajaba detrás del mostrador en la abarrotería de Murietta.

—No deberías nadar sola. Es peligroso.

—Estoy bien.

El hombre sacudió la cabeza lentamente. Su sonrisa se burló de ella, como si la hubiera sorprendido en una mentira.

—No sabes cómo nadar.

—Estoy aprendiendo.

—Esos niños te dejaron sola. No fueron amables.

Hablaba tranquilamente, con voz grave. A ella se le puso piel de gallina por el sonido. Tenía un acento, no como el de Papá o el de los griegos o los suecos, ni como el de nadie que ella conociera. El hombre no le quitaba los ojos de encima. El agua parecía ponerse más fría a su alrededor. Temblando, se abrazó y dio un paso hacia el costado del canal.

—¡Ten cuidado! Las tortugas pueden morderte los dedos de los pies.

—¿Tortugas mordedoras? —Miró el agua turbia abajo. No podía ver el fondo.

—Están en el fondo y abren bien sus bocas. Menean la lengua para atraer peces. Uno nada cerca y *¡zas!* Conocí a un hombre que atrapó una y la metió en su bote. Le mordió cuatro dedos.

El corazón de Hildie latía con fuerza. Bernie no había dicho nada de peces ni de tortugas mordedoras. ¿Nadaría en este canal si supiera de ellos? Una orilla parecía muy lejos; la otra, del lado del hombre, más cerca. Él se agachó y le extendió su mano. "Deja que te ayude a salir." Sus ojos oscuros brillaban de manera tan extraña que Hildemara casi olvidó a las tortugas que se escondían en el lodo, debajo de sus pies. El estómago se le anudó por el miedo. "No te voy a lastimar, pequeña." Su voz se puso dulzona.

Jadeando, sintió que el miedo aumentaba rápidamente. Su mano era tan grande. Meneó los dedos como la tortuga de la que él le había hablado, invitándola a acercarse. No tenía callos como Papá. Sus manos se veían fuertes y suaves. Ella se apartó, alejándose de él.

—Ten cuidado, te irás abajo otra vez. —Ella se acordó del gato cuando miraba una cueva de taltuzas, esperando el momento exacto para lanzarse—. ¿Cómo te llamas?

Mamá había dicho que no debían ser descorteses con los vecinos. Él seguramente era el señor Kimball, el hombre que compró el lugar de Abrecan Macy. Mamá no tenía miedo de los vecinos. Ella hablaba con todos.

—Hildemara.

—Hil-de-mara. —El hombre alargó su nombre como si lo estuviera saboreando—. Es un nombre bonito, de una niñita bonita.

¿Bonita? Nadie le había dicho nunca que era bonita, ni siquiera Papá. Sintió que la cara se le puso caliente. El señor Kimball hizo una mueca con la boca. Las gotas de sudor corrían por los costados de su cara. Su mirada cambió al mirar a su alrededor disimuladamente.

De repente, el silencio le molestó a Hildie. Ni siquiera escuchaba las aves. Deslizó su pie cautelosamente a lo largo del fondo del canal y contuvo la respiración cada vez que algo le rozaba los tobillos. Cuando el señor Kimball se puso de pie, algo dentro de ella le dijo: *¡Aléjate de él!*

Jadeando de pánico, Hildemara se impulsó por el agua hacia la otra orilla del canal. Extendiéndose, se agarró a una mata de césped, y tiró de ella, sacudiendo las piernas.

Se oyó un gran ruido de chapoteo detrás de ella.

Hildemara acababa de llegar a la parte de arriba del canal cuando sintió que una mano le agarró el tobillo y la jaló. Otra mano le jaló la parte de atrás de su blusa. Los botones se abrieron y la blusa acabó en las manos del hombre cuando ella se retorció. Giró de allá para acá como un pez fuera del agua, pateando con su pierna libre, y le dio duro en la nariz. Él emitió un gruñido de dolor y la soltó.

Parándose atropelladamente, Hildie corrió. Cuando miró hacia atrás, cayó de cabeza y la arena salió volando en todas direcciones. Se volvió a parar y esta vez no se dio vuelta para mirar. Sus delgadas piernas se movían de arriba abajo y su aliento salía en sollozos frenéticos mientras corría a lo largo del canal y se dirigía hacia la última fila de viñedos, a la par de la casa. El gran árbol de laurel se veía adelante.

Mamá estaba parada en el patio de atrás, colgando ropa en la cuerda. Rikka estaba sentada en el suelo del lavadero, haciendo dibujos en la arena húmeda. Hildemara pasó corriendo por donde estaba Mamá y subió las escaleras, abrió de un tirón la puerta y dejó que se cerrara de un golpe cuando entró volando a su dormitorio. Se trepó en la litera inferior y se arrojó a la litera de arriba. Todo su cuerpo comenzó a temblar. Sus dientes castañeaban. Se acurrucó en el rincón contra la pared y puso las rodillas contra su pecho.

23

"¿HILDEMARA?" MAMÁ ESTABA de pie en la puerta del dormitorio. "¿Qué te pasa?" Parpadeaba. "¿Dónde está tu blusa?"

El hombre tenía su blusa.

"¿La dejaste en el canal?"

Hildemara jadeaba suavemente, mirando más allá de Mamá, con miedo de que él pudiera estar afuera.

Mamá miró hacia fuera por la puerta de mosquitero. —¿Dónde están los niños?

—En *Grand Junction*.

—¿Qué le pasó a tu pierna? ¿Cómo te hiciste esos raspones?

Hildemara no sentía nada, y no quería mirar. Mamá entró a la habitación y se paró en la cama de abajo.

—Baja de allí.

—No.

—Hildemara . . .

—¡No!

—¿Qué te pasó? —Mamá habló firmemente esta vez, exigiendo una respuesta.

—Él . . . él . . . estaba entre el bambú.

—¿Quién?

Hildemara comenzó a llorar.

—El señor Kimball, creo. No lo sé. —Cuando Mamá se extendió para alcanzarla, ella gritó—. ¡No! No voy a bajar.

—¡Hildemara! —Mamá la abrazó fuertemente aunque ella forcejeaba. Clotilde apareció en la puerta. —¿Qué le pasa a Hildie?

—Ve a buscar a Rikka. Está en el lavadero.

—Pero . . .

—¡*Ahora!*

Clotilde salió corriendo. La puerta golpeó, e hizo que Hildemara hiciera un movimiento brusco, luego golpeó dos veces más, cada vez más suave. Mamá levantó a Hildemara y la llevó cargada al pasillo.

—¡Vamos, niñas! —Clotilde se apresuró a entrar con Rikka—. Entren a la casa. Vamos. —Aseguró la puerta cuando entraron y dijo a Clotilde y a Rikka que jugaran en la sala de estar, en tanto que hablaba con Hildemara en el dormitorio. Se sentó en la orilla de la cama e Hildemara en su regazo—. Ahora, dime qué pasó.

Hildie se desahogó y le contó todo. Con hipo, sollozaba y tartamudeaba.

—¿Estás enojada conmigo? No quiero volver a buscar mi blusa. Por favor, Mamá, no me hagas hacerlo.

—No me importa la blusa. Vas a quedarte aquí, dentro de la casa. —Sentó a Hildemara en la cama. Le tomó la cara firmemente y la miró a los ojos—. Escúchame ahora. Ese hombre *nunca* te volverá a tocar, Hildemara. *Nunca* se acercará a ti. Nunca más. ¿Me entiendes?

—Sí, Mamá. —Nunca antes había visto esa mirada en los ojos de su madre. La volvió a asustar.

Mamá la soltó y se enderezó.

—Quédate en la casa. —Salió de la habitación. Hildemara oyó que abría una gaveta. Temblando, corrió a la puerta y vio a Mamá parada con un cuchillo de carnicero en su mano—. Niñas, quédense adentro de la casa.

—¡Mamá! —Hildemara salió corriendo de la habitación—. No vayas. Es más grande que tú.

—No lo será por mucho tiempo. ¡Asegura la puerta! —La puerta de mosquitero se cerró de un golpe.

¿Y si el hombre le quitaba el cuchillo y le hacía daño a Mamá?

—¡No! —Hildemara abrió la puerta de un tirón—. ¡Vuelve, Mamá!

—Mamá corría por las vides. Desapareció en el extremo—. ¡Papá! —gritó Hildemara—. *¡Papá!*

—¡Suena la campana! —Clotilde estaba parada detrás de ella.

Hildemara agarró el cordón y lo jaló, lo jaló y lo jaló. La campana repicaba fuertemente. Sollozando, Hildemara siguió jalando. Cloe agarró a Rikka de los hombros; ambas tenían los ojos azules bien abiertos.

Papá llegó corriendo del otro lado del patio. —¿Qué pasa?

Hildemara bajó las escaleras corriendo.

—¡Mamá se fue por allá! ¡Tiene un cuchillo de carnicero! *¡La matará!*

Papá no esperó para hacer preguntas. Corrió en la dirección que Hildemara señaló. "¡Marta!"

Bernie y Fritz, y los demás detrás de ellos, llegaron volando hasta el frente de la casa. "¿Qué ha sucedido?" dijo Bernie jadeando. "¡Oímos la campana!"

Hildemara se sentó en las escaleras de atrás, se cubrió la cara y se puso a llorar.

"¡Santo cielo!" dijo Tony riéndose. "La Hermanita está medio desnuda."

Avergonzada, Hildemara dio un salto y entró corriendo a la casa. Tragándose los sollozos, puso el pie en la litera de abajo, se lanzó a la de arriba y se cubrió con la frazada.

"¡Déjala en paz!" gritó Cloe y la siguió. Se subió a la cama con Hildie. Rikka también se subió. Cuando Bernie entró, Cloe gritó: *"¡No se permiten niños!"*

Pareció una eternidad antes de que Hildemara volviera a escuchar la voz de Bernie. "Veo a Papá. Mamá viene con él. ¿Qué diablos hace Papá con un cuchillo de carnicero?"

Hildie suspiró, pero permaneció debajo de las frazadas. Escuchó la voz de Papá.

—Tony, Wallie, Eddie, váyanse a casa.

—¿Hicimos algo malo, señor Waltert?

—No, pero Bernhard tiene trabajo que hacer. Váyanse ahora. Todo está bien. —Se oía como si nada malo hubiera pasado. Los varones se despidieron y se fueron. La voz de Papá cambió—. Entra a la casa, *Sohn.* Mantén a los niños en la casa hasta que yo vuelva.

—¿A dónde va, Mamá?

—A buscar al *sheriff.*

❈ ❈ ❈

El *sheriff* Brunner llegó a la casa avanzada la tarde. A Bernie y a Fritz los enviaron a la casa del árbol, a Clotilde y a Rikka a la habitación del porche. Hildemara tuvo que sentarse a la mesa y contarle al *sheriff* lo que había pasado en el canal. Él miró con gesto sombrío los raspones en la pierna izquierda de Hildie.

—Cuando venía me detuve en la casa de Kimball. No estaba allí.

Mamá se rió amargamente.

—Eso no quiere decir que no volverá.

A Hildie le palpitaba el corazón. Papá la sentó en su regazo y la mantuvo abrazada.

—Voy a ordenar su arresto, pero no puedo prometer nada. Tiene automóvil. Probablemente está a kilómetros de distancia ahora.

Esa noche Hildemara se despertó por el olor a humo. Una campana de bomberos sonaba a la distancia. Mamá y Papá estaban parados en el patio, hablando en voz baja.

—Tal vez un rayo incendió el lugar. —Mamá se oía esperanzada.

—No ha habido ningún rayo. —Papá hablaba con gravedad.

—Que se queme, con él adentro. —Mamá volvió a entrar a la casa.

El *sheriff* volvió a la mañana siguiente y habló con Mamá y Papá.

—La casa y el establo de Kimball se incendiaron anoche. —Se lo oía contrariado—. ¿Saben algo al respecto?

Papá respondió simplemente. —No.

Mamá habló con franqueza, como de costumbre.

—Fui a buscarlo con un cuchillo de carnicero, *sheriff* Brunner, con toda la intención de matarlo. Lo vi irse en su elegante automóvil negro. Puedo desear que el hombre esté muerto y en el infierno, pero no tendría ninguna razón para quemar una casa ni un establo que estaban en perfectas condiciones. A menos que él estuviera allí. ¿Lo estaba?

—No.

—Pues es una verdadera lástima.

El *sheriff* Brunner se quedó callado y luego concluyó:

—Debe haber sido la Providencia.

Bernie y Fritz no bajaron de la casa del árbol hasta que Mamá los llamó para cenar.

—¿Qué quería el *sheriff*?

Mamá los miró a los dos.

—Preguntó si sabíamos algo del incendio de anoche. Si encuentra a los incendiarios, los arrestará. Y antes de que preguntes qué es un incendiario, Clotilde, es una persona, o personas, que queman casas y establos.

Bernie y Fritz se desplomaron en sus sillas. Papá los miró fijamente a los dos.

—El que haya iniciado ese incendio anoche será mejor que no se jacte de eso. Será mejor que no diga ni una sola palabra, si no, crecerá, o crecerán, detrás de barrotes de acero, comiendo pan y bebiendo agua.

Mamá puso empanadillas de papa en sus platos.

—A propósito, esta noche vamos a comer pastel de chocolate de postre.

❆ ❆ ❆

Querida Rosie:

Uno de nuestros vecinos intentó violar a Hildemara. Si hubiera podido ponerle las manos encima, ahora estaría muerto. Niclas me detuvo. Llamamos al sheriff. Claro, para cuando llegó a nuestra casa, Kimball había huido. Si hubiera podido incendiar su casa con él adentro, lo habría visto morir y habría quedado satisfecha. En cambio, está suelto como un perro rabioso y le hará daño a otra niña.

Hildemara es un ratón temeroso, sentada en los rincones de la casa. Contengo las lágrimas cada vez que la miro y recuerdo lo difícil que fue la vida para Elise. Mamá la mimaba y mi hermana llegó a ser una prisionera de sus propios temores.

Pude haber castigado con vara a Bernhard por haberla dejado sola en el canal, pero lo que Kimball hizo no fue culpa de mi hijo, y no voy a poner la culpa donde no corresponde.

Pero ¿qué hago ahora? Lo que pasó, pasó, y no se puede deshacer. La vida sigue. De algún modo, tengo que encontrar la manera de hacer que Hildemara vuelva a salir a la luz del sol y que no le tema a cada sombra.

❄ ❄ ❄

Hildemara no quería salir de su habitación, y menos de la casa, pero Mamá insistió en que hiciera sus tareas habituales. "No vas a dejar que ese hombre te convierta en una prisionera de tus temores."

Cuando Hildie salió, se sintió mareada y con náuseas. Miraba en todas direcciones a su alrededor cuando alimentaba a los pollos. Se sentía un poco mejor al desmalezar. La huerta estaba más cerca de la casa. Bernie llegó y se agachó junto a ella. "¿Quieres ir a nadar otra vez? No voy a dejarte sola. Te lo juro sobre una pila de Biblias." Ella sacudió la cabeza.

"Vamos a ir a ver una película mañana," anunció Mamá en la cena esa noche. Todos gritaron de emoción, excepto Hildemara. No quería pasar por la propiedad de Kimball.

"Tal vez hasta comamos helado después, si todos se comportan bien."

Hildemara caminó a la par de Mamá, en tanto que los demás iban y venían corriendo. Ella se puso al otro lado de Mamá cuando cruzaron la acequia, con el bambú que crecía en el lado sur.

"No, no lo hagas." Mamá la hizo caminar de ese lado del camino. "Mira bien cuando pasemos por su casa, Hildemara." Dos montones de escombros ennegrecidos estaban donde solían estar la casa y el establo. "Abrecan Macy era un buen hombre. ¿Te acuerdas de las ovejas? Te encantaban los corderos, ¿verdad? Abrecan Macy era nuestro amigo. Abrecan Macy era un caballero." Mamá tomó su mano y la apretó fuertemente. "Deja que en tu mente vivan las cosas que son buenas, verdaderas y lindas." Le apretó la mano otra vez y después la soltó. "Piensa en Abrecan Macy la próxima vez que pases por esta propiedad."

❄ ❄ ❄

Después de eso, cada semana Mamá llevaba a la pandilla de niños al pueblo, a una matiné. Los varones siempre corrían por el pasillo para tomar los asientos de la primera fila. Hildemara y Cloe se sentaban unas cuantas filas detrás de ellos. Mamá se sentaba atrás con Rikka en su regazo, y hablaba en voz baja con las demás madres que cuidaban a sus hijos.

Los niños hablaban durante los noticieros cortos, se reían de manera estridente con la comedia de payasadas, donde se lanzaban pasteles, o con las travesuras de *La Pandilla* y Buster Brown. Cuando aparecía la presentación principal, pegaban gritos de alegría, y pasaban la siguiente hora chiflando y silbando a los tipos malos y aclamando al héroe. Zapateaban en las persecuciones y gritaban: "¡Agárralos, agárralos!" mientras el caballo galopaba en la escena. Hildemara tuvo su primer enamoramiento con el vaquero de Hollywood Tom Mix.

Papá determinó que necesitaban un perro en la granja. Todos, excepto Mamá, pensaron que era una buena idea.

—Preferiría tener un rifle. —Mamá resolló.

Papá se rió. —¡Un perro grande y bravo es más seguro que Mamá con un rifle!

Todos se rieron.

Bernie y Fritz, a la mañana siguiente, fueron hasta la lechería Portola. Bernie regresó con una lata de leche, y con un perro perdido detrás de él. Mamá estaba en el porche.

—¿Dónde encontraste esa miserable muestra de animal?

Fritz sonrió y le dio unas palmadas al perro negro en la cabeza.

—Él nos encontró. Sabemos lo que el señor Waltert dijo anoche. Dios también debe haber oído.

—¡Qué Dios ni que ocho cuartos! —Bajó las escaleras—. No me digan que este perro los siguió porque sí desde la lechería. Me parece que ustedes lo acariciaron. ¿También dejaron que metiera la nariz en nuestra leche?

—Ladrará si alguien se acerca a la casa, Mamá.

Mamá se paró en el césped.

—No es un perro guardián. Mírenlo cómo hace una nube de polvo con su cola.

—Es apenas un cachorro. Ya crecerá.

—¿Quién te dijo eso? ¿Aldo Portola?

—Es inteligente. Podemos entrenarlo. Tenía mucha hambre.

—¿*Tenía?* —Le quitó la lata de leche a Bernie—. ¡Santo cielo!

Hildemara estaba sentada en el porche, riéndose. El perro vino trotando y se sentó enfrente de Mamá. Se quedó mirándola con sus grandes y cristalinos ojos cafés, con su lengua rosada colgando a un lado de su amplia sonrisa canina. Avanzó un poco más, estirando su cuello y moviendo la cola más rápidamente.

—¡Mira, Mamá! —Hildemara bajó las escaleras—. Está tratando de lamerte la mano.

—¡*Balderdash!* ¡Tonterías! —La expresión de Mamá se suavizó—. Está tratando de tomar más leche.

—¡Balderdash! —gritaron los niños—. ¡Ese es su nombre!

Mamá sacudió la cabeza, tratando de contener la risa.

—Dudo que podamos deshacernos de él ahora que le han dado comida. —Se dirigió a las escaleras. El perro la siguió. Se detuvo y lo señaló—. No se te ocurra entrar.

Hildemara le dio unas palmadas. —¿Puede dormir en la casa, Mamá?

—Puede dormir en el árbol con los chicos, si pueden subirlo por la escalera.

El perro no cooperó.

❄ ❄ ❄

Durante el resto del verano, la familia acumuló animales. Papá compró otro caballo. Mamá compró otro gallo para "mejorar la bandada." Fritz atrapó un lagarto y lo guardaba en una caja en la casita del árbol. Una gata atigrada llegó y tuvo gatitos en el establo.

Papá quería deshacerse de ellos.

—No quiero que mi establo se convierta en un *cathouse*.

Mamá se rió tanto que le corrieron lágrimas por las mejillas.

—Tienes que trabajar más con tu inglés, Niclas. —Él preguntó qué había dicho. Cuando ella le explicó que *cathouse* significaba "prostíbulo," la cara se le puso de un rojo brillante.

Por último, Mamá trajo a casa una vaca. "Los niños están creciendo tan rápido que sería mejor que tengamos leche a mano, en lugar de tener que caminar más de un kilómetro para obtenerla." Dash se paró a la par de la vaca, jadeando y moviendo la cola. "No te preocupes. Tendrás tu parte." Mamá le puso a la vaca una gran campanilla en el cuello. "Me hace recordar a Suiza, donde las vacas llevan puesta una campana."

El verano pasó volando como una ráfaga de calor. A finales de agosto comenzó la cosecha de almendras. Papá y los niños extendían lonas debajo de los árboles y usaban varas de bambú para golpear las almendras resistentes que no caían después de sacudir las ramas.

Mamá recibió una carta de los Herkner. "Vienen el viernes."

Llegaron en un nuevo Ford Modelo A, negro, con estribos. Hedda salió de un brinco y corrió directamente hacia Fritz; lo abrazó y lo besó hasta que él protestó.

Bernie se quedó mirando el automóvil.

—¡Santo cielo! ¿Viste eso? —Caminó alrededor del automóvil—. ¿Puedo entrar y sentarme, señor Herkner?

Wilhelm se rió.

—Adelante. —Con dificultad, separó a Hedda de su hijo y lo miró desde cierta distancia—. ¡Mira lo bronceado y en buena forma que está!

—Hedda lo agarró y lo volvió a abrazar, con lágrimas que le corrían por las mejillas.

Fritz se puso de un rojo remolacha. "Ay, Mamá. No me digas Fritzie."

Bernie se rió. "¡Fritzie! ¡Oye, Fritzie!"

Mamá hizo pasar a los Herkner a tomar café con pastel de ángel. Había usado doce claras de huevo para hacerlo. Papá había pedido un trozo pero Mamá le había dicho que tendría que esperar. "No es cortés servir las sobras a los invitados." Con las yemas había preparado un flan para Papá.

Los Herkner no se quedaron mucho tiempo. Fritz se veía tan apenado como cuando llegó, pero por lo menos no había derramado ni una lágrima. Bernie lo acosaba despiadadamente.

—Fritzie. Ay, Fritzie.

—Ya verás si regreso.

—¿Y quién te invitó, para empezar?

—Tu madre.

Cloe se unió al acoso.

—Pobre Mamá, no sabía en lo que se metía.

Hildemara se rió.

—No has sido más que un gran dolor de cabeza.

—Y tú no eres más que una *niña*.

El señor Herkner puso el automóvil en marcha. "¡Será mejor que nos vayamos!"

—¡Llorón! —gritó Bernie, corriendo a la par del automóvil.

—¡Renacuajo cara de sapo! —respondió Fritz gritando.

El automóvil negro se detuvo brevemente al final de la entrada y luego salió hacia el camino. Después aceleró. Fritz sacó la cabeza por la ventana y se despidió con la mano.

Bernie arrastró sus pies descalzos en el polvo. "Se acabó el verano."

Con los hombros caídos, se dirigió a hacer sus tareas.

A VECES MAMÁ invitaba a algún vendedor que se veía agotado y lleno de polvo a pasar a la casa. Hacía un emparedado, preparaba café y se sentaba un rato a escuchar su triste historia. Hildemara escuchaba mientras estudiaba los libros de historia estadounidense que Mamá traía de la biblioteca. Ella y Papá tenían que aprobar un examen de ciudadanía, y Mamá decidió que los niños también deberían aprender.

Mamá hizo que todos, excepto Rikka, memorizaran la Carta de Derechos y el Discurso de Gettysburg de Lincoln. Les repasaba la Constitución y las enmiendas. "Rikka no tiene que nacionalizarse. Ella es ciudadana de nacimiento." Pellizcó la nariz de Rikka. "Pero no pienses que eso te ha salvado. Vas a aprender todo esto también para que, cuando seas mayor, no serás como la mayoría de estadounidenses que han nacido aquí, que dan por sentada su libertad, que ni siquiera se toman la molestia de votar y luego se quejan por todo."

A veces, solamente para escaparse de las exigencias de Mamá, Hildemara trepaba el árbol del paraíso del jardín de enfrente y se escondía entre las ramas frondosas. Tenía casi doce años, y le gustaba estar arriba, donde podía ver su mundo.

Mamá abrió una ventana e Hildemara escuchó el chasquido rápido que se oía cuando Cloe pedaleaba en la máquina de coser. Había comenzado otro proyecto de costura, un vestido para Rikki esta vez. Rikki estaba sentada en las escaleras de enfrente, sosteniendo un tarro que contenía una mariposa que había capturado. La examinaba atentamente, con un bloc de dibujo y un lápiz a su lado. Hildemara sabía que su hermana abriría el tarro cuando terminara su dibujo y soltaría a la mariposa. No se había quedado con ninguna por más de unas cuantas horas después de que Papá le dijera que algunas vivían solamente unos días. Papá llevó los caballos al establo. Bernie entró al cuarto con ducha. Al otro lado de la calle, las niñas Musashi desyerbaban entre las hileras de fresas.

Apoyada en el tronco, escuchaba el zumbido de los insectos, el murmullo de las hojas y el canto de las aves. Todos parecían tener su lugar en la vida. A Papá le encantaba la agricultura. Mamá se encargaba de la casa, de las cuentas y de los niños. Bernie soñaba con injertar árboles y con mejorar la producción de plantas, como Luther Burbank. Mamá decía que Clotilde tenía talento para ser costurera, mejor que su propia madre. Rikki sería una artista.

Hildie se sentía contenta de estar sentada en el árbol, en la casa en la granja, cerca de Mamá y Papá, aun cuando Mamá se disgustaba ¡porque "no buscaba nada que hacer"!

Mamá abrió la puerta de enfrente. "Baja de allí, Hildemara. Ya es hora de que dejes de soñar despierta. Hay trabajo que hacer."

Lucas Kutchner, otro inmigrante alemán, vino a cenar otra vez esa noche. Papá lo había conocido en el pueblo, donde se ganaba la vida como mecánico. Trabajaba con bicicletas, automóviles y con cualquier otra cosa que se estropeara, hasta bombas y relojes. "Puede arreglarlo todo," dijo Papá a Mamá cuando se lo presentó. El señor Kutchner no tenía esposa y no conocía mucha gente en el pueblo.

Papá y él se sentaban a la mesa de la cocina y hablaban de política y de religión, del ferrocarril y de los automóviles que reemplazaban a las carretas, en tanto que Mamá preparaba la cena. A veces el señor Kutchner llevaba ropa que necesitaba remiendos y dejaba que Clotilde le cosiera un botón o que le reparara una costura.

El señor Kutchner creía en las mismas reglas que Mamá y nunca llegaba con las manos vacías. Llevó una caja de chocolates la primera vez, con lo que se ganó el cariño de Mamá. Llevó una bolsa de regaliz la próxima visita. Tenía un automóvil como los Herkner y dejaba que Bernie se sentara detrás del volante y que fingiera que estaba conduciendo. Una vez el señor Kutchner llevó a Papá a dar un paseo en el automóvil. Papá se limpió el sudor y el polvo de la cara cuando volvieron. El señor Kutchner le dio un golpe al capó.

—¿Qué te parece, Niclas? ¿Estás listo para comprar uno? Podría conseguirte uno a buen precio.

—Tengo dos buenos caballos y dos buenos pies. No necesito un automóvil. —Papá lo dijo con tanta convicción que el señor Kutchner ya no mencionó el tema otra vez.

Mamá fue al pueblo un día y volvió en el asiento delantero del automóvil de Lucas Kutchner, con Rikka sentada en su regazo. Abrió la puerta, salió y puso a Rikka en el suelo. Hildemara se puso de pie donde estaba trabajando, en la huerta. Mamá se veía sonrojada, con los ojos brillantes. "¡Hildemara! Ven y cuida a tu hermana." Bernie dejó de cavar el gran hoyo para la reserva de agua, cerca de la huerta. Metió la pala en el suelo y salió a echar un vistazo.

El automóvil dio unos resoplidos, escupió una vez y se apagó.

El señor Kutchner salió, con una gran sonrisa en su cara.

—¿Qué te parece, Marta?

La expresión de Mamá cambió. Encogió los hombros cuando lo miró.

—No mucho. Esa cosa resuella y gruñe más que cualquier animal enfermo que haya cuidado.

El señor Kutchner se veía sorprendido.

—Necesita un poco de trabajo, pero puedo arreglarlo. Te haré un buen precio.

Hildie le dijo a Rikka que entrara a la casa y que tomara su bloc de dibujo, luego siguió a Bernie al jardín.

—¿Vas a comprar ese automóvil, Mamá?

—¡Un caballo corre mejor!

—¡Un automóvil va más rápido y más lejos!

Mamá acalló a Bernie con una mirada, pero sus ojos estaban fijos en ese *Tin Lizzie* negro y resplandeciente.

—¿Te he pedido la opinión, Bernhard Waltert?

—No, señora.

—Sigue cavando.

Bernie dio un profundo suspiro de agobio y regresó. Rikka y Cloe salieron por la puerta de atrás y se sentaron en la escalera.

Mamá se puso las manos en la cadera.

—Tampoco me gusta el aspecto de esos neumáticos.

—Sólo necesitan más aire.

—No compraría un automóvil que no tenga neumáticos nuevos.

—Los neumáticos son costosos.

—También la costura y los remiendos; y las cenas de *roast beef*. No es que no seas bienvenido siempre, por supuesto.

El señor Kutchner se rascó la cabeza y se veía desconcertado. Mamá sonrió satisfecha, pero rápidamente disimuló. Caminó hacia el automóvil y le pasó la mano al capó, de la misma manera que pasaba la mano sobre una vaca enferma. Hildie sabía que Mamá ya había tomado una decisión. Solamente tenía que reducir más el precio. El señor Kutchner vio la manera en que acariciaba el automóvil y supo que tenía una compradora.

—Haré que ronronee como un gatito.

Mamá retiró la mano y lo miró directamente a los ojos.

—Haz que funcione como un reloj suizo y entonces hablaremos. Y otra cosa, Lucas. Tú y yo sabemos que ese automóvil no vale lo que estás pidiendo por él. Tal vez deberías tratar de venderle este automóvil a Niclas otra vez y ver qué dice de tu propuesta. —Se dirigió a la casa—. Gracias por traerme, Lucas. Fue bueno que casualmente me vieras caminando a casa. Fue providencial, ¿verdad?

—¡Está bien! —gritó el señor Kutchner—. ¡Espera un momento! —Comenzó a caminar detrás de ella—. Hablemos ahora.

Mamá se detuvo, se volteó lentamente y ladeó la cabeza. "Ve a recoger papas y zanahorias para la cena, Hildemara."

Hildemara se tardó jalando las papas y las zanahorias, mientras le echaba el ojo a Mamá, y se preguntaba qué diría Papá de su conversación con Lucas Kutchner. Cuando estrecharon las manos, Hildemara supo lo que eso significaba. El señor Kutchner se dirigió al vehículo sacudiéndose el polvo antes de subir, y lo puso en marcha. Mamá lo despidió agitando la mano. Cuando automóvil se alejó, ella bailó dando brincos y riéndose.

Hildemara levantó la canasta de papas y zanahorias sucias y se encontró con ella en la puerta de atrás. Cloe se levantó de la escalera donde había estado sentada.

—Papá te matará.

—No si yo me mato primero.

—¿Lo hiciste? —gritó Bernie.

Bernie no podía mantener la boca cerrada. Tan pronto como Papá se sentó, Bernie sonrió con picardía.

—¿Ya le has contado del automóvil?

Papá levantó la cabeza. —¿Qué automóvil?

—Lucas Kutchner hoy trajo a Mamá a casa en su automóvil. Estaba tratando de vendérselo. —Tomó una porción de papas *au gratin*—. ¡Puede llegar a cuarenta kilómetros por hora!

—No creo que Lucas siquiera se acercara a esa velocidad cuando nos trajo a Rikka y a mí a casa.

El color le subió a Papá desde el cuello a la cara. Puso su cuchillo y su tenedor en la mesa y miró a Mamá, mientras ella cortaba carne de un muslo de pollo. Hildemara se mordió el labio y los miró a los dos.

—No necesitamos un automóvil, Marta. No tenemos dinero para comprarlo.

—Dijiste que no necesitábamos una lavadora de ropa. Todavía estaría usando esa cubeta si yo misma no hubiera ahorrado los dos dólares.

—¡Una lavadora de ropa no necesita gasolina ni neumáticos!

—Sólo esfuerzo físico.

—Una lavadora de ropa no necesita de un mecánico que la mantenga funcionando.

—Tú sabes reparar locomotoras.

La voz de Papá seguía elevándose.

—¡Una lavadora de ropa no te hará chocar contra un árbol ni caer en un canal, ni se volcará aplastándote bajo un montón de metal retorcido!

Rikka comenzó a llorar.

—Mamá, no compres ese automóvil.

Mamá le pidió a Bernie que pasara las zanahorias.

—Ni un dólar ha pasado de mis manos a las de Lucas.

—Me alegra saberlo. —Papá se oía aliviado, pero no totalmente convencido. Mantuvo la mirada cautelosa en ella mientras comía.

Mamá se metió a la boca el tenedor lleno de papas *au gratin* y masticó, mirando al techo. Papá frunció el ceño.

—Di un paseo en ese cacharro suyo y vi pasar mi vida ante mis ojos.

Mamá dio un resoplido.

—Admito que Lucas no es un gran conductor. Tal vez si mirara más el camino y hablara menos . . .

Papá se quedó helado.

—¿Y tú qué sabes de conducir?

—Nada, en absoluto. —Tomó un panecillo y comenzó a echarle mantequilla—. Todavía. —Se llevó el panecillo a la boca—. No se veía tan difícil.

—¡He oído que se siente como que te dejas llevar por el viento! —Bernie no podía contenerse.

Papá gruñó.

—Es más como si la muerte te respirara en la cara.

Mamá se rió.

—¿Cuánto quería el señor Kutchner por el automóvil, Mamá?

Papá fulminó a Bernie con la mirada.

—¡Cómete tu cena! No importa lo que Lucas quiera. ¡No lo vamos a comprar! ¡Tenemos dos buenos caballos y una carreta! Eso es todo lo que necesitamos. —Papá se veía enojado.

Mamá levantó sus manos con un gesto leve.

—¿Por qué no votamos?

—¡Sí! —gritó Bernie. Cloe y Rikka levantaron sus manos, sin mirar la cara de Papá.

—¿Y tu, Hildemara?

Miró a su padre.

—Me abstendré.

—Me lo imaginaba. —Mamá la miró con el ceño fruncido. Cortó otro pedazo de carne del muslo de pollo y se lo llevó a la boca—. No importa. Los sí ganan sin ti.

—Aquí hay democracia sólo cuando sabes hacia qué dirección irán los votos —dijo Papá gruñendo—. Espero que no te mates, ni a ninguno de nuestros hijos, al manejar esa cosa.

❄ ❄ ❄

Lucas Kutchner llegó a la granja el viernes, después de la escuela, con Mamá en el asiento del acompañante. Rikka bajó del asiento de enfrente. Bernie e Hildemara corrieron al patio para oír lo que diría Mamá. Papá salió del establo y se quedó parado mirando, con las manos en la cintura. El señor Kutchner lo saludó en voz alta, pero Papá se volteó y volvió a entrar al granero. El señor Kutchner hizo una mueca y miró hacia donde estaba Mamá, que caminaba alrededor del auto.

—Bueno, ¿qué te parece?

—Niclas dijo que eras un buen mecánico.

—También tiene neumáticos nuevos. —Pateó uno.

—Eso veo.

—El precio es bueno.

—El precio es justo.

—Es mejor que justo. Este es el mejor negocio que harás en toda tu vida.

—Lo dudo. Sólo una última cosa, Lucas.

El señor Kutchner se veía inseguro y sufrido.

—¿Qué cosa?

—Tienes que enseñarme a conducir.

—¡Ah! —El señor Kutchner se rió en voz alta—. ¡Pues ponte detrás del volante! Eso es fácil.

Papá volvió a salir. "¡Marta!" gritó en tono de advertencia tajante.

Ella se metió en el asiento del piloto y puso sus manos en el volante. "Cuida a tu hermana, Hildemara, y manténganse atrás. No quiero atropellar a nadie."

—¡Marta!

—¡Ve a cepillar tus caballos! —Mamá encendió el automóvil.

Cloe salió a toda prisa hacia la puerta de atrás.

—¿Va a hacerlo? ¿En serio?

—¡Quédate atrás! —gritó Papá.

El *Tin Lizzie* chirrió en señal de protesta. Asustada, Rikka se tapó los oídos y gritó. El señor Kutchner gritó algo. El auto dio un tirón hacia adelante un par de veces y se apagó. Papá se rió. "¡Espero que no lo hayas comprado!"

A Mamá se le puso la cara roja. Encendió el automóvil otra vez: más chirridos y explosiones. El señor Kutchner gritó más instrucciones. "Suave, suave. ¡Quita el pie del embrague y dale más gasolina!" El automóvil avanzó trastrabillando y se dirigió dando saltos como una liebre hacia el camino. "¡Frena!" El automóvil patinó hasta detenerse al final de la entrada.

Hildemara nunca antes había oído a su Papá decir palabrotas. "¡Marta! ¡Detente! ¡Te vas a matar!"

Mamá sacó su brazo por la ventana, lo agitó y cruzó a la derecha. El automóvil trastrabilló por el camino; Papá, Bernie, Clotilde y Rikka corrieron al final de la entrada. Hildemara se subió al paraíso sombrillo, desde donde podía vigilar. El automóvil cobró velocidad.

—¡Ella está bien, Papá! Ahora están cruzando la loma. Todavía están en el camino.

Papá se pasó ambas manos por el pelo. Caminó en círculo, murmurando en alemán.

—¡Ruega que tu madre no se mate! —Regresó al establo.

Bernie y las niñas estaban sentados en las escaleras de enfrente, esperando.

—¡Ya vienen! —gritó Hildemara desde arriba del árbol. Bernie y las niñas corrieron a la orilla del césped. Hildemara bajó del árbol rápido y se unió a los demás.

Mamá pasó zumbando, agitando su mano por la ventana, y el señor Kutchner gritaba: "¡Baja la velocidad! ¡Baja la velocidad!" Y pasaron en dirección opuesta.

Hildemara corrió hacia el árbol otra vez, en tanto que Bernie y Cloe saltaban vitoreando. "¡Tenemos un auto! ¡Tenemos un auto!" Dash, confundido, ladraba salvajemente.

Parada de puntillas en una rama alta, Hildemara estiró el cuello, tratando de mantener el auto a la vista, con miedo de que en cualquier momento Mamá se saliera del camino y que la profecía de Papá se cumpliera. "¡Ya viene otra vez!" Hildemara bajó del árbol y corrió con los demás a la orilla del césped.

El automóvil se dirigió hacia ellos rápidamente. El señor Kutchner, con la cara pálida, gritaba instrucciones. Disminuyendo la velocidad, Mamá giró hacia la entrada, con una amplia sonrisa en su cara. Hildemara se unió a las niñas y Bernie, quienes corrían hacia el patio.

"¡No se pongan en su camino!" gritó Papá. "¡Háganle espacio!"

Dash los persiguió hasta que Mamá tocó la bocina. Aulló y corrió hacia el establo, con la cola entre las patas. Los pollos graznaron y revolotearon frenéticamente en el gallinero.

"¡Frena!" gritó el señor Kutchner. "*¡Presiona el freno!*" El auto tironeó hasta detenerse, se sacudió violentamente como un animal que ha corrido mucho y está exhausto. Petardeó, escupió una vez y se apagó.

Mamá salió con una sonrisa más amplia que la de Bernie. El señor Kutchner salió con las piernas temblorosas, se limpió el sudor de la cara con un pañuelo y sacudió la cabeza. Dijo palabrotas en alemán.

Mamá se rió.

—Bueno, no cuesta tanto, ¿verdad? Una vez que aprendes a usar el embrague el resto es fácil. Solamente hay que presionar duro el pedal de la gasolina.

El señor Kutchner se apoyó en el auto.

—Y los frenos. No te olvides de los frenos.

—Te llevaré al pueblo.

El señor Kutchner hizo una mueca.

—Dame un minuto. —Corrió hacia el retrete.

Bernie se subió al auto. —¿Cuándo puedo aprender a conducir?

Mamá lo agarró de la oreja y lo sacó pegando gritos.

—Cuando cumplas dieciséis y ni un minuto antes.

Hildemara se sentía mareada de sólo pensar en andar en el auto. Papá salió del establo, se pasó las manos por el pelo y volvió a entrar.

El señor Kutchner volvió con una sonrisa tensa.

—Creo que caminaré, Marta. No quiero privarte de hacer la cena para tu familia.

—Sube, cobarde. Te dejaré en Murietta en unos minutos.

—Eso es lo que temo. —Cuando Papá salió del establo otra vez, el señor Kutchner lo llamó con una sonrisa débil—. Ora por mí, Niclas.

—Tenías que hacerlo, ¿verdad? —Dijo algo en alemán.

—Esa no es manera de hablarle a un amigo, Niclas. —Mamá encendió el auto. Sin trastrabillar esta vez. Condujo suavemente al final de la entrada, se detuvo y luego salió.

Hildemara contó los minutos, orando que Mamá no tuviera un accidente. Oyó el auto venir. Mamá hizo un giro amplio hacia el patio y otro a la derecha, y se dirigió directo al establo. Papá soltó una retahíla en alemán. Los caballos gritaron y patearon en sus establos. Papá gritó otra vez. El carro escupió y se apagó. Se golpeó una puerta y Mamá salió del establo y se dirigió a la casa.

—¡No estacionarás esa cosa en el establo, Marta!

—¡Está bien! ¡Muévela tú!

Mamá tarareó mientras hacía la cena. "Bernhard, dile a tu padre que la cena está lista."

Papá entró, se lavó y se sentó, con la cara sombría. Con la cabeza inclinada, hizo una oración concisa y después cortó la carne asada como un carnicero atormentado. Mamá sirvió leche a cada uno, le dio una palmada a Papá en el hombro y se sentó. Papá pasó la fuente de carne destrozada a Bernie.

—Quiero ese automóvil fuera del establo.

—Se irá del establo cuando construyas un garaje.

—Más gastos. —La miró enojado—. Más trabajo.

—A los niños Musashi les encantará ayudar. Solamente diles que les daré un paseo. Tendremos un garaje listo para el sábado por la tarde.

Hildemara miró que a Papá le palpitaba el pulso en la sien.

—Hablaremos de esto más tarde.

Papá leyó el Salmo Veintitrés esa noche y luego dijo: "Hora de ir a la cama." Usualmente leía una media hora, por lo menos.

Bernie fue el último que salió, murmurando. "Suenen la campana. Comienza el primer asalto."

Hildemara se acostó en la litera de arriba y escuchó a Mamá y a Papá pelear dentro de la casa.

—¿Cuánto pagaste por ese pedazo de basura?

—¡Menos de lo que pagaste por ese segundo caballo!

—¡El automóvil apesta!

—¡Y los caballos huelen a rosas!

—El estiércol es útil.

—¡Y por aquí abunda!

Papá explotó en alemán.

—¡En inglés! —respondió Mamá gritando—. Recuerda que estamos en los Estados Unidos.

—Voy a decirle a Lucas que venga y que se lleve ese auto y . . .

—¡Tendrás que pasar por encima de mi cadáver!

—¡Eso es lo que estoy tratando de evitar!

—¿Dónde está tu fe, Niclas?

—¡Esto no se trata de fe!

—Dios ya tiene contados nuestros días. ¿No es eso lo que dicen las

Escrituras? Moriré cuando Dios quiera que muera y no antes. ¡Es que tienes miedo de conducirlo!

—No tiene sentido correr riesgos innecesarios. A la gente le ha ido bien sin automóviles hasta ahora . . .

—Sí, y la gente moría más joven en aquellos días también. Estoy cansada la mayor parte del tiempo, caminando de ida y vuelta al pueblo. Con ese automóvil, puedo estar en casa en minutos. Y tal vez, quizás, alguno de estos días pueda leer un libro, ¡solamente por placer! —Su voz se quebrantó. Dijo algo en alemán, con su voz tensa y frustrada.

Papá habló más serenamente; su voz era un suave murmullo, con palabras en voz baja y poco claras.

Hildemara suspiró lentamente, sabiendo que la guerra había acabado y que habían negociado una tregua. Cloe roncaba fuertemente en la litera de abajo. Rikka estaba acurrucada de lado y parecía un angelito con pijamas de franela azul. Ellas nunca se preocupaban por nada.

Mamá y Papá hablaron por largo tiempo, con sus voces apaciguadas. Ya no hubo más choque de espadas, ni disparos de cañones. Sólo el tono monótono de dos personas que exponían sus diferencias.

❋   ❋   ❋

El automóvil sí hizo la vida más fácil. Abrió el mundo para Hildemara. Cada domingo, después de la iglesia, Mamá los llevaba de paseo; empacaban un almuerzo y a veces iban hasta el río Merced.

Papá nunca iba, pero dejó de preocuparse. O eso decía. "Ten cuidado." Acariciaba la mejilla de Mamá. "Y tráelos enteros de vuelta." A Papá le gustaba estar solo. A veces se iba al huerto y se sentaba debajo de uno de los almendros y leía su Biblia toda la tarde. Hildemara lo entendía. A ella le gustaba esconderse en el paraíso sombrilla y escuchar a las abejas zumbar en las flores.

El automóvil fue útil cuando Cloe se enfermó. Mamá la metió en el automóvil y la llevó al pueblo. "Tiene paperas." Hildemara y Rikki salieron del dormitorio, pero era demasiado tarde: las dos se contagiaron, al igual que Bernie unos días después. A él le dio mucho peor. Su cara se hinchó tanto que ya no parecía Bernie. Cuando el dolor fue bajando por su cuerpo, haciendo que se le hincharan lugares de los que Mamá no hablaba, Bernie gritaba del dolor cuando lo movían o lo lavaban. Le suplicaba a Mamá que hiciera algo, cualquier cosa, para que el dolor cesara. "Mamá . . . Mamá . . ." Lloraba e Hildie lloraba más que él, deseando poder cargar su sufrimiento. Bajaba de su litera en la noche y oraba por él. "¡Ya basta!" le dijo Mamá refunfuñando, cuando la encontró allí una noche. "¿Quieres que se despierte y que te vea rondando encima como el ángel de la muerte? ¡Deja en paz a tu hermano y vete a la cama!"

Bernie mejoró e Hildemara terminó con un resfrío. Se puso peor; pasó de estornudos y garganta irritada a resfrío en el pecho. Mamá pasó a Hildemara a la habitación de Bernie y a Bernie a la sala de estar. Mamá hacía cataplasmas, pero no ayudaban. Hacía sopa de pollo, pero a Hildemara no le daban ganas de comer nada. "Tienes que intentarlo, Hildemara. Te consumirás si no comes algo." Le dolía respirar.

Papá habló con Mamá en el pasillo. "No creo que sea un resfrío. Ya tendría que estar mejor."

Hildemara se cubrió la cabeza con una almohada. Cuando Mamá entró, rompió en llanto. "Lo siento, Mamá." Ella no quería ser la causa de una pelea. La tos comenzó y no podía detenerla. El espasmo duró bastante, profundo, incontrolable, estertoroso.

Mamá se veía asustada. Cuando finalmente pasó, Hildemara se sentía débil, respirando con dificultad. Mamá le tocó la piel.

—Sudores nocturnos. —Su voz temblaba—. ¡Niclas! —Papá entró corriendo—. Ayúdame a meterla en el automóvil. La llevaré al doctor ahora mismo. —Mamá arropó a Hildemara como a un bebé.

Papá la cargó al automóvil. —Pesa menos que un saco de harina.

—Espero que no sea lo que creo que es.

Acostada en el asiento de atrás, Hildemara iba a los saltos mientras Mamá conducía hacia el pueblo. "Vamos, vamos. Ayúdame." Mamá puso a Hildemara sentada y la levantó. "Pon tus brazos alrededor de mi cuello y tus piernas alrededor de mi cintura. Trata, Hildemara Rose." No tenía fuerzas.

Se despertó en una mesa, con el doctor Whiting inclinado y algo frío presionado en su pecho. Exhausta, Hildemara no podía mantener los ojos abiertos. Pensó que dejaría de respirar y no le importaba. Sería tan fácil.

Alguien tomó su mano y le dio unas palmadas. Hildemara abrió los ojos y vio a una mujer vestida de blanco, de pie junto a ella. Dio unos toques en la frente de Hildemara con un paño frío y le habló con una voz dulce. Sostuvo la muñeca de Hildemara.

—Estoy examinando tu pulso, cariño. —Siguió hablando suavemente. Tenía una voz tan agradable. Hildemara sentía como si oyera desde lejos—. Sólo descansa.

Hildemara se sentía mejor con sólo escucharla. —¿Es usted un ángel?

—Soy una enfermera. Soy la señora King.

Hildemara cerró los ojos y sonrió. Por fin, supo qué quería ser cuando creciera.

—EL DOCTOR DIJO que la mantuviera abrigada y que la hiciera tomar sopa. Está delgadísima. —Mamá se oía muy desalentada.

—Prepararé un catre en la sala de estar, cerca de la salamandra. Dejaremos abierta la puerta del dormitorio.

Mamá aireó los dormitorios del porche de atrás, cambió toda la ropa de cama y trasladó a Cloe y a Rikka de nuevo a su pequeño dormitorio. Bernie pudo volver al suyo. Mamá hizo sopa de leche con un poco de azúcar y harina. "Tómatela, Hildemara. No me importa si no tienes ganas. ¡No te rindas!" Hildemara hizo el intento, pero tosió tanto que vomitó lo poco que había comido.

Mamá y Papá hablaron suavemente en el dormitorio.

—He hecho todo lo que dijo el doctor y todavía se ahoga con su propia flema.

—Todo lo que podemos hacer es orar, Marta.

—¡*Orar!* ¿Crees que no lo he hecho?

—No dejes de hacerlo.

Mamá dio un suspiro sollozando.

—Si no fuera tan tímida y débil, quizás tendría una oportunidad. Tendría alguna esperanza. ¡Pero no tiene el valor de *luchar*!

—Ella no es débil. Sólo que no se enfrenta a la vida de la manera en que tú lo haces.

—Está allí acostada, como un cisne moribundo, y me dan ganas de sacudirla.

Bernie, Clotilde y Rikki iban a la escuela. Papá no trabajaba afuera todo el día como habitualmente lo hacía, pero Mamá salía más. A veces se iba por bastante tiempo. Papá se sentaba en su silla, leyendo su Biblia.

—¿Dónde está Mamá?

—Caminando, orando.

—¿Me voy a morir, Papá?

—Dios lo decide, Hildemara. —Papá se puso de pie y levantó a Hildie del catre. Se sentó en su silla otra vez, y la puso cómodamente en su regazo, con la cabeza en su pecho. Ella escuchó los latidos firmes de su corazón—. ¿Tienes miedo, *Liebling*?

—No, Papá. —Se sentía con calor y protegida por su padre con sus brazos que la rodeaban. ¡Si Mamá la amara tanto como él!

La señora King la visitó dos veces. Hildemara le preguntó cómo había llegado a ser enfermera.

—Me preparé en *Merritt Hospital*, en Oakland. Viví y trabajé allí mientras estudiaba. —Habló de las enfermeras que conoció y de los pacientes que atendió—. Tú eres la mejor que he tenido, Hildie. Ni una mirada de protesta, y yo sé cuánto duele la neumonía. Todavía es difícil respirar, ¿verdad, cariño?

—Estoy mejorando.

La señora Carlson, maestra de séptimo grado, vino a visitarla y le llevó una tarjeta de buenos deseos, firmada por todos los miembros de la clase. "Tus amigos te extrañan, Hildemara. Vuelve tan pronto como puedas."

Hasta su maestra de escuela dominical, la señora Jenson, y el pastor Michaelson vinieron a visitarla. La señora Jenson dijo que todos los niños estaban orando por ella. El pastor puso su mano sobre su cabeza y oró, mientras Mamá y Papá estaban parados de pie al lado de ellos, con las manos juntas y las cabezas inclinadas. Le dio unos golpecitos a Mamá en el hombro.

—No pierda las esperanzas.

—Yo no me rendiré. Es *ella* la que me preocupa.

Hildemara no sabía cuántos días habían pasado, pero una noche todo había cambiado. Una pequeña chispa destelló dentro de ella. Mamá estaba sentada en la silla de Papá, leyendo un libro sobre historia de los Estados

Unidos, aunque ya había aprobado el examen de ciudadanía y había recibido un certificado y una banderita estadounidense como evidencia de aquello.

—Mamá, no me voy a morir.

Sorprendida, Mamá levantó la cabeza. Cerró el libro y lo puso a un lado. Inclinándose, puso su mano en la frente de Hildemara y la dejó allí, fría y firme, como una bendición.

—¡Ya era hora de que te decidieras!

❄ ❄ ❄

Tardó dos meses en recuperarse totalmente, y Mamá no la dejó desperdiciar ni un minuto. "Quizás no estés lo suficientemente fuerte como para hacer las tareas ni para correr ni jugar como los demás, pero puedes leer. Puedes estudiar." La señora Carlson le había llevado un listado de tareas y pruebas que Hildemara no había hecho, y Mamá se sentó y preparó un plan. "No vas a ponerte al día solamente. Vas a estar adelantada a la clase antes de que vuelvas."

A Mamá no sólo le importaba recibir las respuestas correctas. Ella quería una caligrafía que pareciera una obra de arte. Quería que las palabras de ortografía se escribieran veinte veces. Quería que construyera oraciones con cada una de ellas y luego todo un ensayo con cada palabra entretejida en él. Le daba problemas de matemáticas que hacían que la cabeza de Hildemara le diera vueltas.

—¿Qué clase de matemáticas es esta, Mamá?

—Es álgebra. Te hace pensar.

Hildemara detestaba estar enferma. Clotilde podía leer revistas y cortar figuras de vestidos. Rikka podía cabecear a la par de la radio, escuchando música clásica. Hildemara tenía que sentarse a leer historia del mundo, historia de los Estados Unidos e historia antigua. Cuando se quedaba dormida leyendo, Mamá le daba un golpecito. "Siéntate a la mesa de la cocina. Allí no te dormirás. Lee el capítulo otra vez. En voz alta ahora."

Mamá pelaba papas mientras Hildemara leía. Mamá compró un mapa del mundo, lo colgó en la pared e le hizo a Hildemara practicar su geografía. "Con los automóviles y los aeroplanos, el mundo se vuelve cada vez más pequeño. Será mejor que conozcas a tus vecinos. ¿Dónde está Suiza? No.

¡Esa es Austria! ¿Necesitas lentes? ¿Dónde está Alemania? Muéstrame Inglaterra . . . ¡Inglaterra, no Australia!" No aflojaba hasta que Hildemara pudiera señalar cada país sin dudarlo ni un instante.

Cuando Clotilde se quejaba por la cantidad de tareas que tenía que hacer, Hildemara respondía malhumorada. "¡Ya quiero volver a la escuela! Serán unas vacaciones después de tener a Mamá como maestra."

Mamá mantuvo a Hildemara en un régimen estricto y supervisaba lo que comía, cuánto dormía y, más que nada, lo que aprendía. Hildemara solamente se plantó una vez, y se ganó la ira de Mamá. "No me importa que la historia europea no esté en la lista de tareas. No me importa si no está en tu libro de texto. Tienes que aprender acerca del mundo. Si no conocemos la historia, estamos condenados a repetirla."

El doctor Whiting dijo que Hildemara podía volver a la escuela. Mamá decidió dejarla en casa otro mes. "Tiene que aumentar otros dos kilos o se le pegará la próxima peste que ande por allí."

Mamá dejó que Hildemara volviera a la escuela a tiempo para rendir los exámenes. Cuando los resultados llegaron, Hildemara se encontraba a la cabeza de la clase. Mamá la felicitó. "Teníamos que usar bien el tiempo de enfermedad, ¿verdad? Ahora ambas sabemos que eres lo suficientemente inteligente como para hacer cualquier cosa."

❄ ❄ ❄

Llegó una carta de Hedda Herkner unas cuantas semanas antes de que terminara la escuela.

—¿Buenas noticias? ¿Malas noticias? —Papá frunció el ceño.

—Depende. —Mamá dobló la carta—. Parece que Fritz habló tanto del verano con nosotros que ahora algunos de sus amigos quieren venir con él.

—¿Va a regresar?

—¿No te lo había dicho? De todas maneras, Hedda dice que los padres creen que sería bueno que sus hijos aprendieran de la vida en una granja. Al vivir en la ciudad, esos chicos no tienen ni idea. ¿Qué te parece, Niclas?

—Y ahora lo preguntas.

—¡Más chicos! —dijo Clotilde gruñendo.

Papá suspiró.

—¿Cuántos son?

—Contando a Bernhard y a Fritz, tendríamos seis.

—¿Seis? ¿Crees que podrías encargarte de tantos a la vez?

—No lo haría sola. Hildemara puede ayudar.

Hildemara cerró los ojos y respiró lentamente.

Mamá dejó caer la carta como si se hubiera quitado los guantes y hubiera lanzado un reto a cualquiera que se atreviera a estar en su contra.

—Puedo ganar buen dinero dirigiendo un campamento de verano. Y es lo más cercano que llegaré a tener un hotel y restaurante. Los padres quieren que estos chicos aprendan de la vida en una granja. Así que les enseñaremos.

—¡Vaya! —quejó Bernie—. Suena divertido.

Hildemara podía ver la mente de su madre dando vueltas. Mamá expresó sus pensamientos en voz alta.

—Nadie trabajará más de medio día. Con seis chicos, Papá tendrá las acequias cavadas en un abrir y cerrar de ojos. Pueden ayudar a cosechar uvas y almendras. Aprenderán a cuidar caballos, pollos, conejos, a ordeñar una vaca . . . —Golpeteó sus dedos en la mesa. Hildemara se preguntaba qué parte de todo eso tendría que ayudar a dirigir—. Y quizás no sería mala idea hacerlos construir algo.

Papá bajó su periódico.

—¿Construir qué?

—¿Qué tal construir un baño en la casa? El dormitorio de Bernhard es lo suficientemente grande; un metro o un metro y medio menos no se notarían.

Bernie retiró la vista de sus estudios.

—¡Mamá!

—Dormirás en la casa del árbol todo el verano con los chicos y te asegurarás de que no se metan en líos.

—¿Un baño adentro? —Clotilde sonrió ampliamente, con los ojos distraídos—. ¿Con un inodoro de verdad? ¿Ya no usaríamos más el retrete?

—Un inodoro, una bañera de patas y un lavabo, creo. —Mamá no parecía estar alterada por la mirada tempestuosa que Papá le dio—. Ya es hora. Todos en Murietta tienen un baño interno.

—Que Dios tenga misericordia de mí —dijo Papá en voz baja y volvió
a levantar el periódico.

—¿Niclas?

—¿Sí, Marta?

—¿Sí o no?

—Tú eres la que administra el dinero.

—Y un teléfono, justo allí en la pared.

—¡Un teléfono! —Clotilde sonrió.

—Sólo para emergencias —agregó Mamá, mirándola.

Papá sacudió su periódico y volteó una página.

—Me parece una casa de locos.

❋ ❋ ❋

Junio llegó como una ráfaga de polvo, y trajo a Jimmy, Ralph, Gordon,
Billie y Fritz. En el último año, Fritz había crecido quince centímetros y
le encantó pararse a la par de Hildemara, que apenas había crecido cinco.
Clotilde en cambio, podía mirarlo a la misma altura de sus ojos. Fritz sabía
que era suficiente llevar sólo una maleta. Los otros chicos llegaron con equipaje que descargaban de la parte de atrás de los automóviles de sus familias.

—Niños ricos —susurró Clotilde a Hildemara.

Hildemara suspiró. Sólo ver la emoción juvenil le dio indicios del
trabajo que habría por delante.

—Esto no va a ser tan fácil como Mamá cree.

Mamá invitó a los padres a entrar a la sala de estar, en tanto que Papá,
Bernie y Fritz llevaron a los nuevos chicos a un paseo por la propiedad.
Hildie sirvió té, café y pastel de ángel, mientras Mamá explicaba las tareas,
proyectos y actividades recreativas que había planificado para el "campamento de verano" de los chicos.

Una madre se veía insegura.

—Parece que ustedes esperan que hagan mucho trabajo.

—Sí, lo esperamos. Y si están de acuerdo, tengo un contrato para que
lo firmen. Los chicos no podrán argumentar si ustedes me apoyan. La
agricultura es un trabajo muy difícil. Sus hijos aprenderán a respetar a
la gente que provee comida al mercado. Y para el final del verano, todos
querrán ser doctores y abogados.

Sonriendo, los padres firmaron, despidieron a sus hijos con un beso, dijeron que volverían a finales de agosto y se fueron.

Nadie lloró.

Por lo menos el primer día.

Mamá hizo que los chicos llevaran sus cosas a la casa del árbol. "Metan su ropa debajo de la banca y pongan esas maletas en el cobertizo." Los dejó jugar toda la tarde. Hildemara los oyó chillar y gritar de alegría, y se preguntaba cuándo ese ruido se transformaría en protestas malhumoradas y lloriqueos. Cuando Mamá hizo sonar la campana de la cena, se lavaron y corrieron hacia la casa; tomaron sus asientos asignados en la mesa. Mamá sirvió un banquete de buey Wellington y verduras al vapor, bañadas de mantequilla. Anunció que el postre sería pastel de chocolate.

"¡Cielos!" le susurró Ralph a Fritz. "Dijiste que era una buena cocinera. ¡Tenías razón!"

Mientras comían, Mamá anunció las reglas y explicó el horario diario de tareas y actividades. "Están colgadas en la puerta de atrás, por si las olvidan." Hildemara sabía que las olvidarían. Ninguno de los chicos se molestó en escuchar atentamente. Fritz miró a Bernie y sonrió con un placer malicioso.

A la mañana siguiente, Mamá despertó a Hildemara antes del amanecer. Resignada, Hildie se levantó sin protestar, se puso su ropa y salió a alimentar a los pollos y a recoger suficientes huevos para alimentar al pequeño ejército. Papá comió temprano y se fue "antes de que el pandemonio comience." Mamá hizo sonar el triángulo a las seis.

Los chicos se despertaron un poco, pero nadie se levantó. Mamá bajó las escaleras y apoyó seis palas en la base del árbol y gritó a los chicos. "Bajen. Tienen tareas que hacer." Sólo Bernie y Fritz bajaron.

Mamá hizo sonar la campana del desayuno a las ocho. Bernie y Fritz llegaron corriendo. Los chicos nuevos bajaron rápidamente por la escalera de lazo y corrieron hacia la casa. Cuando llegaron a la puerta de atrás, la encontraron asegurada con el cerrojo. Jimmy jaló, y volvió a jalar. "Oigan, creo que tiene el seguro." Corrieron al frente de la casa y encontraron esa puerta con llave. Se pararon en el porche y miraron a través de la ventana a Bernie y a Fritz comiendo un espléndido desayuno de huevos revueltos, tocino tostado y panecillos de arándano.

—¡Oigan! —gritó Ralph a través de la ventana—. ¿Y nuestro desayuno?

Mamá sirvió un poco de chocolate caliente en el pocillo de Fritz.

—Lean el letrero de la puerta de atrás, chicos.

Sus pies sonaron por las escaleras. Hildemara miró sus cabezas que oscilaban de arriba abajo mientras corrían por el costado de la casa. Sabía lo que encontrarían. *Los que no trabajan, no comen.*

La rebelión llegó rápidamente.

—¡Mis padres pagaron para que me divirtiera, no para trabajar!

—¡Escribiré a mis padres y les diré que ella nos hace trabajar!

—No puede hacernos esto.

Aunque Hildemara se afligió con sus súplicas, Mamá no les prestó atención. "Aprenderán."

Satisfechos y sonrientes de suficiencia, Bernie y Fritz salieron por la puerta de atrás. Hildemara se fue a su habitación a descansar hasta el siguiente turno de trabajo que Mamá le asignaría. Los chicos discutían detrás de las ventanas.

—¿Todavía están lloriqueando? —Bernie se frotó el estómago—. ¡Se perdieron un buen desayuno!

—¡No vinimos a trabajar!

—Entonces no lo hagan. Muéranse de hambre. Es su opción.

—Voy a llamar a mi madre. —La voz de Gordon temblaba. Las lágrimas llegarían pronto.

—Adelante, llámala, pero tendrás que caminar al pueblo para usar un teléfono. El que está en la pared adentro es solamente para emergencias.

—¿Qué clase de lugar es este? —gritó Ralph con ira—. No somos esclavos.

Bernie se rió.

—Tus padres te cedieron a Mamá. Le perteneces durante todo el verano. Será mejor que se acostumbren, chicos.

—¡Oye! —Jimmy empujó a Fritz—. ¡Dijiste que nos divertiríamos!

—Dije que *yo* me había divertido. —Fritz lo empujó más fuerte—. ¡Qué bebé! Solamente son un par de horas al día, y el resto del tiempo hacemos lo que queremos.

Bernie no se pudo resistir.

—Siempre y cuando no quememos casas ni establos.

Hildemara se incorporó y miró a través del mosquitero. —¡Bernie!

—¡Está bien! ¡Está bien!

—¡No dijiste nada de las tareas, Fritz! Yo no hago tareas en casa. ¿Por qué tengo que hacerlas aquí?

Hildemara se tumbó en su litera alta y cerró los ojos, deseando que dejaran de discutir. Cloe pedaleaba la máquina de coser al otro lado de la pared, en la sala de estar. De alguna manera, Rikki tenía una habilidad de concentración que le impedía oír el caos de afuera mientras estaba acostada en su cama, con un libro acerca de Rembrandt que había tomado de la biblioteca.

Bernie siguió burlándose sin misericordia de los chicos de la ciudad, mientras se dirigía hacia el huerto a ayudar a Papá a cavar las acequias.

—Será mejor que vengan si quieren almorzar.

—¡Yo no soy excavador de canales! —gritó Ralph detrás de él.

—¡Lo serás! —respondió Fritz gritando.

"¡Hildemara!" gritó Mamá llamándola. "Hay un cesto de ropa para lavar. Sácalo al lavadero y comienza." Levantándose, Hildemara lo agarró, se lo apoyó en la cadera y abrió la puerta de mosquitero. Jimmy, Ralph, Gordon y Billie vagaban como almas perdidas, buscando algo que hacer.

Bernie y Fritz llegaron del huerto justo antes de que Mamá sonara la campana del almuerzo. Entraron en la parte de atrás de la casa y le pusieron el cerrojo a la puerta de mosquitero, antes de que los otros pudieran abrirla. "¡Lean el cartel, chicos!" Bernie y Fritz se rieron y entraron a la casa, en tanto que los demás se arremolinaron afuera, con su rebeldía que se marchitaba al calor de verano del Valle Central.

Después del almuerzo, Bernie y Fritz salieron corriendo hacia la gran acequia, detrás de la propiedad. "¡Vamos, chicos!" Los otros no corrían tan rápido, pero se olvidaron de su hambre lo suficiente como para divertirse. Hildemara podía oírlos dando alaridos, riéndose y gritando mientras ella desyerbaba la huerta. Sabía cómo pasaría su verano, y no estaría colmado de juegos. Cuando Mamá hizo sonar la campana de la cena, todos los chicos llegaron corriendo. Bernie y Fritz pasaron por debajo del brazo de Mamá y ella cerró la puerta, con el cerrojo otra vez, mientras Jimmy, Ralph, Gordon y Billie se quedaron atónitos por su desventura.

—Vamos a morir de hambre. —Jimmy se quitó las lágrimas rápidamente.

—Les di las reglas anoche, chicos. No tengo la costumbre de repetir.

Mañana puede ser un nuevo comienzo. Depende de ustedes. —Mamá les dio la espalda y entró a la casa.

Fritz sacudió la cabeza mientras se sentaba en su lugar en la mesa.

—Nunca había oído tanto lloriqueo y lamentos.

Hildemara lo miró enojada.

—Así como tú el verano pasado. —Tenía lástima de la gente con hambre al otro lado de la puerta de atrás.

Papá se veía serio.

—Esos chicos van a huir.

—Deja que se vayan. —Mamá le pasó un tazón de empanadas de papa a Fritz—. Pronto se darán cuenta de que no tienen a dónde ir.

Hildemara se preocupaba de todas maneras.

—¿Y si no trabajan mañana, Mamá? —¿Mamá terminaría entregándole una pala a *ella*? ¿Tendría que atender a los pollos, conejos y caballos ella sola?

—No comerán.

Mamá salió a las seis a la mañana siguiente e hizo sonar la campana debajo de la casa del árbol. "¿Qué dicen, chicos? ¿Están listos para hacer su parte del trabajo? Para los que lo están, hay *waffles* con mantequilla y miel de arce caliente, tocino tostado y chocolate humeante. Los que no están listos pueden tener agua de la manguera y aire para comer."

Los seis chicos bajaron por la escalera de lazo y tomaron las palas.

Una hora después, Hildemara servía chocolate caliente y miraba a los chicos nuevos comer como lobos muertos de hambre. Mamá tenía una fuente con *waffles* en una mano y un tenedor en la otra. "¿Alguien quiere repetir?" Cuatro manos se dispararon al aire. "Cuando terminen de desayunar, lleven sus palas y repórtense con Papá en el huerto. Él les dirá lo que tienen que hacer."

Cuando Papá entró a almorzar, sonrió a Mamá. "Parece que los quebraste." Los seis chicos hicieron una fila, se lavaron las manos en el fregadero de la cocina y tomaron los asientos que se les había asignado en la mesa del comedor.

Mamá tenía dos fuentes de emparedados de jamón y queso. "Muéstrenme sus manos, chicos." Ellos las extendieron. "¡Ampollas! ¡Bien hecho! Tendrán callos que mostrar antes de que se vayan a casa. Nadie dirá que son flojos." Puso las fuentes en la mesa. Para cuando Hildemara llevó un tazón con uvas y manzanas, las fuentes ya habían quedado vacías. Mamá se sentó en una cabecera de la mesa. "Cuando terminen, el resto del día es tiempo libre."

Hildemara sabía que ella no sería tan afortunada. Volvió al mostrador de la cocina y se preparó la mitad de un emparedado.

26

1930

Los veranos significaban aún más trabajo para Hildemara. Ayudaba a Mamá a cocinar, mantenía la casa limpia de polvo y arena, que siempre entraba, y lavaba ropa. En la tarde, en tanto que Clotilde miraba las revistas de estrellas de cine e imaginaba nuevos diseños de ropa y Rikka se sentaba en el columpio del porche, soñando despierta y dibujando, Hildemara desyerbaba la huerta y el jardín. Hildemara no entendía por qué Mamá esperaba tanto de ella y tan poco de sus hermanas.

Clotilde reparaba camisas, pantalones y bolsas de dormir. A Cloe le encantaba coser y era buena haciéndolo. Mamá compraba tela para camisas de Papá y Bernie y para vestidos de Hildemara, Clotilde y Rikka, dos nuevos cada año. Cuando Cloe terminaba, Mamá le daba dinero para que comprara retazos para que los uniera e hiciera con ellos lo que quisiera. Cloe podía dibujar prendas de vestir, hacer patrones con papel de embalaje y hacer un vestido que no fuera igual a ninguno que alguien estuviera usando ese año.

Rikki deambulaba distraída y siempre buscaba un lugar donde sentarse para dibujar lo que llamara su atención. Si no llegaba para la cena, Mamá le decía a Hildemara que saliera a buscarla. Mamá nunca le pedía a Rikki que hiciera tareas. "Ella tiene otras cosas que hacer."

Como dibujar aves o mariposas, o a las niñas Musashi trabajando en las hileras de tomates.

A veces a Hildemara eso le molestaba. Especialmente en un día cálido, cuando podía sentir el polvo que le soplaba en su piel húmeda y sentía el chorrito de sudor entre sus senos que aumentaban de tamaño. Hildemara trabajaba de rodillas, jalando hierba en el jardín de flores, enfrente de la casa. Rikki estaba acostada en el columpio del porche, con las manos detrás de su cabeza, contemplando las nubes. Hildemara se apoyó en sus talones, quitándose el sudor de su frente.

—¿Te gustaría ayudarme, Rikki?

—¿Has visto las nubes alguna vez, Hildie? —Señaló—. Niños jugando. Un ave volando. Una cometa.

—No tengo tiempo para ver las nubes.

Mamá salió y le preguntó a Rikki si quería un vaso de limonada. Hildemara se volvió a sentar en sus tobillos.

—¿No puede Rikki tomar un turno para desyerbar de vez en cuando, Mamá?

—Ella sabe quién es y lo que quiere en la vida. Además, tiene una piel tan blanca que se tostaría si jala hierbas en el jardín. Hazlo tú. No tienes nada mejor que hacer. ¿O sí?

—No, Mamá.

—Entonces, creo que será mejor que te acostumbres a hacer lo que se te dice. —Volvió a entrar a la casa.

Rikka llegó a la baranda del porche y se sentó, apoyándose en un poste. Tenía un bloc de dibujo en sus manos.

—Podrías decir que no, Hildemara.

—Hay que hacer esto, Rikki.

—¿Qué quieres ser cuando crezcas, Hildie?

Hildemara jaló otra hierba y la echó en la cubeta.

—Enfermera.

—¿Qué?

—No importa. ¿De qué sirve soñar? —Levantó la cubeta de hierbas y se trasladó a una fila de zanahorias—. No habrá suficiente dinero para que yo vaya a prepararme.

—Podrías preguntar.

¿Y que Mamá diga que no?

—El dinero que Papá y Mamá sacan de la granja y del Alboroto de Verano es para pagar la hipoteca, los impuestos y para el equipo de la granja y las facturas del veterinario del caballo.

—A ellos les va bien, ¿no crees? Papá acaba de agrandar el cobertizo que hizo en el establo.

—Eso es para que las lluvias del invierno no oxiden su tractor.

Rikki deambuló por las hileras de vegetales.

—Mamá compra artículos de costura para Clotilde.

Hildemara se inclinó y jaló otra hierba.

Rikki extendió sus brazos como un ave y se inclinó hacia un lado y luego hacia el otro. —Mamá me compra artículos de arte.

Hildemara echó las hierbas en la cubeta. —Lo sé.

Rikki se volteó. —Porque se lo pedimos.

Hildemara suspiró. —La matrícula de una escuela de enfermería y los libros cuestan más que los artículos de costura y de dibujo, Rikki.

—Si no pides, nunca obtendrás nada.

—Tal vez Dios tiene otro plan.

—Ah, ya sé cuál es.

—¿Cuál?

—Que sigas siendo una mártir.

Hildemara sintió una punzada y se sentó en sus talones, abriendo y cerrando la boca, en tanto que Rikki subió las escaleras de atrás saltando y entró a la casa.

❄ ❄ ❄

Mamá seguía presionándola en cuanto al futuro, aunque Hildemara no veía que tuviera futuro.

—Estás a punto de entrar a la escuela secundaria. Tienes que comenzar a hacer planes.

—¿Planes para qué?

—Para la universidad, para una carrera.

—Bernie irá a la universidad. Oí que hablabas con Papá acerca de lo que costará.

—Él podría obtener una beca.

Podría no significaba que lo *haría*.

—Espero que así sea. —Se preguntaba qué se hacía para obtener una beca y si ella calificaría para ello.

—¿Y bien? —Mamá se veía molesta—. ¿No vas a decir nada?

—¿Qué quieres que diga, Mamá?

—Lo que tienes en mente.

Hildemara se mordió la parte interior del labio, pero no tuvo coraje.

—Nada.

Sacudiendo la cabeza, Mamá tomó su bolso y se dirigió a la puerta de atrás.

—Tengo que ir de compras al pueblo. ¿Necesitas algo, Clotilde?

—Hilo rojo.

—¿Rikka?

—Una caja de lápices.

Miró a Hildemara con fastidio. "No tengo que preguntarte. Nunca quieres nada, ¿verdad?"

Nada tan económico como hilo rojo y una caja de lápices, quería decir, pero entonces Mamá podría hacer la pregunta de lo que quería y ella tendría que oír por qué no podría tenerlo.

Hildemara fue a la biblioteca al día siguiente y pidió la biografía de Florence Nightingale. Leyó en el largo camino a casa, tomándose su tiempo, sabiendo que tendría tareas para llenar el resto de su tarde y noche. Entró por la puerta mosquitera de atrás y metió el libro debajo de su colchón, antes de ir a ayudar a Mamá con la cena. Puso la mesa e hizo la ensalada, después desocupó la mesa y calentó agua para lavar los platos. Cloe sacó su carpeta de fotos brillantes de las revistas de películas y estudió los diseños de vestidos, en tanto que Rikki dibujaba a Papá leyendo en su silla. Mamá puso sobre la mesa su caja de materiales para escribir.

Cartas, cartas, cartas. Mamá siempre le escribía a alguien. A veces Hildemara se preguntaba si su madre quería a toda esa gente en otras partes del mundo más de lo que quería a su propia familia.

Papá se fue a la cama temprano. Mamá se fue detrás de él. "No se acuesten tarde, niñas."

Cuando Cloe y Rikka terminaron sus juegos, Hildemara sacó el libro de debajo de su colchón. "Me iré a la cama en unos minutos."

❊ ❊ ❊

Mamá estaba parada en el mostrador, amasando para hacer una tarta cuando Hildemara entró por la puerta de enfrente. La biografía que había escondido estaba en la mesa de la cocina. El calor se le subió a las mejillas cuando Mamá la miró por encima del hombro.

—Vi que tu colchón estaba levantado y sentí un libro. Esperaba encontrar *Orgullo y prejuicio* o *Sentido y sensibilidad* de Jane Austen. Eso es lo que pensé que estarías leyendo.

—Es una biografía, Mamá. Florence Nightingale era una enfermera.

—¡Sé lo que es! Sé quién era ella.

Hildemara levantó el libro y se dirigió a la puerta de atrás.

—Vuelve a poner ese libro en la mesa, Hildemara.

—Pertenece a la biblioteca, Mamá. Tengo que devolverlo.

—No tienes que llevarlo hasta el fin de semana, a menos que ya lo hayas terminado. —Mamá puso la masa en una fuente de horno—. ¿Ya lo terminaste? —Apretó la masa y le echó un tazón de cerezas descarozadas.

—Sí, Mamá. —Hildie se quedó parada mirando a Mamá amasar la tapa de la tarta. Tardó apenas unos segundos para ponerla sobre las cerezas, cortar la masa extra, pellizcar las orillas y hacerle orificios con el tenedor. Mamá abrió el horno, metió la tarta y cerró la puerta de un golpe.

—No creo que alguna vez pueda hacer una tarta tan bien ni tan rápido como tú, Mamá.

—Probablemente no. —Mamá se puso la toalla en el hombro y se levantó, con las manos en la cadera—. Pero eso no es lo que quieres hacer, ¿verdad?

Hildemara bajó la cabeza.

—¿Verdad? —Mamá elevó la voz.

—No, Mamá.

—¿Cuántas veces has leído el libro? —Mamá apuntó con el mentón a la polémica biografía—. Dos veces, ¿o tres?

Hildemara pensó que era mejor no contestar. Ya se sentía lo suficientemente expuesta sin tener que dejar al descubierto su corazón.

—No es Florence Nightingale lo que te fascina, ¿verdad? Es la *enfermería*. Apuesto a que has estado soñando con eso desde que la señora

King llegó con todas sus historias. Déjame decirte algo, Hildemara Rose. Ella te llenó la cabeza con muchas tonterías románticas. Te diré de lo que realmente se trata la enfermería. Una enfermera no es mejor que cualquier criada. He pasado la mayor parte de mi vida fregando pisos, limpiando cocinas y lavando ropa. ¡Me gustaría que hicieras algo más con ese cerebro tuyo que pasar el resto de tu vida vaciando cuñas y cambiando sábanas! Si quieres saber mi opinión, ¡no veo que la enfermería sea mejor que lo que hacía yo cuando empecé a trabajar!

Hildemara se sintió herida y enojada al mismo tiempo.

—Hay más cosas en la enfermería que cuñas y sábanas, Mamá. Es una profesión honorable. Yo ayudaría a la gente.

—Y eso es lo que sabes hacer mejor, ¿verdad? *Ayudar* a la gente. *Servir* a la gente. Ya eres buena como criada. Dios lo sabe, has sido mi criada durante los últimos seis años. No importa cuánto te haya presionado, nunca te quejaste, ni una vez. —Se la oía enojada por eso.

—Tú y Papá trabajan tan duro. ¿Por qué iba a quejarme por hacer mi parte?

—¡Tu parte! Has hecho más que tu parte.

—Necesitabas ayuda, Mamá.

—Yo no necesito tu ayuda.

Contuvo las lágrimas, pues sabía que al llorar enojaría aún más a Mamá.

—Nunca te complazco, no importa lo que haga. No sé por qué lo intento tanto.

—¡Yo tampoco! ¿Qué es lo que quieres? ¿Una medalla por ser una mártir?

—No, pero un poco de aprobación de tu parte sería bueno.

Mamá parpadeó. Suspirando, metió las manos en los bolsillos de su delantal.

—La vida no se trata de agradar a los demás, Hildemara. Se trata de decidir quién eres y lo que quieres, y luego ir en busca de ello.

¿Cómo podía hacer que Mamá entendiera?

—Para mí, se trata de hacer lo que Dios quiere, Mamá. Se trata de amarse mutuamente. De servir.

Mamá parpadeó.

—Esa es la primera cosa directa que me has dicho alguna vez,

Hildemara Rose. —Su boca se torció con una sonrisa triste—. Es una lástima que no estemos de acuerdo.

—Lo siento, Mamá.

Sus ojos echaron chispas.

—Y otra vez, te disculpas. Será mejor que aprendas ahora mismo a no decir que lo sientes por ser quien eres.

Levantó un paño, limpió el mostrador y lo lanzó al fregadero.

—Si quieres prepararte como enfermera, será mejor que busques trabajo y que comiences a ahorrar dinero porque no voy a pagar por eso.

De alguna manera, el rechazo no dolió tanto como Hildemara esperaba que dolería.

—No pedí que lo hicieras.

—No, no lo hiciste. Pero no lo hubieras hecho, ¿verdad? No te consideras con derecho a esperar nada. —Deslizó el libro por la mesa—. ¡Llévatelo!

Hildie levantó el libro y lo miró por un largo rato. Cuando levantó la cabeza, vio que Mamá la miraba de una manera extraña.

—Algo bueno ha salido de esta conversación, Hildemara Rose. Por lo menos sé que no te pegarás a mis faldas y que no vivirás bajo mi techo por el resto de tu vida. No terminarás huyendo ni sentada afuera en el frío hasta que te congeles. Estás en la orilla del nido ahora, mi hija. Pronto volarás de aquí. —Sonrió, con los ojos brillantes—. Y eso me agrada. ¡Me agrada mucho!

Hildemara subió a su litera, abrazó el libro fuertemente y lloró. No importaba qué hubiera pensado antes, ahora se daba cuenta de que Mamá estaba desesperada por deshacerse de ella.

❄ ❄ ❄

Hildemara perdió a su amiga Elizabeth por Bernie el primer día de la secundaria. Siempre había sospechado que Elizabeth estaba enamorada en secreto de Bernie, pero Bernie nunca había mostrado ningún interés en Elizabeth. Había estado demasiado distraído practicando deportes y haciendo travesuras con sus amigos como para interesarse en las niñas. El primer día del primer año de secundaria, Hildie se sentó en el césped con Elizabeth, hablando de la segunda sesión del Alboroto de Verano, como Papá lo llamaba, y de sus sueños de ir a la escuela de enfermería. Bernie se paró cerca de ellas con una mirada peculiar en su cara.

—Hola, Bernie. —Hildemara protegió sus ojos del sol—. ¿Qué estás haciendo en el área de los principiantes?

—¿Hildie, por qué no me presentas a tu amiga?

Ella pensó que tenía que estar bromeando, pero le siguió el juego.

—Elizabeth Kenney, este es mi hermano mayor, Bernhard Niclas Waltert. Bernie, ella es Elizabeth. Ahora, ¿qué quieres? Estamos conversando y nos estás interrumpiendo.

Bernie se agachó, con los ojos fijos en Elizabeth.

—Sin duda cambiaste en el verano.

Las mejillas de Elizabeth se pusieron de un rosado oscuro. Agachó la cabeza rápidamente y lo miró a través de sus pestañas.

—De una manera positiva, espero.

Él sonrió. —Claro que sí.

Molesta, Hildemara le dio una mirada furiosa.

—¿No tienes a dónde ir, Bernie? Allá veo a Eddie y a Wallie, jugando básquetbol.

Se sentó y se apoyó en su codo.

—¿No tienes que estudiar, Hildie? ¿O algún lado adónde ir? —No la miró mientras hablaba y Elizabeth tampoco dejó de mirarlo. Más valdría que hubiera dicho: "¡Vete de aquí!"

—Estamos conversando, Bernie.

Su boca se inclinó y su mirada nunca se apartó de la cara de Elizabeth.

—¿Les importa si me uno a ustedes?

—No. —Elizabeth había perdido el aliento—. Claro que no.

Hildemara puso los ojos en blanco. Miró a su hermano y a su mejor amiga y supo que todo había cambiado en una fracción de segundo. Cuando se levantó, ninguno de los dos se dio cuenta. Cuando se alejó, ninguno la llamó. Al terminar la escuela, vio a Bernie caminando a la par de Elizabeth, y llevaba el bolso de libros de Elizabeth al hombro. Les gritó, pero ninguno de los dos la oyó.

Bernie tenía a toda la escuela detrás de él. ¿Por qué tenía que poner los ojos en Elizabeth? "Gracias," murmuró entre dientes. "Gracias por quitarme a mi única amiga."

Se encontró con Cloe y Rikki al otro lado de la carretera, cerca de la escuela primaria. "Ustedes dos, sigan. Tengo algo que hacer." Mamá había dicho que tenía que ganarse su propio dinero para la escuela de enfermería, ¿y qué mejor momento para comenzar que ahora? Tan pronto como sus hermanas se dirigieron a casa, Hildemara frotó sus palmas sudorosas en su falda y entró a la Farmacia Pitt. Miró a su alrededor y luego de unos minutos se armó de coraje para preguntarle a la señora Pitt si contrataría a alguien para que trabajara detrás del mostrador, sirviendo gaseosa con helado y batidos.

La señora Pitt estaba secando un vaso.

—¿Tenías alguien en mente?

Hildie tragó.

—Yo.

La señora Pitt rió.

—Puedes comenzar mañana. Tengo muchas otras cosas que preferiría hacer en lugar de servir gaseosas con helado y batidos a los adolescentes. ¿Lo oíste, Howard? —gritó—. Hildemara Waltert vendrá a trabajar para nosotros mañana. —Le guiñó el ojo a Hildemara—. Te pondré al tanto de todo. Es muy sencillo. Al tenerte aquí trabajando podrían venir más adolescentes.

Hildemara no quiso decirle que no tuviera tantas esperanzas.

En el largo camino a casa, Hildie se sentía llena de éxito. Saboreó su secreto mientras hacía sus tareas rápidamente.

Hildie puso la mesa y se sentó a cenar, dispuesta a hacer su anuncio, pero todos los demás tenían mucho que decir. Bernie dijo que había llegado tarde porque había acompañado a Elizabeth Kenney a casa y su madre lo había invitado a tomar leche con galletas. Clotilde le preguntó a Mamá si podía darle un dólar para comprar tela. Rikka contemplaba el espacio, sin duda pensando en algún dibujo nuevo que le gustaría hacer, hasta que Mamá le dijo que se pusiera a comer.

La cena casi había terminado antes de que hubiera suficiente calma en la conversación para que Hildie hiciera su anuncio.

—Tengo trabajo.

Papá levantó la cabeza. —¿Un trabajo?

—Comienzo mañana, después de la escuela, en el despacho de gaseosas de la Farmacia Pitt.

Mamá sonrió levemente. —¿De veras?

Papá se limpió la boca con una servilleta.

—No me gusta la idea. Tienes tus estudios, ¿y qué pasará con Mamá? Ella necesita tu ayuda en la casa.

—No la necesito. —Mamá puso su servilleta en la mesa—. Y si la necesitara, tengo otras dos hijas que pueden contribuir.

Clotilde miró a Hildemara con los ojos entrecerrados. —Gracias.

Rikka siguió comiendo, con su mente todavía ausente en el cielo azul.

Papá miró a Mamá con el ceño fruncido.

—¿Tú lo sabías?

Se puso de pie y comenzó a retirar los platos.

—Tenía que suceder tarde o temprano, ¿verdad? Los hijos no viven de sus padres para siempre. O no deberían hacerlo.

—¿Por qué yo voy a tener que trabajar y Bernie no? —dijo Clotilde quejándose.

Bernie puso su tenedor en la mesa.

—Podemos cambiar cuando quieras. Yo alimentaré a los pollos y pondré la mesa. Tú puedes ayudar a Papá arando, sembrando y cosechando.

—¡Yo trabajo! ¡Hice la camisa que tienes puesta!

Papá golpeó la mesa con su puño.

—¡Ya basta! —La boca de Mamá se torció con una sonrisa, pero se congeló cuando Papá la miró—. ¿Sabías que Hildemara estaba buscando trabajo?

—Yo le dije que sería mejor que lo hiciera.

—¿Por qué?

—Pregúntaselo. Ella puede hablar por sí misma. —Le dio a Hildie una mirada fría, con las cejas levantadas en tono de desafío—. ¿Verdad que sí puedes? —No sonó como una pregunta.

Papá miró a Hildemara. —¿Y bien?

Respiró profundamente, esperando que las palpitaciones de su corazón disminuyeran, y presentó sus planes para el futuro. Cuando terminó, todos se quedaron sentados mirándola.

Papá rompió el silencio.

—Ah. Bueno. ¿Y por qué no lo dijiste?

—Como todavía no estás trabajando, puedes ayudar a recoger la mesa,

Hildemara. —Mamá no dijo nada más hasta que le dio el último plato para que lo secara—. ¿Y cuándo piensas estudiar? Tendrás que mantener tus calificaciones altas.

—Entre las clases. Durante el descanso del almuerzo. Solamente trabajaré hasta las seis.

—Tendrás que calentar tu cena cuando vuelvas.

—Me las arreglaré. —Esperaba que Mamá dijera que extrañaría tenerla en la casa. Tenía que haberlo sabido.

—Sería bueno abrir una cuenta de ahorros en el banco, para que no malgastes tus ingresos.

—Había pensado hacerlo con mi primer pago.

—Bien. —Mamá dejó que Hildemara terminara de limpiar y salió a sentarse en el columpio del porche.

❄ ❄ ❄

Papá dijo que la Depresión no duraría para siempre, pero los tiempos difíciles traían más vendedores viajeros a la puerta. A los agricultores les iba mejor que a la mayoría de la gente. Sabían cómo cultivar su propia comida. Aun con el bajo precio de las almendras y las pasas, Papá y Mamá no se preocupaban en cuanto a poner comida en la mesa. Papá tenía dinero suficiente para la hipoteca y los impuestos.

—Si nos quedamos cortos, puedo buscar trabajo —le dijo Mamá—. El señor Smith me ofreció trabajo en su panadería.

—No trabajarás para él, ¿verdad?

—Él jura que no tuvo nada que ver con el incendio de la panadería de los Herkner.

—Y tú le crees.

—Tú eres el que me dice siempre que no juzgue a la gente, Niclas.

—Hay juicio y hay discernimiento.

Mamá suspiró.

—Dije que no, pero si necesitamos dinero, sé dónde conseguir trabajo.

—Comienza a hacer más panes y pasteles aquí. Lleva tus *beignets* y *Torten* a Hardesty. Él los venderá por ti.

Mamá se rió.

—Si quieres *beignets* y *Torten* o cualquier otra cosa, Niclas, sólo tienes que decirlo.

—*Entonces*. —La jaló hacia su regazo y le susurró al oído.

❄ ❄ ❄

Cuando los demás iban al cine, Hildemara trabajaba. Conoció más estudiantes mientras trabajaba detrás del mostrador que en ocho años y medio de escuela en Murietta. Cuando salían del cine, los chicos cruzaban la calle para tomar gaseosas y se sentaban a las mesas para hablar. Algunos de los adultos le dejaban propinas de cinco centavos.

Le gustaba trabajar. Le gustaba el bullicio y el zumbido de los adolescentes que entraban y salían del negocio. Le gustaba ganar dinero, sabiendo que cada día que trabajaba la acercaba más a su meta. Tomaba los pedidos, hacía los batidos y las gaseosas con helado, lavaba vasos, limpiaba los mostradores y, mientras tanto, soñaba con el día en que usaría un uniforme blanco y una cofia y caminaría por los corredores del hospital, consolando a los enfermos. Tal vez algún día iría a la China y trabajaría en algún hospital misionero, o atendería a los bebés enfermos en el Congo Belga, o ayudaría a algún médico apuesto y dedicado a detener una epidemia en India.

La señora King entró con un listado del doctor Whiting. En tanto que esperaba que el señor Pitt llenara el pedido de medicinas, se sentó en el mostrador y pidió una Coca-Cola. Hildemara le dijo que esperaba asistir al programa de entrenamiento de enfermeras en *Merritt Hospital* de Oakland. "¡Qué maravilloso, Hildemara! Cuando estés por graduarte, voy a escribir una carta de recomendación para ti."

El primer año de la secundaria se pasó rápidamente con los estudios y el trabajo. Cuando se acercaba otra vez el Alboroto de Verano, Hildie le preguntó a Mamá si podía arreglárselas sin ella. Claro que Mamá dijo que sí. Hildemara tomó otro trabajo en la granja avícola de los Fulsome, desplumando pollos para el mercado. Como le pagaban por ave, Hildie aprendió a trabajar rápido.

Atesoraba cada moneda de diez y cinco centavos, sabiendo exactamente cuánto tenía que ahorrar para pagar por su matrícula y por el uniforme. También necesitaría las herramientas de su oficio: un reloj de bolsillo con segundero para contar los latidos del corazón y una pluma fuente para escribir los signos vitales en los cuadros de los pacientes.

Mamá y Papá ya habían hecho planes de enviar a Bernie a la universidad cuando se graduara al final del próximo año. Cada dólar extra se iría para que él completara la universidad.

Hildie había visto a Papá entregarle un dólar a Bernie más de una vez para que su hermano pudiera llevar a Elizabeth al cine el viernes en la noche.

—Es joven y necesita divertirse un poco.

Mamá también lo vio y protestó.

—¿Y qué de las chicas? Ellas son jóvenes. Quieren divertirse. ¿Les vas a dar un dólar cada vez que lo pidan?

Hildemara se tapó los oídos con las palmas de sus manos. Detestaba oír que sus padres discutieran por dinero. Juró que nunca les pediría ni diez centavos. Se lo ganaría.

27

1932

Bernie se graduó con honores. Desde el primer día de la escuela en
Murietta hasta el último, el hermano de Hildemara había sido la estrella
resplandeciente.

Elizabeth se sentó con la familia durante la ceremonia. Cuando Hildie
la escuchó haciendo ruidos con la nariz, le dio un pañuelo. Elizabeth no
vería mucho a Bernie ese verano. Mamá lo quería cerca para que orga-
nizara el equipo de trabajo del Alboroto de Verano, y Papá lo necesitaba
para la cosecha.

Una vez a la semana, lo dejaban libre e iba al pueblo a ver a Elizabeth.
Normalmente llegaba a casa deprimido.

—Desearía no tener que irme tan lejos a estudiar.

Mamá gruñó.

—Si estuvieras cerca, nunca estudiarías nada. Estarías demasiado
ocupado detrás de las faldas de Elizabeth.

Clotilde se rió disimuladamente.

—Él no tiene que perseguirla.

A Bernie se le puso roja la cara.

—¡Cállate, Cloe! —Se fue de la mesa.

Elizabeth iba al despacho de gaseosas casi todos los días durante el verano y se lamentaba de lo mucho que extrañaba a Bernie. Hildemara la dejaba hablar.

Cuando la escuela comenzó otra vez, acompañaba a Hildemara y se sentaba al mostrador para hacer su tarea.

—Ya lo verás, Hildie. Tu hermano conocerá a una chica bonita de la universidad y se olvidará de mí. ¡Faltan dos años para que nos graduemos!

—Te escribe más a ti que lo que le escribe a Mamá y a Papá.

—Solamente escribió dos veces la semana pasada.

—Bueno, eso es dos más de lo que ha escrito a casa, y se fue hace un mes.

Cuando Bernie llegó a casa por el descanso de Navidad, pasó más tiempo en Murietta, en casa de los Kenney, que en casa. Por lo menos hasta que Mamá se puso firme.

—Ya que nosotros estamos pagando para que estudies en la universidad, puedes ayudar aquí.

—¡Mamá! No he visto a Elizabeth desde el verano y no mucho entonces. Podría perder el interés si yo no . . .

—El techo necesita reparaciones y tenemos que cavar un hoyo nuevo para la basura y cubrir el viejo. Si tienes tiempo después de hacer esas cosas, entonces puedes ir a cortejar a la señorita Kenney, aunque creo que ella ya está en la palma de tu mano.

Papá no fue tan firme en cuanto a hacer que Bernie pasara más tiempo en casa.

—Está enamorado, Marta. Afloja un poco las riendas.

—Tendrá suficiente tiempo para galopar detrás de Elizabeth cuando termine la universidad. Y entonces tendrá algo que ofrecer.

❄ ❄ ❄

El Alboroto de Verano había tenido tanto éxito que Mamá lo llevaba a cabo todos los años. El verano después del primer año de universidad de Bernie fue la quinta sesión. Bernie ya estaba grande para cazar gamusinos, para nadar en un canal donde el agua le llegaba apenas al ombligo y para dirigir un equipo de trabajo de "flojos niños de ciudad." Trabajaba a la par de Papá durante los largos días de riego y de cosecha, después salía con sus amigos en la bicicleta que Mamá le había regalado el primer año por "haber mantenido a los chicos a raya."

Hildemara no recibió ningún premio por el trabajo que hacía ayudando a Mamá a cocinar, limpiar y lavar ropa. También se encargaba de cualquier necesidad de primeros auxilios, pero no le molestaba hacerlo.

Los chicos seguían llegando: los hermanos menores y amigos de amigos. Papá nunca perdía la paciencia con los chicos nuevos. Hildemara deseaba que Mamá tuviera paciencia con ella, pero parecía que cada año se desgastaba más. Daba órdenes bruscas y esperaba que Hildie supiera lo que deseaba antes de que lo dijera. Hildemara trataba de complacerla, pero nunca sabía si lo lograba. Mamá nunca decía si la complacía o no. Para una mujer que decía todo lo que pensaba, Mamá nunca parecía decir lo que pensaba de su hija mayor. Pero entonces, tal vez era mejor que no lo dijera.

Hildemara siguió incrementando su cuenta de ahorros durante el segundo y tercer año de secundaria. Apenas había entrado Clotilde a la secundaria, cuando Mamá comenzó a hablar de enviarla a la escuela de diseño. Hildemara tuvo que escucharlas hablar de eso en la cena. Clotilde había puesto la mira en *Otis Art Institute* y daba la impresión de que a Mamá no le parecía fuera de alcance ayudarla con los gastos. Y si eso no era suficiente sal para sus heridas, Hildemara tuvo que escuchar a Mamá estimulando a Rikka para que pasara más tiempo dibujando y pintando, para armar una carpeta de muestras y enviarla a los administradores de la *California School of Fine Arts*.

Mamá nunca le dijo a Cloe ni a Rikki que buscaran trabajo para que ellas mismas pagaran sus gastos.

❄ ❄ ❄

1934

Cuando llegó el *Slack Day* de la clase del último año de Hildie, ella trabajó horas extra en la farmacia en lugar de sólo faltar a clase con el resto de sus amigas. Clotilde entró a tomar una gaseosa después de la escuela y gastó una porción de la mensualidad que Mamá ahora le daba.

—Mamá irá a Modesto a hacer compras. Deberías ir y escoger lo que llevarás puesto en la graduación. Allí tienen unas bonitas tiendas de vestidos.

—Mamá no me ofreció comprarme un vestido de graduación y no voy a gastar ni un centavo de mis ahorros para comprarme uno.

—¿Y qué te vas a poner?

—El vestido que uso para ir a la iglesia.

—¿Esa cosa vieja? Hildie, ¡no puedes! Todas las demás tendrán algo nuevo, algo especial.

—Bueno, yo no y no me importa. —No tenía la intención de gastar en un vestido el dinero que le había costado tanto ganar—. No importa, Cloe. Cinco minutos después de que reciba el diploma, nadie recordará lo que yo lleve puesto.

—Bueno, ¿y de quién es la culpa? Lo único que haces es enterrar la nariz en un libro o en el trabajo aquí. —Agitó la mano despectivamente.

Molesta, Hildemara miró a su hermana al otro lado del mostrador.

—¿Quieres saber algo, Cloe? He trabajado cada hora y todos los días que puedo y apenas tengo lo suficiente ahorrado para un año de preparación como enfermera. *Un año*, Cloe. Y son *tres años* para llegar a ser una enfermera diplomada. —Sintió el escozor de las lágrimas y bajó la cara, frotando el mostrador hasta que pudo controlar sus emociones—. A Bernie, a ti y a Rikki se les dará todo en bandeja de plata.

—Deberías hablar con Mamá. Ella te ayudará.

—Mamá fue quien me dijo que tenía que valerme por mí misma. Ella cree que la enfermería es una forma de servidumbre. —Hildemara sacudió la cabeza—. No puedo pedirle nada, Cloe. Bernie todavía estará dos años más en la universidad. Tú irás al *Otis Art Institute* y Rikki estará en San Francisco unos años después de eso. Papá y Mamá solamente tienen una cantidad determinada. No puedo pedirle nada a Mamá.

—¿Y qué dice Mamá? Quien nada arriesga, nada gana, ¿verdad?

—Yo me arriesgaré a ir a Oakland y le pediré a Dios que me dé el resto de lo que necesito. —No quería pedirle a Mamá cuando sabía que la respuesta sería no.

—Eres más obstinada que ella. —Cloe se terminó su Coca-Cola y se fue de la farmacia.

La noche antes de la graduación, Hildemara llegó a casa rendida y deprimida. Tal vez podría dejar de ir a la ceremonia e ir después a recoger su diploma. Podía decir que estaba enferma. Sería bueno dormir todo el día, si Mamá la dejara.

Cuando se acercaba a la puerta de su dormitorio, vio un vestido de organza azul, colgado a los pies de su litera. Se dio vuelta y vio que Cloe estaba en la cocina.

—Es para tu graduación, ¿qué te parece?

Hildemara dejó caer su bolsa de libros y con los nudillos se apretó los labios que le temblaban.

Cloe la empujó a la habitación.

—Vamos, pruébatelo. No aguanto las ganas de ver cómo luces.

—¿De dónde lo sacaste?

—¿De dónde crees? ¡Yo lo hice! —Caminó de aquí para allá alrededor de Hildie, y le quitó el suéter de un tirón—. Nunca había trabajado tanto en algo. —Hildemara apenas se acababa de quitar el vestido de la escuela cuando Cloe le metió el nuevo por la cabeza y lo estiró hacia abajo. Pellizcó un lado y luego el otro—. Sólo necesita unas cuantas alforzas y te quedará perfecto. ¡Hemos estado trabajando en él varios días!

—¿Hemos?

—Mamá compró la tela y yo diseñé el vestido. Ambas lo hemos armado juntas. No habrá otro como este. —Dio un paso atrás, admirando su obra—. ¡Es fabuloso! —Frunció el ceño—. ¿Qué te pasa? ¿Por qué estás llorando?

Hildemara se sentó en la cama de Rikki, agarró el vestido que se había quitado y trató de detener las lágrimas.

—Te gusta, ¿verdad? —Cloe se oía preocupada.

Hildemara asintió con la cabeza.

—Sabía que te gustaría. —Cloe se oía confiada otra vez—. Y sabía que querías un vestido nuevo para la graduación, pero preferirías morir antes que pedirlo. —Se rió complacida—. Dijiste que la gente no te recordará cinco minutos después de la graduación, pero recordarán este vestido. Y algún día, podrás decir que fuiste la primera modelo de Clotilde Waltert.

Hildie se rió y la abrazó.

Cuando intentó agradecerle a Mamá después, Mamá le restó importancia. "Bernhard tuvo un traje nuevo para su graduación. Tú necesitabas un vestido. No quiero que la gente diga que no cuido apropiadamente a mis hijos."

Hildemara no habló más de eso. Cuando se puso el vestido al día siguiente, Papá sonrió e hizo un gesto de aprobación con la cabeza.

—Te ves bella.

Hildie se dio vuelta.

—El vestido es bello.

Papá le puso las manos en los hombros.

—*Tú* eres bella. Cuando pases por esa plataforma para recibir el diploma, harás que Mamá y yo nos sintamos orgullosos. Tu madre nunca tuvo las oportunidades que tú has tenido, Hildemara. Su padre la sacó de la escuela cuando tenía doce años. Por eso es que ella está tan decidida a que todos sus hijos tengan tanta educación como puedan. —La tomó de la barbilla—. No le digas que te conté que nunca fue a la secundaria. Es un tema delicado para ella.

—Mamá tiene el equivalente a un grado universitario, Papá. Habla cuatro idiomas y dirige una escuela cada verano. No tengo todavía una respuesta de Merritt. Es posible que siga trabajando donde los Pitt y que viva en casa el resto de mi vida. —Eso seguramente no le agradaría a su madre.

—Tendrás una respuesta pronto, y no dudo que será la que esperas. —La bocina de un automóvil sonó dos veces. Él le dio una palmadita en la mejilla—. Será mejor que te vayas. Mamá está esperando para llevarte al pueblo.

Ella lo abrazó. —Volverá por Cloe y Rikki tan pronto como me haya dejado. ¿Vas a caminar al pueblo o llegarás con Mamá más tarde?

Hizo una mueca.

—Voy en el auto. Que Dios tenga misericordia. No quiero perderme la graduación de mi hija.

Mamá no dijo ni una palabra en el camino al pueblo. Cuando Hildemara trató otra vez de agradecerle por el vestido, Mamá apretó la boca, sacudió la cabeza y puso su mirada en el camino.

Cuando Hildemara pasó por la plataforma esa noche, con su vestido nuevo de organza, y recibió su diploma, se detuvo lo suficiente para mirar en la multitud de caras. Vio a Mamá, a Papá, a Clotilde y a Rikka sentados en la segunda fila. Papá, Cloe y Rikki aplaudían y vitoreaban. Mamá estaba sentada con sus manos unidas en su regazo, con la cabeza gacha, de modo que Hildie no pudo ver su cara.

❄ ❄ ❄

Querida Rosie:

Hildemara Rose se graduó hoy de la escuela secundaria.
Cuando recibió su diploma, temí avergonzarla con mis
lágrimas. ¡Estoy tan orgullosa de ella! Hildemara Rose
es la primera mujer del lado de mi familia que termina
la escuela.

Si Dios quiere, y si las cosechas son buenas, ella seguirá
adelante. Yo quería que fuera a la universidad, pero ha
decidido prepararse para enfermera. Todavía tiene el corazón
de un siervo. Sueña con ser la próxima Florence Nightingale.
Si la Samuel Merritt Hospital School of Nursing la
rechaza, juro que iré y abriré las puertas a la fuerza con mis
propias manos.

❄ ❄ ❄

—Hay una carta para ti en la mesa. —Mamá hizo una seña con la cabeza hacia el sobre que estaba apoyado en un frasco lleno de rosas.

Con el corazón acelerado, Hildie leyó la dirección del remitente: *Samuel Merritt Hospital School of Nursing.*

Mamá miró por encima de sus lentes mientras remendaba un par de overoles de Papá.

—No sabrás lo que dice a menos que la abras.

Con las manos temblorosas, Hildemara sacó un cuchillo de la gaveta y cuidadosamente cortó a lo largo para abrir el sobre. Su emoción se apagaba mientras leía. Mamá dejó caer el overol en su regazo.

—¿Qué pasa? ¿No te aceptan?

—Reúno todos los requisitos, excepto uno. No tengo dieciocho años.

—No cumpliría dieciocho años hasta en enero. Tendría que esperar hasta que comenzara el próximo curso el siguiente otoño.

—No tienes que tener dieciocho años para ir aquí. —Mamá sacó otro sobre del bolsillo de su delantal y se lo entregó. Ya estaba abierto.

Hildemara leyó la letra grabada en relieve de la esquina izquierda.

—¿A la *University of California* en Berkeley? Mamá, no puedo ir allá.

—¿Y por qué no?

Hildemara quería llorar de frustración.

—¡Porque todavía estoy ahorrando para la escuela de enfermería! —Lanzó la carta a la mesa de la cocina—. Además, una universidad no es para alguien como yo. —Se tragó las lágrimas y se dirigió a la puerta de atrás.

Mamá arrojó la costura al suelo y se puso de pie.

—¡Nunca vuelvas a decir algo así! ¡Te juro que te golpearé si lo haces! —Tomó la carta de la mesa y la sostuvo debajo de la nariz de Hildemara—. ¡Tienes el cerebro! ¡Tienes las calificaciones! ¿Por qué no irías a la universidad?

Hildemara gritó de frustración.

—Matrícula, más libros, más cuarto y comida en una residencia . . . apenas he ahorrado lo suficiente para pagar la cuota del uniforme y un año de matrícula en Merritt. ¡Y allá es donde quiero ir! Después de seis meses de preparación, el hospital me pagará. ¡Tendré que ahorrar cada centavo para pagar mi segundo y tercer año!

Mamá agitó el sobre.

—¡Esta es la *University of California* en Berkeley, Hildemara! —Alzó la voz con frustración—. ¡Una *universidad*!

Era evidente que Mamá no estaba escuchando.

—Es un año, Mamá, y no tendré nada al final.

—¿Nada? ¿A qué te refieres con *nada*? ¡Tendrás un año en una de las mejores universidades del país! —Volvió a agitar el sobre—. Eso vale más que . . . —Se detuvo y se alejó.

Hildemara apretó los labios para no llorar.

—¿Más que tres años de preparación para enfermera, Mamá? Eso es, ¿verdad?

Mamá empuñó las manos y golpeó la mesa de la cocina tan duro que rebotó. Con los hombros caídos, maldijo dos veces en alemán.

Por primera vez, Hildemara no se acobardó. Dijo lo que pensaba.

—Dejas que Cloe y Rikki tengan sus sueños, pero yo no tengo derecho, ¿verdad, Mamá? No importa cuánto lo intente, nunca voy a satisfacer tus expectativas. Y ya no me importa. Quiero ser una enfermera, Mamá. —Algo hizo erupción dentro de Hildie y gritó—. *¡Una enfermera!*

Mamá se frotó la cara y suspiró.

—Lo sé, pero tendrás que esperar, ¿verdad? Y mientras esperas, ¿por qué perder el tiempo donde los Pitt cuando podrías ir a Berkeley? Aunque fuera un semestre . . .

—El dinero que he ahorrado es para la escuela de enfermería.

—¡Entonces yo te enviaré! ¡Yo pagaré por el año!

—Puedo ver cuánto te gusta esa idea. ¡Quédate con tu dinero! Gástalo en Cloe y Rikka. *Otis Art Institute* y la *California School of Fine Arts* probablemente costarán tanto como la universidad. Y se los prometiste.

Mamá la miró encolerizada, con los ojos demasiado brillantes.

—Nunca se te ocurrió que yo te ayudaría, ¿verdad?

—¡No estás ofreciendo ayuda, Mamá! ¡Me estás enviando a donde *tú* quieres ir! —Tan pronto como las palabras salieron de su boca, supo la verdad que había en ellas. Podía verlo en la cara de Mamá.

Mamá se sentó y se cubrió la cara con las manos.

—Tal vez lo estoy haciendo. —Dio un fuerte suspiro y puso los brazos sobre la mesa como si se estuviera sujetando a sí misma.

Hildemara comenzó a decir que lo sentía y se contuvo. Sintió una repentina ola de lástima por su madre y jaló una silla.

—¿Qué habrías estudiado, Mamá?

—*Cualquier* cosa. *Todo.* —Agitó su mano como si estuviera espantando una mosca—. Eso ya es asunto pasado. —Clavó su mirada en Hildemara—. ¿Y qué piensas hacer el próximo año?

—Trabajar. Ahorrar.

Mamá agachó los hombros.

—He sido más dura contigo que con las otras porque sentí que tenía que serlo. Bueno, finalmente te has enfrentado conmigo. Lo acepto. —Se puso de pie y le dio la espalda a Hildemara. Tomó su costura, se sentó y siguió remendando los pantalones de Papá.

❋ ❋ ❋

Hildemara encontró un mejor trabajo en *Wheeler's Truck Stop* en la carretera. Trabajaba más horas y ganaba buenas propinas. Cuando llegaba a casa, frecuentemente encontraba a Mamá sentada a la mesa escribiendo cartas. A veces agregaba notas a su viejo diario de cuero marrón.

—¿Cómo estuvo tu día? —Preguntaba sin levantar la cabeza.

—Bien.

No parecían tener nada que decirse la una a la otra.

Cuando finalmente llegó el momento para que Hildemara se fuera, empacó las pocas cosas que necesitaría y compró su boleto de tren para Oakland. Mamá hizo buey Wellington para la cena. Hildemara le agradeció por hacer ese banquete el día antes de su partida. Mamá encogió los hombros. "Hicimos lo mismo por Bernhard."

Cloe se levantó de un salto al terminar la cena.

—¡Quédate en tu lugar, Hildie! —Corrió hacia la habitación de enfrente y regresó con un montón de regalos envueltos. Los puso enfrente de Hildie.

—¿Qué es todo esto?

—¿Qué crees, tonta? ¡Tus regalos de despedida! —Clotilde sonrió y aplaudió cuando se sentó—. ¡Abre el mío primero! Es el más grande.

—¿Otra creación Clotilde? —Hildemara abrió grande la boca cuando sacó un vestido azul marino con puños blancos y botones rojo encendido. Al fondo de la caja había un cinturón rojo, zapatos de taco alto rojos y un bolso rojo.

—¡Te verás espectacular!

Papá le dio una Biblia de cuero negro con un marcador rojo. "Si la lees todas las mañanas y las noches, será como si estuviéramos sentados juntos en la sala, ¿ja? Como lo hemos hecho desde que eras bebé."

Hildemara se acercó rodeando la mesa y le dio un beso en la mejilla.

Bernie le dio cinco dólares.

—Tenían que haber sido para tu graduación, pero más vale tarde que nunca. —Comentó que había ganado buen dinero vendiendo sus árboles injertados de limón, lima y naranja a un vivero de Sacramento—. Espero gastar una pequeña fortuna en un anillo de compromiso para Elizabeth.

—No le robes el protagonismo a tu hermana. —Mamá señaló con la cabeza los últimos dos regalos—. Tienes dos más que abrir, Hildemara Rose.

Rikki había enmarcado un dibujo de Mamá tejiendo, mientras Papá leía su Biblia. Los ojos de Hildemara se llenaron de lágrimas.

—Algún día haré una pintura al óleo de esto, Hildie. Si quieres.

—Me gustaría, pero no me pidas que te devuelva esta.

El último regalo era una pequeña caja, simplemente envuelta en papel café de embalaje, con una cinta roja atada en un moño.

—¿Es tuyo, Mamá?

—Tiene que ser, ya que abriste uno de todos los demás. —Mamá juntó sus manos apretadamente enfrente de ella.

Hildemara se quedó sin palabras cuando lo abrió.

"Es un reloj de bolsillo con segundero, como el que usan en las competencias," dijo Mamá a los demás.

Hildie miró a Mamá a través de las lágrimas, sin poder emitir una palabra. Quería abrazarla. Quería besarla.

Mamá se levantó abruptamente. "Clotilde, quita las cajas y el papel. Rikka, esta noche puedes ayudar a recogerlo todo."

Cuando Hildie se levantó a la mañana siguiente, Papá le dijo que la llevaría a la estación del tren en la carreta.

—Tengo que ir por provisiones, de todas maneras.

—¿Dónde está Mamá? —Quería hablar con ella antes de irse.

—Está durmiendo.

—Eso sí que es una novedad. —El dormitorio cerrado parecía el muro de una fortaleza.

Papá se quedó parado en la plataforma de la estación, esperando con Hildie hasta que el silbato del tren sonó y el revisor hizo el llamado para que todos abordaran. La tomó de los hombros firmemente y le dio un beso en la mejilla.

—Uno mío —besó la otra—, uno de Mamá. —Levantó la maleta y se la entregó, con sus ojos azules húmedos—. Que Dios esté contigo. No te olvides de hablar con él.

—No lo olvidaré, Papá. —Las lágrimas corrían por sus mejillas—. Pero no pude agradecer a Mamá. No pude decirlo anoche.

—No tenías que decir nada, Hildemara. —Su voz se contrajo. Agitó la mano, se marchó y gritó por encima del hombro—. Vamos. ¡Haz que estemos orgullosos de ti! —Caminó por la plataforma de la estación.

Hildemara abordó el tren y encontró un asiento. Su corazón latía fuertemente a medida que el tren traqueteaba hacia delante y comenzaba a moverse suavemente por los rieles. Pudo ver a Papá sentado en el asiento de la carreta. Se limpiaba los ojos y desataba las riendas. Cuando sonó el silbato del tren, Hildemara levantó la mano y la agitó. Papá no se dio vuelta para mirar hacia atrás.

1935

Farrelly Home for Nurses estaba en la propiedad de *Samuel Merritt Hospital*. Hildie se quedó contemplando el gran edificio de ladrillo de cuatro pisos y en forma de U, que sería su hogar durante los siguientes tres años. La emoción palpitaba en su interior mientras pedía orientación para llegar a la oficina de la decana de enfermería.

La señora Kaufman era una cabeza más alta y considerablemente más ancha que Hildemara. Su pelo oscuro era corto. Tenía un traje oscuro y una blusa blanca y no usaba joyas. Saludó a Hildemara con un apretón de manos firme y le entregó un montón de ropa.

"Este es su uniforme, señorita Waltert. Hay servicio de lavandería. ¿Tiene su bolsa de lavandería claramente marcada con su nombre? No le conviene perder nada. No olvide quitarse todas las joyas y no usar perfume." Le explicó que los brazaletes y los anillos tenían bacterias y que el perfume era empalagoso para los pacientes en el ambiente de un hospital que ya estaba lleno de olor a anestesia.

—Me alegra que tenga el pelo corto. Algunas chicas se quejan amargamente por tener que cortarlo, pero el pelo corto es más higiénico y más fácil de mantener sin tanto problema. Asegúrese de mantenerlo arriba de tu cuello. ¿Tiene un reloj de bolsillo y una pluma fuente?

—Sí, señora.

—Manténgalos en el bolsillo de su delantal, todo el tiempo. Los necesitará. —Levantó el teléfono—. Dile a la señorita Boutacoff que su neófita ha llegado. —Colgó—. *Neófita* quiere decir enfermera estudiante en período de prueba. Cada estudiante nueva tiene una hermana mayor que la recibirá y responderá cualquier pregunta que pueda tener.

Hildemara escuchó el chirrido de suelas de hule sobre linóleo al otro lado de la puerta y vio un destello de irritación en la cara de la señora Kaufman. Una joven alta y delgada entró a la oficina. El pelo rizado negro era el marco de una cara pícara, dominada por ojos oscuros y cejas aladas.

"Señorita Jasia Boutacoff, ella es su hermana menor, la señorita Hildemara Waltert. Por favor, trate de enseñarle buenos hábitos, señorita Boutacoff. Pueden irse." La señora Kaufman comenzó a ordenar una pila de papeles que tenía en su escritorio.

Jasia llevó a Hildemara por el pasillo.

"Voy a darte el recorrido de rigor. Te orientaré en tu nuevo ambiente." Sus ojos oscuros brillaban. "Vamos." Hizo señas a Hildie para que la siguiera. "Regla número uno." Se inclinó y habló a media voz. "No te metas con el lado malo de la Kaufman. Se suponía que yo debía escribirte una carta de bienvenida, pero nunca he sido buena para la corresponden-cia." Hizo el ruido de un chasquido con su lengua al guiñar el ojo.

Hildie tenía que dar dos pasos por cada paso que daba Jasia.

—Recuerdo mi primer día —dijo Jasia rememorando—. Estaba muerta de miedo. La Generala me tenía asustadísima.

—¿La Generala?

—Kaufman. Así la llamamos. A sus espaldas, por supuesto. Como sea, no conocí a mi hermana mayor hasta la segunda semana. Se olvidó totalmente de mí. Ah, bueno. Tuve que ponerme al tanto de la forma más difícil. Cometiendo errores. Muchos. No me gané el cariño de la Generala. Estoy contando los días para obtener mi certificado y poder irme de las tenebrosas regiones de *Farrelly Hall*. Si tengo suerte, me contratarán como enfermera privada de día algún anciano solitario, adinerado, con un pie en la tumba y otro en una cáscara de banano. —Se rió—. Deberías ver tu cara, Waltert. ¡Estoy bromeando!

Jasia subía dos escalones a la vez. Hildie corría detrás de ella.

"Comenzaremos en la planta alta e iremos bajando. A propósito, llámame

Boots, pero nunca enfrente de la Generala. Te desollará viva. Se supone que debemos llamarnos señorita tal y tal unas a otras. Todo muy ceremonioso y apropiado. ¡Vamos! ¡Sigue! ¡Este será un *tour* vertiginoso!" Se volvió a reír. "Estás resoplando como una locomotora de vapor."

Boots llevó a Hildemara de un gran auditorio a un salón de recepciones, a la librería, a una cocina pequeña, a dos salones de clases y a un laboratorio dietético. Hildie corría para mantenerse junto a ella y se preguntaba si todo sería de esta manera. El segundo piso tenía un dormitorio para enfermeras; el tercero, un porche dormitorio al aire libre con catres y otro auditorio.

"La gente va y viene a todas horas, pero te acostumbrarás. De todas formas, tardarás un poco en trasladarte aquí arriba, si logras pasar el período de prueba. Los primeros seis meses, todos los del personal harán lo mejor que puedan para hacerte fracasar, ¡y cualquiera que carezca de resistencia y dedicación se va! Te ves un poco delgada. Será mejor que le pongas un poco de carne a esos huesos. Ah, se me olvidaba decirte: puedes usar la radio y el piano. ¿Puedes tocar? ¿No? ¡Qué lástima! Necesitamos a alguien aquí que forme una coral."

Boots señalaba a esta y aquella dirección mientras se desplazaban rápidamente.

"Hay una máquina de coser allí. Los estantes contienen una biblioteca de ficción. Doscientos libros, pero no tendrás tiempo para leer ni siquiera uno. Una revista en el baño, tal vez. Qué tortuga. ¡Vamos! ¡Adelante, Waltert!" Se reía fácilmente; no jadeaba para nada. "Vas a tener que aprender a volar si quieres ser una buena enfermera." Bajó las escaleras rápidamente, con la cabeza en alto, sin siquiera agarrarse del pasamanos. Asombrada, Hildemara la seguía dando pasos más seguros.

Boots esperó abajo. Susurró: "Como ya sabes, la Generala está en el primer piso, vigilando las puertas del mundo exterior." Señaló. "Tiene una asistente, la señora Bishop." Señaló a la puerta de otra oficina. "Bishop es muy dulce. Si llegas tarde, te dejará entrar. Pero ten cuidado. No queremos que la despidan. Vamos. Iremos abajo al Callejón de las Neófitas, o al Calabozo, como yo lo llamo."

El corredor bullía de estudiantes nuevas que buscaban orientación.

"Estarás aquí abajo en la penumbra seis meses, con una compañera de cuarto, con algo de suerte, más divertida que la mía." Fingió estremecerse.

"Quienquiera que sea, hazle un gran favor y mantén todo ordenado. Casi no hay espacio ni para cambiar de opinión en estas celdas, mucho menos de ropa." Sus zapatos hicieron un chirrido al detenerse. "Aquí es donde te dejo tirada. ¡Este humilde alojamiento ahora es tu nuevo hogar! ¡Disfrútalo!" Agitó la mano para despedirse alegremente.

Hildie miró una habitación con dos camas angostas y dos tocadores pequeños.

"Ah, antes de que lo olvide, el cuarto más importante del edificio, el baño comunitario, está por el pasillo a la derecha, y a la izquierda, más adelante, la diminuta cocinita que tendrás que compartir con veinte compañeras de clase. Claro, habrá menos a fin de mes."

Con ese estímulo, Boots miró su reloj de bolsillo y gritó agudamente. "¡Santo cielo! ¡Tengo que correr! ¡Trabajo en quince minutos! Doctor apuesto." Movió las cejas de arriba abajo. "¡Hasta luego!" Corrió hacia las escaleras. Sus zapatos volvieron a chirriar. "¡Avísame si tienes alguna pregunta o problema!" Su voz hizo eco en el corredor. Las chicas sacaron la cabeza de sus puertas para ver quién hacía tanto ruido, pero Boots ya había subido las escaleras saltando.

Riéndose en voz baja, Hildemara entró a su nuevo hogar. No era más pequeño que el dormitorio que había compartido con Cloe y Rikka. Y allí tendría solamente una compañera de cuarto.

Sonriendo, desempacó su vestido azul con puños blancos, zapatos, bolso y cinturón rojos y los puso en la gaveta de abajo del tocador. Puso otros dos vestidos en la segunda gaveta, junto con la ropa interior. Desdobló la ropa que la señora Kaufman le había entregado y admiró el vestido de rayas blancas y azules con mangas abombadas. Entre los pliegues había un par de puños removibles y un cuello, almidonados hasta quedar duros. Un delantal largo y blanco, medias blancas largas de seda, y zapatos blancos de tacón bajo y suela gruesa completaban el conjunto. Hildie pasó sus manos por las prendas, con el corazón hinchado de orgullo. No había cofia de enfermera, todavía no. Tendría que ganársela. Pero aun así, no aguantaba las ganas de usar el uniforme el día siguiente, para su primera clase de orientación.

Keely Sullivan, una chica pelirroja y pecosa de Nevada, entró una hora después y desempacó sus cosas. Durante las siguientes horas, Hildie conoció a Tillie Rapp, a Charmain Fortier, a Agatha Martin y a Carol

Waller. Todas se metieron a la habitación para compartir cómo y por qué habían decidido llegar a ser estudiantes de enfermería. Tillie, al igual que Hildemara, había soñado con ser la próxima Florence Nightingale, en tanto que Agatha quería casarse con un médico adinerado.

—Puedes quedarte con los médicos —dijo Charmain, apoyada en el marco de la puerta y con los brazos cruzados—. Mi padre es médico. A mí denme un agricultor. ¡Los agricultores se quedan en casa!

—¡Los agricultores son aburridos!

—¿Cómo? —Hildemara fingió estar ofendida—. Mi hermano es agricultor; un metro noventa; rubio; ojos azules; estrella de fútbol, básquetbol y béisbol de nuestra escuela. Está en su último año de la universidad ahora.

A Charmain le brillaron los ojos.

—¿Cuándo puedo conocerlo?

—Tal vez te lleve a su boda. Se casará con mi mejor amiga.

Todas se rieron. Hablaron durante la cena en la cafetería y siguieron hablando mucho después de que había oscurecido, demasiado emocionadas como para irse a la cama.

"¡Apaguen las luces, señoritas!" gritó Bishop desde el extremo del pasillo. "¡Mañana tendrán que levantarse temprano!"

Un poco después de la medianoche, la última chica salió de la habitación de Hildemara y Keely. Hildemara se puso las manos detrás de la cabeza y sonrió en la oscuridad. Por primera vez en su vida, se sentía completa y absolutamente en casa.

❄ ❄ ❄

Todo transcurrió rápidamente durante los primeros meses. Hildie se levantaba a las cinco de la mañana y hacía fila para la ducha y para poder usar el espejo o el lavabo. Tenía que estar en el hospital a las seis y media, lista para inspección de uniformes a las siete. Después de eso, ayudaba a llevar bandejas de desayuno a los pacientes y aprendía cómo hacer una cama apropiadamente: con las sábanas dobladas en ángulos rectos y colocadas lo suficientemente estiradas como para hacer rebotar una moneda.

Hildemara y las demás seguían a la Generala como patitos por los corredores del hospital, y se detenían cuando ella presentaba a "nuestras neófitas" a los pacientes y luego demostraba diversas habilidades que tenían que aprender durante las próximas semanas: tomar y registrar temperaturas y frecuencia del pulso, cambio de vendas, hacer baños y masajes. Hildemara vio por primera vez a un hombre desnudo y sintió calor en la cara. La señora Kaufman se le acercó a Hildie cuando salía en fila con las otras enfermeras estudiantes. "Pronto superará la vergüenza por cualquier cosa, señorita Waltert."

Alrededor del fin de semana, Hildemara recibió su asignación de pabellón y se reportó con la enfermera que continuaría su entrenamiento y escribiría un reporte diario para la señora Kaufman. Cuando sentía que había forjado alguna clase de armonía con alguna enfermera, Hildie se encontraba con que había sido reasignada a otra.

Después del almuerzo en la cafetería, Hildemara asistía a clases que impartían la Generala o diversos médicos: ética, anatomía y bacteriología para empezar, e historia de la enfermería, farmacia y dietética después. Sentía el cálido aliento de la Generala en el cuello frecuentemente y temía que la eliminaran.

"Por algo se le llama el Mes del Infierno." Boots levantó su pocillo de chocolate caliente en señal de saludo. "Felicitaciones por lograrlo." Aunque se dirigían las unas a las otras de manera apropiada durante las horas de trabajo y en clase, Boots era Boots en cualquier otra parte. Ponía apodos a todas. Tillie se convirtió en Hoyuelos; Charmain era Betty Boop; Keely llegó a ser la Colorada. Agatha, con sus impresionantes senos, se convirtió en Palomita. A Hildie le puso el apodo de Flo, por Florence Nightingale.

Los días no se pusieron más fáciles, pero Hildemara encajó en la rutina: levantarse antes del amanecer, ducharse, vestirse, desayunar, cantos y oraciones en la capilla del salón de recreo, inspección de uniforme, cuatro horas de trabajo en el pabellón, media hora de descanso para el almuerzo en la cafetería —a veces todo el tiempo parada haciendo cola, lo cual significaba quedarse con hambre—, cuatro horas más de trabajo, a la ducha y lavarse el cabello para desinfectarse antes de la cena, clases hasta las nueve, estudiar hasta las once, caer en la cama a tiempo para el "¡Apaguen las luces, señoritas!" de Bishop.

Oraba constantemente. *Dios, ayúdame en esto. Dios, no permitas que me sonroje ni que avergüence a este joven mientras lo baño con la esponja. Dios, ayúdame a pasar esta prueba. Dios, ¡no permitas que me eliminen!*

Preferiría matarme que irme a casa con la cola entre las piernas y con mis sueños despedazados! ¡Por favor, por favor, Señor, ayúdame!

"¡Señorita Sullivan!" La voz de la Generala resonó desde el pasillo. "¿A dónde cree que va a estas horas de la noche?"

Una respuesta apagada. Hildemara apenas había levantado la vista de su libro mientras Keely se engalanaba para una cita con algún joven practicante de medicina.

"¡Las neófitas no tienen citas, señorita Sullivan! Saque de su mente a los hombres y ponga la enfermería." Otro murmullo de Keely. "¡No me importa si tiene una cita con el apóstol Pablo! Si sale de esta residencia sin permiso, llévese sus cosas porque no se le permitirá regresar. ¿Me escucha?"

Todas en el Callejón de las Neófitas escucharon a la Generala.

Keely volvió a la habitación, cerró la puerta de un golpe y se metió a la cama llorando.

—Estoy harta de su fisgoneo. Tenía una cita con Atwood esta noche.

—¿Atwood?

—Es aquel interno apuesto del pabellón de obstetricia, por el que todas morimos. Bueno, todas menos tú, supongo. ¡Va a pensar que lo dejé plantado!

—Explícaselo mañana. —Demasiado cansada como para que le importara, Hildemara puso su libro en el tocador, se dio vuelta y se quedó dormida, soñando con suturas, bisturíes, instrumentos y un médico molesto, de pie frente a un paciente anestesiado y que le gritaba: "¡Ni siquiera lo han afeitado!"

Cada momento que pasaba despierta, trabajaba y revisaba los detalles de cómo hacer irrigaciones de garganta, enemas de bario, goteos de Murphy y reportes concisos y aceptables. Boots la llamaba bestia de carga. "Te ves pálida, Flo. ¿Qué te dije de ponerles un poco de carne a tus huesos? Tómate las cosas con más calma o te enfermarás." Puso un brazo sobre los hombros de Hildie mientras se dirigían al hospital.

❄ ❄ ❄

"Señorita Waltert," le dijo la Generala en voz baja al oído. Hildemara levantó la cabeza bruscamente y el calor inundó su cara, pero nadie se rió. Todas estaban sentadas en algún estado de agotamiento, tratando de mantener los ojos abiertos y de escuchar la clase de historia de la medicina del doctor Herod Bria. Su voz monótona ronroneaba sin parar. Hildie le echó una ojeada disimuladamente a su reloj de bolsillo y gruñó por dentro. Nueve y cuarto. El viejo Bria tenía que haber terminado su clase torturadora y errante hacía quince minutos y todavía seguía, con un montón de notas sobre las que todavía pretendía discursar.

Un suave quejido se oyó detrás de ella cuando la Generala pellizcó a Keely. El sonido hizo que el doctor Bria mirara el reloj de la pared en lugar de su montículo de notas. "Eso es todo por esta noche, señoritas. Mis disculpas por pasarme de tiempo. Gracias por su atención."

Todas corrieron a la puerta y se amontonaron para salir. Boots, una lechuza nocturna, estaba esperando en la habitación de Hildemara para ver cómo había transcurrido su día. Hildie suspiró y le dio un codazo para poder tirarse en su cama.

—Y pensar que me encantaba la historia de la enfermería.

Keely tomó su pasta y su cepillo de dientes.

—¡A ese viejo tío le encanta oírse hablar! —Desapareció por la puerta.

Boots le dedicó a Hildie una sonrisa felina y ronroneó.

—Tal vez nuestro querido doctor Bria necesita una lección de puntualidad.

La noche siguiente, mientras Hildemara luchaba por estar despierta y atenta, el doctor Bria habló hasta que una alarma se activó tan fuertemente que todas las estudiantes saltaron en sus asientos. El timbre que sonaba a lata siguió tintineando cuando la Generala cruzó el salón a zancadas, jaló la sábana que cubría a John Bones, el esqueleto humano colgante, y trató de sacar el reloj de su pelvis. Los huesos tableteaban y traqueteaban mientras el esqueleto bailaba.

Las bocas se retorcieron y los músculos dolían por el control, pero nadie se rió cuando la Generala levantó el reloj y gruñó: "¿Quién hizo esto?" Todas miraron a su alrededor y sacudieron sus cabezas. La Generala pasó por una fila y luego por la otra, examinando cada cara y buscando señales de culpabilidad.

—Le pido disculpas, doctor Bria. Qué descortesía . . .

—Está bien, señora Kaufman. Sí son las nueve en punto.

La señora Kaufman despidió a la clase y se paró en la puerta, estudiando a cada chica cuando pasaba. Hildie se apresuró a bajar y corrió por el Callejón de las Neófitas, con sus zapatos de suela de hule que rechinaron cuando se detuvo en su puerta.

Boots estaba reclinada en su cama.

—Ah. La clase terminó a tiempo esta noche. —Se rió.

—*Tú* lo hiciste.

Miró a Hildie con una expresión de sorpresa exagerada.

—¿Haría yo algo así?

Hildemara cerró la puerta rápidamente antes de reírse.

—No conozco aquí a nadie más que podría hacer una broma como esa.

Keely entró y cerró la puerta rápidamente.

—*Shhhh.* La Generala está parada al pie de las escaleras.

Boots suspiró.

—Caramba, estoy en un lío.

Se sorprendieron al escuchar unas carcajadas. Se desvanecieron rápidamente, como si alguien se dirigiera arriba corriendo.

"Bueno, ¡quién lo hubiera dicho!" dijo Boots arrastrando la voz. "Y yo pensaba que la cara de la Generala se agrietaría si alguna vez se reía."

❄ ❄ ❄

"Es bueno tener compasión, señorita Waltert, pero debe mantener un desapego profesional." La señora Standish estaba parada fuera de la habitación cerrada de un paciente. "De lo contrario, no resistirá." Le dio un apretón al brazo de Hildie y se fue.

Hasta Boots le advirtió que no se apegara tanto.

"Algunos morirán, Flo, y si te encariñas mucho, te romperás el corazón una y otra vez. No puedes ser una buena enfermera de esa manera, cariño."

Hildemara trataba de mantener distancia, pero sabía que sus pacientes tenían otras necesidades además de las físicas, especialmente los que habían estado en el hospital por más de una semana y no tenían visitas. Sentía la furiosa mirada del señor Franklin cuando cambiaba sus sábanas sucias.

—¡Buena manera de tratar a un anciano! Llénalo de aceite de ricino y luego enciérralo.

—Si no lo hago su tubería quedará obstruida.

Sorpresivamente, se rió.

—Bueno, desde mi perspectiva, usted tiene la peor parte de este trato.

Boots trabajó con ella en un pabellón. "Examina al señor Howard del 2B, Flo. Siempre se quita las vendas." De allí, Boots la envió a revisar los signos vitales del señor Littlefield. "Anímalo. Se resiste a mejorar."

Cuando Hildie se presentó al trabajo a la mañana siguiente, Boots le dijo que tenía que reportarse con el paciente de una habitación privada.

—Ha estado aquí una semana. Otra cara podría animarlo.

—¿Cuál es su historia?

—Es un médico y no le gustan las reglas del hospital.

Hildie se quedó con la boca abierta cuando encontró a su paciente de pie, totalmente desnudo frente a la ventana, refunfuñando y maldiciendo, mientras trataba de abrirla.

—¿Puedo ayudarlo, doctor Turner?

—¿Qué tiene que hacer un hombre aquí para recibir un poco de aire?

—La enfermera abre la ventana tan pronto como el paciente vuelva a la cama. —Se paró a su lado y logró de abrir la ventana unos cuantos centímetros—. ¿Mejor?

Después de examinar sus signos vitales y de escribir en su historia clínica, salió a buscar la bandeja de su almuerzo.

—¡Pan de carne! —Refunfuñó en voz alta—. ¡Qué no haría por un filete de carne y papas!

Cuando ella volvió por la bandeja, encontró cáscaras de maní por todo el piso y una bolsa medio llena en su mesilla. Las barrió mientras él dormía la siesta.

A la mañana siguiente, lo bañó en la cama y cambió las sábanas. Él se aferró a la baranda.

—¿Está tratando de hacer que caiga de cabeza?

—Lo estoy pensando.

Se rió con ironía.

—Voy a ser más colaborador mañana.

Y lo fue. Se sentó vestido con su ligera bata de hospital, con su tobillo sobre la rodilla, mientras Hildie quitaba la ropa de cama rápidamente.

—¿Qué está pasando, señorita Waltert? —La Generala estaba parada en la puerta. Los pies del doctor Turner estaban en el suelo—. ¿Así es como hace una cama? ¿Con un pobre paciente enfermo, sentado en una corriente de aire?

—Así lo quería él, señora.

—Pues él no puede opinar aquí. No queremos que le dé una neumonía ahora, doctor Turner, ¿verdad? ¡Vuelva a la cama! —Miró encolerizada a Hildie cuando salió por la puerta—. Volveré en unos minutos para inspeccionar.

Hildemara hizo rodar al doctor Turner de un lado al otro mientras jalaba las sábanas para dejarlas tensas y las metió firmemente. Cuando la señora Kaufman volvió, el doctor Turner estaba acostado boca arriba, con las manos juntas en su pecho, como un cadáver en un féretro, y un resplandor muy vívido en sus ojos, que cerró cuando la Generala se acercó.

"Muy bien, señorita Waltert. Buenos días, doctor Turner." Cuando se alejó de la habitación, Hildie volvió a respirar.

—Revisa el pasillo —susurró el doctor Turner—. Avísame cuando se haya ido.

Al mirar hacia afuera, Hildie vio a la Generala caminar por el pasillo, detenerse brevemente en la estación de enfermeras y dirigirse a las escaleras.

—Ya se fue. —Escuchó un potente ruido y se volteó—. ¿Qué está haciendo?

El doctor Turner había pateado hasta que toda la ropa de cama que cuidadosamente había metido se había zafado.

—Ahhh. Muchísimo mejor. —Le sonrió.

Quería asfixiarlo con la almohada o golpearlo en la cabeza con la bolsa de maníes que alguien había entrado clandestinamente.

—¡Deberían tener un pabellón especial para médicos! ¡Y esposarlos! —Lo escuchó reírse al caminar por el pasillo.

"El Doc ya se fue. Ahora puedes ocuparte de la señorita Fullbright. Está en el pasillo a la izquierda." Otra paciente de habitación privada que no parecía estar enferma en absoluto. Hildemara le llevaba las bandejas de comida y echaba agua en una bañera. La señorita Fullbright se tomaba su tiempo y se bañaba sola cada mañana, mientras Hildie hacía la cama con ropa limpia. La mujer leía incesantemente, mientras un radio transmitía música clásica en su mesa de noche. La única medicina que se le administraba era una aspirina al día, una dosis infantil.

Al quinto día, Hildie la encontró vestida y haciendo su maleta.

—Me alegra mucho que sus exámenes salieran bien, señorita Fullbright.

—¿Exámenes? —Se rió—. Ah, eso. —Dobló una bata de vestir de seda y la metió en la maleta—. Es una rutina, ninguna enfermedad verdadera. Estoy tan fuerte como un caballo. —Se rió suavemente—. No te sorprendas tanto. También soy enfermera. De hecho, jefa de enfermeras. No en este hospital, por supuesto. No tendría privacidad en absoluto. —Le entregó a Hildie tres novelas—. Puedes ponerlas en la biblioteca de las enfermeras. Ya las terminé. —Sonrió—. Es simple, señorita Waltert: trabajo duro todo el año, supervisando a un grupo de estudiantes de enfermería como ustedes. Tengo que alejarme y tomar unas cortas vacaciones de vez en cuando. Así que cada cierto tiempo, llamo a mi amiga y me interno por una semana, tengo un chequeo de rutina y descanso bien, con servicio en la habitación mientras lo hago.

¿Servicio de habitación? Hildie pensó en el comentario de Mamá de que las enfermeras no eran más que criadas.

—Ninguno de mis amigos sabe dónde estoy y puedo leer por placer. —Cerró su maleta.

—No olvide su radio.

—Es de mi amiga. Ella la recogerá más tarde. —La señorita Fulbright levantó su maleta de la cama y la sostuvo fácilmente a su lado—. Fue muy eficiente, señorita Waltert. Henny quedará complacida con mi reporte.

—¿Henny?

—Heneka y yo nos conocemos desde hace mucho tiempo. —Se inclinó para acercarse y susurró—. Creo que usted y las demás neófitas la llaman la Generala. —Riéndose, salió por la puerta.

1936

El período de prueba de seis meses fue agotador y angustiante. A Keely Sullivan la eliminaron cuando la señora Kaufman la sorprendió escabulléndose para otra cita. Charmain Fortier descubrió que no podía soportar ver sangre. Tillie Rapp decidió volver a casa y casarse con su novio. Cuando se realizó la ceremonia de imposición de cofias, solamente quince quedaban de las veintidós que habían llegado con tantas esperanzas. La señora Kaufman informó a Hildemara que encabezaría el desfile como la Dama de la Lámpara, Florence Nightingale, la madre de la enfermería.

"¡Sabía que tú lo harías, Flo!" Boots ajustó la cofia blanca en la cabeza de Hildie y la ayudó a ponerse la ambicionada capa azul marino, forrada de rojo, con la insignia SMH en el cuello mandarín. "¡Estoy orgullosa de ti!" Le dio un beso en la mejilla. "Mantén la lámpara en alto."

Las demás estudiantes de enfermería tenían amigos y familiares entre la audiencia.

—¿Dónde está tu familia? —Boots miró a su alrededor—. Quiero conocer a ese hermano apuesto que tienes.

—No pudieron venir.

Todos tenían una excusa a la mano. Mamá dijo que costaría mucho dinero llevar a toda la familia en tren. Papá tenía demasiado trabajo como para dejar la granja. Mamá tenía que hacer planes otra vez para el Alboroto de Verano. Las chicas no tenían ganas y Bernie y Elizabeth estaban haciendo planes para su boda. Esta ceremonia no era como una graduación, ¿verdad? Solamente el final del tiempo de prueba, ¿no? Nada de importancia, para ellos, en todo caso.

Cloe escribió.

La familia quiere saber cuándo vendrás a casa. Te extrañamos. No te hemos visto desde Navidad.

Hildemara respondió.

Nadie me extrañó tanto como para venir a mi imposición de cofia. . . .

Papá escribió una nota corta.

Tus palabras hieren, Hildemara. ¿Realmente nos juzgas tan cruelmente? Mamá trabaja duro y yo no puedo irme de la granja. Ven cuando puedas. Te extrañamos.

Con amor, Papá

Impulsada por un sentimiento de culpa, Hildemara finalmente fue a casa por un fin de semana. La última persona que esperaba encontrar en la estación de bus en Murietta era a Mamá. Cerró un libro bruscamente y se puso de pie cuando Hildie bajó las escaleras.

—Vaya, aquí está la gran Dama de la Lámpara.

¿Estaba Mamá siendo despectiva o condescendiente?

—Fue un honor, Mamá, por ser la mejor de mi clase. —Hildie cargó su maleta hasta el auto. Tiró la maleta en el asiento trasero y se subió al frente, apretando los dientes y jurándose que no diría otra palabra. El dolor y el enojo hervían dentro de ella, y amenazaban con derramarse y echar a perder el corto tiempo que tenía para visitar.

Mamá se subió al automóvil, lo encendió y no dijo nada en el camino a casa. Cuando cruzaron la entrada, Hildie rompió el silencio. "Veo que tienen un tractor nuevo." Mamá estacionó el automóvil. La única señal de que había oído a Hildie fue la tensión en los músculos de su mandíbula. Hildie bajó, agarró su maleta y cerró la puerta de un golpe. Mientras se dirigía hacia la puerta de atrás, observó otras cosas que nunca antes había visto. La casa necesitaba pintura. La rotura de la puerta de mosquitero se había agrandado y dejaba entrar moscas. El techo que cubría el dormitorio del porche estaba remendado.

Cloe abrió la puerta ampliamente y salió corriendo.

—¡Espera a ver nuestro dormitorio! —La litera había sido reemplazada por dos camas individuales, cubiertas con edredones coloridos, con un tocador empotrado de cuatro gavetas entre ellas. En él había una brillante lámpara de bronce de queroseno. Hildie se había acostumbrado tanto a las luces eléctricas que había olvidado que el porche nunca había tenido alumbrado—. ¿Qué te parece? ¿No es grandioso?

Después de vivir en el ambiente inmaculado de *Farrelly Hall* y en los corredores pulidos del hospital, Hildemara observó las paredes sin pintura y sin revoque, la madera mugrienta, el piso arenoso. Trató de decir algo.

—¿Quién hizo los edredones?

—Yo. Mamá compró la tela, por supuesto.

—Claro. —Entonces Hildie se dio cuenta. No había lugar para ella—. ¿Dónde voy a dormir?

—En el sofá de la sala de estar. —Mamá pasó enfrente de ella. Se detuvo en la puerta de la cocina—. La vida no se detiene, sabes. Ahora que tienes tu propia vida, no hay razón para que no podamos extendernos un poco y disfrutar el espacio adicional, ¿verdad? No hay ley que evite que tus hermanas estén tan cómodas como tú en aquel gran edificio de ladrillo del que nos escribiste. —La puerta golpeó cuando salió.

Hildemara deseaba haberse quedado en Oakland. Mamá había logrado hacerla sentir pequeña y mezquina.

—Está lindo, Cloe. —Se tragó las lágrimas—. Hiciste un bonito trabajo con esos edredones. —A diferencia del viejo que Hildemara usaba, estos cubrían toda la cama. Cloe y Rikki no tendrían que encogerse para mantener el calor en los pies—. ¿Dónde está Papá?

—Está ayudando a los chicos Musashi. Su bomba se descompuso otra vez.

Hildie se armó de valor y entró a la sala de estar y se sentó en el viejo sofá lleno de protuberancias. Todo se veía igual, pero ella lo miraba con sus ojos de la clase de bacteriología. En todas partes, Hildie veía lugares donde podrían florecer colonias: una mancha de comida en el sofá; carpintería con raspaduras; huellas de impurezas de arena que venían desde el campo y el establo, sin duda llenas de estiércol; el linóleo despegado en una esquina de la cocina; pilas de periódicos; las cortinas de la cocina salpicadas y blanqueadas por el sol; el gato durmiendo en medio de la mesa de la cocina, donde todos comían.

Si algo había aprendido Hildie en los últimos meses, era lo que la gente no sabía que podía hacerles daño.

Papá entró por la puerta de enfrente.

—Vi que llegó Mamá. —Hildie corrió hacia él y lo abrazó fuertemente—. Hildemara Rose. —Su voz sonaba áspera por la emoción—. Toda una adulta. —Olía a estiércol de caballo, grasa de motor, polvo y a un sudor saludable. Hildie lloró por el placer de ver su cara sonriente—. Tengo que volver al trabajo, pero quería darte la bienvenida a casa.

—Voy contigo. —Hildie lo siguió al otro lado de la calle y agitó la mano para saludar a las chicas Musashi que trabajaban en el campo. Mientras Papá trabajaba con la bomba, ella le habló de sus clases, los pacientes, los médicos y de las chicas.

Se rió por la broma que Boots hizo con John Bones.

—Parece que eres feliz, Hildemara.

—Más feliz que nunca, Papá. Estoy donde Dios me quiere.

—Dentro de poco terminaré. ¿Por qué no vas a ayudar a tu madre?

Mamá rechazó su oferta. "Deja que yo lo haga. Puedo hacer las cosas mucho más rápido."

Cloe tenía que estudiar. Rikki se había ido a algún lado a hacer otro dibujo. Bernie estaba en el pueblo con Elizabeth. Hildie se sentó en el sofá y leyó una de las viejas revistas de películas que Cloe coleccionaba. Habían cortado varias páginas. Hildie la puso un lado y miró otra. Lo mismo. Recogió las viejas revistas y las llevó al montón para quemar en el hoyo que Bernie había construido el año pasado. Los gatos vagaban por todos lados. ¿Todavía vivirían de los ratones del establo? ¿O los alimentaba Mamá con la leche que sobraba, de la vaca que había agregado al zoológico?

Hildie volvió a entrar para escapar del calor. Extrañaba el aire fresco del océano que soplaba por la Bahía de San Francisco. Se sentía incómoda, sentada en la sala mientras Mamá trabajaba en la cocina, con la espalda rígida y las manos que volaban en sus tareas. Hildie no sabía qué decir. El silencio y la inactividad le crisparon los nervios.

—Puedo poner la mesa, ¿verdad?

—¡Por favor!

Hildie abrió el gabinete y sacó los platos planos.

—Este plato debería descartarse.

—¿Por qué? ¿Qué tiene de malo?

—Tiene una rajadura.

—¿Y qué?

—Las rajaduras son campos de reproducción para los gérmenes, Mamá.

—Devuélvelo al gabinete si no es lo suficientemente bueno para ti.

Enojada, Hildie sacó el plato por la puerta de atrás y lo tiró en el hoyo de basura.

Cuando volvió a enterar, Mamá la miró enfurecida.

—¿Estás satisfecha ahora, Hildemara?

—Por lo menos nadie se enfermará.

—¡Hemos estado comiendo en ese plato por diez años y nadie se ha enfermado hasta ahora!

Bernie llegó a casa y abrazó a Hildemara.

—No me quedaré a cenar, Mamá. Voy a llevar a Elizabeth al cine. —Se inclinó hacia Hildie—. ¿Quieres venir con nosotros?

Se sintió extremadamente tentada.

—Solamente estaré aquí un par de días, Bernie. Me gustaría pasarlo con la familia. Saluda a Elizabeth de mi parte. Tal vez la próxima vez.

Todos hablaron durante la cena, excepto Mamá. Cloe habló lo suficiente por dos personas y Rikki quería saber acerca del entrenamiento para enfermeras. Hildie les habló de la imposición de cofias y de su nuevo uniforme. No dijo nada de ser la Dama de la Lámpara o de ser la mejor de la clase. Esperaba que Mamá dijera algo, pero no lo hizo.

Se quedó despierta la mayor parte de la noche, mirando al cielo raso. Cuando finalmente cayó rendida, Mamá entró a la cocina y encendió una lámpara, manteniendo la mecha corta mientras se movía de puntillas para llenar la cafetera, hacer panecillos y batir huevos. Papá entró jalándose los tirantes. Susurraban en alemán. Hildemara mantuvo los ojos cerrados, fingiendo estar dormida. Tan pronto como terminaron de preparar el desayuno, salieron a hacer tareas. Era bueno que Mamá dejara que Cloe y Rikka durmieran más. Hildie nunca había disfrutado de ese privilegio.

Hildie se puso la ropa e hizo el fuego en la estufa de leña y llenó una gran olla con agua. Se comió un panecillo y bebió café mientras esperaba que el agua hirviera. Llenó una cubeta con agua caliente, tomó una barra de jabón y un paño, se puso de rodillas y comenzó a frotar el linóleo.

—¿Qué estás haciendo? —Mamá se paró detrás de ella, con una cubeta de leche en su mano.

—Ayudando, espero. —Hildie retorcía el paño del que salía agua parduzca. Tendría que fregar una semana para que ese piso quedara limpio. Se estremecía al pensar cuántos gérmenes habrían quedado en las huellas de las botas de trabajo de Papá.

Mamá derramó leche al poner violentamente la cubeta en la mesa.

—¡Pasamos dos días limpiando esta casa para tu visita! ¡Siento mucho que no esté lo suficientemente bien para ti!

Hildie no sabía si disculparse o agradecerle y resolvió que nada de eso ayudaría.

—¿Es esto lo que aprendes en el entrenamiento de enfermeras? ¿A fregar pisos?

Dolida por el desprecio de Mamá, Hildie se sentó en sus talones.

—Y cuñas, Mamá. No te olvides de eso.

—¡Levántate!

Hildie se levantó, tomó la cubeta de agua sucia y salió por la puerta de atrás. Cerró la puerta de mosquitero de un golpe y echó el agua sobre el cantero de flores de Mamá. Lanzó la cubeta a un lado y se fue a caminar; dio un largo paseo por *Grand Junction*, donde se sentó a ver el fascinante fluir del agua. ¿Cómo era posible amar a Mamá y odiarla al mismo tiempo?

Cuando volvió, la casa estaba vacía. Encontró a Papá en el establo, afilando un azadón. El ruido del metal sobre la piedra coincidía con los sentimientos de Hildie. Cuando la vio, se detuvo.

—No fuiste al cine con Mamá y las chicas.

—No me invitaron.

Sacudió la cabeza y puso el azadón a un lado.

—Querían que fueras.

—¿Y cómo podía saberlo, Papá?

Él frunció el ceño.

—Siento mucho que nadie fuera a tu imposición de cofia, Hildemara. Iremos a tu graduación.

El viejo Dash se levantó y ladró cuando el automóvil de Mamá giró hacia la entrada. Bernie estaba sentado detrás del volante; Cloe y Rikki daban gritos de alegría cuando entraron. Todos salieron. Incluso Mamá tenía una sonrisa en la cara, hasta que vio a Hildie sentada en un fardo de heno en el establo.

—¿A dónde te fuiste?

—A *Grand Junction*.

—Te perdiste una buena película. —Se dirigió a la casa.

—¡Habría ido si me hubieran invitado!

—Te habríamos invitado si te hubieras quedado en casa.

Papá suspiró y sacudió la cabeza.

Hildemara se dirigió a la casa. Había ordenado el dormitorio de Cloe y Rikka antes. Cuando Hildie entró por la puerta de atrás, levantó el dobladillo de uno de los edredones.

—Hice la cama con ángulos rectos. Así es como las hacemos en el hospital. De esta manera todo queda metido. Se ve bonito y ordenado, ¿verdad?

Rikki se lanzó a su cama y se relajó con los brazos detrás de la cabeza.

—Mamá cree que ahora estás demasiado altanera para nosotros.

—¿Es eso lo que dijo?

—Dijo que no quisiste poner un plato rajado en la mesa. Dijo que tiraste uno de sus platos más bonitos solamente porque no creías que fuera lo suficientemente bueno para que comieras en él.

—No me gustaría que nadie de la familia comiera en un plato rajado. Las rajaduras son campos de reproducción de gérmenes.

—¿Y qué son gérmenes, pues?

—Son organismos vivos, tan pequeños que no puedes verlos, pero son lo suficientemente grandes como para dejarte muy, pero muy enferma. He visto pacientes sufrir con diarrea, vómitos, fiebre y escalofríos. . . .

—¡Cállate! —dijo Cloe entre dientes—. Ya heriste los sentimientos de Mamá lo suficiente.

—¿Y no se le ocurre a nadie que mis sentimientos pudieron herirse cuando nadie se molestó en ir a mi imposición de cofias?

—¡No era una graduación!

—Era importante para mí.

—Desde que llegaste a casa no has hecho más que criticar.

—¿De qué estás hablando, Cloe?

—Anoche, en la cena, ¡criticaste la manera en que Mamá hace las conservas!

Se estaba formando moho en la parte de arriba de la jalea de membrillo. Como Hildie no la tocó, Mamá quiso saber por qué ya no era su favorita. Hildie se lo dijo. Mamá le quitó el moho y la dejó caer en la mesa. "Bueno. ¿Qué te parece ahora, señorita Nightingale?"

Hildie quiso explicar.

—Ustedes nunca han visto gente enferma por intoxicación de comida.

Cloe la miró con furia.

—¡Como si la cocina de Mamá enfermaría a alguien!

Mamá apareció en la puerta.

—¿Qué están discutiendo ustedes dos?

—Nada —dijeron Hildie y Cloe al unísono.

—Bueno, ¡guárdense el *nada* para ustedes! —Miró enojada a Hildemara y salió por la puerta de atrás con un cesto de ropa sucia. Hildemara sabía que lo había oído todo.

Hildie casi no habló el resto del tiempo en casa. Fue a la iglesia con la familia y se sentó con Elizabeth y Bernie. Caminó a casa con Papá.

—Parece que tienes mucho en tu mente, Hildemara.

—Demasiado para hablar.

—Sé cómo es eso.

Mamá llevó a Hildemara a la estación de buses. Hildie se sentía inquieta y culpable. —Lo siento, Mamá. No era mi intención insultar tu cocina, ni tu manera de cuidar la casa, ni . . .

—Lo siento; lo siento; lo siento. —Mamá puso el pie más fuerte en el acelerador.

Hildemara casi repitió que lo sentía, pero se mordió el labio. —Es difícil romper con los viejos hábitos.

Mamá dejó de presionar el acelerador.

—El mundo es sucio, Hildemara Rose. Nunca será tan limpio y

prolijo como quieres que sea. Tendrás que buscar la manera de acostumbrarte a eso.

Hildie se sentó erguida, conteniendo las lágrimas y mirando por la ventana, mientras las viñas y los huertos pasaban volando. Estaba sentada a medio metro de distancia de su madre y sentía que había millones de kilómetros entre las dos.

Mamá aparcó detrás de la estación de buses. Mantuvo sus manos en el volante, con el motor del automóvil regulando.

—¿Vendrás a casa para Semana Santa?

—¿Te gustaría que viniera?

—¿Qué crees?

Hildie pensó que a Mamá le gustaría mucho más que se quedara en Oakland.

_30_

AHORA QUE EL tiempo de prueba había terminado, Hildemara se había trasladado arriba, a los reinos más elevados de la residencia de las estudiantes. Su nuevo alojamiento consistía en dos habitaciones, que alojaban a cuatro alumnas cada una, y que estaban separadas por un baño con un inodoro, un lavabo y una bañera. "¡El paraíso!" Casi ni tuvo tiempo para conocer a sus nuevas compañeras de cuarto. Otra se fue al cabo de un mes; empacó y desapareció silenciosamente después de un turno de la noche.

Las semanas pasaban como una ráfaga de turnos de ocho horas de trabajo, conferencias de médicos, clases y exámenes. Cuando Hildie se presentó con la garganta irritada, la señora Kaufman la internó en el hospital para una cirugía de amígdalas. Le dio a Hildie la excusa que necesitaba para no ir a casa en Semana Santa.

Cuando ya estaba recuperada, se le asignó trabajar con la señora Jones, en el pabellón general. "Es una guerrera," le dijo Boots. "Vieja como Matusalén. Estuvo en la Gran Guerra y probablemente sabe más de medicina que la mitad de los médicos de este hospital, pero te advierto: Jones espera que estés ocupada todo el tiempo. Cuando termines tus tareas, busca algo que hacer o te desollará, te ensartará en el espetón, te asará y te comerá viva en el desayuno. O en el almuerzo. ¡El que sea primero!"

Hildie encontraba espaldas para frotar, almohadas para suavizar, cuñas para fregar, armarios para limpiar y gabinetes de ropa de cama para ordenar.

Llegó un paciente nuevo y presionó su timbre a los pocos minutos. Hildie llegó corriendo. Agitaba su mano frenéticamente. "Un recipiente." Ella se lo sostuvo mientras tosía violentamente, hacía arcadas y escupía. Colapsó en la cama. "Estoy tan cansado de esta tos." Respiraba con dificultad y tenía la cara pálida. Hildie hizo una anotación en el cuadro del señor Douglas.

Otro paciente hizo sonar el timbre e Hildemara lo ayudó con una cuña. Cuando la llevaba al cuarto de servicio, apareció Jones.

—Déjame ver eso. —Impresionada, Hildemara le entregó la cuña, preguntándose por qué alguien querría ver una suciedad tan viscosa. Como si eso no fuera suficiente sorpresa, Jones la levantó y la olió—. Me huele a tifoidea. —Se veía sombría—. Enviaremos una muestra de esto al laboratorio.

—¿No tenemos que tener la orden de un médico?

—Ahora está lejos, ¿verdad? Yo llenaré el formulario del laboratorio. La entregaremos antes de que pueda quejarse. —Ella misma llevó la muestra.

El médico entró furioso al pabellón y preguntó quién se creía para llenar los formularios de laboratorio y dar órdenes. No era médica, ¿verdad? Jones esperó que su diatriba disminuyera antes de entregarle el reporte del laboratorio. La cara se le puso roja. Sin disculparse, se lo devolvió.

—Hay que ponerlo en cuarentena.

—Ya lo hicimos, doctor.

Salió furioso del pabellón.

Boots se rió cuando Hildie se lo contó. "Se ha peleado con más de un médico. No puede tolerar a los necios, no importa cuán cultos sean. Si ella ve un indicio de sangre o pus, se encarga de eso. Y gracias a Dios que lo hace. ¿Alguna vez has visto a un médico esperando para revisar una cuña? ¡Ja! ¡Ese será un gran día!"

El señor Douglas tocó el timbre otra vez a la mañana siguiente, en el momento que Hildie entró a trabajar. Encorvado, devastado por el dolor, tosía. Agotado, apenas pudo escupir en el tazón que ella estaba sosteniendo. Le frotó la espalda y le dijo unas palabras de consuelo. Jones estaba de pie en la puerta. Cuando él se dejó caer en la cama, jadeando, ella cerró la cortina alrededor de la cama. No tuvo que preguntar esta vez. Hildemara le mostró el tazón. Jones apenas lo vio.

—¿Desde cuándo tiene esta tos, señor Douglas?

—Un par de meses, creo. No puedo recordar . . . —Jadeó.

—Demasiado, se lo puedo asegurar —dijo su compañero de cuarto gruñendo—. Me mantiene despierto toda la noche tosiendo.

—Lo siento. —El señor Douglas comenzó a toser otra vez.

—¿No puede hacer algo por él? —preguntó su compañero de cuarto.

Jones hizo que Hildemara retrocediera y tomó su lugar. Puso la mano detrás de su espalda. Cuando terminó de toser, dejó que escupiera otra vez en el tazón.

—Trate de descansar. Vamos a trasladarlo a una habitación privada.

Hildemara le pasó un paño por la frente al señor Douglas, en tanto que Jones leía la historia clínica que estaba colgada al extremo de la cama. Lo puso en su lugar con una mirada furiosa. Escondió sus emociones rápidamente y dio unas palmadas en los pies al señor Douglas. Le hizo señas a Hildemara que saliera y cerró la puerta.

—Si eso es bronquitis, ¡me comeré mi cofia de enfermera!

—¿Y qué cree que tiene?

—Una tuberculosis hecha y derecha.

A la mañana siguiente, apareció otro médico, furioso e iracundo.

—Supe que puso en cuarentena a mi paciente.

—Estoy protegiendo a mis pacientes y a mis enfermeras de un contagio.

—¿Sabe leer un cuadro, señora Jones? —Se lo arrojó a la cara—. ¿Puede leer *bron-qui-tis*?

—Si el señor Douglas tiene bronquitis, nadie estaría más contenta que yo. Pero hasta que no vea los resultados de sus pruebas, tomaré precauciones.

—¡Se ha extralimitado en su autoridad y voy a hacer que la despidan!

Su bata blanca ondeó cuando se dirigió al pasillo. Jones se volteó tranquilamente hacia donde estaban Hildie y las otras dos enfermeras.

—Todas las medidas de seguridad por contagio se mantendrán hasta el momento en que el señor Douglas sea retirado de nuestro pabellón, o que se compruebe que estoy equivocada. ¿Está claro, señoritas?

—Sí, señora.

Jones siguió con sus asuntos despreocupada.

El señor Douglas desapareció del pabellón unos cuantos días después.

❄ ❄ ❄

La tensión se acumulaba y los malos genios estallaban entre las compañeras de cuarto.

—Tienes un tocador, Patrice. ¡Úsalo!

—Mi raqueta de tenis no cabe.

—¿Y cuándo tienes tiempo para jugar tenis? ¿Podrías respondérmelo?

—¡Cállense, por favor! Estoy tratando de estudiar.

—Espera a que trabajes en pediatría. Esa señorita Brown es una solterona frustrada. Nunca da tiempo libre. Seré afortunada si alguna vez tengo una cita.

Hildemara se rindió y comenzó a estudiar en la biblioteca y a dormir en el dormitorio del porche de arriba. Las enfermeras iban y venían. Frecuentemente se encontraba con Boots en la cafetería. "Cuando te gradúes, podrás mudarte. Podríamos encontrar un pequeño lugar para compartir. Algo cerca del hospital."

Boots acompañó a Hildemara al pabellón de pediatría en su primer día. "Bonito y tranquilo, ¿verdad?" Sonrió. En el corredor sólo se oía el paso suave de sus zapatos de suela de hule. Se oyó un chirrido de un carrito; se abrió una puerta; otro carrito con bandejas de desayuno; el tintineo metálico de tenedor, cuchillo y cuchara; voces silenciosas . . . todos los ruidos usuales de un hospital activo. Las puertas de la pediatría estaban justo enfrente.

Boots se rió traviesamente al empujar las puertas con sus manos. "¡Agárrate de tu cofia, Flo! ¡Estás a punto de descubrir por qué esta sección tiene más aislamiento y está hecha más a prueba de ruidos!"

Hildemara se detuvo, azotada por el sonido de niños aulladores. Los quejidos y lamentos fuertes y agudos, suaves y quejumbrosos la impactaron. Una voz lastimosa se oía por encima de las demás: "¡Mami, quiero a mi mami!" Como una onda, la palabra se desplazaba en el pasillo de una habitación a otra.

Hildemara no sabía si cubrirse la cara o los oídos.

—No sé si puedo hacer esto, Boots.

Boots hizo una mueca.

—Sé que es difícil, Flo, pero todavía no has estado en el pabellón de enfermos terminales. Yo también lloré. Te acostumbrarás. Sécate las lágrimas, cariño. Vuelve a sonreír y ponte a trabajar. Ellos te necesitan. Te veré más tarde en la cafetería.

La señorita Brown reunió a las enfermeras, presentó a Hildemara y después las llevó de un paciente a otro, haciendo la ronda. La señorita Brown, antes de hablar con cada paciente, explicaba cada diagnóstico, tratamiento y entorno familiar. Hildemara se acongojaba al ver tantos pacientes pequeños, algunos en el pabellón de amígdalas, otros en el grupo de cirugía. Examinó una apendicectomía, una reparación de hernia y cirugía plástica de paladares hendidos. Un niño tenía un problema de alimentación, otro neumonía, otro gripe y siguió con los casos crónicos con secuelas de polio, distrofia y desnutrición, hasta la habitación de prematuros, bebés que necesitaban la atención más cuidadosa y especializada. En medio de todo el sufrimiento, la señorita Brown sonreía. Habló con cada uno de sus pacientes y conocía la historia de cada uno. Dio unas palmaditas a un trasero por aquí y frotó una frente por allá. Tomó las manos extendidas, apretó el dedo de un pie, levantó a otro pequeño para mecerlo por un rato y le frotó la espalda antes de ponerlo en la cama otra vez.

"Es como otra madre," una de las enfermeras le susurró a Hildemara.

Una madre con habilidades de enfermería, más allá de lo común.

Más avanzada la tarde, Hildemara fue a examinar a un niñito que se había quemado seriamente. Encontró a la señorita Brown sentada en su cama, sosteniendo su mano y leyéndole un libro.

—Pensé que estaba fuera de servicio, señorita Brown.

—Vivo apenas a una cuadra de distancia. La enfermera Cooper dijo que Brian preguntó por mí.

Hildemara se preguntaba si alguna vez sería tan buena enfermera como la señorita Brown.

—No seas tan dura contigo misma, Flo. —Boots estaba tomando café en la cafetería esa tarde—. Lo estás haciendo bien. De hecho, mejor que la mayoría.

—Sueño con mis pacientes.

—Pues será mejor que dejes de hacerlo. No les serás útil en lo más mínimo si no duermes bien en la noche. —Puso su taza en la mesa—. Aprenderás a hacer todo lo que puedas y los soltarás cuando salgas del pabellón. Si no lo haces, tus días como enfermera están contados.

Una noche al despertarse, Hildemara se dio cuenta de que tenía la cara húmeda con lágrimas; su corazón latía fuertemente. Había estado soñando con Brian y cómo su padre lo había sujetado contra un calentador.

Trató de correr y detenerlo, pero sus pies estaban encadenados. Trató de liberarse, llorando. Se limpió la cara y se sentó temblando.

El dormitorio del porche no aislaba de los ruidos del hospital. La sirena de una ambulancia se acercaba. Los camiones de reparto iban y venían. Una enfermera pasó de puntillas por el dormitorio del porche y se metió en su catre. Otras dos susurraban.

Hildemara sabía que tenía que dejar de involucrarse tanto con sus pacientes. ¿Cómo podía ser una buena enfermera si permitía que su corazón se apegara a cada paciente que atendía? Se frotó la cara, agotada y desconsolada. Recordó a Papá. Cerró los ojos y podía verlo sentado en su silla, con su Biblia abierta y su cara relajada. Papá le diría que confiara en el Señor. Papá le diría que orara.

Acurrucada sobre su costado, Hildemara oró por Papá. Después oró por cada uno de sus pacientes. Los nombres le venían a la mente, uno tras otro, una docena, dos docenas, como si Dios se los estuviera recordando. Al final de cada oración individual, los dejaba ir con un pensamiento simple. "Brian te pertenece a ti, Señor, no a mí. Lo pongo en tus manos poderosas y sanadoras. Que se haga tu voluntad, no la mía. . . ."

Su cuerpo se relajó. Se sentía en paz. Mañana no esperaría hasta después de la medianoche para orar. Oraría en el camino de un paciente a otro. Imaginaría que Jesús caminaba a su lado, de una habitación a otra. Haría lo que pudiera como enfermera y dejaría el resto a la misericordia amorosa de Dios.

❄ ❄ ❄

Después de pediatría, Hildemara continuó en servicio en geriatría. *De un extremo al otro,* pensó, deprimida con la vista de los largos pabellones, cama tras cama, llena de ancianos irritables al este y de ancianas inquietas al oeste. No importaba cuánto trabajara el personal de enfermería, el lugar a menudo apestaba a evacuaciones y a orina. Hildie hablaba con el Señor todo el día. *Señor, ¿qué puedo decir hoy para darle consuelo a Mary? ¿Qué puedo hacer para levantarle el ánimo a Lester?*

Algunos pacientes miraban distraídamente mientras Hildie controlaba sus signos vitales o cambiaba sus pañales y ropa de cama. Otros se quejaban o se paraban frente a las ventanas, mirando hacia afuera como si trataran de encontrar algún escape. Algunos hablaban entre dientes. Los que todavía caminaban vagaban por el pasillo y se detenían a hablar con cualquiera que los escuchara. Hildemara trataba de dedicarles tiempo, pero frecuentemente tenía que correr a ver a algún paciente que tuviera una necesidad más urgente. ¡Siempre tenía tanto trabajo que hacer y tan poco tiempo! ¡Y había tanta necesidad!

Antes de que llegaran las bandejas del desayuno, Hildemara ayudaba a los pacientes a despertar y refrescarse, lavándoles la cara, cepillando dentaduras, alisando las sábanas y colchas que más tarde cambiaría. A veces los pacientes no querían colaborar. Si no podía convencerlos, se iba con la esperanza de que tal vez más tarde le permitieran ayudarlos.

La enfermera jefe la llevó aparte. "No puede ceder, señorita Waltert. Hay que mover al señor Mathers cada dos horas o le saldrán escaras. Sé que se queja y que maldice como un marinero borracho. Pero no puede dejar que eso le impida hacer lo que es mejor para él. Ahora, ¡entre de nuevo y sea firme!"

Tenía que ser como Mamá.

El viejo Ben Tucker, un diabético a quien le habían amputado su pierna derecha, se convirtió en su favorito.

A menudo tenía su cama elevada y la mesa en posición antes de que ella entrara. Sonreía.

—Te he estado esperando, cariño. Aliméntame o mátame.

—Entiendo que durmió bien.

—La enfermera me despertó anoche y me dio una pastilla para dormir.

Para el buen humor que tenía, se veía demacrado. ¿Cuánto tiempo haría de su última pastilla para el dolor?

—¿Cómo se siente?

—Solo. —Extendió las manos.

Ella se las empujó hacia abajo.

—Compórtese. Tengo que tomarle el pulso.

—Adelante, pero devuélvamelo. Lo necesito.

Cuando llegó a trabajar una mañana y se enteró de que había muerto tranquilamente mientras estaba dormido, se paró al lado de su cama, llorando. La jefa de enfermeras entró y le puso el brazo sobre su hombro. "¿Su primera muerte?" Hildie asintió con la cabeza. La jefa de enfermeras suspiró y la soltó. "Séquese las lágrimas, señorita Waltert. Ciérrele los ojos. Así está bien. Póngale las manos juntas. Ahora, cúbralo con la sábana. Vuelva a la sala de enfermeras y llame a la morgue del hospital."

El trabajo sanaba a cualquier corazón herido. Hildie tenía todavía horas para seguir con el trabajo, y otras personas a las que ver, animar y estimular.

La enfermería no era lo que había imaginado, pero igualmente le encantaba. Le encantaba ser parte de un equipo que ayudaba a la gente a recuperarse y a seguir con la cuestión de la vida. Le encantaba tranquilizar a los que se enfrentaban con la muerte. Le encantaba sentirse necesitada y útil. Le encantaba servir a otros. Sentía que había encontrado su lugar en el mundo. Tenía un propósito. Era valiosa.

A pesar del trabajo duro, de la angustia de ver tanto sufrimiento, del dolor de perder a un paciente, Hildemara sabía que estaba exactamente donde Dios la quería.

31

CUANDO LLEGÓ EL verano, Hildemara usó una porción de los ahorros que se había ganado con el sudor de la frente para asistir a la graduación de Bernie. Elizabeth llegó con Mamá y Papá, Cloe y Rikki. Cuando le pidió a Hildemara que fuera su dama de honor, Hildemara se rió de alegría y dijo que por supuesto, luego se preocupó de cómo podría comprar un vestido elegante.

Elizabeth susurró: "Mi madre quiere que tenga una gran ceremonia, pero yo quiero algo sencillo." Bernie no podía haber elegido una mejor chica. Cuando el día de la boda llegó, Hildemara se puso el vestido azul marino con puños blancos y botones rojos que Cloe le había hecho. Lo volvió a usar para la graduación de Cloe y recibió un pellizco de su hermana después de la ceremonia.

—Voy a tener que hacerte un vestido nuevo.

—Por favor. —Hildie sonrió—. Supongo que uno de estos días también estarás soñando diseños para vestidos de novia.

—¡Ja! —Cloe consideraba el matrimonio una aburrida pérdida de tiempo y de talento—. Tengo una carrera por delante. Mamá me llevará a *Otis Art Institute* dentro de unas semanas. ¡Me muero de ganas!

Clotilde se había visto confiada y feliz cuando cruzó el escenario para recibir su diploma. Riéndose, había lanzado su birrete al aire. Su pelo se había oscurecido como el trigo y lo mantenía corto, que le venía bien a su cara con forma de corazón. Las dos hermanas de Hildie tenían la seguridad en sí mismas que a ella le había faltado hasta hacía poco.

—Parece que la enfermería es apropiada para ti, Hildie. Te ves feliz.

—He encontrado el lugar al que pertenezco.

—¿Has conocido hombres?

Hildie se rió.

—La mitad de mis pacientes son hombres.

—No me refiero a pacientes.

—Sé lo que quieres decir, Cloe, pero no estoy buscando romance.

❄ ❄ ❄

Boots se graduó y la contrataron a tiempo completo en Merritt. Hildemara todavía se reunía de vez en cuando con ella en la cafetería. "Me quedaré un año o dos aquí y luego buscaré hospitales en Hawai o Los Ángeles. Sería bueno estar en algún lugar cálido y soleado todo el tiempo." La neblina del área de la Bahía era demasiado para ella.

Hildemara completó su segundo año de entrenamiento. Cuando comenzó el último año, recibió un escudo azul de SMH para coserlo en la esquina de su cofia. Seis meses después, quitó el escudo y, en su lugar, puso una pequeña réplica de oro de la escuela.

Cuando no estaba en servicio, estudiaba para sus próximos exámenes. El examen final cubriría los tres años de entrenamiento. Se juntaba con las demás estudiantes de su cada vez más pequeña clase, que había disminuido a trece, y se hacían preguntas unas a otras sobre procedimientos médicos y quirúrgicos, enfermedades, pediatría, obstetricia, bacteriología, farmacia, psiquiatría, medidas y dosis.

Hacia el final del tercer año, la carga académica disminuyó y comenzó a enfocarse más en la prevalencia de trabajo, requisitos, salarios, organizaciones profesionales y cursos disponibles en la universidad. Hildie pensó en la presión de Mamá de ir a la UCB. Quizás, después de todo, terminaría tomando clases allí.

"Tienen que mantenerse al día con los nuevos métodos e ideologías, señoritas," disertaba la Generala. "Cada año trae cambios en la medicina y en la enfermería. Las que no se mantienen al día se quedan atrás y finalmente se quedan sin trabajo."

Hildemara habló de eso con Boots.

—¿Cuántas enfermeras pueden permitirse la universidad o tienen la energía de asistir a clases, después de un día de trabajo?

—Es un hecho de la vida, Flo. ¿Te acuerdas de la señorita Brown? Ha sido degradada a enfermera de pabellón. Porque no tiene grado académico. —Se encogió los hombros—. Es una lástima, pero así son las cosas. Si quieres un puesto de supervisión como el de la señora Kaufman, tendrás que ir a la universidad.

—Yo sólo quiero ser enfermera.

—Ya eres una buena enfermera. —Boots se animó—. Oye. Tenemos que comprarte un bonito vestido antes de tu graduación. Solamente faltan unas cuantas semanas.

—No tengo mucho dinero. —Siempre había admirado la manera en que Boots se vestía fuera de servicio. Siempre tenía algo elegante y de moda.

—Juntémonos el sábado por la mañana. Te llevaré a mi tienda favorita.

—Boots, no creo que . . .

—No discutas. ¡No te pondrás otra vez ese vestido azul marino!

Tomaron un bus hacia el centro. Boots caminaba silbando, con una mirada pícara en su cara. Hildemara tenía que apresurarse para mantener el paso.

—¡Aquí es! —Boots se detuvo en frente de una iglesia presbiteriana.

—¿Una iglesia?

Boots la tomó del brazo y la llevó por la entrada lateral. Había una puerta abierta con un letrero en las escaleras: *Venta de Segunda Mano.*

"No creerás las cosas que he encontrado aquí. ¡Vamos!" Boots escogía entre los montones de ropa usada con un ojo para la moda que habría impresionado a Cloe. Armó tres atuendos en cuestión de minutos. "Uno para tus días libres, uno para los tés de la tarde ¡y otro para salir de juerga!" Hasta encontró un sombrero que funcionaría con los tres conjuntos, y dos pares de zapatos.

Hildemara pagó por los artículos.

—¡No puedo creer que acabo de comprar todo un guardarropa por menos de seis dólares! Voy a escribirle a mi madre. Tal vez la impresione.

—Una chica inteligente sabe dónde comprar —le dijo Boots en el camino de regreso a la parada del autobús—. Pero no te atrevas a decirle a ninguna de las otras chicas dónde compro. —Se rió—. ¡Todas creen que compro en *Capwell's* o en *Emporium*!

Resultó que Hildemara necesitó los tres atuendos para la semana de graduación. El lunes, la escuela de enfermería invitaba a las graduandas a un té vespertino con los jefes del hospital. La noche antes de la graduación, los personajes importantes del hospital y las ex alumnas llevaban a la clase que se graduaba al Hotel Fairmont a cenar. Sus compañeras se quedaron con la boca abierta cuando Hildie entró al vestíbulo a esperar el automóvil.

"¡Santo cielo!"

"¡Miren a Flo!"

Hildemara se sonrojó cuando se juntaron a su alrededor.

—¿Dónde compraste?

Ella encogió los hombros, reprimiendo las ganas de reírse. —Aquí y allá.

La mañana de la graduación, Hildie fue a ver si tenía correspondencia, orando que Papá y Mamá le hubieran escrito. Nada. Se puso más nerviosa mientras avanzaba el día. Había escrito a casa, invitando a la familia para que llegara. Sólo había sabido de Cloe, Bernie y Elizabeth; los tres tenían planes para ir en el automóvil nuevo de Bernie.

Esa tarde, Hildie y sus compañeras de clase retiraron las mesas del comedor y alinearon las sillas, consiguieron helechos y palmeras en macetas y armaron un escenario improvisado para la graduación.

—¡Oigan! —gritó una de las chicas que entró corriendo a ayudar a arreglar—. Nunca adivinarán quién dirá el discurso hoy.

—¿Quién?

—¡El Doc Bria!

—¡Rápido! —dijo Hildie fingiendo horror—. ¡Que alguien traiga a John Bones e instale el reloj de alarma! —Las chicas se rieron.

—¿No pueden oírlo ya? —dijo otra, y se puso la mano sobre el corazón—. "Ah, señoritas, será un gran placer derramar con mi retórica más meticulosa todas las perogrulladas prosaicas de mi pomposidad profesional, en proporciones prepósteras de postulaciones propicias."

Explotaron de risa.

La señora Kaufman apareció en la puerta. "Señoritas, por favor, no hagan ruido. Otras están estudiando."

Cuando llegó la hora de vestirse para la ceremonia, Hildie se puso sus medias de seda y zapatos, su uniforme blanco nuevo y la cofia con el broche de oro. Se puso la capa sobre los hombros y aseguró el cuello mandarín. Nerviosa, se paró en el corredor pulido, afuera del comedor que ahora estaba iluminado con candelabros en ambos lados del escenario. Cuando encabezaba a su grupo hacia el salón, vio a Boots primero, luego al otro lado de la fila estaban Bernie y Elizabeth y Cloe. Parpadeó de sorpresa al ver a Papá y luego a Mamá, y a Rikki parada junto a ellos.

La señora Kaufman, con los ojos vidriosos por las lágrimas, entregó placas del juramento de Florence Nightingale, que Hildemara recitó con sus compañeras. Recibió su certificado y otro broche de oro.

Se encendieron las luces y las ovaciones llenaron el salón. Rikki se abrió camino por la multitud para alcanzar a Hildie. "¡Te ves tan bella de blanco! Tienes que posar para mí. Te ves exactamente como imagino a Florence Nightingale. Sólo necesitas una lámpara."

Bernie tenía su brazo alrededor de Elizabeth. "Parece que perteneces aquí, Hermanita."

Y luego Mamá se paró en frente de ella y Papá detrás. Él sonreía ampliamente, con sus manos en los hombros de Mamá. ¿La habría llevado él adelante? "Estamos orgullosos de ti, Hildemara, lo lograste."

Mamá sólo la miró. No dijo ni una palabra. Hildie la vio tragar, como si las palabras quisieran salir, pero no podían. Cuando levantó su mano, Hildie la agarró. Tampoco podía hablar, y necesitaba de todo su autocontrol para no llorar.

"¡Es una chica espectacular!" Boots apareció y dio vuelta a Hildie para darle otro abrazo. "La mejor de la clase." Hildie los presentó rápidamente.

—¿Vendrás a casa por algún tiempo? —preguntó Mamá.

Sorprendida de que hubiera preguntado, Hildie sacudió su cabeza.

—No, me han contratado con el personal de *Merritt*. Vuelvo al servicio pasado mañana.

—¿Tan pronto? —Papá se veía decepcionado—. Mamá y yo pensábamos que vendrías a casa por algunas semanas, por lo menos.

—No me será posible ir por algún tiempo, Papá. Tengo la suerte de tener un trabajo pronto. Gané doce dólares al mes este año, y todavía tengo que pagarle a Cloe por hacerme los dos uniformes.

—Uno para usar, uno para lavar. —Cloe sonrió sacudiendo la cabeza.

—Y tendré que pagar la renta. Boots encontró una pequeña casa a unas cuadras del hospital. Vamos a compartir los gastos.

Mamá no dijo nada, ni una palabra, hasta después del refrigerio y que la conversación se había apagado. La gente comenzó a salir para festejar.

—Se hace tarde. —Mamá miró a Papá—. Tenemos que volver.

Hildie contuvo las lágrimas.

—Me alegra que hayan venido.

—No nos lo habríamos perdido. —Papá la abrazó con fuerza—. Sigue orando y leyendo tu Biblia. —Le dio unas palmadas en la espalda y la soltó.

—Lo haré, Papá. —Rodeó a Mamá con sus brazos y la apretó—. Gracias por venir. Significó todo para mí. —Sintió la mano de Mamá en su espalda y luego ella se apartó del abrazo de Hildie.

—Lo lograste, Hildemara Rose. —Su sonrisa parecía un poco triste—. Espero que la vida que has escogido te haga feliz.

Hildie se inclinó hacia delante y besó a Mamá en la mejilla.

—Creo que estoy a punto de descubrirlo, ¿no es verdad?

❄ ❄ ❄

Querida Rosie:

Hildemara Rose ahora es una enfermera diplomada. Fue la mejor estudiante de su clase y tuvo el honor de dirigir el desfile. Y si se parecía a Florence Nightingale con su uniforme blanco y capa azul marino. ¡Mi niña se veía tan alta, con su cabeza erguida! Podía imaginarla en un campo de batalla con su lámpara en alto, dando esperanza a los heridos.

Ya no es una niña tímida. Mi niña conoce su lugar en el mundo. Estoy tan orgullosa de ella, Rosie. La noche habría sido perfecta si no hubiera sido por el orador, un médico aburrido que no quería salir del podio. Yo tenía un terrible dolor de cabeza y me fue difícil concentrarme en lo que él decía. Y luego el agolpamiento de la gente hizo que el dolor empeorara.

Quería decirle a Hildemara lo orgullosa que estaba, pero no pude sacar las palabras. Niclas habló por los dos. Le pregunté si vendría a casa, esperando tener el tiempo y la oportunidad de hablar con ella, pero ya la habían contratado en Merritt Hospital y estará en servicio oficial mucho antes de que recibas esta carta. Y no sólo eso. Ella y su amiga Tasia Boutacoff encontraron una casa para alquilar. Es una mujer ahora, con una vida propia.

❄ ❄ ❄

Hildemara se mudó con Boots una semana después de unirse al personal de enfermería de *Merritt*. La casa no quedaba lejos del hospital, por lo que iba caminando a su trabajo. La casa se sentía como un palacio después del pequeño dormitorio del internado, y tranquila después del dormitorio en el porche que había compartido con docenas de enfermeras que entraban y salían. La casa tenía algunos inconvenientes: un gran jardín que cuidar y un gran limonero que producía frutos. El señor Holmes, su vecino, dijo que el inquilino anterior había metido clavos en el tronco, con la esperanza de matar el árbol. "¡Parece que más bien lo estimuló!" Hildie llenaba un saco de limones todas las semanas y los llevaba a la cocina del hospital.

—Tenemos que hacer algo con el jardín —Hildie estaba preocupada—. Vamos a ser las desaliñadas del vecindario.

—¿Y a quién le importa? Es problema del dueño, no de nosotras. Dijo que vendría y que lo haría cuando tuviera tiempo.

El dueño solamente llegó el día que se venció el pago de la renta y, para entonces, Hildemara y Boots se habían dado cuenta de que el techo goteaba y que el fregadero de la cocina tenía la costumbre de obstruirse. El señor Dawson dijo que enviaría a alguien a repararlo.

"Lo arreglará cuando las ranas críen pelos." Boots llamó a un amigo para que lo hiciera, luego envió una factura al dueño. Como no pagó, ella lo dedujo del pago de la renta del siguiente mes. Cuando el señor Dawson reclamó, Boots lo enfrentó en la puerta de la casa.

Los vecinos salieron a escuchar. Boots llamó al señor Holmes para que fuera testigo de que el señor Dawson había estado de acuerdo en que dedujera una porción de la renta para las reparaciones. Cuando entró a la casa, dio unas palmadas como si se estuviera sacudiéndose del hombre. Hildie se rió. "¡Me haces recordar a Mamá!"

Finalmente, avergonzada por el estado del jardín de enfrente, Hildie preguntó al señor Holmes si podía prestarle su cortadora de césped y la tijera de podar. Recordó cómo Papá desdeñaba a la gente que "abandonaba su tierra" y no quería ser el lugar de mala muerte de la cuadra.

—Lo siento. —El señor Holmes sacudió la cabeza—. No presto herramientas, señorita Waltert. Aprendí a fuerza de golpes que la gente no las devuelve.

—Yo compraría una cortadora y una tijera si pudiera, pero no tengo dinero.

—¿Cómo se gana la vida?

—Las dos somos enfermeras en *Merritt*.

Miró el jardín por encima de la cerca, se frotó el mentón y sacudió la cabeza.

—Sí que es un caos. Se me ocurre algo. Tengo una vieja podadora en el sótano. Afilaré las cuchillas y la engrasaré un poco y podrá ser de ustedes. Les daré las tijeras viejas de mi esposa. Está claro que el lugar donde vive necesita trabajo. ¿Cuánto les cobra Dawson por la renta? —Cuando Hildie le dijo, silbó—. Ahora entiendo por qué no les queda nada. Seguro que les vio la cara, ¿verdad?

El sábado siguiente, el señor Holmes llevó la cortadora y las tijeras. "Bien afilados y listos."

Después de una hora, Hildie se sentó en las escaleras del frente para descansar. El señor Holmes la miró por encima de la cerca y le preguntó cómo estaba funcionando la cortadora.

—Está funcionando bien, señor Holmes, pero tenía que haberle preguntado si tenía una hoz. —Hildie se limpió el sudor de la frente.

Se rió. —Se ve mejor de como estaba.

—Gracias por la cortadora y las tijeras, señor Holmes. Lo mantendré provisto de limones.

—Llámame George. Y en cuanto a los limones, yo ya tomo lo que quiero de las ramas que cuelgan en mi cerca.

32

1939

Alemania invade Polonia

Hildemara leyó el titular a la mañana mientras desayunaba con café y huevos revueltos. Boots entró arrastrando los pies, con sus pantuflas y bata, todavía con cara de sueño por la cita que había tenido la noche anterior.

—Ay, mi cabeza —gruñó Boots, sentándose cuidadosamente en una silla, al otro lado de la mesa—. Ni siquiera sé a qué hora llegué anoche.

—Después de las dos de la mañana.

—Con razón me siento como si me hubiera atropellado un camión.

Hildie dobló el periódico para leer la continuación en la segunda página.

—¿Has visto esto?

Boots se frotó la sien. —Lo escuché en la radio anoche.

Papá se preocupaba de que sucediera algo así. Los parientes alemanes habían escrito cartas entusiastas sobre el surgimiento meteórico de Adolfo Hitler y del Partido Nacionalsocialista Alemán de los Trabajadores. Papá decía que un hombre con semejante carisma mesiánico podría resultar un demonio disfrazado. Mamá pensaba que la Gran Guerra terminaría con todas las guerras en Europa. Papá decía que la naturaleza del hombre nunca cambia.

Boots hizo un gesto despreocupado.

—Espero que Estados Unidos se mantenga al margen de esta.

—Aparentemente tenía otras cosas en su mente, además de lo que ocurría en Europa. —Ayer vi a un tipo nuevo en la cafetería. —Se pasó los dedos por su pelo rizado negro—. Apuesto, alto, con buen cuerpo, ojos bonitos y una sonrisa que hace que las rodillas de una chica tiemblen.

Hildie levantó la mirada del periódico. —¿Tienes una cita con él?

—No. Es un camillero. Yo solamente busco médicos, abogados y caciques indios. Pero a ti tal vez te agradaría.

Hildie sólo la miró. Habían tenido esta discusión antes. Boots la había acusado de ser una marginada social. Hildie había dicho que tenía suficiente vida social con las enfermeras y sus pacientes.

—Flo, vas a llegar a ser como la señorita Brown.

—¿Y qué tiene de malo la señorita Brown?

Boots se paró, sacudiendo la cabeza.

—Tengo que prepararme. —Abrió la puerta del dormitorio y se volteó para mirar a Hildie—. Voy a salir después del trabajo. No me esperes.

Hildie se rió.

—Nunca lo hago. —Tenía la casa para ella sola más de lo que esperaba, especialmente cuando se trataba de trabajo en el jardín y de lavar los platos. No le molestaba la tranquilidad. Cuando tenía un día libre, dormía tarde y se ponía al día lavando la ropa y arreglando la casa y el jardín. Mantenía correspondencia con Cloe, quien se había trasladado a Los Ángeles, o escribía a Mamá y a Papá. Mamá le respondía una vez al mes, y le daba una cronología de lo que había sucedido en la granja. Cuando Hildie tenía libre el domingo, iba a la iglesia.

Hildie estaba sentada en la cafetería la noche siguiente, terminando su cena y pensando en Boots y su comentario acerca de la señorita Brown, cuando sintió que alguien la miraba. Levantó la cabeza y vio a un joven que estaba en la fila, esperando que la cocinera le entregara su cena. Encajaba con la descripción de Boots del "tipo nuevo" que había visto. Cuando le sonrió, Hildie bajó la mirada rápidamente. Nerviosa, levantó su bandeja, echó los residuos a la basura y se fue de la cafetería.

Al día siguiente, cuando llegó al pabellón, lo vio ayudando a levantar a uno de sus pacientes de la cama a una camilla, para transportarlo a cirugía. Tenía una complexión atlética como Bernie. ¿Jugador de fútbol? Cuando le sonrió otra vez, ella sintió que se ruborizaba. Avergonzada, apartó la mirada

rápidamente y se ocupó con el papeleo en el mostrador de enfermeras.
Cuando él pasó con el paciente, ella mantuvo la mirada baja.

Cuando hacía fila para el almuerzo, alguien se puso detrás de ella. "La vi en el pabellón médico esta mañana."

Ella lo miró y volvió a leer el menú de la cafetería. Recogió su pedido y se dirigió a la mesa en la esquina opuesta del salón, donde pudiera estar sola. Por más que se hubiera reído del desprecio de Boots por los camilleros, sabía que había una regla tácita en cuanto a que las enfermeras no fraternizaran con ellos. ¿Qué era lo que la Generala había dicho? *"Los obreros trabajan con las manos. Los profesionales trabajan con las manos, la cabeza y el corazón."*

—¿Le importa si me siento con usted? —Como Hildie sólo lo miró, con la boca abierta, puso su bandeja en la mesa y tomó asiento frente de ella—. ¿Hay aquí alguna regla que prohíba a una enfermera decir más de tres palabras a un camillero?

¿Sabía él leer la mente? —No.

—Una palabra. No es precisamente un adelanto.

Su sonrisa provocaba cosas extrañas en su interior.

—Por lo general no inicio conversaciones con gente que no conozco. Apenas lo vi ayer por primera vez.

—Eso está mejor. —Sonrió con picardía, lo cual hizo que el corazón de ella saltara—. Estoy en el tercer año en la UC de Berkeley, con miras a la escuela de medicina. Pensé que sería una buena idea trabajar en un hospital y obtener una perspectiva distinta de mi futura carrera.

—Qué bien.

—Estoy trabajando en el pabellón de psiquiatría durante el próximo mes.

—Me he enterado que puede ser un verdadero alboroto allí.

Se rió.

—¡Uno bueno! —Era aún más apuesto y agradable cuando reía.

—No estaba bromeando.

—Ah. —La miró, y la miró en serio esta vez, y ella pudo sentir que el calor le subía, junto con las cosquillas y otros sentimientos que nunca antes había sentido, y que la hacían sentir vulnerable—. Señorita Waltert.

—Extendió su mano, una mano grande y fuerte como la de Bernie, sólo que sin los callos—. Soy Cale Arundel, pero mis amigos me llaman Trip.

—Cuando sus dedos se cerraron alrededor de los de ella, sintió una oleada de calor. Retiró su mano.

—¿Le gustan las películas, señorita Waltert?

—¿Y a quién no?

—¿Qué le parece el viernes por la noche?

Ella levantó la cara bruscamente.

—¿Me está pidiendo una cita?

—Se ve sorprendida. Sí, le estoy pidiendo una cita.

Ella miró a su alrededor, perturbada por su interés. Nunca antes un chico se lo había pedido, y menos un hombre. ¿Por qué alguien como Cale Arundel estaría interesado en ella?

—Estoy en servicio.

—¿Y cuándo sale de servicio?

—Tendría que revisar el calendario.

Cruzó los brazos en la mesa y se inclinó hacia delante, mirándola un poco divertido.

—¿Es porque soy un simple camillero que usted vacila?

—No lo conozco.

—Yo tampoco la conozco, pero me gustaría tener la oportunidad de conocerla. Por eso la invitación.

Ella miró su reloj.

—Tengo que volver. Perdóneme. —Tomó su bandeja, lanzó el contenido en el basurero cerca de la puerta y la dejó en el estante. Los latidos de su corazón no disminuyeron hasta que volvió al pabellón médico.

—¿Qué te pasó? —le preguntó una enfermera.

—Nada. ¿Por qué? ¿Vine tarde?

—No. Es que estás sonrojada y emocionada por algo.

Cale Arundel llegó a su pabellón avanzada la tarde. Cuando lo vio, tomó un portapapeles y se metió en el armario de ropa de cama para revisar el listado de sábanas, fundas de almohadas, toallas y paños de higiene. Una de las enfermeras asomó la cara por la puerta. "Alguien te espera en el mostrador de enfermeras."

Cale se dirigió hacia ella. —Vine por una aspirina.

—¿Una aspirina? —Las enfermeras estaban sentadas, con las cabezas juntas, susurrando y sonriéndole. Ella miró a Cale con enojo—. ¿Caminó desde el pabellón de psiquiatría por una aspirina?

—No pensé que me daría una camisa de fuerza.

Ella no sonrió. Miró fijamente a las otras enfermeras y luego a él. Tal vez captaría la señal y dejaría de dar material para la fábrica de chismes.

Él se dio cuenta también, pero levantó los hombros.

—La gente habla. ¿Y qué?

¿Y qué? Era la reputación de ella la que estaba en juego. Avergonzada, enojada, se dirigió al pasillo. Él la siguió. Cuando se detuvo fuera de la vista de las otras enfermeras, él se paró en frente de ella.

—Parece que está lista para dispararme, señorita Waltert.

—¿Por qué está aquí?

—¿Por qué cree usted?

—¡No tengo idea!

—Revisé su calendario. Está libre el viernes. Me gustaría llevarla a cenar y a ver una película.

Jamás la habían invitado a salir, y la idea de que este hombre apuesto, camillero o no, estuviera interesado en ella le parecía incomprensible.

—No quiero ser motivo de bromas de nadie.

—¿Por qué cree usted que tomaría esto en broma?

—¡No!

—¿Y cómo podría saber si tengo madera de esposo si no me conoce primero?

Se puso pálida.

—¿Qué dijo?

—Boots dijo que usted no saldría con nadie, a menos que tuviera madera de esposo.

—La voy a matar. —Hildemara sintió que la cara se le puso caliente—. ¿Y se supone que debo creer que está buscando esposa?

—Nunca lo había pensado hasta hace dos días, a las 12:15, para ser exacto, cuando entró a la cafetería.

¿En serio pensaba que ella creería esa tontería?

—Haré correr la voz, señor Arundel. Tendrá mujeres haciendo fila y de rodillas suplicándole.

Él se inclinó tan cerca que ella pudo oler su loción de afeitar.

—Olvídelo. No estoy interesado en nadie más. Cena y una película. Le prometo que no le pondré un dedo encima, si eso es lo que le preocupa. —Levantó su mano como para hacer un juramento solemne—. Le juro que soy un caballero.

—Si no lo es, tengo un hermano mayor que le dará una paliza que no olvidará.

Se rió.

—Lo tomaré como un sí. El viernes. A las seis en punto. —Abrió las puertas giratorias y pasó por ellas—. Hasta entonces.

—¡Espere un momento!

El timbre de un paciente sonó. Abrió las puertas de un empujón, pero Cale ya se había ido por las escaleras. Frustrada, corrió al pasillo. Solamente empeoraría las cosas si lo seguía por el hospital.

¡Boots! Le pediría a su compañera que le diera un mensaje.

"Nada de eso." Boots sacudió la cabeza. "Si quieres cancelar una cita, hazlo tú misma."

Lo buscó en la cafetería, esperando tener la oportunidad de decirle que había cambiado de opinión. No lo vio en los tres días siguientes. Se consolaba con el hecho de que él no tenía su dirección. No podría llegar a recogerla si no sabía dónde vivía.

—Es agradable. Y no has tenido una cita desde que te conozco. —Boots estaba batiendo huevos en la pequeña cocina—. Sal, diviértete. —Hizo un chasquido con la lengua y guiñó el ojo—. Trata de portarte mal.

Hildemara no vio a Cale en toda la semana. El viernes estaba inquieta y no sabía qué hacer. Tal vez no vendría. ¡Pero eso sería aún más humillante!

—¿Podrías tranquilizarte, Flo? ¡Estás tan inquieta como un saltamontes!

—¿En qué estaba pensando? Ni siquiera conozco al tipo.

—Es por eso que saldrás con él. Para conocerlo. Cuéntame si besa bien.

—¡No me haces gracia, Boots!

Se rió. —¡Es tan divertido molestarte!

Hildie se sentó en el sofá beige que ella y Boots habían comprado de segunda mano y se jaló la falda de su vestido azul marino. Se levantó otra vez.

—Esto es una locura. —Vio que un Ford Modelo T negro se detuvo y se estacionó frente a la casa—. Ay no, aquí está. No puedo hacerlo, Boots.

—Ahora no puedes arrepentirte. —Boots saltó al sofá, se arrodilló y miró por las cortinas—. ¡Santo cielo! ¡Rosas rojas! Este tipo es serio. ¡Y un automóvil! Yo pensaba que era camillero.

Hildie le retiró las manos de la cortina de una palmada.

—¡Ya basta! ¡Te va a ver! Sí es un camillero. Es estudiante de medicina en la UC de Berkeley. —Sintió una punzada de incomodidad al ver que Boots lo miraba—. ¿Por qué no sales *tú* con él?

Boots se rió.

—Está en la puerta, Hildie. Abre. Déjalo entrar.

Fueron a *Lupe's* en *East Fourteenth Street*. Durante la siguiente hora, Hildie descubrió que Cale prefería su apodo de Trip; había crecido en Colorado Springs; su padre conducía un bus de la ciudad; su madre tocaba el piano en la iglesia presbiteriana; le gustaba esquiar, pescar y caminar; y había pasado tres años en la *University of Colorado* en Denver.

—Me trasladé a Berkeley porque es una de las mejores universidades del país.

Exactamente lo que había dicho Mamá.

—¿Por qué trasladarse tan tarde?

—No tenía las calificaciones necesarias para entrar el primer año, y si las hubiera tenido, habría tenido que pagar la matrícula de no residente del estado. Trasladarme el último año no es la mejor decisión que haya tomado. Perdí algunos créditos al llegar aquí, pero quería a la UCB en mi diploma y espero hacer mi internado en San Francisco.

—¿Por qué te llaman Trip?

Se rió.

—Puedo agradecérselo a mi padre. Dijo que me tropezaba en mis pies hasta que crecí más que ellos. —Levantó sus manos—. Suficiente acerca de mí. Quiero saber de ti.

Hildie no sabía qué decir para hacer que su vida sonara por lo menos un poquito interesante. Afortunadamente, la mesera llegó con los *spaghetti*. Trip extendió la mano para tomar la de ella.

—¿Te importa si oramos? —Ella puso su mano sobre la de él mientras oraba. Él le apretó la mano levemente antes de soltarla—. Lo último que diré de mí: Dios es importante. Voy a la iglesia todos los domingos. Me he enterado que eres una chica que ora. Bien, te toca hablar. —Metió el tenedor en su *spaghetti*.

Con el estómago revoloteando, Hildie enrolló *spaghetti* en su tenedor y deseaba haber pedido algo más fácil para comer.

—Mis padres son agricultores en Murietta, almendras y pasas. Tengo un hermano mayor y dos hermanas menores. Bernie fue a la universidad en Sacramento. Se casó con mi mejor amiga, Elizabeth. Mi hermana menor, Cloe, está en *Otis Art Institute* en Los Ángeles. Quiere diseñar ropa para las películas. Rikka, la menor, es una artista talentosa que todavía está en la secundaria. Cuando me gradué de secundaria vine para prepararme en *Samuel Merritt Nursing School*. Cuando el administrador me preguntó si me quería quedar dije que sí. Fin de la historia.

Trip le dedicó una sonrisa torcida.

—Lo dudo. —Puso su tenedor a un lado y la examinó.

Ella levantó su servilleta.

—¿Tengo salsa de *spaghetti* en la barbilla?

—No, pero tienes una bonita barbilla. —Levantó su tenedor otra vez—. Lo siento. Me gusta mirarte.

Nunca nadie le había dicho eso.

Trip la llevó a ver *Al redoblar de tambores* con Henry Fonda y Claudette Colbert. Cumplió su palabra y no la tocó, ni una vez. Cuando la película terminó, la llevó directamente a casa, la acompañó a la puerta, dijo que había pasado un tiempo fantástico y le deseó buenas noches.

Ella lo entendió; entró a la casa, y dejó la luz del porche encendida hasta que él subió al automóvil. Vio a través de las cortinas cuando Trip Arundel se alejó. *Bueno, ya está.* Se dejó caer en el sofá y se quedó mirando a la pared.

La había pasado como nunca en su vida, pero pensaba que había aburrido muchísimo a Trip. No veía la hora de escapar. Se puso sus pijamas de franela y trató de leer. No pudo concentrarse y se fue a la cama. Estuvo despierta hasta que Boots llegó a casa a las tres de la mañana.

—No tienes que andar de puntillas.

—¿Todavía estás despierta? —Boots arrastraba un poco la voz—. ¿La pasaste bien?

—Parece que tú sí.

Boots se quedó parada en la puerta.

—Bebí un poco, eso es todo. Me llevó a bailar y luego a una fiesta. ¿Y bien? ¿Qué te pareció Trip? Buen tipo, ¿verdad?

—Sí. Es agradable. —Le pareció algo poco arriesgado para decirle a su amiga ebria. A decir verdad, le había gustado muchísimo, demasiado.

Sintió que lo había perdido cuando se despidió—. Creo que no volveré a saber nada de él.

—Qué lástima. —Boots agitó la mano—. Me voy a dormir antes de que termine en el piso. Buenas noches.

Trip llamó al día siguiente.

"¿Qué te parece un helado en *Eddy's*?"

Y la noche siguiente.

"Es una bonita noche para una caminata por el lago Merritt."

Como no llamó el lunes, Hildemara tuvo la sensación de que se acercaba el final doloroso. ¿Cómo podía haberse enamorado de alguien tan rápidamente?

Cuando llegó al día siguiente y le pidió que salieran a cenar y a ver otra película, ella no aceptó.

—Entonces, ¿vamos a la iglesia el domingo?

—Todavía no he visto mi calendario. Tal vez solicite horas extra.

Trip no insistió.

Boots llegó a casa temprano.

—¿Por qué estás llorando? ¿Te hizo algo ese tipo . . . ?

—No. Él no hizo nada malo. No pasa nada malo.

Boots se sentó en el sofá.

—¿No te ha vuelto a invitar a salir? ¿Es eso?

—Sí me invitó a salir.

Boots sacudió la cabeza.

—Entonces, ¿cuál es el problema?

—No volveré a salir con él.

—¿Por qué no? Te gusta. Tú le gustas. Ata los cabos y . . .

—Y termino con el corazón roto. Trip podría tener cualquier chica que quisiera, Boots. Es encantador. Va a la UCB. Será un médico. Eso haría que hasta tú le prestaras atención.

Boots le dio un fuerte empujón a Hildie.

—La próxima vez que te lo pida, acepta.

La próxima vez que se lo pidió, Hildie inventó otra excusa poco convincente para decir que no. "Tengo que estudiar para el examen estatal." Quería mantener una distancia en lugar de permitirse tener esperanzas.

El día después de que recibió la buena noticia de que había aprobado y que ya era una enfermera licenciada, Trip llegó al pabellón médico con

un ramo de margaritas que probablemente había comprado en la tienda
de regalos del hospital.

—¡Felicitaciones!

Ella tomó el ramo y lo puso en el mostrador de enfermeras.

—¿Cómo te enteraste?

—Boots me lo dijo. No estás de turno esta noche y no tienes que
estudiar. Déjame que te lleve a celebrarlo. —Lo dijo lo suficientemente
fuerte como para que tres enfermeras lo escucharan, aunque no estuvieran
tratando de escuchar. Hildemara se sonrojó, se alejó de las demás y avanzó
un poco más por el pasillo.

—No creo que sea una buena idea.

Él frunció el ceño.

—¿Hice algo que te ofendiera?

—No.

—¿Por qué te empeñas en decir que no, Hildemara?

"¡Señor Arundel!" Jones le hizo señas por el pasillo. Hablaron en voz
baja. Sin mirarla, Trip se fue por el pasillo y desapareció por las puertas
giratorias. Hildemara sintió que un nudo le crecía en la garganta y se fue
a examinar a sus pacientes. Cuando volvió a la sala de enfermeras, Jones
la miró. "Estás nadando contra la corriente, Hildemara."

Trip llegó a la cafetería unos días después. Hildemara tomó su bandeja
y se retiró a una mesa que estaba detrás de una palma en maceta. Trip hizo
su pedido, lo esperó y atravesó el salón. Puso su bandeja en la mesa, pero
no se sentó.

"Boots dijo que probablemente no confiarías en mí a menos que
tuviera referencias. Entonces . . ." Metió la mano en su bolsillo, sacó tres
sobres y los puso en la mesa. "Sólo para que sepas que no soy el lobo que
espera devorar a Caperucita Roja." Tomó su bandeja y se fue.

Molesta, abrió los sobres. Una carta era del pastor de Trip en la que
afirmaba que Trip era un joven moralmente correcto que asistía a la iglesia
todos los domingos. Otra era de la jefa de enfermeras del pabellón de
psiquiatría, con un tomo mucho más serio, en la que recomendaba al señor
Arundel por su duro trabajo, su inteligencia y su actitud compasiva. La
tercera estaba redactada como una petición. *Todos los abajo firmantes coin-
ciden en que la señorita Hildemara Waltert, más conocida como Flo, debería
salir con el señor Cale Arundel, comúnmente conocido como Trip, de Colorado*

Springs, un joven muy honorable. Había firmas, con la de Jasia Boutacoff arriba y los nombres de otras veintidós enfermeras debajo de la de ella, incluyendo las de la señorita Brown y de la señorita Jones!

Con las mejillas hirviendo, dobló las cartas y se las metió en el bolsillo de su uniforme. Trató de comer su almuerzo, pero sentía las miradas divertidas de varias personas cuyos nombres figuraban en la lista. Trip estaba sentado al otro lado del salón. Comió rápidamente, tiró la basura y se acercó a la mesa de ella. Sacó una silla, la giró y se sentó montado en ella. Dobló sus brazos en el respaldo y la miró.

—Pasamos un tiempo excelente, ¿verdad? ¿O me estaba engañando a mí mismo? Después de todo, he estado trabajando en el pabellón de psiquiatría.

—Trip . . .

—¿Sabes? Sería más fácil casarme contigo primero y después pedirte que saliéramos.

—Por favor, no te burles de mí.

—Yo te vi antes de que tú me vieras, Hildie. Estabas orando con uno de tus pacientes. Pensé que eras la chica más bonita que hubiera visto. Pregunté por ti. Me gustó lo que la gente decía.

—¿Hiciste preguntas sobre mí?

Hizo un gesto para disculparse.

—Boots no tiene buena reputación. Quería saber si su compañera de casa alternaba con cualquiera como ella. Quería saber un poco de ti antes de dar un paso. —Sonrió levemente—. Creo que sientes algo por mí o no estarías escapando tan asustada. Me gustaría pasar más tiempo contigo, conocerte más y que tú me conocieras. —Se levantó y dio vuelta la silla—. Es tu decisión. —Metió la silla debajo de la mesa—. Si vuelves a decirme que no, lo tomaré como un no. —Le sonrió con tristeza y con su mirada acarició su cara—. Estoy orando por que digas que sí. —Se fue.

Cuando salió del trabajo, él la estaba esperando afuera del pabellón médico. Ella usó las escaleras en lugar del elevador. Él la siguió.

—¿Entonces?

—Sí.

Le sonrió.

—Bien.

Ella se paró en el descanso. Tal vez no era el Casanova que ella había imaginado al principio, pero eso no significaba que esta relación llegaría a algo. Podría invitarla a salir unas cuantas veces más y darse cuenta de que era la chica más aburrida que hubiera conocido y preguntarse por qué se había molestado en conocerla.

Tenía razón: estaba asustada. Ya estaba medio enamorada de él. Necesitaba decir algo, pero no podía pensar en nada que no expusiera sus sentimientos.

Trip se acercó. Tomó su mano y metió sus dedos entre los de ella. "No te preocupes tanto, Hildemara Waltert. Daremos un paso a la vez y veremos a dónde nos lleva."

Y eso hicieron durante los siguientes seis meses, hasta que Mamá llamó y dijo que necesitaba que Hildemara volviera a casa inmediatamente. "Tu padre tiene cáncer."

33

1940

Cáncer significaba que Papá se estaba muriendo. Hildie había visto pacientes consumiéndose, con dolor, muriendo lentamente, familiares que iban y venían, destrozados y llorando. El cáncer significaba que no había esperanza. El cáncer significaba una agonía prolongada y muy dolorosa. ¿Cuándo lo habían diagnosticado? ¿Qué habían hecho por él? ¿Era posible hacer algo? ¿Qué? ¿Cuánto tiempo había esperado Mamá para llamarla pidiendo ayuda? Hildemara no podía imaginarse a Mamá pidiendo ayuda a menos que ya no hubiera esperanza en absoluto.

Se sintió mal y con miedo, y se preguntaba si estaba a la altura de cuidar de su padre. ¿Cómo podría soportarlo? Ya le era difícil ver sufrir a un extraño.

Y Trip. Significaba dejarlo, y ella lo amaba tanto que le dolía. Ella todavía no le había dicho nada. Tal vez Dios la había mantenido en silencio por alguna razón. No tenía idea de cuánto tiempo se iría, y entonces, cuando todo hubiera acabado, ¿qué pasaría con Mamá? Hacía una semana, ella y Trip habían tenido una conversación que le dio razones para confiar en que él la amaba tanto como ella lo amaba.

—Podremos hablar del futuro cuando me gradúe de UC.

—¿Cuándo será eso?

—Otro año, tal vez menos, si puedo meter otros cursos en el verano.

Hildie quería decirle que dos personas que trabajan juntas hacia una meta en común podrían llegar más rápidamente que un hombre solo. Pero no tuvo el valor de hacerlo.

Ahora no importaba. Su padre estaba primero.

Mientras los titulares de los periódicos y reportes de la radio vociferaban acerca de los nazis que habían invadido Dinamarca, Noruega, Francia, Bélgica, Luxemburgo y Holanda, y las enfermeras hablaban de un posible servicio militar, Hildie pidió una licencia especial. Empacó todo en dos maletas y llamó a Trip para cancelar su cita del viernes por la noche.

—Había planificado algo especial.

—Lo siento, Trip. —Se aferró al teléfono, tratando de no comenzar a llorar otra vez.

—¿Qué te pasa, Hildie?

—Mi padre tiene cáncer. Me voy a casa a cuidarlo.

—¿A tu casa en Murietta? Vengo a verte.

—No, Trip. Por favor no lo hagas. No puedo darme el lujo de pensar en otra cosa más que Papá ahora. Y yo . . .

—Te amo, Hildie.

Ella quería decirle que también lo amaba, pero eso no quería decir que no debiera partir. Se sentía dividida entre su amor por Papá y su amor por Trip.

"Espérame. Llegaré en treinta minutos."

Entró en pánico cuando colgó. Llamó a la estación de bus para pedir los horarios, llamó a Mamá para darle la hora en que llegaría a Murietta, se pasó los dedos por el pelo y se preguntaba si debería llamar un taxi e irse antes de que Trip llegara. Se sentía vulnerable al estar sola en la casa. Sabía que quedaría completamente en ridículo ante él.

Cuando llamó a la puerta, no quería abrirla.

Trip llamó otra vez, más duro. "¡Hildie!"

Quitó el seguro y la abrió. Trip entró y la jaló para abrazarla. Llorando, se aferró a él, sabiendo que pasaría mucho tiempo antes de volver a verlo. Si es que volvía a verlo. Él cerró la puerta con el pie. Ella temblaba sollozando y sus brazos la apretaron más. Ella podía sentir su corazón latir rápido y fuerte.

Bajó sus brazos y se hizo hacia atrás. Trip no trató de sujetarla.

—Sólo tengo unos minutos antes de irme a la estación de bus.

—Deja que te lleve a Murietta. Me gustaría conocer a tus padres.

—No.

Se veía herido.

—¿Por qué tengo la sensación de que me estás cerrando la puerta otra vez? —Como no respondió nada, él se acercó—. ¿Qué está pasando, Hildie?

—No sé qué es lo que voy a encontrar cuando llegue, Trip. No sé cuánto tiempo estaré fuera. ¿Meses? ¿Un año? No puedo saberlo. —Si se iba por demasiado tiempo, él podría encontrar a otra chica. No querría volver. ¿Y qué diría Mamá si llegaba con un joven? Ella no había mencionado a Trip en ninguna de sus cartas, aferrándose a sus sentimientos, sin compartirlos con nadie, excepto con Boots, que no podía evitar que los viera. ¿Qué pensaría Trip si Mamá decía lo que pensaba como siempre lo hacía? *"Bueno, esta es la primera vez que oigo que tienes un joven en tu vida."* ¿Y entonces qué?

Hildie se cubrió la cara y rompió a llorar más. Avergonzada de que Trip la viera tan fuera de control, se dio vuelta. No se atrevía a decirle cómo se sentía. Sólo empeoraría las cosas. Cuando Trip le tocó el hombro, ella se alejó. Se limpió la cara y tragó.

—Es mejor que vaya sola. Tendré tiempo para pensar, para controlar mis emociones. Tengo que hacer alguna clase de plan de cómo cuidarlo.

Trip se acercó por detrás y le pasó sus manos por los brazos. Le habló suave, razonablemente.

—¿Qué van a decir tus padres de mí si llegas en un bus?

Ella se mordió el labio. —No pensarán nada.

—Yo sé lo que pensaría. Mi hija está saliendo con un hombre insensible que no le importa nada de su familia. No es una buena recomendación. —Él la dio vuelta—. ¿Hildie?

—No saben nada de ti.

Se quedó quieto; sus ojos titilaban por la confusión, luego por el dolor.

—¿Nunca les has hablado de nosotros? —Como no respondió, suspiró como si le hubieran dado un golpe. Retiró sus manos de la cintura de ella—. Bueno, creo que eso deja claro dónde estoy.

—No lo entiendes.

Dio un paso atrás y levantó sus manos en señal de derrota.

—Está bien. No tienes que explicar. Lo entiendo.

—Trip, por favor.

—¿Por favor qué? No puedes amar a alguien si no puedes confiar en él, Hildie, y nunca te has permitido confiar en mí. —Con los ojos húmedos, se dio vuelta—. Creo que debería haberme dado cuenta. Es que soy tan torpe. —Levantó las dos maletas—. ¿Esto es todo? —No la miró—. ¿Algo más que quieras llevar a casa?

¿Le estaba dando una última oportunidad?

"Tienes razón, Hildie. No lo entiendo." Salió por la puerta. No tenía más opción que seguirlo, cerrar la puerta y meterse en su automóvil.

Ninguno de los dos habló en el camino a la estación de bus. Se detuvo en frente. Cuando comenzó a abrir su puerta, ella puso su mano en su brazo.

—No salgas del automóvil, por favor. Puedo hacerlo sola. —Trató de sonreír. Trató de decirle que los últimos seis meses habían sido el tiempo más feliz de su vida. Trató de decirle que lo amaba y que nunca lo olvidaría, por el tiempo que viviera. En lugar de eso, tragó y dijo—: No me odies, Trip.

—No te odio.

Hasta allí llegó aquello de felices para siempre.

—Adiós, Trip. —Temblando, extendió la mano para abrir la puerta.

Maldiciendo suavemente, Trip extendió la mano para tocarla.

—Sólo una cosa antes de que te vayas. —Metió los dedos entre el pelo de ella—. He querido hacer esto por mucho tiempo. —La besó. No vaciló ni fue cuidadoso, ni siquiera suave. La embebió y la llenó de sensaciones. Cuando se apartó, ambos se quedaron sentados, respirando fuertemente, sobrecogidos. Acarició sus labios con su pulgar y con los ojos llenos de lágrimas—. Algo para que me recuerdes. —La soltó, se inclinó y abrió la puerta—. Siento mucho lo de tu padre, Hildie.

Parada en la vereda, con sus dos maletas, Hildie vio a Trip irse. Él no se dio vuelta, ni una vez.

Abordó el bus, encontró un asiento en la última fila y lloró todo el camino hacia Murietta.

❆ ❆ ❆

Mamá estaba parada, esperando afuera de la estación de bus. Frunció el ceño cuando Hildie bajó las escaleras, recogió su equipaje y se encontró con ella. No se abrazaron. Mamá sacudió la cabeza.

—Te ves horrible. ¿Vas a estar bien? No quiero que te desmorones cuando entres por la puerta y veas a tu padre. Eso solamente empeorará todo para él. ¿Me entiendes?

Disimula. Finge que todo está bien.

—Me desahogué en el camino a casa.

—Eso espero.

Hildie no tenía la intención de contarle a su madre que acababa de perder al amor de su vida.

—¿Desde cuándo saben del cáncer? —Puso sus maletas en el asiento de atrás y se sentó en el de adelante.

—Surgió de repente. —Mamá encendió el automóvil.

—¿No tuvo ningún síntoma?

—No soy enfermera, Hildemara. Se veía un poco amarillo, a mi parecer, y se lo dije, pero tu padre dijo que no tenía tiempo para ver a un médico. Por lo menos no en ese momento. —Hizo rechinar las velocidades.

¿Amarillo? Ay, Dios. —¿Lo tiene en el hígado?

—Sí.

Hildemara cerró los ojos por un momento y luego miró por la ventana, esperando que Mamá no adivinara lo que ella ya sabía. No duraría mucho.

Mamá conducía más despacio que lo normal.

—Me alegra que estés en casa, Hildemara.

—A mí también, Mamá. A mí también.

❆ ❆ ❆

Papá estaba sentado en la sala de estar, con su Biblia abierta en su regazo. Hildie puso sus maletas en el suelo y lo fue a ver, tratando de no mostrar el impacto por su apariencia física tan distinta.

—Hola, Papá.

Se levantó con dificultad.

—¡Hildemara! Mamá dijo que me tenía una sorpresa.

Cuando extendió sus brazos, Hildie caminó hacia ellos. Lo abrazó firmemente, pero con suavidad, deseando no llorar.

—Estoy en casa, Papá. —Pasó sus manos por su espalda, adivinando cuánto peso había perdido desde Navidad. Pudo sentir sus vértebras, sus costillas.

Papá la agarró de los brazos y dio un paso atrás.

—Hubo una época en que no podías rodearme con tus brazos completamente. —Siempre se había parado recto y alto, con sus hombros amplios y bíceps gruesos. Ahora estaba agachado por la debilidad y el dolor. Se dirigió a su silla, tratando de alcanzar el respaldo con una mano temblorosa. Ella quería dar un paso al frente y ayudarlo, pero la mirada de su cara la previno. Tenía su orgullo, y ella ya lo había afectado con su rápido examen táctil.

—No tiene mucho apetito. —Mamá estaba parada en medio del salón—. Pero pondré la cena en la cocina. Estoy segura de que tienes hambre después del largo viaje, Hildemara.

Hildie se inclinó y levantó sus maletas para que Papá no pudiera ver sus lágrimas.

—Espero no tener que dormir en el sofá.

—La habitación de Bernie está vacía, ahora que él y Elizabeth se han establecido en la nueva casita. Puedes dormir allí. Bernie está en el huerto. A Elizabeth le encanta la agricultura tanto como a tu hermano. Ella cultiva bandejas de flores para el vivero.

—Quisiera que nos cultivara unos nietos —dijo Papá riéndose.

Hildie sintió una ola de tristeza. Había aprendido más de lo que quería saber de algunas cosas cuando estaba en el hospital. Para que Bernie engendrara un hijo, después del caso de paperas que había tenido cuando era niño, se requeriría de un milagro. Recordaba cómo gritaba del dolor cuando la enfermedad atacó sus testículos. No había entendido entonces lo que ahora sabía. Se preguntaba si el doctor Whiting se los diría alguna vez. Probablemente no, a menos que se lo preguntaran.

—¿Van a comer con nosotros?

—No, ella cocina para los dos.

Hildie puso sus maletas en la antigua habitación de Bernie y miró por el mosquitero. La casita que su hermano había construido para su esposa era blanca, con postigos amarillos. Una maceta de flores tenía pensamientos morados y *alyssum* blancos. Habían construido un cobertizo de entramado más allá del lavadero, después del árbol de laurel. Allí estaba Elizabeth, trabajando entre bandejas de flores.

"Rikka volverá pronto de la escuela," Mamá gritaba por sobre el volumen de la radio que Papá quería tener siempre encendida en la sala de estar. Otro programa musical se había interrumpido para dar las noticias cada vez más deprimentes de Europa. Los alemanes estaban bombardeando París. En Italia, Mussolini le había declarado la guerra a Gran Bretaña y a Francia. Tan enfermo como estaba, Papá todavía quería saber qué ocurría en el mundo.

Rikki tendría entrega de diplomas pronto, recordó Hildie. Papá ya había dicho que asistiría a la ceremonia, aunque tuviera que usar un bastón.

Hildie volvió a la sala de estar. —¿Necesitas ayuda, Mamá?

—No. Siéntate con Papá y habla con él.

Hildie se sentó en el extremo del sofá que estaba más cerca de la silla de Papá. Le hizo recordar a los ancianos del pabellón de geriatría. El cáncer lo envejecía. Su corazón se quebrantó al verlo apoyarse cuidadosamente, con una mano puesta levemente sobre su vientre hinchado.

—A tu hermana pequeña le va bien en la escuela secundaria. Tiene las calificaciones más altas en arte.

—No es de sorprenderse, Papá.

Mamá cortaba papas peladas sobre una olla.

—Quería abandonar la escuela y casarse hace algún tiempo.

—¡Casarse! ¿Con Paul? —¿O era Johnny? No podía recordarlo. Su hermanita pasaba por los chicos más rápido que los bebés por los pañales.

Mamá dio un resoplido.

—Ha tenido dos novios desde Paul. El nuevo se llama Melvin Walker. Es mejor que los demás, cinco años mayor y tiene un buen trabajo.

Papá sonrió.

—Ella sabrá cuando venga el adecuado, y tengo la sensación de que no es este.

Hildie pensó en Trip. Él era el adecuado. Sólo que no había sido el tiempo adecuado.

Mamá puso agua en la olla.

—A este no lo amilanará. Él sabe lo que quiere y permanece cerca, hasta que ella vea lo que vale.

Papá se rió.

—Se parece a lo que tuve que hacer yo. —Sus ojos brillaban mientras miraba a Hildie—. No tiene nada de malo un poco de romance. ¿Y tú, Hildemara? ¿Has conocido a alguien especial?

—¿Estaría aquí si así fuera? —Mamá puso la olla en la cocina.

—He tenido unas cuantas citas. —Hildie se preguntaba qué dirían si les dijera que había conocido a un hombre y que se había enamorado de él, que había soñado con casarse con él y tener hijos. Era mejor que pensaran que no tenía suerte en el amor y que no se enteraran de que lo había dejado para cuidar a Papá. Él la enviaría de regreso, pero era necesario que estuviera allí. Ahora que había visto a Papá sabía cuánto.

Papá extendió su mano. Cuando ella la agarró, sintió los huesos bajo la piel áspera.

—Me sorprendí cuando Mamá dijo que querías venir a casa. —Se dio cuenta con sorpresa de que Papá no sabía que Mamá la había llamado y le había pedido que viajara. Hildie se sentía culpable por no haber sabido antes lo enfermo que estaba. Si hubiera llegado en los últimos meses, quizás habría visto señales y los habría advertido. En lugar de eso, había estado tan atrapada en su propia vida, con Trip, con el amor, que no se había molestado en hacerlo.

—Pues ya era hora, ¿verdad, Niclas? —Mamá agarró una toalla—. A mí me vendría bien un poco de ayuda aquí. —Lanzó la toalla al mostrador y puso sus manos sobre sus caderas.

Hildie captó el mensaje.

—Los he extrañado a los dos. He querido venir a casa por algún tiempo. Espero que no les importe tenerme aquí por un mes o dos.

—Sé lo que está pasando. —La voz de Papá tenía un tono de enojo—. ¿Cómo pudiste hacerlo, Marta? Hildemara tiene su propia vida.

—Trabajar, esa es su vida. Es enfermera, y una buena enfermera. Ella dirigió el desfile de su clase como la Dama de la Lámpara. Tenía que ser la mejor estudiante para hacerlo. Sabe cómo son las cosas y necesitamos una enfermera. ¿Por qué no alguien que te ama?

—Ay, Marta. —Papá se oía tan débil y derrotado. Ya no podía pelear más.

Mamá tenía los brazos caídos a sus costados.

—Es lo que ella siempre quiso hacer, Niclas. Dijiste que es lo que Dios la había llamado a hacer. Tal vez era para un tiempo como este. Díselo, Hildemara.

Hildie oyó la súplica en la voz de Mamá y vio la brillantez reveladora en sus ojos avellanados. Papá se veía destrozado.

—No quería ser una carga, Marta.

—No eres una carga, Papá, y me habría dolido mucho si Mamá hubiera llamado a otra persona para que te atendiera. La vida es lo suficientemente corta para todos nosotros. El tiempo es la cosa más valiosa que tenemos, ¿verdad? —Tomó sus manos entre las suyas—. No hay otro lugar en el que quisiera estar más que aquí mismo. —En el viaje en bus hacia Murietta, había enterrado todo lo que podía haber sido y había llorado por eso.

La miró a los ojos y se puso muy tranquilo, comprensivo.

—No tenemos mucho tiempo, ¿verdad?

—No, Papá. No lo tenemos.

Dándose vuelta, Mamá se agarró del fregadero. Sus hombros se sacudieron y temblaron, pero no hizo ningún ruido.

❄ ❄ ❄

Hildemara estaba despierta dentro del dormitorio del porche con mosquitero, escuchando los grillos y la lechuza que ululaba en el árbol de laurel, cerca de la casa del árbol. Oraba por su padre. Oraba por Trip. Le pedía a Dios que le diera a ella la fortaleza que necesitaba, sabiendo que cada día sería más difícil.

Cuando finalmente se durmió, soñó con corredores largos y pulidos. Alguien estaba parado en la puerta que estaba abierta al final, rodeado de luz. Corrió hacia él y sintió que sus brazos la rodearon. Escuchó que susurraba en su pelo, dentro de su corazón, no con palabras sino con paz.

Se despertó cuando un gallo cantó. La puerta de atrás se abrió y se cerró, luego la puerta de mosquitero. Hildie se incorporó y vio a Mamá cruzar el patio para alimentar a los pollos.

Hildie entró al baño que habían construido los chicos del Alboroto de Verano y se duchó, se cepilló los dientes y el pelo, se vistió y entró a la cocina. Se sirvió café y se sentó a la mesa de la cocina a leer su Biblia. Se cubrió la cara y oró por Mamá, Papá, y por los días que tenían por delante. Luego pensó en Papá, parado debajo de la bóveda de las flores de almendro en primavera, cantando un himno en alemán. Pensó en él, afilando herramientas en el establo, cavando acequias, sentado en su carreta, cargada de verduras de la huerta de Mamá.

Hoy, Señor, oró. *Dame la fortaleza para el día. Este es un día que tú has hecho y me regocijaré en él. Lo haré. Dios, dame la fortaleza.*

Cuando Hildie oyó a Papá gemir, fue a verlo, preparada para hacer la función que Dios le había dado.

❇ ❇ ❇

Querida Rosie:

No sé si recibirás esta carta con todo lo que está pasando en Europa, pero tengo que escribir. Niclas tiene cáncer. Se está muriendo. No puedo hacer nada por él más que sentarme y tratar de hacerlo sentir más cómodo.

No tuve otra opción más que pedirle a Hildemara que renunciara a su vida y que viniera a casa. Él necesita de una enfermera. Empeora cada día y no puedo soportar verlo con tanto dolor. Ella es un gran consuelo para los dos.

Niclas todavía insiste en escuchar la radio, y todas las noticias son deprimentes y preocupantes. Como lo sabrás mejor que yo, Hitler ha enloquecido con el poder. No se detendrá hasta que tenga a toda Europa en sus manos. Mi viejo amigo el Chef Warner Brennholtz volvió a Berlín hace varios años. No he sabido nada de él en dos Navidades. Y ahora están bombardeando Londres. Temo por Lady Daisy. Oro que las montañas te protejan a ti y a los tuyos.

Todas estas cosas horribles que están pasando solamente

profundizan mis preocupaciones por Niclas. ¡Tengo que ser fuerte para él! Bernhard y yo tenemos que continuar con el trabajo en la granja; de lo contrario, Niclas se preocupará de que todo se venga abajo. Yo le digo que eso no sucederá, no mientras yo tenga fuerzas en mi cuerpo. Pero él siempre ha podido leer mis pensamientos. Me entiende demasiado bien. Ve demasiado.

Una guerra mundial refleja el estado de mi corazón, Rosie. Estoy en guerra contra Dios. Mi alma clama a él, pero él no me escucha. ¿Dónde está la misericordia de Dios? ¿Dónde está su justicia? Niclas no merece ese sufrimiento. . . .

34

CADA NOCHE, DESPUÉS de que Papá se había ido a la cama, Hildie se sentaba en la mesa de la cocina con Mamá. Ella leía su Biblia mientras Mamá escribía cartas. Había estado escribiéndole a Rosie Brechtwald desde que Hildie tenía memoria. Todo lo que Hildie sabía era que Mamá y Rosie habían sido compañeras en la escuela. Mamá le había escrito a otros con el paso de los años y recibía respuestas, casi siempre alrededor de la época de Navidad, de Felda Braun, Warner Brennholtz y Solange y Herve Fournier, todos de Suiza. Mamá solía cortar las estampillas y se las daba a Bernie. Su hermano una vez preguntó por qué Mamá escribía a la gente que nunca más volvería a ver.

—Los veo aquí. —Señaló su cabeza—. Y aquí. —Se tocó el corazón.

—Y en la voluntad de Dios, los veremos otra vez cuando suene la última trompeta —agregó Papá.

Hildie y Mamá no se decían mucho. Antes de que Hildie se fuera a la cama, ponía su mano en el hombro de Mamá y le decía buenas noches. A veces Mamá respondía.

Hildie se levantó temprano una mañana, alrededor de una semana después de haber llegado, y se sentó a esperar a Mamá en la mesa del desayuno, antes de que saliera el sol.

—Voy al pueblo a ver al doctor Whiting, Mamá.

—¿Por qué? Él vendrá aquí el fin de semana.

—Papá necesita medicina para el dolor.

Mamá se sirvió una taza de café y se sentó a la mesa.

—No la tomará, Hildemara. Dijo que no quería pasar sus últimos meses en la tierra tan drogado como para no pensar con lucidez.

—Podría cambiar de parecer.

Mamá agachó la cabeza.

—Conoces a tu padre.

—Necesito estar preparada, por si acaso.

—Puedes llevarte el auto.

Hildie se rió.

—Lo haría si supiera conducir. Caminaré.

—¿Por qué nunca aprendiste? Una enfermera gana bien, ¿verdad? Clotilde compró un auto la primera semana que vivió en Burbank y obtuvo la pasantía haciendo trajes. Hasta Rikka sabe conducir.

—Yo vivía a una cuadra del hospital, y si quería ir a alguna parte, siempre hay un bus de la ciudad que va hacia esa dirección. Un día de estos aprenderé.

—Yo podría enseñarte.

—Ahora no es el momento. —Hildie agarró su taza con las dos manos, mirando su café mientras hablaba—. Tendremos que trabajar juntas, Mamá, y hacer que esté lo más cómodo posible.

Mamá bajó su taza enérgicamente.

—Yo no quiero que esté cómodo. Quiero que viva.

—Soy enfermera, no Dios.

—¿Dije que lo fueras? ¿Pedí más de ti de lo que te has preparado?

Hildie empujó su silla hacia atrás, levantó su taza y platillo y los puso en el mostrador.

—Los lavaré después. —Se dirigió a la puerta.

—¿A dónde vas?

—A ver al doctor Whiting.

—Todavía no ha amanecido.

—Estará lo suficientemente iluminado cuando llegue.

—Santo cielo, siéntate y te haré el desayuno.

—Comeré en la cafetería.

—¡Qué insensata eres, Hildemara!

Temblando, Hildie se detuvo y la miró desde la puerta.

—Enójate, Mamá. ¡Ponte furiosa! ¡Pero con el cáncer! —Cerró la puerta al salir.

Hildie se envolvió en su abrigo y caminó hacia pueblo. Se tomó su tiempo y respiró el aire fresco de la mañana, el olor de la arena húmeda y de las viñas, el ruido del agua que se agitaba en *Grand Junction*, el aroma de los eucaliptos. Se detuvo en el sitio de la casa que su hermano y Fritz habían quemado. Alguien había comprado la propiedad y había construido una casa y establo nuevos.

Las luces de la cafetería estaban encendidas. Reconoció a la mesera.

—Tú eres Dorothy Pietrowski, ¿verdad? Te graduaste con mi hermano, Bernie Waltert.

—Ah, sí. —La chica rellenita y de pelo oscuro sonrió—. Me acuerdo de él: chico grande, apuesto, rubio con ojos azules. Todas las chicas estaban locas por él. Elizabeth Kenney tiene toda la suerte. —Dejó de sonreír—. No me acuerdo de ti.

—Poca gente se acuerda de mí. —Hildie sonrió, extendió su mano y se presentó.

Parecía que Dorothy no tenía prisa para tomar su pedido.

—Tu padre está enfermo, ¿verdad?

—¿Cómo lo sabías?

—La gente habla. Mi papá lo respeta mucho, aunque sea un . . . —Se puso roja—. Lo siento.

—¿Un huno? —Hildie se rió—. Todos somos estadounidenses naturalizados y nos enorgullece serlo. Incluso tenemos banderas y documentos que lo demuestran.

—La gente puede ser tan tonta. —Claramente, Dorothy no se incluía. Volvió a encoger los hombros—. ¿Qué puedo servirte esta mañana, Hildemara?

—El especial del agricultor. —Huevos, tocino, salchicha, *hash browns*, pan tostado, jugo de naranja y bastante café caliente.

Dorothy se rió y se metió el lápiz detrás de la oreja. —Ya vuelvo.

Hildie recordó a Mamá y a Papá que hablaban de la guerra que terminaría con todas las guerras. Recordó el año en que la panadería Herkner se incendió. No era solamente por el negocio. La gente no llegaba a casa de luchar en una guerra y lo superaba en un día, ni siquiera en un año. Para algunos, no importaba cuánto una familia había vivido en el país ni cuánto había pasado desde que habían aprobado su examen de ciudadanía. Lo único que importaba era de dónde venían. Y Papá venía de Alemania.

Dorothy volvió con varios platos y los puso enfrente de Hildie. "Es increíble que puedas ser tan delgada." Regresó para volver a llenar la taza de café. Conversaban cada vez que lo hacía. Finalmente, Dorothy se sentó y le dijo que Murietta nunca cambiaba. Tal vez era bueno; tal vez malo. Hildie le habló de su preparación para enfermera, de su trabajo en *Samuel Merritt* y de la gente que había conocido. De lo único que no habló fue de Trip Arundel. La campanilla sonó.

—Ahora es cuando se pone concurrido. —Dorothy se levantó—. Ha sido bueno hablar contigo. —Levantó la cafetera—. Espero que vuelvas.

—Lo disfruté también, pero creo que será la última vez que salga de casa por algún tiempo.

❄ ❄ ❄

El doctor Whiting tenía lágrimas en sus ojos, sentado detrás de su escritorio.

—Es un hombre orgulloso, Hildemara. Y también muy obstinado. Claro, te daré lo que necesites. El cáncer está avanzando más rápido de lo que esperaba, pero tal vez sea algo bueno, si entiendes lo que quiero decir.

Hildemara asintió con la cabeza.

—No durará mucho, doctor Whiting.

—Imagino que has visto a suficientes morir en el hospital como para reconocer los signos. —Unió sus manos y se sentó en silencio, pensando. Hildemara no lo presionó. El doctor se levantó y salió. Volvió unos minutos después y puso una pequeña caja en el escritorio, entre ellos—. Morfina. Suficientes dosis para que le dure una semana en circunstancias normales. Pediré más. Tu padre va a rechazarlo al principio, Hildemara. Cuando lo haga, pregúntale qué haría al ver a alguien que ama morir lentamente con un dolor intolerable. Una vez que reciba su primera inyección, discutirá menos la próxima vez. Quizás hasta te la pida. Es una de las substancias más adictivas que conocemos, pero no importa bajo estas circunstancias.

Conteniendo las lágrimas, Hildemara se levantó.

—Gracias, doctor. —Tomó los frascos—. ¿Qué dosis prescribe?

—Lo dejo a tu discreción. —El doctor Whiting carraspeó—. Dale a Niclas tanto como creas necesario. Te prometo que cuando todo acabe, no cuestionaré tu criterio.

Tardó unos segundos para darse cuenta de lo que había querido decir. Sus piernas temblaban tanto que pensó que se le zafarían.

—No puedo hacer eso.

—Eso dices ahora.

—¡No lo haré!

El doctor Whiting se paró y se acercó a ella para abrazarla. Le dio unas palmadas en la espalda mientras ella lloraba. Cuando ella logró recuperar la compostura, abrió la puerta y la acompañó a la sala de espera. "Iré a tu casa hacia el final de la semana."

Hildemara caminó a casa y sentía como que si tuviera un peso de cincuenta kilos en su bolso y no una pequeña caja que contenía frascos de morfina.

❄ ❄ ❄

Mamá se sentaba con Papá por las tardes. Hildemara sabía que necesitaban tiempo para estar solos y fue a visitar a Elizabeth. La casita que Papá y Bernie habían construido tenía cimientos de concreto y tuberías empotradas. La cocina tenía una gran estufa blanca con mostradores en ambos lados con buen espacio para trabajar. Tenía un refrigerador en lugar de una conservadora de hielo, un baño con lavabo, inodoro, bañera y una ducha. La sala de estar no era grande, pero era acogedora, con un sofá para dos y una silla, una mesa de centro, una mesita, dos lámparas y una radio que Elizabeth tenía encendida. Salvo porque tenía un solo dormitorio, era de tamaño similar a la casa que Hildie había compartido con Boots.

—Es perfecta para nosotros, por ahora. —Elizabeth miró alrededor, todavía resplandeciente como una recién casada—. Pero necesitaremos más espacio cuando tengamos hijos.

Hildemara apartó la mirada.

—Tienes buena mano con las plantas. Todas esas flores en las macetas y las bandejas.

Elizabeth se rió.

—¿Quién habría pensado que yo sería buena con algo tan importante como cultivar cosas? —Se puso seria—. Estoy ansiosa por criar un niño. —Se sonrojó y bajó la mirada—. Lo estamos intentando. Esperábamos tener buenas noticias antes de que Papá . . . —Cuando levantó la cabeza, sus ojos estaban vidriosos por las lágrimas—. Un bebé lo animaría, ¿no crees?

Hildemara bajó la cabeza y miró su café.

Elizabeth se inclinó y puso su mano sobre el brazo de Hildemara.

—Estoy tan contenta de que estés en casa, Hildie. Te he extrañado. —La apretó y la soltó—. Sé que esto es algo feo de admitir, pero estaba muerta de miedo de que tu madre esperara que yo la ayudara a cuidar a Papá. No sé nada de enfermería y, francamente, Mamá puede ser un poco intimidante a veces.

Hildie le sonrió.

—¿Un poco? ¿A veces? ¡Todavía me intimida a diario!

—Tu madre es maravillosa, Hildie. Sabe tanto de administrar este lugar como tu padre. Le dio a Bernie un listado de lo que hay que hacer, cuándo y cómo, a quién contactar cuando las almendras y las pasas estén listas para el mercado. Lo tenía todo escrito en su diario.

Hildemara sabía que Papá no se preocupaba por la granja. Había dicho el otro día que tenía plena confianza de que Bernie podía hacer las cosas por Mamá, si Mamá lo dejaba. Ahora no podía evitar preguntarse si Mamá ya estaba haciendo preparativos para la muerte de Papá, pero no se atrevía a preguntar.

❄ ❄ ❄

Boots escribió.

Vi a Trip el otro día. Me preguntó por ti y por tu padre. Preguntó si tenías planes para volver a Merritt. Le dije que no sabía, y que probablemente tú tampoco. Deberías escribirle, Flo. El pobre chico parece un alma perdida.

Hildie se armó de valor para escribirle a Trip. La carta fue breve y se enfocó en Papá y Mamá, Bernie y Elizabeth, lo que se sentía estar en casa después de estar cuatro años fuera, y cómo su pequeño pueblo había cambiado. Una página. Una semana después, su carta regresó con una etiqueta de *Dirección desconocida*.

❄ ❄ ❄

Papá perdió la vergüenza a medida que las semanas pasaban e Hildemara se encargó de lavarlo y de cambiar las sábanas. Le dio un patrón a Mamá para una bata de hospital. "Hará que las cosas sean más fáciles para él y para mí." Mamá se puso a trabajar inmediatamente. La franela lo mantenía con calor. También las medias suaves que Mamá le tejió.

Papá tomó su mano una mañana y le dio unas palmadas débilmente.

—Dios te hizo enfermera justo a tiempo, ¿no es cierto? Sabía que yo te necesitaría.

Ella le besó la mano y se la puso en su mejilla.

—Te quiero, Papá. Quisiera que no tuvieras que pasar por esto.

—Sé a dónde voy. No tengo miedo. Mamá va a necesitarte, Hildemara Rose.

—Me quedaré, Papá.

—Por un tiempo. No para siempre.

❄ ❄ ❄

"La morfina te hace dormir. No quiero pasar el poco tiempo que me queda en los brazos de Morfeo." Pero cuando el dolor se hizo insoportable, Papá finalmente cedió y dejó que Hildemara le pusiera una inyección.

Hildemara llamó a Cloe. Llegó a casa dos días después y tiró sus maletas en el dormitorio que habían compartido cuando eran niñas. Después de una hora sentada a la par de la cama de Papá, fue a buscar a Hildie. "Te está llamando."

Hildie preparó la inyección de morfina.

Mamá entró y salió de la habitación. Había dejado de dormir con él. "Cada vez que me doy vuelta o me muevo lo hago sufrir."

Cuando Papá gritaba de dolor, Mamá se ponía ansiosa. Caminaba de un lado a otro, lívida, y se mordía el pulgar hasta que le sangraba.

—¿No puedes darle algo?

—Ya le di, Mamá.

—Pues no fue suficiente. Deberías darle más.

—Marta . . . —La voz de Papá, apenas un poco más alta que un susurro, siempre llamaba la atención de Mamá. Mirando enojada a Hildemara, volvió al dormitorio. Papá habló con ella suavemente en alemán. Hildie se apoyó en el mueble del fregadero y se cubrió la cara con las manos, tratando de no llorar.

—Nunca me amaste, Niclas. —Mamá hablaba con una voz áspera, llena de dolor—. Te casaste conmigo por mi dinero.

Papá habló más alto esta vez.

—¿Crees que habría suficiente dinero en el mundo para hacer que me casara con una mujer de tan mal carácter?

Hildie se fue a la puerta y quería gritarles a los dos que no perdieran el tiempo discutiendo, no ahora, no cuando el final estaba tan cerca.

—Haces bromas en un momento como este. —Mamá comenzó a levantarse y Papá le agarró la muñeca. Ella podía liberarse fácilmente, pero no lo hizo.

—Marta —dijo con voz áspera—. No te vayas. Ya no tengo fuerzas para aferrarme a ti. —Cuando ella se tumbó en la silla y comenzó a llorar, Papá se volteó hacia donde ella estaba—. No te dejaría si Dios no me estuviera llamando. —Le acarició la cabeza, con su mano temblorosa por la debilidad. Cuando ella levantó la cabeza, él le tocó la mejilla—. Me he entibiado con tu fuego. —Le dijo más, suavemente, en alemán. Ella tomó su mano y la puso en su mejilla. Hildemara dio un paso atrás y se fue.

¿Cómo era posible que Mamá no se diera cuenta de que Papá la amaba? Hildemara lo había visto demostrárselo de mil maneras. Ella nunca había escuchado a Mamá ni a Papá decirlo en voz alta, en frente de otros: *"Te amo,"* pero nunca dudó, ni un momento, que se amaran.

Mamá salió de la habitación y le hizo señas a Hildemara para que entrara. Hildie entró.

Mirando su reloj, sostuvo su mano y oró hasta que llegó la hora de ponerle otra inyección. Cuando salió, Mamá estaba sentada a la mesa de la cocina, con la cabeza enterrada en sus brazos. Hildie no sabía quién la necesitaba más, Papá o Mamá. Sabía cómo atender a Papá, cómo consolarlo. Pero Mamá siempre había sido un misterio.

Esa noche Papá entró en coma. Hildemara se quedó en la habitación y le daba vuelta suavemente cada dos horas. Mamá protestó.

—¿Qué estás haciendo? ¡Déjalo tranquilo! Santo cielo, Hildemara, dale paz.

Hildemara quería levantarse y responderle a gritos a Mamá. En lugar de eso, siguió con su trabajo y hablaba tan tranquila y calmadamente como le fuera posible.

—Hay que darle vueltas cada dos horas, Mamá, o le saldrán llagas.

Después de eso, Mamá ayudó. Trabajaban en turnos. La cara de Mamá se veía tan blanca y fría como el mármol.

El olor de la muerte llenó la habitación. Hildie controlaba repetidamente el pulso y la respiración de Papá. Oraba suavemente, en voz baja, mientras lo cuidaba. *Dios, ten misericordia. Dios, que se acabe pronto. Dios, lleva a Papá a casa. Jesús, Jesús, no puedo hacer esto. Dios, dame la fortaleza. Por favor . . . por favor, Señor.*

Hildie cambió la ropa de cama y le cambió la bata. Se preguntaba si la gente sentía dolor cuando estaba en coma. No sabía si ponerle otra inyección o no. Cuando llamó al doctor Whiting y le preguntó, él dijo que no sabía.

—Es mi turno, Mamá.

—No. —Su voz era firme—. Ya hiciste suficiente. Ve a descansar. Me quedaré un poco más.

—Te despertaré si . . .

Mamá sacudió su cabeza.

—No discutas conmigo ahora, Hildemara Rose. —Tomó la mano de Papá entre las suyas y susurró con voz áspera—: No ahora.

❄ ❄ ❄

Hildie entró en la habitación y antes de tocarle la frente supo que Papá se había ido a casa. Su cara se veía serena, todos los músculos relajados. Ahora se veía blanca y no gris, la piel tensa en la mejilla y la mandíbula, con los ojos cerrados y hundidos. Sintió alivio y luego se avergonzó por sentirlo.

—Se ha ido, Mamá.

—Lo sé.

—¿Cuándo?

Mamá no respondió. Sólo estaba sentada sosteniendo la mano de Papá entre las suyas, mirándolo.

Hildemara puso su mano en la frente de Papá y la sintió fría. Sintió que la ráfaga de angustia aumentaba, que le apretaba la garganta, pero la reprimió.

Hacía horas que Papá se había ido, y no podía evitar preguntarse cuánto de Mamá se había ido con él.

❄ ❄ ❄

Hildemara le escribió a Boots la noche después de que llevaran a Papá a la funeraria. Mamá se había ido a la cama y se había quedado allí todo el día. Cloe alimentó a los pollos, ordeñó la vaca y cuidó a los conejos. Cuando Bernie le dijo a Hildie que no tenía que hacer las tareas, ella le gritó que tenía que hacer algo o se volvería loca, luego cayó en sus brazos llorando. "Papá se fue. Se fue. Yo pensaba que viviría para siempre."

Mamá ya se había encargado de todos los arreglos, claro. Ataúd cerrado. Así lo había querido Papá. Un servicio conmemorativo sencillo en la iglesia, abierto para todos. Llegó todo el pueblo, y además, la última persona que Hildie esperaba ver.

Trip estaba parado afuera de la iglesia después del servicio. El corazón de Hildie palpitó fuertemente y le atascó la garganta. Se veía tan alto y apuesto con traje negro y su sombrero en sus manos. Lo sostenía del ala y le daba vueltas lentamente. La gente se agrupó alrededor de Mamá. Hildemara se quedó cerca, a su lado, Bernie y Elizabeth al otro, Cloe y Rikka detrás. Había mucha gente: el doctor Whiting y la señora King, maestros, directores de la escuela, dueños de tiendas, agricultores, la familia Musashi. Los Herkner llegaron desde San Francisco y traían a Fritz con ellos. Todos tenían una historia que contar de Papá, recuerdos que querían compartir.

"Niclas me ayudó a plantar mi huerto . . ."

". . . amaba a Dios . . ."

". . . nos ayudó cuando llegamos de Oklahoma . . ."

". . . sabía cómo supervisar a una cuadrilla de cosechadores y hacía que al final de la temporada se fueran con una sonrisa . . ."

"Siempre supe que podía confiar en él . . ."

Mamá le frunció el ceño a Hildemara. "Deja de apretarme el brazo tan fuerte."

Hildie se disculpó y la soltó. No podía ver a Trip entre los asistentes y se preguntaba si ya se había ido.

Mamá le dio un codazo. "El señor Endicott te está hablando."

El calor le subió a Hildie a las mejillas mientras le agradecía sus amables palabras. Vio otra vez a Trip en la orilla externa de la reunión. "Perdón, Mamá. Hay alguien con quien tengo que hablar." Salió y dejó que Cloe tomara su lugar.

Se abrió camino entre el gentío, aceptando condolencias y tratando de avanzar hacia donde estaba Trip. Cuando finalmente lo alcanzó, no pudo hablar. Abrió su boca y la cerró como un pez que se ahoga en el aire.

Los ojos de Trip brillaban por las lágrimas.

—Siento mucho lo de tu padre, Hildemara. Me habría gustado conocerlo.

Sus palabras le hicieron recordar su pecado de omisión. Nunca le habló de Trip a Papá.

—Gracias por venir. —¿Cómo se había enterado del servicio? Boots había aceptado un trabajo en Los Ángeles el mes anterior.

Parecía que él leía su mente. —Boots llamó y me contó.

Hildie volteó para ver a Mamá, con miedo de que Trip pudiera ver más en su cara de lo que quería que supiera. Lo amaba tanto que quería gritar por el dolor de verlo otra vez.

—Te ves cansada, Hildie.

—Lo estoy. —*Cansada hasta los huesos. Cansada el alma*—. Mamá también.

—¿Puedo conocerla? —Como Hildie vaciló, hizo una mueca—. No te preocupes. No diré nada de nosotros.

Nosotros.

Se abrieron paso hacia donde estaba Mamá con Bernie, Elizabeth, Cloe y Rikka. "Mamá, quiero presentarte a un amigo de *Merritt*." Presentó a Trip como Cale Arundel. Trip le tomó las manos y habló suavemente con ella. Mamá le agradeció por venir desde tan lejos y miró a Hildemara, como si quisiera más explicaciones de por qué lo haría.

—Vamos, Mamá. —Bernie tomó su mano y la metió en su brazo y le dedicó a Hildemara una mirada deliberada—. Tenemos que volver a casa.

Trip tocó a Hildemara levemente en el brazo. —¿Caminas conmigo hasta mi auto?

—Volveré enseguida, Bernie.

Mientras caminaban, Trip pasó su mano por su brazo y tomó su mano. Ella se soltó. Cuando se detuvieron frente a su auto, ella levantó la cabeza.

—Fue muy amable de tu parte venir de tan lejos, Trip.

—Podría llevarte a casa. Nos daría unos cuantos minutos para hablar.

—No puedo. —Se le quebrantó la voz.

—¿Vas a volver?

—No lo sé. —Las lágrimas corrían por sus mejillas y se las quitó con impaciencia.

Después de los meses difíciles de ver a Papá morir, sus emociones estaban en un estado de confusión. No podía volver a Oakland y reanudar su vida desde donde había quedado. Parecía casi inmoral hacer algo así, cuando muchos estaban muriendo, cuando acababan de poner a Papá en su tumba. No podía dejar a Mamá sola. Rikka se iría con Melvin. Cloe volvería a Hollywood, con la cabeza metida en el diseño de trajes y saliendo con su productor. Bernie y Elizabeth no podrían hacer todo el trabajo, ¿o sí? Alguien tenía que quedarse y cuidar a Mamá. Pero eso no era todo lo que se agitaba en su mente. ¡La guerra! Todos hablaban de la guerra. Los hombres morían en las guerras. Era mejor no amar a Trip más de lo que ya lo amaba. Nadie sabía qué traería el mañana.

"No, creo que no. Por lo menos ahora no. Mamá me necesita." No podía mirarlo, segura de que todo lo que sentía estaría escrito en su cara. Vio que Mamá la miraba desde el asiento de adelante. "Tengo que irme, Trip." Dio un paso atrás. "Saluda a todos. Diles que los extraño."

Cuando se metió al auto, Mamá no la miró. Estaba sentada con la espalda recta, mirando hacia el frente, en el asiento del pasajero de adelante. Bernie encendió el auto.

—¿Dónde está Rikka?

Cloe miraba a Hildie.

—Va a casa en el auto con Melvin.

Bernie miró atrás desde el asiento del conductor.

—¿Nos seguirá Cale a casa?

—No. —Antes de que alguien pudiera preguntar si lo había invitado, ella continuó rápidamente—. Tiene un largo camino a Oakland. —Miró por la ventana, esperando que nadie viera sus lágrimas ni que lo mencionaran otra vez.

—Parecía un buen tipo, lo poco que puedo decir por el corto tiempo que estuvo con nosotros.

—Es más apuesto que la mayoría de los actores que he conocido —agregó Cloe, sin sonreír, todavía mirando, con el ceño levemente fruncido.

—Todas las mujeres del hospital estaban enamoradas de él.

—Y vino hasta aquí, a Murietta . . .

—Cállate, Bernie. —Fue Cloe quien lo dijo.

Mamá no emitió ni un sonido.

Cuando todos los visitantes se fueron, Mamá se metió en cama. Cuando Hildie fue a verla más tarde, Mamá estaba boca arriba, despierta, mirando al techo.

—¿Quieres que me siente un rato contigo?

—No.

Hildie durmió en el sofá. Se despertó con la luz de la luna que se filtraba por la ventana. Pensó que había oído a alguien gritar afuera. Se levantó rápidamente y fue a ver a Mamá. No estaba en su cama. Se puso encima su abrigo y salió corriendo por la puerta trasera. Los gritos venían del huerto. Bernie estaba parado en el patio.

—¿Es Mamá?

—Sí. —La agarró del brazo—. Déjala sola. Tiene que sacarlo de alguna manera. —Podía ver el brillo de las lágrimas en su cara—. Lo ha aguantado por mucho tiempo. Deja que grite. Deja que golpee la tierra.

Hildemara podía oírla.

—Está maldiciendo a Dios.

—Por esta noche, y luego se aferrará a él cuando haya terminado. Vuelve a la casa. Ella entrará cuando se haya desahogado.

—¿Y qué vas a hacer tú?

—Papá me pidió que la cuidara.

1941

No hacía una semana que había muerto Papá cuando Mamá volvió a trabajar. Se levantaba al amanecer y hacía café, luego salía a ordeñar la vaca, a alimentar a los pollos y a recoger huevos. Cloe volvió a Hollywood. Rikka volvió a la escuela. Bernie se encargó del trabajo de la granja. Elizabeth se encargaba de los almácigos en el vivero y mantenía la huerta sin mala hierba y libre de insectos.

La gente seguía llegando a visitar y todos traían algo: estofados; pasteles; ensalada de papa alemana; pequeños frascos con mermeladas y jaleas hechas en casa; cáscara de sandía encurtida; grandes recipientes con albaricoques, duraznos y cerezas. Durante años, Mamá había llevado regalos a las familias necesitadas y ahora estaba cosechando lo que había sembrado con amabilidad.

Inquieta por no tener nada que hacer, Hildemara se puso a trabajar en la casa. Fregó el piso de la cocina, sacó todo de los gabinetes y fregó los estantes, restregó la estufa y el fregadero. Raspó la pintura descascarada y decidió que era hora de renovar las cosas un poco. Usó algo de sus ahorros para comprar una pintura amarilla alegre, el mismo color que Mamá había escogido originalmente y que se había apagado con los años. Elizabeth había hecho cortinas bonitas para la casita. ¿Por qué

Mamá no podía tener unas? Hildemara compró tela y le pidió ayuda a Elizabeth para rehacer las cortinas de la sala de estar, la cocina y el dormitorio. Agregó visillos de encaje para que Mamá pudiera abrir las ventanas y que el polvo no entrara ni el sol decolorara el sofá después de que ella y Elizabeth lo cubrieran con una funda de chintz. Hizo bonitos cojines decorativos azules y amarillos, con orillas de encaje. Mamá nunca las había tenido.

Mamá todavía cocinaba. Hildemara encargó un mantel de encaje cuáquero. Renovaba las flores en la mesa con frecuencia.

Si Mamá se daba cuenta de los cambios, nunca dijo nada. Hildemara no sabía si habían aliviado el dolor de Mamá o no.

Sacó la bolsa de recortes y comenzó a trabajar en una alfombra. La mezcla de colores iluminaría la sala de estar. Cuando le escribió a Cloe y le contó sus planes, Cloe le envió una caja de retazos de tela. El trabajo llenó las largas y tranquilas noches de Hildemara. Tenía que trabajar, de otra manera no podía dormir. Lloraba por Papá y se preocupaba por Mamá.

Y no podía sacarse a Trip de la cabeza.

Aun cuando caía exhausta en la cama, tenía problemas para dormirse. Se quedaba acostada despierta y se preguntaba qué estaría haciendo y si él había conocido a alguien más. Claro que sí. Ella no podía volver. No podía dejar sola a Mamá.

Una noche, Mamá bajó su libro y sacudió la cabeza.

—Tardarás meses en terminar esa alfombra, Hildemara. ¿Por qué la comenzaste?

—Porque iluminará la sala. Mira los colores, Mamá. Si fuéramos al cine, veríamos algunas de estas telas en los trajes. Rikka va a hacer un cuadro de los Alpes para ti. Lo colgaremos justo allí en la pared. Le agregará . . .

—Esta es mi casa, Hildemara, no tuya.

Hildie jadeó al clavarse la aguja en el dedo. Se sobresaltó y succionó la herida.

—Lo sé, Mamá. Solamente estoy tratando de arreglar un poco las cosas, que estén más . . .

—Me gustan las paredes amarillas. Me gustan las cortinas nuevas. Pero ya es suficiente.

—¿No quieres la alfombra? —Hildemara no podía evitar que el dolor surgiera dentro de ella—. ¿Qué se supone que debo hacer con todos estos . . . ?

—Sólo mételos en la caja.

—La alfombra es . . .

—Lo suficientemente grande para ponerla debajo del fregadero.

Los ojos de Hildemara se inundaron.

—¿Qué estás tratando de decir, Mamá? —Lo sabía, pero quería escucharlo de su boca. Quería que lo dijera abiertamente.

—No necesito una criada, Hildemara. ¡Y seguramente no necesito una enfermera!

Sus palabras penetraron profundamente.

—No me necesitas. ¿No es eso lo que estás tratando de decir?

La emoción onduló en la cara de Mamá, como una tormenta sobre el agua, y entonces su cara se endureció.

—Está bien, Hildemara Rose. Si eso es lo que se necesita, lo diré. No te necesito. No te quiero aquí. ¡Mientras más pronto te vayas, será mejor para las dos!

¿Irme? ¿Irme a dónde? La cara de Hildemara se encogió.

—¡Fuiste tú quien me pidió que viniera a casa!

—¡A cuidar a Papá! Y lo hiciste, pero él ya se fue. ¡Yo puedo cuidarme sola!

—Sólo quiero ayudar.

—No, quieres hacer el papel de mártir.

—¡Eso no es cierto!

—Entonces, ¿qué otra cosa podría ser? ¿Por qué quedarte meses, y hacer todas las cosas que siempre has odiado?

—¡No quería que estuvieras sola! —Rompió a llorar.

—Los tengo a Bernie y Elizabeth a pocos metros de mi puerta trasera. —Mamá apretó los brazos del sillón—. Te preparaste para ser enfermera. ¡Me dijiste que eso era lo que querías hacer con tu vida! Entonces, ¿por qué estás todavía aquí? ¿Por qué no has vuelto a la enfermería? Tenías tu propia vida antes de que te pidiera ayuda. Tu ayuda ya no se necesita. ¿Por qué estás todavía aquí? —Se levantó e hizo una mueca—. *¡Vete a vivir tu vida y déjame con la mía!* —Entró al dormitorio que había compartido con Papá y cerró la puerta de un golpe.

Hildemara tiró la alfombra a la caja de retazos y corrió hacia la puerta de atrás y al antiguo dormitorio de Bernie. Se tapó la cabeza y lloró.

¿Volver? ¿Volver a qué? Había terminado todo con Trip. Si hubiera habido alguna oportunidad de felicidad, había terminado el día en que vino al servicio de Papá. Si volvía a *Merritt*, podría verlo otra vez. Alguna otra chica seguramente le había dicho que sí. ¿Cómo podría soportar verlo? Y ahora Mamá le demostraba sus verdaderos sentimientos. Estaba impaciente por deshacerse de ella.

¿Qué podía esperar?

Empacó sus maletas, tomó una ducha y se fue a hablar con Bernie y Elizabeth.

—Necesito que me lleven mañana en el auto.

—¿Y a dónde vas?

—Vuelvo a Oakland.

No pudo dormir esa noche. Entró a la cocina e hizo el café.

Mamá salió.

—Te levantaste temprano.

—Me voy esta mañana.

—¿Quieres comer algo antes de irte?

Si Hildie hubiera esperado que Mamá cambiara de opinión, ya tenía una respuesta.

—No, gracias.

Mamá se sirvió una taza de café.

—Voy a vestirme y te llevaré a la estación de bus.

—Bernie me llevará.

—Ah. —Se sentó y dejó salir un suspiro—. Bueno, haz como quieras.

Cuando llegó la hora de irse, Hildemara se paró en la puerta de atrás.

—Adiós, Mamá.

—Escribe.

Cuando Bernie giró frente a la casa, vio a Mamá que levantaba la mano, parada en el porche. Hildie sintió poco consuelo con el pequeño gesto.

—Lo siento, Hildie. —Bernie conducía como Mamá, rápido, confiado, con la cabeza en alto y la mirada hacia el frente—. ¿Vas a estar bien? —Le dio una mirada rápida.

—Perfectamente bien. —La señorita Jones había dicho que le reservaría el puesto. En cuanto al resto, tendría que esperar para ver cuánto sufrimiento podía soportar antes de marcharse.

❄ ❄ ❄

Como Boots se había ido, Hildie no tenía dónde vivir. La señora Kaufman le dio un lugar en *Farrelly Hall*. "Puedes quedarte tanto como lo necesites, Hildemara." El dormitorio del porche difícilmente era un lugar al que llamaría hogar, pero Hildie se sentía cómoda allí. Tendría que preguntar si alguien necesitaba una compañera de cuarto.

Jones la puso inmediatamente a trabajar. "Hemos estado escasos y se pondrá peor si vamos a la guerra. No podemos ignorar a Hitler para siempre, y el Ejército necesitará enfermeras."

Hildie se sumergió en el trabajo. Se volvió a sentir útil. Quizás Mamá no la necesitaba, pero muchos otros sí. Y le encantaba su trabajo; amaba a sus pacientes; tomaba turnos extras y trabajaba seis días a la semana.

Boots llamó desde Los Ángeles.

—¿Qué estás haciendo en *Farrelly Hall*? Pensé que ya te habrías casado con Trip.

—No he visto a Trip.

—¿Te estás escondiendo en el servicio del pabellón?

—Ha pasado mucho tiempo, Boots. Dudo que se acuerde de mí.

—Qué tonta eres.

De pie, junto al mostrador de enfermeras un par de semanas después, Hildemara oyó un golpazo cuando alguien abrió las puertas repentinamente. Su corazón saltó cuando vio a Trip caminando a zancadas por el corredor. Parecía enojado. No lo había visto ni de lejos desde que había regresado a *Merritt*, hacía dos semanas. Había evitado la cafetería por miedo a toparse con él. "Hola, Trip. ¿Cómo estás?"

La agarró de la muñeca y siguió caminando. "Permiso, señoritas." Casi la arrastró por el pasillo, abrió un armario de ropa de cama y la metió adentro.

"Trip, yo . . ."

Cerró la puerta de una patada, la abrazó y luego la besó. Su cofia de enfermera se torció; quedó colgando de una horquilla. Cuando él levantó la cabeza, ella trató de decir algo, pero él la volvió a besar, más profundamente esta vez. La sostenía tan cerca que ella no tenía que preguntarse qué sentía. Los dedos de sus pies se encogieron en sus zapatos blancos. Se golpearon contra un estante. Él se apartó. "Lo siento."

Sin respiración, él la miró. Estaba a punto de besarla otra vez cuando alguien tocó la puerta. "¡Cuidado con la ropa allí adentro!" Las suelas de hule de Jones rechinaron por el pasillo.

—Cásate conmigo.

—Está bien.

Respiró con fuerza.

—¿Está bien?

—Sí. —Dio un paso adelante y metió sus manos en el pelo de él—. Sí. Por favor. —Le jaló la cabeza para abajo—. No te detengas.

La tomó por las muñecas y le bajó las manos.

—Esperaba tener esta bienvenida en Murietta. —Hizo una mueca—. Me diste la impresión de que no volverías más. —Sus ojos se oscurecieron—. Boots me llamó.

—Tengo que agradecérselo.

—¿Mamá ya no te necesita? —Le recriminó suavemente y le puso la cofia en la cabeza, tratando de acomodarlo. El corazón de Hildie daba martillazos.

—Mamá me echó.

—Dios bendiga a Mamá. —Con sus manos tomó su cara con ternura, luego acarició suavemente sus labios hinchados con su pulgar—. Voy a escribirle una carta de agradecimiento. —La besó otra vez, como si no pudiera contenerse.

No hubo palmadita esta vez, sino un golpe firme de nudillos duros.

—Ya es suficiente, señor Arundel. Tenemos trabajo que hacer por aquí.

Trip abrió la puerta. —Sí, señora.

—Quítese esa sonrisa descarada y váyase de mi pabellón. —Inspeccionó a Hildemara—. Arréglate el pelo. ¿Qué? ¿No hay anillo? —Como Trip se iba, le gritaba—: Tienes intenciones honorables, ¿verdad?

—¡Sí, señora! —Riéndose, golpeó la puerta otra vez y desapareció.

Hildie también se rió, jubilosa.

❄ ❄ ❄

Trip quería comprar un diamante solitario, pero Hildie lo convenció de que no lo hiciera. No puedo usarlo en el trabajo. "Los anillos elegantes juntan bacterias, y un solitario se enredaría cuando cambie la ropa de cama." Trip eligió entonces un anillo de matrimonio de platino, adornado con pequeños diamantes. Tendrían una boda sencilla en la iglesia de Oakland, después de que terminara la universidad en junio.

Trip tomó otro trabajo de medio tiempo, lavando ventanas para ahorrar dinero para una casa. Hildemara tomó turnos extra. Casi no se veían, excepto los domingos, cuando iban a la iglesia juntos.

A medida que pasaban las semanas, Hildie comenzó a sentirse sin energía. Tenía escalofríos durante al día y se abrigaba con un suéter. Tenía sudores nocturnos. Trip puso la mano en su frente una noche.

—Estás caliente.

—Probablemente tengo un resfriado o algo así.

Trip la llevó al apartamento que compartía con una enfermera del pabellón de enfermedades respiratorias. Insistió que dejara de trabajar tan duro y que por lo menos tomara dos días libres a la semana. Disminuyó sus horas, pero no se sentía descansada. Cuando Trip la llevó a jugar bolos, Hildie casi no podía levantar la bola y hacerla rodar. Dos veces, dejó caer la bola y la vio rodar lentamente por la canaleta.

—Lo siento. Es que estoy demasiado cansada esta noche.

—Hacerte cargo de tu padre te agotó, Hildie. —Trip entrelazó sus dedos con los de ella—. Has perdido más peso desde que volviste.

Ella lo sabía y había estado intentando comer más. Le dolía el pecho. No podía hacer una respiración profunda. Deprimida, tomó unos días de descanso. Trip iba a verla y abría latas de sopa de pollo.

—No más turnos extra, Hildie. Prométemelo. Te ves exhausta.

—Deja de preocuparte, Trip.

Jones frunció el ceño cuando llegó al pabellón después de descansar unos días. "Baja ahora mismo y ve a ver al médico del personal." Levantó el teléfono. "Vamos, Hildemara. Lo estoy llamando ahora mismo y le diré que vas para allá."

El médico le puso su estetoscopio en el pecho. Examinó los síntomas. Le costaba llenar los pulmones con aire. Le dolía respirar. Le dio unos golpes en el pecho y volvió a escuchar; se veía sombrío.

—Efusión pleural. —Líquido en los pulmones.

—¿Neumonía?

No quería responderle, por lo que Hildemara sintió un impacto frío que le corrió por todo el cuerpo. Cuando la internaron en el hospital y ordenaron rayos X, ella no protestó. No podía sacarse al señor Douglas de su mente, y a otros dos pacientes que había atendido desde entonces que habían sido trasladados al pabellón de cuarentena.

Trip entró antes de que pudiera dejar órdenes de que no quería visitantes. No había dejado de llorar desde que la habían ingresado al hospital. Cuando lo vio, levantó su mano.

—Quédate lejos de mí.

—¿Qué?

—Sal de aquí, Trip.

—¿Qué te pasa?

Se puso la sábana en la boca.

—Creo que tengo tuberculosis.

Se puso blanco. Los dos sabían que una estudiante de enfermería había muerto el año anterior. Dos pacientes más de bronquitis resultaron tener TBC activa.

Trip se seguía acercando. Ella agarró el cable y presionó el botón una y otra vez. Una enfermera llegó corriendo.

—¡Sácalo de aquí! ¡Ahora!

—¡Hildie!

Sollozando, se puso la sábana encima de la cabeza y se dio vuelta.

La enfermera acompañó a Trip para que saliera de la habitación, luego volvió.

—¿No debería esperar a que llegaran los resultados antes de . . . ?

—¿Y arriesgarme a exponer a alguien? ¡Deberías usar una mascarilla! ¡Y mantén a la gente lejos de aquí!

No tuvo que preguntarle al médico qué mostraban los rayos X. Podía verlo claramente en su cara.

"Tenemos que enviar el fluido al laboratorio antes de estar seguros."

Poco consuelo. Aspiró fluido de su pulmón infectado y lo envió al laboratorio, donde se lo inyectarían a una rata. El médico envió a Hildie a la unidad de aislamiento.

Trip vino inmediatamente. Ella rehusó verlo. Él escribió una nota y se la dio a la enfermera.

Nos hemos besado cien veces, Hildie. ¡Ya estuve expuesto! Déjame entrar a verte. Deja que me siente contigo. Déjame tomarte de la mano. . . .

Llorando, insistió en ponerse unos guantes de plástico y una mascarilla antes de responderle.

No sabía que tenía TBC! No puedes entrar. No me lo pidas otra vez. Ya es lo suficientemente difícil. Te amo. ¡Vete!

No quería arriesgarse a infectarlo, a él ni a nadie más.

Hildie pasó las próximas semanas en el pabellón de aislamiento, esperando los resultados de los exámenes. Trip seguía visitándola. "Eres la mujer más obstinada y porfiada que he conocido," gritó desde la puerta.

Los resultados dieron positivo.

36

"Todavía no sabemos lo suficiente acerca de la tuberculosis." El doctor se veía como si quisiera pedirle disculpas. Varias enfermeras habían muerto en los últimos años. Era obvio que no quería darle falsas esperanzas.

Hildemara sabía que tenía pocas probabilidades de supervivencia con sus antecedentes de neumonía.

"He ordenado reposo."

Ella se rió amargamente. ¡Como si no hubiera estado descansando en la cama por semanas!

"*Merritt* no tiene un pabellón de cuarentena dedicado a la TBC, por lo que se le trasladará a un sanatorio. Hay varios para elegir, pero tendrá que tomar una decisión inmediatamente o la administración del hospital tendrá que decidir por usted."

Aunque Hildie había contraído la enfermedad mientras trabajaba, todavía quedaba sin resolver si *Merritt Hospital* pagaría por su atención. Como no quería endeudarse, eligió las instalaciones más económicas, Arroyo del Valle, un sanatorio del condado en las colinas Livermore. Ofrecían ayuda financiera. Si sobrevivía, la necesitaría. Se encontró preguntándose quién tendría que pagar las facturas si moría. Los ciudadanos, claro. Impuestos. Se sintió avergonzada.

Trip protestó.

—Hay un mejor hospital aquí en el área de la Bahía. —Se paró en el pasillo y habló con ella por la puerta que apenas estaba abierta.

Ella no quiso explicarle sus razones. ¿Por qué desperdiciar dinero si de todas formas no iba a vivir?

—Estaré mejor en el campo, con espacio y aire fresco alrededor de mí.

—Voy a llamar al Reverendo Mathias. Él puede llevar a cabo la boda aquí en el hospital. Jones vendría.

—¡No!

—¿Por qué no?

—Sabes por qué no. No hay cura, Trip.

—Estoy orando por ti. Toda la iglesia está orando por ti. Mis padres están orando. La iglesia de ellos está orando. Tu madre, Bernie, Elizabeth . . .

—¡Ya basta, Trip! —Cada respiración le dolía. El corazón le dolía aún más. Jadeó por un momento, hasta que tuvo aliento para hablar—. ¿Y si no es la voluntad de Dios?

Abrió la puerta de un empujón y entró.

—Te estás rindiendo. ¡Ni se te ocurra rendirte!

Una enfermera apareció de inmediato.

—¡No puede estar aquí!

—Me iré ahora, Hildie, pero no me iré lejos. —Cuando la enfermera lo tomó del brazo, él se liberó de un tirón—. ¡Deme un minuto! —Hizo a la enfermera a un lado y caminó hacia la cama; agarró a Hildemara de las muñecas cuando ella se cubrió la boca con la frazada—. Te amo, Hildie. Nada hará que eso cambie. En salud y en enfermedad. Te lo juro ante Dios y este testigo. —Movió la cabeza hacia la enfermera que estaba en el pasillo llamando a seguridad—. Mientras ambos estemos vivos. —Le acarició sus muñecas antes de soltarla. Dos hombres aparecieron en el corredor. Él levantó sus manos—. Ya me voy.

—A las duchas primero —le informó uno.

Hildemara se preguntaba si la TBC produciría una muerte tan dolorosa como el cáncer, o si se moriría primero por el corazón roto.

❄ ❄ ❄

La primera carta que Hildemara recibió en Arroyo era de Mamá. Sólo una línea.

Llegaré tan pronto como termine la cosecha de uvas. Recupérate.

Típico de Mamá dar una orden.

Varias enfermeras habían sido enviadas a Arroyo. Se llevaban bien entre ellas. Hildie supuso que era por tener tanto en común unas con otras. Hablaban de la enfermería, de las familias, los amigos, los médicos, casos en los que habían trabajado. Tenían juegos, leían libros, pasaban tiempo bajo el sol y dormían. A los ojos de cualquiera podía parecer que estaban de vacaciones.

Las extracciones de líquido eran como una tortura lenta. Sufría con los sudores nocturnos y las fiebres altas. Después de semanas de descanso, todavía se sentía débil. La frustración y la congoja aumentaban su depresión, a medida que pasaba el tiempo y no sentía ninguna mejora.

Trip vino a visitarla. Ella dejó de insistir en que se alejara.

Su compañera de cuarto, Ilea, enfermera también, compartió con Hildie, y con cualquiera que había venido de visita, el delicioso pollo frito de su mamá, ensalada de patatas y galletas con trozos de chocolate. Su prometido venía frecuentemente. Varias pacientes tenían esposos; algunas tenían hijos. Una que tenía niños había muerto la semana después de que Hildie había llegado al hospital. No todos los novios y esposos demostraron ser tan fieles como Trip. Algunos no venían nunca.

Mamá escribió otra vez.

Llegaré tan pronto como termine la venta de almendras.

Hildie respondió.

No sientas obligada a venir. Es un camino largo y no soy una buena compañía.

Una semana después, Mamá llegó sin avisar.

❄ ❄ ❄

Hildemara levantó la cabeza, sorprendida, y vio a Mamá parada a un metro de distancia.

—¿Mamá?

Tenía esa mirada en su cara que significaba problemas.

—Eres mi hija. ¿Pensaste que no vendría?

Hildie tosió en un pañuelo. Mamá se sentó lentamente, mirándola, sin expresión. Cuando el espasmo finalmente se detuvo, Hildemara se apoyó en el respaldo y se sentía agotada.

—Lo siento. —Vio el brillo de algo en los ojos de Mamá—. Siento haber dicho que lo sentía. —Le dio una sonrisa débil.

Mamá había llevado regalos. Cloe le había enviado un bello camisón, adornado con encaje, y una bata lo suficientemente elegante y cara como para una estrella de cine. Había metido una nota entre los dobleces.

Era para tu noche de bodas. No creo que a Trip le importe que lo uses ahora.

Cloe tenía tantas esperanzas como Hildemara.

Rikka había enviado cuadros: Cloe en la máquina de coser, Mamá en el asiento del piloto de su Modelo T, Bernie injertando un árbol, Elizabeth en el huerto de vegetales, Papá parado debajo de los almendros en flor, con los brazos extendidos, mirando hacia arriba. Incluso había pintado a Hildie sentada en las ramas del paraíso, apoyada en el tronco, con una sonrisa de *Mona Lisa*. El último era un autorretrato en caricatura de una chica con una bata de pintor, dibujando a un hombre desnudo que se parecía increíblemente a Melvin. Hildie se rió y volvió a toser, y ahora por más tiempo.

Mamá había tejido a *crochet* una frazada rosada para el regazo. Hildemara la alisó sobre sus piernas.

—Es bella. Muchas gracias por venir desde tan lejos a verme.

—No creíste que vendría, ¿verdad?

Encogió los hombros.

—No lo esperaba.

Mamá apartó la mirada hacia las montañas y los robles.

—Es bonito y pacífico aquí.

—Sí. —*Un buen lugar para morir.* A veces le pedía a Dios que se la llevara. Trip podría seguir con su vida. Ella no sentiría que vivía en el fondo de un pozo. Papá dijo una vez que la muerte era abrir la puerta hacia el cielo.

Hablaron de la granja. Bernie y Elizabeth todavía esperaban tener un bebé. Hildemara no quería quitarles esa esperanza ni decirle a Mamá que no era probable que ocurriera.

Mamá habló de Papá y de cuánto él amaba a Hildie. Hablaron de Cloe y de las estrellas de cine que había conocido. A Cloe le gustaba soltar nombres como Errol Flynn, Olivia de Havilland, Bette Davis, Tyrone Power, Alice Faye. Finalmente se había hecho de su trabajo soñado y hacía trajes para las películas. Había conocido a varias estrellas en fiestas antes y después de las producciones.

Salieron otros pacientes, saludaron a Hildemara, conocieron a Mamá, hablaron un poco y se fueron a descansar bajo el sol.

—Has hecho algunas amigas buenas, Hildemara.

—Tratamos de sostenernos mutuamente.

—¿Y Trip?

—Viene una vez a la semana, cuando no tiene clases ni está de servicio. Aún le falta un poco para graduarse. No reconocieron algunos créditos de Colorado. Tan pronto como termine la universidad, tomará más horas en el hospital. Todavía no puede pagar la escuela de medicina.

Mamá se relajó en su silla y suavizó la boca. Alisó las arrugas de su vestido de algodón con flores estampadas y unió sus manos.

—Bien. Lo único que tienes que hacer es recuperarte.

—Eso no depende de mí.

Sus ojos se encendieron.

—Sí, depende de ti.

Hildemara no quiso discutir. Sabía más de la tuberculosis de lo que Mamá pudiera imaginar. ¿Por qué decirle lo que les hacía a los pulmones de una persona? Era suficiente que Hildie no tuviera esperanzas. ¿Por qué quitarle a Mamá las suyas?

Inquieta, Mamá se levantó.

—Bueno, aunque no me guste decirlo, será mejor que me vaya. Es un camino largo para volver a Murietta. —Hildemara retiró la frazada y comenzó a levantarse—. No, Hildemara Rose. Siéntate allí y disfruta del sol. —Mamá dio un paso atrás, se colgó su suéter tejido en el brazo y levantó su gastado bolso blanco—. Antes de irme, tengo algo que decirte.

—Se inclinó y tomó la barbilla de Hildemara—. ¡Busca las agallas para luchar, y aférrate a la vida!

Hildemara retiró la barbilla de un tirón y la miró a través de las lágrimas.

—Estoy haciendo lo mejor que puedo.

Mamá se enderezó, con una expresión de desdeño y burla.

—¿En serio? No por lo que puedo ver. Has estado sentada aquí las últimas dos horas, compadeciéndote.

—Nunca dije . . .

—No tenías que decir nada. Puedo verlo escrito en tu cara. ¡Te has rendido! —Sacudió la cabeza—. Nunca pensé que alguno de mis hijos fuera cobarde, pero aquí estás tú rindiéndote. Así como . . . —Apretó los labios—. ¿Por qué he de desperdiciar mi aliento?

Dolida, furiosa, Hildemara se levantó de la silla.

—Muchas gracias por tu compasión, Mamá. Ahora, vete de aquí. —Con el corazón que le latía fuertemente, vio a su madre irse. Mamá volteó una vez, con una sonrisa de satisfacción en su cara.

La sangre corría por las venas de Hildie por primera vez en semanas. Se sentó otra vez, temblando, con sus puños sobre sus piernas. Agarró la frazada rosada con las dos manos y la arrojó al suelo.

El doctor la examinó esa tarde. "Le ha vuelto un poco el color, señorita Waltert. Creo que está llegando a la curva crítica."

❄ ❄ ❄

Querida Rosie:

Fui a Arroyo del Valle a ver a Hildemara Rose. Tenía la palidez de Mamá y las profundas sombras debajo de sus ojos. No podía ver vida en ellos cuando recién llegué. Me aterrorizó. No parecía importarle si vivía o si moría.

Quería sacudirla. En vez de eso, le dije que era cobarde. Aunque me rompió el corazón, me burlé de ella y la humillé. Gracias a Dios se puso bien enojada. Sus ojos escupían fuego y

yo quería reírme de alegría. Es mejor que me odie por un tiempo
que se rinda y se vaya a la tumba antes de tiempo. Estaba
tratando de levantarse cuando me fui. Casi no tenía las
fuerzas para eso, pero por lo menos había color en sus mejillas.
Espero que ese fuego arda más cada día.

❄ ❄ ❄

Aunque su condición mejoró, Hildemara tenía que luchar con el constante tira y afloje de la depresión por la manera en que pasaban los meses.
Varios pacientes murieron. Hildemara se enfocaba en la cantidad que
mejoraba o que celebraba la remisión. Trip escribía todos los días, pero las
cartas eran un pobre substituto de sus besos o de un abrazo.

Tan pronto como salgas de esa prisión nos casaremos.

Comenzó a tener sueños que hacían que se despertara sudando, pero
no como los que producía la TBC. Ya no discutía con él.

En la noche, mientras los demás dormían, se arrodillaba en el extremo
de su cama y miraba por la ventana la luna y las estrellas y hablaba con
Dios, o con Papá. Pasaba horas leyendo la pequeña Biblia de cuero negro
que Papá le había dado cuando comenzó la escuela de enfermería, y
escribía los versículos que le prometían un futuro y esperanza. Cuando el
encuadernado comenzó a despegarse, pidió cinta adhesiva.

Tardó un poco, pero superó el estar enojada con Mamá. Mamá era
simplemente Mamá. Tenía que dejar la esperanza de que tendría una
relación con ella como Cloe o Rikka. Sus dos hermanas siempre habían
tenido la mejor parte del amor. Pero por otro lado, ellas también habían
recibido las mejores partes de Mamá. Nada las detendría de ir en busca de
lo que querían.

Hildie se preguntaba si Mamá alguna vez le daría crédito de haber
triunfado por sí sola.

Jones vino a visitarla. "El secreto de la longevidad, mi hija, es adquirir una enfermedad crónica temprano en la vida. Yo sobreviví a la gripe

española. Me hizo tener consciencia de lo frágiles que son nuestras vidas. Cuando salgas de aquí, porque saldrás, vas a cuidarte mejor. Cuando salgas de aquí, vuelve a *Merritt*. Te quiero de regreso en mi pabellón."

Boots escribía frecuentemente. Había conocido a alguien. Esta vez era un paciente.

Le froté la espalda una noche. Una cosa llevó a la otra. Sólo digamos que si nos hubieran descubierto, yo habría perdido mi trabajo. Él dice que me quiere, Flo. Dice que quiere casarse. Sólo pensar en "hasta que la muerte" me hace sudar.

Unas cuantas semanas después, escribió otra vez y decía que había roto con él.

Probablemente he cometido el peor error de mi vida, pero ya es muy tarde. Algunas personas simplemente no están preparadas para estabilizarse. Creo que soy una de ellas.

Boots aceptó un trabajo en Honolulu.

Oleaje y arena, y muchos cuerpos bronceados. Caramba. Creo que estoy en el cielo.

Unas semanas después, llegó otra carta.

¿Qué estaba pensando cuando acepté este trabajo? He visto toda la isla dos veces. Es una lástima que no sea enfermera del Ejército. Hay muchos soldados guapos en los alrededores. Pero no puedo soportarlo. Me siento como si estuviera viviendo en la cabeza de un alfiler, en medio del Pacífico. Oye. ¿Por qué me sentiré así? ¡Porque lo estoy! Estoy enviando hojas de vida al continente. ¿Quién diría que me sentiría claustrofóbica en el paraíso?

❋ ❋ ❋

Habían pasado seis meses cuando Hildemara recibió el permiso para irse. Empacó sus cosas.

—El 1 de diciembre de 1941 es un día de celebración de ahora en adelante. —Trip puso la maleta en el auto. La sentó cómodamente en el asiento delantero. Cuando comenzó a acomodarle la frazada en su regazo, ella protestó.

—Ya estoy bien, ¿lo recuerdas? —Él sonrió y le dio un beso firme, el primero en ocho meses.

Cuando se metió al asiento del conductor, se inclinó y la rodeó con el brazo.

—Intentémoslo de nuevo. —Tomó su mano y la puso, con la palma recta, en su pecho. Ella podía sentir los fuertes latidos de su corazón, tan rápidos como los de ella. Con sus ojos negros, acarició su cara—. Será mejor que comencemos a hacer los planes de la boda ahora. Ya no más excusas.

—No puedo pensar en ninguna.

Seis días después, los japoneses bombardearon Pearl Harbor.

37

Hildemara se casó con Trip el 21 de diciembre de 1941. Bernie y Elizabeth llegaron con Mamá. Melvin llevó a Rikka. Se fueron poco después de la ceremonia para tomar el *ferry* a San Francisco. Cloe envió sus disculpas. Tenía un contrato con una compañía productora que estaba trabajando con otra película de aventura. Esta vez la estrella era Tyrone Power. "Estamos cosiendo día y noche para tener los trajes listos para la filmación. . . ." El mal clima y la falta de dinero dejaron a los padres de Trip en Colorado.

Muchos de los amigos de la iglesia local de Hildie y Trip vinieron y les trajeron regalos. Las diaconisas prepararon una recepción de bodas en el salón social. Todos hablaban de la guerra y algunos de los hombres de la congregación ya se habían inscrito para el servicio militar. Mamá les dio a los recién casados un mantel hecho a *crochet* con cincuenta dólares metidos entre los dobleces. Los usaron para comprar boletos de tren para Denver.

Los padres de Trip hicieron sentir a Hildemara más como una hija que habían perdido desde hacía tiempo, que como una nuera. Cuando hablaron de cómo quería llamarlos, no quiso hacerlo por sus nombres, Otis y Marg, y optó por la forma en que Trip los llamaba: Pa y Ma.

"¡Ten cuidado!" dijo Trip riéndose. "Pa está buscando la manera de entretenerte."

Cuando enganchó un trineo en la parte de atrás de su auto, Hildie se subió y fue allí desde *East Moreno* hasta el lago Prospect. En unas cuantas semanas aprendió los principios del patinaje y del esquí de fondo.

Tenían poco tiempo para estar solos en la pequeña casa de una habitación. La habitación de Trip era muy parecida a la que Hildie había tenido, un porche de atrás remodelado. Por lo menos tenía persianas en lugar de ventanas de mosquitero. No tenían dificultades para resguardarse del frío.

—Tendremos que volver a California pronto, para que puedas comenzar en la escuela de medicina.

Hildie pasó sus dedos por el grueso pelo castaño de Trip. Sus padres habían salido a visitar a unos amigos y los habían dejado solos todo el día. Habían pasado toda la mañana en la cama, sin tener que preocuparse de no hacer ruidos.

Trip tomó su mano y la besó.

—Me inscribí, Hildie.

A ella se le congeló el corazón.

—¿Qué dijiste?

—Fui a la oficina de reclutamiento el lunes y firmé los papeles.

Ella soltó su mano de un tirón y se sentó.

—Ay, Trip. ¡Dime que no lo has hecho! ¡Apenas hemos estado casados tres semanas! —Todo había funcionado bien para mantenerlos separados por mucho tiempo: la enfermedad de Papá, luego la suya, ¿y ahora se había inscrito para ir y pelear en una guerra? ¿Cómo podía haberlo hecho?

—Hace frío. —Trip la volvió a acostar y puso la pierna sobre las de ella para sostenerla allí—. Todos los hombres saludables se están inscribiendo. ¿Cómo no hacer mi parte?

—¿Entonces te alistas sin siquiera decirme una palabra? ¡Soy tu esposa!

—Hildie . . .

—¡Deja que me levante!

Se levantó, se puso su bata, entró a la casa y se quedó parada cerca de la salamandra. Tendría que meterse en ella para derretir el frío interno. Trip entró y cerró la puerta. Se paró detrás de ella y pasó sus manos de arriba abajo en sus brazos.

—Debía habértelo dicho. Siento no haberlo hecho. Tuve miedo de que me convencieras.

Ella sacudió las manos y lo enfrentó, con lágrimas que le corrían por las mejillas.

—¿Es así como va a ser nuestro matrimonio? ¿Tú tomas las decisiones que cambian la vida y me lo dices después? —Algo más la impactó—. Tus padres lo sabían, ¿verdad? Por eso es que nos dejaron solos hoy. —Cerró los ojos—. Por eso es que Ma se fue a la cama temprano anoche y Pa se veía tan sombrío.

—Nuestro país necesita soldados. El reclutador cree que trabajaré como enfermero, por mi trasfondo de estudios previos a la medicina y el tiempo que pasé trabajando en un hospital. Puedo ser útil.

Le tomó la cara ávidamente, con expresión de agonía.

—No puedo quedarme aquí, a salvo y feliz, haciéndote el amor cuando quiera, mientras otros arriesgan sus vidas por nuestra libertad. Esta es una lucha por la supervivencia de Estados Unidos, Hildie, no un pequeño tiroteo en un país extranjero, en alguna parte de la que no sabemos nada.

Sintió que el cuerpo le temblaba. Ella también había leído los periódicos. Si los japoneses invadían California y Alemania conquistaba Europa, el mundo entero estaría en guerra.

—Tienes razón. Yo también me alistaré. Jones dijo hace un año que el Ejército necesitaría enfermeras.

Él la soltó, con expresión de furia.

—¡Tendrás que pasar por encima de mi cadáver! ¡No te alistarás en el Ejército!

Ella se rió con incredulidad.

—Está bien para ti pero no para mí. Tengo más preparación que tú, Trip. ¡No esperes que me quede sentada en casa mientras mi esposo podría estar entre los heridos!

—¡Quiero que estés a salvo!

—Y yo quería lo mismo para ti, pero hiciste lo que querías. Y ahora estoy de acuerdo. Nuestro país nos necesita.

—No . . . —Puso su cabeza entre sus manos y se dio vuelta.

Hildie puso su mano en su espalda.

—Si significa nuestra libertad, ¿no deberíamos todos ser parte de eso? Se dio vuelta para verla, pálido.

—No hagas nada todavía. Prométemelo. Oraremos por eso.

—¿Y tú oraste?

—*¡Sí!* —Tomó su cara con ambas manos—. He estado orando desde el 7 de diciembre para saber qué hacer.

—Y nunca me incluiste.

Trip hizo una mueca de dolor.

—No lo volveré a hacer. Escúchame, por favor. Es suficiente que uno de nosotros se aliste ahora. Dale un poco de tiempo y oraremos para ver qué quiere Dios para ti.

Todo se desarrolló más rápido de lo que cualquiera de los dos hubiera esperado.

Trip recibió instrucciones e Hildie lo siguió a Camp Barkeley, Texas, y luego a Fort Riley, Kansas, y luego a Fort Lewis, Washington. Ella vivía en hospedajes y él en los cuarteles. Cuando él tenía un día libre, se quedaban en la habitación de ella, anhelantes uno del otro. Decenas de millares de hombres de la Marina y los *Marines* se dirigieron al Pacífico Sur a pelear contra los japoneses, en tanto que el Ejército se organizaba para invadir Europa. Trip recibió instrucciones para la Escuela de Candidatos a Oficiales.

"No puedes venir ahora, Hildie. No podré verte y no quiero que vivas entre extraños. Quiero que te vayas a casa."

¿A qué casa? ¿A dónde? Ella no sabía si volver a trabajar a *Merritt*, donde estaría rodeada de amigos, o a Colorado Springs y vivir con Ma y Pa, o a la casa a Murietta, con Mamá, si ella lo permitía. En ningún lugar se sentiría en casa sin Trip. Se quedaría en Tacoma hasta que pudiera decidir qué hacer.

Trip se puso su uniforme mientras ella estaba sentada en el extremo de la cama con la bata que Cloe le había hecho. Él se inclinó y la besó.

"Tal vez Dios responda mis oraciones para entonces." Pasó sus dedos por su mejilla y se dirigió a la puerta.

No tenía que preguntarle a qué se refería, aunque nunca había hecho su oración en voz alta. Quería que ella quedara embarazada. No solamente quería un hijo, sino que ella no pudiera unirse a los militares.

Ella se puso una mano en los ojos y pidió la protección de Dios para su esposo. Si la leve náusea de la mañana de los últimos días era un indicio, posiblemente Dios ya había respondido la oración de Trip. Tal vez tendrían algo que celebrar en lugar de pasar cada instante preocupándose por lo que podría traer el futuro. ¡El futuro podría traer un niño! Por otro lado, las náuseas también podrían ser por su preocupación de lo que podría ocurrirle a Trip.

Hildemara esperó otro mes antes de hacer una consulta. El doctor confirmó que estaba embarazada. Orgullosa de tener un hijo de Trip, se sentó con su mano sobre su abdomen durante el largo recorrido del bus al apartamento.

Se iría a Murietta. No quería que Trip tuviera más preocupaciones y su esposo no querría que ella viviera sola con un bebé en camino. *Dios lo ha arreglado, Trip. Vas a ser papá. Voy a casa con Mamá. . . .* ¡El primer nieto de Mamá! Quizás Mamá hasta se pondría lo suficientemente feliz como para alardear por eso.

Rikka había ido a casa a ver a Melvin, antes de que se fuera al campamento de entrenamiento del Cuerpo de los Marines, y después volvió a San Francisco. Había dejado las clases a tiempo completo en la *California School of Fine Arts* y en vez de eso había decidido elegir clases individuales. Había encontrado trabajo como mesera en un restaurante elegante y le encantaba vivir en San Francisco. Decía que amaba a Melvin, pero no tenía la intención de ser la esposa de un agricultor en Murietta. Faltaba ver si ganaría el romance o las ganas de vivir. Con los ojos de Rikka fijos en la vida de ciudad, Hildemara dio por sentado que habría suficiente lugar para ella y su bebé.

Sólo el tonto da por sentado.

1942

Hildie dejó su baúl y la maleta en la estación del tren y caminó a casa. Esperando sorprender a Mamá, llamó a la puerta. No conocía a la mujer que le abrió.

Se quedó parada con la boca abierta.

—¿Quién es usted?

—Yo haría la misma pregunta.

—Soy Hildemara Arundel.

—No conozco a ningún Arundel.

—Waltert. Mi madre es Marta Waltert.

—Ah. —Su cara se relajó y abrió la puerta de mosquitero—. Pase, por favor. Su mamá ya no vive aquí. Vive atrás, en la casita. —Puso su mano debajo del brazo de Hildie—. Adelante, siéntese. Se ve algo desmejorada.

—¿Quién es usted?

—Donna Martin. —Le dio unas palmadas a Hildie en el hombro, le sirvió un vaso de limonada y le dijo que iría a buscar a su madre.

Un momento después, Mamá entró corriendo por la puerta de atrás.

—¿Qué estás haciendo aquí, Hildemara?

—Trip se fue a la escuela de oficiales. Dijo que yo no podía ir con él. ¡Quería venir a casa! —Rompió a llorar.

—Vamos. —Mamá la levantó, se disculpó con Donna Martin por la intrusión y empujó a Hildie hacia la puerta de atrás, por las escaleras y por el camino hacia la casita. Abrió la puerta lateral de la cocina—. Qué lástima que no hayas pensado en escribir primero, en lugar de aparecer de repente por la puerta de enfrente.

—Pensé que sería bien recibida. —Hildemara se limpió la cara—. Tenía que haberlo imaginado. —Miró a su alrededor—. ¿Y tú estás viviendo aquí? ¿Dónde están Bernie y Elizabeth?

Mamá sirvió otro vaso de limonada y lo puso con fuerza frente a Hildie en la pequeña mesa de la cocina.

—Te ves como si no hubieras dormido en una semana.

—¡Mamá!

Mamá se sentó y unió sus manos en la mesa.

—Hitch y Donna Martin están trabajando como aparceros del lugar. Tienen cuatro hijos. Yo no necesito mucho espacio, y por eso les di la casa grande. Estarán más cómodos allí, hay espacio para extenderse en lugar de vivir en una casa-carpa como nosotros lo hicimos.

—¿Y Bernie y Elizabeth?

—Los del gobierno vinieron y se llevaron a los Musashi. Bernie y Elizabeth se trasladaron a su casa.

—¿Se los llevaron? ¿A dónde?

—A un centro de reunión en Pomona. Hemos oído rumores de que los enviarán a un campamento de reclusión, precisamente en Wyoming. Enviamos frazadas y abrigos hace una semana. Espero que los reciban. Parece que el gobierno cree que todo japonés es un espía. Me sorprende que un bus no haya venido por mí, y el resto de alemanes e italianos del lugar, para llevarnos a algún campamento abandonado en el Valle de la Muerte. —Levantó sus manos y sacudió la cabeza—. La gente se vuelve loca cuando comienza la guerra. Dejan que el temor se desate. Como sea, Hitch y Donna son gente buena y trabajadora. Papá hablaba bien de Hitch. Llegaron cuando Oklahoma se llenó de polvo y ellos han pasado un tiempo difícil desde que llegaron a California. Sé lo que se siente. Hitch sabe de agricultura y cómo administrar una granja, por lo que lo contraté para que administrara el lugar. Así fue como Papá y yo comenzamos cuando llegamos a California, como aparceros. ¿Te acuerdas de aquellos días en que vivimos junto a la acequia y en aquella casa-carpa que

Papá construyó? Trataré a los Martin mejor de lo que nos trataron a nosotros, te lo aseguro.

—Entonces tú vives aquí.

—Sí. Me viene bien. Los Martin tendrán el lugar bien cuidado y atendido como Papá lo tenía cuando estaba bien.

Hildie se crispó.

—Bernie hizo un buen trabajo.

—Sí, Bernie hizo un buen trabajo; no estoy diciendo que no lo haya hecho. Hará un buen trabajo al otro lado de la calle también.

—Yo podría ayudar.

—No, aquí no puedes. ¿Qué? Ahora que vienes, ¿crees que yo sacaré a los Martin para que puedas trasladarte y jugar a la agricultora? No. La casita tiene sólo una habitación, Hildemara, y no voy a compartirla. No te necesito aquí en la granja.

A Hildemara le temblaba la boca.

—¿Alguna vez pensaste que yo podría necesitarte?

Mamá puso sus manos sobre las de Hildie y las sostuvo fuertemente.

—No, no me necesitas. Has estado sola por algún tiempo. —Retiró sus manos—. Vuelve a *Merritt*, regresa al trabajo, ¡con tus amigos! El tiempo pasará más rápido de esa manera.

Esa fue la bienvenida a casa.

—No puedo volver al trabajo.

—¿Por qué no?

—Estoy embarazada.

Mamá se echó atrás en la silla.

—Ah. Pues eso cambia las cosas. —Sonrió, con los ojos que le brillaban suavemente—. Tú y Elizabeth tienen mucho de qué hablar. Ve a verlos. Les agradará verte. Y hay suficiente espacio en casa de los Musashi. Él construyó un dormitorio para las chicas, ¿te acuerdas?

Mamá fue con ella. "¡Miren lo que trajo la marea!"

Típico de Mamá decirlo de esa manera.

Bernie cruzó el patio, agarró a Hildie y la alzó, dándole vueltas, con los pies colgando. Ella se rió por primera vez en semanas.

—¡Bájame, Bernie!

—Ten cuidado, Bernhard. Tu hermana está esperando un bebé.

Bernie bajó a Hildie.

—¡Santo cielo! ¿De cuánto tiempo?

—Tres meses. —Vio a Mamá regresar al otro lado de la calle. Hildie casi podía imaginarla sacudiéndose las manos, después de arreglar las cosas tan rápidamente.

—Elizabeth está de seis meses. Todavía vomita mucho todas las mañanas. Pensé que te había escrito. La carta probablemente se perdió con todos tus traslados de acá para allá, siguiendo a ese hombre tuyo. —Puso su brazo alrededor de ella y la condujo hacia la casa de los Musashi—. Le alegrará muchísimo verte. Se siente sola.

Bernie se detuvo, con la cara sombría.

—Será mejor que te lo advierta ahora, en caso de que quieras cambiar de opinión en cuanto a quedarte aquí. Nos han lanzado piedras a las ventanas. El viejo Hutchinson me llamó amante de japoneses ayer. Puedo entenderlo, supongo. Su hijo murió en Pearl Harbor, pero es imposible convencerlo de que los Musashi no tuvieron nada que ver con eso. La gente ve espías japoneses detrás de cada arbusto, y unos cuantos alemanes también. ¿Entiendes lo que te estoy diciendo, Hildie?

—Sí. —El miedo hacía que algunos actuaran ridículamente.

Elizabeth se volteó del fregadero de la cocina cuando Bernie e Hildie entraron. Hildemara le dio una mirada larga y reflexiva. *Los milagros sí ocurren,* se dijo. Hildie esperaba que este embarazo fuera uno de ellos.

—Hildie. —Elizabeth habló suavemente—. Me alegra tanto que estés en casa. —Se abrazaron.

Cuando Hildie exploró los ojos de Elizabeth, su amiga se sonrojó y apartó la mirada. Hildie tuvo ganas de llorar.

Bernie llevó a Hildie a la estación de tren en el Modelo T de Mamá a recoger su equipaje. Tuvo que meter el baúl a empujones en el asiento trasero.

—¡Tienes más cosas que la última vez que viniste a casa!

—La señora Henderson, la dueña de la casa, hizo una venta antes de que me fuera de Tacoma. Pondrá la casa en venta y se mudará con su hija. Le ayudé a bajar cajas del ático y a ponerle precio a todo. No creerías cuántas cosas había acumulado con el paso de los años. Tenía cosas que los huéspedes habían dejado y su esposo tenía una tienda. Vendía de todo, hasta la porcelana. ¡Su ático estaba lleno! Me dio doce juegos de cubiertos de lo que había en su tienda: *Royal Doulton, Wedgwood, Spode y Villeroy and Boch.* También me dio algunos manteles de lino. Podemos usarlo todo si tú y Elizabeth quieren.

—Guardaremos tu baúl en el establo. Guarda esas cosas bonitas para cuando tú y Trip se establezcan en una casa. Elizabeth empacó los platos y utensilios de cocina de los Musashi. Estamos usando los nuestros.

Bernie parecía estar menos seguro que ella.

—¿Y qué van a hacer cuando los Musashi regresen?

—Ese problema lo resolveremos cuando llegue el momento.

Con los Martin viviendo en la casa grande y administrando la granja, parecía que a Bernie lo habían privado de casa y trabajo.

—¿De quién fue la idea de trasladarse a casa de los Musashi?

—A Mamá y a mí se nos ocurrió la idea al mismo tiempo. El día que vi a los Musashi caminando hacia el pueblo con una maleta cada uno. Nos pareció injusto.

—Gracias por recibirme, Bernie.

Bernie le dio una mirada divertida.

—¿Crees que dejaría a mi hermana embarazada sin un techo sobre su cabeza?

—Mamá lo haría.

La miró irritado.

—Qué cosas dices.

Ella se sintió avergonzada y a la defensiva.

—No sabía nada de los Martin. Lo último que supe fue que estabas administrando el lugar.

—Las cosas cambian. —Se rió con tristeza—. Lloré cuando vi a los Musashi irse. Mamá se enojó tanto como nunca la había visto en mi vida. Dijo que no era correcto. Escribió cartas y habló con todo el que quisiera escucharla. Condujo hasta Sacramento para hablar con alguien del gobierno. Querían saber de dónde era *ella*. Decidimos mantener funcionando la granja Musashi. Si no se pagan los impuestos, ellos perderán el lugar. Mamá, Elizabeth y yo decidimos que era la mejor manera de hacer las cosas ahora. Los Martin son buenas personas, Hildie. Cuidarán el lugar como si fuera propio, y Mamá está cómoda en la casita.

Mientras Bernie llevaba el baúl al establo, Hildemara llevó su maleta a la casa. Elizabeth había puesto la mesa. Miró por encima de su hombro a Hildie y volteó hacia la estufa.

—Algo huele delicioso.

—Guiso. —La voz de Elizabeth se oía ahogada.

Elizabeth casi no dijo casi nada durante la cena. Bernie habló del trabajo que había que hacer. Hildie habló de sus traslados de un lugar a otro, siguiendo a Trip.

—No hay lugar en la posada de la escuela de oficiales. —Encogió los hombros, tratando de no pensar en cuántos meses tendrían que pasar antes de que viera a Trip nuevamente.

—Intenté alistarme. —Bernie lanzó su servilleta sobre la mesa—. Soy tan fuerte como un caballo, pero no me aceptaron. Tenía dos puntos en mi contra antes de pasar por la puerta. Soy el único varón y además agricultor. Por otro lado, tal vez hay otra razón por la que no me quieran. Bernhard Waltert no es exactamente un nombre estadounidense, ¿verdad? —Se paró—. Tengo trabajo que hacer.

Hildie miró la puerta que se cerraba y luego miró a Elizabeth con su expresión avergonzada.

—¿Así de mal están las cosas?

—Alguien lo llamó cobarde la última vez que fue al pueblo.

Hildie puso el plato de Bernie encima del de ella y comenzó a desocupar la mesa.

—¡Tontos!

—Yo puedo lavar los platos, Hildie.

—Quiero hacer mi parte mientras viva aquí. Tú cocinaste. Yo lavaré los platos.

Elizabeth se sentó con la cabeza gacha.

—Lo sabes, ¿verdad?

Hildie se paró en el fregadero y cerró los ojos. Quería fingir que no entendía. Se secó las manos mientras volvía a sentarse a la mesa. Elizabeth no podía mirarla a la cara.

—¿Quién es el padre?

Elizabeth sacudió los hombros como si la hubieran golpeado.

—Sabes que lo amo.

Hildie sintió que el corazón se le hundía. Quería agarrar a Elizabeth y sacudirla.

—¿A quién?

Elizabeth levantó la cara, con los ojos bien abiertos y la boca temblando.

—Bernie. ¡Amo a Bernie! —Su voz se quebrantó. Se cubrió la cara.

—¿Y él lo sabe?

—¿Cómo lo sabías tú?

Hildie mintió.

—La mirada de tu cara cuando entré por la puerta, la manera en que no podías mirarme a los ojos. ¿Lo sabe Bernie?

Elizabeth sacudió la cabeza.

—Sabe que algo anda mal. —Se quitó las lágrimas—. No entiende por qué lloro todo el tiempo. El médico le dijo que tenía que ver con las hormonas. —Levantó la cabeza con miedo—. ¿Se lo vas a decir?

—No seré quien le diga a mi hermano algo que le destroce el corazón. Es tu secreto, Elizabeth, no mío. —Pero tenía que saberlo—. No dijiste quién es el padre.

—Eddie Rinckel.

¿El mejor amigo de Bernie?

—Ay, Elizabeth. —Hildie se levantó y se apartó de ella—. ¿Cómo pudiste hacerlo? —Sintió náusea. Quería abofetear a Elizabeth, gritarle.

—¿Me odias?

Hildie cerró los ojos.

—Sí, creo que te odio. —Temblando, volvió al fregadero a lavar los platos. Elizabeth se levantó en silencio y entró al dormitorio que compartía con Bernie.

Más tarde, acostada en la cama, escuchando los sonidos de la noche, Hildemara lloraba.

De repente Bernie abrió la puerta de un golpe. "¡Fuego! ¡Vamos! ¡Necesito ayuda!"

Hildie agarró su bata y corrió. Elizabeth trabajó a la par de Bernie. Los seis Martin, y Mamá con su camisón de dormir, llegaron con palas. Tardaron una hora, pero lograron extinguir y sofocar la llamarada que se había iniciado en el campo de alfalfa.

Mamá sacudió su larga trenza por encima de su hombro y se limpió el hollín con la parte de enfrente de su camisón.

—Necesitamos otro perro. —Dash se había muerto mientras Hildemara estaba en la escuela de enfermería.

Bernie se rió con cinismo.

—Que sean dos, Mamá.

39

Trip llamó una noche, tarde. Hildemara se alegró al oír su voz.

—Recibí tu carta. Solamente tengo unos cuantos minutos para hablar. Escucha. Quiero que estés a salvo. Vuelve a Colorado y vive con mis padres. Les encantaría tenerte.

No debía haberle dicho nada del incendio ni del letrero: *amante de japoneses*, con letras rojas en la pared del establo.

—No voy a darles la espalda a mis amigos. Los Musashi son tan estadounidenses como tú y yo. Han sido nuestros vecinos por años. El señor Musashi le enseñó a Papá a podar los almendros y las viñas. Papá reparaba su pozo y su camión. Fui a la escuela con las niñas Musashi. Bernie jugaba fútbol y básquetbol y . . .

—Hildie . . .

—No te preocupes por mí. Puedo cuidarme sola.

Bernie se rió, sentado a la mesa de la cocina con Elizabeth.

—Está comenzando a sonar como Mamá.

—¿Piedras a las ventanas? ¿Un incendio en el campo? —Trip se oía enojado—. Parece que estás en una zona de guerra.

—Tal vez lo estemos, pero es una guerra distinta a la que tú pelearás. —Las lágrimas brotaron de sus ojos. Trató de tranquilizarse—. Las cosas mejorarán. La gente nos ha conocido aquí por años, Trip. A Papá lo querían mucho, aunque fuera alemán. —No podía evitar el tono áspero

de su voz—. Estamos firmes y haciendo funcionar este lugar. Cuídate.
—Se limpió las lágrimas al pensar en lo que Trip enfrentaría pronto.
El miedo había llegado a ser un compañero constante que le quitaba el sueño y el apetito. También sugieron otras penas. Elizabeth, por ejemplo. Hildemara luchaba con la decepción y el sentimiento de que había traicionado a Bernie.

—Tengo que colgar.

Hildie oyó voces en el fondo y supo que probablemente se había formado una fila en el teléfono de la base.

—¡Trip! —Su voz se quebrantó. No quería que su último diálogo fuera una discusión—. Te amo.

—Yo también te amo. Cuida a nuestro bebé.

Oyó algo en su voz.

—Recibiste instrucciones, ¿verdad?

—Nos vamos a embarcar.

—¿Cuándo?

—Pronto. Si me pase algo . . .

—¡No lo digas! ¡No te atrevas!

—Te amo, Hildie. Cuídate. —Colgó.

La mano de Hildie temblaba al poner el auricular en su horquilla. Le impactó como un golpe al corazón el hecho de que tal vez nunca más volvería a oír su voz.

❄ ❄ ❄

Bernie miró a Hildemara por encima de tu taza de café antes del amanecer del día siguiente.

—Te ves horrible. ¿También tienes náuseas por la mañana?

—Es que no puedo dormir por la preocupación.

—Elizabeth no se siente muy bien como para levantarse. —Lanzó un breve vistazo a la puerta del dormitorio y miró directamente a Hildie—. ¿Pelearon o algo así?

—No. ¿Por qué habríamos de hacerlo?

Bajó su taza cuidadosamente.

—Sé lo del bebé.

—Ay, Bernie. —Se puso la mano en la boca, queriendo llorar por la mirada de su hermano.

—Es mi culpa, sabes. —Hizo una mueca—. Después de casarnos descubrí que no podía darle hijos. —La miró otra vez—. Habíamos estado intentándolo. El doctor me dijo que las paperas pueden hacer que un hombre . . . bueno, tú sabes, no valga nada.

—No digas eso.

—Soy un cobarde, Hildie. No tuve las agallas para decirle la verdad a Elizabeth. Tenía miedo de perderla. Probablemente la perderé, de todos modos.

Nunca antes había visto a su hermano tan abatido.

—Ella dice que te ama. —Puso su mano sobre la de él—. Yo le creo.

—Fue Eddie. —Sus ojos se inundaron—. Él mismo me lo dijo.

Hildemara se sintió invadida por el calor.

—¿Alardeando?

—No, lejos de eso. Sabía que algo lo estaba destrozando por dentro. Salimos a tomar un par de tragos antes de que él se fuera a recibir entrenamiento básico. Se inscribió con los Marines. A última hora sintió miedo. Se preguntaba si tenía suficiente valor. Se emborrachó tanto que casi no podía caminar. Cuando lo dejé, continuaba diciendo que lo sentía mucho, que cuánto deseaba que yo lo matara, así los japoneses no tendrían que molestarse en hacerlo. Cuando le pregunté de qué diablos estaba hablando, me lo dijo.

—¡Tenía que haber mantenido su bocota cerrada!

Bernie sonrió con tristeza.

—Él ha estado enamorado de Elizabeth desde antes de que nosotros llegáramos al pueblo. Fui yo el que se la robó y no al revés.

—Eso no es una excusa. No para ninguno de ellos.

Mirándola con enojo, se frotó la cabeza, perturbado.

—No la juzgues. Algunas personas la molestaban en el pueblo, diciendo que yo era un cobarde por no alistarme y nos llamaban amantes de japoneses y a Mamá nazi sucia. Eddie intervino y les dijo que se callaran y que se retiraran. La llevó a casa. Pero no volvieron inmediatamente. Ella estaba muerta de miedo de lo que yo haría cuando lo descubriera. Y él sabía que yo iría al pueblo y tendría más que palabras con unos cuantos de esos . . . —Bernie se frotó la cara—. Como sea, se detuvieron en *Grand*

Junction. Él sólo quería tranquilizarla antes de traerla a casa. Comenzaron a hablar de los viejos tiempos, buenos tiempos. Ella todavía estaba llorando, conmocionada. Él la abrazó, la consoló. Así fue como comenzó, supongo. Pero no terminó allí.

La cara de Bernie se retorció, con angustia.

—No podía odiarlo. Ni siquiera cuando me lo dijo. ¿Qué derecho tengo de lanzar piedras a alguien? —Sus ojos se inundaron—. Está muerto, sabes. Lo volaron en pedazos en una estúpida isla en el Pacífico Sur. Solía decirme que quería ir la playa. "Vamos a Santa Cruz," decía. Bueno, murió en la playa.

Hildie se cubrió la cara con las manos y lloró. Sólo podía pensar en Trip dirigiéndose a Europa. Se decía una y otra vez que era un enfermero. Gracias a Dios no era un *Marine*. No lo pondrían en la línea de fuego. Iría atrás, lidiando con las secuelas.

Bernie la agarró del hombro.

—Sé buena con mi esposa. Ella se está consumiendo con la culpa. Y yo la amo; la amo muchísimo. En lo que a mí respecta, el bebé que lleva adentro es mío.

Hildie levantó la cabeza.

—Tal vez tú deberías decírselo.

—¿Decirle qué?

—Todo.

Sacudió la cabeza.

—Podría dejarme.

Ella se inclinó y con sus manos tomó su cara.

—Tú no la has dejado.

Él se retiró y se levantó.

—Dos males no hacen un bien, Hermanita.

—¿De qué sirve el amor sin confianza?

—¿De qué están hablando? —Elizabeth se paró en la puerta del dormitorio, todavía con su camisón y con los brazos cruzados. Se veía enferma y asustada, pálida y tensa. Miró a Hildie y luego a Bernie, afligida—. ¿Le dijiste . . . ?

—¿Me dijo que el bebé no es mío? No, cariño. No lo hizo. Yo ya lo sabía.

Elizabeth hizo un ruido de ahogo y dio un paso atrás, cubriéndose la cara con las manos.

Bernie empujó una silla hacia atrás.

—Ven, siéntate conmigo. Tenemos que hablar.

Hildie no podía aguantar el dolor que vio en sus caras, la culpa y la vergüenza, la congoja. Se levantó.

—Los amo a los dos.

Salió. Sentada en la silla de la señora Musashi, vio el amanecer en tanto que Bernie y Elizabeth hablaban dentro de la casa. No hubo gritos, ni alaridos como Mamá y Papá. El silencio la preocupaba por lo que se paró y miró a través de la ventana. Elizabeth estaba sentada en las piernas de Bernie, rodeándolo con sus brazos. Él la sostenía firmemente, frotándole la espalda mientras los dos lloraban.

Hildie rebosó de alivio. Envidiaba el hecho de que ellos podían estar juntos en esta guerra y no habían tenido que separarse. No le gustaba sentirse así. Salió a dar una larga caminata por el huerto de nogales de Castilla de los Musashi, agradeciéndole a Dios de que Bernie y Elizabeth estarían bien. Oró por la seguridad de Trip. Se pasó las manos por su abdomen y oró para que el bebé naciera sano y fuerte. Oró para que la siguiente batalla cambiara el curso de la guerra y que terminara pronto.

Al pensar en Trip se llenó de tantas emociones: preocupación, miedo, esperanza, ansias, una soledad dolorosa por tenerlo de vuelta con ella. *Dios, por favor, tráemelo a casa. Tráelo salvo a casa.*

❄ ❄ ❄

A medida que el verano se desplazaba hacia el otoño, los ciudadanos tuvieron otra razón para estar resentidos con Bernie y Mamá y con cualquier otra persona de su condición. El racionamiento mantenía a la gente con necesidades, pero los agricultores tenían suficiente. Las dieciséis hectáreas de almendros y uvas de Mamá y su huerta de vegetales de dos mil metros cuadrados, junto con los pollos y los conejos, producían lo suficiente para alimentar a las dos familias y también tener mucho para vender. Bernie cuidaba el huerto de nogales, la viña y casi una hectárea de productos y hacía viajes a Merced a vender tomates, calabazas, cebollas y zanahorias. Los Musashi tenían dos vacas, ambas saludables; cien pollos; una docena de conejos; y cuatro cabras. Bernie agregó un perro. Lo llamó Asesino como un chiste, aunque los que pasaban lo creían y mantenían su distancia. Como nunca les faltaba la comida, Mamá decía que debían regalar lo que pudieran a los vecinos y amigos del pueblo y mantenían solamente lo suficiente para pagar la hipoteca y los impuestos de los dos lugares.

Hildemara prosperó en su embarazo. Elizabeth también. Se reían mientras caminaban por el lugar ladeándose. A medida que pasaban los meses les era más difícil desyerbar. El hijo de Bernie y Elizabeth llegó en septiembre. Le pusieron Edward Niclas Waltert.

Mamá revisaba el buzón todos los días. Hildemara cruzaba la calle para recoger su correo. Mamá buscaba entre los sobres y suspiraba profundamente.

Cuando Hildemara entró en trabajo de parto, Bernie fue a buscar a Mamá. En lugar de ir al pueblo a buscar al doctor Whiting, Mamá cruzó la calle para ayudarla a dar a luz al bebé. Hildemara ya no estaba en condiciones de argumentar. Ya le había dicho a Elizabeth cómo prepararse.

Mamá se inclinó sobre Hildie y le limpió el sudor de la frente. "Grita, si quieres."

Hildie sabía que Mamá esperaba que fuera peor que Elizabeth, quien había gritado, llorado y suplicado que el dolor se detuviera. Hildie había estado en las salas de parto del hospital. Sabía lo que venía. No tenía la intención de empeorar las cosas para los que la rodeaban. No miraba a Mamá ni escuchaba nada de lo que decía. Se concentró en el curso de su parto, soportando el dolor en silencio y pujando cuando su cuerpo le dijo que ya era hora.

—Tienes un hijo, Hildemara Rose. —Mamá lo lavó, lo envolvió y lo puso en sus brazos—. ¿Cómo lo vas a llamar?

Exhausta, Hildie sonrió al ver su carita perfecta.

—A Trip le gusta el nombre Charles.

Le escribió a Trip al día siguiente.

Nuestro hijo llegó el 15 de diciembre. ¡Charles Cale Arundel tiene unos pulmones muy saludables! Mamá dice que puede oírlo al otro lado de la calle. ¡Vaya pareja la que hará con Eddie! . . .

Escribía todos los días, a veces de una manera que parecía que Charles estaba escribiendo la carta.

Papi, ven pronto. Tengo muchas ganas de conocerte. Tienes que enseñarme a jugar básquetbol y béisbol. . . .

Dar a luz requirió más de sus fuerzas de lo que esperaba. O tal vez era alimentarlo de noche lo que parecía debilitarla. Elizabeth había estado activa unos días después de dar a luz, pero Hildemara se sentía cansada todo el tiempo. Temía recaer con la tuberculosis.

Mamá venía todos los días. "Duerme un poco. Deja que cargue a mi nieto."

❄ ❄ ❄

Querida Rosie:

Hildemara Rose me ha dado un segundo nieto. Lo llamó Charles Cale Arundel. Le fue bien. No gritó ni hizo escándalo. La única vez que derramó una lágrima fue cuando tuvo a su hijo recién nacido en sus brazos. Entonces derramó un río de lágrimas de gozo.

Recuerdo dar a luz a Hildemara en el piso de la cabaña en aquella tierra congelada de Manitoba. ¡Lloré! Creo que maldije a Niclas cuando llegó a casa y me encontró. Pobre hombre. Nunca he sido fácil con nadie, especialmente con los que más amo.

Mi niña se comportó mejor que yo, pero estoy preocupada. Hildemara no ha recuperado su salud de la manera en que lo hizo Elizabeth. Se ve tan pálida y desgastada. Amamantar cada dos horas es agotador, y temo que mi niña vuelva a enfermarse. Le ofrezco ayuda, pero ella me da una mirada que me manda a casa. Por lo que a veces llevo la cena, sólo para darles un descanso a las dos.

Hildemara Rose y yo nos llevamos bien, pero hay un muro entre nosotras. Sé que yo lo construí. Dudo que me haya perdonado por mis palabras duras en el sanatorio y no me disculparé por ellas. Es posible que tenga que volver a pellizcarla. Haré lo que sea para levantarle el ánimo. Ah, pero me duele tanto hacerlo. Me pregunto si alguna vez me comprenderá.

❉　❉　❉

Después de pasar casi un mes en cama, Hildie comenzó a recuperar sus fuerzas. Mamá le hizo un canguro para que pudiera cargar a Charlie mientras hacía tareas. Él se sentía feliz, meciéndose a salvo en el pecho de Hildie. Cuando creció mucho como para estar en el canguro, Mamá diseñó una mochila. Cuando comenzó a gatear, Hildie y Elizabeth hacían turnos para vigilar a sus "pequeños exploradores."

Bernie reía mientras los dos chicos gateaban por la casa. "Necesitan los rayos del sol, pero creo que vamos a tener que enjaularlos."

Los Aliados ejercían presión. Las batallas rugían en Alemania y el Pacífico Sur. Hildie se preguntaba si la guerra terminaría alguna vez y si Trip volvería a casa.

1944

La guerra finalmente comenzó a inclinarse a favor de los Aliados, y cada día cuando escuchaban la radio se renovaban las esperanzas.

Bernie comenzó a hacer planes. "No nos quedaremos en Murietta. Cuando la guerra termine, los Musashi volverán. Todo estará listo para ellos y nosotros buscaremos nuestra propia casa. He ganado buen dinero con esos árboles que injerté. Árboles de limón, naranja y lima." Se rió. "Me gustaría comenzar mi propio vivero, hacer más injertos. Experimentar un poco y ver qué otra cosa puedo conseguir. Me gustaría hacer diseño de jardines. Quizás sería bonito vivir cerca de Sacramento, San José o en el soleado Sur de California, cerca de todas esas estrellas de cine de las que escribe Cloe. Ellos tendrían dinero para gastar."

Hildemara no sabía qué hacer. Le había escrito a Trip todos los días y no había recibido una carta en varias semanas. Cada vez que un auto pasaba por el camino, el corazón se le subía a la garganta, del miedo de que se detuviera y que un oficial del Ejército llegara a la puerta. Eddie Rinckel no era el único chico del pueblo que había muerto en el extranjero. Tony Reboli había muerto en el día D. También dos chicos del Alboroto de Verano de Mamá, y Fritz había perdido una pierna cuando pisó una mina en Guadalcanal.

Hildie sabía que Trip había sobrevivido el día D. Cuando llegó a París, se había convertido en capitán. Sus cartas, que eran muy pocas, estaban llenas de palabras de amor, de lo que recordaba de sus tiempos juntos y cuánto la extrañaba. No escribía acerca del futuro.

Los periódicos reportaban decenas de miles que morían en los campos de batalla en Europa, y en islas previamente desconocidas en el Pacífico Sur. El prejuicio empeoró en casa. Hildemara seguía asistiendo a la iglesia con Mamá. Dejaba a Charlie en casa con Bernie y Elizabeth, quienes habían dejado de ir. Sólo unos cuantos hablaban con Hildemara, y solamente porque sabían que Trip estaba en el Ejército. Casi nadie le hablaba a Mamá. Los viejos amigos que habían conocido por años guardaban su distancia, mirándola y murmurando. Mamá se sentaba con la mirada al frente y escuchaba el sermón, con la Biblia de Papá sobre su regazo.

Hildemara era la que se enojaba. Después de todas las cosas buenas que Mamá había hecho por la gente a través de los años, ¿ahora se ponían en su contra?

—¡Pensaba que eran nuestros amigos!

—Lo eran. Lo serán otra vez, cuando termine la guerra. Suponiendo que ganemos, claro. Si no, todos vamos a estar en la misma pésima situación.

—Amigos en las buenas, Mamá. No son amigos genuinos.

—Tienen miedo. El miedo hace que la gente sea mala. El miedo hace que la gente actúe tontamente.

—¡No los excuses! —Hildemara miraba por la ventana, con los brazos sobre su pecho, dolida y furiosa.

Mamá encogió los hombros mientras conducía.

—Cuando todo se acabe, no les guardaremos rencor.

Hildemara se volteó exasperada.

—*Tú* no. ¡Yo no voy a tener nada que ver con esos . . . esos hipócritas!

La cara de Mamá ardía.

—¿Cómo te atreves a juzgar, Hildemara? —Cruzó abruptamente la entrada. Hildemara se golpeó con la puerta—. ¡Sigue así y vas a ser tan mezquina y tonta como ellos! —Mamá frenó de golpe e Hildie tuvo que agarrarse del tablero para no golpearse la cabeza con él.

—Mamá, ¿estás tratando de matarnos?

—Sólo de sacudirte para meter un poco de buen sentido en tu cabeza.

—Abrió la puerta y salió—. ¿Qué crees que te diría tu padre ahora? *¡Da la otra mejilla!* Eso es lo que diría.

Hildie salió de un salto y cerró la puerta de un golpe.

—¡Nunca pensé que oiría eso de tu boca!

Mamá golpeó la puerta más fuerte.

—Pues sí, salió. —Se dirigió a la casita dando fuertes pisotones.

Hildemara lamentó haber agregado leña al fuego.

—¿Por qué no vamos a Atwater el próximo domingo? —gritó a Mamá mientras se alejaba—. ¡Nadie nos conoce en Atwater! ¡Nadie murmurará de nosotros allá!

Mamá se volteó y plantó los pies.

—No seas tan tonta, Hildemara. Todavía tengo acento suizo.

Irritada por su crítica, Hildie le respondió gritando.

—¡Suizo, Mamá! ¡No alemán! ¡Los suizos son neutrales!

—¡Neutrales! —Gruñó con disgusto—. Se ve que sabes mucho. ¿De dónde crees que Alemania recibe sus municiones? ¿Cómo crees que los productos pasan de Alemania a Italia? Si eso no es lo suficientemente malo, ¡la gente de aquí no conoce la diferencia entre un acento suizo, alemán o sueco!

Hildie bajó los hombros.

—No voy a volver a la iglesia.

—¡Pues bien! Huye *tú* si quieres. ¡Escóndete *tú*! Pero yo voy a volver ¡y seguiré yendo! Y uno de estos días me enterrarán en el cementerio de esa iglesia. ¡Asegúrate de eso! ¿Me escuchas, Hildemara Rose?

—¡Te escucho, Mamá! ¡Probablemente escupan en tu tumba!

—Que escupan. ¡Hará que crezcan las flores! —Golpeó la puerta de la casita al entrar.

Bernie estaba parado en el patio, al otro lado de la calle.

—¿De qué se trataba todo eso? Pude escuchar desde aquí a ti y a Mamá gritar.

—¡Ella es imposible!

Bernie se rió cuando ella lo pasó refufuñando.

—Nunca pensé que vería el día en que le responderías a Mamá gritando.

—No conseguí nada, ¿verdad?

1945

Franklin Roosevelt siguió como presidente y comenzó su cuarto período, con Harry Truman como el nuevo vicepresidente. Londres fue bombardeada con bombas de cohete V-1. Mamá escribió cartas a una amiga de *Kew Gardens*. Se confirmaron los rumores de los campos de concentración nazi para exterminar a los judíos. Los oficiales alemanes fracasaron en un intento de asesinar a Hitler y los ahorcaron. Los soldados estadounidenses seguían hacia Berlín.

Finalmente, Alemania se rindió, aunque la guerra seguía ardiendo en contra de Japón. Miles murieron mientras las tropas estadounidenses luchaban para recuperar una isla del Pacífico tras otra.

Trip escribió desde Berlín.

Voy a casa.

No sabía cuándo vendría, pero lo enviarían a la ciudad donde fue alistado, lo cual significaba que si ella quería estar en la estación del tren para recibirlo, tenía que volver a Colorado. La alegría de Hildie se convirtió en pánico cuando vio que la carta había tardado doce días en llegar.

Bernie la llevó a la estación del tren a comprar los boletos. Ella oró por que pudiera irse en un *Pullman* para que ella y Charlie, de dos años, pudieran descansar durante el viaje de tres días a Colorado.

Cuando llegaron, Hildie había perdido peso por el mareo y estaba agotada. El tren llegó a Denver a media tarde y tuvo que trasbordar al tren *Eagle* hacia Colorado Springs. Con Charles cargado sobre su cadera y lidiando con su maleta, apenas llegó a tiempo. Le dolía cada músculo de su cuerpo. Alternaba de brazo a Charles y a la maleta.

Ma y Pa Arundel estaban parados en la plataforma del tren, esperándola en Colorado Springs. Hildemara lloró de alivio cuando los vio. Ma le dio un abrazo rápido y tomó a Charlie.

—¡Ay, qué lindo! Igual a su papi cuando tenía esa edad. —Besó las mejillas rellenitas de Charlie mientras Pa abrazaba a Hildie.

—¿Alguna noticia? —Hildie había soñado que veía a Trip con ellos.

—Todavía no, pero vendrá a casa cualquier día de estos. —Pa levantó la maleta—. ¿Sólo una?

—Bernie enviará todo tan pronto como sepamos dónde vamos a vivir.

Se sentía destruida; tambaleó. Pa la agarró por debajo del codo y la miró preocupado.

—Cuando lleguemos a casa te irás directo a la cama. Parece que no has dormido en tres días.

—Charlie no durmió mucho en el tren.

Pa sonrió.

—Bueno, ahora ya tienes refuerzos, así que puedes descansar antes de que Trip llegue.

Hildie se durmió cuando su cabeza tocó la almohada de Trip en la habitación del porche. Se despertó cuando alguien le acariciaba la cara. Cuando abrió los ojos, vio a Trip inclinado sobre ella, sonriendo. Pensó que estaba soñando, hasta que habló.

"Hola, dormilona."

Extendió la mano y le tocó la cara. Sollozando, lo abrazó. Él se aferró a ella. Tomándole el pelo, le hizo atrás la cabeza y la besó. Ella sintió sabor a sal y se dio cuenta de que ambos estaban llorando.

Conmovido, le susurró entre el pelo.

—Te he extrañado tanto, Hildie. —Ella oía lágrimas en su voz.

Ella se acercó más y anidó en la curva de su cuello, inhalando su aroma.

—Estás en casa, gracias a Dios, estás en casa. —Podía sentir el temblor de sus manos. Si no hubiera sido porque sus padres estaban en la otra habitación, o por Charlie, que estaba llorando otra vez, habría sido más atrevida. Se hizo para atrás, sonriendo, embebida con la vista de su esposo. Se veía cansado. Su cara no había cambiado, pero sus ojos se veían más viejos, consumidos por la batalla.

—¿Qué te parece tu hijo?

—Es perfecto. Está sentado en la alfombra de la cocina, jugando con unas de las cucharas de madera de Mamá. O eso hacía. Traté de levantarlo, pero no le gustó mucho la idea.

—Todavía no te conoce. Lo hará. —Ella seguía tocándolo y acariciándolo, con el corazón comprimido al ver las señales de fatiga, dolor, alegría, todo mezclado. Sus ojos se ensombrecieron.

—Será mejor que te detengas. —Tomó sus manos y las besó—. Te quiero tanto que duele, Hildie. —Puso su cabeza en la de ella—. Sé lo que me gustaría hacer contigo ahora mismo, pero no quiero matar a mis padres de la impresión.

Ma preparó un almuerzo delicioso. Todos se sentaron alrededor de la mesa y dieron gracias a Dios por el regreso de Trip a salvo. Trip le dio la comida a Charlie. "Dicen que la comida es la forma más rápida para llegar al corazón de un hombre." Le hacía ruidos de avión y le decía a Charlie que abriera el hangar. Todos se reían. Hildie no podía retirar sus ojos de Trip.

Pa se levantó.

—¿Por qué no llevamos a este pequeñito a dar un paseo, Ma?

Ma apiló los platos y los puso en el fregadero.

—El aire fresco le caerá bien. Deja los platos, Hildie. Tú y Trip tienen mucho para ponerse al día.

Salieron con el cochecito que habían comprado antes de que Hildie llegara y metieron a Charlie allí. El sol calentaba cuando Trip y su padre cargaron el cochecito por las escaleras; Ma los seguía.

—Vamos al lago Prospect y daremos una vuelta —gritó Papá—. Quizás a Charlie le guste ver jugar a los niños.

—Los Hart no lo han visto todavía —gritó Mamá—. Es posible que nos detengamos allí mientras estamos afuera.

—No se preocupen si no volvemos en un par de horas. —Papá le guiñó el ojo a Trip—. Cuidaremos de Charlie. Tú cuida a tu esposa.

Hildie los vio caminar por *East Moreno Avenue*. Trip la tomó de la mano y la metió a la casa y cerró la puerta cuando entraron. Apoyado en ella, sonrió.

—Un par de horas, dijo Pa.

Ella se sonrojó.

—Adoro a tus padres.

Aprovecharon al máximo el resto de la tarde.

❄ ❄ ❄

Hildie tuvo seis días perfectos con Trip, antes de que tuviera que reportarse a la base. Sus padres fueron con ella a la estación del tren. Ma cargó a Charlie para que Hildie pudiera caminar a la par del vagón, con su mano en la ventana y la de él al otro lado. "Te veré en unos días, Trip."

Los ojos de él se llenaron de lágrimas. Articuló: *Te amo*. Miró a sus padres por encima de su cabeza y luego se volteó.

Nadie habló en el camino de regreso a casa. Hildemara tenía una premonición, pero no quería decirla. Ma extendió los brazos para cargar a Charlie tan pronto como entraron a la casa. "¿Por qué no me dejas tenerlo un rato?" Se veía a punto de llorar. Llevó a Charlie al dormitorio en lugar de sentarlo en la alfombra para jugar. El corazón de Hildie comenzó a latir con fuerza.

—Siéntate, cariño. —Pa puso su mano en su hombro.

—¿Qué pasa?

—Trip no pudo decírtelo.

Ella comenzó a temblar por dentro, a medida que el miedo subía y se extendía. Había leído los periódicos. No había querido creerlo.

—¿Decirme qué? —Apenas podía decir las palabras. La guerra en Europa había terminado. Trip había hecho su parte.

—Trip recibió órdenes. Lo envían al Pacífico Sur.

❄ ❄ ❄

Apesadumbrada y enojada, Hildemara regresó a Murietta. Ma y Pa querían que se quedara con ellos en Colorado Springs, pero ella dijo que Bernie y Elizabeth podrían necesitarla para sostener la propiedad de los

Musashi. Los ojos de Pa titilaron al oír el apellido japonés, pero no lo discutió.

Establecida de nuevo, Hildie no podía soportar leer los periódicos ni escuchar la radio. En la noche, Bernie la encendía y ella no podía apartarse de él. Las víctimas aumentaban a medida que los pilotos kamikaze hundían barcos. Cada isla recapturada costaba decenas de miles de vidas. Aun así, Japón con su antiguo código de honor rehusaba rendirse. Habría una invasión y los cálculos ascendieron a cien mil soldados estadounidenses muertos para derrotar a los japoneses en su propia tierra. ¿Cuántos ya habían sido asesinados en Normandía o en el norte de África, Italia, y Alemania? ¡Millones! Europa había sido arrasada por la guerra.

Trip escribió.

Mar agitado. He estado enfermo por días. No muy bueno para nadie.

¿Y cuánto tiempo faltaba para que su barco llegara a las playas de Japón y que él estuviera en otro desembarco, con la cruz roja en su casco blanco, un blanco perfecto para el fuego enemigo?

Mamá le dijo que preocuparse no le hacía bien, pero Hildie no podía detenerse. Se preocupaba por que el barco de Trip fuera alcanzado por un kamikaze. Se preocupaba por que su barco se hundiera y lo dejara perdido en el mar, a la deriva, y que luego se hundiera o fuera devorado por los tiburones. Se preocupaba por que su barco lograra llegar a Japón, o a una isla abandonada, y que él pisara una mina, que fuera despedazado como el pobre Eddie Rinckel y una docena de otros que conocía desde sus días en la escuela.

—Vas a enfermarte otra vez, Hildemara Rose. —Mamá estaba sentada a la mesa de los Musashi, con un vaso de limonada enfrente—. No puedes cambiar nada. Tu esposo volverá o no. Tu preocupación no lo ayudará. Tienes que dejar de andar deprimida como un alma perdida, escondida en la casa. A Elizabeth le caería bien un poco de más ayuda aquí, por si no te has dado cuenta.

—Déjame en paz, Mamá. ¿Qué sabes tú de amar a alguien como yo amo a Trip? —Lamentó las palabras tan pronto como salieron de su boca.

—Ay. Amor. ¿De eso se trata? ¿De amor? —Mamá hizo una mueca de burla—. Más parece autocompasión, como yo lo veo. Y una buena excusa para no llevar tu parte de la carga. ¿Quién crees que eres, alguna duquesa? Dejarle todo el trabajo a Bernie y Elizabeth porque tu esposo volvió de Europa y lo enviaron al Pacífico? ¿Crees que estás sola en tu miseria? Trip estaría orgulloso de ti, ¿verdad? Viéndote sentada a la mesa del desayuno, lloriqueando y permitiendo que Elizabeth cuide a dos bebés. No, que sean tres. ¿No le encantaría?

—*¡Ya basta!*

Mamá se levantó y destrozó el vaso de limonada en el fregadero.

—No. ¡Ya basta, tú! *¡Mein Gott!* ¡Así es la guerra! ¡La gente que se rinde y se abandona no sobrevive! Sabes lo que Papá decía de la preocupación. ¡Es pecado, Hildemara! ¡Demuestra tu falta de fe en Dios! ¿Sabes lo que Papá me dijo antes de morir? Dijo que cada vez que sintiera que comenzaba a preocuparme, orara. *¡Orar!* ¡Eso es lo que yo hago! ¡A veces a gritos! Me aferro a la fe con los dos puños y oro. Es más difícil unos días que otros, pero ¡por el cielo que lo hago!

—Yo no soy tú.

—No, no lo eres. —Mamá suspiró—. No esperaba que fueras como yo. Sólo que no quería que fueras como . . .

Atraída por el cambio en el tono de su voz, Hildemara levantó la cabeza.

—¿Como quién?

—No importa. —Sacudió la cabeza con los ojos húmedos—. A veces lo único que puedes hacer es orar. —Miró a Hildemara—. Y esperar lo mejor. —Se fue a la puerta—. Dile a Elizabeth que siento lo del vaso. Le conseguiré otro. —Cerró la puerta de un golpe al salir.

Hildemara recogió los pedazos de vidrio en el fregadero y los arrojó a la basura. Se puso un delantal y salió a ayudar a Elizabeth a desyerbar el jardín. Podía oír a Eddie y a Charlie jugando en el corral que Bernie había puesto. Elizabeth levantó la cabeza y se hizo sombra en los ojos.

—Vi a Mamá que entró a hablar contigo. ¿Estás bien?

—Sobreviviré. —Se agachó y pasó la mano sobre la cabeza de Charlie. Cualquier cosa que sucediera, sabía que por el bien de su hijo tenía que hacer más que sobrevivir.

❄ ❄ ❄

El 6 de agosto de 1945, Estados Unidos lanzó la bomba atómica en Hiroshima. Hildie estaba sentada con Bernie y Elizabeth, escuchando la radio. Habían oído rumores de que algo grande ocurriría, pero nunca se imaginaron que fuera posible una destrucción así. "Ahora sí se rendirán." Bernie estaba seguro de eso.

Los japoneses no se rindieron.

Otra bomba cayó tres días después en Nagasaki, luego de que se hubieran lanzado panfletos para advertir de su lanzamiento. Bernie aplaudió cuando los japoneses se rindieron, al igual que Hildemara y Elizabeth, y bailaron alrededor de la cocina, en tanto que Eddie y Charlie los miraban con los ojos abiertos, confusos por toda la conmoción.

Dos días después, el *Western Defense Command* revocó las órdenes de exclusión en contra de los estadounidenses japoneses. Los Musashi llegarían pronto a casa, pero Bernie no parecía preocupado en absoluto por eso. Él y Elizabeth comenzaron a hacer planes para trasladarse más al norte, cerca de Sacramento.

Hildemara recibió una carta de Trip. Su barco llegaría a San Francisco. No sabía qué día.

Quédate en Murietta. Yo te buscaré. . . .

¿Querría volver a Colorado o quedarse en California? ¿Querría comenzar la escuela de medicina inmediatamente? Si era así, ella tendría que buscar trabajo y ayudarlo a pagar. Pero entonces, ¿qué haría con Charles? ¡Tendrían que tomar tantas decisiones! No sabría nada hasta que Trip llegara a casa.

Cuando el teléfono sonó, ella corrió para levantarlo.

—¿Sabías que no hay taxis en Murietta?

—¡Trip!

—Por lo menos yo no puedo encontrar ni uno. ¿Cómo se supone que un civil pueda conseguir que alguien lo lleve?

—¿Dónde estás? —Sollozó de alegría.

—En la estación de tren de Murietta.

—¡Ahora mismo estaremos allí! —Salió corriendo—. *¡Bernie!* —Por primera vez en su vida deseaba haber aceptado el consejo de Mamá de aprender a conducir.

Camino al pueblo, Hildemara gritó:

—¿No puedes ir más rápido?

Bernie se reía.

—Si voy más rápido, acabaremos en una zanja. —Sus ojos resplandecían divertidos—. Me sorprende que no quisieras traer a Charlie contigo.

—¡Ay no! —gritó. ¡Lo había dejado solo en la alfombra!—. ¡Tenemos que volver!

—Te olvidaste de él, ¿eh? —Bernie se reía sin parar—. Lo dejaste con la puerta abierta de par en par. Probablemente salió andando a algún lugar. Probablemente comió arena y ahora está jugando con estiércol. Podría caerse en una zanja, sabes, o que lo atropellen. Buena mamá resultaste ser.

—¡*Bernie!*

Él le dio un empujón.

—Él está bien, tonta. ¡Relájate! Elizabeth lo llevó al jardín. Él y Eddie probablemente están tirando de las barras del corral para escaparse. ¿Sabes que olvidaste colgar el teléfono? Acabas de dejar al pobre Trip esperando en la línea.

—¿Qué voy a decirle a Trip? ¿Qué va a pensar de mí?

Bernie se rió.

—Dudo que esté pensando en otra cosa más que ponerle las manos encima a su esposa.

Trip no le dio la oportunidad de respirar, y menos de explicar por qué Charlie no estaba con ella. Se rió y lloró de alegría al verlo. Se veía delgado y en forma, y apuesto con su uniforme, aunque estaba ansiosa por verlo sin él.

—Dijiste *civil*.

—Lo soy, pero tú tienes toda mi ropa de civil en el baúl.

—Ah. Lo había olvidado.

Bernie sonrió.

—Parece que olvida muchas cosas últimamente.

Mamá vino a darle la bienvenida a Trip. Había ido al pueblo a comprar una pierna de cordero y quiso ayudar a hacer una cena de celebración. Hildie salió corriendo al establo y volvió con un mantel y vajilla de porcelana. Bernie y Trip llevaron a sus hijos a jugar, en tanto que Mamá, Hildie y Elizabeth ponían la mesa.

Mamá admiraba los platos. "Lady Daisy tenía platos como estos." Pasó sus dedos alrededor de la orilla de un plato *Royal Doulton* antes de ponerlo en la mesa.

Llegaron los Martin. La casa se abarrotó. Todos reían, hablaban y pasaban platos de cordero, puré de papas, zanahorias y arvejas por la mesa. Mamá hasta había pensado en jalea de manzana con menta. Trip cortó zanahorias para Charles, quien las lanzó al piso, ocasionando más risa. "Vamos a tener que hacer algo con tus modales en la mesa."

Hablaron de asuntos más serios. Trip le preguntó a Bernie qué pensaba hacer cuando los Musashi volvieran a casa.

—Comenzar a empacar.

Todos se quedaron callados. Hitch y Donna intercambiaron miradas. Mamá habló.

—Hitch, tú y Donna no tienen de qué preocuparse. Tenemos un contrato.

—Nunca firmamos nada, Marta. Y Bernie es tu hijo. . . .

—Yo di mi palabra.

Hitch se veía avergonzado.

—Bernie, Elizabeth y el bebé necesitarán de un lugar para vivir. ¿Qué van a hacer?

Mamá sonrió.

—Pregúntales.

Bernie tomó la mano de Elizabeth.

—Hemos estado hablando de trasladarnos a Sacramento y de abrir un vivero. He ahorrado un poco, no mucho, pero suficiente para comenzar. —Le dio a Mamá una sonrisa de disculpa—. Es lo que siempre he querido hacer.

Mamá lo miró.

—¿Alguna vez he dicho que no puedes? —Se volteó para mirar a Trip—. ¿Y ustedes dos? ¿A dónde irán?

Trip se veía sombrío.

—Podemos volver a Colorado Springs por un tiempo, hasta que decida qué voy a hacer con el resto de mi vida.

Hildie estaba sorprendida.

—¿Y qué de la escuela de medicina?

—Normandía mató ese plan que tenía. He visto toda la sangre que querría ver. Ya no más. —Sacudió la cabeza—. Creo que tampoco podría volver a trabajar en un hospital.

Mamá levantó un tazón de puré de papas y se lo entregó a Donna.

—Todo estará bien. —Miró a Hildemara—. No te preocupes por eso.

El viernes en la tarde, Hildemara escuchó el ruido de un vehículo pesado que se acercaba por el camino. Se enderezó de donde estaba trabajando, en una fila de calabacín, y se sacudió. Un bus del Ejército se detuvo enfrente de la granja. Hildie levantó a Charlie y lo sentó en su cadera mientras se dirigía rápidamente al patio.

El señor Musashi bajó del bus, la señora Musashi detrás de él. George y las chicas, todos más altos, bajaron. Se veían tímidos e inseguros. Bernie salió del establo. Elizabeth abrió la puerta de mosquitero y salió. Cuando el bus se alejó, Mamá cruzó la calle.

Los Musashi se quedaron parados, juntos, en silencio, mirando de la casa al establo, al huerto y a los campos. Se veían raros con la ropa que les había dado el gobierno. Hildie sintió que se le llenaban los ojos de lágrimas. Parecía que nadie sabía qué hacer ni qué decir. Bernie se les acercó. "Todo está casi como lo dejaron, señor Musashi."

Lo miraron y no dijeron nada. Hildemara no podía adivinar nada en sus miradas. Nunca se habían visto más extranjeros ni más vulnerables.

Bernie miró atrás a Elizabeth. Hildie le dio Charlie a Trip y se acercó a Betsy. Ahora era una bella mujer; había crecido una cabeza más que la última vez que Hildie la había visto.

—Llevemos a tus padres a la casa, Betsy. Todos deben estar cansados. Podemos hacer té. Elizabeth ha estado haciendo galletas toda la mañana.

—¿Tú también vives aquí ahora? —Betsy la miró fríamente.

Mamá intervino y habló con el señor y la señora Musashi.

—Solamente hasta que ustedes volvieran. —Habló con firmeza—. Bernhard se trasladó a su casa después de que el gobierno los reubicara a ustedes. Trabajó en ambos lados del camino hasta que contraté a los Martin como aparceros de mi propiedad. De otra manera, mi hijo se habría matado trabajando para mantener los dos lugares funcionando. Mi hijo ha hecho un buen trabajo para usted, señor Musashi. ¡Díselo, Bernhard!

Bernie se sonrojó.

—Mamá . . .

—¿No te das cuenta? ¡No entienden! Creen que les robaste el lugar. —Se volteó hacia donde estaba Betsy—. Explícales a tus padres ahora mismo. Se ha pagado la hipoteca y los impuestos y hay dinero suficiente de la cosecha del año pasado para que tu familia siga adelante hasta el próximo año. Los hemos estado esperando. Este lugar todavía les pertenece.

Betsy comenzó a llorar. Se inclinó respetuosamente con sus manos que le temblaban sobre su boca. Su padre la miró y habló con un tono adusto. Ella sacudió la cabeza y habló en japonés. Él miró a Bernhard y a Mamá. Miró a Elizabeth, a Hildemara y a Trip. No dijo nada. La señora Musashi habló suavemente en japonés. Betsy respondió. Las lágrimas corrían por la cara de la señora Musashi. El señor Musashi se inclinó hasta la cintura haciendo una reverencia y lo mismo hicieron su esposa y sus hijos.

Mamá se veía muy avergonzada.

—¿Y tus hermanos, Betsy? —Nadie más tuvo el valor de preguntar—. ¿Cuándo volverán?

Betsy sonrió, con sus ojos oscuros brillantes, pero fue el señor Musashi el que respondió.

—Los dos, buenos soldados, muchos honores por luchar contra los alemanes. —Se detuvo—. Lo siento, señora Waltert. Lo siento mucho. No pensar claramente.

—No tiene que disculparse, señor Musashi. Soy suiza, no alemana, y Niclas creía que Hitler causaría más problemas que el káiser. Él estaría orgulloso de sus hijos.

❄ ❄ ❄

Hildie y Trip regresaron a Oakland. Se quedaron en un hotel hasta que encontraron una pequeña casa para alquilar en *Quigley Street*. Charlie todavía luchaba por tener que compartir a Hildie con Trip. Se había acostumbrado a dormir con Hildemara y tenerla toda para sí. Como las cosas habían cambiado, hizo berrinches cuando lo pusieron en su dormitorio. Dividida entre su esposo y su hijo, Hildie trataba de complacerlos a ambos. Aun así, cuando Charlie lloraba, ella saltaba para consolarlo. Las noches eran largas, con muchas interrupciones. Trip comenzó a frustrarse. "Sabe exactamente cuándo arruinar las cosas, ¿verdad?"

Al final de su primer mes en casa, Trip ya estaba harto. Cuando Charlie gritaba, agarraba a Hildie y la sostenía en la cama.

—Deja que llore.

—Me necesita.

—¡Qué diablos! Solamente lo empeoras. Tiene que aprender que no puede tenerte cuando él quiere.

—¡Él no lo entiende!

—Lo entiende muy bien. Todo lo que tiene que hacer es llorar para conseguir lo que quiere.

—No es justo. Sólo es un bebé.

—Es *nuestro* hijo, Hildie. Ya no es sólo tuyo. Soy su padre. Escúchame.

Los llantos de Charlie se convirtieron en gritos de ira. Hildie comenzó a llorar. Quería taparse los oídos o gritar con él.

—No te rindas. —Trip la abrazó, con su brazo sobre el pecho y con sus piernas encima de las de ella.

—Déjame ir, Trip.

Con un suspiro, la dejó y le dio la espalda.

Hildie se sentó en la orilla de la cama, con la cabeza entre sus manos y el corazón en la garganta. Los gritos de Charlie cambiaron. Lloró y luego se calló, como si escuchara sus pasos en el pasillo. Volvió a llorar. "Mamá . . . Mamá . . ."

Lloriqueó. Luego el silencio llenó la casa. Ella se acurrucó de lado. Trip no la tocó por el resto de la noche. Ella sentía una pared entre ellos, como una fuerza física.

❄ ❄ ❄

Charlie no era el único que tenía dificultades para adaptarse.

Trip tenía pesadillas constantes. Gemía, daba golpes, lloraba. Cuando Hildie le tocaba el hombro, queriendo tranquilizarlo, se despertaba sobre-saltado. Siempre salía de ese estado con una sacudida y temblando. No decía nada de lo que soñaba. A veces se levantaba e iba a la sala de estar y se sentaba con una luz encendida y la mirada perdida.

Ella salía y se sentaba con él.

—¿Con qué sueñas? —Tal vez al hablar de eso rompería el control que las pesadillas tenían de él.

—Con la guerra.

—¿Puedes contarme . . . ?

—¡No! —Se veía desolado y desesperado.

Una vez, ella salió y lo encontró llorando, con sus manos metidas entre su pelo, sosteniendo su cabeza. Se sentó a su lado y le puso la mano en la espalda. Él se puso de pie abruptamente y se alejó de ella.

—Vuelve a la cama, Hildemara.

—Te amo.

—Lo sé. Yo también te amo. Pero eso no ayuda.

—Si no puedes hablar conmigo de lo que sucedió, tienes que hablar con alguien.

—Lo superaré con el tiempo.

❄ ❄ ❄

Las pesadillas persistieron. Trip entró a la academia de policía y eso parecía haber empeorado las cosas, aunque él se sentía llamado a ese servi-cio. ¿El cántico de sirena que lo destruiría? A veces bebía para dormirse.

Finalmente, Hildie no pudo aguantar más la preocupación. Le afec-taba su sueño y apetito. Fue a visitar al reverendo Mathias.

Sollozando, le contó todo, incluso cómo, a veces cuando hacían el amor, Trip parecía estar espantando demonios.

—A veces me asusta. No sé qué hacer para ayudarlo. No me lo permite.

Cuando se lo preguntó, Hildemara pudo mencionar todos los lugares a los que había enviado cartas. El reverendo Mathias se quedó pensando un momento, con la cara sombría.

—Recorrimos los mismos lugares: Normandía, París, Alemania, Berlín. Puedo adivinar lo que vio, Hildemara. Yo también lo vi. Yo era capellán.

Cuando el reverendo Mathias vino a cenar, Trip la miró con furia, pero no dijo nada que la avergonzara por haber intervenido. Hildemara llevó a Charlie y salió a dar un paseo largo para que los hombres pudieran hablar. Cuando volvió, ambos tenían los ojos rojos. Después de que despidieron al reverendo Mathias, Trip la besó de la manera en que solía besarla. Hildie no preguntó de qué habían hablado. No quería saber más detalles.

Esa noche su esposo durmió sin llorar ni lanzar golpes. Ella se despertó una vez y lo encontró tan quieto que temió que se hubiera muerto. Encendió la luz y encontró su cara en paz. Se veía joven otra vez, como antes de que hubiera ido a la guerra. En la mañana, se veía descansado, pero ella sabía que la guerra lo había alterado de una manera que nunca se podría deshacer.

Él y el reverendo Mathias comenzaron a reunirse una vez a la semana para tomar café o solamente para hablar. Aun así, había veces en que Hildie veía que Trip tenía esa mirada y se daba cuenta de que estaba volviendo a vivir los horrores. Algunas heridas se abrieron y tuvieron que cerrarlas con paciencia y oración. Ella lloraba la pérdida del joven que había sido: el Trip despreocupado y alegre que reía tan fácilmente. Aquel hombre joven había desaparecido en las playas de Normandía y en su lugar había vuelto otro, endurecido por la guerra, cínico con el mundo y con un deseo feroz de protegerla a ella y a Charlie de cualquier daño.

Trip sobresalió en la academia de policía. Su grado universitario y trasfondo científico lo hacían un candidato de primera para la medicina forense. Aceptó un traslado a una cárcel nueva de Santa Rita, donde trabajaría en un laboratorio, estudiando y clasificando evidencias.

En lugar de soportar los largos viajes que los separarían, Hildie buscó una casa para alquilar cerca de la prisión. Se trasladaron a una casa más grande, con un jardín más grande, no lejos de su trabajo. Paxtown, una pequeña comunidad agrícola asentada en las Colinas del Este de la Bahía, estaba a tres kilómetros de distancia, y tenía una abarrotería, una tienda surtida y un teatro, entre otros servicios reconfortantes, incluyendo una iglesia.

La valla de tela metálica con alambre de púas arriba, y los guardias en la puerta de la prisión, desconcertaban a Hildemara. Trip los había visto antes. "Esta vez tienen a los tipos malos adentro." Su comentario enigmático le dio a Hildie su primera impresión de lo que había visto, lo que había acechado sus noches durante tanto tiempo. Nunca hablaban de esos años que había prestado servicio.

Las mujeres del vecindario llegaron con galletas y guisos e invitaciones para que llevara a Charlie a jugar con sus hijos e hijas.

Muchos de sus esposos también habían estado en la guerra. Hablaban de los problemas de la manera en que Mamá y Papá habían hablado de cosechas, con camaradería y esperanza por el futuro. Hildie y Trip asistían a fiestas, a parrilladas y a juegos de cartas en la cuadra. Hildie invitaba a las mujeres a tomar café, a tertulias y a tés. La gente frecuentemente hablaba de esos "sucios japoneses" e Hildemara hablaba de la familia Musashi, y de Andrew y Patrick, que habían prestado servicio en Europa. Algunas de las mujeres dejaron de invitarla a sus casas.

—Me pregunto qué dirían si supieran que mi padre era de Alemania y que mi madre es suiza. —Si no fuera por la correspondencia de Mamá con Rosie Brechtwald, nunca se habrían enterado de que los suizos habían amenazado con volar el principal túnel fronterizo, si un solo alemán se paraba en la luz al final de él. Pero eso no evitó que se beneficiaran de la guerra, al venderle municiones a los alemanes y transportando mercancías entre el Tercer Reich y Mussolini. Rosie decía que era la única manera en que podrían seguir siendo libres. Mamá se lamentaba por que se comprara la libertad con dinero de sangre.

—No se los digas —le ordenó Trip—. No es asunto de ellas.

Trip mantenía su revólver de policía cargado y lo suficientemente en alto para que estuviera fuera del alcance de Charlie, pero lo suficientemente cerca para sacarlo rápidamente. Hildie se preguntaba si trabajar con homicidios era bueno para él, pero parecía que apreciaba el trabajo de mandar criminales a la cárcel.

Después de buscar propiedades disponibles en el área, Trip se desanimaba y decaía cada vez más.

—¡Tendré edad para jubilarme antes de que podamos comprar una propiedad!

—Podríamos ahorrar lo suficiente si yo trabajara en el hospital de veteranos, en las afueras de Livermore.

Los ojos de Trip mostraban fastidio.

—¿Y qué pasaría con Charlie?

—Podría trabajar un turno por la noche cada tanto y ver cómo nos va. —No le dijo que sospechaba que estaba embarazada otra vez.

43

1947

Hildie dio a luz a su hija, Carolyn, en la primavera. Carolyn no era un bebé tan fácil como Charlie. Tenía cólico y lloraba casi constantemente. Hildemara se sintió casi aliviada cuando pudo poder volver a trabajar después de dos meses de licencia.

Al principio, Trip protestó.

—Renuncia, Hildie. —Pasó su mano sobre la cabeza aterciopelada de Carolyn—. Piensa en la beba.

—Dormiré más los fines de semana. Todavía necesitamos ahorrar mucho para comprar una propiedad.

—Estás agotada.

—LaVonne dijo que cuidaría a Charlie y a Carolyn un par de días a la semana. Puedo pedir turnos de día. Eso será más sencillo.

—¿Y cuándo estaremos juntos? ¿En la cena?

—Sólo estoy trabajando medio tiempo, Trip.

—¿Y tu salud?

—Estoy bien, Trip, en serio. No podría estar mejor.

Y era cierto.

Cuando lo dijo.

❄ ❄ ❄

1948

Charlie, cuatro años mayor, adoraba a su hermanita y le gustaba jugar con ella. Cuando Carolyn creció, comenzó a salirse de la cuna en la noche y gateaba hacia la cama de Hildie y Trip. Hildie tenía que levantarse y llevarla a su cuna.

—¿Cuándo va a dormir toda la noche esta niña?

Trip se reía. —Tal vez deberíamos atarla.

En vez de eso, cerraban su puerta con llave. A veces Hildie se levantaba en la mañana y encontraba a Carolyn acurrucada con su frazada, al otro lado de la puerta.

❄ ❄ ❄

1950

—Te ves pálida, Hildie. Tienes que descansar más.

—Lo estoy intentando. —Todavía no podía ponerse al día con el sueño, aunque se quedara en la cama los fines de semana.

Trip obtuvo un ascenso. Ahora era teniente y tenía un mejor sueldo.

—Renuncia al trabajo. Quédate en casa. No sería bueno que vuelvas a enfermarte.

Ella lo sabía mejor que él. Quizás no saldría del hospital esta vez. Atendió a la súplica de Trip y renunció. Trató de dormir más, pero le resultaba difícil a medida que sus temores se acrecentaban.

Como enfermera, conocía los síntomas, aunque hubiera tratado de ignorarlos durante los últimos meses. Comenzó a perder peso otra vez. Necesitaba fuerza de voluntad para hacer hasta las tareas más fáciles de la casa. Se despertaba con sudor nocturno y fiebre. Cuando comenzó la tos, se rindió y le dijo a Trip que tenía que volver a Arroyo.

❄ ❄ ❄

1951

Hacía dos meses que Hildie estaba en Arroyo y sabía que no estaba mejorando. Acostada en la cama en el sanatorio, vio que todos los sueños de Trip se derrumbaban a medida que sus facturas aumentaban. Trip tuvo que contratar a una niñera para que cuidara a Charlie y a Carolyn hasta que él llegaba a casa del trabajo todas las tardes. Tenía que recoger a Charlie en la escuela todos los días, cocinar y lavar la ropa, mantener la casa y el jardín. Cualquier tiempo que le sobrara, lo pasaba con ella y dejaba a los niños con LaVonne Haversal.

—Si voy a morir, Trip, quiero morir en casa.

Su cara se retorció de agonía.

—No hables así.

El médico les había advertido que la depresión sería su peor enemigo.

—Oro, Trip. Lo hago. Le sigo clamando a Dios que me dé respuestas. —Y la única respuesta llegaba una y otra vez. Parecía una broma cruel.

Trip oró y se le ocurrió la misma solución que Hildemara temía decir en voz alta.

—Ella no vendrá.

—Es tu madre. ¿Crees que no haría algo por ayudarte?

—Le dije que nunca le pediría ayuda.

—Es la única manera de llevarte a casa, Hildie. ¿O vas a dejar que tu orgullo se interponga en el camino?

—Nunca me ha ayudado. ¿Por qué lo haría ahora, y bajo estas circunstancias?

—No lo sabremos si no le preguntamos. —Tomó sus manos—. Creo que te sorprenderá.

Trip llamó a Mamá mientras Hildemara se tragaba el orgullo y se preguntaba por qué Dios la había hecho llegar tan bajo. Trip pensaba que ella temía que Mamá dijera que no. Hildie temía que dijera que sí.

Sabía que apenas Trip le dijera a Mamá que estaba enferma y le pedía ayuda, Hildemara perdería cualquier respeto que se hubiera ganado por parte de su madre. Mamá pensaría otra vez que era cobarde, demasiado débil para valerse por sí misma, incapaz de ser una buena madre y una buena esposa.

Si Mamá llegaba, Hildemara tendría que quedarse en cama y ver a su madre asumir sus responsabilidades. Y Mamá lo haría todo mejor que Hildemara, porque Mamá siempre se encargaba de todo a la perfección. Aun sin Papá, la granja funcionaba como una máquina bien aceitada. Mamá sería quien le diera alas a Charlie. Probablemente enseñaría a Carolyn a leer antes de que cumpliera cuatro años.

Enferma e impotente, Hildemara tendría que ver que su madre se encargara de la vida que ella amaba. Incluso le quitaría lo único en lo que sobresalía, el área de su vida donde había demostrado su valor.

Mamá se convertiría en la enfermera.

Marta

44

Marta estaba parada en el huerto de almendros, bajo el pabellón de flores blancas, mientras la esencia de la primavera embriagaba el aire. Arriba, las abejas zumbaban, recogiendo néctar y esparciendo polen, prometiendo una buena cosecha. Los pétalos iban a la deriva como nieve a su alrededor, cubriendo el suelo arenoso, y le hacían recordar a Suiza. No faltaba mucho para que las hojas nuevas tomaran un color verde más intenso y las almendras comenzaran a formarse en pequeñas protuberancias.

Niclas solía pararse en el huerto como ella lo hacía ahora, mirando hacia arriba, a través de las ramas blancas, hacia el cielo azul. Siempre había agradecido a Dios por la tierra, el huerto, la viña, y le atribuía al Todopoderoso la provisión para su familia. Nunca había dado nada por sentado, ni siquiera a ella.

¡Cuánto lo extrañaba! Marta había pensado que los años borrarían el dolor de perderlo; y en parte lo habían hecho, pero no de la manera que ella quería. No podía recordar cada detalle de su cara, el color exacto de sus ojos azules. No podía recordar la sensación de sus manos sobre ella, la falta de inhibición cuando se unían como esposo y esposa. No podía recordar el sonido de su voz.

Sí podía recordar claramente las últimas semanas, cuando Niclas había sufrido tanto y había tratado de no demostrarlo, porque sabía que ella lo miraba con una agonía impotente, llena de ira hirviente contra Dios. Mientras el cáncer devoraba cada músculo de su cuerpo y lo dejaba como piel y huesos, la fe de Niclas se había fortalecido y era aún más inquebrantable. "Dios no te abandonará, Marta." Ella lo creía porque creía en Niclas.

Aunque no le temía a la muerte, no quería dejarla. Cuando ella se dio cuenta de su preocupación, le dijo a Niclas que se las había arreglado bien sola, y que no necesitaba que nadie cuidara de ella. Sus ojos se habían iluminado por la risa. "Ay, Marta, Marta . . ." Cuando ella lloró, él tomó su mano débilmente entre la suya. "Tú y yo todavía no estamos terminados," le había susurrado, sus últimas palabras antes de caer en coma. Ella se sentó a su lado hasta que dejó de respirar.

Niclas había sido tan vigoroso; ella esperaba que hubieran envejecido juntos. Los hijos habían crecido y se habían ido. Pensaba que ella y Niclas tendrían muchos años felices juntos, por fin solos, con tiempo sin límites para hablar, tiempo para compartir sin interrupción. Perderlo había sido lo suficientemente difícil, sin la crueldad horrible de la forma en que había muerto. Le había dicho a Dios en términos nada ambiguos lo que pensaba de eso. Un buen hombre, temeroso de Dios y que lo amaba, no debería sufrir así. Se había quedado parada en ese huerto noche tras noche, clamando a Dios con ira, lanzándole sus preguntas con furia, golpeando la tierra en su dolor.

No se había conformado con sólo quejarse por haber perdido a Niclas, y agregó sus quejas reprimidas: el abuso de su padre, la vida enfermiza de su madre, el suicidio de su hermana. Sacó a la luz cada resentimiento y dolor.

Y Dios dejó que los sacara. En su misericordia, no le respondió con un golpe. En lugar de eso, ella sentía el susurro del aire, el silencio, y lo sentía cerca, sosteniéndola, consolándola con su presencia.

Marta se aferró a la promesa de Niclas. ¡Cuánto amaba todavía a ese hombre! Y volverían a estar juntos, no por nada que Niclas o ella hubieran hecho en esta vida para que fuera así sino porque Jesús los tenía en la palma de su mano poderosa. Ambos estaban en Cristo y siempre lo estarían, aunque tuviera que soportar esta separación física por el tiempo que Dios decidiera. El Señor ya había establecido el día de su muerte y ella percibía que faltaba mucho tiempo.

Después de esas primeras semanas dolorosas tras la muerte de Niclas, cuando finalmente se había secado llorando, comenzó a ver a Dios en todas partes. Sus ojos se abrieron a la belleza de ese lugar, a la ternura de su familia y amigos que todavía le ofrecían ayuda y consuelo, al gesto de Hitch y Donna Martin que habían cargado con el trabajo. Salía en el auto por largos ratos para pensar y mientras tanto hablaba fácilmente con el Señor. Se disculpaba por su comportamiento desafiante y se arrepentía de su actitud. Cuando había despotricado contra él, Dios le había otorgado gracia. La había vigilado, la había protegido y había cuidado de ella cuando estaba en el peor momento.

Ahora se reía, sabiendo lo sorprendido y contento que Niclas estaría si pudiera ver el cambio en ella. No solamente oraba por las comidas; oraba todo el tiempo. Cuando abría sus ojos en la mañana, le pedía a Dios que tomara el control de su día y que la guiara a lo largo de él. Cuando los cerraba en la noche, le agradecía. Y constantemente buscaba su guía.

Aun así, la soledad a veces se asomaba como hoy, y la tomaba de la garganta, haciendo que su corazón se agitara con una extraña sensación de pánico. Nunca había sido alguien que se aferrara ni dependiera solamente de su esposo, pero él se había vuelto esencial para su existencia. Niclas ahora estaba en el cielo y ella seguía cautiva en esta tierra. Jesús estaba con ella, pero ella no podía verlo; no podía tocarlo. Como nunca recibía abrazos ni besos más que de Niclas, extrañaba el contacto humano.

¿Por qué tenía esta intranquilidad interna? ¿Estaba zozobrando o simplemente estaba en una encrucijada?

Extrañaba tantas cosas, como ver a sus hijos o a los chicos del Alboroto de Verano, cazando larvas de hormiga león y lagartos cornudos o cruzando el patio con zancos.

Extrañaba el sonido de sus risas y sus gritos, cuando jugaban a la pega o salían a cazar gamusinos a la luz de la luna. Ahora, solamente el zumbido de las abejas llenaba el silencio. El aire fresco y vigorizante estaba quieto.

Marta se reprendía a sí misma. No tenía paciencia con la autocompasión de otros. Lo despreciaba en ella. Había comenzado sola su viaje, ¿no era verdad?

"Mira las aves, Liebling. *Un águila vuela sola,"* le había dicho Mamá hacía tantos años. Está bien. La vida no era justa. ¿Y qué? La vida

era difícil. No por eso tenía que convertirse en una anciana gruñona, arrastrando los pies todo el día. Se elevaría con sus alas como un águila. Correría y no se cansaría; caminaría y no se fatigaría. Volaría sola y confiaría en que Dios mantendría su espíritu en el aire. Lo tendría todo por sumo gozo.

Tenía muchas bendiciones que reconocer. Sus hijos habían crecido fuertes y se habían ido a construir sus propios nidos y familias. El vivero de Bernhard y Elizabeth en Sacramento estaba funcionando bien. Las compañías de cine perseguían a Clotilde por su habilidad en el diseño de ropa. Rikka, soñadora y encantadora como siempre, todavía tenía a Melvin colgado. ¿Cuánto tiempo tardaría ese pobre hombre en darse cuenta de que Rikka amaba más el arte que a cualquier hombre?

Sólo Hildemara la preocupaba todavía. Marta no tenía paz en cuanto a Hildemara. Su hija mayor no tenía buen semblante la última vez que la había visto. ¿Y cuándo había sido eso? Claro, podría haber mejorado ahora. De los cuatro, Hildemara era la que menos compartía de su vida. Mantenía distancia. ¿O Marta sólo se lo imaginaba?

Extrañaba terriblemente a Hildemara, pero si su hija quería mantener distancia, que así fuera. Marta no metería su nariz donde no la querían. Por lo menos Hildemara sabía cómo cuidarse sola, especialmente si había aprendido que cuidar una casa no era tan importante como cuidar de su salud.

Sacudió la cabeza y se rió suavemente al recordar cómo Hildemara había vuelto de la escuela de enfermería y había pasado sus vacaciones restregando y raspando todo lo que veía: pisos, paredes, mostradores, estantes. Había estado obsesionada con librar la casa de la granja de gérmenes, como si eso fuera posible. Marta se había ofendido entonces; se había sentido intolerablemente molesta.

Su mente regresaba con frecuencia al día en que Hildemara se había ido de casa. Marta la había presionado mucho ese día. Había lastimado a su niña y la había dejado bien enojada. A Hildemara nada le había resultado fácil, y provocar su enojo le había sido útil a Marta para motivar a la niña. Cuando lograba enojar lo suficiente a Hildemara, su hija olvidaba el temor. Pero ahora se preguntaba si la ira seguía allí, aun cuando las bendiciones eran evidentes. Esperaba que no.

¿No había logrado lo mismo la ira con ella? ¿Se habría ido de

Steffisburg si no hubiera estado enojadísima con su padre? ¿O había
sido orgullo?

Su niña había sido una enviada de Dios durante la enfermedad de
Niclas. Hildemara había demostrado su gran valor durante esos meses
difíciles. Era eficiente, estaba bien informada y rebosaba compasión.
No había permitido que sus emociones la controlaran. Había sido
como el bálsamo de Galaad en la casa. Una o dos veces se había enfrentado a Marta mientras cuidaba a su paciente. No habría sido fácil para
Hildemara ver morir a su papá. Marta estaba orgullosa de ella.

Fue durante las semanas que siguieron a la muerte de Niclas que
Marta se dio cuenta de la amenaza que se cernía sobre ella y su hija.
Hildemara se había quedado para acompañarla, para estar a su servicio,
y eso había sido de consuelo para Marta. Se había acostumbrado a que
Hildemara hiciera las cosas por ella. Entonces Dios le había abierto los
ojos y se había enfurecido. Marta, que había jurado nunca llegar a ser
una criada, estaba convirtiendo a su hija en una de ellas. Su conciencia
le había revuelto la llaga. Mamá la había liberado. ¿Enjaularía ahora
a Hildemara? ¿Necesitaba de una enfermera una mujer saludable?
Avergonzada, vio cómo Hildemara cocinaba, limpiaba y hacía mandados.
La actividad constante y la búsqueda de cosas nuevas por hacer mostraban
la confusión interna de su hija. Y la revelación le había llegado a Marta
como un golpe.

¡Hildemara no pertenece aquí! ¡Suéltala!

Mientras más consideraba Marta esa verdad, más se enojaba: consigo
misma, no tanto con Hildemara. La avergonzaba ahora recordar cuánto
había demorado en hacer lo correcto. Había empujado a Hildemara por
la puerta. Le rompía el corazón, pero una buena madre enseña a sus hijos
a volar.

Algunos, como su hermana, Elise, nunca siquiera extendían sus alas.
A otros, como a Hildemara, había que empujarlos a la orilla para que
alzaran vuelo. Marta lamentaba haber presionado a su hija tan duro, pero
si no lo hubiera hecho, ¿dónde estarían ahora? ¿Ella sentada como la reina
de Sabá en su mecedora, leyendo por el simple gusto de hacerlo, mientras
Hildemara se gastaba los dedos trabajando en aquella miserable alfombra
de retazos? ¡Dios nos libre!

Si tan sólo hubiera podido impulsar a Hildemara con la suave manera de Mamá, con palabras de bendición en lugar de una mentira: *"No te quiero aquí."*

Marta frecuentemente se asombraba por las diferencias entre ella y su hija mayor. Marta había decidido mucho tiempo atrás no ser la criada de nadie. Hildemara hizo una vocación de ello. Servir a otros para ella era algo natural. Marta había temido que la enfermedad de Mamá y la dependencia de Elise volvieran a meterla a ella en la casa. Hildemara había venido por su propia voluntad y había derramado su corazón para cuidar de su papá . . . y también de su mamá.

El padre de Marta le había cortado las alas a Mamá y la había enjaulado. Había hecho que Mamá trabajara hasta que su salud se acabó. Si hubiera tenido la oportunidad, le habría hecho lo mismo a Marta. Mamá lo sabía, tan bien como ella. Marta se había inquietado constantemente, asediada por su conciencia. ¿Cómo podía dejar a Mamá, enferma como estaba, para irse detrás de su sueño? ¿Cómo atreverse a tomar su libertad a costa de otros a quienes amaba tanto? Mamá había comprendido la culpa que encarcelaba a Marta y se la había quitado.

"Tienes mi bendición, Marta, te la doy incondicionalmente y sin reservas."
Habían pasado tantos años y Marta se aferraba a esas palabras.
"Tienes mi amor."

Las palabras tenían poder. Las de Papá la habían aplastado. Las de Mamá la habían elevado y liberado para que encontrara su camino en la vida. Tal vez, si Mamá hubiera sabido que Marta se iría tan lejos de casa, lo habría pensado dos veces. Quizás eso había sido una razón adicional para mantener a Elise tan cerca, cortándole las alas inconscientemente y haciéndola incapaz de volar.

Con frecuencia Marta se había sentido tentada de mantener así de cerca a Hildemara. Enferma de nacimiento, una niñita poco agraciada y suceptible a las enfermedades, Hildemara Rose le había desgarrado el corazón. Había querido proteger y llenar de amor a la niña. ¡Qué pérdida tan trágica si se hubiera rendido a esa inclinación! No, se había dicho Marta firmemente: la habría dejado incapacitada. Había hecho lo correcto al ahogar esas ansias.

Bernhard, Clotilde y Rikka, todos había nacido con un espíritu independiente. Hildemara Rose llegó al mundo dependiente. Si hubiera sido por ella, todavía estaría en casa, trabajando para Mamá, olvidándose de que tenía una vida propia que vivir. Marta no había estado dispuesta a ver pasar los años, o a ver que se repetía un viejo patrón. Mamá había hecho lo correcto con ella, pero lo incorrecto con Elise. Marta no podía permitirse cometer el mismo error con Hildemara Rose.

¿Por qué estaba la niña tanto en su mente últimamente? ¿Por qué no podía tener paz en cuanto a ella?

Era hora de dejar de adivinar si había hecho lo correcto o no. Había hecho lo mejor con todos sus hijos. Tenía otras decisiones que tomar. Tenía que pensar en su propia vida.

Aunque había llegado a amar tanto a ese huerto y a esa viña, esa granja había sido el sueño de Niclas, no el suyo. Se sentía inquieta allí. ¿Qué de sus planes que hacía mucho tiempo había dejado a un lado? ¿Ya no tenía edad para realizarlos? ¿O eran demasiado grandes? Ella había querido tener un hotel. Eso no le importaba en absoluto ahora, pero ¿por qué no mejorar su educación? Dio un resoplido, imaginando qué diría la gente si una mujer de su edad se aparecía en una clase de la universidad. Por otro lado, ¿qué importaba lo que alguien pensara? ¿Acaso alguna vez le había importado?

¿Le permitirían el ingreso sin un diploma de secundaria? Sin duda querrían examinarla. Que lo hicieran. Sabía más que cualquier jovencito que hubiera conocido en años. ¿Acaso no había leído y vuelto a leer los libros de texto de sus hijos, mientras dormían?

Tal vez solamente estaba siendo una anciana tonta. ¿Todavía le importaba tener un diploma de secundaria? Simplemente debería superar el hecho de que no lo tenía y olvidarse de eso. Podía continuar recorriendo los estantes de la biblioteca, leyendo un libro tras otro, hasta que perdiera la vista o cayera muerta.

Otra vez la autocompasión. *Señor, no permitas que adquiera ese hábito tan desagradable. Y ya que estamos en eso, Dios, no sé qué hacer. Parece una pérdida perversa de tiempo quedarme aquí y seguir como estoy. Les pago a los Martin un salario justo y tengo más que suficiente para salir adelante, pero siento . . . ¿Qué? ¿Qué es lo que siento? Ya no sé qué es lo que quiero, por qué todavía estoy respirando. Todo solía estar tan claro en mi mente.*

Hildemara.

En la mente vio a su hija otra vez. ¿Qué pasaba con ella? Había un asunto sin concluir entre ellas, pero Marta no sabía qué hacer en cuanto a eso. Ni siquiera estaba segura qué era, y no tenía la intención de disculparse por ser dura con ella cuando esa dureza había sido necesaria.

¿Qué pasa con Hildemara, Señor? ¿Qué estás tratando de decirme? ¡Acláramelo por favor!

—¡Señora Waltert! —Hitch Martin llegó caminando hacia ella. Niclas había tenido razón acerca de ese obrero de Oklahoma; era un trabajador bueno y confiable. Hitch mantenía el lugar de la manera en que Niclas lo habría querido, y a Marta no le importaba pagarle un sueldo más alto que el promedio—. Donna y yo vamos al pueblo por provisiones y queríamos saber si necesitaba algo.

Amables, siempre respetuosos y considerados también, él y Donna nunca dejaban de preguntar, aunque supieran que la respuesta siempre sería la misma.

—Nada, Hitch. —A Marta le gustaba tener excusas para subir a su auto y salir.

Hitch estaba parado, con los brazos en la cintura, admirando los árboles.

—Parece que vendrá una buena cosecha, ¿verdad? —Las colmenas que habían puesto estaban atareadas.

—Así es. —Salvo que un fuerte viento o la lluvia tardía las arruinaran. Las abejas estaban haciendo bien su trabajo.

—Algún día espero tener un lugar propio como este. —Le dio una mirada rápida y tímida—. Si no lo he dicho últimamente, señora Waltert, realmente aprecio que me contratara y que nos dejara usar la casa grande. —Hitch se veía más en forma que cuando ella lo había contratado: la comida buena y abundante, un techo decente sobre su cabeza y menos preocupaciones en cuanto a cómo cuidar de sus cuatro hijos habían producido el cambio.

—Es tanto un beneficio para mí como para ustedes. —Tal vez más aún. Tenía tiempo para sí misma para hacer lo que quería, y estaba agradecida. Recordó cómo había sido vivir en una carpa con corrientes de aire, con cuatro niños y solamente un establo para los momentos de calma y privacidad con su esposo. Recordó pasar tres años trabajando, durante veranos abrasadores e inviernos gélidos, para un hombre que los engañaba con el pago de las ganancias. Juró que nunca trataría así a nadie que trabajara para ella. Los Martin eran gente buena y su intención era que ellos estuvieran bien.

Hitch parecía no tener prisa para salir.

—Oiga a las abejas.

—Tendremos mucha miel para vender. —Pronto tendría que ahumar las colmenas y extraería la miel. Donna sacaba la rica dulzura de los panales y llenaba y etiquetaba los frascos para venderlos.

—No hay nada más sabroso que la miel de las flores del almendro, señora. Ah, por cierto, oí su teléfono sonando cuando salía.

Probablemente uno de sus amigos de la iglesia necesitaba que cocinara algo para alguien enfermo o de duelo.

—Volverán a llamar.

Hitch y Marta hablaron de los asuntos de la granja mientras caminaban hacia la amplia entrada. El molino de viento necesitaba reparaciones. Tendrían que comenzar a cavar pronto los canales de riego. Ahora que tenían un baño con ducha en la casa, el pequeño cuarto exterior con el tanque de agua podría transformarse en algo más útil. El establo necesitaría una nueva mano de pintura dentro de un año. Podría contratar ayuda adicional para ese trabajo si él lo creía necesario. "No quiero verte arriba de una escalera, Hitch." Él se rió y dijo que enviaría a uno de sus hijos para que hiciera el trabajo arriba.

Hitch le dijo que el tractor no estaba funcionando bien otra vez, pero estaba seguro de que si conseguía algunos repuestos podría repararlo. Marta le dio autorización para comprar lo que necesitara. Ella siempre tenía una lista de tareas, pero él se anticipaba a sus instrucciones y terminaba el trabajo antes de que ella tuviera que pedirlo. Era un buen hombre, un buen agricultor.

Después de que los Martin se fueron en su viejo camión, Marta caminó por el lugar. Los árboles frutales, a lo largo de la casa grande, habían crecido. Ella y Donna harían juntas conservas de duraznos y de peras. Las ciruelas producirían buenas pasas y mermelada. Habría bastantes manzanas para los hijos de Donna, que estaban creciendo, y para que algunos niños de los vecinos arrancaran y comieran. Y habría también muchas naranjas y limones.

Ahora que Donna se ocupaba de los pollos y conejos, y cuidaba de la huerta, Marta tenía poco trabajo que hacer. Había lavado ropa el día anterior y había hecho pan en la mañana, suficiente para ella y los Martin. Podría pasar el resto de la tarde terminando aquel rompecabezas de cinco mil piezas que Bernhard y Elizabeth le habían regalado para la Navidad del año anterior. Bernhard se había reído y le había dicho que eso la mantendría ocupada y que Hitch se la sacaría de encima por un rato. Calculó cuántas horas había pasado en él y gruñó. ¿Todo ese trabajo para qué? Para deshacerlo cuando lo terminara, para meterlo en la caja y regalárselo a alguien más con tiempo en sus manos.

Dios, ayúdame. No quiero pasar mi vida haciendo rompecabezas ni mirando competencias. Tendré tiempo suficiente para eso cuando de veras sea anciana. A los ochenta y cinco o noventa años.

El teléfono sonó.

Marta dejó que la puerta de mosquitero se cerrara de un golpe al entrar. Contestó al cuarto timbrazo.

—Soy Trip, Mamá.

Por su voz sabía que no había llamado con buenas noticias.

—Hildemara está enferma otra vez, ¿verdad? —Se sentó cuidadosamente en una silla de la cocina. Tal vez había una buena razón por la que había estado pensando en su hija últimamente.

—Está en el hospital otra vez.

—Entonces debería estar mejorando.

—Ha estado allí dos meses y no ha mejorado.

¡Dos meses!

—¿Y recién ahora me lo dices?

—Hildie creyó que volvería a casa en unas semanas. No quería preocuparte. Los dos esperábamos . . . —Se quedó callado otra vez.

Mentiras, todo eran mentiras, pero Marta podía imaginar la preocupación en su cara y se tranquilizó.

—¿Cómo te las estás arreglando solo con los niños?

—Una vecina los cuida cuando estoy en el trabajo.

Una vecina. Pues qué grandioso. Hildemara y Trip preferían que una extraña cuidara a sus hijos en lugar de llamarla para pedirle ayuda. ¿Cómo había ocurrido esto? Marta puso sus codos en la mesa. Con el teléfono en una mano, se frotó la frente con la otra. Podía sentir que le venía un dolor de cabeza. Mejor hablar antes de que ya no pudiera hacerlo.

—Ella necesita tiempo, supongo.

—Tiempo. —Su voz se ahogó—. Todo lo que hace es preocuparse por las cuentas del hospital y por dejarme endeudado. —Aclaró su garganta—. Ella dice que si va a morir, quiere morir en casa.

Marta sintió que el calor la invadía. Así que Hildemara se había rendido otra vez.

—Recuérdale que tiene un esposo y dos hijos por quienes vivir. Todavía no ha terminado con su vida.

—Esta vez es peor. Querer vivir no siempre es suficiente.

Parecía que Hildemara no era la única que se había rendido. Marta pensó en su madre. ¿Había querido vivir? ¿O también se había rendido? ¿Se había cansado tanto de luchar para aferrarse a la vida, aunque fuera por Elise, que se había rendido?

—Tu ayuda nos vendría bien, Mamá.

—Si me estás pidiendo que vaya y te ayude a enterrarla, la respuesta es no.

Trip respiró profundamente y maldijo. Su tono se endureció.

—Hildie dijo que tú no la ayudarías.

Las palabras la apuñalaron profundamente. Marta quería decirle que había ayudado a Hildemara más de lo que la chica alguna vez llegaría a comprender, pero eso no ayudaría a Trip lidiar con lo que estaba pasando ni ayudaría a Hildemara a mejorar.

Marta se enderezó e hizo a un lado la silla y se levantó.

—Si mi hija puede aferrarse tanto a los agravios pasados, con la ayuda de Dios también puede aferrarse a la vida, Trip Arundel.

—No debí llamarte. —Sonaba derrotado.

—No es eso. ¡Tenías que haber llamado antes! El problema es que no puedo hacer nada ahora mismo. —Tenía cosas que arreglar y tendría que trabajar rápido. Había hecho un pacto de caballeros con Hitch Martin. Tal vez era hora de poner las cosas por escrito. Tendría que hablar con Hitch primero y luego con un abogado. Quería asegurarse de que las cosas estuvieran escritas correctamente, para que tanto ella como los Martin se beneficiaran.

—Lo siento —dijo Trip entre dientes, con la voz llena de lágrimas.

Su yerno se oía tan cansado, tan desesperanzado, que Marta comenzó a afligirse. ¿Perdería a su hija, después de todo? ¿Tendría que ver a

Hildemara sufrir como había sufrido Mamá, jadeando, tosiendo sangre en un pañuelo?

—Hemos comenzado a hablar. Y vamos a orar mucho y hacer que otros oren con nosotros. Tengo un grupo de mujeres con mucho tiempo para esa clase de trabajo. Ven a Murietta, Trip. Tendré que ponerme a trabajar y arreglar algunas cosas aquí. Pero tú ven. ¿Me oyes?

—Sí, señora.

—Bien. Podemos sentarnos bajo el árbol de laurel y hablar de lo que puedo y no puedo hacer.

Trip dijo que llegaría en el auto con los niños el sábado.

❄ ❄ ❄

Marta se sentó a escribir una lista en su diario. Primero lo primero. *Hablar con Hitch y Donna de que se encarguen de la granja.* Hitch había dicho hoy que le gustaría tener un lugar propio algún día. Estar a cargo de este lugar en su ausencia lo llevaría hacia esa meta. Necesitarían un contrato legal que los protegiera a ambos. Charles Landau tenía buena reputación como abogado. Ella tenía crédito en la ferretería, también en la tienda de forraje y de granos. Tendría que añadir a Hitch como titular para que pudiera comprar lo necesario sin tener que hacerlo a través de ella. Tenía que copiar de su diario el calendario de mantenimiento de la granja y dárselo a Hitch, aunque parecía que él ya lo sabía. Niclas había querido asegurarse de que ella supiera lo que tenía que hacerse y cuándo, a lo largo del año.

Marta pasó todo el día pensando en el negocio de la granja y en las cosas que tenía que arreglar. Las preocupaciones le zumbaban como moscas en la cabeza, pero las aplastaba con oraciones. Finalmente agotada, Marta se fue a la cama, pero no podía dormir. Hablaría con Hitch y Donna a primera hora de la mañana y luego iría al pueblo. Concretaría una cita con Charles Landau y se encargaría de las cuentas de las tiendas. Molesta, se dijo que tenía que despreocuparse y dormir.

Hildemara no había querido que Trip llamara. *"Hildie dijo que no la ayudarías."* ¿Realmente creía eso su hija?

Acostada en la habitación que se oscurecía, Marta evaluó sus acciones del pasado. Le pidió a Dios que la ayudara a ver a través de los ojos de Hildemara y, al hacerlo, se preguntaba. *¿Sabrá Hildemara Rose cuánto la amo?*

Si solamente hubiera sido una persona más amable, como Mamá, alguien entregada a la oración y a confiar en Dios desde el principio, sin importar cuán malas fueran las circunstancias. La vida con el padre de Marta había sido, en efecto, horrible. Nada lo complacía. Aun así, Mamá lo había tratado con un respeto amoroso. Trabajaba duro, nunca se quejaba, nunca se rindió a la desesperación y siguió amándolo, hasta en los peores momentos. Marta reconoció que ella le había hecho la vida aún más difícil a su madre. Contenciosa, obstinada, terca, nunca había sido una niña fácil. Había peleado con su padre, rehusando acobardarse, ni siquiera cuando la golpeaba. ¿Cuántas veces Mamá se había puesto en el medio, suplicando, tratando de protegerla?

Mamá solamente la había herido una vez. *"Te pareces más a tu padre que a mí."*

Marta se había ofendido entonces, pero tendría que haber escuchado. ¡Tendría que haber entendido la advertencia! Las palabras duras, la ira feroz, un deseo de lograr sus metas a toda costa . . . ¿no los había heredado de Papá? Mamá no había tenido la intención de lastimarla. Solamente había advertido a Marta para que viera a su padre de otra manera, sin odio ni condenación.

¿La veía Hildemara de la misma manera? ¿La veía su hija como a alguien inflexible, nunca satisfecha con los esfuerzos de Hildemara, siempre buscando errores, insensible, incapaz de amarla? Si Hildemara sentía que no podía pedirle ayuda, ¿acaso eso no lo decía todo?

¿Cómo podía haber surgido ese malentendido entre ellas?

Sí, admitió Marta, a veces había lastimado a su hija, pero para hacerla fuerte, no para destruirla. ¿Había estado tan decidida a que Hildemara se irguiera y se defendiera que había llegado a ser tan inflexible, cruel y despiadada como su propio padre? ¡Ni pensarlo!

Pero veía claramente cómo había sido más dura con Hildemara que con los demás. Lo había hecho por amor. Lo había hecho para rescatar a Hildemara del destino de Elise. No quería que su niña creciera asustada de todo, escondiéndose dentro de una casa controlada por un tirano y totalmente dependiente de su madre.

No había ocurrido así con Hildemara.

Marta odiaba a su padre. Se daba cuenta ahora de que nunca lo había perdonado. Cuando él le había escrito para que volviera, ella había quemado su mensaje y había deseado que se fuera al infierno. ¿Cómo se atrevía a esperar el perdón de Hildemara si no podía perdonar a su propio padre?

El dolor se aferró de Marta con tanta fuerza que la dobló.

Nunca había usado sus puños contra Hildemara, ni le había pegado con una correa hasta que sangrara, como lo había hecho su padre con ella. Nunca le había dicho que era fea ni que era tonta. Nunca le había dicho que no tenía derecho de ir a la escuela, que la educación era un desperdicio en ella. Nunca había hecho que Hildemara trabajara para después quitarle su sueldo. Despreciada y rechazada, Marta se había defendido, increpando furiosamente a su padre por tratar de enterrar su espíritu debajo de la avalancha de sus propias decepciones.

Y Mamá la había abrazado y le había susurrado palabras de ánimo. Mamá le había sostenido la cabeza para que pudiera respirar. Había enviado a Marta lejos porque sabía que si se quedaba habría llegado a ser exactamente como él: infeliz, egoísta, cruel, que culpaba a otros por lo que no le había salido bien en la vida.

Siempre había sido el chivo expiatorio de Papá.

Como tú hiciste de él el tuyo.

Levantándose, Marta fue a la ventana y miró el patio iluminado por la luna, las puertas cerradas del establo, los almendros con su velo blanco.

¿Se habría ido de Suiza y se habría embarcado en su propio camino si no hubiera sido por su padre? Siempre le adjudicaba a Mamá su libertad, pero Papá también jugó un papel. Ella había sido la hija menos favorecida. Hermann, el primogénito; Elise, bella como un ángel.

Ahora podía ver cómo había hecho diferencia entre sus hijos. Se había enorgullecido de Bernhard como su primer hijo. Clotilde prosperaba, y desde que nació poseía un espíritu libre. Nada restringiría a esa niña. Y Rikka, con su belleza etérea y su cándido asombro por la creación de Dios, era como una estrella que había caído del cielo, no parecía de este mundo. Rikka no conocía el temor. Flotaba y revoloteaba en la vida, y se deleitaba con la maravilla de la existencia, y aunque viera sombras, las ignoraba.

¿Y dónde encajaba Hildemara?

Hildemara, la más pequeña, la menos saludable, la más dependiente, había luchado desde el principio: para vivir, para crecer, después para encontrar un sueño, para construir su propia vida, para prosperar.

Y ahora, tenía que luchar para sobrevivir. Si no tenía el valor de hacerlo sola, Marta tenía que encontrar la manera de dárselo.

Le cruzó por la mente la imagen de Hildemara corriendo a casa aterrorizada, después de que el señor Kimball había tratado de violarla. Pero recién ahora Marta se daba cuenta de que su hija había pataleado para liberarse de un hombre adulto, más fuerte que Niclas. Había sido lo suficientemente inteligente como para huir. Hildemara había demostrado un verdadero coraje ese día, y otras veces también. Había salido a buscar y había encontrado trabajo. Había dicho no a la universidad y se había incorporado a la capacitación de enfermería. Había seguido a Trip de una base a otra, había encontrado alojamiento en ciudades desconocidas y había hecho amigos nuevos. Había cruzado sola el país y había llegado a casa para ayudar a Bernhard y Elizabeth a mantener la propiedad de los Musashi, a pesar de las amenazas, del fuego y de los ladrillazos en sus ventanas.

¡Mi hija es valiente, Señor!

A pesar de las apariencias, y aunque Marta detestaba admitirlo, siempre había favorecido un poco a Hildemara por encima de los demás. Desde el momento en que su hija vino al mundo, Marta se había apegado de inmediato a ella. *"Se parece a su madre,"* había dicho Niclas, e inconscientemente había puesto las cosas en movimiento. Todas las palabras crueles que su padre había dicho de su apariencia surgieron en su interior cuando vio que Hildemara Rose era poco agraciada. Y al igual que Elise, era frágil.

Pero no podía conformarse. Marta decidió esa primera semana espantosa que no inhabilitaría a Hildemara Rose de la manera en que Mamá había inhabilitado a Elise.

Ahora se preguntaba si no había presionado a Hildemara demasiado duro, y al hacerlo, la había alejado.

Ay, Señor, ¿puedo acercarla otra vez?

Hildemara tenía la constitución de Mamá. Y ahora parecía que tenía la enfermedad de Mamá. ¿También compartiría el destino de Mamá?

Por favor, Señor, dame tiempo.

Se cubrió la cara y oró. *Ay, Dios, quisiera haber sido más parecida a Mamá con ella y menos como Papá. Tal vez podría haber hecho fuerte a Hildemara sin herirla. Pero no puedo regresar y deshacer el pasado.*

Hildemara Rose no tiene fe en mí, no me comprende. Y eso es mi culpa, no la de ella. ¿Entenderá que estoy orgullosa de ella y de sus logros? ¿Me conoce de alguna manera?

Puede hacerlo.

Marta bajó sus manos, apartó las cortinas y miró a las estrellas.

"Jesús," susurró. "¿Estará dispuesta a que nos encontremos a mitad de camino?"

¿Y qué importa eso?

Marta bajó su cabeza. Era solamente su orgullo el que otra vez ponía peros.

Hildemara había trabajado duro y le había ido bien. Había tenido momentos de desesperación cuando quiso rendirse, pero se había aferrado a la esperanza cuando se la ofrecían y se había levantado de nuevo. No era Elise. Podría estar deprimida, pero no se rendiría. No si Marta podía decir algo al respecto.

Hildemara quizás fuera más serena que Bernhard, que pensaba que podía hacerle frente al mundo; con menos dominio de sí misma que la feroz Clotilde con su búsqueda de fama y fortuna, y no tan intuitiva y dotada como Rikka, que veía el mundo a través de los ojos de un ángel. Sin embargo, Hildemara tenía agallas. Tenía sus propios dones especiales.

Marta volvió a levantar la cabeza.

Mi hija tiene el corazón de un siervo que debería complacerte, Señor. Como tu Hijo, es mansa, pero no cobarde. Quizás sea una caña cascada ahora, con el frío viento de la muerte sobre la cara, pero tú no permitirás que su espíritu sea quebrantado. Tú lo dijiste y yo lo creo. Pero dame tiempo con ella, Señor. Te lo suplico. Ayúdame a reparar mi relación con ella. Tú sabes cuánto me he resistido a ser una sierva toda mi vida. Lo confieso. ¡Siempre he odiado esa idea!

Una suave brisa entró a través de la ventana abierta, como si Dios le hubiera susurrado. Marta se limpió las lágrimas de sus mejillas.

"Señor," respondió ella susurrando, "enséñame a servir a mi hija."

❄ ❄ ❄

Marta se levantó temprano a la mañana siguiente y oró. Salió por la puerta lateral hacia el jardín y dejó su diario abierto en la mesa de la cocina. Caminó hacia el frente de la casa grande y llamó a la puerta principal. Cuando Donna abrió la puerta, Marta pidió hablar con ella y Hitch, juntos, sobre algo importante. Los dos se veían nerviosos cuando la invitaron a sentarse en su mesa y a tomar una taza de café recién hecho. Marta les habló de Hildemara, y que había estado pensando en la granja y en hacer algunos cambios. La expresión de Hitch se derrumbó.

Donna lo miró con tristeza y luego sonrió a Marta con pena.

—Con la muerte de su esposo, y con su hija que la necesita, es comprensible que quiera vender.

—No voy a vender. Me gustaría ofrecerles un contrato para que se encarguen del lugar. Díganme qué quieren y yo les diré qué es lo que necesito. Y haremos que Charles Landau lo ponga por escrito para que no haya dudas.

Hitch levantó la cabeza.

—¿Entonces no venderá?

—Eso es lo que dije. —Le lanzó a Donna una mirada de broma—. Será mejor que te asegures de que se limpie las orejas. —Miró a Hitch otra vez—. Es posible que llegue a eso, pero si es así, ustedes tendrán la primera oportunidad de comprarla. Es decir, si es que ustedes la quieren.

—No tenemos el dinero —dijo él con tristeza.

—Como sé lo bien que trabajan, podría estar dispuesta a financiar yo la hipoteca, en lugar de que un banquero saliera beneficiado. —Los miró a los dos—. ¿Entonces?

—¡Sí! —Hitch sonrió ampliamente.

—Por favor —agregó Donna con su cara radiante.

Con eso arreglado, Marta se fue al pueblo para encargarse del resto de los detalles.

Luego, siguiendo un impulso, fue hasta Merced de compras.

❊ ❊ ❊

Escribió a Rosie esa noche y le contó lo de Hildemara.

Comencé a pensar en Lady Daisy y en nuestras tardes en Kew, y en el té en el jardín de invierno. Creo que ya es hora de que comparta algunas de estas experiencias con Hildemara Rose. Por eso fui a Merced y busqué en todas las tiendas, pero no pude encontrar algo tan bueno como lo que quería.

Después de horas de búsqueda, me desanimé. En realidad, estaba molesta. Terminé en una pequeña tienda, di un vistazo y ya estaba lista para salir por la puerta de enfrente. Afortunadamente, la propietaria me detuvo. ¡Se llama Gertrude! ¡Suiza, de Berna! Hablamos una hora.

Se me olvidó por completo para qué había ido a Merced, hasta que ambas nos dimos cuenta de la hora. Ella tenía que cerrar la tienda y yo tenía que conducir de regreso a Murietta. Antes de irme, finalmente le dije lo que había estado buscando y por qué. Y entró al depósito y volvió con una caja vieja y polvorienta de vajilla. Dijo que los había olvidado hasta ese momento.

Ahora soy la orgullosa dueña de un servicio de té Royal Albert Lady Carlyle: ¡cuatro platos, cuatro tazas y platillos! Y también me vendió unas delicadas cucharas y tenedores que valen cada dólar que me cobró. Le prepararé a Hildemara Rose todos los maravillosos dulces y comidas saladas que alguna vez le serví a Lady Daisy. Le serviré té de la India y lo decoraré con leche y conversaciones.

Si Dios quiere, voy a recuperar a mi hija.

Nota de la autora

Estimado Lector:

Desde que llegué a ser cristiana, mis historias han comenzado con las luchas que tengo en mi caminar de fe, o con problemas que no he resuelto. Así es como comenzó esta serie de dos libros. Quería explorar lo que ocasionó la fisura entre mi abuela y mi mamá durante los últimos años de la vida de mi abuela. ¿Fue un simple malentendido que ellas nunca tuvieron tiempo de resolver? ¿O algo más profundo que había crecido con los años?

Muchos de los sucesos de esta historia fueron inspirados por historia familiar que investigué, y sucesos que leí en los diarios de mi madre o que he experimentado en mi propia vida. Por ejemplo, cuando yo tenía tres años, mi madre tuvo tuberculosis, como Hildie. Papá la trajo a casa desde el sanatorio y la Abuela

Wulff vino a vivir con nosotros para ayudar. Fue difícil para todos. Una niña no entiende la enfermedad contagiosa. Por mucho tiempo pensé que mi madre no me amaba. Ella nunca me abrazó ni me besó. Mantuvo distancia para proteger a sus hijos, pero pasaron años antes de que yo entendiera que lo que se comprendía como rechazo era en realidad evidencia de amor sacrificial.

Mientras pensaba en el pasado, mi esposo, Rick, y yo decidimos hacer un

Steffisburg, Suiza

viaje a Suiza, la tierra natal de mi abuela. Varios años antes habíamos hecho un viaje de patrimonio cultural a Suecia, para conocer a muchos de los parientes de Rick, por parte de su madre. Sabía que yo no tendría la misma oportunidad en Suiza, pero quería ver el paisaje que a mi abuela le había sido familiar. Visitamos Berna, donde mi abuela asistió a una escuela de educación para gobierno de la casa, y a Interlaken, donde trabajó en el restaurante de un hotel. Cuando le mencioné a la guía de turismo que mi abuela era del pequeño pueblo de Steffisburg, cerca de Thun, ella y el conductor decidieron sorprendernos. Tomaron una ruta alternativa, condujeron a Steffisburg y se estacionaron en la calle de la iglesia luterana de varios siglos de antigüedad, a la que debió asistir la familia de mi abuela. Rick y yo nos paramos en frente del mapa de Steffisburg para tomar una fotografía, caminamos por los jardines de

Los hermanos Wulff

Los King, padres de Francine

la iglesia y luego nos sentamos en el santuario. Caminamos de arriba abajo por la calle principal y tomamos muchas fotografías. Fue un momento muy precioso para mí. Al salir del pueblo, le echamos un vistazo al Castillo de Thun, otro lugar que mi abuela mencionaba.

Al revisar las fotos de la familia, me encontré con varias de mi madre y sus hermanos. Esta es mi favorita. Mamá es la segunda de izquierda a derecha y está riendo. Sig era el mayor, luego venían Mamá, Margaret y Elsie. La foto fue tomada en la granja del Valle Central, donde la Abuela y el Abuelo tenían almendros y vides. Secaban las uvas para hacer pasas. Cuando mi hermano y yo éramos jóvenes, frecuentemente pasábamos unas semanas en la granja cada verano, retozando, jugando y nadando en las acequias que pasaban por la parte de atrás de la propiedad.

Mamá se fue a Fresno a estudiar enfermería y después trabajó en Alta Bates Hospital en Berkeley. Mi padre trabajaba a medio tiempo como camillero. Me contó con algo de diversión que iba al pabellón de Mamá a pedir una aspirina. Las enfermeras no debían salir con los camilleros, pero Papá finalmente convenció a Mamá. No mucho después de que se casaran, a él lo llamaron para la guerra y trabajó como enfermero en

La familia King de vacaciones; "Marta" está a la derecha

el escenario europeo de la guerra. Estuvo en el tercer desembarco en Normandía y peleó en Alemania durante los días finales de la Segunda Guerra Mundial.

A mis padres les gustaba acampar y querían que mi hermano y yo viéramos tanto de nuestro país como fuera posible. Cada año, apartaban un tiempo de vacaciones y nos llevaban de viaje para visitar tantos parques nacionales como se pudiera en dos semanas. Frecuentemente invitaban a la Abuela Wulff para que fuera con nosotros. Cuando mi hermano y yo cabeceábamos en el asiento de atrás, la Abuela o Mamá nos daban golpecitos. "Despiértate, dormilón. ¡Mira por la ventana! Quizás nunca vuelvas a ver esta parte del país." Cada tanto, hacíamos el viaje desde Pleasanton, California, a Colorado Springs, la ciudad natal de mi padre, a visitar a los abuelos King. Esta es una de las escasas fotos de mi familia con mis dos abuelas. Lamentablemente, la Abuela King murió cuando yo tenía seis años.

Me considero bendecida por tener tantos maravillosos recuerdos de mi familia, muchos de los cuales incluyen a la Abuela Wulff. Sabía que hubo tiempos de estrés y tensión entre mis padres y la Abuela, pero todas las familias los tienen. La mayoría los resuelve. A veces los desacuerdos menores pueden crecer cuando las cosas no se resuelven.

Nadie más que Dios puede ver el corazón humano. Ni siquiera podemos ver completamente el nuestro. Mi madre y mi abuela eran cristianas firmes. Ambas sirvieron a los demás durante toda su vida. Ambas fueron mujeres admirables, de carácter fuerte, a quienes amé mucho. Todavía las amo y las extraño. Elijo creer que mi abuela perdonó a mi madre al final, por cualquier herida que hubiera entre ellas. Elijo creer que ella simplemente no tuvo el tiempo o la voz para decirlo. Sé que mi madre la amó hasta el final de su vida.

Este libro ha sido una búsqueda de tres años para estar en paz en cuanto al dolor entre Mamá y la Abuela, a las posibles causas, a las maneras en que ellas podrían haberse malentendido mutuamente y a cómo podrían haberse reconciliado. Jesús nos enseña a amarnos unos a otros, pero a veces el amor no viene embalado de la manera en que nosotros queremos. A veces hay que hacer a un lado el temor para que podamos compartir las heridas pasadas que han formado nuestras vidas, para que podamos morar en libertad unos con otros. Y a veces no reconocemos el amor cuando se nos ofrece.

Algún día, cuando pase de esta vida a la otra, espero que Mamá y la Abuela estén junto a Jesús y me den la bienvenida, así como yo estaré esperando cuando mi amada hija llegue, y su hija después de ella, y todas las generaciones que están por venir.

Francine Rivers

Guía de debate

1. Ciertamente Marta tuvo una infancia difícil. Para mejor o para peor, ¿qué aspectos le afectaron más y cómo influenciaron a la mujer en la que se convirtió?

2. ¿Cómo afecta la relación de Marta con su padre su creencia temprana en Dios y en lo que Dios espera de ella? ¿En qué se diferencia la manera en que su mamá ve a Dios? ¿Qué parece causar el mayor impacto en la manera en que Marta ve a Dios? ¿Cambia eso durante el transcurso de la historia? De ser así, ¿qué provoca ese cambio?

3. Al final del capítulo 4, cuando Marta se marcha de su hogar para seguir su propio camino, su madre le da una bendición. ¿De qué manera, verbalmente o de otro modo, recibió usted la bendición de sus padres? Si no la recibió, ¿qué hubiese deseado que le dijeran? ¿De qué manera usted hizo lo mismo o espera algún día hacer lo mismo con sus hijos?

4. Se ha dicho que las mujeres se casan a menudo con una versión de sus padres. ¿Qué parecidos y diferencias hay entre Niclas y el padre de Marta? ¿De qué manera es Niclas igualmente pasivo y agresivo? A veces, Marta parece guardarle rencor a Niclas. ¿Es eso justo?

5. A Marta le es difícil confiar en Niclas debido a la manera en que su padre trató a su madre. ¿Cómo piensa que Niclas se siente con respecto a eso? ¿De qué manera (buena o mala) su familia de origen ha afectado su matrimonio o su relación con sus amigos íntimos?

6. Niclas le pide a Marta que venda la casa de huéspedes que ella compró para cumplir un sueño de toda la vida. ¿Es esa una petición apropiada? ¿Qué piensa usted de la forma en que Niclas toma la decisión y se la comunica a Marta? Si usted fuera Marta, ¿qué hubiese hecho en esa situación? ¿Se ha enfrentado usted con una decisión similar en su matrimonio o familia?

7. Algunas veces, Marta hace que a Niclas le sea difícil ser la cabeza del hogar. ¿Se ve Marta a sí misma como una ayudante para Niclas? ¿Piensa usted que él la ve de esa manera? ¿Cómo puede él amar a Marta a pesar de que el carácter de ella por momentos es difícil?

8. ¿Por qué Marta nunca le dice a Niclas, o a cualquier miembro de su familia, que lo ama? ¿Cuál es la mejor manera en que Marta demuestra y recibe amor?

9. Por muchas razones, Marta es como la mujer descrita en Proverbios 31. ¿Qué cualidades mencionadas en ese pasaje ve usted en ella? ¿Cuáles le faltan?

10. Después de rescatar a Elise de los Meyer, en el capítulo 5, Marta le dice a su amiga: "Lo juro ante Dios, Rosie, si alguna vez soy tan afortunada como para tener una hija, ¡me aseguraré de que sea lo suficientemente fuerte como para defenderse!" ¿De qué manera la dinámica familiar de Marta entra en juego cuando, más adelante, tiene sus propios hijos?

11. Marta ama profundamente a Hildemara. Sin embargo, Hildemara probablemente se siente la menos querida de todos sus hijos. ¿Por qué sucede eso? ¿Es tratar a los hijos de manera *diferente* lo mismo que *preferir* a uno antes que a otro? ¿Qué aspectos dificultan la crianza de los niños de la misma manera? ¿Cuánto deberían esforzarse los padres para que sea así?

12. ¿Ha sentido alguna vez, como lo sintió Hildemara, que otros miembros de su familia han recibido injustamente más amor, provisión financiera u otro recurso valioso? ¿Cómo reaccionó usted? ¿Qué consejo le daría a alguien en esta situación?

13. Después del incidente de Hildemara con su maestra la señora Ransom, Hildemara le dice a su padre que oró y oró pero que las oraciones no cambiaron la situación. Niclas responde: "Hildemara, las oraciones te han cambiado a ti." ¿Qué quiso decir con eso? ¿Ha tenido una experiencia similar alguna vez?

14. ¿Por qué Marta se opone tanto a la decisión de Hildemara de asistir a la escuela de enfermería? ¿Cambia de opinión con respecto a la profesión que ha elegido Hildemara?

15. Por varios meses, Hildemara mantiene a Trip a distancia. ¿Por qué piensa usted que hace eso? ¿Qué es lo que finalmente hace que admita su amor por él?

16. Trip, como muchos hombres de su generación, tuvo experiencias trágicas que cambiaron su vida en la Segunda Guerra Mundial. ¿Ha escuchado historias de hombres de su propia familia que fueron afectados de la misma manera? ¿Ha participado alguno de sus seres queridos en guerras más recientes? ¿Cómo afectó esto a su familia?

17. La tuberculosis es mucho menos frecuente hoy de lo que era en la época de Marta e Hildemara. Sin embargo, las enfermedades mortales y crónicas nunca han sido más frecuentes que ahora. ¿De qué manera ha impactado una enfermedad grave a su familia? Hable de la tensión que una enfermedad puede ejercer sobre la dinámica familiar, sin tener en cuenta la "salud relacional" que la familia pueda tener al principio.

18. Si pudiese cambiar algo con respecto a la manera en que sus padres le criaron, ¿qué sería? Si tiene hijos, ¿hay algo que hubiese deseado cambiar en la manera en que los crió? ¿Qué paso podría dar en esa dirección?

19. Al final de este libro, Marta está decidida, con la ayuda de Dios, a comenzar una nueva etapa con Hildemara. ¿Cree usted que tendrá

éxito? ¿Por qué? ¿Cómo cree que responderá Hildemara? ¿Hay esperanza para esta relación?

20. Si usted pudiese conversar con Marta e Hildemara, ¿qué les diría? ¿Hay alguien de su familia con quien necesite hablar de errores o percepciones erróneas del pasado que aún le afectan hoy? Si tiene asuntos sin resolver con un ser querido que ha fallecido, ¿con quién podría hablar para tratar de darlos por terminado?

Acerca de la autora

Francine Rivers comenzó su carrera literaria en la University of Nevada, en Reno, donde obtuvo una licenciatura en humanidades con orientación a inglés y periodismo. Desde 1976 a 1985, tuvo una exitosa carrera de escritora en el mercado general y sus libros fueron altamente aclamados por los lectores y la crítica. Aunque fue criada en un hogar religioso, Francine no encontró verdaderamente a Cristo hasta más adelante en la vida, cuando ya era esposa, madre de tres hijos y una novelista romántica reconocida.

En 1986, poco después de llegar a ser una cristiana nacida de nuevo, Francine escribió *Amor redentor* como una declaración de fe. Primeramente publicado por Bantam Books y luego reeditado por Multnomah Publishers a mitad de los 1990 (la traducción al español del libro fue publicada por Tyndale House Publishers), este recuento de la historia de Gómer y Oseas, ambientado en la época de la fiebre del oro de California, es actualmente considerado por muchos como una obra clásica de la ficción cristiana. *Amor redentor* continúa siendo uno de los títulos más vendidos de CBA, y ha conservado un lugar en la lista de libros cristianos más vendidos por casi una década.

Desde que escribió *Amor redentor*, Francine ha publicado numerosas novelas con temas cristianos; todos ellos son éxitos de venta. Ella continúa ganándose los elogios de la industria y la lealtad de los lectores de todo el mundo. Sus novelas cristianas han ganado premios o han sido nominadas para numerosas distinciones que incluyen los premios RITA, Christy, Medalla de Oro de la ECPA y la Holt Medallion in Honor of Outstanding Literary Talent. En 1997, después de ganar su tercer premio RITA para la ficción inspiracional, Francine fue admitida en el salón de la fama de Romance Writers of America. Las novelas de Francine han sido traducidas a más de veinte idiomas y sus libros son éxitos de venta en muchos países extranjeros incluyendo Alemania, Holanda y Sudáfrica.

Francine y su esposo, Rick, viven en el norte de California y disfrutan el tiempo que pasan con sus tres hijos adultos y aprovechan todas las oportunidades para consentir a sus nietos. Francine usa la escritura para acercarse al Señor, y desea que a través de su obra pueda adorar y alabar a Jesús por todo lo que ha hecho y está haciendo en su vida.

Visite su sitio web en www.francinerivers.com.

LIBROS POR LA QUERIDA AUTORA
FRANCINE RIVERS

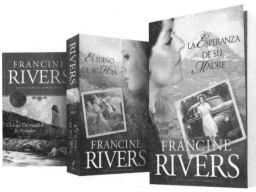

Serie La marca del León
Una voz en el viento
Un eco en las tinieblas
Tan cierto como el amanecer

Serie Linaje de gracia
Desenmascarada
Atrevida
Inconmovible
Melancólica
Valiente

Serie Nacidos para alentar a otros
El sacerdote
El guerrero
El príncipe
El profeta
El escriba

Serie El legado de Marta
La esperanza de su madre
El sueño de su hija

Libro infantil
Historias bíblicas para niños /
Bible Stories for Kids (Bilingüe)
(escrito con Shannon
Rivers Coibion)

Otros títulos
Amor redentor
El último Devorador de Pecados

www.francinerivers.com